OCTAVIO PAZ

OBRAS COMPLETAS

EDICIÓN
DEL AUTOR

letras mexicanas

OBRAS COMPLETAS DE OCTAVIO PAZ

1

La casa de la presencia

Poesía e historia

2

Excursiones / Incursiones

Dominio extranjero

3

Fundación y disidencia

Dominio hispánico

4

Generaciones y semblanzas

Dominio mexicano

5

Sor Juana Inés de la Cruz

o las trampas de la fe

6

Los privilegios de la vista I

Arte moderno universal

7

Los privilegios de la vista II

Arte de México

8

El peregrino en su patria

Historia y política de México

9

Ideas y costumbres I

La letra y el cetro

10

Ideas y costumbres II

Usos y símbolos

11

Obra poética I

12

Obra poética II

13

Miscelánea I

Primeros escritos

14

Miscelánea II

Entrevistas y últimos escritos

Nota del editor

Esta edición de las *Obras completas* de Octavio Paz retoma la iniciada por Círculo de Lectores (Barcelona) y todavía en curso de publicación. El Fondo de Cultura Económica agradece a Círculo de Lectores las facilidades brindadas para reproducir esta suma de la obra del poeta mexicano, ganador en 1990 del premio Nobel de literatura.

En alguna ocasión Octavio Paz escribió sobre su convicción de que «los grandes libros –quiero decir: los libros necesarios– son aquellos que logran responder a las preguntas que, oscuramente y sin formularlas del todo, se hace el resto de los hombres».

El Fondo de Cultura Económica reafirma estas palabras de Octavio Paz al publicar una obra que recoge el fruto de una larga y diversa experiencia vital y de sus variados intereses en las culturas de Europa, Asia y América. Para el lector mexicano, y asimismo para el latinoamericano, esta edición contiene un atractivo más pues incluye las reflexiones de Octavio Paz sobre la historia de nuestros pueblos y sobre las artes y las letras hispánicas. Se trata, en fin, de una edición que reúne la poesía y la prosa, el arte verbal y el pensamiento de una figura capital de la literatura de nuestro siglo.

FONDO DE CULTURA ECONÓMICA
Ciudad de México, 1993

OCTAVIO PAZ

Ideas y costumbres I

La letra y el cetro

EDICIÓN

DEL AUTOR

Círculo de Lectores

Fondo de Cultura Económica

Primera edición (Círculo de Lectores, Barcelona), 1993
Segunda edición (FCE, México), 1995

Procedencia de las ilustraciones:
Archivo personal del autor (fronstispicio).
Para el resto véase el Índice de ilustraciones.

ISBN 84-226-3501-1 (1)
ISBN 84-226-5558-6 (Obra completa)

Carretera Picacho-Ajusco 227, 14200 México, D.F.

ISBN 968-16-3908-1 (Obra completa)
ISBN 968-16-3903-0 (Tomo 9)

Impreso en México

Prólogo

Itinerario

IDEAS Y COSTUMBRES

Este volumen reúne mis escritos sobre temas de historia y política contemporáneas; el siguiente, *Ideas y costumbres II*, recoge mis ensayos y notas acerca de asuntos más generales, asociados a las creencias, las ideas y, en fin, a lo que a veces se llama «fisonomía de las culturas». Todos estos escritos, lo mismo los del primer volumen que los del segundo, son tentativas de comprensión de una realidad elusiva. No son estudios sino atisbos, reflexiones más cerca del examen que de la doctrina y de la opinión que de la teoría. Mis opiniones, claro está, son personales; sin embargo, no dependen únicamente de la subjetividad: fundadas en principios que juzgo sólidos, no son meras impresiones ni desahogos. Muchas de las páginas de este primer volumen fueron dictadas por la pasión, sí, pero nunca deformadas por el odio. Siempre he procurado ser fiel a mi conciencia y a esa conciencia superior y común a todos que es la razón. Advierto, casi es inútil decirlo, que son páginas escritas no por un especialista sino por alguien fascinado y dolido ante la terrible historia del siglo XX. No soy historiador y menos aún sociólogo. Por lo que toca a lo primero: aunque siempre me atrajo la historia, no la practico sino de una manera pasiva, como lector. Me atrevo a tocar temas históricos porque mis lecturas me han enseñado que la historia, hija de la observación y de la imaginación, es a un tiempo ciencia y arte. En cuanto a la sociología: su materia y sus límites son vagos, sus conclusiones inciertas. Espero que mis opiniones estén más cerca de la historia que de la sociología y que en ellas sea perceptible la huella de algunos clásicos de nuestra filosofía política y moral.

El título que ampara a estos dos volúmenes puede parecer caprichoso. No lo es. Esa realidad proteica que llamamos historia y cuya materia prima son las sociedades humanas, está compuesta por dos elementos: uno, el de la inercia, da estabilidad y permanencia a la sociedad; otro, el del cambio, imprime movimiento al cuerpo social. El primero es ese conjunto de tradiciones, usos y hábitos que cambian muy lentamente y que designa la palabra *costumbres*; el segundo es esa fuerza, casi siempre encarnada en minorías activas, que se propone transformar a las costumbres por la inyección de nuevas *ideas*. Los agentes del cambio y los de la permanencia son los grupos sociales; agrego que esos grupos son inseparables de sus prácticas e instituciones, de sus instrumentos y técnicas, de sus símbolos e imágenes. Toda esa mareante diversidad de grupos, tradiciones, ideas y técnicas puede reducirse a esta fórmula: cada sociedad es una cultura y cada cultura es el resultado de la doble acción de la tradición y del cambio, de la costumbre y la idea.

Hay épocas en que hay cierta armonía entre las costumbres y las ideas. Por ejemplo, en los siglos XII y XIII las prácticas sociales correspondían a las creencias y éstas a las ideas. Entre la fe del labriego y las especulaciones del teólogo, las diferencias eran grandes pero no había ruptura. La antigua imagen de la «cadena del ser» es perfectamente aplicable a la sociedad medieval. La Edad Moderna, desde el Renacimiento, ha sido la de la ruptura: hace ya más de quinientos años que vivimos la discordia entre las ideas y las creencias, la filosofía y la tradición, la ciencia y la fe. La modernidad es el período de la escisión. La separación comenzó como un fenómeno colectivo; a partir de la segunda mitad del siglo XIX, como lo advirtió Nietzsche primero que nadie, se interiorizó y dividió a cada conciencia. Nuestro tiempo es el de la conciencia escindida y el de la conciencia de la escisión. Somos almas divididas en una sociedad dividida. La discordia entre las costumbres y las ideas fue el origen de otra característica de la Edad Moderna; se trata de un rasgo único y que la distingue de todas las otras épocas: la preeminencia, desde fines del siglo XVIII, de la palabra *revolución*. La palabra y el concepto: revolución es la idea encarnada en un grupo y convertida tanto en arma de combate como en instrumento para edificar una nueva sociedad. Revolución: teoría del cambio, acto que lo realiza y construcción de la casa del futuro. El revolucionario es un tipo de hombre que reúne los atributos del filósofo, del estratega y del arquitecto social.

El concepto de *revolución*, en el triple sentido que acabo de mencionar, fue totalmente desconocido por las sociedades del pasado, lo mismo en Occidente que en Oriente. Aquellas sociedades, sin excluir a las primitivas, vieron siempre con desconfianza y aun con horror al cambio; todas ellas veneraron a un principio invariable, fuese un pasado arquetípico, una divinidad o cualquier otro concepto que significase la superioridad del ser sobre el devenir. La modernidad ha sido única en la sobrevaloración del cambio. Esta sobrevaloración explica, además, la emergencia de la idea de *revolución*. Lo más parecido a esta idea es la fundación de una nueva religión: el advenimiento de una nueva fe ha sido siempre, como la revolución, una ruptura y un comienzo. Pero el parecido entre los dos fenómenos no oculta obvias y radicales diferencias. Cualesquiera que hayan sido sus trastornos y vicisitudes, las sociedades antiguas no conocieron cambios revolucionarios, en el sentido recto de esta palabra: conocieron cambios religiosos. El fundamento de esos cambios era muy distinto al de la revolución: una revelación divina, no una teoría filosófica. También su horizonte temporal era distinto: no el futuro sino el más allá sobrenatural. Estas diferencias no anulan el parecido, más arriba señalado, entre religión y revolución: ambas son respuestas a las mismas necesidades psíquicas. De ahí que las revoluciones de la Edad Moderna hayan pretendido substituir a las religiones en su doble función: cambiar a los hombres y dotar de un sentido a su presencia en la tierra. Ahora podemos ver que fueron falsas religiones.

La victoria de la idea revolucionaria no pudo cerrar la brecha, abierta desde el Renacimiento, entre las costumbres y las ideas, la creencia y la teoría. Las ciencias y la filosofía moderna han crecido y se han desarrollado de una manera independiente y a veces antagónica al pensamiento revolucionario. No hay gran relación, por ejemplo, entre las teorías de Newton y las de Robespierre o entre las de Lenin y la verdadera ciencia del siglo XX. Lo mismo sucede con la filosofía, el arte y la literatura. Ni Balzac ni Proust ni Kafka pueden llamarse, con propiedad, artistas revolucionarios. En cambio, Dante no sólo es un poeta cristiano sino que su obra es inseparable de la filosofía y del espíritu medieval. En suma, la revolución se presenta como una idea verdadera, hija de la filosofía y la ciencia, y esto la distingue de la religión, fundada en una revelación sobrenatural; a su vez, para la verdadera ciencia y para la auténtica filosofía, las teorías revolucionarias no son ni han sido ni ciencia ni filosofía. Tanto la fortuna como la final desventura de la idea revolucionaria se debe, probablemente, a esta ambigüedad original: no ha sido ni verdadera religión ni verdadera ciencia. ¿Qué ha sido entonces? Una pasión generosa y un fanatismo criminal, una iluminación y una obscuridad. Este libro es el testimonio de un escritor mexicano que, como muchos otros de su generación, en su patria y en todo el mundo, vivió esas esperanzas y esas desilusiones, ese frenesí y ese desengaño.

PRIMEROS PASOS

En 1929 comenzó un México que ahora se acaba. Fue el año de fundación del Partido Nacional Revolucionario y también el del nacimiento y el del fracaso de un poderoso movimiento de oposición democrática, dirigido por un intelectual: José Vasconcelos. La Revolución se había transformado en institución. El país, desangrado por veinte años de guerra civil, lamía sus heridas, restauraba sus fuerzas y, penosamente, se echaba a andar. Yo tenía quince años, terminaba mis estudios de iniciación universitaria y había participado en una huelga de estudiantes que paralizó la Universidad Nacional y conmovió al país. Al año siguiente ingresé en el Colegio de San Ildefonso, antiguo seminario jesuita convertido por los gobiernos republicanos en Escuela Nacional Preparatoria, puerta de entrada a la facultad. Allí encontré a José Bosch, uno de mis compañeros en las agitaciones del movimiento estudiantil del año anterior. Era catalán y un poco mayor que yo. A él le debo mis primeras lecturas de autores libertarios (su padre había militado en la Federación Anarquista Ibérica). Pronto encontramos amigos con inquietudes semejantes a las nuestras. En San Ildefonso no cambié de piel ni de alma: esos años fueron no un cambio sino el comienzo de algo que todavía no termina, una búsqueda circular y que ha sido un perpetuo recomienzo: encontrar la razón de esas continuas agitaciones que llamamos *historia*. Años de iniciación y de aprendizaje, primeros pasos en el mundo, primeros extravíos, tentativas por entrar en mí y hablar con ese desconocido que soy y seré siempre para mí.

La juventud es un período de soledad pero, asimismo, de amistades fervientes. Yo tuve varias y fui, como se dice en México, muy amigo de mis amigos. A uno de ellos se le ocurrió organizar una Unión de Estudiantes Pro-Obrero y Campesino, dedicada ostensiblemente a la educación popular; también, y con mayor empeño, nos sirvió para difundir nuestras vagas ideas revolucionarias. Nos reuníamos en un cuarto minúsculo del colegio que no tardó en transformarse en centro de discusiones y debates. Fue el semillero de varios y encontrados destinos políticos: unos cuantos fueron a parar al partido oficial y desempeñaron altos puestos en la administración pública; otros pocos, casi todos católicos, influidos unos por Maurras, otros por Mussolini y otros más por Primo de Rivera, intentaron sin gran éxito crear partidos y falanges fascistas; la mayoría se inclinó hacia la izquierda y los más arrojados se afiliaron a la Juventud Comunista. El incansable Bosch, fiel a sus ideas libertarias, discutía con todos pero no lograba convencer a nadie. Paulatinamente se fue quedando solo. Al fin desapareció de nuestras vidas con la misma rapidez con que había aparecido. Era extranjero, no tenía sus papeles en orden, participaba con frecuencia en algaradas estudiantiles y el gobierno terminó por expulsarlo del país, a pesar de nuestras protestas. Volví a verlo fugazmente, en 1937, en Barcelona, antes de que se lo tragara el torbellino español[1].

La política no era nuestra única pasión. Tanto o más nos atraían la literatura, las artes y la filosofía. Para mí y para unos pocos entre mis amigos, la poesía se convirtió, ya que no en una religión pública, en un culto esotérico oscilante entre las catacumbas y el sótano de los conspiradores. Yo no encontraba oposición entre la poesía y la revolución: las dos eran facetas del mismo movimiento, dos alas de la misma pasión. Esta creencia me uniría más tarde a los surrealistas. Avidez plural: la vida y los libros, la calle y la celda, los bares y la soledad entre la multitud de los cines. Descubríamos a la ciudad, al sexo, al alcohol, a la amistad. Todos esos encuentros y descubrimientos se confundían inmediatamente con las imágenes y las teorías que brotaban de nuestras desordenadas lecturas y conversaciones. La mujer era una idea fija pero una idea que cambiaba continuamente de rostro y de identidad: a veces se llamaba Olivia y otras Constanza, aparecía al doblar una esquina o surgía de las páginas de una novela de Lawrence, era la Poesía, la Revolución o la vecina de asiento en un tranvía. Leíamos los catecismos marxistas de Bujarin y Plejánov para, al día siguiente, hundirnos en la lectura de las páginas eléctricas de *La gaya ciencia* o en la prosa elefantina de *La decadencia de Occidente*. Nuestra gran proveedora de teorías y nombres era la *Revista de Occidente*. La influencia de la filosofía alemana era tal en nuestra universidad que en el curso de Lógica nuestro texto de base era el de Alexander Pfänder, un discípulo de Husserl. Al lado de la fenomenología, el psicoanálisis. En esos años comenzaron a traducirse las obras de Freud y las pocas librerías de la ciudad de México se vieron de pronto inundadas por el habitual diluvio de obras de divulgación. Un diluvio en el que muchos se ahogaron.

Otras revistas fueron miradores para, primero, vislumbrar y, después, explorar los vastos y confusos territorios, siempre en movimiento, de la literatura y del arte: *Sur*, *Contemporáneos*, *Cruz y Raya*. Por ellas nos enteramos de los movimientos modernos, especialmente de los franceses, de Valéry y Gide a los surrealistas y a los autores de la *N.R.F.* Leíamos con una mezcla de admiración y desconcierto a Eliot y a Saint-John Perse, a Kafka y a Faulkner. Pero ninguna de esas admiraciones empañaba nuestra fe en la Revolución de Octubre. Por esto, probablemente, uno de los autores que mayor fascinación ejerció sobre nosotros fue André Malraux,

1. Véase la extensa nota dedicada a José Bosch en *Obra poética (1935-1988)*, Barcelona, Seix Barral, 1990.

en cuyas novelas veíamos unida la modernidad estética al radicalismo político. Un sentimiento semejante nos inspiró *La montaña mágica*, la novela de Thomas Mann; muchas de nuestras discusiones eran ingenuas parodias de los diálogos entre el liberal idealista Settembrini y Naphta, el jesuita comunista. Recuerdo que en 1935, cuando lo conocí, Jorge Cuesta me señaló la disparidad entre mis simpatías comunistas y mis gustos e ideas estéticas y filosóficas. Tenía razón pero el mismo reproche se podía haber hecho, en esos años, a Gide, Breton y otros muchos, entre ellos al mismo Walter Benjamin. Si los surrealistas franceses se habían declarado comunistas sin renegar de sus principios y si el católico Bergamín proclamaba su adhesión a la revolución sin renunciar a la cruz, ¿cómo no perdonar nuestras contradicciones? No eran nuestras: eran de la época. En el siglo XX la escisión se convirtió en una condición connatural: éramos realmente almas divididas en un mundo dividido. Sin embargo, algunos logramos transformar esa hendedura psíquica en independencia intelectual y moral. La escisión nos salvó de ser devorados por el fanatismo monomaníaco de muchos de nuestros contemporáneos.

Mi generación fue la primera que, en México, vivió como propia la historia del mundo, especialmente la del movimiento comunista internacional. Otra nota distintiva de nuestra generación: la influencia de la literatura española moderna. A fines del siglo pasado comenzó un período de esplendor en las letras españolas, que culminó en los años últimos de la Monarquía y en los de la República, para extinguirse en la gran catástrofe de la guerra civil. Nosotros leíamos con el mismo entusiasmo a los poetas y a los prosistas, a Valle-Inclán, Jiménez y Ortega que a Gómez de la Serna, García Lorca y Guillén. Vimos en la proclamación de la República el nacimiento de una nueva era. Después seguimos, como si fuese nuestra, la lucha de la República; la visita de Alberti a México, en 1934, enardeció todavía más nuestros ánimos. Para nosotros la guerra de España fue la conjunción de una España abierta al exterior con el universalismo, encarnado en el movimiento comunista. Por primera vez la tradición hispánica no era un obstáculo sino un camino hacia la modernidad.

Nuestras convicciones revolucionarias se afianzaron aún más por otra circunstancia: el cambio en la situación política de México. El ascenso de Lázaro Cárdenas al poder se tradujo en un vigoroso viraje hacia la izquierda. Los comunistas pasaron de la oposición a la colaboración con el nuevo gobierno. La política de los frentes populares, inaugurada en esos años, justificaba la mutación. Los más reacios entre nosotros acabamos por aceptar la nueva línea; los socialdemócratas y los socialistas dejaron de ser «socialtraidores» y se transformaron repentinamente en aliados en la lucha en contra del enemigo común: los nazis y los fascistas. El gobierno de Cárdenas se distinguió por sus generosos afanes igualitarios, sus reformas sociales (no todas atinadas), su funesto corporativismo en materia política y su audaz y casi siempre acertada política internacional. En la esfera de la cultura su acción tuvo efectos más bien negativos. La llamada «educación socialista» lesionó al sistema educativo; además, prohijado por el gobierno, prosperó un arte burocrático, ramplón y demagógico. Abundaron los «poemas proletarios» y los cuentos y relatos empedrados de lugares comunes «progresistas». Las agrupaciones de artistas y escritores revolucionarios, antes apenas toleradas, se hincharon por la afluencia de nuevos miembros, salidos de no se sabía dónde y que no tardaron en controlar los centros de la cultura oficial.

La legión de los oportunistas, guiada y excitada por doctrinarios intolerantes, desencadenó una campaña en contra de un grupo de escritores independientes, los llamados «Contemporáneos». Pertenecían a la generación anterior a la mía, algunos habían sido mis maestros, otros eran mis amigos y entre ellos había varios poetas que yo admiraba y admiro. Si la actitud de la LEAR (Liga de Escritores y Artistas Revolucionarios) me parecía deplorable, la retórica de sus poetas y escritores me repugnaba. Desde el principio me negué a aceptar la jurisdicción del partido comunista y sus jerarcas en materia de arte y de literatura. Pensaba que la verdadera literatura, cualesquiera que fuesen sus temas, era subversiva por naturaleza. Mis opiniones eran escandalosas pero, por la insignificancia misma de mi persona, fueron vistas con desdén e indiferencia: venían de un joven desconocido. Sin embargo, no pasaron enteramente desapercibidas, como pude comprobarlo un poco más tarde. En esos años comencé a vivir un conflicto que se agravaría más y más con el tiempo: la contraposición entre mis ideas políticas y mis convicciones estéticas y poéticas.

En 1936 abandoné los estudios universitarios y la casa familiar. Pasé una temporada difícil, aunque no por mucho tiempo: el gobierno había establecido en las provincias unas escuelas de educación secundaria para hijos de trabajadores. Y en 1937 me ofrecieron un puesto en una de ellas. La escuela estaba en Mérida, en el lejano Yucatán. Acepté inmediatamente: me ahogaba en la ciudad de México. La palabra *Yucatán*, como un caracol marino, despertaba en mi imaginación resonancias a un tiempo físicas y mitológicas: un mar verde, una planicie calcárea recorrida por corrientes subterráneas como las venas de una mano y el prestigio inmenso de los mayas y de su cultura. Más que lejana, Yucatán era una tierra aislada, un mundo cerrado sobre sí mismo. No había ni ferrocarril ni carretera; para llegar a Mérida sólo se disponía de dos medios: un avión cada semana y la vía marítima, lentísima: un vapor al mes que tardaba quince días en llegar de Veracruz al puerto de Progreso. Los yucatecos de las clases altas y medias, sin ser separatistas, eran aislacionistas; cuando miraban hacia el exterior, no miraban a México: veían a La Habana y a Nueva Orleans. Y la mayor diferencia: el elemento nativo dominante era el de los mayas descendientes de la *otra* civilización del antiguo México. La real diversidad de nuestro país, oculto por el centralismo heredado de aztecas y castellanos, se hacía patente en la tierra de los mayas.

Pasé unos meses en Yucatán. Cada uno de los días que viví allá fue un descubrimiento y, con frecuencia, un encantamiento. La antigua civilización me sedujo pero también la vida secreta de Mérida, mitad española y mitad india. Por primera vez vivía en tierra caliente, no en un trópico verde y lujurioso sino blanco y seco, una tierra llana rodeada de infinito por todas partes. Soberanía del espacio: el tiempo sólo era un parpadeo. Inspirado por mi lectura de Eliot, se me ocurrió escribir un poema en el que la aridez de la planicie yucateca, una tierra reseca y cruel, apareciese como la imagen de lo que hacía el capitalismo –que para mí era el demonio de la abstracción– con el hombre y la naturaleza: chuparles la sangre, sorberles su substancia, volverlos hueso y piedra. Estaba en esto cuando sobrevino un período de vacaciones escolares. Decidí aprovecharlas, conocer Chichén-Itzá y terminar mi poema. Pasé allá una semana. A veces solo y otras acompañado por un joven arqueólogo, recorrí las ruinas en un estado de ánimo en el que se alternaban la perplejidad y el hechizo. Era imposible no admirar esos monumentos pero, al mismo tiempo, era muy difícil comprenderlos. Entonces ocurrió algo que interrumpió mi vacación y cambió mi vida.

Una mañana, mientras caminaba por el Juego de Pelota, en cuya perfecta simetría el universo parece reposar entre dos muros paralelos, bajo un cielo a un tiempo diáfano e impenetrable, espacio en el que el silencio dialoga con el viento, campo de juego y campo de batalla de las constelaciones, altar de un terrible sacrificio: en uno de los relieves que adornan al rectángulo sagrado se ve a un jugador vencido, de hinojos, su cabeza rodando por la tierra como un sol decapitado en el firmamento, mientras que de su tronchada garganta brotan siete chorros de sangre, siete rayos de luz, siete serpientes... una mañana, mientras recorría el Juego de Pelota, se me acercó un presuroso mensajero del hotel y me tendió un telegrama que acababa de llegar de Mérida, con la súplica de que se me entregase inmediatamente. El telegrama decía que tomase el primer avión disponible pues se me había invitado a participar en el Congreso Internacional de Escritores Antifascistas que se celebraría en Valencia y en otras ciudades de España en unos días más. Apenas si había tiempo para arreglar el viaje. Lo firmaba una amiga (Elena Garro). El mundo dio un vuelco. Sentí que, sin dejar de estar en el tiempo petrificado de los mayas, estaba también en el centro de la actualidad más viva e incandescente. Instante vertiginoso: estaba plantado en el punto de intersección de dos tiempos y dos espacios. Visión relampagueante: vi mi destino suspendido en el aire de esa mañana transparente como la pelota mágica que, hacía quinientos años, saltaba en ese mismo recinto, fruto de vida y de muerte en el juego ritual de los antiguos mexicanos.

Cuatro o cinco días después estaba de regreso en México. Allí me enteré de la razón del telegrama: la invitación había llegado oportunamente hacía más de un mes pero el encargado de estos asuntos en la LEAR, un escritor cubano que había sido mi profesor en la Facultad de Letras (Juan Marinello), había decidido transmitirla por la vía marítima. Así cumplía el encargo pero lo anulaba: la invitación llegaría un mes después, demasiado tarde. El poeta Efraín Huerta se enteró, por la indiscreción de una secretaria; se lo dijo a Elena Garro y ella me envió el telegrama. Al llegar a México, me enteré de que también había sido invitado el poeta Carlos Pellicer. Tampoco había recibido el mensaje. Le informé de lo que ocurría, nos presentamos en las oficinas de la LEAR, nos dieron una vaga explicación, fingimos aceptarla y todo se arregló. A los pocos días quedó integrada la delegación de México: el novelista José Mancisidor, designado por la LEAR, Carlos Pellicer y yo. ¿Por qué los organizadores habían invitado a dos escritores que no pertenecían a la LEAR? Ya en España, Arturo Serrano Plaja, uno de los encargados de la participación hispanoamericana en el congreso –los otros, si la memoria no me es infiel, fueron Rafael Alberti y Pablo Neruda–, me refirió lo ocurrido: no les pareció que ninguno de los escritores de la LEAR fuese realmente representativo de la literatura mexicana de esos días y habían decidido invitar a un poeta conocido y a uno joven, ambos amigos de la causa y ambos sin partido: Carlos Pellicer y yo. No era inexplicable que hubiesen pensado en mí: Alberti me había conocido durante su visita a México, en 1934; Serrano Plaja era de mi generación, había leído mis poemas como yo había leído los suyos y nos unían ideas y preocupaciones semejantes. Serrano Plaja fue uno de mis mejores amigos españoles; era un temperamento profundo, religioso. Neruda también tenía noticias de mi persona y años más tarde, al referirse a mi presencia en el congreso, dijo que él «me había descubierto». En cierto modo era cierto: en esos días yo le había enviado mi primer libro; él lo había leído, le había gustado y, hombre generoso, lo había dicho.

ENTRE DOCTAS TINIEBLAS

Mi experiencia española fue varia y vasta. Apenas si puedo detenerme en ella: no escribo un libro de memorias. La intención de estas páginas es trazar, rápidamente, los puntos principales de un itinerario político. En otros escritos he señalado lo que significaron para mí los días exaltados que pasé en España: el aprendizaje de la fraternidad ante la muerte y la derrota; el encuentro con mis orígenes mediterráneos; el darme cuenta de que nuestros enemigos también son seres humanos; el descubrimiento de la crítica en la esfera de la moral y la política. Descubrí que la revolución era hija de la crítica y que la ausencia de crítica había matado a la revolución. Pero ahora cuento la historia de una búsqueda y por esto, en lo que sigue, me referiré sobre todo a aquellos incidentes que despertaron en mí ciertas dudas. Aclaro: no dudas acerca de la justicia de nuestra causa sino de la moralidad de los métodos con los que se pretendía defenderla. Esas dudas fueron el comienzo de mi descubrimiento de la crítica, nuestra única brújula moral lo mismo en la vida privada que en la pública.

A diferencia de los antiguos principios religiosos y metafísicos, la crítica no es un absoluto; al contrario, es el instrumento para desenmascarar a los falsos absolutos y denunciar sus atropellos... Antes de continuar debo repetir que mis dudas no me cerraron los ojos ante la terrible grandeza de aquellos días, mezcla de heroísmo y crueldad, ingenuidad y lucidez trágica, obtuso fanatismo y generosidad. Los comunistas fueron el más claro y acabado ejemplo de esa dualidad. Para ellos la fraternidad entre los militantes era el valor supremo, aunque supeditada a la disciplina. Sus batallones y sus milicias eran un modelo de organización y en sus acciones mostraron que sabían unir la decisión más valerosa a la inteligencia táctica. Hicieron de la eficacia su dios –un dios que exigía el sacrificio de cada conciencia. Pocas veces tantas buenas razones han llevado a tantas almas virtuosas a cometer tantas acciones inicuas. Misterio admirable y abominable.

Mi primera duda comenzó en el tren que me llevó a Barcelona. Nosotros, los mexicanos y los cubanos (Juan Marinello y Nicolás Guillén), habíamos llegado un día más tarde a París. Allí se unieron al grupo Pablo

Neruda, Stephen Spender, el escritor ruso Iliá Ehrenburg y otros. Al caer la tarde, cuando nos aproximábamos a Portbou, Pablo Neruda nos hizo una seña a Carlos Pellicer y a mí. Lo seguimos al salón-comedor; allí nos esperaba Ehrenburg. Nos sentamos a su mesa y, a los pocos minutos, se habló de México, un país que había interesado a Ehrenburg desde su juventud. Yo lo sabía y le recordé su famosa novela, *Julio Jurenito*, que contiene un retrato de Diego Rivera. Se rió de buena gana, refirió algunas anécdotas de sus años de Montparnasse y nos preguntó sobre el pintor y sus actividades. Habían convivido en París antes de la Revolución rusa. A Ehrenburg no le gustaba realmente la pintura de Diego aunque le divertía el personaje. Pellicer le contestó diciéndole que era muy amigo suyo y habló con admiración de la colección de arte precolombino que Diego había formado. Después relató con muchos detalles que un poco antes de salir hacia España había cenado con él, en su casa –una cena inolvidable–, y que, entre otras cosas, Diego le había contado que Trotski se interesaba mucho en el arte prehispánico. Neruda y yo alzamos las cejas. Pero Ehrenburg pareció no inmutarse y se quedó quieto, sin decir nada. Quise entrar al quite y comenté con timidez: «Sí, alguna vez dijo, si no recuerdo mal, que le habría gustado ser crítico de arte...». Ehrenburg sonrió levemente y asintió con un movimiento de cabeza, seguido de un gesto indefinible (¿de curiosidad o de extrañeza?). De pronto, con voz ausente, murmuró: «Ah, Trotski...». Y dirigiéndose a Pellicer: «Usted, ¿qué opina?». Hubo una pausa. Neruda cambió conmigo una mirada de angustia mientras Pellicer decía, con aquella voz suya de bajo de ópera: «¿Trotski? Es el agitador político más grande de la historia... después, naturalmente, de San Pablo». Nos reímos de dientes afuera. Ehrenburg se levantó y Neruda me dijo al oído: «El poeta católico hará que nos fusilen...».

La chusca escena del tren debería haberme preparado para lo que vería después: ante ciertos temas y ciertas gentes lo más cuerdo es cerrar la boca. Pero no fui prudente y, sin proponérmelo, mis opiniones y pareceres despertaron recelos y suspicacias en los beatos, sobre todo entre los miembros de una delegación de la LEAR que llegó a España un poco después[1]. Esas

1. En casi todas las crónicas que se han publicado en México acerca de este asunto, se incurre en una no siempre involuntaria confusión y se da como un hecho la participación de esa delegación en el Segundo Congreso de Escritores Antifascistas. No, los únicos delegados fuimos, como ya indiqué, Pellicer, Mancisidor y yo. La delegación de la LEAR llegó a España después de la clausura del congreso. Estaba compuesta por varios artistas y un escritor; su misión, más bien vaga, era la de «mostrar la solidaridad activa con el pueblo español de los artistas y escritores revolucionarios de Méxi-

sospechas me causaron varias dificultades que, por fortuna, pude allanar: mis inconvenientes opiniones eran privadas y no ponían en peligro la seguridad pública. Fui objeto, eso sí, de advertencias y amonestaciones de unos cuantos jerarcas comunistas y de los reproches amistosos de Mancisidor. El escritor Ricardo Muñoz Suay, muy joven entonces, ha recordado que algún dirigente de la Alianza de Intelectuales de Valencia le había recomendado que me vigilase y tuviese cuidado conmigo, pues tenía inclinaciones trotskistas. La acusación era absurda. Cierto, yo me negaba a aceptar que Trotski fuese agente de Hitler, como lo proclamaba la propaganda de Moscú, repetida por los comunistas en todo el mundo; en cambio, creía que la cuestión del día era ganar la guerra y derrotar a los fascistas. Ésa era, precisamente, la política de los comunistas, los socialistas y los republicanos; la tesis contraria –sostenida por muchos anarquistas, el POUM (Partido Obrero de Unificación Marxista) y la Cuarta Internacional (trotskista)– consistía en afirmar que la única manera de ganar la guerra era, al mismo tiempo, «hacer la revolución». Esta hipótesis me parecía condenada de antemano por la realidad. Pero en aquellos días la más leve desviación en materia de opiniones era vista como «trotskismo». Convertida en espantajo, la imagen de Trotski desvelaba a los devotos. La sospecha los volvía monomaníacos... Regreso a mi cuento.

En Valencia y en Madrid fui testigo impotente de la condenación de André Gide. Se le acusó de ser enemigo del pueblo español, a pesar de que desde el principio del conflicto se había declarado fervoroso partidario de la causa republicana. Por ese perverso razonamiento que consiste en deducir de un hecho cierto otro falso, las críticas más bien tímidas que Gide había hecho al régimen soviético en su *Retour de l'URSS*, lo convirtieron *ipso facto* en un traidor a los republicanos[1]. No fui el único en reprobar estos ataques, aunque muy pocos se atrevieron a expresar en público su inconformidad. Entre los que compartían mis sentimientos se encontraba un grupo de escritores cercanos a la revista *Hora de España*: María Zambrano, Arturo Serrano Plaja, Ramón Gaya, Juan Gil-Albert, Antonio Sánchez Barbudo y otros. Pronto fueron mis amigos. Me unía a ellos no sólo la edad sino los gustos literarios, las lecturas comunes y nuestra situación pe-

---

co». Mancisidor y yo, que habíamos decidido, una vez terminados los trabajos del congreso, quedarnos en España, nos unimos a las actividades de la delegación de la LEAR. Tal vez esto fue el origen de la confusión.

1. Véase, en este volumen, «La verdad frente al compromiso», pp. 447-451.

culiar frente a los comunistas. Oscilábamos entre una adhesión ferviente y una reserva invencible. No tardaron en franquearse conmigo: todos resentían y temían la continua intervención del partido comunista en sus opiniones y en la marcha de la revista. Algunos de sus colaboradores –los casos más sonados habían sido los de Luis Cernuda y León Felipe[1]– incluso habían sufrido interrogatorios. Los escritores y los artistas vivían bajo la mirada celosa de unos comisarios transformados en teólogos.

Los censores vigilaban a los escritores pero las víctimas de la represión eran los adversarios ideológicos. Si era explicable y justificable el combate contra los agentes del enemigo, ¿también lo era aplicar el mismo tratamiento a los críticos y opositores de izquierda, fuesen anarquistas, socialistas o republicanos? La desaparición de Andreu Nin, el dirigente del POUM, nos conmovió a muchos. Los cafés eran, como siempre lo han sido, lugares de chismorreos pero también fuentes de noticias frescas. En uno de ellos pudimos saber lo que no decía la prensa: un grupo de socialistas y laboristas europeos había visitado España para averiguar, sin éxito, el paradero de Nin. Para mí era imposible que Nin y su partido fuesen aliados de Franco y agentes de Hitler. Un año antes había conocido, en México, a una delegación de jóvenes del POUM; sus puntos de vista, expuestos con lealtad por ellos, no ganaron mi adhesión pero su actitud conquistó mi respeto. Estaba tan seguro de su inocencia que habría puesto por ellos las manos en el fuego. A pesar de la abundancia de espías e informadores, en los cafés y las tabernas se contaban, entre rumores y medias palabras, historias escalofriantes acerca de la represión. Algunas eran, claramente, fantasías pero otras eran reales, demasiado reales. Ya he referido en otro escrito mi única y dramática entrevista con José Bosch, en Barcelona. Vivía en la clandestinidad, perseguido por su participación en los sucesos de mayo de ese año. Su suerte era la de muchos cientos, tal vez miles, de antifascistas.

El estallido de la guerra desató el terror en ambos bandos. En la zona de Franco el terror fue, desde el principio, obra de la autoridad y de sus instrumentos, la policía y el ejército. Fue una violencia institucional, por decirlo así, y que se prolongó largos años después de su victoria. El terror franquista no fue solamente un arma de combate durante la guerra sino una política en tiempo de paz. El terror en la zona republicana fue muy distinto. Primero fue popular y caótico; desarticulado el gobierno e impotentes los órganos encargados de mantener el orden, el pueblo se echó

1. El primero por su elegía a García Lorca y el segundo por su poema *La insignia*.

a la calle y comenzó a hacerse justicia por su mano. Esos improvisados y terribles tribunales populares fueron instrumentos tanto de venganzas privadas como de la liquidación de los enemigos del régimen republicano. El fúnebre ingenio popular llamó «paseos» a las ejecuciones sumarias. Las víctimas –los enemigos reales o supuestos– eran sacadas cada noche de sus casas por bandas de fanáticos, sin órdenes judiciales; sentenciadas en un cerrar de ojos, las fusilaban en callejas y lugares apartados. La caminata al lugar de la ejecución era el «paseo». El gobierno republicano logró restablecer el orden y en 1937 los «paseos» ya habían desaparecido. Pero los sucesivos gobiernos republicanos que, a la inversa de los franquistas, nunca tuvieron control completo de la situación, fueron otra vez desbordados. La violencia anárquica fue substituida por la violencia organizada del Partido Comunista y de sus agentes, casi todos infiltrados en el Servicio de Información Militar (SIM). Muchos de esos agentes eran extranjeros y todos pertenecían a la policía soviética. Entre ellos se encontraban, como después se supo, los asesinos de Nin. Los gobiernos republicanos, abandonados por las democracias occidentales en el exterior y, en el interior, víctimas de las luchas violentas entre los partidos que constituían el Frente Popular, dependían más y más de la ayuda soviética. A medida que la dependencia de la URSS aumentaba, crecía la influencia del Partido Comunista Español. Al amparo de esta situación, la policía soviética llevó a cabo en territorio español una cruel política de represión y de exterminio de los críticos y opositores de Stalin.

Todo esto perturbó mi pequeño sistema ideológico pero no alteró mis sentimientos de adhesión a la causa de los «leales», como se llamaba entonces a los republicanos. Mi caso no es insólito: es frecuente la oposición entre lo que pensamos y lo que sentimos. Mis dudas no tocaban el fundamento de mis convicciones: la revolución me seguía pareciendo, a despecho de las desviaciones y rodeos de la historia, la única puerta de salida del *impasse* de nuestro siglo. Lo discutible eran los medios y los métodos. Como una respuesta inconsciente a mis incertidumbres ideológicas, se me ocurrió alistarme en el ejército como comisario político. La idea me la había sugerido María Teresa León, la mujer de Alberti. Fue una aberración. Hice algunas gestiones pero la manera con que fui acogido me desanimó; me dijeron que carecía de antecedentes y, sobre todo, que me faltaba lo más importante: el aval de un partido político o de una organización revolucionaria. Era un hombre sin partido, un mero «simpatizante». Alguien en una alta posición (Julio Álvarez del Vayo) me dijo con cordura: «Tú puedes ser más útil con una máquina de escribir que con una ametralladora». Acepté el consejo. Regresé a México, realicé diversos trabajos de propaganda en favor de la República española y participé en la fundación de *El Popular*, un periódico que se convirtió en el órgano de la izquierda mexicana. Pero el hombre propone y Dios dispone. Un dios sin rostro y al que llamamos destino, historia o azar. ¿Cuál es su verdadero nombre?

En esos años se desató en la prensa radical de México una campaña en contra de Lev Trotski, asilado en nuestro país. Al lado de las publicaciones comunistas, se distinguió por su virulencia la revista *Futuro*, en la que yo a veces colaboraba. El director me pidió, a mí y a otro joven escritor, José Revueltas, que escribiésemos un editorial. «Conozco sus reservas –me dijo– pero tendrá usted que convenir, por lo menos, en que *objetivamente* Trotski y su grupo colaboran con los nazis. Ésta no es una cuestión meramente subjetiva, aunque yo creo que ellos son agentes conscientes de Hitler, sino histórica: su actitud sirve al enemigo y así, de hecho, es una traición.» Su argumento me pareció un sofisma despreciable. Me negué a escribir lo que se me pedía y me alejé de la revista. Un poco después, el 23 de agosto de 1939, se firmaba el pacto germano-soviético y el primero de septiembre Alemania invadía Polonia. Sentí que nos habían cortado no sólo las alas sino la lengua: ¿qué podíamos decir? Unos meses antes se me había pedido que denunciara a Trotski como amigo de Hitler y ahora Hitler era el aliado de la Unión Soviética. Al leer las crónicas de las ceremonias que sucedieron a la firma del pacto, me ruborizó un detalle; en el banquete oficial, Stalin se levantó y brindó con estas palabras: «Conozco el amor que el pueblo alemán profesa a su Führer y, en consecuencia, bebo a su salud».

Entre mis amigos y compañeros la noticia fue recibida al principio con incredulidad; después, casi inmediatamente, comenzaron las interpretaciones y las justificaciones. Un joven escritor español, más simple que los otros, José Herrera Petere, en una reunión en la editorial Séneca, que dirigía Bergamín, nos dijo: «No entiendo las razones del pacto pero lo apruebo. No soy un intelectual sino un poeta. Mi fe es la fe del carbonero...». En *El Popular*, pasado el primer momento de confusión, se comenzó a justificar la voltereta. Hablé con el director y le comuniqué mi decisión de dejar el periódico. Me miró con sorpresa y me dijo: «Es un error y se arrepentirá. Yo apruebo el pacto y no veo la razón de defender a las corrompidas democracias burguesas. No olvide que nos traicionaron en Múnich». Acepté que lo de Múnich había sido algo peor que una abdicación pero le recordé que toda la política de los comunistas, durante los últimos años, había girado en torno a la idea de un frente común en contra del fascismo. Ahora el iniciador de esa política, el gobierno soviético, la rompía, desataba la guerra y cubría de oprobio a todos sus amigos y partidarios. Terminé diciéndole: «Me voy a mi casa porque no entiendo nada de lo que ocurre. Pero no haré ninguna declaración pública ni escribiré una línea en contra de mis compañeros». Cumplí mi promesa. Más que un rompimiento fue un alejamiento: dejé el periódico y dejé de frecuentar a mis amigos comunistas. La oposición entre lo que pensaba y lo que sentía era ya más ancha y más honda.

Transcurrieron algunos meses. Con el paso del tiempo aumentaba mi desconcierto. El ejército rojo, después de ocupar parte de Polonia, se había lanzado sobre Finlandia y se disponía a reconquistar los países bálticos y Besarabia. Éramos testigos de la reconstrucción del viejo Imperio zarista. En un número de *Clave*, la revista de los trotskistas mexicanos que yo leía con atención, apareció un artículo de Lev Trotski que provocó mi irritación y mi perplejidad. Me molestó su seguridad arrogante, más de dómine que de político, y me asombró la ofuscación intelectual que revelaba. ¿Ofuscación o engreimiento? Tal vez las dos cosas: el engreído se ciega. El artículo era una defensa de la política expansionista de Moscú y podía reducirse a dos puntos. El primero se refería a la naturaleza de clase de la Unión Soviética, el único Estado obrero del mundo. A pesar de la degeneración burocrática que padecía, la URSS conservaba intactas sus bases sociales y sus relaciones de producción. Por tal razón, el primer deber de los revolucionarios era defenderla. Años antes, en 1929, había dicho que, «en caso de guerra entre un país burgués y la URSS, lo que está en peligro y habrá que defender no es la burocracia estaliniana sino la Revolución de Octubre». Así pues, la defensa de la Unión Soviética se fundaba en su naturaleza social: era una sociedad históricamente superior a la democracia finlandesa o a cualquier otra democracia capitalista. El segundo punto se deducía del primero. En un sentido estricto la anexión de esos países por la URSS no era un acto imperialista: «en la literatura marxista –decía Trotski– se entiende por imperialista la política de expansión del capital financiero». En realidad, aclaraba, se trataba de un acto de autodefensa. Finalmente: la anexión de esos países era positiva pues, con o sin la voluntad de la burocracia usurpadora, la anexión se traduciría en una sovietización, es decir, en la imposición de un régimen social más avanzado, fundado en la propiedad colectiva de los medios de producción.

El argumento de Trotski, aunque más sutil, no era muy distinto al de los directores de *Futuro* y *El Popular*. En uno y otro caso la respuesta no era la consecuencia del examen concreto de los hechos y del juicio de la conciencia individual; todo se refería a una instancia superior objetiva e independiente de nuestra voluntad: la historia y las leyes del desarrollo social. La misma idea inspira al libro de Trotski sobre el debatido tema de los fines y los medios: *Su moral y la nuestra.* Lo leí en esos años, primero con deslumbramiento, a la mitad con escepticismo y al final con cansancio. En ese libro, rico en vituperios y en generalizaciones, aparece con mayor claridad esa mezcla de engreimiento con sus ideas y de ofuscación arrogante que fue uno de los defectos más notables de su poderosa inteligencia. En el lugar de la providencia divina o de cualquier otro principio metahistórico, Trotski colocaba a la sociedad movida por una lógica inmanente y quimérica. Dialéctica era el otro nombre de ese dios de la historia, motor de la sociedad, no inmóvil sino perpetuamente activo, verdadero espíritu santo. Conocer sus leyes significaba conocer el movimiento de la historia y sus designios. Para Hume, el origen de la religión, su raíz, consiste en atribuir un designio a la naturaleza y sus fenómenos. Esta pretensión también es la raíz de la pseudorreligión leninista en todas sus versiones, sin excluir a la muy elaborada de Trotski y a la pedestre de Stalin. En la Antigüedad los augures interpretaban la voluntad de los dioses por el canto de las aves y otros signos; en el siglo XX los jefes revolucionarios se convirtieron en intérpretes de la arcana lógica de la historia. En nombre de esa lógica y previamente absueltos por ella, cometieron muchas iniquidades con la misma tranquilidad de conciencia del fanático religioso que, con el pecho cubierto de escapularios, mata herejes y ajusticia paganos[1].

A fines de mayo de ese año un grupo armado, bajo el mando de David Alfaro Siqueiros, irrumpió en la casa de Trotski con el propósito de matarlo. Era como si la realidad se hubiera propuesto refutar, no con ideas sino con un hecho terrible, su endiosamiento de la historia, convertida en lógica superior y en cartilla moral. El asalto fracasó pero los atacantes secuestraron a un secretario de Trotski, al que después asesinaron. El atentado acabó con mis dudas y vacilaciones pero me dejó a obscuras sobre el camino que debería seguir. Era imposible continuar colaborando con los estalinistas y sus amigos; al mismo tiempo, ¿qué hacer? Me sentí inerme intelectual y moralmente. Estaba solo. La lesión afectiva no fue menos profunda: tuve que romper con varios amigos queridos. Tampoco alcanzaba a entender los móviles que habían impulsado a Siqueiros a cometer aquel acto execrable. Lo había conocido en España y pronto simpatiza-

1. Véase en este volumen, «América Latina y la democracia» así como «Las contaminaciones de la contingencia», pp. 73-105.

mos. Lo volví a ver en París, me contó que tenía que hacer un misterioso viaje con una misión y lo acompañé a la estación del ferrocarril, con su mujer, Juan de la Cabada y Elena Garro. Ahora pienso que se trataba de una coartada para la que necesitaba testigos; ya en esa época, según se supo después, se preparaba el atentado. Tampoco entendí la actitud de varios amigos: uno, Juan de la Cabada, ayudó a ocultar las armas usadas en el ataque; otro, Pablo Neruda, le facilitó la entrada en Chile, a donde fue a refugiarse. La actitud del gobierno mexicano tampoco fue ejemplar: hizo la vista gorda.

Tres meses después, el 20 de agosto de 1940, Trotski caía con el cráneo destrozado. Lógica vil de la bestia humana: el asesino lo hirió en la cabeza, allí donde residía su fuerza. La cabeza, el lugar del pensamiento, la luz que lo guió durante toda su vida y que, al final, lo perdió. Hombre extraordinario por sus actos y sus escritos, carácter ejemplar que hace pensar en las figuras heroicas de la Antigüedad romana, Trotski fue valeroso en el combate, entero ante las persecuciones y las calumnias e indomable en la derrota. Pero no supo dudar de sus razones. Creyó que su filosofía le abría las puertas del mundo; en verdad, lo encerró más y más en sí mismo. Murió en una cárcel de conceptos. En eso terminó el culto a la lógica de la historia.

Al comenzar el año de 1942 conocí a un grupo de intelectuales que ejercieron una influencia benéfica en la evolución de mis ideas políticas: Victor Serge, Benjamin Péret, el escritor Jean Malaquais, Julián Gorkín, dirigente del POUM, y otros. (A Víctor Alba lo conocería meses después.) Se unía a ese grupo, a veces, el poeta peruano César Moro. Nos reuníamos en ocasiones en el apartamento de Paul Rivet, el antropólogo, que fue después director del Museo del Hombre de París. Mis nuevos amigos venían de la oposición de izquierda. El más notable y el de mayor edad era Victor Serge. Nombrado por Lenin primer secretario de la Tercera Internacional, había conocido a todos los grandes bolcheviques. Miembro de la oposición, Stalin lo desterró en Siberia. Gracias a una gestión de Gide y de Malraux, el dictador consintió en cambiar su pena por la expulsión de la Unión Soviética. Creo que en sólo dos casos Stalin soltó a un enemigo: uno fue el de Serge y el otro el de Zamiatin. La figura de Serge me atrajo inmediatamente. Conversé largamente con él y guardo dos cartas suyas. En general, excepto Péret y Moro, ambos poetas con ideas y gustos parecidos a los míos, los otros habían guardado de sus años marxistas un lenguaje erizado de fórmulas y secas definiciones. Aunque en la oposición y la disidencia, psicológica y espiritualmente seguían encarcelados en la escolástica marxista. Su crítica me abrió nuevas perspectivas pero su ejemplo me mostró que no basta con cambiar de ideas: hay que cambiar de actitudes. Hay que cambiar de raíz.

Nada más alejado de la pedantería de los dialécticos que la simpatía humana de Serge, su sencillez y su generosidad. Una inteligencia húmeda. A pesar de los sufrimientos, los descalabros y los largos años de áridas discusiones políticas, había logrado preservar su humanidad. Lo debía sin duda a sus orígenes anarquistas; también a su gran corazón. No me impresionaron sus ideas: me conmovió su persona. Sabía que mi vida no sería, como la suya, la del revolucionario profesional; yo quería ser escritor o, más exactamente, poeta. Pero Victor Serge fue para mí un ejemplo de la fusión de dos cualidades opuestas: la intransigencia moral e intelectual con la tolerancia y la compasión. Aprendí que la política no es sólo acción sino participación. Tal vez, me dije, no se trata tanto de cambiar a los hombres como de acompañarlos y ser uno de ellos... El año siguiente, en 1943, dejé México y no volví sino diez años después.

EL SENDERO DE LOS SOLITARIOS

Los años que pasé en los Estados Unidos fueron ricos poética y vitalmente. En cambio, el intercambio de ideas y opiniones sobre asuntos políticos fue casi nulo. Pero leía y me seguían preocupando los temas de antes. Por recomendación de Serge me convertí en un asiduo lector de *Partisan Review*. Cada mes leía con renovado placer la *London Letter* de George Orwell. Economía de lenguaje, claridad, audacia moral y sobriedad intelectual: una prosa viril. Orwell se había liberado completamente, si alguna vez los padeció, de los manierismos y bizantinismos de mis amigos, los marxistas y exmarxistas franceses. Guiado por su lenguaje preciso y por su nítido pensamiento, al fin pude pisar tierra firme. Pero Orwell no podía ayudarme a contestar ciertas preguntas que me desvelaban y que eran más bien de teoría política. Orwell era un moralista, no un filósofo. Entre aquellas preguntas, una me parecía esencial pues de ella dependía mi actividad y el camino que debería seguir: ¿cuál era la verdadera naturaleza de la Unión Soviética? No se la podía llamar ni socialista ni capitalista: ¿qué clase de animal histórico era? No encontré una respuesta. Ahora pienso que tal vez no importaba la respuesta. Creer que nuestros juicios políticos y morales dependen de la naturaleza histórica de una sociedad determinada y no de los actos de su gobierno y su pueblo, era seguir siendo prisionero del círculo que encerraba por igual a los estalinistas y a los trotskistas. Tardé muchos años en darme cuenta de que me enfrentaba a una falacia.

La guerra llegaba a su fin. ¿Qué ocurriría después? ¿El proletariado europeo, como yo esperaba, entraría en acción y cumpliría la profecía de Marx? Sin revolución europea el marxismo se derrumbaba. En efecto, el núcleo de la doctrina, su principio fundamental, consiste en ver en el proletariado a una clase universal revolucionaria destinada a cambiar la historia e inaugurar una nueva era. La evaporación del agente histórico de la revolución mundial invalida al marxismo por partida doble, como ciencia de la historia y como guía de la acción. Era natural que en 1944 muchos nos hiciésemos esa pregunta. Lo increíble es que, después de la segunda guerra mundial y a pesar de la ausencia de revoluciones obreras en Europa y en las otras naciones industriales, miles de intelectuales en todo el mundo se hayan aferrado a la quimera de la revolución mundial. Entre ellos escritores como Sartre, Moravia y tantos otros que conocían la realidad soviética. Se ha escrito mucho sobre esta aberración de la clase intelectual pero todas las explicaciones que se han dado me parecen incompletas. Hay una falla, una secreta hendedura en la conciencia del intelectual moderno. Arrancados de la totalidad y de los antiguos absolutos religiosos, sentimos nostalgia de totalidad y absoluto. Esto explica, quizá, el impulso que los llevó a convertirse al comunismo y a defenderlo. Fue una perversa parodia de la comunión religiosa. Sin embargo, ¿cómo explicar su silencio ante la mentira y el crimen? Baudelaire cantó a Satán y habló de la *orgullosa* conciencia en el mal. El suyo fue un mal metafísico, un vano simulacro de la libertad. En el caso de los intelectuales del siglo XX no hubo ni rebeldía ni soberbia: hubo abyección. Es duro decirlo pero hay que decirlo.

En 1944 todavía era lícito esperar. Muchos esperamos. Mientras tanto, asistí en San Francisco a la fundación de las Naciones Unidas y presencié las primeras escaramuzas entre las democracias occidentales y los soviéticos. Comenzaba la guerra fría. Nadie hablaba de revolución sino de reparto del mundo. Un día la prensa norteamericana publicó una noticia que nos estremeció a todos: el descubrimiento de los campos de concentración de los nazis. Las informaciones se repitieron y aparecieron fotografías atroces. La noticia me heló los huesos y el alma. Había sido enemigo del nazismo desde mis años de estudiante en San Ildefonso y tenía una vaga noción de la existencia de campos de concentración en Alemania pero no me había imaginado un horror semejante. Los campos de exterminio me abrieron una inesperada vista sobre la naturaleza humana. Expusieron ante mis ojos la indudable e insondable realidad del mal.

Nuestro siglo –y con el nuestro todos los siglos: nuestra historia entera– nos ha enfrentado a una cuestión que la razón moderna, desde el siglo XVIII, ha tratado inútilmente de esquivar. Esta cuestión es central y esencial: la presencia del mal entre los hombres. Una presencia ubicua, continua desde el principio del principio y que no depende de circunstancias externas sino de la intimidad humana. Salvo las religiones, ¿quién ha dicho algo que valga la pena sobre el mal? ¿Qué nos han dicho las filosofías y las ciencias? Para Platón y sus discípulos –también para San Agustín– el mal es la Nada, lo contrario del Ser. ¡Pero el planeta está lleno hasta los bordes de las obras y los actos de la Nada! Los diablos de Milton construyeron en un abrir y cerrar de ojos los maravillosos edificios de Pandemónium. ¿La Nada es creadora? ¿La negación es hacedora? La crítica, que limpia las mentes de telarañas y que es el guía de la vida recta, ¿no es la hija de la negación? Es difícil responder a estas preguntas. No lo es decir que la sombra del mal mancha y anula todas las construcciones utópicas. El mal no es únicamente una noción metafísica o religiosa: es una realidad sensible, biológica, psicológica e histórica. El mal se toca, el mal duele.

Mi vida dio otro salto al terminar 1945: dejé los Estados Unidos y viví en París los años de la postguerra. No encontré ni rastro de la revolución europea. En cambio, el Imperio comunista –porque en eso se convirtió la unión de repúblicas fundada por los bolcheviques– había salido del conflicto más fuerte y más grande: Stalin consolidó su tiranía en el exterior y en el interior se tragó a media Europa. La alianza occidental y el Plan Marshall detuvieron el avance ruso en Europa; en Asia y en otras partes, los Estados Unidos y sus aliados sufrieron graves descalabros, sobre todo en China y en Corea. En ese período se descubrió la falla fatal de la democracia norteamericana, un defecto advertido un siglo antes por Tocqueville: la torpeza de su política exterior. Lo contrario, precisamente, de la república romana, la primera nación, según Polibio, que tuvo una verdadera política internacional.

Encontré una Francia empobrecida y humillada pero intelectualmente muy viva. Perdida su antigua influencia artística, París se había convertido en el centro del gran debate intelectual y político de esos años. Los comunistas eran muy poderosos en los sindicatos, en la prensa y en el mundo de las letras y las artes. Sus grandes figuras pertenecían a la generación anterior. No eran hombres de pensamiento sino poetas –y poetas de gran talento: Aragon y Éluard, dos viejos surrealistas. El primero, además, escribía una prosa sinuosa y deslumbrante. Un temperamento serpentino. Frente a ellos, dispersos, varios grupos y personalidades independientes, como el católico Mauriac, sarcástico y brillante polemista. Malraux se había afiliado al gaullismo y había perdido influencia entre los intelectuales jóvenes, más y más inclinados hacia las posiciones de los comunistas. La mirada más clara y penetrante era la de Raymond Aron, poco leído entonces: su hora llegaría más tarde. Había otros solitarios; uno de ellos, aún muy joven, Albert Camus, reunía en su figura y en su prosa dos prestigios opuestos: la rebeldía y la sobriedad del clasicismo francés. Jean Paulhan, otro solitario, tuvo el valor de criticar los excesos de las «depuraciones» y de enfrentarse a la política de intimidación de los intelectuales comunistas. Una roca en aquel océano de confusiones: el poeta René Char. También aislado, en el centro de las mermadas huestes surrealistas, André Breton. Pero los más apreciados, leídos y festejados eran Sartre y su grupo. Su prestigio era inmenso, lo mismo en Europa que en el extranjero.

Desde el principio me sentí lejos de Sartre. Debo detenerme un instante en este punto porque su influencia fue muy grande en México y, así, contribuyó indirectamente a aislarnos, a mí y a otros con posiciones parecidas a las mías. Las razones de mi distancia fueron poéticas, filosóficas y políticas. Las primeras: al contrario de lo que ocurre con Heidegger, exégeta de Hölderlin y de Rilke, la poesía no tiene lugar en el sistema de Sartre. En su famoso ensayo sobre la literatura lo dice con claridad: la poesía diluye los significados, los vuelve equívocos y, en suma, está a medio camino entre la letra y la cosa, es arte pero no es literatura. En el fondo, odiaba al arte y de ahí sus ensayos sobre (contra) Baudelaire y Flaubert. Mis otras razones son menos personales y más largas de explicar.

Fui un lector ferviente de Ortega y Gasset y por esto mi sorpresa ante el pensamiento de Sartre fue menos viva que la de muchos de sus lectores. Hay un indudable parentesco entre ellos: ambos descienden de la filosofía alemana y los dos aplicaron con talento esa filosofía, en sus muy personales interpretaciones, a temas de la cultura y de la política de nuestro tiempo[1]. La filosofía alemana, salvo la de Schopenhauer y la de Nietzsche, huele a encierro de claustro universitario; las de Ortega y Sartre al aire de la calle, los cafés y las mesas de redacción de los diarios. En Orte-

1. Véase «Memento: Jean-Paul Sartre» en *Excursiones/Incursiones*, volumen segundo de estas obras; «El cómo y el para qué: José Ortega y Gasset», en *Fundación y disidencia*, volumen tercero; «Las dos razones», en *Ideas y costumbres II*, volumen décimo.

ga la influencia alemana fue más directa y, al mismo tiempo, menos avasalladora. Nunca se le ocurrió, por ejemplo, escribir tratados como los de Sartre. La obra filosófica del pensador francés es una inteligente aplicación del método de Husserl y una adaptación, no carente de originalidad, del pensamiento de Heidegger. Adaptación legítima y con aportaciones propias. Un verdadero *adobo*, en el sentido recto y no peyorativo de la palabra: un guiso compuesto por varios ingredientes que enriquecen y dan sabor a la carne o al pescado. En el guisado de Sartre esos ingredientes, tal vez los más substanciosos, son de orden literario y político. La gran ausente de la obra de Sartre es la ciencia moderna. Burham se asombraba de la ignorancia de Trotski en materia de física, matemática y lógica pero las lagunas de Sartre eran mucho mayores. En un extremo, Sartre fue un ideólogo; en el otro, el más valioso, un literato. Lo mejor y más vivo de su obra pertenece al ensayo literario, no a la filosofía.

Mis reservas frente a Sartre fueron más de orden político que intelectual o literario. Su especiosa casuística política, más que sus pesadas novelas y sus ambiciosos tratados filosóficos, provocaron mi repulsa. Casi todos sus ensayos políticos, sus piezas de teatro y sus obras de ficción giran en torno a una idea que ha sido el gran extravío de nuestro siglo: la instauración de una presunta «lógica de la historia» como una instancia moral superior, independiente de la voluntad y de las intenciones de los hombres. O dicho de otra manera: los actos no se valoran ni se miden por ellos mismos; tampoco por la virtud de aquellos que los ejecutan. El metro, la balanza, es su relación con una entidad que a veces se llama historia y otras, más frecuentemente, revolución. Son actos buenos, sin excluir a la mentira y a la ejecución de rehenes, dijo Trotski, los que ayudan a la revolución; malos los que la perjudican. La entidad superior es cambiante pues está hecha de tiempo: es tiempo, historia. Sin embargo, en todos sus cambios es idéntica a sí misma. Cada uno de sus movimientos engendra una negación y cada negación la afirma. La instancia superior –llámese revolución, lógica de la historia, dialéctica o leyes del desarrollo social– posee la ubicuidad de las divinidades: estar en todas partes, y ser al mismo tiempo, como ellas, una realidad incognoscible. Una realidad que siempre se oculta a través de sus innumerables apariciones. ¿Y quién puede adivinar el sentido de cada aparición? Los elegidos: el Comité y su Secretario General. Aparece ahora con mayor claridad la relación espuria entre las religiones y la pseudorreligión política.

La revolución es una divinidad ajena a nuestras pasiones y que premia o castiga con la misma imprevisible infalibilidad con que la deidad cristiana, en el teatro de Calderón y de Tirso de Molina, salva o condena a los pecadores. Sartre reproduce en un modo profano y prosaico las disputas teológicas de la Contrarreforma, y su versión poética en el teatro español del siglo XVII. Pero entre la abstracción de Sartre y la divinidad cristiana hay una diferencia enorme: la segunda no es una lógica impersonal sino una persona. Y más: es la personificación de la compasión universal. Otra diferencia capital: la justicia de la divinidad cristiana es inalterable pues está fundada en un código de significados unívocos e intemporales mientras que el dios-historia cambia continuamente con las circunstancias y con el tiempo. Los mismos actos pueden llevar a Bujarin al Presidium del Comité Central o al paredón. La significación de nuestros actos depende de la relación entre ellos y las necesidades objetivas de la revolución. Los actos son los mismos pero la luz que los ilumina y así los *califica* cambia sin cesar. Es asombroso que Sartre haya creído en serio que era un filósofo de la libertad; es menos asombroso que haya dicho que el hombre está *condenado* a ser libre. Esta idea informa también a «Humanisme et terreur», el comentario del brillante Merleau-Ponty al libro de Arthur Koestler: *Darkness at Noon*. Pero Merleau-Ponty tuvo el valor y la inteligencia de rectificar mientras que Sartre persistió hasta el fin de sus días: en nombre de la libertad encubrió los crímenes de los césares revolucionarios.

Los argumentos de Sartre no eran esencialmente distintos a los que ya había oído en Madrid, México y Nueva York en labios de estalinistas y trotskistas. Exactamente lo contrario de lo que oí decir a Breton y a Camus. Al primero lo conocí a través de Benjamin Péret. Sobre Breton he escrito un largo ensayo y varios artículos, además de que me ocupo de sus ideas y de su persona en los libros y estudios que he dedicado a la poesía[1]. Aquí me limitaré a repetir que el surrealismo, en el momento en que conocí a Breton y a sus amigos, había dejado de ser una llama pero era todavía una brasa. Breton buscó para el surrealismo, un movimiento con el que se identificaba no como un misionero sino como su fundador, una vía revolucionaria que lo insertase en la historia y en la sociedad. La buscó en el comunismo y en la tradición libertaria, entre los heterodoxos del cristianismo y entre los excéntricos de la literatura, en la calle y en los manicomios, en el ocultismo y en la magia, en este mundo y en los otros... y no la encontró. Pero nunca fue infiel a su búsqueda y a su signo: amó

1. Véase el primer volumen de estas obras, *La casa de la presencia*, el segundo volumen, *Excursiones/Incursiones*, y el volumen sexto, *Los privilegios de la vista I*.

siempre a Lucifer, el lucero de la mañana, el ángel Libertad. La moral fundada en la quimérica «lógica de la historia» fue y sigue siendo la moral del compromiso; Breton practicó justamente lo contrario: la *moral del honor.* Por esto no se equivocó en lo que de veras cuenta y no confundió al vicio con la virtud y al crimen con la inocencia. Sus ideas políticas eran, simultáneamente, generosas y nebulosas; su pasión libertaria no estuvo exenta de extravíos y niñerías; sin embargo, en la esfera de la moral política, a la inversa de Sartre, fue literalmente infalible. Dijo *no* y dijo *sí* con la misma energía y cuando había que decirlo. El tiempo le ha dado la razón. Hombre de nieblas y relámpagos, vio más lejos que la mayoría de sus contemporáneos.

A Camus lo conocí en un acto en memoria de Antonio Machado en el que hablamos Jean Cassou y yo. María Casares leyó, admirablemente, unos poemas y, al terminar la función, me presentó con él. Fue un encuentro efusivo, al que siguieron unos pocos más, como he referido en otro escrito[1]. A Camus me unió, en primer término, nuestra fidelidad a España y a su causa. A través de sus amigos españoles, él había redescubierto la tradición libertaria y anarquista; por mi parte, también yo había vuelto a ver con inmensa simpatía a esa tradición, como lo dije en un mitin el 19 de julio de 1951, en el que participé precisamente con Camus[2]. No le debo a Camus ideas acerca de la política o la historia (tampoco a Breton) sino algo más precioso: encontrar en la soledad de aquellos años un amigo atento y escuchar una palabra cálida. Lo conocí cuando se disponía a publicar *L'Homme révolté*, un libro profundo y confuso, escrito de prisa. Sus reflexiones sobre la revuelta son penetrantes pero son un comienzo: no desarrolló totalmente su intuición. Encandilado por la misma brillantez de sus fórmulas, a veces fue, más que hondo, rotundo. Quiso abrazar muchos temas e ideas al mismo tiempo. Tal vez soy demasiado severo: Camus no era ni quería ser un filósofo. Fue un verdadero escritor, un artista admirable y, por esto, un enamorado de la forma. Amó a las ideas casi en el sentido platónico: como formas. Pero formas vivas, habitadas por la sangre y las pasiones, por el deseo de abrazar a otras formas. Ideas hechas de la carne y el alma de hombres y mujeres. Formas soñadas y pensadas por un solitario que busca la comunión: un *solitario-solidario.* Sus ideas filosóficas y políticas brotan de una visión que combina la desesperación moderna con el estoicismo antiguo. Mucho de lo que dijo so-

1. Véase «Inicuas simetrías» en *Ideas y costumbres II*, volumen décimo de estas obras.
2. «Aniversario español», texto recogido en este volumen, pp. 433-437.

bre la revuelta, la solidaridad, la lucha perpetua del hombre frente a su condición absurda, sigue vivo y actual. Esas ideas aún nos conmueven porque nacieron no de la especulación sino del hambre que, a veces, padece el espíritu por encarnar en el mundo.

Breton o la rebeldía; Camus o la revuelta. Como individuo, me siento más cerca de la primera; como hombre social, de la segunda. Mi ideal, inalcanzable, ha sido ser un semejante entre mis semejantes. El rebelde es casi siempre un solitario; su arquetipo es Lucifer, cuyo pecado fue preferirse a sí mismo. La revuelta es colectiva y sus seres son los hombres del común. Pero la revuelta, como las tormentas de verano, se disipa pronto: el mismo exceso de su furia justiciera la hace estallar y disolverse en el aire. En las páginas finales de *L'Homme révolté*, Camus hace una defensa de la mesura. En un mundo como el nuestro, que ha hecho de la desmesura su regla y su ideal, atreverse a proponer la mesura como una respuesta a nuestros males reveló una gran independencia de espíritu. El acierto mayor fue unir la mesura a la revuelta: la mesura da forma a la revuelta, la informa y le da permanencia. Para Camus la salud moral y política estaba en el regreso a las fuentes mediterráneas de nuestra civilización, que él llamó *el pensamiento del mediodía*. La expresión y la idea me impresionaron tanto que, cuando leí el libro, escribí unas líneas. Ahora me atrevo a reproducirlas porque son casi desconocidas:

> En un libro reciente Camus pide una revuelta fundada en la mesura mediterránea. El mediodía griego es su símbolo, punto fijo y vibrante donde se reconcilian los opuestos que hoy nos desgarran: orden y libertad, revolución y amor. ¿Podemos ver de frente al sol del mediodía? Nada más difícil para un mundo como el nuestro, regido por los hermanos gemelos: el terror estatal y la rebelión terrorista. El retorno a la mesura mediterránea –si no es un clasicismo superficial– entraña la comprensión del mediodía: la mesura es trágica. No es moderación sino equilibrio de los contrarios y su forma más alta es el acto heroico que dice *Sí* al destino. Entrever el sentido de esta *mesura* es empezar a recobrar la salud psíquica y política. Pero nosotros, los modernos, sólo podemos ver de lejos al sol de la tragedia...[1].

1. Estas líneas aparecen en la primera edición de *El arco y la lira* (1956). Tuve que suprimirlas en la segunda edición del libro por razones de economía y de composición: eran una digresión. Me alegra ahora recogerlas.

Hoy añadiría: la mesura consiste en aceptar la relatividad de los valores y de los actos políticos e históricos, a condición de insertar esa relatividad en una visión de la totalidad del destino humano sobre la tierra.

Conocí a Kostas Papaioannou en 1946. Era menor que yo pero mi deuda intelectual con él es mayor que nuestra diferencia de edades. He intentado retratarlo en unas cuantas páginas y en un poema evoqué su figura[1]. De ahí la brevedad de esta remembranza. Su vitalidad era tan grande como su saber; su inteligencia vasta y profunda, aunque amante, por su misma amplitud, de bifurcaciones que demoraban indefinidamente la conclusión; su cordialidad, la de la mesa de mantel inmaculado, con la jarra de vino, el pan y los frutos solares; era jovial y era sarcástico; había guardado intacta la doble capacidad de admirar y de indignarse. Hablamos mucho, en muchos sitios y durante muchas horas. En nuestras conversaciones recorríamos las anchas avenidas y las callejas siniestras de la historia. A veces nos perdíamos y otras conversábamos en silencio con esos seres incorpóreos que los antiguos llamaban «el genio del lugar». También nos deteníamos largamente ante un poema, un cuadro, una página. Kostas amaba el diálogo pero sentía cierta repugnancia ante el acto de escribir, oficio solitario. Quizá por esto no dejó la obra que esperábamos todos los que lo conocimos. Le sobreviven tres libros valiosos, sí, pero que apenas dan una débil idea de su poderoso pensamiento. Su tradición era otra, la socrática: su verdadera obra fue su conversación y las obras que provocó en aquellos que tuvimos la dicha de escucharlo. Otro motivo de gratitud: Kostas me presentó a otro griego, Cornelius Castoriadis, que después sería mi amigo y al que todos debemos invaluables esclarecimientos en materia de filosofía y de política.

Además de otras afinidades, tal vez más profundas, en el campo de la literatura, el arte y la filosofía, mi amistad con Kostas brotó de nuestra común preocupación política. Los dos habíamos sufrido los sarampiones ideológicos de ese período y nuestras opiniones nos colocaban en lo que vagamente podría llamarse la oposición de izquierda. Ambos vivíamos una crisis moral e intelectual. La situación material de Kostas, a pesar de su alegre despreocupación, era mucho peor que la mía; había abandonado al Partido Comunista Griego y vivía difícilmente en Francia como refugiado político sin papeles: el gobierno de su país le había retirado el pasaporte. Así, era víctima de la izquierda y de la derecha, enemigos unidos en su odio a la crítica y a la independencia. Kostas soportaba todo esto

1. Véase *Excursiones/Incursiones*, segundo volumen de estas obras.

con desenvoltura: su amor a la vida era más fuerte que sus desdichas. A poco de conocerlo, me di cuenta de que a él le preocupaba el mismo enigma que desde hacía años me atormentaba: ¿cuál era la verdadera naturaleza histórica de la Unión Soviética? Sobre este tema Kostas era inagotable y sus observaciones me aclararon algunos misterios. Por ejemplo, me mostró que la definición de Trotski: la URSS es un Estado obrero degenerado, era una fórmula vacía. En efecto, ¿cómo podía ser obrero un Estado que no estaba gobernado por obreros y en el que la clase obrera carecía de las más mínimas libertades? Y agregaba: la fórmula es desconcertante, no lo es que venga del hombre que alguna vez propuso la militarización de los obreros (una medida que encontró la inmediata oposición de Lenin). Aquellas discusiones aguzaban nuestro ingenio y rompían muchos velos pero se habrían quedado en meras especulaciones si la realidad, al poco tiempo, no las hubiera resuelto de una manera terminante y definitiva. Me refiero al *affaire* de David Rousset y la revista comunista *Les Lettres Françaises*.

En 1947 o 1948 leí un libro de David Rousset que me conmovió y me hizo pensar: *L'Univers concentrationnaire*. Un poco después leí otra obra del mismo autor, igualmente impresionante: *Les Jours de notre mort*. David Rousset había vivido, como prisionero, la experiencia de los campos de concentración nazis. *Les Jours de notre mort* era un testimonio aterrador; *L'Univers concentrationnaire*, un análisis profundo, el primero que se había hecho, sobre ese universo *otro* que fueron los campos de Hitler: centros de exterminio colectivo pero asimismo laboratorios de deshumanización. El infierno cristiano no está en este mundo sino en el inframundo y es el lugar de los réprobos; el campo de concentración fue una realidad mundana, histórica, no sobrenatural, poblada no por pecadores sino por inocentes. La lectura de los dos libros de Rousset provocó en mí la misma sensación que había experimentado unos años antes, en San Francisco, al leer en la prensa los relatos sobre los campos nazis: la de una caída en un pozo frío, insondable. Rousset desmontaba el mecanismo político y psicológico de los campos, sus supuestos ideológicos, y describía su estructura social. Esto último era lo más turbador: los campos fueron una sociedad, el espejo invertido de la nuestra.

Liberado y de regreso a París, Rousset había formado parte, con Jean-Paul Sartre y otras personalidades, de la dirección de una organización socialista revolucionaria de vida efímera. Era también dirigente de una agrupación de exprisioneros de los campos nazis. Una mañana leí en *Le Figaro* un llamamiento suyo, dirigido a sus antiguos compañeros y a la opinión pública internacional. Él y otros de sus colegas habían recibido numerosas denuncias que revelaban la existencia de una vasta red de campos de concentración en la Unión Soviética. ¿Quiénes eran los internados? No sólo los oponentes políticos y los «desviacionistas» (la mayoría compuesta por antiguos comunistas) sino campesinos, obreros, intelectuales, amas de casa, fieles de esta o de aquella Iglesia y, en suma, gente de todas las categorías sociales. Su número ascendía a millones.

La prensa comunista respondió con furia y acusó a Rousset de falsario y agente del imperialismo norteamericano. La opinión de los intelectuales se dividió. Algunos callaron: aunque pensaban que Rousset tenía razón, no había que darle armas al enemigo y, sobre todo, favorecer al imperialismo norteamericano. En *Les Temps Modernes*, la revista de Sartre y de Merleau-Ponty, se acusó a Rousset de caer en la trampa del antisovietismo y utilizar a la prensa reaccionaria en su campaña. Un editorial de la revista aceptaba que los hechos denunciados eran ciertos, como lo eran también, se añadía, los horrores del colonialismo y la discriminación racial en los Estados Unidos, sobre lo que no decía Rousset una palabra. Sin embargo, el centro de la cuestión era otra: cualesquiera que fuesen las deformaciones del régimen estalinista, la Unión Soviética era un país *hacia* el socialismo. Era una revolución *en panne* pero era una revolución. Esta posición, de nuevo, no era muy distinta a la de Trotski, con una diferencia fundamental a favor del revolucionario ruso: él había hecho un análisis de la realidad rusa y había concluido que se trataba de un «Estado obrero degenerado»; Sartre y Merleau-Ponty se limitaban a afirmar el carácter revolucionario del Estado soviético, sin tomarse la molestia de probarlo. La curiosa expresión: revolución *en panne* (al pairo, detenida), me recordó a un antiguo amigo mexicano, Enrique Ramírez y Ramírez, que en una agria discusión juvenil conmigo, hacía muchos años, me lanzó esta frase: «La revolución es un pecado pero es un pecado que anda».

El escándalo provocado por la denuncia de Rousset se prolongó varios meses. La prensa comunista lo cubrió de improperios; la más violenta fue *Les Lettres Françaises*, la revista de Aragon. La disputa pasó a los tribunales, hubo un proceso sonado, un desfile de testigos, algunos famosos, y la impresionante procesión de muchos antiguos comunistas, víctimas de Stalin. La revista fue condenada. Los abogados de Rousset habían mostrado un Código de Trabajo Correctivo de la Unión Soviética que preveía la aplicación de penas *por decisión administrativa y sin que mediase un juicio*. Ese código era el instrumento legal para reclutar –ésa es la palabra–

los detenidos en los campos de concentración. En esos años se creyó que, a diferencia de los campos nazis, que eran pura y llanamente centros de exterminación colectiva, los de la Unión Soviética tenían una función económica. Eran, como dijo Sartre en una metáfora de mal gusto, «las colonias de la Unión Soviética»[1].

Ante la magnitud de estos hechos, no conocidos en nuestros países, sobre todo entre los intelectuales reacios a aceptar ciertas verdades, se me ocurrió recopilar los documentos más importantes –fragmentos del Código, declaraciones de los testigos y las partes– y publicarlos precedidos de una breve nota. Pero ¿en dónde? En España era imposible: gobernaba Franco. En México no era fácil: un poco antes había enviado a un conocido suplemento literario una declaración de André Breton en la que, de paso, en dos líneas, fustigaba el estalinismo de Neruda y eso había sido bastante para que el director, Fernando Benítez, vetase su publicación. Pensé en *Sur*. Tenía poca circulación pero era la mejor revista literaria de nuestra lengua en esos años. Escribí a mi amigo José Bianco, él habló con la valerosa Victoria Ocampo y al poco tiempo, en marzo de 1951, apareció el informe, con los documentos y mi nota de introducción[2]. Fue la ruptura abierta.

Sentí una suerte de liberación y esperé los comentarios. Hubo pocos: recibí, como dice la antigua expresión, la callada por respuesta. O a la mexicana: «me ningunearon». Supe después que los comentarios hablados habían sido duros y despectivos. En México, antes, había sido visto con sospecha y recelo; desde entonces, la desconfianza empezó a transformarse en enemistad más y más abierta e intensa. Pero en aquellos días yo no me imaginaba que los vituperios iban a acompañarme años y años, hasta ahora. Me inquietaba mi situación psicológica o, para decirlo con una frase anticuada y exacta: me angustiaba el estado de mi alma. Había perdido no sólo a varios amigos sino a mis antiguas certidumbres. Flotaba a la deriva. La cura de desintoxicación no había terminado enteramente: me faltaba aún mucho por aprender y, más que nada, por desaprender. Pero escribía, tal vez como una compensación o por desquite. La escritura me abrió espacios inexplorados. En breves textos en prosa –¿poemas o explosiones?– traté de penetrar en mí mismo. Me embarcaba en cada palabra como en una cáscara de nuez. Uno de esos textos recoge, con cierta fidelidad, mi estado de ánimo. Se llama *Un poeta*. Subrayo: *un* poeta, no el

1. En su libro sobre el totalitarismo Hannah Arendt ha probado sin lugar a duda que la productividad de los campos era nula: fueron órganos del terror estatal.
2. Véase en este volumen «Los campos de concentración soviéticos», pp. 167-170.

poeta. Ese poeta podía ser yo pero también todos los poetas que han pasado, en nuestra época, por trances semejantes. Por esto lo dediqué más tarde a una pareja de amigos, Claude Roy y Loleh Belon, que han vivido esas angustias y desgarraduras. La primera parte del poema alude a un mundo en el que las relaciones entre los hombres y las mujeres son al fin transparentes: el mundo liberado que soñamos y quisimos; la segunda, a la realidad de nuestro siglo:

UN POETA

Música y pan, leche y vino, amor y sueño: gratis. Gran abrazo mortal de los adversarios que se aman: cada herida es una fuente. Los amigos afilan bien sus armas, listos para el diálogo final, el diálogo a muerte para toda la vida. Cruzan la noche los amantes enlazados, conjunción de astros y cuerpos. El hombre es el alimento del hombre. El saber no es distinto del soñar, el soñar del hacer. La poesía ha puesto fuego a todos los poemas. Se acabaron las palabras, se acabaron las imágenes.

Abolida la distancia entre el nombre y la cosa, nombrar es crear; imaginar, nacer.

–Por lo pronto, coge el azadón, teoriza, sé puntual. Paga tu precio y cobra tu salario. En los ratos libres pasta hasta reventar: hay inmensos predios de periódicos. O desplómate cada noche sobre la mesa del café, con la lengua hinchada de política. Calla o gesticula: todo es igual. En algún sitio ya prepararon tu condena. No hay salida que no dé a la deshonra o al patíbulo: tienes los sueños demasiado claros, te hace falta una filosofía fuerte.

LAS DOS CARAS DE LA REVUELTA

Dos movimientos distintos pero en continua interpenetración atravesaron la segunda mitad del siglo XX: la guerra fría y los trastornos y cambios en la periferia de las naciones desarrolladas. Los dos movimientos son ya parte del pasado inmediato; desde la caída del muro de Berlín hemos penetrado en otro período histórico. Fui testigo de los dos procesos y, en el caso de los cambios en los países subdesarrollados, testigo cercano. En 1952 pasé un poco menos de un año en India y Japón; regresé a México a fines de 1953; en 1962 volví a la India, viví allá seis años y visité con frecuencia, debido a mis quehaceres diplomáticos, Ceilán y Afganistán.

Viajé también por Nepal y el Sudeste asiático: Birmania, Tailandia, Singapur y Camboya. Durante todo ese tiempo seguí, primero con esperanza y después con creciente desencanto, las agitaciones y revueltas del (mal) llamado Tercer Mundo. Mi simpatía inicial es explicable y justificable. Hijo de la Revolución mexicana, aquellas revueltas me parecieron una confirmación de nuestro movimiento. En esos años se veía con cierto desdén a nuestra Revolución; para los marxistas era apenas un episodio en la historia universal de la lucha de clases, una revolución democrático-burguesa, nacionalista y antifeudal; para los intelectuales jóvenes, un régimen corrompido y una mentira institucional. Las críticas de estos últimos eran justas, aunque equivocada su perspectiva. Era otro el sentido profundo de la Revolución, como traté de explicarlo en *El laberinto de la soledad* (1950). El movimiento revolucionario se desplegó en dos direcciones: fue el encuentro de México consigo mismo y en esto reside su originalidad histórica y su fecundidad; además, paralelamente, fue y es la continuación de las distintas tentativas de modernización del país, iniciadas a fines del siglo XVIII por Carlos III e interrumpidas varias veces. Lo segundo era lo que estaba sujeto a la discusión y el debate.

Las revueltas de los pueblos de la periferia, señalé en las páginas finales de la segunda edición de *El laberinto de la soledad* (1959), podían y debían verse desde la perspectiva del doble proceso de la Revolución mexicana. Y agregaba con cierta retórica impaciencia: «nadie ha interrogado el rostro borroso e informe de las revoluciones agrarias y nacionalistas de América Latina y de Oriente para tratar de entenderlas como lo que son: un fenómeno universal que requiere una nueva interpretación». Era verdad, al menos en parte: a medida que se desvanecía la figura de la revolución proletaria en el mundo desarrollado, aparecía otra en Asia, América Latina y África. Marx y sus discípulos habían previsto una revolución en los países más avanzados y la realidad había disipado esa predicción. Empeñado en encontrar una razón de ser al régimen soviético –otra vez el espectro de la «lógica de la historia»– se me ocurrió que incluso la Revolución rusa, a despecho de su careta marxista, era parte de la gran insurrección de los países de la periferia: Rusia jamás había sido enteramente europea. La Revolución de Mao, que había seducido a muchos intelectuales europeos, era otro de mis ejemplos, en este caso un poco más justificado.

Mis suposiciones partían de un hecho innegable: la revolución prevista por Marx tenía que estallar en el interior del sistema formado por los países industrialmente avanzados, mientras que la nueva revolución ocurría precisamente en el exterior de ese sistema. Para Marx los términos de la contradicción histórica eran el proletariado y la burguesía, una oposición que, a su vez, era la consecuencia de otra contradicción, esencial, entre el carácter colectivo de la producción industrial y la propiedad privada de los medios de la producción. En lugar de esta cadena de oposiciones éramos testigos de una lucha no de clases sino de naciones: los países desarrollados y los subdesarrollados. Esta oposición correspondía a otra que no dependía del sistema de producción sino que era del dominio de la historia y la política: el imperialismo y el colonialismo. Esta serie de oposiciones, no las señaladas por el marxismo, eran la causa, el origen, de la revolución de la periferia. Pero ¿se trataba realmente de una revolución?

Tardé algunos años en encontrar una respuesta a mi pregunta. La primera y más obvia diferencia entre el concepto clásico de *revolución* y la insurrección de las naciones subdesarrolladas consistía en el carácter heterogéneo de la segunda. Las revoluciones son movimientos sociales que proponen un programa universal de cambios. La universalidad revolucionaria no depende de una revelación sobrenatural sino de la razón. Este rasgo es lo que distingue a la Revolución francesa, la primera revolución de la modernidad, de las llamadas revoluciones de los Estados Unidos y de Inglaterra, realizadas en nombre de principios e intereses particulares. Las revueltas del siglo XX en América Latina, Asia y África carecían de esa característica dual: ser un programa universal fundado en la universalidad de la razón. Pensé que a esos movimientos les convenía más la noción de *revuelta* que de *revolución*. *Revuelta* no en el sentido que había dado Camus a la palabra: reacción individual, respuesta del esclavo y el sometido, sino en el sentido tradicional y de uso común, referido siempre a la colectividad. Los protagonistas de esas revueltas no eran ni los individuos ni las clases sociales sino las naciones.

Al llegar a este punto apareció una contradicción que hacía más difícil la comprensión del fenómeno: el concepto de *nación* es occidental y moderno, en tanto que esas revueltas eran levantamientos de antiguos pueblos y culturas en contra de Occidente. Así, se presentaban como una lucha en contra de Occidente y, al mismo tiempo, se apropiaban de sus conceptos políticos: *nación, democracia, socialismo.* Esta contradicción era más ostensible si se reparaba en otra circunstancia: las élites que encabezaban todas esas revueltas habían sido educadas con métodos europeos y, con frecuencia, en las universidades de Europa. La contradicción, por lo demás, no sólo era (y es) política sino histórica y cultural: esos movimientos exaltaban sus culturas tradicionales y, simultáneamente, buscaban a toda costa la modernización de sus países. Ahora bien, la modernidad es una invención de Occidente. No hay más modernidad que la occidental: el ejemplo de Japón es concluyente. La revuelta significaba, contradictoriamente, la resurrección de viejas culturas y su occidentalización.

Heterogeneidad y contradicción definieron desde el principio a los movimientos del Tercer Mundo. Lo primero les impidió unirse y presentar un programa común. La carencia de programa precipitó la segmentación y ésta la caída en estrechas pasiones tribales y en «fundamentalismos religiosos», para emplear un útil anglicismo de moda. La revuelta mostró su otra cara: la del arcaísmo. Fue un regreso. Un ejemplo entre muchos: la caída del Sha, un déspota modernizador, no llevó a Irán a la democracia sino a un régimen teocrático. La revuelta de Irán, saludada con entusiasmo por muchos intelectuales europeos y norteamericanos, fue un paso hacia atrás. La revuelta, como su nombre lo indica, lleva en el vientre pasiones y tendencias opuestas. En su forma más extrema, esas contradicciones se resuelven en estallidos; en sus formas moderadas, en compromisos hipócritas que ponen en entredicho la coherencia del movimiento y, a veces, su legitimidad. El nacionalismo indio es un ejemplo.

La India no es realmente una nación sino un conglomerado de pueblos, lenguas, culturas y religiones, todos unidos en un sistema democrático de gobierno heredado de la administración inglesa. La India es uno de los pocos países que logró la Independencia sin caer en la dictadura. El nacionalismo es una idea, como la democracia, que no aparece en la historia de la India ni en su tradición cultural: es un concepto adoptado por la élite de cultura inglesa. No es propiamente una doctrina sino un conjunto de vagos principios y sentimientos destinados a unir, de arriba para abajo, a los distintos pueblos que forman la república. Lo que une espontáneamente, de abajo para arriba, a las diversas comunidades es el sentimiento religioso, incluidas en este último las castas, que son primordialmente categorías religiosas. El nacionalismo indio, en suma, se presenta como un sentimiento secular (éste es su carácter positivo) nacido en la lucha contra la dominación británica y adoptado por una minoría educada por los ingleses. Sin embargo, los sucesivos gobiernos de la India, desde la Independencia y sin excluir al del talentoso y civilizado Nehru, no han vacilado en acudir a la fuerza para reprimir a los distintos movimientos nacionalistas en el interior de la república. Una vez consumada la Independencia, el nacionalismo indio cambió de signo: no defendió al pueblo de la dominación extranjera sino que impuso sobre los otros pueblos su autoridad. Un ejemplo es Cachemira, que no es india ni por la cultura ni por la historia y que, sobre todo, no quiere serlo por la voluntad de la mayoría de la población. Otros casos: el de los sikhs en Punjab y el de los nagas en Asam.

La heterogeneidad y la contradicción se resolvieron con frecuencia en la aparición de regímenes políticos híbridos, a veces monstruosos y otras grotescos. Bizarras invenciones de la patología histórica, como la democracia dirigida de Indonesia y los variados socialismos que florecieron en algunos países asiáticos y africanos. Todos esos regímenes tenían una nota en común: la figura central, el sol de cada sistema, era un hombre que fungía como guía, maestro, conductor y jefe. Tiranías disfrazadas de socialismo, satrapías con nombre de república. Aunque muchas de esas dictaduras han desaparecido, sobre todo en América Latina, perduran no pocos islotes autoritarios y en muchas partes la democracia se enfrenta a todo género de dificultades. Para Marx y Engels, el socialismo sería la consecuencia del desarrollo industrial; fue escandaloso que muchos marxistas aprobasen, sin pestañear, la farsa de varios gobiernos de Asia y de África, empeñados en convertir al socialismo en un método de desarrollo industrial y económico. Los socialismos de los países subdesarrollados fueron, desde el punto de vista de la teoría, un contrasentido y, desde el de la política y la economía, un desastre colosal. No dejaron sino ruinas.

El caso más notable –tristemente notable– es el del régimen de Castro. Comenzó como un levantamiento en contra de una dictadura; por esta razón, así como por oponerse a la torpe política de los Estados Unidos, despertó grandes simpatías en todo el mundo, principalmente en América Latina. También despertó las mías aunque, gato escaldado, procuré siempre guardar mis distancias. Todavía en 1967, en una carta dirigida a un escritor cubano, Roberto Fernández Retamar, figura prominente de la Casa de las Américas, le decía: soy amigo de la Revolución cubana por lo que tiene de Martí, no de Lenin. No me respondió: ¿para qué? El régimen cubano se parecía más y más no a Lenin sino a Stalin (modelo reducido). Sin embargo, muchos intelectuales latinoamericanos, obliterados por un atracón de ideología, aún defienden a Castro en nombre del «principio de no intervención». ¿Ignoran acaso que ese principio está fundado en otro: el «derecho de autodeterminación de los pueblos»? Un derecho que Castro, desde hace más de treinta años, niega al pueblo cubano.

Las contradicciones y extravíos que he señalado no condenan enteramente a esos movimientos. No fueron una revolución sino un gran estallido, un levantamiento de pueblos oprimidos y de culturas humilladas. Una suerte de reacción en cadena, a un tiempo confusa, legítima y necesaria. Fue un despertar. ¿Y los fracasos, las vidas sacrificadas, las oportunidades perdidas, los errores y los horrores, los tiranos grotescos? A veces los errores son fecundos y los extravíos son avisos, escarmientos. Ojalá que esas naciones aprendan de sus descalabros. Acorraladas entre tradición y modernidad, entre un pasado vivo pero inerte y un futuro reacio a convertirse en presente, tienen que escapar del doble peligro que las amenaza: uno es la petrificación, otro es la pérdida de su identidad. Tienen que ser lo que son y ser otra cosa: cambiar y perdurar. Para lograrlo, tendrán que encontrar modos y metas de desarrollo más acordes con su genio. A esos pueblos, víctimas de jefes delirantes, les ha faltado imaginación política. Pero la imaginación, la verdadera, nace después de la crítica: no es una fuga de la realidad sino un enfrentarse a ella. El ejercicio de la crítica requiere inteligencia y, asimismo, carácter, rigor moral. La crítica que propongo es ante todo una autocrítica. Su misión consiste en extirpar en su raíz a la mentira, que es el mal que mina a las élites de esos países, especialmente a los intelectuales, y que los lanza hacia quimeras y espejismos. Sin esa reforma moral, los cambios sociales y económicos se convertirán en cenizas... A estas conclusiones había llegado en los últimos tiempos de mi estancia en la India cuando, en octubre de 1968, la represión gubernamental del movimiento de los estudiantes me obligó a dejar el servicio público.

Como en 1950, la ruptura de 1968 fue espiritualmente saludable. Fue abrir una puerta condenada y salir a respirar otra vez el aire puro y áspero de la montaña. No reniego de los años que pasé en el servicio exterior de México; al contrario, los recuerdo con gratitud. Aparte de que, *grosso modo*, estuve casi siempre de acuerdo con nuestra política internacional, pude viajar, conocer países y ciudades, tratar con gente de diversos oficios, lenguas, razas, condiciones y, en fin, escribir. Mi carrera, si se la puede llamar así, fue obscura y muy lenta, tanto que a veces tenía la impresión, nada desagradable, de que mis superiores habían olvidado por completo mi existencia. Mi insignificancia me impedía tener la menor influencia en nuestra política exterior; en cambio, me daba libertad. Cuando, al cabo de veinte años de servicio, la persona que entonces era secretario de Relaciones Exteriores, Manuel Tello, me propuso un puesto de embajador, lo hizo con cierta abrupta franqueza y en estos términos: «No le puedo ofrecer nada sino la India. Tal vez usted aspire a más pero, teniendo en cuenta sus antecedentes, espero que lo acepte». No me ofendieron sus palabras ni el tono de su ofrecimiento: tómelo o déjelo. Acepté inmediatamente. En primer lugar, la India me atraía poderosamente, algo que no podía sospechar el alto funcionario; además, había que coger al toro por los cuernos y la India resultó ser un toro magnífico, como aquel de Góngora:

Media luna las armas de su frente
y el sol todos los rayos de su pelo...

Dejé el puesto con alivio, con pena a la India. Di cursos en algunas universidades norteamericanas y europeas, regresé a México en 1971 y, ese mismo año, gracias al director del diario *Excélsior*, Julio Scherer, publiqué la revista *Plural*. En 1976, con poco dinero y mucho entusiasmo, varios amigos y yo fundamos otra revista, *Vuelta*, que sigue saliendo[1]. Concebimos a *Plural* y después a *Vuelta* como revistas primordialmente literarias y artísticas pero abiertas al aire del tiempo, atentas a los problemas y temas de la vida y la cultura de nuestros días, sin excluir a los asuntos públicos. En materia política, nuestra crítica se desplegó en varias direcciones: el sistema político mexicano, fundado en un excesivo presidencialismo y en la hegemonía de un partido hechura del Estado; el sistema totalitario soviético con sus satélites y el chino con los suyos; las dictaduras, especialmente las de América Latina; la política de las democracias liberales de Occidente, en particular la de los Estados Unidos. Sobre esto aclaro, una vez más, que siempre me ha parecido esencial la crítica de las democracias capitalistas: nunca las he visto como un modelo. Sin embargo, mis adversarios no han dejado de llamarme «derechista» y «conservador». No sé cuál pueda ser hoy el significado, si alguno tiene, de esos anticuados adjetivos; en cambio, no es difícil adivinar la razón de sus dicterios: desde 1950 me negué a equiparar a las democracias liberales capitalistas con los regímenes totalitarios comunistas.

Sin cerrar los ojos ante sus fallas terribles, las sociedades democráticas de Occidente poseen instituciones libres. Lo mismo puede decirse, con salvedades conocidas, de las imperfectas democracias de otros sitios, sin excluir al peculiar régimen de México (en vía de desaparición). Debemos defender esas instituciones y defender los gérmenes de libertad que contienen, no anularlos. Ésta fue la orientación de *Plural* y hoy es la de *Vuelta*. La crítica del sistema mexicano fue difícil pero no provocó las polémicas, los denuestos y las injurias con que se contestó a nuestra denuncia del totalitarismo soviético. No es extraño: muchos intelectuales mexicanos, desde hace más de medio siglo, han padecido una intoxicación ideológica. Algunos todavía no se curan. Lo mismo puede decirse de los otros países de América Latina... Y con esto termina mi rememoración de esa larga etapa que comienza, para mí, en 1950 y que se cierra con el derrum-

1. Véase *El peregrino en su patria*, volumen octavo de estas obras, pp. 563-575.

be de los sistemas comunistas totalitarios. Lo que sigue es el presente, territorio inmenso de lo imprevisible.

NIHILISMO Y DEMOCRACIA

Hacia 1980 comenzó a manifestarse con claridad la crisis del Imperio soviético; se aceleró en los años siguientes hasta su disolución en diciembre de 1991. Aunque muchos creíamos que el sistema acabaría por desplomarse, a todos nos sorprendió la rapidez del proceso y la manera relativamente pacífica en que todo ocurrió. Se pensaba que la *nomenklatura* defendería sus privilegios como los había ganado: a sangre y fuego. No fue así: estaba desmoralizada. La conciencia de la ilegitimidad de su poder debe haber sido abrumadora en los últimos tiempos. En el dominio de la historia todas las explicaciones son relativas; con esta reserva pueden citarse otras circunstancias que contribuyeron decisivamente al desplome. La primera es el carácter del pueblo ruso. Para vislumbrar su complejidad, sus cambios súbitos, sus períodos de inercia seguidos por momentos de frenesí, sus iluminaciones y sus obscuridades, basta con leer a sus grandes escritores. La segunda, la economía. La «competencia pacífica» con Occidente terminó en un fracaso: se vio claro que el comunismo nunca iba a alcanzar al capitalismo y menos a sobrepasarlo. Y la tercera: el desastre económico se conjugó con otro más grave: la carrera armamentista con los Estados Unidos dejó sin respiración a la Unión Soviética y, literalmente, la hizo besar la tierra.

Muy pocos previeron que la quiebra del sistema comunista sería también la del Imperio ruso, herencia del zarismo. En 1991 se desintegró una construcción política comenzada cinco siglos antes. ¿Definitivamente? Nadie lo sabe: la historia es una caja de sorpresas. En todo caso: aparte de ser hipotética, la reconstitución del Imperio ruso no es tarea para mañana. Es claro, en cambio, que la desintegración ha fortalecido a los nacionalismos. La única ideología sobreviviente de las crisis, guerras y revoluciones de los siglos XIX y XX ha sido el nacionalismo. El fin de la guerra fría y la aparición de dos nuevos centros de poder económico, el del Japón con la cuenca del Pacífico y el de la Comunidad Europea con Alemania en su centro, así como la posible formación de un mercado común en América, hacían probable la construcción de un orden internacional fundado en tres grandes bloques económicos y políticos. Este proyecto se enfrenta ahora a un obstáculo formidable: la resurrección de los nacionalismos. Como la partícula de indeterminación en física, el nacionalismo hace vacilar todos los cálculos políticos. Está en todas partes, dinamita todos los edificios y exacerba a todas las voluntades. Algunos sostienen que el Estado-nación, la gran invención política de la modernidad, ha cumplido ya su misión y se ha vuelto inservible. Daniel Bell dice que el Estado-nación es demasiado chico para enfrentarse a los grandes problemas internacionales y demasiado grande para resolver los de las pequeñas naciones. En suma, se le reprocha no ser ni un imperio ni un simple principado. Tal vez la solución no está en su desaparición sino en su transformación: convertirlo en un intermediario entre las pequeñas nacionalidades y los bloques de naciones. Naturalmente, habrá que cambiar también el concepto de soberanía; hoy es absoluta: tiene que ser relativa.

Por desgracia, la cuestión del nacionalismo no es de lógica política ni ella puede resolverlo: el nacionalismo introduce un elemento pasional, irreductible a la razón, intolerante y hostil al punto de vista ajeno. Lo más grave: es una pasión contagiosa. Fundado en lo particular y en la diferencia, se asocia con todo lo que separa a una comunidad de otra: la raza, la lengua, la religión. Su alianza con esta última es frecuente y letal por dos razones. La primera porque los lazos religiosos son los más fuertes; la segunda, porque la religión es por naturaleza, como el nacionalismo, reacia a la mera razón. Ambos se fundan en la fe, es decir, en algo que está más allá de la razón. Así, la resurrección de los nacionalismos y la de los «fundamentalismos» religiosos nos enfrenta a un peligro cierto: o somos capaces de integrarlos en unidades más vastas o su proliferación nos llevará al caos político y, en seguida, a la guerra. Si ocurriese lo segundo, se confirmaría la idea de todos aquellos que ven en la historia una insensata repetición de horrores, una monótona sucesión de matanzas y de imperios que nacen entre llamas y mueren entre ellas.

No propongo la extirpación de los nacionalismos. Sería imposible y, además, funesto: sin ellos los pueblos y las culturas perderían individualidad, carácter. Son el elemento vivaz de la historia, la sal que da variedad a cada comunidad. He sido y soy partidario de la diversidad. Creo en el genio particular de cada pueblo; creo también que las grandes creaciones, sean colectivas o individuales, son el resultado de la fusión de elementos distintos e incluso contrarios. La cultura es hibridación. Los imperios terminan por petrificarse a fuerza de repetir mecánicamente las mismas fórmulas y multiplicar la imagen del césar deificado. El remedio contra el nacionalismo no es el imperio sino la confederación de naciones. Los griegos, hipnotizados por su culto a la ciudad-Estado, no pudieron o no quisieron transformar una de sus creaciones políticas más audaces: la anfictionía, en una verdadera confederación. Pagaron su ceguera: los dominó Alejandro y después Roma. En el siglo XX pudimos escaparnos de la dominación del Imperio alemán y del ruso: ¿seremos tan ciegos como los griegos y caeremos bajo el dominio de una nueva Roma?

Frente al expansionismo soviético, las naciones democráticas siguieron una política de «estira y afloja». La flexibilidad puede ser una virtud, a condición de que no se caiga en la abdicación o en la entrega. La política de los gobiernos de Occidente nunca fue un modelo de coherencia y estuvo sujeta a cambios imprevistos. Las democracias modernas dependen de los vaivenes, con frecuencia caprichosos, de la opinión pública y así son incapaces de formular y llevar a cabo una política exterior de largo alcance y duración. La inestabilidad es uno de los estigmas de la modernidad. Sin embargo, la política de los Estados Unidos y sus aliados, esencialmente defensiva pero firme, tuvo éxito. Entre los factores de ese éxito debe mencionarse a la cautela del Kremlin, que a la postre resultó contraproducente para los rusos. Las razones de esta cautela son numerosas. En seguida, muy brevemente, las enumero.

La primera es de orden histórico: al contrario de franceses y alemanes, rápidos en el ataque, la política rusa, lo mismo bajo los zares que bajo Stalin y sus sucesores, ha sido lenta, calculadora y taimada. Prudencia del gigante que no está muy seguro del terreno que pisa, sobre todo si es suelo extranjero. Agrego que estas vacilaciones no fueron únicamente el resultado de la tradicional inseguridad psíquica de los rusos; lo determinante fue, sin duda, la conciencia que tenían los dirigentes soviéticos de su clara inferioridad tecnológica e industrial. Antes, la inferioridad económica no era un verdadero obstáculo si se tenía la superioridad militar, como lo supieron y aprovecharon mejor que nadie los imperios nómadas del pasado. La Unión Soviética aspiró a la superioridad militar y, en ciertos aspectos, la consiguió pero, en el siglo XX, no basta con la supremacía en las armas: el poder militar depende y está subordinado a la potencia técnica e industrial. Por último, el arma atómica. Como instrumento de disuasión, fue decisiva y nos salvó de una hecatombe mundial. Ninguna de las grandes potencias se atrevió a usarla: es un arma suicida que aniquila no sólo al enemigo sino al que la lanza. El arma atómica introdujo un tétrico equilibrio y así impidió que la Unión Soviética se lanzase a una acción que, quizá, habría decidido en su favor la contienda, al menos en Europa y por cierto tiempo. En fin, aunque las democracias liberales, sobre todo los Estados Unidos, contribuyeron poderosamente a la derrota del comunismo, el principal agente de esa derrota fue el mismo comunismo. El esfuerzo de los bolcheviques y de sus sucesores por modernizar a su país, sacrificando los valores democráticos, fue más costoso y sangriento que los de dos autócratas, Pedro y Catalina. El resultado fue peor: la ruina de Rusia.

¿La derrota del comunismo significa la victoria del capitalismo? Sí, a condición de añadir que no ha sido la victoria de la justicia ni de la solidaridad entre los hombres. El mercado libre ha mostrado que es más eficaz, eso es todo. Las consecuencias de la estatización de la economía están a la vista: baja productividad, estancamiento, mal uso y dilapidación de los recursos humanos y naturales, obras faraónicas (pero sin la belleza de las de los egipcios), escasez generalizada, servidumbre de los trabajadores y un régimen de privilegios para la burocracia. Hay un contraste brutal entre este panorama y el de las democracias capitalistas. Recuerdo que Victor Serge me refería el asombro con que vio, en Bruselas, hacia 1938, después de su liberación, los cambios operados en la situación de los trabajadores: «Hay que confesar –decía– que la socialdemocracia lo ha hecho mejor que nosotros». Es innegable que el capitalismo de la segunda mitad del siglo XX es muy distinto al que conocieron Marx y los grandes revolucionarios del XIX. ¿Superioridad del régimen de libre empresa? Más bien: superioridad de la democracia. Sin las libertades que otorga, la libre empresa no se habría podido desarrollar ni, frente a ella, como antídoto y correctivo, el sindicalismo obrero y el derecho de huelga. Sin la libertad sindical la suerte de los trabajadores habría sido muy distinta. Sentada esta premisa y aceptando, sin regatear, el mejoramiento de las condiciones de vida de la mayoría, es lícito preguntarse: ¿ha sido bastante? La respuesta no puede ser categórica y debe matizarse.

En primer término: el bienestar abarca únicamente a las naciones desarrolladas. Se diría que la situación de los países de la periferia se debe a causas particulares, unas a la historia de esos pueblos y otras, las más recientes, a la política irresponsable de sus gobiernos. Es cierto, pero no es toda la verdad. Es imposible negar la responsabilidad histórica de los imperialismos de Occidente desde la expansión europea del siglo XVI. Más de media humanidad vive al margen del mundo desarrollado, entre la pobreza y la miseria; su función económica se reduce a proveer de materias primas a los países industriales. La desigualdad, por lo demás, aparece también en los países desarrollados, aunque allá afecte únicamente a una minoría de la población. La situación ha empeorado desde hace algunos años; basta con recorrer cualquiera de las grandes ciudades de los Estados

Unidos o de Europa para darse cuenta de que comienzan a poblarse de mendigos e indigentes como Calcuta y otras ciudades de la periferia. El mercado es un mecanismo que crea, simultáneamente, zonas de abundancia y de pobreza. Con la misma indiferencia reparte bienes de consumo y la miseria.

A la injusticia y la desigualdad hay que añadir la inestabilidad. Las sociedades capitalistas sufren crisis periódicas, desastres financieros, quiebras industriales, altas y bajas de sus productos y sus precios, cambios repentinos de fortuna entre los propietarios, desempleo crónico entre los trabajadores. La angustia psicológica, la incertidumbre, el no saber qué será de nosotros mañana, se ha convertido en nuestra segunda naturaleza. El mercado es el promotor de los cambios y las innovaciones técnicas; también es el rey del despilfarro. Fabrica miles de objetos, todos de poca duración y baja calidad; para Fourier, el ideal consistía en producir un número limitado, pero en cantidad suficiente para todos, de objetos de insuperable calidad y de duración ilimitada. A nosotros el mercado nos condena a desechar lo que compramos ayer y, por la boca ubicua de la publicidad, nos intoxica con la droga infernal de la novedad. Idolatría del siglo XX: la adoración de las cosas nuevas que duran lo que dura un parpadeo. Gran engañifa del mercado, servidor de la nada, rival de Satanás.

Para el cristiano Eliot el proceso circular de la vida meramente natural se reducía a una trinidad animal: *birth, copulation and death, that's all...* El mercado simplifica esta visión negra: producir y consumir, trabajar y gastar, *that's all...* Poseído por el afán de lucro, que lo hace girar y girar sin fin, se alimenta de nosotros, seamos capitalistas o trabajadores, hasta que, viejos o enfermos, nos avienta como un desecho más al hospital o al asilo: somos una de las muelas de su molino. El mercado no se detiene nunca y cubre la tierra con gigantescas pirámides de basura y desperdicios; envenena los ríos y los lagos; vuelve desiertos las selvas; saquea las cimas de los montes y las entrañas del planeta; corrompe el aire, la tierra y el agua; amenaza la vida de los hombres y la de los animales y las plantas. Pero el mercado no es una ley natural ni divina: es un mecanismo inventado por los hombres. Como todos los mecanismos es ciego: no sabe a dónde va, su misión es girar sin fin. Adam Smith creyó encontrar en su movimiento circular una intención divina, un propósito justiciero. Aparte de que es difícil probarlo, los efectos de la acción de ese propósito invisible del mercado se cumplen a largo plazo y mientras tanto crece en millares de millares el número de sus víctimas. Además, Adam Smith no tomó en consideración las desigualdades de la sociedad internacional, compuesta por naciones con desarrollos económicos diferentes y con historias y tradiciones distintas. La economía tiende a ignorar los particularismos y la heterogeneidad de las sociedades y las culturas.

Como en el caso de los nacionalismos, no propongo la supresión del mercado: el remedio sería peor que la enfermedad. El mercado es necesario; es el corazón de la actividad económica y es uno de los motores de la historia. El intercambio de cosas y productos es un lazo poderoso de unión entre los hombres; ha sido creador de culturas y vehículo de ideas, hombres y civilizaciones. La historia es universal gracias, entre otras cosas, al intercambio mercantil. A veces ha sido el hermano de la guerra; otras, el transmisor de ideas pacíficas y de inventos benéficos. No sugiero su eliminación: pienso que, si es un instrumento, podría convertirse en un servidor de la justicia. La idea de la libertad absoluta del mercado es un mito. De una manera o de otra han influido en su funcionamiento tanto la intervención del Estado como la de los agentes de la producción, la distribución y el consumo: los empresarios, los técnicos, los obreros, los comerciantes y los consumidores. Necesitamos encontrar métodos que humanicen al mercado; de lo contrario, nos devorará y devorará al planeta.

Ni los nacionalismos agresivos ni los excesos del mercado agotan la nómina de los males que nos afligen. Nos sentimos orgullosos, con razón, de nuestras libertades, entre ellas la de opinión. Pero ¿para qué sirven hoy nuestros poderosos medios de publicidad si no es para propagar y predicar un chato conformismo? Para Goethe la lectura de los periódicos era un rito; medio siglo después, para Baudelaire, era una abominación, una mancha que había que lavar con una ablución espiritual. Nosotros estamos encerrados en esa cárcel de espejos y de ecos que son la prensa, la radio y la televisión que repiten, desde el amanecer hasta la media noche, las mismas imágenes y las mismas fórmulas. La civilización de la libertad nos ha convertido en una manada de borregos. Pero borregos que son también lobos. Uno de los rasgos en verdad desoladores de nuestra sociedad es la uniformidad de las conciencias, los gustos y las ideas, unida al culto a un individualismo egoísta y desenfrenado.

El lucro es el dios que al mismo tiempo aplasta a las almas como obleas idénticas y las enfrenta unas contra otras con ferocidad de bestias. El signo estampado sobre cada cuerpo y cada alma es el precio. La pregunta universal es ¿cuánto vales? Las leyes del mercado se aplican lo mismo a la propaganda política que a la literatura, a la predicación religiosa que a la pornografía, a la belleza corporal que a las obras de arte. Las almas y los cuerpos, los libros y las ideas, los cuadros y las canciones se han convertido en mercancías. La libertad y la educación para todos, en contra de lo que creían los hombres de la Ilustración, no han llevado a los hombres a frecuentar a Platón o a Cervantes sino a la lectura de los *comics* y los *best-sellers*. El conformismo es tal que incluso la pornografía ha dejado de interesar a las masas. El arte es un valor mercantil: sube y baja como las acciones de la bolsa. Podría extenderme acerca de este estado de espíritu o, más bien, de ausencia de espíritu: ¿para qué? No descubro nada nuevo, hablo de males conocidos. Todos sabemos que la mancha se extiende, seca los sesos y dibuja sobre todas las caras la misma sonrisa de satisfacción idiota.

LA ESPIRAL: FIN Y COMIENZO

¿Qué decir de todo esto? Ante todo: decirlo. Ayer dijimos el horror que sentíamos ante las injusticias del sistema totalitario comunista; con el mismo rigor debemos ver ahora a las sociedades democráticas liberales. Su defensa, siempre condicional y sujeta a caución, debe continuar pero transformada en una crítica de sus instituciones, su moral y sus prácticas económicas, sociales y políticas. En un ensayo recogido en este volumen («La democracia: lo absoluto y lo relativo») arriesgo una hipótesis: tal vez una de las causas de la progresiva degradación de las sociedades democráticas ha sido el tránsito del antiguo sistema de valores fundados en un absoluto, es decir, en una metahistoria, al relativismo contemporáneo. La democracia política y la convivencia civilizada entre los hombres exigen la tolerancia y la aceptación de valores e ideas distintos a los nuestros. La tolerancia implica que, al menos en la esfera pública, nuestras convicciones religiosas y morales no sean obligatorias para todos sino solamente para aquellos que las comparten con nosotros. Ni el Estado ni la sociedad en su conjunto pueden identificarse con esta o aquella creencia; todas ellas pertenecen al dominio de la conciencia personal. La democracia es una convivencia no sólo de personas sino de ideas, religiones y filosofías. En las sociedades democráticas modernas los antiguos absolutos, religiosos o filosóficos, han desaparecido o se han retirado a la vida privada. El resultado ha sido el vacío, una ausencia de centro y de dirección. A este vacío interior, que ha hecho de muchos de nuestros contemporáneos seres huecos y literalmente desalmados, debe agregarse la evaporación de los grandes proyectos metahistóricos que encandilaron a los hombres desde finales del siglo XVIII hasta nuestros días. Todos han desaparecido uno a uno; el último, el comunismo, se esfumó dejando un montón de ruinas y cenizas.

Las sociedades democráticas han salido fortalecidas de la guerra fría, que duró medio siglo. Pero esa victoria las obliga a mirarse frente a frente. Ante todo: debe aceptarse que la democracia no es un absoluto ni un proyecto sobre el futuro: es un método de convivencia civilizada. No se propone cambiarnos ni llevarnos a ninguna parte; pide que cada uno sea capaz de convivir con su vecino, que la minoría acepte la voluntad de la mayoría, que la mayoría respete a la minoría y que todos preserven y defiendan los derechos de los individuos. Como la democracia no es perfecta, la hemos completado con el sistema de equilibrio de poderes, imitado de los antiguos. Ese sistema, como sabemos, consiste en una sabia combinación de los tres modos de gobierno de la filosofía política de Aristóteles: la monarquía, la aristocracia y la democracia. El edificio está coronado por otro concepto: por encima de mayorías, minorías e individuos, está el imperio de la ley, la misma para todos. Bajo este sistema se puede vivir indefinidamente aunque, repito, no señale ninguna meta a la sociedad ni proponga un código de valores metahistóricos. Pero este sistema no contesta a las preguntas fundamentales que se han hecho los hombres desde que aparecieron sobre la tierra. Todas ellas se cifran en la siguiente: ¿cuál es el sentido de mi vida y a dónde voy? En suma, el relativismo es el eje de la sociedad democrática: asegura la convivencia civilizada de las personas, las ideas y las creencias; al mismo tiempo, en el centro de la sociedad relativista hay un hueco, un vacío que sin cesar se ensancha y que deshabita las almas.

Los griegos, inventores de la democracia, no creían en el progreso. El cambio les parecía una imperfección: el ser, la realidad suprema, es siempre idéntico a sí mismo. Cuando el ser cambia, como en Heráclito, lo hace bajo el modo armónico de la repetición, esto es, de la vuelta a sí mismo: eterno ritmo del combate que se resuelve en abrazo, de la separación que termina en unión para ser de nuevo separación y así sucesivamente y para siempre. El horror al cambio y al movimiento llevó a Platón y Aristóteles a venerar al círculo como imagen del ser eterno: al girar, vuelve continuamente al punto de partida, movimiento que perpetuamente se anula. ¿Cómo adaptar la democracia, que supone implícitamente una sociedad estática o dotada de un movimiento circular, a las sociedades modernas adoradoras del cambio? La pregunta puede invertirse: ¿cómo lograr que las sociedades modernas regresen, no a la inmovilidad sino a un ritmo histórico que combine el movimiento con el reposo e inserte lo relativo en lo absoluto? Ésta es, creo, la pregunta que debería hacerse una futura filosofía política. Pues si de algo estoy seguro es de que vivimos un interregno; caminamos por una zona cuyo suelo no es sólido: sus cimientos, sus fundamentos, se han evaporado. Si queremos salir del pantano y no hundirnos en el lodazal debemos elaborar pronto una moral y una política.

No es la primera vez que aludo a la necesidad de una filosofía política. En realidad, sobra el adjetivo *político*; casi todas las filosofías desembocan en una política. La que yo sueño y que, quizá, sea la obra de la generación venidera, deberá reanudar la tradición de Kant en un aspecto fundamental: trazar un puente entre la reflexión filosófica y el saber científico. Los únicos que hoy se hacen las preguntas que se hicieron los presocráticos y los filósofos clásicos son los físicos, especialmente los cosmólogos. Si la filosofía deja de preguntarse sobre temas como el origen y el fin del universo, el tiempo, el espacio y otras cuestiones semejantes, ¿cómo podrá decirnos con autoridad algo sobre los hombres y su destino o sobre el arte de la convivencia con nuestros semejantes y con la naturaleza? Si nada nos dice sobre nuestro origen, ¿cómo puede enseñarnos a morir? Creo que esa presunta filosofía política debería recoger, asimismo, la tradición inmediata; la del liberalismo y la del socialismo. Han sido los grandes interlocutores de los siglos XIX y XX y tal vez ha llegado la hora de una síntesis. Ambos son irrenunciables y están presentes en el nacimiento de la Edad Moderna: uno encarna la aspiración hacia la libertad y el otro hacia la igualdad. El puente entre ellas es la fraternidad, herencia cristiana, al menos para nosotros, hijos de Occidente. Un tercer elemento: la herencia de nuestros grandes poetas y novelistas. Nadie debería atreverse a escribir sobre temas de filosofía y teoría política sin antes haber leído y meditado a los trágicos griegos y a Shakespeare, a Dante y a Cervantes, a Balzac y a Dostoyevski. La historia y la política son los dominios de elección de lo particular y lo único: las pasiones humanas, los conflictos, los amores, los odios, los celos, la admiración, la envidia, todo lo bueno y todo lo malo que somos los hombres. La política es un nudo entre las fuerzas impersonales –o más exactamente: transpersonales– y las personas humanas. Haber olvidado al hombre concreto fue el gran pecado de las ideologías políticas de los siglos XIX y XX.

Entre los temas que se nos presentan apenas reflexionamos un poco sobre la situación de este fin de siglo, hay uno que merecería un largo ensayo: las diferencias entre las democracias modernas y las antiguas. Desde su nacimiento en Atenas, la democracia ha sido inventada varias veces. En todas sus apariciones, salvo en las de la Edad Moderna, fue un régimen político constituido por un número reducido de ciudadanos, confinados dentro de estrechos límites territoriales: las ciudades-Estado de la Antigüedad, las comunas medievales y las ciudades del Renacimiento. En una sociedad de ese tipo, los ciudadanos se conocían entre ellos. Las democracias modernas son enormes tanto por el número de los ciudadanos, a veces cientos de millones, como por su gran extensión territorial, en ocasiones vasta como un continente. Y lo más grave: las democracias modernas están compuestas por millones de desconocidos. Para remediar estos defectos se ha inventado la democracia representativa. Fue una solución: ¿lo es todavía? Antes de contestar a esta pregunta, quizá no sea inútil reparar en otra gran diferencia entre las democracias antiguas y las modernas. Me refiero a los métodos de discusión y de convencimiento en los debates políticos. Vale la pena detenerse un instante en este tema.

El fundamento de la democracia, su razón de ser, es la creencia en la capacidad de los ciudadanos para decidir, con libertad y responsabilidad, sobre los asuntos públicos. Se trata, lo subrayo, de una creencia más que de un principio incontrovertible. La misma objeción, por lo demás, puede hacerse a las otras formas de gobierno. La monarquía y la aristocracia reposan sobre la misma indemostrable suposición: la capacidad del monarca y del senado para el buen gobierno. Se trata de un riesgo inherente a todos los sistemas y formas de gobernar. El hombre es una criatura sujeta siempre a caer en el error. Por esto, en el caso de las democracias, se exige como requisito previo al voto de los ciudadanos el debate libre y en público. Gracias a la discusión al aire libre el ciudadano se entera de los asuntos sobre los que debe votar y pesa el pro y el contra. Así se reduce el margen de errores. En las democracias antiguas los métodos de persuasión eran directos: los oradores hablaban ante el pueblo, exponían sus razones y hacían brillar sus planes y promesas. Este sistema no impedía, claro, la perfidia de los demagogos y la credulidad de los ciudadanos: ni el debate público garantiza la honradez y la inteligencia de los políticos ni el voto popular es sinónimo de sabiduría. El pueblo-rey no se equivoca menos que los reyes y los senados. De ahí la necesidad de corregir las fallas de la democracia con remedios como el del equilibrio de poderes.

Hay un abismo entre las antiguas asambleas populares y los métodos modernos: los atenienses no conocieron nada parecido a la burocracia de los partidos ni a la influencia de la prensa escrita, la radio y la todopoderosa televisión. El debate público se ha convertido en una ceremonia y en un espectáculo. En los Estados Unidos las convenciones de los partidos para elegir a sus candidatos son ferias coloridas que oscilan entre la función del circo y el estadio de futbol. Siempre hubo una relación entre el teatro y la política: en los dos la acción se despliega en la forma de la representación y del símbolo. Pero hoy las fronteras entre ambos se han desvanecido casi completamente: las campañas electorales se han transformado en espectáculos. ¿La política es ya una rama de la industria del entretenimiento? En todo caso, la capacidad de cada ciudadano para escoger libre y racionalmente ha sido gravemente dañada precisamente por los medios que dicen encarnar la libertad de opinión: la prensa, la radio y, muy especialmente, la televisión. ¿Cómo conservar la libertad de expresión y cómo impedir que esa libertad se convierta en un instrumento de domesticación intelectual, moral y política, como ahora ocurre? Hay que ser francos: conocemos el mal, lo sufrimos, pero no conocemos el remedio.

La masificación (horrible palabra) de los ciudadanos y la transformación del debate público en espectáculo son rasgos que degradan a las democracias modernas. Denunciar esos males es defender a la verdadera democracia. Pero hay otra dolencia no menos inquietante. Lo mismo para los pensadores antiguos que para los modernos, de Aristóteles y Cicerón a Locke y Montesquieu, sin olvidar al mismo Maquiavelo, la salud política de las sociedades dependía de la *virtud* de los ciudadanos. Se discutió siempre el sentido de esa palabra –la interpretación de Nietzsche es memorable– pero cualquiera que sea la acepción que se escoja, el vocablo denota *siempre* dominio sobre nosotros mismos. Cuando la virtud flaquea y nos dominan las pasiones –casi siempre las inferiores: la envidia, la vanidad, la avaricia, la lujuria, la pereza– las repúblicas perecen. Cuando ya no podemos dominar a nuestros apetitos, estamos listos para ser dominados por el extraño. El mercado ha minado todas las antiguas creencias –muchas de ellas, lo acepto, nefastas– pero en su lugar no ha instalado sino una pasión: la de comprar cosas y consumir este o aquel objeto. Nuestro hedonismo no es una filosofía del placer sino una abdicación del albedrío y habría escandalizado, por igual, al dulce Epicuro y al frenético Donatien de Sade. El hedonismo no es el pecado de las democracias modernas: su pecado es su conformismo, la vulgaridad de sus pasiones, la uniformidad de sus gustos, ideas y convicciones.

A medida que la *virtud* se debilita, crece el río de la sangre. Pocos siglos han sido tan crueles como el nuestro: las dos guerras mundiales, los campos de concentración, la bomba atómica, las matanzas en Camboya y otras atrocidades. Millones y millones de muertos frente a los que las pirámides de cráneos de los asirios o de Gengis Khan son juegos de niños. Sin embargo, ninguna civilización ha escamoteado como nosotros la idea y la presencia de la muerte. Omnipresencia de la muerte pública y ocultación de la muerte privada. En todas las civilizaciones la muerte ha tenido un lugar de elección, lo mismo en la conciencia pública que en la de cada persona. En algunas sociedades, la muerte ha sido una obsesión presente en todas partes, a veces en sus manifestaciones más terribles y otras ataviada y cubierta de atributos alternativamente risibles y aterradores. Pienso en el antiguo México y en Tíbet pero también en los egipcios y en los celtas. En otras culturas, sin dejar de ser una presencia constante, no ha sido una obsesión: Grecia, Roma, China. En fin, la muerte ha sido una imagen y una realidad central en todas las sociedades, salvo en la nuestra, porque siempre fue asociada a una transfiguración espiritual.

La visión de la muerte como símbolo de transmutación o de liberación adquiere en el cristianismo y el budismo una significación en verdad transcendental: no es lo contrario de la vida sino su culminación, su cumplimiento, la puerta de entrada hacia la vida verdadera. Los casos del cristianismo y del budismo son excelsos pero algo semejante se encuentra en todas las otras religiones y filosofías. La muerte es también un cumplimiento para el filósofo estoico, el escéptico, el epicúreo o el ateo. Morir una muerte propia ha sido la dignidad suprema no sólo del santo, el héroe y el sabio sino de todos los hombres y mujeres. Las democracias modernas nos dan muchas cosas pero nos roban lo esencial: nos roban nuestra muerte propia, la de cada uno. Ocaso de la virtud: debilidad ante las pasiones fáciles y ocultación de la muerte. Dos caras del mismo miedo ante la vida, la verdadera, que contiene a la muerte, dice el poeta, como el tallo al fruto.

El tema de la *virtud* me lleva a otro. Hay un momento en que la reflexión sobre la historia y la política se enfrenta a un fenómeno que aparece en todas las sociedades y que, al mismo tiempo, las traspasa: la religión. Inseparable de la historia, que es su lugar de manifestación y de encarnación, la religión se despliega más allá de ella, fuera del tiempo. Una de las razones del poder de contagio de las ideologías totalitarias y, sin duda, la razón profunda de su caída, fue su semejanza con la religión. El comunismo se presentó en más de un aspecto como la continuación y la transfiguración del cristianismo: una doctrina universal para todos los hombres, un código fundado en un valor absoluto: la Revolución y, como remate, la fusión de cada parte con el todo, la comunión universal. Un teólogo del siglo XVI habría visto en el comunismo una caricatura impía de la verdadera religión, una añagaza del diablo. Ninguno de esos valores aparece en las democracias modernas, que son seculares y, por tanto, imparciales ante todas las religiones. La democracia moderna postula una prudente neutralidad en materia de fe y de creencias. Sin embargo, no es posible ni prudente ignorar a las religiones ni recluirlas en el dominio reservado de la conciencia individual. Las religiones poseen un aspecto público que es esencial, como se ve en una de sus expresiones más perfectas: el rito de la misa. Naturalmente, no sugiero integrar la religión a la democracia, como quería Rousseau, el inventor de la religión cívica. Su separación ha sido un inmenso avance y no debemos olvidar nunca la muerte de Sócrates, acusado de impiedad por la democracia ateniense. Subrayo: impiedad frente a la religión de la *polis*, una religión política. La separación entre religión y política es saludable y debe continuar. Pero la religión puede mostrarnos nuestras carencias y ayudarnos a redescubrir y recuperar ciertos valores.

Apenas nacemos sentimos que somos un fragmento desprendido de algo más vasto y entrañable. Esta sensación se mezcla inmediatamente con otra: la del deseo de regresar a esa totalidad de la que fuimos arrancados. Los filósofos, los poetas, los teólogos y los psicólogos han estudiado muchas veces esta experiencia. Las religiones han sido, desde el principio, la respuesta a esta necesidad de participación en el todo. Todas las religiones nos prometen volver a nuestra patria original, a ese lugar en donde pactan los opuestos, el yo es tú y el tiempo un eterno presente. Reducida a sus elementos más simples –pido perdón por esta grosera simplificación– la experiencia religiosa original contiene tres notas esenciales: el sentimiento de una totalidad de la que fuimos cercenados; en el centro de ese todo viviente, una presencia (una radiante vacuidad para los budistas) que es el corazón del universo, el espíritu que lo guía y le da forma, su sentido último y absoluto; finalmente, el deseo de participación en el todo y, simultáneamente, con el espíritu creador que lo anima. La participación se logra a través de los sacramentos y las buenas obras. La puerta de entrada para los cristianos es la de la muerte: nuestro segundo nacimiento.

El pecado de las religiones políticas fue haber intentado reproducir en términos seculares, a través de simulacros de los ritos y misterios religiosos, esa ansia de participación con el todo cuya forma suprema es la comunión. La transformación del sentimiento religioso en idolatría política termina siempre, ahora lo sabemos, en inmensos lagos de sangre. Pero no es ilícito inspirarse en el sentimiento religioso para recobrar una de sus manifestaciones más puras y que no está asociada a ninguna fe en particular, aunque aparece en todas: la veneración. Hay una relación íntima entre venerar y participar: la veneración es ya participación. Veneramos al mundo que nos rodea y, en un segundo movimiento, esa veneración se extiende a todas las cosas y los seres vivos, de las piedras y los árboles a los animales y los hombres. La fraternidad es una dimensión de la participación y ambas son expresiones de la veneración. Sin veneración no hay ni participación ni fraternidad.

Un ejemplo contemporáneo de esta dialéctica entre veneración, participación y fraternidad, es el movimiento ecologista. En su raíz, en su fondo último, el ecologismo no es sino una manifestación del sentimiento que nos lleva a venerar al mundo natural, al gran todo, y así participar en y con sus creaciones. El ecologismo no es un sucedáneo de la religión pero su raíz es religiosa. Expresa nuestra sed de totalidad y nuestra ansia de participación. Cierto, en este movimiento aparecen también rasgos inquietantes que recuerdan a las ideologías totalitarias o que hacen pensar en los fundamentalismos reaccionarios. Me refiero sobre todo al dualismo, gnóstico o maniqueo, de una visión que ve en la naturaleza a una potencia, casi una divinidad, perpetuamente fecunda y bienhechora; frente a ella, la despiadada y destructora civilización moderna. Resurrección del mito de Gea, nuestra madre, y su esposo, el tiránico Urano. Pero Gea, madre de los titanes y los cíclopes, es simultáneamente creadora y destructora. Los antiguos se defendían de sus excesos con plegarias y sacrificios; nosotros con la ciencia y la técnica. La veneración, lo sabían los antiguos, no excluye al sano temor... Ahora bien, lo que deseo subrayar es lo siguiente: el ecologismo, a pesar de sus ocasionales extravíos, nos muestra que es posible recobrar la facultad de venerar. Esa facultad es la única que puede abrirnos las puertas de la fraternidad con los hombres y la naturaleza. Sin fraternidad, la democracia se extravía en el nihilismo de la relatividad, antesala de la vida anónima de las sociedades modernas, trampa de la nada.

Con estas reflexiones termino el recuento de una búsqueda iniciada en 1929. Al revisar estos sesenta años me doy cuenta de que esta peregrinación me ha llevado a mi comienzo. Ante el panorama contemporáneo siento la misma insatisfacción que experimenté, en mi juventud, ante el mundo moderno. Creo, como antes, que debemos cambiarlo, aunque yo ya no tenga fuerzas ni edad para intentarlo. Tampoco sé cómo podría hacerlo. Nadie lo sabe. Los antiguos métodos fueron no sólo ineficaces sino abominables. ¿En esta conclusión desengañada termina mi experiencia y la de mi generación? No: la figura geométrica que la simboliza es la espiral, una línea que continuamente regresa al punto de partida y que continuamente se aleja de él más y más. La espiral jamás regresa. Nunca volvemos al pasado y por esto todo regreso es un comienzo. Las preguntas que me hice al principio son las mismas que ahora me hago... y son distintas. Mejor dicho: no sólo las formulo en un tiempo diferente sino que ante ellas se abre un espacio desconocido. Al comenzar me pregunté: ¿cuál es el sentido de los cambios históricos, cuál el del nacimiento y la caída de las naciones? No encontré una respuesta. Tal vez no hay respuesta. Pero esta ausencia de respuestas es ya, como se verá, el comienzo de la respuesta.

El hombre, el inventor de ideas y de artefactos, el creador de poemas y de leyes, es una criatura trágica e irrisoria: es un incesante creador de ruinas. Entonces, ¿las ruinas son el sentido de la historia? Si fuese así, ¿qué sentido tendrían las ruinas? ¿Y quién podría contestar a esta loca pregunta? ¿El dios de la historia, la lógica que rige sus movimientos y que es la razón de los crímenes y de los heroísmos? Ese dios de muchos nombres y que nadie ha visto, no existe. Él es nosotros: es nuestra hechura. La historia es lo que nosotros hacemos. Nosotros: los vivos y los muertos. Pero ¿somos acaso responsables de lo que hicieron los muertos? En cierta medida, sí lo somos: ellos nos hicieron y nosotros continuamos sus obras, las buenas y las malas. Todos somos hijos de Adán y Eva, la especie humana tiene los mismos genes desde que apareció en la tierra. La historia chorrea sangre desde Caín: ¿somos el mal? ¿O el mal está fuera y nosotros somos su instrumento, su herramienta? Un personaje delirante de Sade creía que el universo entero, de los astros a los hombres, estaba compuesto de «moléculas malévolas». Absurdo: ni las estrellas ni los átomos, ni las plantas ni los animales, conocen el mal. El universo es inocente, incluso cuando sepulta un continente o incendia una galaxia. El mal es humano, exclusivamente humano. Pero no todo es maldad en el hombre. El nido del mal está en su conciencia, en su libertad. En ella está también el remedio, la respuesta contra el mal. Ésta es la única lección que yo puedo deducir de este largo y sinuoso itinerario: luchar contra el mal es luchar contra nosotros mismos. Y ése es el sentido de la historia.

OCTAVIO PAZ

México, a 2 de enero de 1993

Advertencia

Ideas y costumbres I reúne los textos que Octavio Paz ha escrito sobre historia y política contemporáneas, excepto los que tratan los temas específicamente mexicanos (recogidos en el volumen anterior) y dejando los «asuntos más generales asociados a las creencias, las ideas y, en fin, a lo que a veces se llama "fisonomía de las culturas"» para el volumen siguiente. Los textos aquí recogidos han sido publicados con anterioridad. No obstante, al preparar la presente edición, el autor los ha revisado y ha introducido leves cambios de diversa índole.

Al final de cada uno de los ensayos que integran este volumen, el lector encontrará la información concerniente a la procedencia de los textos. Tras la fecha en que se escribió se da la referencia del libro donde se recogió o editó por primera vez y, excepcionalmente, de su anterior publicación en revista. Los libros de procedencia son los siguientes: *Al paso, Hombres en su siglo y otros ensayos, El ogro filantrópico, Pasión crítica, Pequeña crónica de grandes días, El peregrino en su patria* (FCE: 1987 y 1989) y *Tiempo nublado.*

I

IBEROAMÉRICA

América Latina y la democracia

LA TRADICIÓN ANTIMODERNA

La relación entre sociedad y literatura no es la de causa y efecto. El vínculo entre una y otra es, a un tiempo, necesario, contradictorio e imprevisible. La literatura expresa a la sociedad; al expresarla, la cambia, la contradice o la niega. Al retratarla, la inventa; al inventarla, la revela. La sociedad no se reconoce en el retrato que le presenta la literatura; no obstante, ese retrato fantástico es real: es el del desconocido que camina a nuestro lado desde la infancia y del que no sabemos nada, salvo que es nuestra sombra (¿o somos nosotros la suya?). La literatura es una respuesta a las preguntas sobre sí misma que se hace la sociedad pero esa respuesta es, casi siempre, inesperada: a la obscuridad de una época responde con el brillo enigmático de un Góngora o de un Mallarmé, a la claridad racional de la Ilustración con las visiones nocturnas del romanticismo. El caso de América Latina es un ejemplo de la intrincada complejidad de las relaciones entre historia y literatura. En lo que va del siglo han aparecido, lo mismo en la América hispana que en el Brasil, muchas obras notables, algunas de veras excepcionales, en la poesía y en la prosa de ficción. ¿Se ha logrado algo semejante en materia social y política?

Desde fines del siglo XVIII los mejores y más activos entre los latinoamericanos emprendieron un vasto movimiento de reforma social, política e intelectual. El movimiento aún no termina y se ha desplegado en diversas direcciones, no siempre compatibles. Una palabra define, así sea con cierta vaguedad, a todas estas tentativas dispersas: *modernización.* Al mismo tiempo que las sociedades latinoamericanas se esforzaban por cambiar sus instituciones, costumbres y maneras de ser y de pensar, la literatura hispanoamericana experimentaba cambios no menos profundos. La evolución de la sociedad y la de la literatura han sido correspondientes pero no paralelas y han producido resultados distintos. Alguna vez, al tocar este tema, me pregunté: ¿es realmente moderna la literatura latinoamericana? Respondí que sí lo era, aunque de una manera peculiar: advertía en ella la ausencia del pensamiento crítico que ha fundado al Occidente moderno. En esta ocasión me propongo explorar la otra mitad del tema: ¿son modernas las actuales sociedades latinoamericanas? Y si no lo son o lo son de una manera híbrida e incompleta, ¿por qué? Mi reflexión, claro, no tiene demasiadas pretensiones teóricas; tampoco es un dictamen: es un simple parecer.

Desde hace cerca de dos siglos se acumulan los equívocos sobre la realidad histórica de América Latina. Ni siquiera los nombres que pretenden designarla son exactos: ¿América Latina, América hispana, Iberoamérica, Indoamérica? Cada uno de estos nombres deja sin nombrar a una parte de la realidad. Tampoco son fieles las etiquetas económicas, sociales y políticas. La noción de *subdesarrollo*, por ejemplo, puede ser aplicada a la economía y a la técnica, no al arte, la literatura, la moral o la política. Más vaga aún es la expresión: *Tercer Mundo*. La denominación no sólo es imprecisa sino engañosa: ¿qué relación hay entre Argentina y Angola, entre Tailandia y Costa Rica, entre Túnez y Brasil? A pesar de dos siglos de dominación europea, ni la India ni Argelia cambiaron de lengua, religión y cultura. Algo semejante puede decirse de Indonesia, Vietnam, Senegal y, en fin, de la mayoría de las antiguas posesiones europeas en Asia y África. Un iranio, un hindú o un chino pertenecen a civilizaciones distintas a la de Occidente. Los latinoamericanos hablamos español o portugués; somos o hemos sido cristianos; nuestras costumbres, instituciones, artes y literaturas descienden directamente de las de España y Portugal. Por todo esto somos un extremo americano de Occidente; el otro es el de los Estados Unidos y el Canadá. Pero apenas afirmamos que somos una prolongación ultramarina de Europa, saltan a la vista las diferencias. Son numerosas y, sobre todo, decisivas.

La primera es la presencia de elementos no europeos. En muchas naciones latinoamericanas hay fuertes núcleos indios; en otras, negros. Las excepciones son Uruguay, Argentina y un poco Chile y Costa Rica. Los indios son, unos, descendientes de las altas civilizaciones precolombinas de México, América Central y Perú; otros, menos numerosos, son los restos de las poblaciones nómadas. Unos y otros, especialmente los primeros, han afinado la sensibilidad y excitado la fantasía de nuestros pueblos; asimismo, muchos rasgos de su cultura, mezclados a los hispánicos, aparecen en nuestras creencias, instituciones y costumbres: la familia, la moral social, la religión, las leyendas y cuentos populares, los mitos, las artes, la cocina. La influencia de las poblaciones negras también ha sido poderosa. En general, me parece, se ha desplegado en dirección opuesta a la de los indios: mientras la de éstos tiende al dominio de las pasiones y cultiva la reserva y la interioridad, la de los negros exalta los valores orgiásticos y corporales.

La segunda diferencia, no menos profunda, procede de una circunstancia con frecuencia olvidada: el carácter peculiar de la versión de la civilización de Occidente que encarnaron España y Portugal. A diferencia de sus rivales –ingleses, holandeses y franceses– los españoles y los portugueses estuvieron dominados durante siglos por el islam. Pero hablar de dominación es engañoso; el esplendor de la civilización hispanoárabe todavía nos sorprende y esos siglos de luchas fueron también de coexistencia íntima. Hasta el siglo XVI convivieron en la península ibérica musulmanes, judíos y cristianos. Es imposible comprender la historia de España y de Portugal, así como el carácter en verdad único de su cultura, si se olvida esta circunstancia. La fusión entre lo religioso y lo político, por ejemplo, o la noción de *cruzada*, aparecen en las actitudes hispánicas con una coloración más intensa y viva que en los otros pueblos europeos. No es exagerado ver en estos rasgos las huellas del islam y de su visión del mundo y de la historia.

La tercera diferencia ha sido, a mi juicio, determinante. Entre los acontecimientos que inauguraron el mundo moderno se encuentra, con la Reforma y el Renacimiento, la expansión europea en Asia, América y África. Este movimiento fue iniciado por los descubrimientos y conquistas de los portugueses y los españoles. Sin embargo, muy poco después, y con la misma violencia, España y Portugal se cerraron y, encerrados en sí mismos, negaron a la naciente modernidad. La expresión más completa, radical y coherente de esa negación fue la Contrarreforma. La monarquía española se identificó con una fe universal y con una interpretación única de esa fe. El monarca español fue un híbrido de Teodosio el Grande y de Abderramán III, primer califa de Córdoba. (Lástima que los reyes españoles hayan imitado más la sectaria política del primero que la tolerancia del segundo.) Así, mientras los otros Estados europeos tendían más y más a representar a la nación y a defender sus valores particulares, el Estado español confundió su causa con la de una ideología. La evolución general de la sociedad y de los Estados tendía a la afirmación de los intereses particulares de cada nación, es decir, despojaba a la política de su carácter sagrado y la relativizaba. La idea de la misión universal del pueblo español, defensor de una doctrina reputada justa y verdadera, era una supervivencia medieval y árabe; injertada en el cuerpo de la monarquía hispánica, comenzó por inspirar sus acciones pero acabó por inmovilizarla. Lo más extraño es que esta concepción teológico-política haya reaparecido en nuestros días. Aunque ahora no se identifica con una revelación divina: se presenta con la máscara de una supuesta ciencia universal de la historia y la sociedad. La verdad revelada se ha vuelto «verdad científica» y no encarna ya en una Iglesia y un Concilio sino en un Partido y un Comité.

El siglo XVII es el gran siglo español: Quevedo y Góngora, Lope de Vega y Calderón, Velázquez y Zurbarán, la arquitectura y la neoescolástica. Sin embargo, sería inútil buscar entre esos grandes nombres al de un Descartes, un Hobbes, un Spinoza o un Leibniz. Tampoco al de un Galileo o un Newton. La teología cerró las puertas de España al pensamiento moderno y el siglo de oro de su literatura y de sus artes fue también el de su decadencia intelectual y su ruina política. El claroscuro es aún más violento en América. Desde Montaigne se habla de los horrores de la Conquista; habría que recordar también a las creaciones americanas de España y Portugal: fueron admirables. Fundaron sociedades complejas, ricas y originales, hechas a la imagen de las ciudades que construyeron, a un tiempo sólidas y fastuosas. Un doble eje regía a aquellos virreinatos y capitanías generales, uno vertical y otro horizontal. El primero era jerárquico y ordenaba a la sociedad conforme al orden descendente de las clases y grupos sociales: señores, gente del común, indios, esclavos. El segundo, el eje horizontal, a través de la pluralidad de jurisdicciones y estatutos, unía en una intrincada red de obligaciones y derechos a los distintos grupos sociales y étnicos, con sus particularismos. Desigualdad y convivencia: principios opuestos y complementarios. Si aquellas sociedades no eran justas tampoco eran bárbaras.

La arquitectura es el espejo de las sociedades. Pero es un espejo que nos presenta imágenes enigmáticas que debemos descifrar. Contrastan la riqueza y el refinamiento de ciudades como México y Puebla, al mediar el XVIII, con la austera simplicidad, rayana en la pobreza, de Boston o de Filadelfia. Esplendor engañoso: lo que en Estados Unidos era amanecer, en la América hispana era crepúsculo. Los norteamericanos nacieron con la Reforma y la Ilustración, es decir, con el mundo moderno; nosotros, con la Contrarreforma y la neoescolástica, es decir, contra el mundo moderno. No tuvimos ni revolución intelectual ni revolución democrática de la burguesía. El fundamento filosófico de la monarquía católica y absoluta fue el pensamiento de Suárez y sus discípulos de la Compañía de Jesús. Estos teólogos renovaron, con genio, al tomismo y lo convirtieron en una fortaleza filosófica. El historiador Richard Morse ha mostrado con penetración que la función del neotomismo fue doble: por una parte, a veces de un modo explícito y otras implícito, fue la base ideológica de sustentación del imponente edificio político, jurídico y económico que llamamos Imperio español; por otra, fue la escuela de nuestra clase intelectual y modeló sus hábitos y sus actitudes. En este sentido –no como filosofía sino como actitud mental– su influencia aún pervive entre los intelectuales de América Latina.

En su origen, el neotomismo fue un pensamiento destinado a defender a la ortodoxia de las herejías luteranas y calvinistas, que fueron las primeras expresiones de la modernidad. A diferencia de las otras tendencias filosóficas de esa época, no fue un método de exploración de lo desconocido sino un sistema para defender lo conocido y lo establecido. La Edad Moderna comienza con la crítica de los primeros principios; la neoescolástica se propuso defender esos principios y demostrar su carácter necesario, eterno e intocable. Aunque en el siglo XVIII esta filosofía se desvaneció en el horizonte intelectual de América Latina, las actitudes y los hábitos que le eran consubstanciales han persistido hasta nuestros días. Nuestros intelectuales han abrazado sucesivamente el liberalismo, el positivismo y ahora el marxismo-leninismo; sin embargo, en casi todos ellos, sin distinción de filosofías, no es difícil advertir, ocultas pero vivas, las actitudes psicológicas y morales de los antiguos campeones de la neoescolástica. Paradójica modernidad: las ideas son de hoy, las actitudes de ayer. Sus abuelos juraban en nombre de Santo Tomás, ellos en el de Marx, pero para unos y otros la razón es un arma al servicio de una verdad con mayúscula. La misión del intelectual es defenderla. Tienen una idea polémica y combatiente de la cultura y del pensamiento: son cruzados. Así se ha perpetuado en nuestras tierras una tradición intelectual poco respetuosa de la opinión ajena, que prefiere las ideas a la realidad y los sistemas intelectuales a la crítica de los sistemas.

INDEPENDENCIA, MODERNIDAD, DEMOCRACIA

Desde la segunda mitad del siglo XVIII las nuevas ideas penetraron, lentamente y con timidez, en España y en sus posesiones ultramarinas. En la lengua española tenemos una palabra que expresa muy bien la índole de este movimiento, su inspiración original y su limitación: *europeizar*. La renovación del mundo hispánico, su modernización, no podía brotar de la implantación de principios propios y elaborados por nosotros sino de la adopción de ideas ajenas, las de la Ilustración europea. De ahí que *europeizar* haya sido empleado como sinónimo de «modernizar»; años después apareció otra palabra con el mismo significado: *americanizar*. Durante todo el siglo XIX, lo mismo en la península ibérica que en

América Latina, las minorías ilustradas intentaron por distintos medios, muchos de ellos violentos, cambiar a nuestros países, dar el salto hacia la modernidad. Por esto la palabra *revolución* fue también sinónimo de «modernización». Nuestras guerras de Independencia pueden y deben verse desde esta perspectiva: su objetivo no era sólo la separación de España sino, mediante un salto revolucionario, transformar a los nuevos países en naciones realmente modernas. Éste es un rasgo común a todos los movimientos separatistas, aunque cada uno haya tenido, según la región, características distintas.

El modelo que inspiró a los revolucionarios latinoamericanos fue doble: la Revolución de Independencia de los Estados Unidos y la Revolución francesa. En realidad, puede decirse que el siglo XIX comienza con tres grandes revoluciones: la norteamericana, la francesa y la de las naciones latinoamericanas. Las tres triunfaron en los campos de batalla pero sus resultados políticos y sociales fueron distintos en cada caso. En los Estados Unidos apareció la primera sociedad plenamente moderna, aunque manchada por la esclavitud de los negros y el exterminio de los indios. A pesar de que en Francia la nación sufrió cambios substanciales y radicales, la nueva sociedad surgida de la Revolución, como lo ha mostrado Tocqueville, continuó en muchos aspectos a la Francia centralista de Richelieu y Luis XIV. En América Latina los pueblos conquistaron la independencia y comenzaron a gobernarse a sí mismos; sin embargo, los revolucionarios no lograron establecer, salvo en el papel, regímenes e instituciones de verdad libres y democráticos. La Revolución norteamericana fundó a una nación; la francesa cambió y renovó a la sociedad; las revoluciones de América Latina fracasaron en uno de sus objetivos centrales: la modernización política, social y económica.

Las Revoluciones de Francia y los Estados Unidos fueron la consecuencia de la evolución histórica de ambas naciones; los movimientos latinoamericanos se limitaron a adoptar doctrinas y programas ajenos. Subrayo: adoptar, no adaptar. En América Latina no existía la tradición intelectual que, desde la Reforma y la Ilustración, había formado las conciencias y las mentes de las élites francesas y norteamericanas; tampoco existían las clases sociales que correspondían, históricamente, a la nueva ideología liberal y democrática. Apenas si había clase media, y nuestra burguesía no había rebasado la etapa mercantilista. Entre los grupos revolucionarios de Francia y sus ideas había una relación orgánica y lo mismo puede decirse de la Revolución norteamericana; entre nosotros, las ideas no correspondían a las clases. Las ideas tuvieron una función de máscara; así se convirtieron en una ideología, en el sentido negativo de esta palabra, es decir, en velos que interceptan y desfiguran la percepción de la realidad. La ideología convierte a las ideas en máscaras: ocultan al sujeto y, al mismo tiempo, no lo dejan ver la realidad. Engañan a los otros y nos engañan a nosotros mismos.

La Independencia latinoamericana coincide con un momento de extrema postración del Imperio español. En España la unidad nacional se había hecho no por la fusión de los distintos pueblos de la península ni por su voluntaria asociación sino a través de una política dinástica hecha de alianzas y anexiones forzadas. La crisis del Estado español, precipitada por la invasión napoleónica, fue el comienzo de la disgregación. Por esto el movimiento emancipador de las naciones hispanoamericanas (el caso de Brasil es distinto), debe verse también como un proceso de disgregación. A la manera de una nueva puesta en escena de la vieja historia hispanoárabe con sus jeques revoltosos, muchos de los jefes revolucionarios se alzaron con las tierras liberadas como si las hubiesen conquistado. Los límites de algunas de las nuevas naciones coincidieron con los de los ejércitos liberadores. El resultado fue la atomización de regiones enteras, como la América Central y las Antillas. Los caudillos inventaron países que no eran viables ni en lo político ni en lo económico y que, además, carecían de verdadera fisonomía nacional. Contra las previsiones del sentido común, han subsistido gracias al azar histórico y a la complicidad entre las oligarquías locales, las dictaduras y el imperialismo.

La dispersión fue una cara de la medalla; la otra, la inestabilidad, las guerras civiles y las dictaduras. A la caída del Imperio español y de su administración, el poder se concentró en dos grupos: el económico en las oligarquías nativas y el político en los militares. Las oligarquías eran impotentes para gobernar en nombre propio. Bajo el régimen español la sociedad civil, lejos de crecer y desarrollarse como en el resto de Occidente, había vivido a la sombra del Estado. La realidad central en nuestros países, como en España, ha sido el sistema patrimonialista. En ese sistema el jefe de gobierno –príncipe o virrey, caudillo o presidente– dirige al Estado y a la nación como una extensión de su patrimonio particular, esto es, como si fuesen su casa. Las oligarquías, compuestas por latifundistas y comerciantes, habían vivido supeditadas a la autoridad y carecían tanto de experiencia política como de influencia en la población. En cambio, la ascendencia de los clérigos era enorme y, en menor grado, la de los abogados, médicos y otros miembros de las profesiones liberales. Estos grupos –germen de la clase intelectual moderna– abrazaron inmediatamente y con fervor las ideologías de la época; unos fueron liberales y otros conservadores. La otra fuerza, la decisiva, era la de los militares. En países sin experiencia democrática, con oligarquías ricas y gobiernos pobres, la lucha entre las facciones políticas desemboca fatalmente en la violencia. Los liberales no fueron menos violentos que los conservadores, o sea que fueron tan fanáticos como sus adversarios. La guerra civil endémica produjo el militarismo y el militarismo a las dictaduras.

Durante más de un siglo América Latina ha vivido entre el desorden y la tiranía, la violencia anárquica y el despotismo. Se ha querido explicar la persistencia de estos males por la ausencia de las clases sociales y de las estructuras económicas que hicieron posible la democracia en Europa y en los Estados Unidos. Es cierto: hemos carecido de burguesías realmente modernas, la clase media ha sido débil y poco numerosa, el proletariado es reciente. Pero la democracia no es simplemente el resultado de las condiciones sociales y económicas inherentes al capitalismo y a la Revolución industrial. Castoriadis ha mostrado que la democracia es una verdadera *creación* política, es decir, un conjunto de ideas, instituciones y prácticas que constituyen una *invención* colectiva. La democracia ha sido inventada dos veces, una en Grecia y otra en Occidente. En ambos casos ha nacido de la conjunción entre las teorías e ideas de varias generaciones y las acciones de distintos grupos y clases, como la burguesía, el proletariado y otros segmentos sociales. La democracia no es una superestructura: es una creación popular. Además, es la condición, el fundamento de la civilización moderna. De ahí que, entre las causas sociales y económicas que se citan para explicar los fracasos de las democracias latinoamericanas, sea necesario añadir aquella a la que me he referido más arriba: la falta de una corriente intelectual crítica y moderna. No hay que olvidar, por último, la inercia y la pasividad, esa inmensa masa de opiniones, hábitos, creencias, rutinas, convicciones, ideas heredadas y usos que forman la tradición de los pueblos. Hace ya un siglo Pérez Galdós, que había meditado mucho sobre esto, ponía en labios de uno de sus personajes, un liberal lúcido, estas palabras: «Vemos el instantáneo triunfo de la idea verdadera sobre la falsa en la esfera del pensamiento, y creemos que con igual rapidez puede triunfar la idea sobre las costumbres. Las costumbres las ha hecho el tiempo con tanta paciencia y lentitud como ha hecho las montañas, y sólo el tiempo, trabajando un día y otro, las puede destruir. No se derriban montes a bayonetazos»[1].

1. *La segunda casaca*, 1883.

Esta rápida descripción sería incompleta si no mencionase a un elemento extraño que, simultáneamente, precipitó la desintegración y fortificó a las tiranías: el imperialismo norteamericano. Cierto, la fragmentación de nuestros países, las guerras civiles, el militarismo y las dictaduras no han sido una invención de los Estados Unidos. Pero ellos tienen una responsabilidad primordial porque se han aprovechado de este estado de cosas para lucrar, medrar y dominar. Han fomentado las divisiones entre los países, los partidos y los dirigentes; han amenazado con el uso de la fuerza, y no han vacilado en utilizarla, cada vez que han visto en peligro sus intereses; según su conveniencia, han ayudado a las rebeliones o han fortificado a las tiranías. Su imperialismo no ha sido ideológico y sus intervenciones han obedecido a consideraciones de orden económico y de supremacía política. Por todo esto, los Estados Unidos han sido uno de los mayores obstáculos con que hemos tropezado en nuestro empeño por modernizarnos. Es trágico porque la democracia norteamericana inspiró a los padres de nuestra Independencia y a nuestros grandes liberales, como Sarmiento y Juárez. Desde el siglo XVIII la modernización ha querido decir, para nosotros, democracia e instituciones libres; el arquetipo de esa modernidad política y social fue la democracia de los Estados Unidos. Némesis histórica: los Estados Unidos han sido, en América Latina, los protectores de los tiranos y los aliados de los enemigos de la democracia.

LEGITIMIDAD HISTÓRICA Y ATEOLOGÍA TOTALITARIA

Al consumar su Independencia, las naciones latinoamericanas escogieron como sistema de gobierno el republicano democrático. La experiencia imperial mexicana duró poco; en Brasil la institución republicana terminó también por substituir al imperio. La adopción de constituciones democráticas en todos los países latinoamericanos y la frecuencia con que en esos mismos países imperan regímenes tiránicos ponen de manifiesto que uno de los rasgos característicos de nuestras sociedades es el divorcio entre la realidad legal y la realidad política. La democracia es la legitimidad histórica; la dictadura es el régimen de excepción. El conflicto entre la legitimidad ideal y las dictaduras de hecho es una expresión más –y una de las más dolorosas– de la rebeldía de la realidad histórica frente a los esquemas y geometrías que le impone la filosofía política. Las constituciones de América Latina son excelentes pero no fueron pensadas para nuestros países. En una ocasión las llamé «camisas de fuerza»; debo agregar que una y otra vez esas «camisas» han sido destrozadas por los sacudimientos populares. Los desórdenes y las explosiones han sido la venganza de las realidades latinoamericanas, o como decía Galdós: de las *costumbres*, tercas y pesadas como montes y explosivas como volcanes. El remedio brutal contra los estallidos han sido las dictaduras. Remedio funesto pues fatalmente provoca nuevas explosiones. La impotencia de los esquemas intelectuales frente a los hechos corrobora que nuestros reformadores no tuvieron la imaginación de los misioneros del siglo XVI ni su realismo. Impresionados por la ferviente religiosidad de los indios, los *padrecitos* buscaron y encontraron, en las mitologías precolombinas, puntos de intersección con el cristianismo. Gracias a estos puentes fue posible el tránsito de las viejas religiones a la nueva. Al indianizarse, el cristianismo se arraigó y fue fecundo. Algo semejante deberían haber intentado nuestros reformadores.

No han sido numerosas las tentativas por reconciliar a la legitimidad formal con la realidad tradicional. Además, casi todas han fracasado. La más coherente y lúcida, la del APRA peruano, se agotó en una larga lucha que, si fue una ejemplar contribución a la defensa de la democracia, acabó por dilapidar sus energías revolucionarias[1]. Otras han sido caricaturas, como el peronismo, que colindó en un extremo con el fascismo a la italiana y en el otro con la demagogia populista. El experimento mexicano, a pesar de sus fallas, ha sido el más logrado, original y profundo. No fue un programa ni una teoría sino la respuesta instintiva a la ausencia de programas y teorías. Como todas las verdaderas creaciones políticas, fue una obra colectiva destinada a resolver los problemas particulares de una sociedad en ruinas y desangrada. Nació de la Revolución de México, un movimiento que arrasó las instituciones creadas por los liberales en el siglo XIX y que se habían transformado en la máscara de la dictadura de Porfirio Díaz. El régimen de Díaz, heredero del liberalismo de Juárez, fue una suerte de versión mestiza –combinación de caudillismo, liberalismo y positivismo– del despotismo ilustrado del siglo XVIII. Como ocurre con todas las dictaduras, el porfiriato fue incapaz de resolver el problema de la sucesión, que es el de la legitimidad: al envejecer el caudillo, el régimen anquilosado intentó perpetuarse. La respuesta fue la violencia. La rebelión política se transformó casi inmediatamente en revuelta social.

Los revolucionarios, una vez alcanzada la victoria, aunque no sin titu-

1. El APRA de hoy es una supervivencia y una deformación del APRA de Haya de la Torre. (*Nota de 1990.*)

beos y vacilaciones, vencieron a la tentación que asalta a todas las revoluciones triunfantes y las acaba: resolver las querellas entre las facciones por la dictadura de un césar revolucionario. Los mexicanos lograron evitar este peligro, sin caer en la anarquía o en la guerra intestina, gracias a un doble compromiso: la prohibición de reelegir a los presidentes cerró la puerta a los caudillos; la constitución de un partido que agrupa a los sindicatos obreros y a las organizaciones de los campesinos y de la clase media, aseguró la continuidad del régimen. El partido no fue ni es un partido ideológico ni obedece a una ortodoxia; tampoco es una «vanguardia» del pueblo ni un cuerpo escogido de militantes. Es una organización abierta más bien amorfa, dirigida por una burocracia política surgida de las capas populares y medias. Así México ha podido escapar, durante más de medio siglo, a esa fatalidad circular que consiste en ir de la anarquía a la dictadura y viceversa. El resultado no ha sido la democracia pero tampoco el despotismo sino un régimen peculiar, a un tiempo paternalista y popular, que poco a poco –y no sin tropiezos, violencias y recaídas– se ha ido orientando hacia formas cada vez más libres y democráticas. El proceso ha sido demasiado lento y el cansancio del sistema es visible desde hace varios años. Después de la crisis de 1968, el régimen emprendió, con realismo y cordura, ciertos cambios que culminaron en la actual reforma política. Por desgracia, los partidos independientes y de la oposición, aparte de ser claramente minoritarios, carecen de cuadros y de programas capaces de substituir al partido en el poder desde hace tantos años. El problema de la sucesión vuelve a plantearse como en 1910: si no queremos exponernos a graves daños, el sistema mexicano deberá renovarse a través de una transformación democrática interna... No puedo detenerme más en este tema. Le he dedicado varios ensayos, recogidos en *El ogro filantrópico*, y a ellos remito a mis lectores[1].

La historia de la democracia latinoamericana no ha sido únicamente la historia de un fracaso. Durante un largo período fueron ejemplares las democracias de Uruguay, Chile y Argentina. Las tres, una tras otra, han caído, reemplazadas por gobiernos militares. En cambio, son alentadores los ejemplos de Venezuela y Costa Rica: dos auténticas democracias. El caso de la pequeña Costa Rica, en el corazón de la revoltosa y autoritaria América Central, ha sido y es admirable. Para terminar con este rápido resumen: es significativo que la frecuencia de los golpes de Estado militares no haya empañado nunca la legitimidad democrática en la conciencia

1. Véase, en el volumen octavo de estas Obras Completas, el ensayo «Hora cumplida».

de nuestros pueblos. Su autoridad moral ha sido indiscutible. De ahí que todos los dictadores, invariablemente, al tomar el poder, declaren solemnemente que su gobierno es interino y que están dispuestos a restaurar las instituciones democráticas apenas lo permitan las circunstancias. Pocas veces cumplen su promesa, es cierto; no importa: lo que me parece revelador y digno de subrayarse es que se sientan obligados a hacerla. Se trata de un fenómeno capital y sobre cuya significación pocos se han detenido: hasta la segunda mitad del siglo XX, nadie se atrevió a poner en duda que la democracia fuese la legitimidad histórica y constitucional de América Latina. Con ella habíamos nacido y, a pesar de los crímenes y las tiranías, la democracia era una suerte de acta de bautismo histórico de nuestros pueblos. Desde hace veinticinco años la situación ha cambiado y ese cambio requiere un comentario.

El movimiento de Fidel Castro encendió la imaginación de muchos latinoamericanos, sobre todo estudiantes e intelectuales. Apareció como el heredero de las grandes tradiciones de nuestros pueblos: la Independencia y la unidad de América Latina, el antimperialismo, un programa de reformas sociales radicales y necesarias, la restauración de la democracia. Una a una se han desvanecido estas ilusiones. El proceso de degeneración de la Revolución cubana ha sido contado varias veces, incluso por aquellos que participaron en ella directamente, como Carlos Franqui, de modo que no lo repetiré. Anoto únicamente que la desdichada involución del régimen de Castro ha sido el resultado de la combinación de varias circunstancias: la personalidad misma del jefe revolucionario, que es un típico caudillo latinoamericano en la tradición hispanoárabe; la estructura totalitaria del Partido Comunista Cubano, que fue el instrumento político para la imposición forzada del modelo soviético de dominación burocrática; la insensibilidad y la torpe arrogancia de Washington, especialmente durante la primera fase de la Revolución cubana, antes de que fuese confiscada por la burocracia comunista; y en fin, como en los otros países de América Latina, la debilidad de nuestras tradiciones democráticas. Esto último explica que el régimen, a pesar de que cada día es más palpable su naturaleza despótica y más conocidos los fracasos de su política económica y social, aún conserve en América Latina parte de su inicial ascendencia, sobre todo entre los jóvenes universitarios y algunos intelectuales. Otros se aferran a estas ilusiones por desesperación. No es racional pero es explicable: la palabra *desdicha*, en el sentido moral de infortunio y también en el material de suma pobreza, parece que fue inventada para describir la situación de la mayoría de nuestros países.

No es difícil entender por qué el régimen de Castro todavía goza de algún crédito entre ciertos grupos. Pero explicar no es justificar ni menos disculpar, sobre todo cuando entre los «creyentes» se encuentran escritores, intelectuales y altos funcionarios de gobiernos como los de Francia y México. Por su cultura, su información y su inteligencia, estas personas son, ya que no la conciencia de sus pueblos, sí sus ojos y sus oídos. Todos ellos, voluntariamente, han escogido no ver lo que sucede en Cuba ni oír las quejas de las víctimas de una dictadura inicua. La actitud de estos grupos y personas no difiere de la de los estalinistas de hace treinta años; algunos, un día, se avergonzarán como aquéllos de lo que dijeron y lo que callaron. Por lo demás, el fracaso del régimen de Castro es manifiesto e innegable. Es visible en tres aspectos cardinales. El internacional: Cuba sigue siendo un país dependiente, aunque ahora de la Unión Soviética. El político: los cubanos son menos libres que antes. El económico y social: su población sufre más estrecheces y penalidades que hace veinticinco años. La obra de una revolución se mide por las transformaciones que lleva a cabo; entre ellas, es capital el cambio de las estructuras económicas. Cuba era un país que se caracterizaba por el monocultivo del azúcar, causa esencial de su dependencia del exterior y de su vulnerabilidad económica y política. Hoy Cuba sigue dependiendo del azúcar.

Durante años y años los intelectuales latinoamericanos y muchos europeos se negaron a escuchar a los desterrados, disidentes y perseguidos cubanos. Pero es imposible tapar el sol con un dedo. Hace apenas unos años sorprendió al mundo la fuga de más de cien mil personas, una cifra enorme si se piensa en la población de la isla. La sorpresa fue mayor cuando vimos a los fugitivos en las pantallas de cine y de televisión: no eran burgueses partidarios del viejo régimen ni tampoco disidentes políticos sino gente humilde, hombres y mujeres del pueblo, desesperados y hambrientos. Las autoridades cubanas indicaron que todas esas personas no tenían «problemas políticos» y había algo de verdad en esa declaración: aquella masa humana no estaba formada por opositores sino por *fugitivos*. La fuga de los cubanos no fue esencialmente distinta a las fugas de Camboya y Vietnam y responde a la misma causa. Fue una de las consecuencias sociales y humanas de la implantación de las dictaduras burocráticas que han usurpado el nombre del socialismo. Las víctimas de la «dictadura del proletariado» no son los burgueses sino los proletarios. La fuga de los cien mil, como una súbita escampada, ha disipado las mentiras y las ilusiones que no nos dejaban ver la realidad de Cuba. ¿Por cuánto tiempo? Nuestros contemporáneos aman vivir, como los míticos hiperbóreos, entre nieblas morales e intelectuales.

Ya señalé que las dictaduras latinoamericanas se consideran a sí mismas regímenes interinos de excepción. Ninguno de nuestros dictadores, ni los más osados, han negado la legitimidad histórica de la democracia. El primer régimen que se ha atrevido a proclamar una legitimidad distinta ha sido el de Castro. El fundamento de su poder no es la voluntad de la mayoría expresada en el voto libre y secreto sino una concepción que, a pesar de sus pretensiones científicas, tiene cierta analogía con el Mandato del Cielo de la antigua China. Esta concepción, hecha de retazos del marxismo (del verdadero y de los apócrifos), es el credo oficial de la Unión Soviética y de las otras dictaduras burocráticas. Repetiré la archisabida fórmula: el movimiento general y ascendente de la historia encarna en una clase, el proletariado, que lo entrega a un partido que lo delega en un comité que lo confía a un jefe. Castro gobierna en nombre de la historia. Como la voluntad divina, la historia es una instancia superior inmune a las erráticas y contradictorias opiniones de las masas. Sería inútil tratar de refutar esta concepción: no es una doctrina sino una creencia. Y una creencia encarnada en un partido cuya naturaleza es doble: es una Iglesia y es un ejército. El apuro que sentimos ante este nuevo obscurantismo no es esencialmente distinto al que experimentaron nuestros abuelos liberales frente a los ultramontanos de 1800. Los antiguos dogmáticos veían en la monarquía a una institución divina y en el monarca a un elegido del Señor; los nuevos ven en el partido a un instrumento de la historia y en sus jefes a sus intérpretes y voceros. Asistimos al regreso del absolutismo, disfrazado de ciencia, historia y dialéctica.

El parecido entre el totalitarismo contemporáneo y el antiguo absolutismo recubre, no obstante, diferencias profundas. No puedo, en este escrito, explorarlas ni detenerme en ellas. Me limitaré a mencionar la central: la autoridad del monarca absoluto se ejercía en nombre de una instancia superior y sobrenatural, Dios; en el totalitarismo, el jefe ejerce la autoridad en nombre de su identificación con el partido, el proletariado y las leyes que rigen el desarrollo histórico. El jefe es la historia universal en persona. El Dios transcendente de los teólogos de los siglos XVI y XVII baja a la tierra y se vuelve «proceso histórico»; a su vez, el «proceso histórico» encarna en este o aquel líder: Stalin, Mao, Fidel. El totalitarismo confisca las formas religiosas, las vacía de su contenido y se recubre con ellas. La democracia moderna había consumado la separación entre la religión y la política; el totalitarismo las vuelve a unir, pero invertidas: el contenido de la política del monarca absoluto era religioso; ahora la política es el contenido de la pseudorreligión totalitaria. El puente que conducía de la religión a la política, en los siglos XVI y XVII, era la teología neotomista; el puente que en el siglo XX lleva de la política al totalitarismo es una ideología pseudocientífica que pretende ser una ciencia universal de la historia y de la sociedad. El tema es apasionante pero lo dejo: debo volver al caso particular de la América Latina...[1].

Tanto como la pretensión pseudocientífica de esta concepción, es inquietante su carácter antidemocrático. No sólo los actos y la política del régimen de Castro son la negación de la democracia: también lo son los principios mismos en que se funda. En este sentido la dictadura burocrática cubana es una verdadera novedad histórica en nuestro continente: con ella comienza, no el socialismo sino una «legitimidad revolucionaria» que se propone desplazar a la legitimidad histórica de la democracia. Así se ha roto la tradición que fundó a la América Latina.

IMPERIO E IDEOLOGÍA

Desde mediados del siglo pasado la hegemonía norteamericana sobre el continente fue continua e indiscutible. Aunque denunciada una y otra vez por los latinoamericanos, la doctrina Monroe fue la expresión de esa realidad. También en esta esfera la Revolución cubana se presenta como una ruptura radical. Nueva intervención de la Némesis: la política desdeñosa y hostil de Washington arrojó a Castro en brazos de Rusia. Como un don caído del cielo de la historia –donde no reina la dialéctica sino la casualidad– los rusos recibieron algo que Napoleón III, la reina Victoria y el Káiser siempre ambicionaron y nunca obtuvieron: una base política y militar en América. Desde el punto de vista de la historia, el fin de la doctrina Monroe significa una vuelta al principio: como en el siglo XVI, nuestro continente está abierto a la expansión de las potencias extracontinentales. De ahí que el fin de la presencia norteamericana en Cuba no haya sido una victoria del antimperialismo. El ocaso (relativo) de la supremacía de los Estados Unidos significa, inequívoca y primordialmente, que la expansión imperial rusa ha llegado a la América Latina. Nos hemos convertido en otro campo de batalla de las grandes potencias. Más exac-

1. El lector interesado puede leer con provecho las reflexiones penetrantes y esclarecedoras de Claude Lefort en *L'Invention démocratique*, París, 1981.

tamente: nos han convertido. No han sido nuestros pasos sino los accidentes de la historia los que nos han llevado a esta situación. ¿Qué podemos hacer? Sea poco o mucho, lo primero es tratar de pensar con lucidez e independencia; en seguida y sobre todo, no resignarse a la pasividad del objeto.

Más afortunados que Napoleón III en su aventura mexicana, los rusos no han tenido necesidad de enviar tropas a Cuba ni de combatir. Es una situación diametralmente opuesta a la de Afganistán. El gobierno de Castro ha liquidado a la oposición, compuesta en su mayoría por antiguos partidarios suyos, y ha dominado y acallado con dureza a los descontentos. La Unión Soviética cuenta en Cuba con aliados seguros, unidos a ella por los lazos del interés, la ideología y la complicidad. La coalición ruso-cubana es diplomática, económica, militar y política. La diplomacia cubana sostiene en todas las cancillerías y en los foros internacionales puntos de vista idénticos a los de la Unión Soviética; además, sirve y defiende, con diligencia y habilidad, a los intereses rusos entre los países No Alineados. Rusia y los países del Este europeo subvencionan a la desfalleciente economía cubana aunque, por lo visto, no lo suficiente. En cambio, su ayuda militar es cuantiosa y sin proporción con las necesidades de la isla. En realidad, las tropas cubanas son una avanzada militar de los soviéticos y han participado en operaciones guerreras en África y en otras partes. No es realista –es lo menos que se puede decir– cerrar los ojos, como lo han hecho algunos gobiernos, entre ellos el mexicano, ante el carácter acentuadamente militar de la alianza ruso-cubana.

La importancia de Cuba como base política es mayor todavía, si a estas alturas es lícito distinguir entre lo militar y lo político. La Habana ha sido y es un centro de agitación, propaganda, coordinación y entrenamiento de los movimientos revolucionarios de América Latina. Sin embargo, las revueltas y agitaciones que sacuden a nuestro continente, especialmente en la América Central, no son el resultado de una conspiración ruso-cubana ni de las maquinaciones del comunismo internacional, como se empeñan en repetir los voceros del gobierno norteamericano. Estos movimientos, todos lo sabemos, son la consecuencia de las injusticias sociales, la pobreza y la ausencia de libertades públicas que prevalecen en muchos países latinoamericanos. Los soviéticos no han inventado el descontento: lo utilizan y tratan de confiscarlo para sus fines. Hay que confesar que, casi siempre, lo consiguen. No ha sido ajena a este resultado la errante política de los Estados Unidos. Dicho todo esto, me pregunto ¿por qué muchos movimientos revolucionarios, en su origen generosas respuestas a condiciones sociales injustas y aun intolerables, se convierten en instrumentos soviéticos? ¿Por qué, al triunfar, reproducen en sus países el modelo totalitario de dominación burocrática?

La organización y la disciplina de los partidos comunistas impresionan casi siempre al aprendiz revolucionario; son cuerpos que combinan dos formas de asociación de probada cohesión interna y capacidad proselitista y combativa: el ejército y la orden religiosa. En uno y otra la ideología une a las voluntades y justifica la división del trabajo y las estrictas jerarquías. Ambos son escuelas de acción y de obediencia. El partido, además, es la personificación colectiva de la ideología. La primacía de lo político sobre lo económico es uno de los rasgos que distinguen al imperialismo ruso de los imperialismos capitalistas de Occidente. Pero lo político no como una estrategia y una táctica únicamente sino como una dimensión de la ideología. Alain Besançon llama «ideocracia» a la Unión Soviética y la denominación es justa: en ese país la ideología desempeña una función semejante, aunque en un nivel intelectual mucho más bajo, a la de la teología en la corte de Felipe II. Es una de las características premodernas del Estado ruso y que corroboran su naturaleza híbrida, mixtura sorprendente de arcaísmo y modernidad. Al mismo tiempo, la preeminencia de la ideología explica la seducción que todavía ejerce el sistema comunista en mentes simples y entre intelectuales oriundos de países donde las ideas liberales y democráticas han penetrado tarde y mal. Las clases populares de América Latina, campesinos y obreros tradicional y persistentemente católicos, han sido insensibles a la fascinación del nuevo absolutismo totalitario; en cambio, los intelectuales y la pequeña y alta burguesía, al perder la antigua fe, abrazan este sucedáneo ideológico, consagrado por la «ciencia». La gran mayoría de los dirigentes revolucionarios de América Latina pertenecen a la clase media y alta, es decir, a los grupos sociales donde prolifera la ideología.

La política ideológica no está reñida con el realismo. La historia de los fanatismos es rica en jefes sagaces y valerosos, diestros estrategas y hábiles diplomáticos. Stalin fue un monstruo, no un iluso. Al contrario, la ideología nos aligera de escrúpulos pues introduce en las relaciones políticas, por naturaleza relativas, un absoluto en cuyo nombre todo o casi todo está permitido. En el caso de la ideología comunista el absoluto tiene un nombre: las leyes del desarrollo histórico. La traducción de esas leyes a términos políticos y morales es «la liberación de la humanidad», una tarea confiada por esas mismas leyes, en esta época, al proletariado industrial. Todo lo que sirva a este fin, incluso los crímenes, es moral. ¿Quién define al fin y a los medios? ¿El proletariado mismo? No: su vanguardia, el partido y sus jefes. Hace ya más de cuarenta años, en su respuesta a Lev Trotski el filósofo John Dewey demostró la falacia de este razonamiento. En primer término: es más que dudosa la existencia de esas leyes del desarrollo histórico y más dudoso aún que sean los jefes comunistas los más idóneos para interpretarlas y ejecutarlas. En segundo lugar, incluso si esas leyes tuviesen la vigencia rigurosa de una ley física, ¿cómo deducir de ellas una moral? La ley de la gravitación no es ni buena ni mala. Ningún teorema prohíbe matar o decreta la caridad. Un crítico añade: si Marx hubiese descubierto que las leyes del desarrollo histórico tienden no a liberar a los hombres sino a esclavizarlos, ¿sería moral luchar por la esclavitud universal de la humanidad?[1]. El cientismo es la máscara del nuevo absolutismo.

Trotski no contestó a Dewey, pero después de su muerte no ha disminuido sino aumentado el número de los creyentes en esas leyes que otorgan la absolución moral a aquellos que obran en su nombre. No es difícil advertir los orígenes de esta moral: es una versión laica de la guerra santa. El nuevo absoluto logra conquistar la adhesión de muchas conciencias porque satisface la antigua y perpetua sed de totalidad que padecemos todos los hombres. Absoluto y totalidad son las dos caras de la misma realidad psíquica. Buscamos la totalidad porque es la reconciliación de nuestro ser aislado, huérfano y errante, con el todo, el fin del exilio que comienza al nacer. Ésta es una de las raíces de la religión y del amor; también del sueño de fraternidad e igualdad. Necesitamos a un absoluto porque sólo él puede darnos la certidumbre de la verdad y la bondad de la totalidad que hemos abrazado. Al comienzo, los revolucionarios están unidos por una fraternidad en la que todavía la búsqueda del poder y la lucha de los intereses y las personas son indistinguibles de la pasión justiciera. Es una fraternidad regida por un absoluto pero que necesita además, para realizarse como totalidad, afirmarse frente al exterior. Así nace el *otro*, que no es simplemente el adversario político que profesa opiniones distintas a las nuestras: el *otro* es el enemigo de lo absoluto, el enemigo absoluto. Hay que exterminarlo. Sueño heroico, terrible... y despertar horrible: el *otro* es nuestro doble.

1. Baruch Knei-Paz, *The Social and Political Thought of Leon Trotsky*, Oxford University Press, 1978.

DEFENSA DE LA DEMOCRACIA

Al comenzar el año de 1980 publiqué en varios diarios de América y de España una serie de comentarios políticos sobre la década que acaba de pasar[1]. En el último de esos artículos (apareció en México el 28 de enero de 1980) decía: «La caída de Somoza ha dibujado una interrogación que nadie se atreve todavía a responder: ¿el nuevo régimen se orientará hacia una democracia social o intentará implantar una dictadura del tipo de la de Cuba? Lo segundo sería el comienzo de una serie de conflictos terribles en América Central y que casi seguramente se extenderían a México, Venezuela, Colombia... Esos conflictos no tendrán (no tienen) solamente un carácter nacional ni pueden encerrarse dentro de las fronteras de cada país. Por las fuerzas e ideologías que se afrontan, las pugnas centroamericanas tienen una dimensión internacional. Además, como las epidemias, son fenómenos contagiosos y que ningún cordón sanitario podrá aislar. La realidad social e histórica de Centroamérica no coincide con la artificial división en seis países... Sería una ilusión pensar que estos conflictos pueden aislarse: son ya parte de las grandes luchas ideológicas, políticas y militares de nuestro siglo».

La realidad confirmó mis temores. El derrocamiento de Somoza, saludado con alegría por los demócratas y los socialistas demócratas de la América Latina, fue el resultado de un movimiento en el que participó todo el pueblo de Nicaragua. Como siempre ocurre, un grupo de dirigentes que se había distinguido en la lucha se puso a la cabeza del régimen revolucionario. Algunas de las medidas del nuevo gobierno, destinadas a establecer un orden social más justo en un país saqueado desde hace más de un siglo por nacionales y extranjeros, fueron recibidas con aplauso. También despertó simpatía la decisión de no aplicar la pena de muerte a los somocistas. En cambio, causó decepción saber que se habían pospuesto las elecciones hasta 1985: un pueblo sin elecciones libres es un pueblo sin voz, sin ojos y sin brazos. En el curso de estos años la regimentación de la sociedad, los ataques al único periódico libre, el control cada vez más estricto de la opinión pública, la militarización, el espionaje generalizado con el pretexto de medidas de seguridad, el lenguaje y los actos cada vez más autoritarios de los jefes han sido signos que recuerdan el proceso seguido por otras revoluciones que han terminado en la petrificación totalitaria.

1. Recogidos y ampliados en *Tiempo nublado*, Barcelona, Seix Barral, 1983, e incluidos en este volumen.

A pesar de la amistad y del apoyo económico, moral y político que ha prestado nuestro gobierno al de Managua, no es un misterio que los ojos de los dirigentes sandinistas no se dirigen hacia México sino hacia La Habana en busca de orientación y amistad. Sus inclinaciones procubanas y prosoviéticas son manifiestas. En materia internacional uno de los primeros actos del gobierno revolucionario fue votar, en la conferencia de países No Alineados (La Habana, 1979), por el reconocimiento del régimen impuesto en Camboya por las tropas de Vietnam. Desde entonces el bloque soviético cuenta con un voto más en los foros internacionales. Ya sé que no es fácil para ningún nicaragüense olvidar la funesta intervención de los Estados Unidos, desde hace más de un siglo, en los asuntos internos de su país; tampoco su complicidad con la dinastía de los Somoza. Pero los agravios pasados, que justifican el antiamericanismo, ¿justifican el prosovietismo? El gobierno de Managua podía haber aprovechado la amistad de México, Francia y la República Federal de Alemania, así como la simpatía de los dirigentes de la II Internacional, para explorar una vía de acción independiente que, sin entregarlos a Washington, tampoco convierta a su país en una cabeza de puente de la Unión Soviética. No lo ha hecho. ¿Deben los mexicanos seguir brindando su amistad a un régimen que prefiere como amigos a otros?

Gabriel Zaid publicó en el número 56 de *Vuelta* (julio de 1981) un artículo que es el mejor reportaje que he leído sobre El Salvador, además de ser un análisis esclarecedor de la situación en ese país. El artículo de Zaid corrobora que la lógica del terror es la de los espejos: la imagen del asesino que ve el terrorista no es la de su adversario sino la suya propia. Esta verdad psicológica y moral también es política: el terrorismo de los militares y de la ultraderecha se desdobla en el terrorismo de los guerrilleros. Pero ni la Junta ni la guerrilla son bloques homogéneos; están divididos en varios grupos y tendencias. Por esto Zaid insinúa que, tal vez, la posibilidad de una solución que no sea la del exterminio de uno de los dos grupos en pugna, consista en encontrar, en uno y otro campo, aquellos grupos decididos a cambiar las armas por el diálogo. No es imposible: la inmensa mayoría de los salvadoreños, sin distinción de ideología, están en contra de la violencia –sea de la derecha o de los guerrilleros– y anhelan una vuelta a las vías pacíficas y democráticas. Las elecciones del 28 de marzo han corroborado el análisis de Zaid: a pesar de la violencia desatada por los guerrilleros, el pueblo salió a la calle y esperó durante horas, expuesto a los tiros y a las bombas, hasta que depositó su voto. Fue un ejemplo admirable y la indiferencia de muchos ante este pacífico heroísmo es un signo más de la vileza del tiempo que vivimos. El significado de esta elección es indudable: la gran mayoría de los salvadoreños se inclina por la legalidad democrática. La votación ha favorecido al Partido Social Cristiano de Duarte, pero una coalición de los partidos de la derecha y la ultraderecha podría escamotearle el triunfo. Es una situación que podría haberse evitado si las guerrillas hubiesen aceptado la confrontación democrática; según el corresponsal de *The New York Times* en El Salvador habrían obtenido entre el 15 y el 25 por ciento de los votos. Trágica abstención. Si los derechistas asumen el poder, prolongarán el conflicto y causarán un daño irreparable: ganen ellos o los guerrilleros, la democracia será la derrotada[1].

En la situación de la América Central está inscrita, como en clave, la historia entera de nuestros países. Descifrarla es contemplarnos, leer el relato de nuestros infortunios. El primero, de fatídicas consecuencias, fue el de la Independencia: al liberarnos, nos dividió. La fragmentación multiplicó a las tiranías y las luchas entre los tiranos hicieron más fácil la intrusión de los Estados Unidos. Así, la crisis centroamericana presenta dos caras. Una: la fragmentación produjo la dispersión, la dispersión la debilidad y la debilidad ha culminado hoy en una crisis de la independencia: América Central es un campo de batalla de las potencias. Otra: la derrota de la democracia significa la perpetuación de la injusticia y de la miseria física y moral, cualquiera que sea el ganador, el coronel o el comisario. Democracia e independencia son realidades complementarias e inseparables: perder a la primera es perder a la segunda y viceversa. Hay que ayudar a los centroamericanos a ganar la doble batalla: la de la democracia y la de la independencia. Tal vez no resulte impertinente reproducir la conclusión del artículo a que aludí más arriba: «La política internacional de México se ha fundado tradicionalmente en el principio de no intervención... Fue y es un escudo jurídico, un arma legal. Nos ha defendido y con ella hemos defendido a otros. Pero hoy esa política es insuficiente. Sería incomprensible que nuestro gobierno cerrase los ojos ante la nueva configuración de fuerzas en el continente americano. Ante situaciones como las que podrían advenir en América Central no basta con enunciar doctrinas abstractas de orden negativo: tenemos principios e intereses que defender en esa región. No se trata de abandonar el principio de no intervención sino de darle un contenido positivo: queremos regímenes

1. Escribí estas líneas dos días después de las elecciones en El Salvador. La situación posterior, por desgracia, ha confirmado mis temores.

democráticos y pacíficos en nuestro continente. Queremos amigos, no agentes armados de un poder imperial».

Los problemas de la América Latina, se dice, son los de un continente subdesarrollado. El término es equívoco: más que una descripción es un juicio. Dice pero no explica. Y dice poco: ¿subdesarrollo en qué, por qué y en relación con qué modelo o paradigma? Es un concepto tecnocrático que desdeña los verdaderos valores de una civilización, la fisonomía y el alma de cada sociedad. Es un concepto etnocentrista. Esto no significa desconocer los problemas de nuestros países: la dependencia económica, política e intelectual del exterior, las inicuas desigualdades sociales, la pobreza extrema al lado de la riqueza y el despilfarro, la ausencia de libertades públicas, la represión, el militarismo, la inestabilidad de las instituciones, el desorden, la demagogia, las mitomanías, la elocuencia hueca, la mentira y sus máscaras, la corrupción, el arcaísmo de las actitudes morales, el machismo, el retardo en las ciencias y en las tecnologías, la intolerancia en materia de opiniones, creencias y costumbres. Los problemas son reales, ¿lo son los remedios? El más radical, después de veinticinco años de aplicación, ha dado estos resultados: los cubanos son hoy tan pobres o más que antes y son mucho menos libres; la desigualdad no ha desaparecido: las jerarquías son distintas pero no son menos sino más rígidas y férreas; la represión es como el calor: continua, intensa y general; la isla sigue dependiendo, en lo económico, del azúcar y, en lo político, de Rusia. La Revolución cubana se ha petrificado: es una losa de piedra caída sobre el pueblo. En el otro extremo las dictaduras militares han perpetuado el desastroso e injusto estado de cosas, han abolido las libertades públicas, han practicado una cruel política de represión, no han logrado resolver los problemas económicos y en muchos casos han agudizado los sociales. Y lo más grave: han sido y son incapaces de resolver el problema político central de nuestras sociedades: el de la sucesión, es decir, el de la legitimidad de los gobiernos. Así, lejos de suprimir la inestabilidad, la cultivan.

La democracia latinoamericana llegó tarde y ha sido desfigurada y traicionada una y otra vez. Ha sido débil, indecisa, revoltosa, enemiga de sí misma, fácil a la adulación del demagogo, corrompida por el dinero, roída por el favoritismo y el nepotismo. Sin embargo, casi todo lo bueno que se ha hecho en América Latina, desde hace un siglo y medio, se ha hecho bajo el régimen de la democracia o, como en México, *hacia* la democracia. Falta mucho por hacer. Nuestros países necesitan cambios y reformas, a un tiempo radicales y acordes con la tradición y el genio de cada pueblo. Allí donde se ha intentado cambiar las estructuras económicas y sociales desmantelando al mismo tiempo las instituciones democráticas, se ha fortificado a la injusticia, a la opresión y a la desigualdad. La causa de los obreros requiere, ante todo, libertad de asociación y derecho de huelga: esto es lo primero que le arrebatan sus liberadores. Sin democracia los cambios son contraproducentes; mejor dicho: no son cambios. En esto la intransigencia es de rigor y hay que repetirlo: los cambios son inseparables de la democracia. Defenderla es defender la posibilidad del cambio; a su vez, sólo los cambios podrán fortalecer a la democracia y lograr que al fin encarne en la vida social. Es una tarea doble e inmensa. No solamente de los latinoamericanos: es un quehacer de todos. La pelea es mundial. Además, es incierta, dudosa. No importa: hay que pelearla.

«América Latina y la democracia» se publicó en *Tiempo nublado*, Barcelona, Seix Barral, 1983.

Las contaminaciones de la contingencia

HIGIENE VERBAL

Con cierta regularidad los idiomas padecen epidemias que infectan durante años el vocabulario, la prosodia, la sintaxis y aun la lógica. A veces la enfermedad contagia a toda la sociedad; otras, a grupos aislados. En los últimos cincuenta años el lenguaje filosófico y crítico ha sufrido tres infecciones: la de la fenomenología y el existencialismo, la de las sectas marxistas y la estructuralista. La primera ha desaparecido casi completamente, no sin dejar muchos inválidos. Las otras dos, aunque han pasado ya su acmé, como dicen los médicos, se han enquistado en regiones selváticas y apartadas de la periferia, como las universidades de América Latina. Son conocidos los remedios contra estos padecimientos: la risa, el sentido común y, en fin, la higiene mental. Éste es el método que aplica Antonio Alatorre, con gracia e inteligencia, en un ensayo que aparece en el número de diciembre (1981) de la *Revista de la Universidad de México*: «Crítica literaria tradicional y crítica neoacadémica». ¿Qué le reprocha Alatorre a la crítica neoacadémica? Lo mismo que Roland Barthes reprochaba a sus discípulos y seguidores: escamotear el placer del texto. El negocio del crítico, dice Alatorre, «es el flujo y reflujo que hay entre el placer literario y la experiencia literaria». Algo parecido, aunque con mayor desenvoltura, dice Julien Gracq en un libro reciente (*En lisant, en écrivant*, Corti, 1981): «Le pido al crítico literario que me diga por qué la lectura de este libro me da un placer que no puede darme otro libro... Un libro que me gusta es como una mujer que me enreda con sus encantos: ¡al diablo su familia, su lugar de nacimiento, su clase, sus relaciones, su educación, su niñez y sus amigos!... Qué irrisión y qué impostura el oficio de crítico: ¡ser un experto en *objetos amados*!... La verdad es que no vale la pena ocuparse de la literatura si ella no es para nosotros un repertorio de mujeres fatales y de criaturas de perdición». La idea que tienen Gracq y Alatorre de la literatura ilumina a la expresión *placer literario* con luces equívocas a un tiempo vivaces y sombrías: el gusto se vuelve pasión. Es una idea que disipa rápidamente la pretensión de edificar una «ciencia de la literatura». Sus cimientos serían las arenas movedizas del deseo.

Confieso que mi reprobación va más allá de la de Gracq y Alatorre. Me parece que los defectos de la crítica moderna no son únicamente de orden literario sino intelectuales y morales. El crítico literario contemporáneo se apoya, para juzgar a una obra, en las llamadas ciencias sociales y humanas; desde ellas imparte sus juicios seguro de que *sabe* más sobre la obra que el autor mismo. La sociología le otorga un saber omnisciente; el psicoanálisis y la lingüística hacen de cada profesor un mixto de Aristóteles y Merlín. A Gracq le escandaliza que los críticos vean al poeta y al novelista apenas como «un producto, una secreción del lenguaje». Tiene razón pero es más grave condenar a un artista o a un pensador porque no cree o no piensa como nosotros. La infección literaria es menos virulenta y nociva que la infección ideológica. La primera consiste en una inversión de la perspectiva tradicional: no ve al autor como al creador de un lenguaje sino al lenguaje como al creador de un autor; la segunda juzga a los autores no por lo que dicen sino por las consecuencias de su decir: ¿es favorable o adverso a los intereses de mi partido?

En México hemos tenido hace poco un ejemplo de la profundidad y la extensión de la infección ideológica. En el número 56 de *Vuelta* (julio de 1981), Gabriel Zaid publicó un ensayo en el que propuso a sus lectores una interpretación de la guerra de guerrillas que desde hace varios años ensangrienta a El Salvador. El ensayo, como su título mismo lo dice («Colegas enemigos: Una lectura de la tragedia salvadoreña»), muestra con gran acopio de documentos y pruebas la extraña y sangrienta simetría que rige los actos de las facciones que se disputan el poder en ese pequeño país centroamericano. La interpretación de Zaid provocó la indignación de todas esas almas virtuosas que ven el conflicto de la América Central como un nuevo episodio del cíclico combate entre el bien y el mal. La discusión con o, más bien, contra Zaid fue notable tanto por el número de sus impugnadores (más de veinte) como por el de las revistas y diarios donde se publicaron esas críticas: casi todos los de la ciudad de México. Engañosa multiplicidad: aunque eran muchas las voces, todas decían lo mismo. Las diferencias entre unos y otros no fueron de substancia sino de maneras: algunos expresaron, no sin vivacidad, sus argumentos y otros, como de costumbre, aprovecharon la ocasión para vomitar los sapos y culebras que llevan dentro. La polémica pronto se convirtió en una lección de moral y, así, abrió perspectivas más vastas que las de la mera actualidad. De ahí que me atreva a dedicarle un breve comentario.

LA LÓGICA DE LAS REVOLUCIONES

Mi primera observación es la siguiente: aprobemos las interpretaciones de Zaid o nos parezcan insuficientes y equivocadas, es indudable que los hechos en que las funda son ciertos, como no tuvieron más remedio que reconocerlo sus adversarios. Esto último es lo grave. Primero trataron de ocultar las prácticas terroristas y criminales de varios grupos de guerrilleros de El Salvador; después, quisieron minimizarlas. Cuando ya no era posible tapar el sol con un dedo –aunque ese dedo fuese el elástico de la dialéctica, que cambia de forma y de tamaño según las necesidades de la discusión– aceptaron que los hechos eran ciertos, aunque el más inteligente, Adolfo Gilly, trató de explicarlos acudiendo a una fantasmagórica «lógica de la historia». En el caso de las revoluciones, esa lógica se caracteriza «por la irrupción violenta de las masas en su propio destino», al intervenir directamente en la vida pública, en lugar de «los especialistas: monarcas, ministros, parlamentarios, periodistas». (Lev Trotski, citado por Adolfo Gilly.) Es bueno enfrentar esta idea a los hechos.

La ojeada más distraída a la historia de las revoluciones modernas, del siglo XVII al XX (Inglaterra, Francia, México, Rusia, China), muestra que en todas ellas, sin excepción, desde la iniciación del movimiento, aparecen grupos dueños de mayor iniciativa y capacidad de organización que la mayoría, armados además de una doctrina. Estos grupos no tardan en separarse de las multitudes. Al principio, las escuchan y las siguen; después, las guían; más tarde, las representan; y al fin las suplantan. En todas las revoluciones, apenas derrocado el antiguo régimen, surgen las luchas de las facciones por el poder. Esas luchas se realizan siempre a espaldas del pueblo y, claro, a sus expensas. No son luchas populares sino pugnas de comité. Los jacobinos liquidaron por la fuerza a los girondinos, que eran la mayoría de la Convención; a su vez la facción dirigida por Robespierre y Saint-Just liquidó, también por la fuerza, a las facciones que, para emplear la terminología convencional, se encontraban a su derecha y a su izquierda (Danton, Herbert). La toma del poder de los bolcheviques obedece, en términos generales, al mismo patrón; una minoría que dice obrar, como todas las minorías, en nombre de la mayoría, desplaza y substituye a la mayoría: cadetes, mencheviques, socialrevolucionarios de izquierda, anarquistas. A su vez, las distintas facciones bolcheviques, ya en el poder, a espaldas de las masas o sobre ellas, se destrozan hasta que Stalin extermina a todos sus rivales. Algo parecido sucedió en el transcurso de la Revolución mexicana: asesinatos de Zapata, Carranza y Villa, hasta el triunfo de Obregón. Lo mismo puede decirse, con las inevitables diferencias locales, de lo que ha ocurrido en China y en otras partes.

La famosa lógica de las revoluciones que, según Trotski, se caracteriza por la participación de las masas en la historia, no aparece en estos episodios por ninguna parte. Si las revoluciones tienen una lógica, hay que aceptar que se despliega en dirección y en sentido inversos a los descritos por Trotski: al principio las masas –término deplorable– son las protagonistas de los acontecimientos pero pronto son substituidas por las sectas de revolucionarios profesionales, con sus comités, sus césares y sus secretarios generales. En todos los casos el pueblo ha sido puesto a un lado por minorías de extremistas, sean jacobinos o thermidorianos. El caso de El Salvador es aún más infiel a la supuesta «lógica de las revoluciones». En las grandes revoluciones –como la francesa, la mexicana o la rusa– el pueblo interviene en la primera fase y es el que consuma la derrota del viejo régimen (monarquía, porfirismo, zarismo); en un segundo momento, las facciones revolucionarias se disputan el poder y se aniquilan entre ellas. En El Salvador el pueblo, *antes* de la toma del poder, ha mostrado igual repugnancia ante los extremistas de derecha que frente a los extremistas guerrilleros. El pueblo, desde hace varios años, está en medio de dos minorías armadas y feroces.

Los intelectuales que se llaman a sí mismos de izquierda –una denominación que ha dejado de tener un sentido preciso– son insensibles a estos argumentos. En cuanto un hecho desmiente sus esquemas simplistas, mueven la cabeza, sonríen y acusan de «empirismo» a sus opositores, ciegos «ante la complejidad del tejido social e incapaces de pensar los fenómenos sociales como totalidades». Verborrea y suficiencia. Es como si un tejedor, por amor a la geometría de su diseño, se empeñase en no ver los agujeros de su tejido. Las teorías sirven para explicar los hechos, no para escamotearlos. Tampoco para substituirlos por entelequias ideológicas. Cuando los hechos desmienten a la teoría, hay que abandonarla o modificarla. Esto es lo que no han hecho esos intelectuales.

La idea de que existe una lógica de las revoluciones presupone la existencia de una lógica general de la historia. ¿Existe esa lógica? ¿Tiene un sentido la historia? El punto es más que dudoso. Raymond Aron dice: «La filosofía moderna de la historia comienza por el rechazo del hegelianismo. El ideal ya no es determinar de una vez por todas la significación del devenir... *La crítica de la razón pura* puso fin a la esperanza de acceder a la verdad del mundo noumenal; del mismo modo la filosofía crítica de la historia renunció a explicitar el sentido último de la evolución humana. El análisis del conocimiento histórico es a la filosofía de la historia lo que la crítica kantiana a la metafísica dogmática» (*La filosofía crítica de la historia*, 1969). También es extravagante decir que «el pragmatismo excluye a las masas de la política porque excluye a la lucha de clases de la historia». En primer lugar, no es la crítica de Zaid, pragmatista o no, la que excluye a las masas: son las élites, revolucionarias o reaccionarias, las que las excluyen, por la fuerza de las armas, mientras dicen obrar en nombre de ellas. En segundo lugar, la historia es lucha de clases pero también es otras muchas cosas no menos decisivas: la técnica y sus cambios, las ideologías, las creencias, los individuos, los grupos –y la casualidad.

No menos dudosa es la idea que muchos intelectuales latinoamericanos tienen de lo que es una revolución. En realidad, hay tantas visiones de la revolución como historiadores. Para los marxistas, la Revolución francesa fue la toma del poder político por la burguesía; sin embargo, Tocqueville muestra de un modo convincente que, al final del Antiguo Régimen, la burguesía ya había desplazado a la nobleza de los puntos claves no sólo en la economía sino en el Estado. Para Tocqueville, dice Furet, «la Revolución francesa, lejos de ser una ruptura brutal, acaba y perfecciona la obra de la monarquía. La Revolución francesa no se puede comprender sino en y por la continuidad histórica» (François Furet, *Penser la Révolution française*, París, 1978). La paradoja es que la Revolución «realiza esta continuidad en los hechos mientras que aparece como ruptura en las conciencias». Daré otro ejemplo: la Revolución mexicana, en uno de sus aspectos centrales: la función del Estado en el proceso de modernización, continúa la obra del porfirismo. Esto no significa, naturalmente, negar la originalidad de la Revolución francesa ante el Antiguo Régimen ni la de la Revolución mexicana frente a la dictadura porfiriana. Estos ejemplos simplemente muestran la complejidad de los fenómenos históricos y su resistencia a las explicaciones sumarias del tipo de la simplista «lógica de la historia». Tampoco esto quiere decir que la historia sea un proceso insensato e incomprensible sino que la comprensión histórica siempre debe tener en cuenta la particularidad de cada fenómeno.

Los hechos históricos, por su misma complejidad y por el número de factores, circunstancias y personas que participan en cada uno de ellos, requieren siempre explicaciones plurales. No hay nunca una sola explicación para un hecho histórico, ni siquiera para el más simple. El principio de causalidad, hoy visto con reserva incluso en la física y en las ciencias naturales, ha sido siempre de difícil aplicación en el campo de la historia.

La razón salta a la vista: es prácticamente imposible determinar todas las causas que intervienen en cada hecho. Hay, naturalmente, una jerarquía en las causas: unas son más importantes que las otras. Pero las jerarquías cambian sin cesar: a veces lo determinante es el factor personal, otras las circunstancias económicas o las ideológicas o, como sucede con frecuencia, la aparición del factor imprevisto por naturaleza: el accidente. Además, el punto de vista del historiador, siempre y fatalmente personal. ¿Hay leyes históricas? No podría responderse con certeza; lo más que podemos decir es que, si las hay, no se han encontrado. Puede decirse algo más: incluso si pudiésemos encontrar todos los factores, sería casi imposible –y más: vano– intentar reducirlos a una ley. Esto no quiere decir que la historia deba ser una eterna *terra incognita*: su complejidad se rehúsa al formalismo de las ciencias de la naturaleza pero no a la *comprensión*. Esta palabra significa abarcar, ceñir, entender, penetrar –no reducir. Furet da un ejemplo de lo que debemos entender por comprensión: dentro de la Revolución francesa hubo varias «revoluciones» y, entre ellas, una revolución campesina, casi del todo autónoma e independiente de las otras (la de los aristócratas, la de los burgueses y la de los *sans culottes*). A la inversa de las otras, la revolución campesina fue anticapitalista. Esto es algo, dice Furet, «que difícilmente se puede conciliar con la visión de una revolución homogénea, que abre al capitalismo y a la burguesía un camino que había cerrado el Antiguo Régimen». Lo mismo sucede con la Revolución mexicana: la revolución de Zapata no fue la de Madero ni la de Carranza ni la de Obregón y Calles: no fue una revolución «progresista» o «desarrollista». Incluso puede decirse que, mientras la revolución de Obregón y Calles continúa la obra de modernización de Porfirio Díaz, la revolución de Zapata es su negación.

EL DECÁLOGO Y LA HISTORIA

Para reforzar sus argumentos, varios opositores de Zaid acudieron al ejemplo de la guerra de España: la causa republicana no fue empañada por los abusos y crímenes cometidos en la zona dominada por la República. Pero el problema moral y político a que nos enfrentan los actos de este o de aquel bando no puede reducirse al simplismo que Zaid, con tanta razón, ha ridiculizado: si mi causa es buena, los medios para defenderla, incluso si son crímenes, también son buenos. El problema de las relaciones entre los fines y los medios es antiguo y complejo. Sería fatuo tratar de resolverlo en un comentario como éste. No lo es señalar que es un tema que afecta no sólo a los actores y a las víctimas sino también a los testigos, es decir, a los intelectuales: ¿es legítimo que un escritor calle los crímenes de su partido? El ejemplo de la guerra de España, precisamente, puede ayudarnos a responder a esta pregunta.

En el libro que ha escrito sobre la vida de Simone Weil su amiga y discípula Simone Pétrement, nos cuenta: «En esos días (1938) se publicó un libro de Georges Bernanos: *Los grandes cementerios bajo la luna*... Bernanos, que vivía en Mallorca, había sido testigo de lo ocurrido en la zona dominada por Franco. Sus tendencias –escritor católico, monárquico y admirador del reaccionario Drumont– lo llevaban a simpatizar con la rebelión de los generales españoles en contra del gobierno republicano. Pero lo había consternado el régimen de terror instaurado por los fascistas en Mallorca y el gran número de insensatas ejecuciones... El libro de Bernanos denunció esa loca borrachera de muerte... Simone Weil se sintió obligada a escribirle una carta en la que le contaba que ella había pasado, en el lado opuesto, por una experiencia análoga. En su carta Simone relata algunos de los hechos que había presenciado y que, aunque sin la terrible ignominia de los denunciados por Bernanos en su libro, mostraban sin embargo que una atmósfera semejante reinaba en los dos campos». La actitud de Bernanos el católico y de Simone Weil la socialista nos imparte una doble lección. La primera: los fines de la causa que defendemos, por más altos que sean, no pueden separarse de los medios que empleamos; los fines no son ni pueden constituir nuestro único criterio moral. La segunda: denunciar las atrocidades que comete nuestro partido es difícil, muy difícil, pero es el primer deber del intelectual.

En el último número de *Dissent* (invierno de 1981), el escritor norteamericano Lionel Abel publica un inteligente ensayo sobre este problema de los fines y los medios, al que considera con razón como el tema central de nuestro siglo. Abel cita una opinión de Walter Benjamin. Según el crítico alemán, hay dos maneras de juzgar a la violencia, una desde el punto de vista del derecho natural y otra desde el del derecho positivo: «la ley natural sólo puede juzgar a cada derecho positivo por la crítica de sus fines, mientras que la ley positiva sólo puede juzgar a un nuevo derecho en proceso de establecerse por la crítica de sus medios. La justicia es el criterio de los fines que se persiguen; la conformidad a la ley es el criterio de los medios empleados. El derecho natural trata de justificar a los medios por la justicia de los fines perseguidos; la ley positiva trata de garantizar la justicia de los fines por la legitimidad de los medios empleados».

André Malraux (1901-1976), a la izquierda,
en el II Congreso Internacional de Escritores Antifascistas, 1937.

André Gide (1869-1951)

George Orwell (1903-1950)

Simone Weil (1909-1943)

El razonamiento de Benjamin es más sutil que convincente: ¿qué ocurre cuando los medios son indignos de los fines? Abel comenta que con frecuencia hay contradicción entre los medios que el derecho natural encuentra legítimos, en vista del fin perseguido, y la reprobación de esos medios, considerados por el derecho positivo como ilegítimos debido a su violencia o a otras circunstancias. Benjamin no cierra los ojos ante estas contradicciones pero sostiene que, en estos casos, hay que encontrar un tercer punto de vista: un criterio superior que sólo la filosofía de la historia puede darnos. No es difícil, a estas alturas del siglo, hacer la crítica de la opinión de Benjamin. Convertir a la filosofía de la historia en un oráculo significa substituir el juicio moral íntimo de la conciencia, fundamento de la ética, por el juicio de la autoridad. Es un juego de manos que habría escandalizado lo mismo a Sócrates que a Kant: ¿es legítimo hacer no lo que nos dice nuestra conciencia sino lo que nos dicta una instancia superior, impersonal y remota? Reaparece así la razón de Estado, ya no disfrazada de Providencia divina sino de filosofía de la historia.

Otra razón, no menos decisiva, me lleva a rechazar la idea de Benjamin: obedecer al dictado de la filosofía de la historia es más difícil aún que acatar el mandato de Dios. Mejor dicho, es imposible: ¿quién se atreve a sostener hoy, en 1981, que conoce el camino y los designios de la historia? ¿Quién puede juzgar y condenar a un semejante en nombre de un futuro que nadie ha visto y que nos parece más y más incierto? Las religiones condensan sus principios en códigos formados por unos cuantos preceptos categóricos, claros y absolutos: no matarás, no robarás, no desearás a la mujer de tu prójimo, etcétera. Esos mandamientos no dependen de ninguna circunstancia porque están fundados en una palabra eterna, fuera del tiempo. En cambio, la palabra que dice la historia –si realmente *dice* algo y no es sólo «furor y ruido»– es temporal y, por ser tiempo, es relativa, contingente y contradictoria. Es una palabra obscura, ininteligible. Pero si esa palabra pudiese ser comprendida e interpretada, ¿cómo fundar en ella una moral? Sartre intentó fundar una moral de la contingencia y fracasó; no podía ser de otro modo: moral y contingencia son términos incompatibles. En fin, supongamos que la historia *dice*, que entendemos su decir y que es posible fundar sobre esa palabra relativa una moral: sus preceptos serían inaplicables. La razón: la historia ejecuta primero sus sentencias y después las declara. Es un lenguaje siempre *a posteriori*: ni Marco Antonio sabía que sería derrotado en Actium ni Lenin estaba seguro de que el tren blindado alemán lo llevaría sano y salvo a la estación de Finlandia.

EL ASESINO Y LA ETERNIDAD

El poeta inglés Charles Tomlinson, en un poema que tiene por tema la muerte de Lev Trotski (*Assassin*), ha mostrado con extraordinaria penetración la trampa mortal en que cae fatalmente el fanático que cree poseer el secreto de la historia. Ese poema es la mejor refutación que conozco de la falacia que ve en la historia a un substituto de la conciencia. El asesino, armado de un *piolet* está de pie, detrás de su víctima, que revisa unos papeles. Entonces piensa:

> Yo golpeo. Yo soy el futuro y mi arma,
> al caer, lo convierte en *ahora*. Si el relámpago se helase,
> quedaría suspendido como este cuarto
> en la cresta de la ola del instante...
> y como si la ola jamás pudiese caer.

El tiempo, para el asesino, se inmoviliza en ese instante en que el futuro, al cumplirse, adquiere una suerte de eternidad vertiginosa. Más exactamente: una eternidad *filosófica*. El instante está hecho de la misma substancia de la historia, una substancia que transciende los tres tiempos –pasado, presente y futuro– porque su verdadero nombre es *necesidad*. El asesino se identifica con la necesidad histórica y se vuelve omnisciente. Falsa eternidad, irrisoria omnisciencia, disipadas en el instante mismo en que parecen realizarse. El peso del hombre caído, su grito terrible, la sangre que mancha papeles y alfombra, la boca atroz de la herida en la cabeza, todo hace que

> el mundo se vuelva inestable bajo mis pies:
> caigo en el limo y las contaminaciones
> de la contingencia: manos, miradas, tiempo.

El asesino ideológico cae del tiempo ilusorio de la filosofía de la historia al tiempo real, cae de la necesidad a la contingencia, se despeña desde la certeza a la duda. Cae en la historia... En este mundo donde todo parece relativo, ¿no hay reglas? Tal vez hay una. La apunta Simone Weil en su carta a Bernanos. El escritor francés creía que el miedo era el causante de las crueldades inútiles y estúpidas que había visto en Mallorca. Simone no compartía esta idea: más poderoso que el miedo había sido el filosófico *permiso de matar*, como lo llama Zaid: «cuando las autoridades temporales o espirituales deciden que la vida de cierta categoría de hombres carece en sí misma de valor, los otros hombres los matan con impunidad y naturalidad... Así se pierde, rápidamente, el fin perseguido en la lucha. Porque ese fin sólo puede definirse en términos del bien común y del valor del ser de los hombres –y la vida de los hombres ha perdido su valor». El mal es la deshumanización. El matadero y el campo de concentración son instituciones precedidas siempre por una operación intelectual que consiste en despojar al otro de su humanidad, para poder esclavizarlo o exterminarlo como si fuese un animal. Se trata de una operación circular: negar la humanidad del otro es negar la nuestra.

«Las contaminaciones de la contingencia» se publicó en *Hombres en su siglo y otros ensayos*, Barcelona, Seix Barral, 1984.

Inventar la democracia: América Central, Estados Unidos, México

(Entrevista con Gilles Bataillon)

POESÍA, REVOLUCIÓN, HISTORIA

GILLES BATAILLON: *En octubre pasado recibió usted, en Francfort, el premio de la Paz. Allá pronunció un discurso, «El diálogo y el ruido», en el que analiza las posibilidades de una paz duradera en Centroamérica. La prensa alemana y española comentaron largamente su discurso, en ocasiones de manera muy favorable; en cambio, en los medios intelectuales mexicanos desencadenó tal hostilidad que un grupo quemó a usted en efigie ante la Embajada de los Estados Unidos, al grito de «Reagan rapaz, tu amigo es Octavio Paz». ¿Qué suscita en usted esta respuesta a la invitación al diálogo con que terminó su discurso?*

OCTAVIO PAZ: El problema del no-diálogo con los intelectuales mexicanos es central para mí. Pero usted exagera. No se trata de la totalidad de los intelectuales mexicanos sino de una minoría, aunque activa y vociferante. Un pequeño grupo, como los hay en todas partes. Sólo que, a diferencia de lo que ocurre en otros países, sus miembros tienen acceso a medios de difusión importantes. Sin embargo, hay una clara desproporción entre sus gritos y el alcance real de su discurso. Por esto creo que, a la larga, será posible el diálogo con los intelectuales mexicanos. El terrorismo intelectual está destinado a fracasar, como el otro.

–*¿Podría usted explicarnos cómo se relacionan su trabajo como escritor y como crítico de la vida política?*

–Aunque hay una relación entre mi trabajo de escritor y mi trabajo de reflexión política, yo no soy un hombre político. Nunca lo he sido ni tengo el menor deseo de convertirme en uno. Aspiro a hacer la crítica de la política. Es un asunto que me preocupa desde mi infancia quizá porque, niño, me interesé por la historia. Soy ante todo poeta. Ahora bien, para mi generación la poesía estuvo ligada a la historia. No olvide usted que nací en 1914 y que soy contemporáneo de las grandes conmociones del siglo XX: la ascensión del nazismo y del fascismo, la guerra española, la segunda guerra mundial, la independencia de las antiguas colonias europeas. Todo esto marcó profundamente mi adolescencia y mi juventud. Cuando comencé a escribir estaba poseído por la idea de la profunda afinidad entre poesía y revolución. Las veía como las dos caras de un mismo fenómeno. Por esto cuando llegué a París, justo después de la segunda guerra, no tardé en unirme a los surrealistas. Claro, ya no era el gran momento del surrealismo y el movimiento estaba en decadencia desde el punto de vista artístico. Sin embargo, ante la invasión del pensamiento puramente intelectual en las artes, yo veía en el surrealismo una influencia libertaria hondamente subversiva, lo mismo en el pensamiento que en la vida. En muchos surrealistas la pasión revolucionaria, por ser en su origen pasión poética, pudo transformarse en una crítica del «socialismo real». Éste fue el caso, por ejemplo, de André Breton.

–A pesar de estos lazos con los surrealistas, usted no se define como tal, ¿por qué?

–En mi actividad intelectual hay un elemento crítico que no aparece en el surrealismo. El pensamiento poético y el utópico se enlazan en el surrealismo mientras que yo, desde el comienzo de mi obra, he tratado de introducir una gota de duda en las certidumbres demasiado seguras de sí mismas. Por ejemplo, para hablar de algo esencial como es la creación poética: nunca creí que la escritura automática pudiese anular la antinomia entre el cálculo y la inspiración. La escritura automática fue una solución falsa del problema de la inspiración, como lo ha sido la idea de la pura espontaneidad revolucionaria para la acción política. Para mí, la crítica es inseparable de la creación poética. Me siento heredero de una doble tradición: por un lado, la tradición romántica (el surrealismo no es más que la última manifestación del romanticismo) y, por el otro, la tradición crítica del Siglo de las Luces.

–¿Qué representa en su obra la Revolución mexicana, que usted vivió siendo un adolescente?

–Viví esta Revolución desde mi infancia. Primero, porque mi padre participó en ella; en seguida, porque todos los niños de mi generación fueron, en una u otra forma, testigos de los acontecimientos. Mi padre participó en el movimiento zapatista aunque, claro, no era un campesino del estado de Morelos. Mi abuelo había estado ligado al Antiguo Régimen (había sido diputado y senador) pero mi padre dejó la capital para unirse a los revolucionarios del sur. Así pudo conocer a los campesinos de Morelos; vio en su movimiento una verdad profunda y creo que no se equivocó. Una vez desterrado en los Estados Unidos, se convirtió en el delegado y el representante de Zapata. Yo viví todo eso y en mi adolescencia conocí a algunos veteranos del zapatismo. Más tarde reflexioné mucho acerca de esa semilla de verdad que encerraba la revuelta campesina. Advertí en ella una faceta milenarista que no sé si llamar utópica, una voluntad de regresar a una sociedad precapitalista y premoderna, el sueño de una tierra poseída en común. Quizá sea imposible fundar este tipo de comunidad pero es un sueño que da profundidad a la vida. Es una respuesta a ciertas aspiraciones primarias en las que la visión de una sociedad futura se enlaza espontáneamente a la nostalgia por una realidad antiquísima, anterior a la historia. Para simplificar: en cada campesino de una vieja cultura como la de México late todavía, inconsciente, la imagen paradisíaca de la aldea feliz. La Revolución mexicana fue el inesperado rebrotar de una vieja raíz comunitaria y libertaria. Es la misma realidad subterránea que aparece en los movimientos campesinos europeos de la época de la Reforma y, en México, en todos los levantamientos agrarios desde la Colonia hasta el siglo XIX. Los intelectuales deben recoger esta herencia, sembrar esa semilla de verdad y repensar en la promesa que esconde: vivir en armonía en pequeñas comunidades es una aspiración social e individual, ética y estética que ilumina, en todas las civilizaciones, a la antigua noción de *edad de oro*.

–*¿Para usted la Revolución mexicana fue ante todo la experiencia zapatista?*

–En la Revolución mexicana encuentro un sueño colectivo que nace de nuestro subsuelo histórico y una acción espontánea que siempre me han emocionado. Pero también advierto un compromiso histórico que ha permitido el nacimiento del México moderno y de su actual forma de gobierno. Reconozco, al mismo tiempo, que en este compromiso histórico la parte vencida fue la revuelta de los campesinos, confiscada y desnaturalizada por los sucesivos regímenes revolucionarios.

–*¿Entonces su primer gran ensayo,* El laberinto de la soledad, *tuvo como tema, de manera casi natural, la Revolución mexicana?*

–No, no exactamente. Traté de descifrar algo que ha sido un enigma para todos los mexicanos de mi generación y de mi medio: ¿qué significa ser mexicano? Esta reflexión me llevó a examinar la historia mexicana. Más tarde me di cuenta de que la historia de México no era inteligible si se la separaba de la historia de América Latina; y es que, en el fondo, no hay historias locales o nacionales: cada historia local desemboca en la universal. La historia de México es incomprensible si desconocemos sus lazos con la historia de Europa y de los Estados Unidos, que a su vez son parte de la historia del mundo.

AMÉRICA CENTRAL Y LA DEMOCRACIA

Sin embargo, aunque la historia latinoamericana es inseparable de la universal, América Latina es en ciertos aspectos radicalmente diferente de Norteamérica y de Europa.

–El nacimiento de los Estados Unidos es un hecho histórico de significación opuesta al nacimiento de la América Latina. Los Estados Unidos nacieron con la modernidad: la Reforma, el individualismo, la Enciclopedia, la democracia, el capitalismo. Nosotros nacimos con la Contrarreforma, el Estado absolutista, la teología neotomista, el arte barroco. Entre nosotros, las poblaciones autóctonas fueron siempre muy importantes y, con la excepción de Argentina, Uruguay y Chile, lo siguen siendo. En cambio, en los Estados Unidos y en Canadá los nativos fueron exterminados o marginados. También la Independencia de las dos mitades del continente fue diferente. Los Estados Unidos comenzaron como pequeños núcleos de colonos unidos por vínculos religiosos; vivían en el noreste y más tarde se extendieron por todo el norte y el oeste del continente hasta convertirse en un gran país. El nacimiento de los países de América Latina fue ante todo la consecuencia de la decadencia de España y de la disgregación de su imperio. El movimiento histórico de los Estados Unidos no sólo unificó a muchas regiones y territorios sino a distintas comunidades y culturas. En cambio nuestra Independencia fue el comienzo de la dispersión. El caudillismo fue determinante en la atomización política de América Latina. Nació en las guerras de Independencia y prosperó en las guerras civiles del siglo XIX. Su influencia fue catastrófica en América Central y en la cuenca del Caribe. En la primera de estas regiones aparecieron cinco países y después uno más que no son viables económica y políticamente ni tienen una verdadera identidad nacional. Son seis países que no debieran ser sino uno solo.

–*¿Cuáles son los otros factores que permitieron esta multiplicación de Estados en América Central en los siglos XIX y XX?*

–Los nuevos Estados eran muy débiles, casi fantasmales, mientras que los ejércitos poseían una estructura más sólida. Los militares no tardaron en tomar el poder. Otros factores negativos: la ausencia de tradiciones democráticas y de un pensamiento crítico así como el peso de las oligarquías, que eran y son extremadamente poderosas y antidemocráticas. No hay que olvidar, asimismo, la influencia particularmente funesta del imperialismo norteamericano. Esta combinación de circunstancias explica que, en el pasado cercano, los movimientos de las clases medias o de los campesinos en busca de formas de gobierno más democráticas y nacionalistas hayan sido acusados invariablemente de ser agentes del comunismo. A esta acusación seguía casi siempre una represión brutal. El ejemplo más claro de esto fue la revuelta de El Salvador, en 1932. El gobierno acusó a los rebeldes de ser comunistas y de estar manejados por ellos. Sin duda había militantes comunistas en las filas de los insurrectos pero ni estaban dirigidos por ellos ni podían reducirse las causas de la revuelta a una conspiración comunista. En muchos casos, durante esos años, las oligarquías, los militares y Washington, todos a una, señalaron a Moscú como el inspirador de los movimientos de oposición y rebelión. Muchas veces, sin embargo, esos grupos solamente eran nacionalistas.

–Pero la Unión Soviética se ha convertido, junto con Cuba, en un actor importante en el teatro centroamericano.

–Es cierto. La situación cambió en América Latina desde el momento en que los soviéticos se instalaron en Cuba y la transformaron en una base política y estratégica. Desde entonces, nuestros países ya no son el coto reservado de los Estados Unidos sino un objeto, uno más, en la lucha entre las grandes potencias. Hemos regresado a los siglos XVI y XVII, cuando las grandes naciones europeas luchaban entre sí por la dominación de América.

–¿Cómo se traduce esto en Centroamérica?

–La situación centroamericana es consecuencia de tres factores: uno, al que ya aludí, es la consecuencia de la historia de estos países desde la Independencia, es decir: la desmembración, la desigualdad social, las dictaduras militares y la debilidad frente al exterior; otros dos son contemporáneos: el fin del monopolio norteamericano y los comienzos de la intromisión soviética en la zona por medio de los cubanos. Algunos gobiernos latinoamericanos no han percibido este gran cambio histórico o lo han minimizado. Razonan como si estuviésemos en 1940 o en 1950. El caso de Nicaragua comprueba mi diagnóstico: la rivalidad entre los dos grandes imperios se ha trasladado a la América Central y al Caribe.

En Nicaragua estalló una revolución en contra de la dictadura de Somoza. La Revolución era popular, nacionalista y se proponía la destrucción de un régimen corrompido. Los norteamericanos no sólo habían sido los coautores sino, por mucho tiempo, los cómplices de la dinastía Somoza. Muy pronto la Revolución fue confiscada por una facción de los revolucionarios, el Frente Sandinista de Liberación Nacional. No es exacto, como dicen por ahí algunos intelectuales y muchos periodistas, que el régimen de Managua haya sido empujado, por la hostilidad de los Estados Unidos, a los brazos de los soviéticos y de Fidel Castro. Desde el principio los dirigentes sandinistas fueron prosoviéticos y procubanos. No me refiero únicamente a la ayuda militar, económica y política que proporcionan la URSS y sus aliados al régimen de Managua; me refiero también a su orientación ideológica y política. Examine usted sus escritos, sus discursos y las medidas político-policíacas que dictaron apenas tomaron el poder, como la formación de esas milicias calcadas de Cuba (Comités de Defensa Sandinista) que vigilan, en cada barrio y en cada manzana, la conducta y la ortodoxia política de la población. O examine usted su política exterior: votan siempre, en las Naciones Unidas y en la Organización de los No Alineados, con el bloque soviético. Dicho esto, agrego que la situación de Nicaragua puede todavía cambiar. El proceso de sovietización, es decir, la implantación de un despotismo burocrático-militar cliente de la URSS aún no se consuma enteramente.

–Usted escribió que la acción del Grupo Contadora era capital para el restablecimiento de la paz en Centroamérica pero, ¿cree usted que este grupo se preocupa también por la cuestión de la democracia en América Central?

–La acción de los países del Grupo Contadora es positiva en la medida en que quieren la paz y el fin de la intervención tanto de los norteamericanos como de los ruso-cubanos. Se trata de una acción diplomática de gobiernos y, naturalmente, la solución del conflicto no puede ser el resultado de la diplomacia sino de medidas de orden político que debe adoptar cada gobierno y cada grupo. El fondo del problema es la democracia y el pluralismo. Justamente, la ausencia de democracia es la que ha abierto las puertas a las intervenciones extranjeras.

El caso de El Salvador es un ejemplo de lo que podría hacerse. En ese pequeño país centroamericano hemos sido testigos de un esfuerzo real por encontrar soluciones democráticas, es decir: institucionales, al conflicto que lo desgarra. Pero no vaya usted a creer que idealizo la realidad de ese país. Durante años y años la extrema derecha ha buscado intimidar a la población a través del terror y la matanza; a su vez, los guerrilleros no han dudado en usar métodos que, sin vacilación, podemos calificar como terroristas, no sólo contra sus enemigos de la derecha sino para liquidar a sus rivales ideológicos de la izquierda. Sin embargo, a pesar de todos esos crímenes de ambos bandos y de la guerra civil, en El Salvador hubo elecciones en 1982 y después, en 1984. En ellas participaron varios partidos de derecha y un partido de centro-izquierda. La izquierda se abstuvo, grave error, y se obstinó en continuar la lucha armada. No obstante, poco a poco, a través de conversaciones con los guerrilleros, se ha avanzado en la pacificación del país. Sin duda parte de la guerrilla regresará a la vida civil. Me refiero a esos grupos de combatientes, muy numerosos dentro de su partido, que se inclinan por una solución democrática. Esta escisión de la izquierda combatiente también aparece en la derecha de El Salvador: una parte es democrática y está dispuesta a negociar, otra no quiere oír hablar más que de soluciones violentas y de asesinatos.

En las elecciones de Nicaragua los partidos de oposición más importantes, los de la Coordinadora Democrática Nacional, se negaron a participar. Tampoco hubo amnistía para los opositores que habían tomado las armas contra el régimen. Estas elecciones hubieran podido ser la ocasión para formar un gobierno de unidad nacional y así acabar con el gobierno de una facción. Si en Centroamérica los gobiernos siguen siendo gobiernos de facción, el resultado será el fortalecimiento de las dictaduras y, para terminar, la guerra.

¿LA VÍA MEXICANA?

¿Cree usted posible en Nicaragua un diálogo entre las diferentes facciones, un poco como sucede en El Salvador?

–En vista de sus orígenes ideológicos y de su composición político-militar, no es fácil que el gobierno sandinista se incline por soluciones democráticas. La moral de cruzada, la conversión ideológica por la espada, es un elemento constitutivo de regímenes como el de Managua. Aunque hablan todo el tiempo de coexistencia, no conciben más sociedad internacional que la de todos los absolutismos: una sola fe y un solo señor. Pero en Managua aún no se ha consumado enteramente el proceso que ha convertido a Vietnam y a Cuba en naciones militarizadas. Quizá la realidad y la voluntad de supervivencia, así como la influencia de los elementos más moderados dentro del sandinismo, los lleven a encontrar soluciones razonables. Hay ejemplos: Yugoslavia y, ahora, China.

–En efecto, algunos observadores piensan que la situación de Nicaragua puede cambiar todavía, a pesar de que Managua y Washington se muestran más y más intransigentes.

–A mí me ha impresionado un reportaje de Mario Vargas Llosa, publicado a comienzos de mayo, en el que cuenta lo que vio y oyó en Managua durante una visita reciente. Piensa que ante un clima internacional más y más adverso –firmeza de Washington, enfriamiento de las relaciones de Managua con los socialistas y socialdemócratas europeos y el gran interrogante: ¿hasta dónde llegará la URSS?– así como por la creciente oposición interior a las medidas coercitivas del régimen, los sandinistas sentirán que es necesario dar un rumbo más democrático a su movimiento. Al menos los más realistas y pragmáticos entre ellos. Las opiniones de Mario merecen discutirse. No sólo es un observador lúcido e independiente de nuestra historia contemporánea sino que es el autor de una obra maestra en un género difícil. Me refiero a su novela *Conversación en la Catedral*, que es una visión realmente profunda de nuestras sombrías realidades políticas. Abundan las novelas hispanoamericanas –toda la numerosa y con frecuencia aburrida descendencia de Valle-Inclán y su *Tirano Banderas*– que tienen como asunto la política y los políticos de nuestras tierras, pero casi todas ellas son reiteraciones retóricas de un modelo estereotipado. Para Vargas Llosa no es imposible que los dirigentes sandinistas abandonen su propósito de imponer en su país un régimen a imagen y semejanza del cubano y se inclinen por una solución que él llama «la vía mexicana». No se trata, naturalmente, de una copia mecánica del sistema surgido en México después de la Revolución sino de una solución que se inspire en el realismo y la imaginación política de los dirigentes mexicanos de 1930. Una solución que no comprometa esencialmente la hegemonía del grupo revolucionario pero que asegure la coexistencia de las distintas tendencias. Un compromiso, un *modus vivendi*. Creo que una solución así presenta una doble ventaja: es más viable y es más afín a la historia y a las tradiciones de los pueblos centroamericanos.

–Pero Vargas Llosa escribió su reportaje antes del viaje del presidente Ortega a Moscú y antes de la respuesta de Reagan: el embargo.

–Así es. El viaje de Ortega, inmediatamente después de que el Senado norteamericano había negado a Reagan los fondos que pedía para ayudar a la oposición armada, fue una provocación. La reacción de Reagan fue también un grave error político y diplomático. Fue un gesto que será ineficaz, como todos los embargos del pasado contra Mussolini, Franco, Castro, etc. Después de estos incidentes, el Congreso de los Estados Unidos ha vuelto sobre su negativa anterior y ha aprobado una ayuda económica a la oposición armada. Ignoro si después de esto hay todavía una posibilidad de arreglo. Pero no ignoro que la otra posibilidad no es sólo la prolongación del conflicto sino su transformación en guerra centroamericana... ¿Todo está perdido? La historia es el dominio de lo imprevisible. Todo depende de la cordura y la sabiduría moral de los contendientes... y de la fortuna. Esta última es el coeficiente inconmensurable de toda operación histórica.

En cuanto a la cordura: acabo de leer un editorial de *La Prensa*, el único diario independiente de Nicaragua. La solución, dice *La Prensa*, no está ni en Moscú ni en Washington: está en Managua. En seguida enumera en diez puntos las condiciones de una pacificación general. Es un programa, dice el periódico nicaragüense, que conquistaría la adhesión de la mayoría de la oposición: la de los grupos armados, la del movimiento interior (que ya es, según parece, mayoritaria en ese país) y la de las minorías indígenas. Entre los puntos que menciona *La Prensa* se encuentran algunos que, a mi juicio, son esenciales, como la amnistía general, la disolución de los Comités de Defensa Sandinista (la organización policíaca que controla los actos y pensamientos de la población), la libertad sindical, la suspensión de las medidas que lesionan la vida de las comunidades indígenas y que han justificado muchos abusos y tropelías, la auténtica libertad de prensa y, en fin, una política de verdadero no alineamiento. En una palabra: el regreso al programa original de la revolución. No es algo muy distinto a lo que piensa el socialista español Felipe González.

Los puntos que acabo de enumerar muestran el camino para escapar de la guerra: no buscar armas en Moscú sino encontrar un arreglo en el interior. El programa tampoco entraña una entrega a Washington; al contrario: la coexistencia de las distintas tendencias aleja a la intervención extranjera. Pero el gobierno sandinista decidió censurar el editorial de *La Prensa*. Yo pude conocerlo por una verdadera casualidad[1]. El hecho es inquietante porque revela que los gobernantes de Managua –o al menos ciertos jerarcas– están decididos a suprimir toda posibilidad de diálogo. Cierto, en el grupo dirigente existen, como en todas las agrupaciones políticas, distintas tendencias; asimismo, no son desconocidas las pugnas y las ambiciones personalistas aunque, por el carácter del régimen, casi nunca afloran a la superficie. Sin embargo, parece que los dirigentes sandinistas, por encima de todas estas diferencias, están unidos por una decisión: no compartir el poder con ningún otro grupo. Este propósito es la verdadera razón de su intransigencia ideológica. De ahí que no vacilen en suprimir el diálogo con sus oponentes y con sus críticos, entre los que se encuentran muchos antiguos compañeros de lucha contra Somoza. Cruel paradoja: así se verán más y más obligados a someter sus decisiones a los cónsules y procónsules de un poder extraño.

1. Véase el número 104 (julio) de *Vuelta*, en donde aparece ese documento. Como es sabido, el régimen sandinista clausuró este periódico y así terminó con la libertad de prensa en Nicaragua. (*Nota de 1986.*)

–¿Entonces, de verdad todo está perdido?

–De nuevo: la historia es imprevisible. Lo único que sé es que la solución no puede venir de afuera, ni de Washington ni de Moscú, sino del interior mismo de Nicaragua. Por esto me llamó tanto la atención el editorial censurado de *La Prensa*: más que un programa definido nos hace vislumbrar una vía de salud.

–Guatemala se halla en una situación muy diferente de la que se vive en El Salvador. El 40% de la población –blancos y mestizos– considera que el 60% restante –indios–, aunque en teoría igual en derechos, es de una especie diferente. ¿Cree usted que, como en el caso de El Salvador, pueda vislumbrarse una solución política negociada a pesar de esta ausencia de una comunidad política? En pocas palabras, ¿cree usted posible la elección de un gobierno que, aun si recibiese apoyo de los norteamericanos, podría negociar con algunas facciones de la guerrilla?

–No conozco bien la situación de Guatemala. Sin embargo, incluso si existe este centro-izquierda del que usted habla, la mayor parte de la población seguirá marginada. En Guatemala, como en otras partes, hay un problema que no puede resolverse en 24 horas. La verdad es que la democracia no puede ser sino una conquista popular. Quiero decir: la democracia no es una dádiva ni puede concederse: es menester que la gente, por sí misma y a través de la acción, la encuentre y, en cada caso, la invente.

Tomemos el caso de El Salvador. Resulta muy claro que fueron los salvadoreños los que, voluntariamente, decidieron formar una comunidad política al darse cuenta de que no había otra salida real al enfrentamiento entre la derecha y la izquierda. Aunque es posible que se dé un fenómeno de este tipo en Guatemala, hay que contar con el hecho de que se carece de una tradición democrática[1]. La ausencia de tradición democrática es una de las graves fallas de nuestros países. Una falla trágica. Nuestros intelectuales son descendientes de los neotomistas españoles del siglo XVII, que se convirtieron en jacobinos en el XIX y marxista-leninistas en el XX. Nuestra tradición intelectual ha sido una escuela de intolerancia y resulta muy difícil superar ese pasado autoritario y dogmático. En cuanto a las clases no intelectuales: no es tanto la ausencia de tradición democrática sino de conocimiento de las formas modernas de participación en los asuntos públicos. En la historia de nuestros pueblos hay gérmenes democráticos pero es necesario actualizarlos, modernizarlos. La clase intelectual es

1. En Guatemala se han dado pasos importantes hacia la democracia y hacia la pacificación del país. (*Nota de 1986.*)

la que debería haberse enfrentado a este problema pero la mayoría de nuestros intelectuales prefieren las soluciones totales, dogmáticas y abstractas.

–Respecto a lo que acaba usted de decir, la existencia de una auténtica democracia en Costa Rica merece algunas explicaciones: ¿por qué en Costa Rica sí fue posible tan pronto la democracia, mientras que no se dio en otras partes?

–Es difícil contestar a su pregunta. ¿Por qué un país hace ciertas cosas y no otras? Si lo supiésemos, habríamos descifrado uno de los grandes enigmas de la historia. Lo más que puede decirse es que, tal vez, el temperamento de cada pueblo, su genio, unido al concurso de ciertas circunstancias, explica parcialmente el misterio. En el caso de Costa Rica, las circunstancias decisivas fueron, a mi entender, las siguientes: el país alcanzó cierta homogeneidad racial, cierta igualdad social (predominio de la pequeña y de la mediana propiedad) y cierto nivel de cultura (una tasa de alfabetización de tipo europeo). Sobre lo último aclaro que, aunque no pienso que la instrucción pública equivalga a la democracia, hoy en día es una de sus condiciones.

ESTADOS UNIDOS: HISTORIA Y GEOGRAFÍA

¿Quiere usted decir algo sobre la relación de México con los Estados Unidos?

–He escrito mucho sobre el tema, desde *El laberinto de la soledad* hasta *Postdata* y *El ogro filantrópico*. Lo esencial de mis reflexiones está en un libro reciente: *Tiempo nublado* (1983)[1]. Aquí sólo repetiré que somos vecinos de los Estados Unidos. Esta circunstancia es inescapable y nos obliga al diálogo, aunque éste sea con frecuencia contradictorio. Sobre esto me parece que es útil recordar que la política exterior de un país está regida por circunstancias variables y otras que son constantes, invariantes. Entre estas últimas está la geografía. Por ejemplo, la política exterior de Francia, desde Richelieu hasta la Tercera República, pasando por Luis XIV, la Convención y los dos imperios napoleónicos, se explica sobre todo por su situación geográfica. Ahora bien, mientras la principal preocupación

1. *El laberinto de la soledad* y *Postdata* se incluyen en el octavo volumen de estas obras. En cuanto a los otros dos libros, los textos están distribuidos entre *El peregrino en su patria* (que recoge los textos sobre el tema aludido) y el presente volumen.

de Richelieu consistió en contener y debilitar a su vecina del sur, la España de los Austria, la de los gobiernos de finales del siglo XIX y principios del XX fue la de oponerse al poderío de Prusia y, después, de Alemania. La invariante, en este caso, fue la geografía y los factores variables la cambiante historia de las naciones europeas. Las fronteras de Rusia también han sido determinantes en su política exterior, pero mientras Pedro el Grande tuvo que hacer frente, en el siglo XVII, al poderío de Suecia, Nicolás II y Stalin, en el XX, tuvieron que encararse con el de Alemania.

La política exterior de México, según apunté en *Tiempo nublado*, estuvo inspirada, desde Porfirio Díaz hasta el período actual, por una invariante geográfica y una variante histórica: la vecindad con los Estados Unidos y la hegemonía de ese país sobre el continente americano. Nuestra política ha tendido a defender a las naciones de América Latina de las intromisiones de los Estados Unidos porque así nos defendíamos también nosotros. Nuestra política exterior ha sido siempre defensiva o, más exactamente, autodefensiva. No ha sido nunca una política ideológica sino fundada en principios de derecho que, además, coinciden con nuestro interés nacional. Pero un nuevo factor, una variable histórica, ha aparecido en la América Latina: la Unión Soviética tiene hoy una base política y militar en Cuba. Lo que no pudieron lograr otras potencias imperiales –la Francia de Napoleón III y la Alemania de Guillermo II– lo ha logrado pacíficamente el régimen soviético por un conjunto de circunstancias entre las que hay que contar también la torpeza y la soberbia del gobierno de Washington. Es imposible ignorar este cambio fundamental: se trata de una gran novedad histórica que ha modificado substancialmente el equilibrio de poderes en nuestro continente.

Naturalmente no sugiero que, con el pretexto de defender a la democracia, nos convirtamos en instrumentos de la política de los Estados Unidos; tampoco, con el pretexto gemelo del antimperialismo, podemos cerrar los ojos ante la intrusión cubano-soviética. La defensa de nuestra independencia ha sido, es y debe ser el eje de nuestra política exterior pero esa política no puede ser un conjunto de reglas inmutables sino una estrategia ante circunstancias cambiantes. Nuestra política debe tomar en consideración tanto los factores invariantes (la geografía) como los variables: la cambiante relación de fuerzas en el mundo y especialmente en nuestro continente. Por fortuna, durante los últimos años hemos presenciado otro cambio histórico: la democracia no sólo ha regresado a Argentina, Brasil y Uruguay sino que se ha fortalecido en Venezuela, Colombia, Ecuador y aun en el turbulento Perú.

En *Tiempo nublado* sostuve que una alianza de naciones democráticas de América Latina sería la única manera de fundar, sobre bases nuevas y más sólidas, la independencia de nuestras naciones. Así pues, lo mismo en la esfera de la política exterior que en la de la interior, la democracia es el tema del día. En México y en América Latina. Por último, no hay que olvidar a las dos naciones europeas ligadas a nosotros por la historia y la cultura: España y Portugal. Las dos han regresado a la democracia. Esas dos naciones deben recobrar su vocación americana y ambas pueden ser un puente entre nuestra América Latina y las democracias europeas.

México, mayo de 1985

«Inventar la democracia: América Central, Estados Unidos, México» se publicó por primera vez en *Libération*, París, 6 de enero de 1985, y se recogió (considerablemente ampliada en mayo del mismo año) en el primer volumen –*El peregrino en su patria*– de *México en la obra de Octavio Paz*, México, Fondo de Cultura Económica, 1987.

Contrarronda

Contrarronda: *Segunda ronda que se hace para asegurarse más de la vigilancia en los puestos.*

DICCIONARIO DE LA REAL ACADEMIA ESPAÑOLA

Los comentarios sobre la realidad presente son como «el cuento de nunca acabar»: lo que pasa hoy invalida el juicio de ayer y aun lo desmiente. Sin embargo, a sabiendas de la inutilidad de mi intento, me ha parecido que era preciso volver sobre ciertos puntos.

DEMOCRACIA E IMPERIO

En dos ensayos («El espejo indiscreto» y «México y los Estados Unidos: posiciones y contraposiciones»), toco una de las contradicciones esenciales de los Estados Unidos: son una democracia y son un imperio[1]. En *Tiempo nublado* (1983), en la segunda parte («La democracia imperial»), me ocupo con mayor amplitud de este asunto. Regreso al tema con algunas observaciones adicionales.

La raíz de esta contradicción, que lleva a los norteamericanos a emprender acciones repentinas y brutales seguidas por períodos de indecisión –curiosa mezcla de maquiavelismo y candor–, es otra, más profunda. Esta última consiste en la oposición entre lo público y lo privado. La democracia norteamericana fue fundada para proteger el derecho de los individuos a seguir libremente sus aspiraciones y perseguir sus fines particulares, siempre que unas y otros sean legítimos. La idea de *felicidad* no es una noción política sino más bien íntima y personal; sin embargo, figura de modo prominente en su Constitución y nada menos que como uno de sus fines. En cambio, ni en las leyes fundamentales ni en la moral colectiva aparece alguna idea supraindividual, religiosa, política o metafísica, que sea la *raison d'être* de la nación norteamericana. Me refiero a esas

1. Véase *El peregrino en su patria*, octavo volumen de estas obras.

nociones colectivas que resume una palabra y designa un emblema: la Polis, la Urbis, la Cruz, la Media Luna, la Hoz y el Martillo, el Sol Naciente, etc. Esto ha tenido un efecto doble: el primero, benéfico, ha sido limitar el poder del Estado, prevenir los abusos gubernamentales y asegurar la libertad general; el segundo, nefasto, la sobrevaloración del individualismo. En ciertos momentos de la historia contemporánea de los Estados Unidos la saludable separación entre los fines privados y la responsabilidad pública se ha convertido en divorcio suicida.

Desde su origen en Grecia la significación social e histórica de la democracia consistió, esencialmente, en el derecho del ciudadano a ocuparse de los asuntos públicos. Era un derecho inherente a la condición de ciudadano. La revolución democrática convirtió a los individuos privados en sujetos públicos que, reunidos en asambleas, discutían y resolvían, por medio del voto, los negocios colectivos. La decadencia de la democracia ateniense comenzó cuando, a consecuencia de la derrota de Queronea, se retiró a una parte de la ciudadanía sus derechos políticos. La gran novedad política de la democracia, en la Antigüedad, consistió en hacer del súbdito del monarca (sujeto privado) un ciudadano (sujeto público). En la Edad Moderna, sobre todo en los Estados Unidos, se invierte la relación entre los términos, es decir, entre el poder público y el sujeto privado. La Constitución norteamericana consagra un principio que no sólo reconoce el derecho de los ciudadanos a participar en la vida pública sino que traza límites estrictos a la intervención del poder público en la vida privada y en los asuntos de los ciudadanos. En el mundo antiguo, lo privado (el ciudadano) tiene jurisdicción sobre lo público (la ciudad); en el mundo moderno, especialmente en los Estados Unidos, el poder público atenúa notablemente su jurisdicción sobre lo privado.

La observación que acabo de hacer se refiere al aspecto negativo, por decirlo así, del principio de la preeminencia de lo privado sobre lo público. En su forma positiva se expresa, como ya señalé, por la declaración constitucional en la que se afirma que uno de los fines de los Estados Unidos, como nación soberana, consiste en asegurar la libre y pacífica «búsqueda de la felicidad». Aquí, la política se subordina clara y explícitamente a lo privado. En efecto, la búsqueda de la felicidad es por esencia una actividad privada, íntima; por esto ha sido, tradicionalmente, el dominio de la religión, la filosofía y la moral. En la Antigüedad la decadencia de la *polis* y de la democracia, durante el período helenístico, coincidió con el gran cambio filosófico: los epicúreos y los escépticos mostraron desdén por las especulaciones políticas de la filosofía clásica (Platón y Aristóteles);

concibieron a la filosofía no como un saber que comprendía temas políticos tales como los deberes y derechos del ciudadano, el tipo ideal de sociedad y otras cuestiones semejantes que habían preocupado a sus grandes predecesores, sino como la búsqueda de la serenidad y la felicidad en la vida privada. La decepción ante los reveses históricos de la *polis* se reflejó en esta renuncia de los filósofos a la especulación política. La excepción fueron los estoicos pero ellos también dejaron de ver en el hombre al ciudadano, contrariamente a Aristóteles, que lo había definido como «animal político», es decir, como ciudadano; para ellos la patria del hombre no era la ciudad sino el cosmos, la sociedad universal de las sociedades.

La originalidad histórica de los Estados Unidos aparece desde esta perspectiva muy claramente: ni la renuncia a la vida pública como la de los epicúreos y los escépticos de la Antigüedad y la de muchas sectas religiosas ni, tampoco, la supeditación del súbdito al poder público, salvo en materia de fe, como en el cristianismo (al césar lo que es del césar). La revolución de la modernidad, sobre todo en su expresión más radical y completa: los Estados Unidos, consiste en una inversión de valores que es a un tiempo política y ética: el fundamento de la sociedad es la vida privada. La preeminencia de lo privado es, sin duda, una herencia de la Reforma, que, frente a la tradición del catolicismo romano, acentuó la subjetividad del creyente y consagró la libre interpretación de las Escrituras. Al atenuarse los rigores de la ética puritana, este individualismo facilitó el tránsito hacia el hedonismo contemporáneo. Ahora bien, en la esfera de la política el hedonismo se manifiesta como desinterés por los asuntos públicos. El mal que infecta a las sociedades liberales modernas es su creciente indiferencia frente a los valores sociales, es decir, su nihilismo. El ideal del diablo es la indiferencia universal. El sorprendente abstencionismo en las elecciones norteamericanas, precisamente en la nación reputada como una isla de democracia en este bajo mundo, confirma que la libertad de los ciudadanos no sólo es el origen de actos heroicos sino también de la egoísta indiferencia. Esto lo sabían los griegos y los romanos pero nosotros, los modernos, lo habíamos olvidado.

A la exaltación del individuo en la tradición religiosa y política de los Estados Unidos debe agregarse otro factor determinante: el carácter antihistórico de su proyecto nacional, que tiene los ojos puestos en el futuro y pretende hacer tabla rasa del pasado. Éste es el origen del aislacionismo norteamericano. Los Estados Unidos fueron fundados cara al mundo, frente y contra el pasado, sobre todo el pasado europeo: monarquía, nobleza, jerarquías hereditarias. La condenación de la historia contiene la afirmación implícita de un pueblo elegido que escapa de la historia y sus conflictos para realizarse en la *no man's land* del futuro. Los medios para alcanzar esa finalidad son la libre asociación, el trabajo y sus recompensas: la democracia y la libertad. Pero democracia y libertad *dentro* de la comunidad de los elegidos. Para los fundadores de los Estados Unidos habría sido impensable llevar la guerra a otras tierras para implantar sus ideas de libertad y democracia. Y esto fue lo que hicieron, cabalmente, en esos mismos años, los revolucionarios franceses. ¿Dos temperamentos nacionales? Más bien: dos visiones del mundo. La vocación de los norteamericanos tiene su origen en el protestantismo fundador y su expresión es un dualismo moral: ellos y nosotros.

Este dualismo es, en sí mismo, una contradicción: los Estados Unidos estaban condenados, desde el principio, a tratar con los otros. Los autores de la Declaración de Independencia y de la Constitución eran los herederos de una doble tradición: la Reforma y la Ilustración. Ambos movimientos habían sido una crítica de las perversiones y las corrupciones de la historia y una tentativa por volver al principio del principio. Aunque inspirados por ideas distintas, en ambos la crítica se enlaza a la visión de una sociedad nueva y compuesta por hombres nuevos. Así, fundaron su país para escapar de la historia pero ese acto fue eminentemente histórico; desde entonces el pueblo norteamericano *está* en la historia: entre, frente, contra y con los otros pueblos. Hoy son una gran potencia y no solamente su destino sino su supervivencia misma son inseparables de su acción en el mundo. El espacio en donde se despliega su acción no es el territorio abstracto del futuro sino el muy concreto de la historia en su dimensión más inmediata y urgente: el presente. De ahí que los norteamericanos den con frecuencia la impresión de no estar muy seguros de cuál es su función en el mundo. Esta indecisión se manifiesta, como dije, por acciones imprevistas, generalmente violentas y de corto alcance, que, invariablemente, se resuelven en recaídas en el aislacionismo. Se trata de una predisposición nacional, compartida por los demócratas y los republicanos: un rasgo decididamente antirromano.

Otro ejemplo de la naturaleza paradójica de la acción internacional norteamericana ha sido su política frente a la Unión Soviética llamada de *containtment*. Esta política fue la doctrina semioficial de los Estados Unidos hasta hace unos cuantos años. Contener al adversario es la mitad de la acción; más claramente: una acción puramente defensiva es una acción negativa y, en cierto modo, es una no-acción. No es una estrategia sino una táctica destinada a detener al adversario y, así, prolongar el conflicto sin resolverlo. Con esto no quiero decir que los norteamericanos debieran seguir una política ofensiva contra los soviéticos sino que, por sí sola, la política defensiva no contiene ningún elemento positivo; no es la guerra pero tampoco es la paz. Un ejemplo contrario es el de la política soviética: en ningún momento la URSS ha desistido o ha capitulado. Sus objetivos de hoy son los de ayer: la dominación universal de un sistema y una idea; su estrategia también es la misma: una acción paciente y de largo plazo que combina las tácticas ofensivas con las defensivas, la violencia con la acción diplomática, cuidadosa siempre de no desencadenar ningún conflicto pero sin abandonar jamás sus objetivos. Una verdadera estrategia imperial en la que los retrocesos mismos son transitorios, pausas que sirven para preparar nuevas acciones. La política soviética tiene una finalidad: ¿cuál es la de los Estados Unidos?

Una consecuencia de esta actitud es la ausencia de una clara distinción entre los asuntos interiores y los externos. En las democracias, las facciones tienden a ver la política exterior como una dimensión de la interior y muchas veces no vacilan en usar los temas internacionales como armas ideológicas en sus luchas por el poder. Es una confusión que perdió a los atenienses y que hoy es la llaga enconada de la política exterior norteamericana; en ella se expresa abiertamente, a la luz pública, la oposición entre democracia e imperio. Esta oposición no es nueva en la historia: la conocieron las democracias de la Antigüedad y, en el siglo XIX, Inglaterra y Francia. El precedente de Atenas y Roma es particularmente instructivo: la primera, incapaz de curar con medios democráticos los males de su democracia, fue derrotada por sus enemigos; la segunda sobrevivió y se engrandeció pero tuvo que sacrificar sus instituciones republicanas y democráticas. No sabemos qué porvenir aguarda a la nación norteamericana. Nuevos fracasos en su política internacional podrían provocar una ola de extremismo nacionalista. Hoy se ve al cesarismo como una posibilidad no sólo remota sino quimérica; se olvida que, históricamente, ha sido una tentación permanente en todas las democracias en períodos de peligro y de crisis. Los Estados Unidos no son una excepción histórica.

La política exterior de un gran país no puede ser objeto de las disputas entre los partidos y las facciones; tampoco puede ser el pretexto para maniobras electorales y escándalos repetidos. Es verdad que las querellas despiadadas entre los partidos, los grupos y los individuos no son nuevas en la historia. La democracia ha sido siempre el gran semillero de la pasión mortífera: la *envidia*. Pero debe confesarse que durante los últimos años la vida pública norteamericana parece la ilustración viviente de las críticas de los antiguos filósofos e historiadores acerca de los males de las democracias: las disputas intestinas entre los grupos y las banderías, que son muchas veces coaliciones de intereses y no agrupaciones inspiradas por una ideología y un programa; la indiferencia de la mayoría por los temas generales, nacionales e internacionales; la sorprendente persistencia de un miope provincialismo en el país mejor informado del mundo; la concepción de la política como una lucha de personas y no de ideas; la transformación de la vida pública en espectáculo: los Estados Unidos han evitado el caudillismo y las tiranías pero han convertido a sus dirigentes en figuras no muy distintas a las del campeón deportivo y la estrella del cine y la televisión; el culto inmoderado por la publicidad, fomentado por la prensa y los medios de comunicación, que especula con la fascinación del pueblo ante la vida privada de sus dirigentes; la mezcla de morbosidad y puritanismo en la opinión popular; en fin, la envidia general disfrazada de preceptos morales... Todos estos rasgos componen un cuadro que sería curioso si no fuese también deprimente.

En un pasaje de su *Historia*, al hablar de la caída de las ciudades griegas, Polibio dice algo que es perfectamente aplicable a la situación de los Estados Unidos: «Todos los pueblos que llevan en la sangre la inclinación a dominar y la pasión de libertad no cesan nunca de pelear entre ellos, porque ninguno está dispuesto a ceder al otro el primer puesto». Esta doble pasión nace con la libertad y acaba con ella. Entre la demagogia y el cesarismo, ¿no hay solución intermedia? Sí, los romanos la llamaban *virtud* y los cristianos, *templanza*. Ambas son respuestas a situaciones semejantes: la insurrección de los apetitos y las pasiones es un relajamiento de la libertad y sólo puede remediarse por un acto libre de automoderación. Este acto es íntimo y moral; traducirlo a términos sociales y políticos modernos es extraordinariamente difícil. Sin embargo, ésta es la tarea que impone la historia contemporánea a los ciudadanos de los Estados Unidos. Encontrar la respuesta a este reto será resolver o, al menos, atenuar la contradicción entre imperio y democracia.

REALIDADES Y ESPEJISMOS

En los últimos años hemos asistido a la resurrección de la democracia en los pueblos de nuestra cultura: España, Brasil, Argentina, Uruguay y Portugal. Se han fortalecido asimismo otras democracias hispanoamericanas: Venezuela, caso ejemplar como el de Costa Rica, Colombia, Perú, Ecuador y

República Dominicana. En Guatemala, Panamá, El Salvador, Honduras y Bolivia está en marcha el proceso democratizador. Las únicas excepciones son Chile, Paraguay, Cuba y Nicaragua. A mí me parece que en este grupo de naciones democráticas están los verdaderos amigos de México. Nos unen a ellos, en primer término, la historia y la cultura; en segundo y no menos poderosamente la comunidad de intereses políticos y la aspiración hacia la democracia. De ahí que, también desde esta perspectiva, sea más y más urgente acelerar el proceso democrático de nuestro país. De otro modo correremos el riesgo de quedarnos solos en el continente, en compañía de unas cuantas dictaduras, rojas o blancas (en verdad todas son negras). Con frecuencia se critica en el exterior a nuestro gobierno por la disparidad que muchos advierten entre los principios internacionales que proclama y su política en el interior del país. No me refiero a la crítica de los norteamericanos sino a la de muchos demócratas y socialdemócratas latinoamericanos y europeos. Estas críticas son casi siempre justas: nuestra evolución hacia formas más democráticas ha sido incierta y demasiado lenta. Comenzó en 1970, después de los sucesos de 1968, y los avances han sido, aunque positivos, todavía insuficientes.

A esta lentitud debe añadirse otra circunstancia: el peso excesivo que tiene en México la ideología. Sin cesar recurrimos a los «principios»; lo menos que se puede decir es que esos principios no son verdades inmutables: fueron la expresión circunstancial e histórica de una política ante ciertas realidades. Cuando las realidades cambian, hay que cambiar, no los principios sino la política, que no es sino un *modus operandi*. Tal vez convendría que viésemos con un poco más de atención y simpatía lo que hace hoy el gobierno socialista de España en materia de política internacional: el sano realismo no está reñido ni con la democracia ni con el socialismo. Es el camino que hoy emprenden también Brasil y Argentina. Diré, en fin, que la fidelidad a la democracia implica deberes internacionales. Es indudable que nuestras críticas a la política de los Estados Unidos, casi siempre justificadas, tendrían más fuerza si se nos oyese con más frecuencia criticar también la expansión soviética.

Hace unos años Cornelius Castoriadis publicó un ensayo en *Le Monde* sobre la defensa de Europa y la democracia. A pesar de haber sido pensado y escrito para un público europeo, la revista *Vuelta* lo reprodujo en su número 79 porque contenía más de una reflexión aplicable a México y a la América Latina. Castoriadis se enfrenta a las simplificaciones de la derecha y de la izquierda tanto como a las de los pacifistas y los ecologistas. Muchos de estos últimos –como tantos intelectuales latinoamericanos– pretenden equiparar el totalitarismo soviético con el imperialismo norteamericano. Castoriadis deshace el equívoco y muestra que la defensa de Europa significa, en realidad, la defensa de unas ideas y de unas instituciones que nacieron en ese continente pero que se han extendido por todo el mundo. Dice Castoriadis:

> Lo que está hoy mortalmente amenazado en su esencia no es el imperialismo norteamericano ni los regímenes que de él dependen. El reemplazo de Norteamérica por la URSS no haría otra cosa que llevar el sistema de dominación a su perfección. Lo que está amenazado es el componente democrático de las sociedades europeas, lo que ese componente contiene como memoria, germen y esperanza para todos los pueblos del mundo... Este componente está amenazado en primer lugar, tanto militar como políticamente, por la *estatocracia* soviética, cuya dinámica interna la impulsa a la dominación mundial y que ve como un peligro mortal la existencia de sociedades en donde rige un sistema de libertades y derechos efectivos.

Pero esta defensa, según lo subraya Castoriadis una y otra vez, no significa ni complicidad con las dictaduras reaccionarias de América Latina y de otras partes ni con la política exterior de los Estados Unidos y de otras naciones de Occidente que han cerrado los ojos ante esos regímenes autoritarios, cuando no los han protegido descaradamente.

En el caso de México –lo mismo puede decirse de los otros países de América Latina– los principios democráticos fueron implantados, en primer término, por los españoles: ayuntamientos, audiencias, visitadores, juicios de residencia y otras formas de autogobierno y de crítica del poder. Estas semillas democráticas fueron desarrolladas y radicalizadas, sucesivamente, por los «ilustrados» del siglo XVIII y, sobre todo, por los hombres que lucharon por la independencia de nuestro país y por los que consumaron, en los siglos XIX y XX, la reforma política democrática. En este sentido la democracia mexicana –o más exactamente: los siempre amenazados islotes democráticos del México contemporáneo– ha sido una recreación original, con frecuencia heroica, de unos principios descubiertos por los pueblos y los intelectuales europeos en su lucha contra las distintas formas de dominación que ha conocido el hombre desde su origen. En México la defensa de la democracia es la defensa de la herencia de Hidalgo, Morelos, Juárez y Madero. Así, no debe confundirse con la defensa del imperialismo norteamericano ni con la de los regímenes militares conservadores de América Latina. Tampoco puede confundirse con la complicidad, activa o pasiva, ante la expansión del totalitarismo soviético en nuestro continente.

La crisis del sistema capitalista mundial, como lo predijo, entre otros, Karl Marx, se resolvió en 1917 con la aparición de un nuevo tipo de sociedad. Contra las previsiones del mismo Marx y de los revolucionarios rusos, la nueva sociedad no es (ni lo fue nunca) socialista. Tampoco es, como se empeñan en afirmar algunos intelectuales de izquierda, una degeneración burocrática del Estado obrero y menos aún una sociedad en tránsito hacia el socialismo. Es una nueva forma de dominación material, política y económica más total y despiadada que la del capitalismo oligárquico; es un despotismo más cruel quc el de las dictaduras tradicionales. El capitalismo ha convivido con la democracia; la ha deformado pero no ha logrado suprimirla. El comunismo soviético la ha extirpado de raíz y así ha cerrado la posibilidad de una liberación de los hombres.

El totalitarismo nació en Europa, como la democracia. Nació dos veces, una en Alemania y otra en la Unión Soviética. La versión nazi fue derrotada pero en la URSS el totalitarismo se afianzó, creció y se ha extendido por los cinco continentes. Es ya un imperio. El agente más activo y eficaz de la expansión del totalitarismo soviético en América Latina es el régimen de Fidel Castro, que reproduce la estructura burocrático-militar del modelo soviético. La política de México en América Central ha tenido siempre por objeto contener o limitar las intervenciones de Estados Unidos. Ahora, en las nuevas circunstancias de esa región, sin renunciar a los principios de no intervención y de autodeterminación, que han sido nuestro escudo jurídico, debemos tener en cuenta la presencia activa de la Unión Soviética a través de Cuba. La lucha de los pueblos centroamericanos contra las dictaduras militares y las oligarquías reaccionarias es justa pero sería desastroso que, como ha ocurrido en Nicaragua, los movimientos populares fuesen confiscados por minorías empeñadas en implantar en esas tierras dictaduras burocrático-militares a la cubana. La instauración de regímenes de ese tipo en América Central no sería el preludio de la reunificación de las seis repúblicas sino, por la explosiva combinación de nacionalismo y mesianismo revolucionario, el comienzo de nuevas guerras intestinas, como ocurrió en Indochina. Así, tanto por consideraciones de seguridad nacional como por lealtad a los principios democráticos, nuestra política debe favorecer en la América Central a aquellos movimientos y aquellos gobiernos que propugnen cambios sociales sin renunciar a la democracia y al pluralismo.

1986

Al llegar a este punto debo abrir un paréntesis. Meses después de escritas las reflexiones anteriores, el presidente de Costa Rica, Óscar Arias, dio a conocer su plan de paz. Al principio fue acogido con desdén y aun con hostilidad: los sandinistas y sus amigos en el exterior lo denunciaron como una trampa de Washington; a los conservadores de los Estados Unidos les pareció una capitulación frente al régimen de Managua; otros, la mayoría, lo vieron como un proyecto utópico. El resultado de la reunión en Guatemala de los cinco presidentes centroamericanos (6 y 7 de agosto de 1987) desmintió a todos: después de dos días de discusiones los cinco dirigentes aprobaron, en lo esencial, el plan de Óscar Arias. Fue una gran victoria del sentido común democrático. El plan toca los dos aspectos del conflicto centroamericano: el internacional y el interno de varios países. Además, señala plazos y condiciones para realizar el doble proceso de pacificación. Así pues, contiene también un método y un calendario para la aplicación de las medidas aprobadas por los cinco presidentes. No sólo es un plan justo sino realista.

En su primer aspecto, el internacional, prevé el cese de las hostilidades y de la ayuda a las fuerzas irregulares, estipula la limitación de los armamentos y la cesación de las distintas formas de intervención extranjera. Este último punto recoge la propuesta de Contadora y es decisivo: si se cumple, pondría fin a la intromisión de las dos grandes potencias, la de los Estados Unidos y, a través de Cuba, la de la Unión Soviética. Las medidas internas son la gran novedad del plan: reconciliación nacional (diálogo y amnistía), democratización y elecciones libres. Lo primero afecta a Nicaragua y El Salvador, en donde combaten fuerzas irregulares y grupos de insurrectos. Lo segundo y lo tercero competen fundamentalmente a Nicaragua. El gobierno de ese país tendrá que modificar substancialmente su política y volver al programa democrático que animó en sus orígenes a la revolución que derribó a Somoza.

Naturalmente, es imposible saber si el acuerdo de Guatemala será realmente cumplido. Nuestro deseo es ferviente pero la duda es lícita. La historia es un territorio de arenas movedizas. Aunque el gobierno de los Estados Unidos ha manifestado su aprobación «en principio», algunos grupos conservadores, dentro y fuera de la administración, se muestran inconformes. Un influyente diario conservador *(The Wall Street Journal)* calificó los acuerdos de Guatemala como una «derrota». A pesar de estas voces disonantes, la mayoría de los diarios, la televisión y muchos dirigentes políticos se han mostrado favorables al plan firmado en Guatemala. Los Estados Unidos cometerían un error gravísimo e irreparable si llegasen a oponerse a una solución que es, simultáneamente, democrática, equitativa y realista. También sería una falta imperdonable intentar utilizar el acuerdo en provecho propio, como tal vez lo sugieren ya numerosos y diminutos maquiavelos emboscados tras las columnas y escritorios de la Casa Blanca. Lo menos que puede y debe hacer Washington es apoyar el plan de paz y suspender su ayuda a la resistencia armada (contras), *for the time being*, es decir, respetando los plazos que fija el plan y dentro de los cuales el gobierno de Managua debe emprender las reformas democráticas a que se ha comprometido.

La actitud de la parte contraria tampoco es enteramente previsible. El presidente Ortega, después de firmar el plan de paz, viajó a Cuba para consultar con Fidel Castro. Es una prueba más de la estrecha colaboración política, militar y diplomática entre el régimen de Managua y el de La Habana. No es temerario pensar que el proceso democratizador de Nicaragua tendrá la aprobación de La Habana y, claro, de la Unión Soviética. Es natural: hay cierta correspondencia entre el programa de liberalización que ha emprendido Gorbachov y la democratización de Nicaragua. Además, para llevar a cabo la urgente modernización de su economía y así conservar su rango de superpotencia, la Unión Soviética necesita un respiro en la loca carrera armamentista. De ahí que procure reducir, allí donde sea posible, los puntos de conflicto con los Estados Unidos, sobre todo en aquellas regiones en donde su presencia no es vital y, en cambio, envenena aún más sus relaciones con Washington. Uno de esos puntos es Nicaragua. Sin embargo, debemos ser cautos y tener en cuenta las diferencias entre la situación de la Unión Soviética, la de los Estados vasallos como Polonia o Cuba y, en fin, la de un Estado cliente como Nicaragua. El plan de Arias va más allá de la liberalización de Gorbachov: ¿Hasta dónde irá Managua por el camino de la democracia?

Cualesquiera que sean las sorpresas que nos reserve el futuro próximo, el gran mérito del plan del presidente Arias es haber unido la cuestión de la paz a la de la democracia. Sin democracia no habrá paz en la América Central. Esto fue lo que dije varias veces[1]. Por haberlo dicho, buena parte de la prensa mexicana *(Excélsior, unomásuno, La Jornada)* y de la televisión oficial (canales 13 y 11) me censuró; algunos incluso me injuriaron. No pido que los que ayer me insultaron hoy reconozcan que fueron injustos; me sentiría desagraviado si, al menos, callasen. No ha sido así:

1. Discurso de Francfort, el 7 de octubre de 1984, y otros textos, casi todos recogidos en este volumen, como la conversación con Gilles Bataillon. Véanse pp. 106-118.

ahora saludan el plan de Arias como una victoria. Un plan que unas semanas antes habían denunciado como una añagaza de Washington. ¿Amnesia o desparpajo?

Para nosotros los mexicanos, los acontecimientos últimos en Centroamérica contienen más de una enseñanza. Los asuntos de esa región nos afectan profunda y directamente; no es exagerado decir que es muy difícil trazar la línea divisoria entre los problemas mexicanos y los centroamericanos. Durante años y años cerramos los ojos ante la situación de nuestros vecinos; hoy, por fortuna, el gobierno de México ha mostrado mayor sensibilidad y ha reconocido que las cuestiones de la América Central son vitales y centrales para nosotros. Pero hemos sido tímidos: nuestro respeto por el principio de no intervención no debería habernos impedido advertir al régimen sandinista, con claridad y energía, que perdería nuestra amistad y nuestro apoyo si abandonaba el programa original de la Revolución de Nicaragua, que fue democrático y no totalitario. Nuestra generosa política no evitó que los sandinistas se echasen en brazos de Fidel Castro. La actitud de la mayoría de la prensa mexicana y de muchos intelectuales no pudo ser más ciega; dominados por la pasión ideológica, en lugar de pedirle al régimen de Managua que cumpliese con el plan democrático de la Revolución, solaparon y aplaudieron el proceso de abolición de las libertades democráticas y la instauración de una dictadura más y más parecida a la de los sistemas totalitarios. Ojalá que los periodistas y los intelectuales mexicanos aprendan de una vez por todas la lección que, de nuevo, les ha dado la historia: los intereses nacionales de México no son los de Washington pero tampoco los de La Habana.

Agosto de 1987

Durante los tres siglos en que México se llamó Nueva España tuvimos plena conciencia de las responsabilidades que entrañan las fronteras geográficas de un país. En el norte seguimos una política de expansión, colonización y evangelización; en el sur, la región centroamericana estuvo unida íntimamente a nuestro país: desde entonces somos el mismo pueblo; en el golfo de México fue constante la presencia de las naves españolas y novohispanas, empeñadas en salvaguardar nuestras comunicaciones amenazadas por Francia, Inglaterra, Holanda y por los piratas apoyados y protegidos por esas naciones; por último, naves salidas de Acapulco iniciaron la comunicación con los países del Extremo Oriente. Poco a poco retrocedimos y abandonamos nuestras posiciones, primero arrastrados por las derrotas de España y por su declinación política, después por nuestras luchas intestinas y nuestros descalabros externos. La última vez que intervinimos con fortuna en el Caribe fue en 1691: naves y tropas hispanomexicanas derrotaron a los franceses en Tortuga. Fue un suceso que sor Juana cantó en un elocuente poema.

Desde el siglo XVIII nuestra política exterior ha sido esencialmente defensiva. Las dos intervenciones extranjeras del siglo XIX –la de los Estados Unidos y la de Francia– acentuaron esta característica y, en cierto modo, la justificaron. Fundada en los principios de no intervención, autodeterminación e igualdad jurídica entre los Estados, nuestra política internacional ha cumplido con la función que le han asignado nuestros gobiernos desde mediados del siglo pasado: la de escudo protector de nuestra independencia. Pero nuestro país ha crecido y el mundo ha sufrido cambios radicales desde el fin de la segunda guerra mundial. Entre estos últimos, hay dos que nos afectan de manera decisiva. El primero: la potencia hegemónica en América, los Estados Unidos, tiene hoy un rival en la Unión Soviética, que ha logrado establecer una base política y militar en Cuba; y el segundo: una nueva constelación despunta en el horizonte histórico. No es la constelación de América Latina, como esperaban nuestros padres, sino la de los países asiáticos del Pacífico. Mientras Japón, China y Corea se preparan a entrar en el siglo XXI, a nosotros se nos ha ido el siglo XX en dictaduras, despilfarro económico, desórdenes políticos y fiebres ideológicas. No obstante, hay que distinguir entre el chorro de sangre que brota de la herida de un cuerpo joven y las pústulas y llagas de la anemia: los descalabros de América Latina no sólo prueban su inmadurez sino su inmensa vitalidad. Hemos sido violentos y desordenados no por falta sino por exceso de vida.

Ahora, en los últimos años, han aparecido signos de recuperación. No son muchos ni es fácil saber si dejarán de ser indicios para convertirse en realidades. En cualquier caso, es un comienzo que es asimismo una promesa: vivimos un período de convalecencia. No es la salud pero tampoco es la fiebre, el delirio o la postración. El más alentador de esos signos ha sido el regreso a la democracia. Otro signo no menos reconfortante es la creciente conciencia entre nuestros pueblos y gobiernos de la comunidad de intereses de nuestras naciones. Al escribir la palabra *intereses* dudé por un momento: debería haber escrito *comunidad de destino*. Nuestro futuro está en nuestro pasado: nacimos juntos y juntos nos salvaremos. Lo que era un lugar común de los oradores de mi juventud ha vuelto a ser visión realista de nuestra historia y comienza a ser una realidad política y diplomática. La acción del actual gobierno de México, hay que decirlo, ha sido primordial. Ahora bien, para que esta acción sea realmente fecunda hay que fundarla en un principio activo, es decir, hay que modificar tanto el sentido como el vocabulario de nuestra política internacional. Dicho de otro modo: pasar de una política defensiva a una política activa.

Los principios dejan de ser ideas y se convierten en fuerzas históricas cuando se encarnan en realidades sociales concretas. Desde el fin de la segunda guerra mundial asistimos al ocaso de los absolutos, los sistemas totales y las ideologías geométricas. Primero, la derrota militar del totalitarismo germánico y, ahora, desde la muerte de Stalin, el paulatino desvanecimiento de la versión autoritaria del socialismo. Al mismo tiempo, tanto en Europa como en América Latina, las ideas democráticas y liberales han reverdecido con un vigor impensable hace treinta años. El liberalismo es, en materia política, un relativismo y su ideal de la convivencia es la tolerancia; la democracia, a su vez, se perfecciona con el liberalismo, es decir, con el respeto a las minorías y a los individuos. Es un portento histórico que en las tierras violentas y desordenadas de América Latina, oscilantes entre el motín de muchos y la tiranía de uno, la democracia comience al fin a arraigar. La idea democrática se ha convertido en una fuerza histórica porque ya es la aspiración común de todos los pueblos de América Latina. De ahí que la única manera de darle un contenido positivo a nuestra acción internacional –sin renunciar a la no intervención pero sin que ese principio nos paralice– sea apostar con mayor decisión por la democracia latinoamericana. Lo que ha sucedido en la América Central es un aviso: si queremos tener amigos en esa región, debemos defender ante todo a los regímenes democráticos. Defenderlos será defendernos a nosotros mismos.

La política internacional de una nación es un sistema de círculos concéntricos. Para nosotros el más inmediato, hacia el sur, es el compuesto por las naciones de América Central. El destino de esos países es la unidad; el camino hacia la unidad se bifurca en dos: el de la fuerza al servicio de esta o aquella potencia o el de la democracia. Favorecer a la democracia en esos países será favorecer su futura unidad y asegurar así su independencia y la nuestra. El segundo círculo lo forman las naciones latinoamericanas; nuestro objetivo no puede ser sino esforzarnos por la constitución de un bloque latinoamericano de Estados democráticos. Es dificilísimo –no siempre nuestros intereses son coincidentes– pero no es imposible. En ese grupo deberían tener un lugar especial las democracias de España y Portugal. Fueron y han vuelto a ser puentes que nos unen a nuestro origen histórico y cultural: Europa.

Un bloque de naciones democráticas de América Latina lograría lo que no han podido los esfuerzos aislados de nuestros países: aumentar nuestra capacidad de diálogo. Nuestros interlocutores son todas las naciones del mundo, pero muy especialmente aquellas a las que, contradictoriamente, nos une la historia y nos dividen los intereses económicos: las naciones de Europa occidental. Si somos capaces de dialogar con Europa occidental y con los países asiáticos del Pacífico, nuestra relación con los Estados Unidos cambiará notablemente. No desaparecerán ni la desigualdad ni las contradicciones pero tendremos mayores posibilidades de ser oídos. El diálogo implica la réplica, es decir, en mayor o menor grado, la independencia.

El otro círculo de México, trazado por la geografía y la historia, lo forman las naciones asiáticas de la cuenca del Pacífico. Sobre esto hay que decir, en primer término, que esa región no es para nosotros el Extremo Oriente. Al contrario, como me decía hace años un inteligente embajador mexicano, Eduardo Espinosa y Prieto: son el Cercano Occidente. En la época de Porfirio Díaz buscamos la amistad con el Japón. Hoy debemos continuar e intensificar esa acertada política, extendiéndola a los otros países del área, especialmente a China. Nuestra política en el Pacífico debería orientarse a preparar nuestra entrada en el siglo XXI, es decir, tiene que ser una exploración del futuro. En cambio, nuestra acción en Centroamérica pertenece al presente. La frontera del norte nos impone una política distinta a la del sur. Es una frontera inmensa que, simultáneamente, nos une y nos divide, no de seis pequeñas repúblicas hermanas sino de los Estados Unidos, una superpotencia de lengua, cultura e historia distintas a las nuestras. Uno de los mejores momentos de las relaciones entre México y los Estados Unidos fue el período en que gobernaron en sus respectivos países Roosevelt y Cárdenas. En México hubo grandes cambios sociales pero el gobierno norteamericano, aunque sin ocultar su inquietud, como en el caso de la nacionalización del petróleo, respetó esas decisiones. Contribuyó a esta armonía la coincidencia de los puntos de vista de los dos presidentes en materia internacional: para ambos era primordial la defensa de la democracia frente a Hitler y Mussolini. Las circunstancias son hoy distintas pero los principios en que se fundó la buena relación siguen vigentes: respeto por la independencia de México, tolerancia frente a la necesaria y casi siempre saludable diversidad de puntos de vista, fidelidad de ambas partes a los intereses de la democracia.

La aversión hacia los Estados Unidos fue, durante el siglo pasado, un sentimiento compartido por los conservadores y los nostálgicos del viejo orden español. Este sentimiento ha cambiado de bando y de coloración: ahora son los revolucionarios los que les han declarado una inflexible antipatía. Es explicable: es una reacción natural ante la política de expansión y dominación de los Estados Unidos en América Latina y en México. Por desgracia, muchos antimperialistas mexicanos y latinoamericanos, fascinados por la ideología del «socialismo» totalitario, han olvidado sus orígenes democráticos. Así, lo que une muchas veces a los conservadores de ayer con los radicales de hoy no es únicamente su justificado antimperialismo sino su temple autoritario y antidemocrático. En la clase media mexicana, semillero de nuestros gobernantes, es corriente la amalgama de los sentimientos conservadores de los criollos del siglo XIX con la difusa ideología antimperialista del XX. Las creencias tradicionales, heredadas de la aristocracia criolla, son la base psicológica inconsciente y el alimento secreto de las modernas ideologías autoritarias de muchos intelectuales y políticos mexicanos. Es un ejemplo más de modernidad incompleta, inauténtica.

¿Y en los Estados Unidos? No es exagerado decir que dos hermanas gemelas, ignorancia y arrogancia, definen la actitud de la generalidad de los norteamericanos. Las excepciones han sido unos cuantos hombres lúcidos y generosos así como un puñado de poetas, historiadores, pedagogos y humanistas. Ni unos ni otros han influido apreciablemente en la opinión popular y menos aún en el gobierno de Washington. Es lamentable: la perpetuación de esta actitud es y será funesta para los Estados Unidos y para todo el continente. La imagen de México que tienen los norteamericanos es una mezcla de prejuicios arcaicos, simplificaciones a veces ingenuas y otras perversas, estereotipos estúpidos. Exagero: es una imagen en blanco, una inmensa laguna mental e histórica. No saben ni quieren saber nada de nosotros.

Muchas de nuestras diferencias con los Estados Unidos nacen de agravios históricos; otras son el resultado de nuestra situación: vecindad y desigualdad. No es fácil vivir al lado de una gran potencia. En nuestras relaciones con ellos abundan los roces, los equívocos y las suspicacias. Nos quejamos, con razón, de un trato injusto y desigual. No podemos minimizar nada de esto. Tampoco usar nuestros justificados agravios como ejercicios de retórica populista o, lo que es peor, como proyectiles ideológicos que, en general, sirven a otras potencias. Sería lamentable que tratásemos de convertir estos sentimientos en el eje de nuestra política internacional, como lo han pedido varios energúmenos. Aunque las diferencias que nos separan de los Estados Unidos son reales y profundas, no deben impedirnos continuar el diálogo con ellos. Es verdad que es un diálogo casi siempre contradictorio y sembrado de equívocos; también lo es que, al fin y al cabo, es un diálogo: ¿qué habría ocurrido si hubiésemos sido vecinos, como los polacos y los checoslovacos, de la Alemania nazi y de la Rusia comunista? No sugiero abandonar los sanos principios de nuestra política exterior; advierto el peligro de transformarlos en fórmulas, fetiches y máscaras. No podemos convertirnos en instrumentos de la ideología o del odio, dos cegueras. La lucidez no es enemiga de la independencia.

En esta materia, la geografía y la historia son realidades decisivas. La primera nos dice que los Estados Unidos son y serán nuestros vecinos; la segunda, que son una superpotencia y que son una nación democrática. La contradicción entre la potencia imperial y la democracia merece tres observaciones. La primera: por encima de nuestras querellas y de sus abusos, tenemos con ellos una cierta afinidad en materia de ideas y valores políticos, moral pública y visión histórica internacional. Ambos países nacieron con la democracia. La segunda: el diálogo con un gobierno democrático, incluso si es imperialista, es siempre más viable que con un despotismo, ya que los gobiernos democráticos deben rendir cuenta de sus actos a su propia opinión y, así, a la opinión internacional. El gobierno norteamericano ha tenido que discutir en público con sus conciudadanos y, por tanto, con el mundo, su política en Vietnam y ahora en la América Central; el gobierno soviético jamás ha rendido cuentas ante su pueblo ni ante nadie de sus actos en Hungría, Checoslovaquia y Afganistán. La tercera, implícita en la segunda: precisamente porque los Estados Unidos son una democracia, reina en ese país gran diversidad y pluralidad de opiniones y de ahí que hayamos tenido siempre amigos, lo mismo en el pueblo norteamericano que entre sus líderes políticos y religiosos, para no hablar de sus artistas, pensadores y escritores, de un Thoreau a un Waldo Frank. Es imposible olvidar que Thoreau se opuso a la guerra en contra de México en 1847.

Por todo esto es urgente que los mexicanos conozcan un poco más a los norteamericanos y los norteamericanos a los mexicanos. Tal vez el mutuo conocimiento impida futuras catástrofes. En esa tarea los escritores de uno y otro lado de la frontera tenemos una responsabilidad especial. Hay que hacer la crítica de las ideologías y de los prejuicios. Las ideologías que separan a los dos pueblos son irreales; los problemas que afrontamos, en cambio, son reales y reclaman una acción inmediata y conjunta. No pienso nada más en los temas multilaterales sino, sobre todo, en las cuestiones bilaterales: la emigración mexicana, los estupefacientes, la deuda. Todos ellos son vitales y en ninguno de ellos aparece la ideología, que deforma la visión. Las ideologías ocultan a la realidad pero no la hacen desaparecer; un día u otro la realidad desgarra los velos y reaparece. Su reaparición es, muchas veces, una venganza. Ojalá que la realidad no se vengue de los Estados Unidos y de México.

México, diciembre de 1986

«Contrarronda» se publicó en el primer volumen *–El peregrino en su patria–* de *México en la obra de Octavio Paz*, México, Fondo de Cultura Económica, 1987.

América en plural y en singular

(Entrevista con Sergio Marras)

EL BAILE DE LOS ENMASCARADOS

SERGIO MARRAS: *Hasta ahora, la mayoría de los escritores latinoamericanos entrevistados en este libro coincide en pensar que ciertas ideas claves de los siglos* XVIII *y* XIX *se han derrumbado o están siendo seriamente cuestionadas y que la idea de América Latina es una de ellas. ¿Hasta qué punto está usted de acuerdo con esto?*

OCTAVIO PAZ: No estoy muy convencido. Es cierto que algunas ideas del siglo XIX –el ejemplo mayor es el marxismo– han perdido vigencia. En general se han desmoronado las ideas y filosofías que pretendían encerrar al mundo y a la historia en una teoría general. Vivimos el ocaso de los sistemas. En cambio, han reaparecido ciertas ideas de la Ilustración y hoy están más vivos que nunca Kant y, en el otro extremo, Adam Smith.

–*¿No cree usted que ciertos conceptos como* progreso, *como* historia, *están por lo menos, siendo revisados?*

–Fui uno de los primeros, hace más de treinta años, en señalar el crepúsculo de la idea del *progreso*. Vivimos el fin del futuro como idea rectora de nuestra civilización. También está en decadencia la creencia –la superstición– en la historia como un proceso dotado de una dirección determinada[1].

En cuanto a la América Latina: no creo que sea una *idea*. Es una realidad histórica. Quizá el nombre, América Latina, no es muy exacto; en el siglo pasado la expresión más usual era América Española. Rubén Darío, el fundador de nuestra literatura moderna, usa el término América Española en su famosa *Oda a Roosevelt*. América Latina es una denominación de origen francés que se empezó a poner de moda en el siglo XIX. Es inexacta, como lo es el nombre de América Sajona. Esta última comprende muchos grupos que no son sajones; la sociedad norteamericana es un conjunto de etnias y de culturas diversas. El elemento sajón –mejor dicho: anglosajón (WASP)– fue determinante en el pasado pero ya no lo es.

1. Véase *Corriente alterna* (1967), *Los hijos del limo* (1974), *El ogro filantrópico* (1979), etc.

El nombre de América Latina es inexacto porque no son latinas ni las comunidades indígenas ni los negros. Mientras *sajón* es un nombre restrictivo, *latino* es demasiado vago. Es más preciso –aunque no abarca toda la realidad– el adjetivo *hispano*. Lo es porque alude a la lengua que todos hablamos. En fin, ¡qué se le va a hacer! Tampoco los nombres de nuestros países son muy exactos. Estados Unidos es una expresión nebulosa y Estados Unidos de América un abuso de lenguaje. *México* es una palabra con irradiaciones históricas y legendarias, evoca a la luna, al agua y al peñón del águila. ¿Por qué se les ocurrió cambiarla por ese remedo: Estados Unidos Mexicanos? Si los nombres son inexactos e inexpresivos, las realidades que designan son muy reales: América Latina es una realidad que se puede tocar, no con las manos sino con la mente.

–Hay grandes discusiones sobre si llegó la modernidad a América Latina y en qué forma... ¿No cree usted que lo que llegó a América Latina fue, más bien, una idea de la modernidad y no la modernidad misma?

–De esto podemos hablar más tarde. Para saber en qué consiste la modernidad en América Latina hay que pensar primero en sus orígenes. Un historiador mexicano, Edmundo O'Gorman, ha señalado con perspicacia que, antes de la llegada de los españoles, no existía lo que llamamos América. En efecto, los nómadas que poblaban las llanuras de lo que es ahora Argentina y Chile, no tenían noticia ni conocimiento de las tribus que habitaban el Amazonas y menos aún de las altas culturas de Perú, Bolivia y México. Lo mismo sucedía con las tribus del norte del continente. Las civilizaciones más desarrolladas de América, la mesoamericana y la incaica, no se conocían entre ellas. Nuestra América, la que habla español y portugués, se constituye como una unidad histórica bajo la dominación de las coronas de España y Portugal. No podemos entender nuestra historia si no entendemos esto. La cuestión del origen es central. Aquí entra el tema de la modernidad. Y entra de dos maneras. La primera se refiere a la actualidad de nuestro pasado: las culturas son realidades que resisten con inmensa vitalidad a los accidentes de la historia y del tiempo. Nuestro pasado indio y español está aún vivo. Pero la modernidad no nació de ese pasado sino frente e incluso en contra. La modernidad, la nuestra, vino de fuera y comenzó como una lucha. La segunda, ligada estrechamente a la anterior, se refiere al carácter peculiar de la cultura hispánica en el mundo moderno. España representa, en el alba de la modernidad, en el siglo XVI, una versión muy singular de Occidente. Por una parte, inaugura la modernidad con los viajes de exploración, los descubrimientos y las conquistas. España y Portugal inician la expansión de Europa, uno de los hechos decisivos de la modernidad. Por otra, un poco más tarde, se cierran a Europa y a la modernidad con la Contrarreforma.

La otra gran nación europea que penetró en América fue Inglaterra. Estaba ligada a un fenómeno totalmente distinto: al protestantismo y al nacimiento de la democracia moderna. La historia de Inglaterra y de Holanda –potencia esta última que tuvo importancia en la primera época de América– sería impensable sin la Reforma. El protestantismo ha sido uno de los fundamentos del individualismo moderno y de la democracia política. De ahí que la democracia, en los Estados Unidos, haya sido primero de tipo religioso. Así se dibuja, desde el principio, la gran oposición que divide a la América española y lusitana de la mitad angloamericana. La nuestra nace con la Contrarreforma, tiene un concepto jerárquico de la sociedad, su visión del Estado es la de la monarquía según los teólogos neotomistas (no la del absolutismo francés, como se cree generalmente) y, en fin, su actitud frente a la modernidad naciente es polémica. La América sajona nace con los valores de la Reforma y del libre examen, profesa una suerte de embrionaria democracia religiosa (es antipapista, antirromana) y se identifica con la modernidad que comienza. Ambas son proyecciones de dos excentricidades europeas, la inglesa y la hispánica, una isla y una península. Entender esto es comenzar a comprender nuestra historia.

–*Cuando vienen las independencias, se tomó prestadas varias ideas que no son estrictamente inglesas ni españolas, se recurrió a ideas más bien francesas...*

–La influencia de las ideologías de esa época fue determinante. Es imposible ignorar, además, la impresión que causaron en nuestros intelectuales y en nuestros caudillos las dos grandes revoluciones, la de los Estados Unidos y la de Francia. Ambas fueron, más que antecedentes, verdaderos ejemplos. Pero hay otro factor no menos decisivo y que muchos se niegan a ver. La Independencia de América Latina no es explicable sin un fenómeno concomitante y que fue su causa determinante o, como decían los escolásticos, eficiente: el desmembramiento del Imperio español. Esto es esencial. España había sido ocupada por las tropas de Napoleón, y su hermano José gobernaba con la colaboración, hay que decirlo, de muchos liberales españoles. Fue una invasión extranjera y una guerra civil. Por último, hay otra influencia que no siempre se menciona: el ejemplo de Napoleón. Su figura fascinó e inspiró a muchos caudillos hispanoamericanos. Fue un modelo de dictador.

En suma, para entender lo que ocurrió en esos años hay que considerar la doble naturaleza histórica de la Independencia hispanoamericana (el caso de Brasil es muy distinto). En primer lugar, el proceso de desintegración del Imperio español, precipitado por la ocupación francesa de España. Este proceso se mezcló inmediatamente con otro que era su natural consecuencia: el movimiento independentista. Ambos se funden y son indistinguibles. La Independencia fue, al mismo tiempo, desmembración. El resultado fue el nacimiento de veinte naciones y pseudonaciones. Los agentes activos de la Independencia y la fragmentación fueron los mismos: los caudillos. Pero hay algo más: los grupos intelectuales que participaron en la Independencia adoptaron las ideas del liberalismo francés, inglés y norteamericano y se propusieron establecer en nuestras tierras repúblicas democráticas. Ahora bien, esas ideas democráticas no habían sido pensadas para la realidad hispanoamericana ni habían sido adaptadas a las necesidades y tradiciones de nuestros pueblos. Así comenzó el reinado de la inautenticidad y la mentira: fachadas democráticas modernas y, tras ellas, realidades arcaicas. La historia se volvió un baile de máscaras.

–Allí hay un punto interesantísimo, y es que estos caudillos-dictadores-libertadores llegaron con la idea de la modernidad, de la libertad, de la igualdad, en fin, de la democracia, en la cabeza pero no la aplicaron. ¿Hasta qué punto eso marcó un abismo entre ideas y realidad que caracterizará a nuestras clases políticas en las que sólo se podrá encontrar una idea de modernidad pero en el marco de un gran anacronismo práctico?

–Exactamente. Sin embargo, quizá debemos matizar un poco todo esto. Las ideas de la Ilustración sirvieron para fundar y justificar los movimientos de Independencia en América del Sur. El caso de México fue un poco distinto. Si se leen con cuidado y sin prejuicios los textos de los primeros jefes insurgentes mexicanos, se percibe que sus argumentos fueron tomados sobre todo de los teólogos neotomistas. Pienso, sobre todo, en la afirmación de que la soberanía reside originalmente en el pueblo, de lo que se desprende, si el soberano es injusto o ilegítimo, el derecho a la sublevación. El jesuita Mariana justificó, incluso, el regicidio. Un pintoresco e inteligentísimo clérigo, fray Servando Teresa de Mier, usó estas ideas para justificar la Revolución de Independencia de México. Según fray Servando, Nueva España era uno de los reinos que integraban la Corona española, como Aragón, León y los otros; la usurpación napoleónica, al romper el pacto, había devuelto su soberanía al pueblo novohispano. En consecuencia, el pueblo de Nueva España, al recobrar su soberanía, podía separarse de la Corona de Castilla y escoger sus propias autoridades. Era un razonamiento que tenía muy poco que ver con las proclamas de la Revolución francesa y que venía directamente de la teología neotomista.

Unos años después se adoptaron las ideas de la modernidad. Los modelos fueron la Revolución de Independencia de los Estados Unidos y la Revolución francesa. Pero su adopción fue irreflexiva, un acto de imitación, un expediente. En México, como en los otros países, la modernidad republicana y democrática fue una ideología importada, una máscara.

Resumo: la revolución de los caudillos de la Independencia obedeció a la lógica de los imperios en desintegración; los caudillos escogieron, casi siempre con buena fe, la ideología más a la mano, la que estaba en boga en aquellos años. Aquí aparece la gran hendedura: no había una relación orgánica entre esa ideología y la realidad hispanoamericana. Las ideas nuevas deben ser la expresión de las aspiraciones de la sociedad y, por tanto, tienen que ser pensadas y diseñadas para resolver sus problemas y responder a sus necesidades. Así pues, es indispensable que, antes de la acción política, las proclamas y los programas, la colectividad experimente un cambio interno. Un cambio en las conciencias, las creencias, las costumbres y, en fin, en la mentalidad profunda de los agentes de la historia: los pueblos y sus dirigentes. La Revolución francesa es impensable sin el gran cambio intelectual y moral del siglo XVIII. Fue una mutación vasta y honda, que abarcó todos los dominios, de las ideas al erotismo. Ni España ni sus colonias experimentaron ese cambio fundamental que transformó al resto de Europa en el siglo XVIII. En realidad, no tuvimos siglo XVIII: ni Kant ni Hume ni Rousseau ni Voltaire. Tampoco vivimos, salvo superficialmente, los cambios en el gusto, los sentimientos, la sexualidad y, en una palabra, la cultura de esa gran época. Lo que tuvimos fue la superposición de una ideología universal, la de la modernidad, impuesta sobre la cultura tradicional. El ejemplo mayor es la familia, que es el núcleo y el alma de cada sociedad. Cambiaron nuestras constituciones y nuestros regímenes pero la familia indoespañola siguió siendo la misma. La familia, en México, ha sido la fuente de uno de nuestros vicios públicos más arraigados: el patrimonialismo. Creo que entre ustedes pasa lo mismo.

–*¿Usted cree que estas máscaras de las que usted hablaba son, en el fondo, un invento libresco, literario y que los responsables son, más bien, los ensayistas y los escritores de la época?*

–Las revoluciones políticas y sociales son fecundas si corresponden o responden a los cambios en la cultura de una sociedad. Estoy convencido de que los cambios en el orden cultural no son menos decisivos que los cambios en el orden material. En el siglo XIX cambiaron nuestras ideas y nuestras leyes, no nuestras actitudes vitales.

–*¿Esta máscara se prolonga hasta hoy?*

–Sí. Pero sin duda simplifico. La historia de la importación y de la imitación de las ideas europeas en América Latina es mucho más compleja y accidentada. Sin embargo, el proceso fue esencialmente el que he señalado. Para completar esta visión de nuestra historia hay que tener en cuenta otra circunstancia capital. El proceso de la desintegración del Imperio español y el surgimiento de las naciones latinoamericanas coincide con un fenómeno exactamente de signo contrario: el proceso de integración y expansión de los Estados Unidos.

–Es inversamente proporcional...

–Es un espejo invertido. Lo que sucedió en Estados Unidos, el nacimiento de la modernidad, de la democracia y de una gran nación unida es el fenómeno inverso de lo que sucedió en América Latina. Creo que es bueno hablar de esto porque no entenderemos el problema de la integración de América Latina si no entendemos el verdadero sentido de su desintegración. Ante la geografía política de América Latina, debemos preguntarnos si las naciones latinoamericanas tenían en aquella época una verdadera fisonomía histórica y cultural; en seguida, si esas nuevas naciones eran viables en lo político y en lo económico. La respuesta no puede ser general: cada caso fue distinto. Por ejemplo, México. Es un viejo país y sus raíces se hunden en el pasado precolombino. Su capital fue fundada en el siglo XIV por los aztecas. Los conquistadores españoles, con muy buen sentido, la conservaron. Después, durante el siglo XVI, los españoles gobernaron al país con la cooperación de sus aliados indígenas, sobre todo los tlaxcaltecas, y con el auxilio de los restos de la aristocracia indígena. Poco a poco los criollos compartieron el poder con los españoles y, más tarde, en el período independiente, con los mestizos, que hoy son la mayoría. Así se creó una sociedad mixta, compuesta por distintos grupos étnicos y que hoy tiene cierta homogeneidad cultural. La verdadera fusión se realizó gracias a la Revolución mexicana. Es verdad que la Revolución no ha resuelto muchos problemas, pero logró la integración de México. Hoy mi país tiene carácter o, para usar una expresión que no está de moda, alma nacional.

–¿Y cómo se diferencia México del resto?

–El caso antitético es el del Perú. Su historia es semejante a la mexicana en algunos aspectos: preeminencia de altas culturas indígenas y una compleja y refinada cultura hispánica durante los siglos XVI, XVII y parte del XVIII. La historia moderna del Perú se desvía en el momento de la Independencia. En Perú no hubo realmente revolución de independencia: la hicieron otros sudamericanos. Después, a diferencia de México, los peruanos no tuvieron en el siglo XX una revolución. Así, el gran conflicto cultural y racial, resuelto en parte por la Revolución mexicana, sigue vivo todavía en el Perú. Ésta es una de las razones, no la única, que explica la infortunada e inmerecida derrota de nuestro amigo Vargas Llosa. En su contra jugaron –aparte de la inquina de la mezquina izquierda y la mediocridad de la derecha que lo apoyó– los prejuicios raciales. Vargas Llosa, un hombre moderno, tuvo que luchar en contra de una realidad arcaica y envenenada por siglos de discriminación.

En otras sociedades el elemento indígena fue exterminado. Se habla muy poco del genocidio cometido en Argentina y Uruguay. Junto a Chile, son sociedades que nacen a fines del XVIII y principios del XIX. Argentina y Chile tienen homogeneidad cultural y una clara identidad nacional. Hay otras naciones en las cuales las civilizaciones prehispánicas tienen menos peso que en México y Perú pero que cuentan con poblaciones importantes de origen indio, como Bolivia, Paraguay, Colombia, Ecuador y Venezuela. En algunas de esas naciones aparece un elemento no menos notable que el indio y que contribuye a darles inconfundible fisonomía: el aporte negro. Por último, las naciones que son una creación artificial, una ficción histórica. Naciones inventadas por necesidades políticas, ya sea por los caudillos o por las oligarquías locales, naciones que son el resultado de los accidentes de la historia. Un ejemplo: Uruguay. Aunque es un país que me gusta muchísimo –por su gente y por su tradición democrática– no creo que sea fácil saber qué es lo que distingue a un uruguayo de un argentino. En cambio, es fácil distinguir a un chileno de un argentino. Otro caso de ficción histórica: las naciones centroamericanas. Esos Estados nacieron por la voluntad de los caudillos, las oligarquías locales y la influencia del imperialismo norteamericano. Lo mismo sucedió en las Antillas. No creo que Cuba, Puerto Rico y la República Dominicana sean naciones, en el sentido recto de la palabra: son fragmentos de naciones. El día en que logremos crear una geografía política civilizada, esos pueblos se unirán.

–Yo quisiera hacer una pequeña digresión sobre este tema. ¿Por qué usted está tan convencido de que países como Argentina y Chile son modernos?

–Son modernos porque nacieron con la modernidad, es decir, a fines del XVIII y a principios del XIX. Pero tiene usted razón, son modernos a medias, su evolución ha sido incompleta. De todos modos, son países que no tienen un pasado histórico tan complejo y contradictorio como el de México o el del Perú. Cuando un mexicano piensa en su historia, no tiene más remedio que pensar en su pasado; cuando un argentino o un chileno piensan en su historia, piensan en el futuro. En este sentido sí son plenamente modernos.

–*¿No encuentra que Chile y Argentina, culturalmente, son mestizos...?*

–No, no lo son. Son países de inmigrantes europeos, casi todos de origen latino, aunque hay alemanes y yugoslavos entre los chilenos. De nuevo: hay que matizar, todo es relativo. No niego que el elemento indígena está presente en Argentina; niego que sea determinante. Hasta hace poco muchos argentinos ignoraban o subestimaban la existencia de los «cabecitas negras», como se llama allá a los indios y a los mestizos. Hace muchos años, a principios del peronismo, coincidí en París con José Bianco, un amigo querido y un notable escritor. Bianco era el secretario de redacción de la revista *Sur*. Gracias a él conocí a Adolfo Bioy Casares y a Silvina Ocampo. Un poco después llegó Victoria Ocampo, a la que llamábamos la «Reina Victoria». En esos días pasó por París otra argentina famosa, una reina no de las letras sino del *music-hall*, Evita Perón. Apareció cubierta de perlas, pieles y cursilería. Una noche, mientras comentábamos los asuntos de Argentina, surgió una discusión. Mis amigos veían al peronismo como un fenómeno de importación europea: era una versión criolla del fascismo italiano. Repuse que el peronismo era, sobre todo, un fenómeno latinoamericano: el populismo y el caudillismo son enfermedades endémicas en nuestros países. Me replicaron con cierta impaciencia: Argentina no era México y en su país no había indios ni mestizos. Contesté: lo que ustedes están descubriendo ahora con Perón es que su país no es ni Suiza ni Inglaterra. Ustedes son un fragmento de América Latina y de España, con sus generales y sus demagogos.

–*Y sus indígenas...*

–En un momento de la conversación salieron a relucir los «cabecitas negras» que apoyaban a Perón. La expresión me extrañó y les pregunté ¿quiénes son esos «cabecitas negras»? Al explicarme que se trataba de indios y de mestizos del interior, exclamé: ¡Esto podría hacerme simpático al peronismo!

Más allá de las anécdotas, lo esencial es comparar el desmembramiento de los países hispanoamericanos frente al fenómeno de la unidad norteamericana. La reciente desintegración de la Unión Soviética puede mostrarnos con mayor claridad lo que pasó entre nosotros. Hemos sido testigos, en los últimos años, de dos procesos distintos: el fin del socialismo autoritario y la liquidación del Imperio ruso. Si se estudia un poco la historia de Rusia, se advierte que, hacia 1910, solamente el sesenta por ciento de la población hablaba ruso y solamente el cincuenta por ciento era de religión ortodoxa. (Mis cifras son aproximadas aunque esencialmente exactas.) Así pues, el zarismo no logró integrar a todas las nacionalidades. El régimen comunista fracasó también en esto. De ahí que hoy reaparezcan en la superficie histórica esas viejas naciones oprimidas. En cambio, el Imperio español sí logró imponer –no sólo por la fuerza sino a través de la evangelización– una notable unidad religiosa, lingüística y cultural.

Ignoro lo que el porvenir reserva a las naciones que formaron la Unión Soviética y si la Comunidad de Estados Independientes resistirá a las tendencias centrífugas. En el caso de América Latina, el desmembramiento del Estado español provocó, en sociedades inmaduras, la aparición de caudillos y grupos que construyeron nuevas naciones con ideologías importadas. ¿Por qué surgió el caudillismo, inventor del nacionalismo hispanoamericano? Porque la nueva legalidad, la legalidad republicana y democrática, carecía de la legitimidad que tuvo la monarquía hispánica. Esa legitimidad no era única ni exclusivamente jurídica sino histórica y tradicional. La nueva legalidad republicana era una concepción jurídica y política sin raíces en la realidad de nuestros pueblos y sin precedentes. La gran ruptura de nuestra historia moderna ha sido la del tránsito de la monarquía hispánica a la democracia, del trono supranacional a la presidencia nacional. Este tránsito no podía realizarse plena y pacíficamente porque la nueva legalidad republicana no había sido precedida, como en Europa y en Estados Unidos, por un cambio en las conciencias y en las mentes. No había temple democrático porque faltaban las clases y los grupos (la burguesía sobre todo) que habían hecho posible, en Europa, la revolución de la modernidad. Los caudillos y otros grupos impusieron la ideología moderna, la nueva legalidad; la impusieron desde arriba y así le arrebataron legitimidad. La convirtieron en una ficción que oprimía a la realidad real. La respuesta fue las asonadas, los cuartelazos, la anarquía y las dictaduras. Hoy podemos consagrar a esa legalidad republicana: la democracia comienza a enraizar en nuestros pueblos. Asimismo, a diferencia de los países que formaron la Unión Soviética, nosotros tenemos un patrimonio común en la lengua, la cultura y la religión. Tenemos un pasado compartido. El nacionalismo entre nosotros no ha sido mortífero como en Rusia y en los Balcanes.

–*¿Y ese enmascaramiento usted insiste en que se da hasta hoy?*

–Todavía no caen todas las caretas… Otro tema conexo y sobre el que vale la pena decir algo es el del imperialismo. Se ha hablado años y años del imperialismo norteamericano. Pero nosotros no hemos reflexionado sobre el carácter y la función de ese imperialismo.

–*¿Qué tendríamos que haber descubierto?*

–En primer término, debemos distinguir entre los diversos tipos de imperios. Hay Estados que ejercen su dominación sobre territorios inmensos donde viven distintos pueblos con distintas culturas y lenguas. Son los imperios clásicos, como el romano, el chino y el ruso. A veces la autoridad central impone una cultura homogénea –la religión, la lengua, la ley– a los pueblos sometidos. El imperio logra crear una civilización; es el caso de los españoles en América Latina y el de China, que unió a un país inmenso. Después, está el tipo de dominación que se ejerce sobre distintos países en los que se conservan las nacionalidades de cada uno pero todos sometidos a un poder y a una misma ley. El mejor ejemplo son los imperialismos modernos de Gran Bretaña y de Francia. Finalmente hay esa forma híbrida de imperialismo que son los Estados Unidos. Por sus tradiciones político-democráticas, ese país no puede tener una ideología imperial; al mismo tiempo, por sus necesidades económicas y políticas, necesitó extenderse. Su imperialismo ha sido más bien de orden económico; la política y la fuerza militar le han servido para preservar estos o aquellos privilegios de orden económico. Es un imperialismo sin una ideología hegemónica y universalista. Y esto es lo que no ha sido estudiado en América Latina. Los Estados Unidos viven una contradicción histórica desde hace más de cien años: son un imperio y son una democracia. Pero son un imperio peculiar: su existencia no se ajusta a la noción clásica de *imperio*. Ahora interviene una nueva circunstancia: el apogeo militar de los Estados Unidos coincide con su declinación económica. La forma en que sea resuelta esta nueva contradicción afectará radicalmente no sólo al futuro de esa nación sino al del mundo entero.

–*Esta declinación de Estados Unidos frente a la integración europea, frente a Japón, ¿cree usted que va a llevar a América Latina a unírsele, a que sea su socio natural?*

–Bueno, creo que ésa sería la solución óptima para los latinoamericanos y para los norteamericanos. Sin embargo, una cosa es lo que la razón dice y otra lo que los pueblos y la historia escogen. En general, los pueblos escogen las soluciones menos racionales. Es difícil, no imposible, que los Estados Unidos rechacen a la tentación imperial y no busquen imponerse por las armas. Desde el punto de vista militar, son el país más poderoso de la tierra, según se vio en la guerra del Pérsico. Sin embargo, los ejemplos de Alemania y del Japón durante la pasada guerra –ahora el de la Unión Soviética– muestran que no basta con la superioridad militar. La prudencia, que es la más alta virtud política según Aristóteles, aconseja otra solución. En este período de grandes bloques económicos, la renovación de la declinante economía de los Estados Unidos exige un nuevo tipo de asociación con la América Latina.

–Pero hay ya ciertas luces sobre eso. México, por ejemplo, hizo un acuerdo de libre comercio con Estados Unidos... Y México siempre había sido uno de los países más contrarios a cualquier tipo de unión con los Estados Unidos...

–Antes de tratar este tema, quiero referirme, así sea de paso, a la evolución de las actitudes de las clases intelectuales de América Latina. Entre 1930 y 1940, por causas bien conocidas, el descrédito de los regímenes democráticos provocó la aparición de varias corrientes autoritarias, casi todas inspiradas por un rabioso nacionalismo y un populismo vocinglero. Las ideas de algunos de estos grupos colindaban con las ideologías totalitarias en boga en aquellos años. No es difícil percibir ecos del fascismo italiano y del falangismo español en varios grupos intelectuales de Argentina, Nicaragua y otros países. (En Nicaragua cambiaron después de chaqueta y, con la honorable excepción del poeta Pablo Antonio Cuadra, saltaron del fascismo al castrismo.) Otros adoptaron el mesianismo revolucionario, en la versión espuria del marxismo que ha circulado en nuestras tierras, hecha de retazos de leninismo, estalinismo y gaseoso tercermundismo. El movimiento de izquierda creció después de la segunda guerra mundial y se convirtió en la ideología dominante entre los intelectuales. Sólo hasta hace unos pocos años, vencido por los hechos, ha perdido vigencia. La ha perdido relativamente: todavía quedan muchos obstinados. Un intelectual mexicano, antiguo rector de la universidad, ha publicado un ensayo en el que afirma que Cuba representa la democracia del porvenir y compara a Castro con Montesquieu.

Alguna vez escribí que nuestros intelectuales de izquierda eran los herederos de los teólogos neotomistas del siglo XVI. Exageré: el neotomismo fue una filosofía compleja y sutil mientras que el marxismo hispanoamericano no es sino una suma de vulgaridades, simplezas y obcecaciones. Un verdadero obscurantismo: ninguno de nuestros marxistas ha tenido ni tiene la hondura y la originalidad de un Suárez o de un Vitoria. A pesar de todo esto, en algo se parecen a los neotomistas del XVI: conciben su misión como una cruzada y durante años y años han sido los incansables guerreros de una ideología. Fueron sacerdotes y evangelistas de una pseudorreligión sin dios pero con inquisidores y verdugos. Nuestros intelectuales de izquierda heredaron también la intolerancia jacobina y la creencia ingenua en un puñado de frases como llaves del universo y de la historia. Han prolongado así uno de los vicios tradicionales del pensamiento hispanoamericano: la fe en las soluciones globales, la falta de respeto por la realidad.

–Bueno, muchos de estos intelectuales marxistas hoy día son neoliberales... ¿Hasta qué punto cree usted que el neoliberalismo hoy día se está tomando en América Latina igual que una teología, de modo semejante a como se tomó el marxismo en su oportunidad?

–Desconfío de esas súbitas conversiones. Me temo que sea un nuevo cambio de piel. ¿Por qué desconfío de ese repentino descubrimiento de la democracia? Lo he dicho ya muchas veces: porque el cambio no ha sido precedido por un examen público de conciencia y por una franca confesión de los errores cometidos. Esto es lo que hicieron, en su momento, Gide y Silone, Koestler y Camus, Semprún y Spender. Esto es lo que no han hecho, salvo unas cuantas excepciones, los intelectuales latinoamericanos. Si hay algo valioso en la tradición cristiana, algo que el intelectual debería continuar, es el examen de conciencia. Si nuestros intelectuales hubiesen hecho ese examen de conciencia, habrían explicado a sus lectores (y a sí mismos) por qué se engañaron y por qué los engañaron. Así se habrían economizado mucha tinta, mucha bilis... y mucha sangre. Pero los intelectuales han callado. Es grave pues no se trata sólo de errores intelectuales y políticos sino de faltas morales.

El socialismo autoritario –o para llamarlo por su nombre verdadero: el comunismo– no sólo fue un enorme fracaso político, económico y social. Fue también y sobre todo un régimen terrorista que oprimió a muchos pueblos, deportó a otros y que, en fin, asesinó a millones de hombres. Se recuerda los crímenes de Stalin pero se olvida que el terror comenzó en 1918, con la fundación de la Cheka por Lenin. La institución de los campos de concentración duró hasta hace pocos años y todavía subsiste en China y en Cuba. El estalinismo fue una exageración criminal, no una desviación. Si la conversión a la democracia de nuestros intelectuales de izquierda es realmente sincera, tiene que ir acompañada por una confesión: fueron cómplices –acepto que, en la mayoría de los casos, de manera involuntaria y de buena fe– de un crimen inmenso. No se trata de cuestiones ideológicas ni de opiniones políticas sino de una responsabilidad moral. Lautréamont dijo, parodiando a Shakespeare: «toda el agua del mar no basta para borrar una mancha de sangre intelectual».

En cuanto a los escritores e intelectuales que hemos criticado no tanto al marxismo como al leninismo, y no tanto a este último como a los regímenes comunistas: cumplimos nuestro deber. Fue una tarea de higiene política, intelectual y moral. En mi caso –no tengo más remedio, frente a ciertas difamaciones, que hablar de mí mismo– mi crítica a los regímenes comunistas estuvo siempre acompañada por mi oposición a las dictaduras militares de América Latina y de otras partes del mundo. También señalé con frecuencia las injusticias, las hipocresías, los excesos y las carencias de las democracias liberales capitalistas. Por último, apenas si es necesario mencionarlo, recuerdo mis críticas al régimen de partido hegemónico en México. No me arrepiento de lo que he dicho y escrito porque, a pesar de sus fallas enormes y sus injusticias, el sistema democrático es mejor que las dictaduras de izquierda o de derecha. Sin embargo, hoy, derrumbado el comunismo totalitario, podemos y debemos continuar con mayor empeño y rigor la crítica de las sociedades liberales capitalistas.

–*¿Cuáles son sus críticas a la sociedad liberal?*

–El mercado libre es el motor de la economía. Sin mercado, la economía se paraliza. Pero el mercado es un mecanismo ciego y que produce automáticamente muchas desigualdades, injusticias y horrores. La historia económica moderna de Europa y de los Estados Unidos es la historia de las continuas correcciones que se han hecho al mercado libre. Las enmiendas se hicieron a través del movimiento obrero (la libertad sindical es el complemento necesario del mercado libre) así como por la acción reguladora del Estado. En el futuro próximo será también decisiva la influencia de los consumidores. Concibo al mercado como una democracia. Así como la democracia política está regulada por la división de poderes, el mercado debe ser regulado por los empresarios, los obreros, los consumidores y el Estado.

Otra falla del mercado, mejor dicho, de su filosofía: pretende reducir la actividad social a la producción y al consumo. El intercambio comercial somete los valores al común denominador del precio. Pero hay cosas muy valiosas, tal vez las más valiosas, que no tienen precio: la abnegación, la fraternidad, la simpatía, el amor, la amistad, la piedad, las obras de arte. Marx criticaba al capitalismo porque reducía al obrero a horas de trabajo. Tenía razón. La misma crítica puede hacerse al nihilismo del mercado que convierte al precio en el valor único. Leo con frecuencia que se ha vendido un Rembrandt en no sé cuántos millones de dólares y un Picasso en no sé cuántos. Me parece escandaloso y me avergüenzo de mi época. El culto al dinero corrompe a las almas y envilece a las sociedades.

Y hay una tercera crítica, tal vez la más grave: el mercado, movido por el lucro sin freno y por el ansia de producir para consumir más y más, está acabando con los recursos naturales. La destrucción del medio ambiente amenaza a la supervivencia de la especie humana... Es claro, por todo esto, que debemos convertir al mercado en una expresión del pacto social. El mercado debe operar dentro de ciertos límites: la justicia social, la moral pública, la integridad espiritual de nuestra civilización, la supervivencia física de la especie humana. Marx pensaba, como todos en su época, que la naturaleza era una fuente de energía y que el hombre debería dominarla y explotarla. Ahora pensamos que la naturaleza es una fuente de vida que debemos respetar y venerar. Redescubrimos así ciertos elementos de nuestra herencia espiritual, tanto del cristianismo como del liberalismo y del socialismo.

–*¿En qué sentido?*

–El ideal de una sociedad justa es un legado muy valioso del socialismo. Debemos preservarlo. A su lado, la idea de la dignidad de la persona humana, herencia del cristianismo. Por su parte, el liberalismo afirma que la democracia está fundada en la libertad y que la propiedad debe ser respetada porque es uno de los fundamentos de esa libertad. Sí, pero la propiedad no es ni puede ser el valor supremo. La riqueza debe estar sujeta al control de la sociedad como el poder público debe estar sujeto a la crítica de la sociedad. Todo esto me parece esencial. El remedio para los males de nuestra sociedad no es únicamente el mercado. El remedio es la democracia real, extendida a todos los órdenes: el económico, el político, el social.

–*¿Quién ganó la guerra, entonces, el capitalismo o el socialismo?*

–El gran perdedor fue el socialismo autoritario, el comunismo. El capitalismo no sólo ha demostrado ser mucho más eficaz económicamente sino que posee una capacidad de adaptación superior. El capitalismo de 1990 no es el capitalismo de 1890 ni el que conoció Marx. Se ha modificado y se va a modificar en el futuro. La polémica ha sido clausurada por la historia. *Capitalismo* y *socialismo*, *izquierda* y *derecha*, son términos que pertenecen al pasado. De esto no se deduce la inmovilidad; al contrario: nuestra sociedad está condenada a cambiar si quiere sobrevivir. Ese cambio será imposible sin una nueva filosofía política. Ignoro las formas que adoptará ese nuevo pensamiento pero presumo que recogerá muchos elementos de nuestras dos grandes tradiciones, la liberal y la socialista. Las críticas que he hecho al mercado podrían extenderse a otros dominios: la ética, la cultura, la política. Por ejemplo, las democracias modernas están gobernadas por enormes maquinarias políticas, los partidos. Esto explica el creciente abstencionismo en los países desarrollados. Otra excrecencia: la publicidad como valor supremo. Todo esto habrá que cambiarlo. El fin del comunismo no debe ser sino el principio de otros cambios.

LOS NACIONALISMOS Y OTROS BEMOLES

¿Hasta qué punto la transnacionalización deja a América Latina sin poder negociar nacionalmente, y hasta qué punto deberá, cada país, o cada grupo de poder dentro de cada país, integrarse también a la transnacionalización y diluirse en la economía internacional?

–El fenómeno de la globalización de la economía no depende de la voluntad de esta o de aquella nación sino de la expansión de la economía mundial. Es un fenómeno universal. Mejor dicho, es una fase de un proceso que comenzó hace siglos. Precisamente uno de los primeros en advertirlo fue Marx; dijo varias veces que la expansión del capitalismo realizaba por primera vez en la historia la unificación de los hombres y de los pueblos en un sistema económico mundial. Ahora vivimos en otro momento de este proceso. La América Latina, por lo demás, no tiene mucho que perder y sí mucho que ganar al insertarse en la economía mundial. Entre otras ganancias: será el paso definitivo hacia su modernización económica. Sin embargo, Marx y muchos otros con él se equivocaron al creer que el sistema económico mundial significaba el fin del nacionalismo. No ha sido así. Somos testigos, al final del siglo XX, de un fenómeno doble: el carácter cada vez más internacional de la economía y, al mismo tiempo, el renacimiento de los nacionalismos. No es un accidente que la modernización de España coincida con la reaparición de los nacionalismos; tampoco es una casualidad que el nacionalismo reaparezca de manera virulenta en lo que fue la Unión Soviética.

En este gran cambio, la América Latina posee una ventaja inmensa: gracias a nuestro común origen (o sea, gracias a la Conquista y a la evangelización) tenemos menos peligro de recaer en los nacionalismos y regionalismos. Al principio de nuestra conversación le dije que, a diferencia de la desmembración del Imperio ruso, los agentes de la desintegración del Imperio español en América no habían sido los pueblos sino diversas circunstancias de orden político y social. Nuestro desmembramiento no comenzó por abajo, como en el caso del antiguo Imperio ruso, sino que fue obra de los caudillos y de ciertas minorías. *Las naciones latinoamericanas fueron creadas después de la Independencia y no antes.* Debemos preservar ese fondo común –histórico, cultural, lingüístico– porque es una de nuestras grandes defensas ante el mundo siniestro que se avecina si triunfan los nacionalismos. Esto lo vieron mejor que nadie algunos grandes hispanoamericanos, de Bolívar a Rodó. Lo mejor que hemos hecho los hispanoamericanos no lo hemos hecho en el dominio de la política y de la economía sino en el de la literatura y el de las artes. Tenemos que alcanzar en la esfera de la ciencia y la técnica la excelencia que hemos conquistado, desde Rubén Darío, en la literatura. Y tenemos que *traducir* en términos políticos y sociales nuestra unidad cultural. Una unidad hecha de muchas singularidades.

–¿Hasta qué punto la literatura nos ha forjado nuestra propia imagen de América Latina? ¿Hasta qué punto somos un invento literario?

–Sí, nuestra imagen ha sido, ante todo, una creación de nuestros poetas, ensayistas y novelistas... Permítame, antes de seguir con este tema, contestar ahora a su pregunta sobre la integración de México con Estados Unidos. Empezaré por decirle que la palabra *integración* no es muy exacta. Se trata realmente de asociación. Sobre este punto me he ocupado extensamente en un libro reciente: *Pequeña crónica de grandes días* (1990). Allí me declaro partidario no sólo de la asociación económica sino de la creación de una Comunidad de Estados de América más o menos semejante a la Comunidad Europea.

Acerca de la asociación económica debo repetirle algo que le dije ya: los Estados Unidos son un gran imperio en declinación, de modo que, para sobrevivir, tendrán que crear nuevos lazos económicos con América Latina. El Tratado de Libre Comercio entre México, Canadá y los Estados Unidos es el primer paso. Si se lograse crear un Mercado Común entre los Estados Unidos, México y Canadá se podría extender después a la América Central y, más tarde, al resto del continente. La solución europea frente a la desunión ha sido la Comunidad. La otra sería el renacimiento de los nacionalismos y el comienzo del caos internacional. Algo terrible pero no imposible. No olvidemos que la historia siempre ha sido trágica. Joyce decía que la historia es una pesadilla. No: es una realidad pero es una realidad que tiene el horror y la incoherencia de las pesadillas.

–¿Usted ve como ideal una América unida frente a una Europa unida y Japón?

–Ése sería uno de los posibles desenlaces del lío actual, porque vivimos un lío.

–¿Y usted cree que Estados Unidos está dispuesto a esa unión?

–Los países nunca están dispuestos a hacer lo que deberían hacer pero, a veces, la historia los obliga.

–¿Se pueden superar las diferencias culturales?

–Nos va a dividir siempre la cultura. Hace un momento hablábamos de nuestro origen. Las diferencias están vivas: ellos son una versión excéntrica de Occidente y nosotros somos otra, no menos sino más excéntrica. Ellos han agregado muchas cosas admirables a la herencia europea y nosotros también hemos agregado muchas cosas admirables a esa herencia. En fin, ni ellos ni nosotros somos europeos, aunque nacimos como dos proyecciones opuestas de Europa. ¿Nos podemos unir? ¿Por qué no? Piense en Europa. Piense en todo lo que ha dividido a los franceses de los ingleses, a los alemanes de los franceses. Piense en los dos mil años de guerras europeas. Pero, insisto: una cosa es la asociación y otra es la fusión.

–*¿Qué tipo de asociación ve usted, entonces?*

–La relación que une a dos interlocutores en el diálogo. Las grandes civilizaciones han sido hechas a través de diálogos entre distintas culturas. Soy partidario del diálogo porque soy partidario de la diversidad. Cuando la unidad se transforma en uniformidad, la sociedad se petrifica. Esto fue lo que les pasó a los comunistas. Para vivir, la democracia tiene que albergar elementos contradictorios que la hagan permanentemente crítica. El diálogo, la crítica, el intercambio de opiniones: eso es la vida política y eso es la cultura.

–*¿Cómo se integran en esta unión, que es absolutamente racionalista, todas nuestras razones de corazón, que tanto nos pesan en América Latina?*

–¿Racionalista? Mis argumentos son más bien empíricos. Nacen del sentido común y de la experiencia. Mi empirismo no se opone a lo que usted llama «las razones del corazón». Estas últimas son las razones profundas y son las que animan y dan fisonomía a una cultura. Pero esas razones no van a desaparecer si son realmente del corazón.

–*¿Y usted no las ve incompatibles con las razones de corazón norteamericanas?*

–Las veo opuestas, no incompatibles. La cultura latina y la germana son opuestas, distintas, pero el diálogo entre ellas ha sido constante. Ese diálogo se llama Europa. Hemos hablado hace un instante de la literatura hispanoamericana como creadora de nuestra imagen: ¿cómo olvidar que los Estados Unidos es un país de grandes poetas? La literatura latinoamericana ha sostenido siempre un diálogo doble: frente a Europa y frente a los Estados Unidos. Darío tuvo la obsesión de Whitman. En sus *Prosas profanas* dice que su América es la América de Moctezuma, «lo demás es tuyo, demócrata Walt Whitman». Pero en otro momento de su evolución, en el más alto, en *Cantos de vida y esperanza*, dialoga con Whitman e incluso recoge su acento a un tiempo bíblico y democrático. Neruda también sostuvo un diálogo contradictorio y apasionado con Whitman; recuerde su poema *Que despierte el leñador*. ¿Y Borges? Siempre pensó en

Whitman y lo tradujo. El ejemplo de Whitman podría extenderse a Poe y a otros poetas y novelistas. Este diálogo ha sido, naturalmente, contradictorio. Es curioso cómo el pensamiento conservador latinoamericano ha sido mucho más antiamericano que el de los liberales y el de los socialistas. Por lo menos en México y desde el principio del siglo pasado. En nuestro siglo Vasconcelos atacó a los Estados Unidos; en cambio, el pensamiento liberal tradicional fue proamericano. Recuerde a Benito Juárez.

–*¿No ve máscaras en los intelectuales norteamericanos?*

–Sí, pero distintas. Aunque no sé si sea exacto hablar de máscaras, al menos en el sentido en que hemos empleado esta palabra durante nuestra conversación. La máscara es algo exterior. Hay otras formas de ocultamiento de nuestro ser; por ejemplo, la hipocresía. Los latinoamericanos católicos no son hipócritas o, por lo menos, no lo son en la medida en que la hipocresía es una dimensión del carácter norteamericano. Atribuyo esa hipocresía al puritanismo. La moral pública en nuestros países de cultura católica colinda, por una parte, con la confesión y, por la otra, con el rito, la representación, el teatro, la máscara. Su eje es la comunión. En los Estados Unidos la moral pública colinda con la introspección y, en el otro extremo, con el sermón y la reprobación colectiva. Su eje es la expiación solitaria.

La contrapartida del moralismo norteamericano es el hedonismo actual: el culto al dinero, el individualismo desenfrenado, el amor al éxito, la superstición ante el sexo. Una cara de la moralidad norteamericana es la licencia de las costumbres (*permissiveness*) y la otra los aspavientos públicos ante las grandes o pequeñas transgresiones sexuales de sus políticos. El puritanismo convive con el libertinaje gracias al puente de la hipocresía. La misma relación existe entre la filantropía de los millonarios y su inmoderada ansia de lucro o entre las declaraciones santurronas de su política exterior y la brutalidad de sus acciones. En los Estados Unidos se habla incansablemente de moral y también de dinero: dos obsesiones. Es una sociedad individualista en la que florece un egoísmo feroz y, como contrapartida, el altruismo; el lazo que une a estas dos actitudes es, de nuevo, la moral. Aunque podría agregar otros ejemplos del uso inmoderado de la moral en la vida pública norteamericana, prefiero no seguir: nada es más fácil que lanzar piedras al cercado ajeno.

El puritanismo original de los norteamericanos, filtrado por unos sanos hábitos democráticos, se manifiesta en una virtud admirable que todos deberíamos imitar: el ejercicio de la discusión y de la crítica pública. Cada vez que se han enfrentado a una gran crisis, los Estados Unidos han hecho un examen de conciencia. Todo el mundo se da golpes y aun golpecitos en el pecho... después cambian. Ejemplos recientes: Vietnam y Watergate. En el caso de la lucha contra el racismo también se han hecho progresos –basta con pensar en la situación que prevalecía hace apenas treinta años– pero los Estados Unidos están lejos todavía de ser una verdadera democracia multirracial. ¿Lo conseguirán? Les va en ello la supervivencia de su proyecto histórico como sociedad democrática.

El racismo norteamericano en cierto modo reproduce, en el interior, su aislacionismo ante el exterior. En ambos casos: desconfianza, recelo y aun horror ante los otros. Los Estados Unidos fueron fundados, a la inversa del resto de las naciones, no en respuesta a un pasado común, una tradición, sino por una visión del futuro. Fueron fundados por un mesianismo singular: en contra de la historia. Para los puritanos la historia significaba la herencia romana que pervirtió al cristianismo primitivo; para los «padres fundadores», los privilegios y las injusticias de la sociedad jerárquica europea. Los Estados Unidos serían la nueva Jerusalén democrática, construida frente o, más bien, contra la historia y con los materiales puros del futuro. La utopía se convirtió en lo que hoy son los Estados Unidos: un imperio democrático, es decir, una realidad social con todos los defectos y cualidades de lo que pertenece a la historia. Desapareció la utopía, no el aislacionismo original. Por esto es tan difícil hablar con un país que espontáneamente mira todo lo que es extraño como algo condenado por la historia. El pasado es, para ellos, el otro nombre del pecado original. Ésta es la gran falla de los Estados Unidos.

–*Lo han demostrado en su política internacional...*

–Una de las grandes debilidades de esa gran nación es su política internacional, hecha de declaraciones de buenas intenciones acompañadas de violencia y de errores de percepción del otro y de los otros. Fue notable su equivocación frente al poderío real del sistema burocrático comunista. Son el país mejor informado del mundo y son el país que hace el peor uso de su información.

–*¿Cómo nos afecta el supuesto fin de las utopías a los latinoamericanos?*

–No estoy de acuerdo en llamar «fin de las utopías» al fin de las dictaduras comunistas. El derrumbe del comunismo fue el derrumbe de un régimen opresor, no de una utopía. Marx dijo siempre que el socialismo suyo no era utópico sino «científico». Pues bien, lo que se ha acabado es el socialismo «científico». El marxismo no es una ciencia sino una hipótesis y muchos de sus supuestos esenciales han resultado falsos. Entre ellos el central: la clase obrera no es una clase universal revolucionaria. La historia no es el lógico resultado de un proceso dotado de una dirección y un sentido. Es el dominio de mil causas, algunas de ellas imponderables, como el azar. Pero el fin del «socialismo científico» no es el fin de las utopías. Por cierto, *utopía* es una palabra impropia: la utopía no tiene lugar en el espacio y es por naturaleza irrealizable. El socialismo no fue ni es una utopía: es un ideal respetable y en muchos aspectos admirable. Debemos rescatar lo que tenga de rescatable. Y tiene muchas cosas rescatables.

Lo mismo sucede con el liberalismo: fue y es un antídoto contra las ideologías y los sistemas autoritarios. Pero nuestro liberalismo no puede ser el del siglo XIX. He criticado al socialismo (o lo que se ha hecho pasar por tal). Ahora déjeme decirle que al liberalismo actual le faltan muchas cosas, sin las cuales la vida no es digna de ser vivida. Si pensamos en aquella tríada con la que comienza el mundo moderno: libertad, igualdad y fraternidad, vemos que la libertad tiende a convertirse en tiranía sobre los otros; por lo tanto, tiene que tener un límite; la igualdad, por su parte, es un ideal inalcanzable a no ser que se aplique por la fuerza, lo que implica despotismo. El puente entre ambas es la fraternidad, la gran ausente en las sociedades democráticas capitalistas. La fraternidad es el valor que nos hace falta, el eje de una sociedad mejor. Nuestra obligación es redescubrirla y ejercitarla.

–¿No es volver a otro tipo de utopía?

–No, no es utópico sino de difícil realización. Pero si no redescubrimos a la fraternidad, nos llevará *realmente* el demonio: el señor de la nada. Tenemos que redescubrir la fraternidad no sólo con los hombres sino con los seres vivos y con las cosas. El mundo moderno ha visto al planeta como un depósito de recursos que hay que explotar; ve piedras y en las piedras ve energía; ve agua y en el agua ve energía; todo se convierte en fuerza, en poder para hacer cosas. Los antiguos veían al mundo de un modo distinto. En una piedra veían un espíritu, en un río a un dios o a una diosa. No predico volver al culto de los espíritus naturales, aunque hoy nos sobran *stars* de la televisión y nos faltan náyades y semidioses. Pido recobrar el sentimiento de la fraternidad con el universo y sus criaturas. No somos distintos del resto de los animales y las cosas, algo nos une a las estrellas y a los átomos, a los reptiles y a los pájaros, a los elefantes y a los ratones, a todo.

–¿Por qué siempre la felicidad latinoamericana ha estado en otra parte? Para las clases medias altas siempre ha estado fuera de América Latina, en Estados Unidos, en Francia o en otros lugares; y para las clases populares, en la religión o en la utopía política…

–Es un fenómeno universal. El centro del mundo estuvo en Babilonia o en Roma, en París o en Londres; después, en Nueva York; mañana, quizá, en Tokio. Es natural, aunque sea un poco ridículo, que las clases altas imiten no lo mejor sino lo más vistoso y superficial de París o de Nueva York. Pero no todo es malo en ese *esnobismo*: Rubén Darío leyó a los poetas modernos en la biblioteca de su amigo el millonario afrancesado Balmaseda. ¿Y las utopías? No ha sido el pueblo sino los intelectuales los que las han adorado: y así les ha ido. Para el pueblo la religión es el único valor, aquello que le puede dar felicidad o desdicha eternas. El pueblo es más sabio que los burgueses enamorados de las cosmópolis y que los intelectuales devotos de las utopías.

–*La felicidad está siempre «más allá»...*

–Sí, el cielo está más allá. También el infierno...

–*¿Qué tiene de sabio situar la felicidad en el «más allá»?*

–La felicidad no es ni puede ser terrestre. Tampoco puede ser un estado permanente. Los hombres podemos ser felices por un instante. Esto lo sabían mejor que nosotros Epicuro y Montaigne. Pero no importa la brevedad: un instante puede ser una ventana hacia la eternidad.

–*¿Por qué somos provincialistas, cuando hay otras sociedades «nuevas» que no lo son tanto?*

–Todas las sociedades son provincianas, incluso las de las cosmópolis. Hay un provincialismo parisino, otro londinense y otro neoyorquino. El provincialismo de América Latina es la otra cara de su cosmopolitismo. Es explicable que nuestra historia desdichada nos haya impulsado a buscar compensaciones afuera. Ése es el origen del cosmopolitismo de muchos de nuestros grandes artistas, de Rubén Darío a Borges. El cosmopolitismo es un rasgo constitutivo de la literatura y del pensamiento de América Latina, desde los tiempos de Bello hasta los de Alfonso Reyes y sus sucesores. Otra tendencia persistente es el criollismo, el telurismo y, en fin, el americanismo. Esta dualidad también se encuentra en los Estados Unidos: Emerson y Whitman, Henry James y Mark Twain.

–*¿No cree que eso nos diferencia de los norteamericanos, que sí pensaban que la felicidad estaba en los Estados Unidos?*

–Los norteamericanos son los provincianos del pasado. ¡Cómo les gustaría tener una Edad Media o un Renacimiento! O por lo menos, como los mexicanos, unas cuantas pirámides y tres o cuatro iglesias barrocas. Los norteamericanos han sido los colonizadores del futuro y hoy, decepcionados, comienzan a descubrir los encantos y los horrores del presente. Pero el pasado es para ellos un territorio inaccesible.

–¿Cree que la utopía juega un papel distinto en países como los nuestros y en los países desarrollados o tiene el mismo papel?

–Las ideologías –prefiero llamarlas así y no utopías– juegan papeles semejantes en el mundo desarrollado y en el llamado subdesarrollado. El hombre es el mismo en un lugar o en otro. El hombre que maneja un Ford y el que monta un burro son el mismo hombre. La diferencia consiste en que el que monta el burro casi siempre es más culto que el del automóvil. El fenómeno nuevo es el bárbaro moderno. La barbarie tecnológica es la nueva barbarie, lo mismo en los Estados Unidos que en Alemania, en Francia que en Japón. A esa barbarie es a la que quisieran llegar los rusos. Los rusos y nosotros.

–Sin embargo, las crisis de las utopías o de las ideologías son siempre más dramáticas para los hombres que andan en burro...

–El que monta en burro no cree en las utopías ni en las ideologías. Cree en el cielo y en el infierno. La utopía es la enfermedad de los intelectuales, no del pueblo. Ni en México, ni en ningún otro lado, el pueblo ha creído en las utopías. La Revolución de Lenin como la de Fidel Castro, fueron movimientos de grupos de intelectuales y de revolucionarios profesionales. No lamento el fin del mito de la Revolución. Vivió dos siglos y le debemos cosas admirables y abominables pero ha perdido todos sus poderes. No es ni siquiera un fantasma: es una reliquia. Lo que hace falta ahora es limpiar el polvo de las mentes con el plumero y la escoba de la crítica, no con gemidos histéricos sobre el fin de la utopía.

–¿Qué se necesitaría para que hubiera una crítica libre de histerismo?

–Confío en la razón humana. Si se derrumba el cielo católico, aparece la razón universal; si se desmorona la metafísica racionalista, aparece la crítica de la razón de Kant; si el kantismo se evapora, surgen el positivismo, el marxismo, Nietzsche... Hoy no tenemos nada a qué acogernos, se han acabado las ideologías universales y tenemos que reinventarlo todo. ¿Una gran pérdida? Más bien una posibilidad enorme. Por primera vez los latinoamericanos no tenemos a dónde volver los ojos: no hay ideologías de repuesto. La gran crisis comenzó no con el fin del comunismo sino desde hace más de medio siglo. Ante el derrumbe general escribí, en 1950, en *El laberinto de la soledad*: «por primera vez en la historia somos los contemporáneos de todos los hombres». Fue una frase no siempre bien comprendida. Quise decir que ya éramos responsables de nuestro destino como los norteamericanos, los franceses, los turcos o los italianos. Nadie sabe a dónde vamos. Todos estamos en el mismo barco.

–¿Cree que en América Latina fracasaron todos los grupos de poder y

los grupos sociales que guiaron los distintos procesos a través del tiempo?

–Siempre hay cosas que recuperar en el pasado. Para justificar mi opinión le daré un ejemplo sacado de la historia de México, que es la que conozco un poco más. A mediados del siglo pasado los liberales alcanzaron al fin el poder. Fue una generación brillante y, lo que es más notable, de inmaculada moral pública. Pero tuvieron que enfrentar sus ideas a la realidad de un México tradicional, analfabeto, empobrecido por un siglo de luchas intestinas, dictaduras, ocupaciones extranjeras, con una industria en pañales, un comercio arruinado y una agricultura en ruinas. El liberalismo, no sin sacudimientos, trastornos y divisiones, se transformó en una dictadura liberal, la de Porfirio Díaz. Fue un despotismo liberal ilustrado que duró 33 años. Se acostumbra hablar muy mal –no sin razón– del régimen porfirista. Durante medio siglo nadie se atrevía en México a defenderlo. Pero hoy comenzamos a descubrir sus grandes aciertos en materias tan distintas como la política internacional y la economía, la ciencia y la alta cultura. El sistema porfiriano ha abandonado el infierno de la historia, no para subir al cielo sino para regresar a la tierra, que es el lugar que le corresponde.

Siempre queda algo del pasado. Es mucha soberbia condenar a nuestros antecesores: no sólo necesitan nuestro juicio, adverso o favorable, sino nuestra piedad. Y piedad significa simpatía: quizá yo hubiera hecho lo mismo que tú, si hubiera estado allí. Hay una norma que hemos olvidado: respetar al adversario y honrar a los vencidos. Desde hace mucho me rebelo contra las historias oficiales. La de México, por ejemplo, está compuesta por glorificaciones exaltadas y condenas inapelables, ditirambos y olvidos hipócritas; nuestros justos y bienaventurados son los vencedores y nuestros réprobos y villanos, los vencidos. Exaltar al vencedor y condenar al vencido es un vicio universal y antiquísimo: lo han practicado con la misma tenacidad los gobiernos y las academias, los emperadores de China y el presidente Mao, la Iglesia católica y Stalin. Son las venganzas póstumas del poder.

–*¿Pero usted no ve, entonces, a nuestras naciones como naciones fracasadas?*

–Pienso como usted que nuestra historia, más exactamente: la de los siglos XIX y XX, ha sido un inmenso fracaso. Pero las derrotas no envilecen; envilece no saber qué hacer con las derrotas. Convertir al fracaso en una obra es hermoso. Nosotros hemos creado algunas cosas admirables con nuestros fracasos: un puñado de poemas, media docena de novelas y libros de cuentos. Además, no estamos muertos: somos una cultura viva. Esto ha sido un gran triunfo. América Latina tiene carácter, tiene alma. Ésta es nuestra gran victoria.

–En todo caso el gran fracaso es el de los enmascaramientos...

–Sí, pero el fracaso fue doble: el nuestro y el de las ideologías. La única revolución que tuvo éxito en América fue la religiosa; los frailes triunfaron: convirtieron a los indios. Esto es admirable y no debemos olvidarlo nunca.

–Tocando el tema de los frailes, justamente... Hay dos instituciones que en América Latina han estado lejos de la máscara liberal: la Iglesia y las fuerzas armadas. Han sido, además, más bien «contrarreformistas». ¿Hasta qué punto cree usted que ellas han sido obstáculo a una modernidad real?

–Prefiero hablar solamente de la experiencia mexicana. El ejército del siglo XIX, forjado en las derrotas frente al exterior y en las victorias contra el enemigo del interior, fue el caldo de cultivo de las asonadas y los dictadores. Al comenzar el siglo XX el ejército defendió al régimen de Porfirio Díaz. A su vez, el ejército nacido de la Revolución también fue semillero de desórdenes y de caudillos. Sin embargo, gracias a la acción de tres presidentes –Calles, Cárdenas y Ávila Camacho– el militarismo mexicano, la gran plaga de nuestra historia independiente, ha desaparecido.

En el siglo XVI la obra de la Iglesia mexicana, especialmente la de las órdenes religiosas, fue ejemplar y memorable, sobre todo por su defensa de los indios. La acción de los frailes es un capítulo consolador en la historia de los hombres, casi siempre manchada por toda suerte de iniquidades. Después, aunque dejó de ejercer el heroísmo cristiano del siglo XVI, la Iglesia realizó una obra espléndida. Sin embargo, aunque las órdenes religiosas con frecuencia criticaron los abusos, la Iglesia fue la aliada invariable del poder. Fue enemiga de la Independencia y participó en las luchas civiles del siglo XIX como protectora y guía del Partido Conservador y del Imperio de Maximiliano. Pero en el siglo XX fue víctima de una persecución injusta. Así pues, su historia es, como todas, un conjunto de acciones, unas nobles y otras reprobables. Hoy, después de más de un siglo de querellas, hemos llegado a un *modus vivendi* civilizado entre la Iglesia y el Estado.

–¿Cree que en el resto de los países latinoamericanos haya que limitar el poder de las fuerzas armadas?

–Ustedes han tenido en Chile un triunfo importante y han demostrado que la sociedad civil es más fuerte que el ejército. En toda la América Latina el ejército ha sufrido derrotas o ha tenido la inteligencia de retirarse a tiempo. Por supuesto, sería quimérico proponerse la abolición de las fuerzas armadas. Es una realidad con la que debemos contar siempre, al menos mientras dure la otra realidad que la ha engendrado: el Estado. Tenemos que encontrar formas institucionales que hagan posible el diálogo entre la sociedad y el Estado. La vieja receta de Montesquieu: la división de poderes, es el mejor antídoto contra las tentaciones dictatoriales de los militares y de los civiles.

–¿Hasta qué punto cree usted que todas estas tiranías que hemos sufrido en los últimos tiempos son producto de nuestra propia realidad más que de factores externos?

–El imperialismo norteamericano no creó la división de América Latina: se aprovechó de ella; no inventó a los caudillos: los convirtió en sus aliados y en sus cómplices. Nuestra falla viene de la inestabilidad interna. Los dictadores surgen por lo que hemos dicho: la crisis de la legitimidad al otro día de la Independencia y la dificultad para forjar auténticas democracias en países que no estaban preparados para ellas. La influencia de los poderes extranjeros no debe extrañarnos. Ha sido universal y aparece en todos los momentos de inestabilidad de los pueblos. París estuvo ocupado por tropas españolas en el siglo XVI y por tropas rusas y prusianas después de la derrota de Napoleón. Para defendernos de los extraños hay que acabar con las convulsiones intestinas y crear democracias estables.

–¿Qué hace que unos países estén preparados para la democracia, como Estados Unidos, y otros no?

–El pasado español no fue democrático. Entramos en el mundo moderno sin preparación. También los españoles: muy tarde y con enormes dificultades lograron establecer el sistema democrático de que hoy disfrutan. Sucedió lo mismo con los italianos y con los alemanes. No exageremos: nuestros fracasos, con ser grandes, no han sido mayores que los fracasos de los alemanes, para no hablar del reciente desastre ruso.

–Usted ha dicho varias veces, en esta entrevista, que México es diferente al resto de América Latina... ¿Cómo definiría la mexicanidad?

–La palabra *mexicanidad* es una palabra que evito. Me parece sospechosa. Encierra en una cárcel de conceptos y adjetivos a una realidad en movimiento. México es una invención que, como todas las invenciones, tiene dos aspectos o caras: una es el descubrimiento de una realidad oculta, no visible a primera vista; otra es un diseño, un proyecto. Para descubrir lo que somos es necesario interrogar a nuestro pasado y examinar a nuestro presente pero, asimismo, dar un sentido y una dirección a esa realidad más o menos estática. El futuro es parte esencial de nuestro presente.

–¿Entonces, usted cree posible la famosa identidad latinoamericana? ¿En qué consiste?

–No me gusta la palabra *identidad.* Aún menos la frase de moda: «búsqueda de la identidad». Lo que llamamos «identidad» y que antes, con mayor propiedad, se llamaba «el carácter», «el alma» o «el genio de los pueblos» no es una cosa que se pueda tener, perder o recobrar. Tampoco es una substancia ni una esencia. América Latina no es ni un ente ni una idea. Es una historia, un proceso, una realidad en perpetuo movimiento y cambio continuo. América Latina existe en la historia o, más bien, es historia: una sociedad de sociedades en un territorio enorme rodeado de otras sociedades, todas en movimiento. Una sociedad es una cultura: un conjunto de individuos, cosas, instituciones, ideas, tradiciones e imágenes. Una realidad *sui generis* pues no es enteramente material ni ideal. América Latina es una cultura. No es fácil definirla y ni siquiera describirla. Los que han expresado mejor esa realidad elusiva han sido los escritores. Pero ninguno de esos poemas y novelas es ni puede ser un retrato realista; todas esas obras son imágenes o, más exactamente, imaginaciones de lo que somos. En fin, puedo decirle algo al menos: América Latina es una realidad verbal. O sea: una lengua. Y aquel que dice lengua, dice: visión del mundo. ¿Qué es una visión del mundo? No es únicamente una concepción o una idea: es una acción y una creación, un *ethos* y un conjunto de obras. Es un mundo hecho de muchos mundos. Nuestra realidad es plural y diversa, es un diálogo de pueblos que hablan, en la misma lengua, de cosas que son a un tiempo distintas y comunes.

–Desde un punto de vista absolutamente personal, ¿cuáles cree que son los hitos que marcan nuestra historia de identidad común más allá de las efemérides? ¿Qué es lo que nos ha hecho ser en la historia?

–¿Cómo contestarle? Nacimos como una proyección de la visión universal de la monarquía hispánica, que albergaba una pluralidad de naciones y que se sustentaba en una filosofía: el neotomismo. Esa construcción política y la filosofía que la justificaba fueron disipadas por la historia pero los cimientos, la fundación –la lengua, la cultura, las creencias básicas– resistieron a los cambios. Después concebimos un proyecto no menos universal: la modernidad republicana y democrática. La realización de ese proyecto exigía una crítica radical de nuestro pasado y de nuestra cultura. Tras muchas vicisitudes hemos penetrado en el mundo moderno. Vivimos un período de transición e ignoro cuál será el resultado de este gran proceso de cambio. En todo caso, puedo decir que nuestra suerte será la de la modernidad... y la modernidad está en crisis.

Al final del siglo XX hemos abandonado varios absolutismos heredados del siglo XIX, como la creencia en el progreso, el marxismo y otras abstracciones. En parte, me alegro: soy hijo de los grandes críticos del racionalismo: Freud, Nietzsche... Hoy triunfa un relativismo universal. El término es contradictorio: ningún relativismo puede ser universal sin dejar de ser un relativismo. Vivimos en una contradicción lógica y moral. El relativismo nos ha dado muchas cosas buenas y la mejor entre ellas ha sido la tolerancia, el reconocimiento del *otro*. Aunque no tengo nostalgia de los antiguos absolutos religiosos y filosóficos, me doy cuenta de que el relativismo –aparte de su intrínseca debilidad filosófica– es una forma atenuada y en cierto modo hipócrita del nihilismo. Nuestro nihilismo es solapado y está recubierto de una falsa benevolencia universal. Es un nihilismo que no se atreve a decir lo que es. Prefiero a los cínicos, prefiero a Diógenes en su tonel. Una sociedad relativista que no confiesa que lo es, es una sociedad envenenada por la mentira, un veneno lento pero seguro. El remedio, quizá, está en volver a los clásicos del pensamiento. Por ejemplo, a Kant, que trazó los límites de la razón pero que no intentó substituirla con los delirios de la dialéctica, las quimeras del «eterno retorno» y las otras fantasmagorías de tantos de nuestros contemporáneos. La única cura del nihilismo es la crítica de la razón. Por eso es útil volver a Kant: no para repetirlo sino para continuarlo. La razón no es una diosa sino un método, no es un conocimiento sino un camino hacia el conocimiento.

París, el 18 de diciembre de 1991

«América en plural y en singular» se publicó en *América Latina: marca registrada*, Barcelona, Ediciones B, 1992.

II

EL SOCIALISMO AUTORITARIO

Los campos de concentración soviéticos[1]

Tanto los juristas soviéticos como la legislación proclaman que el derecho penal soviético está «fundado en la corrección por el trabajo productivo y socialmente útil». Esta concepción substituye a las nociones de *pena* y *castigo*. El trabajo socialmente útil no puede confundirse con el trabajo artesanal que priva en algunos centros penitenciarios de otros países. El «trabajo correctivo» constituye una de las fuerzas productivas de la URSS.

La legislación soviética prevé el «trabajo correctivo» sin privación de libertad, generalmente por períodos no mayores de seis meses, combinado o no con el exilio a regiones apartadas; y el «trabajo correctivo» con privación de libertad, hasta por cinco años, en colonias agrícolas e industriales, campos de trabajo en masa y colonias penitenciarias. Se puede ser condenado a «trabajos correctivos», con o sin privación de libertad, por sentencia judicial o por decisión del Comisariado de Asuntos Interiores (antigua NKVD), organismo encargado de la administración y de la gerencia económica de los campos. Los condenados pueden ser prestados por la NKVD a los diferentes consorcios y empresas estatales necesitados de mano de obra. En general los detenidos desempeñan labores de obreros no calificados: construcción de canales, puentes, vías de comunicación, etc. En los campos la vigilancia interior puede confiarse a los detenidos socialmente menos peligrosos, esto es, a los delincuentes de orden común. Así, los condenados ocupan el sitio más bajo de la sociedad soviética, ya que su situación económica y jurídica es inferior a la de los obreros no calificados. Es imposible conocer su número exacto, pero la importancia de las labores que se les encomienda da derecho a pensar que

1. Nota publicada en el núm. 197 (marzo de 1951) de la revista *Sur* de Buenos Aires. Este texto figuraba como comentario final a una selección de testimonios y documentos sobre los campos de concentración soviéticos, presentados durante el proceso entre David Rousset y el semanario *Lettres Françaises*. Como quizá algunos lectores recordarán, *Lettres Françaises* había llamado a Rousset «falsario», acusándolo de «falsear los textos» y «de haber acumulado a esta primera falsedad relatos que son vulgares transposiciones de lo que ha ocurrido en los campos nazis». El Tribunal condenó al semanario comunista e impuso a dos de sus redactores una multa por el delito de difamación pública. Años después uno de ellos, el escritor Pierre Daix, ha reconocido su error y ha escrito valientes y lúcidos estudios sobre el régimen totalitario soviético. El ejemplo de Daix no ha sido muy seguido ni en México ni en los otros países de América Latina.

constituyen una categoría social numerosa. Algunos autores afirman que hay entre seis y ocho millones de condenados; otros aseguran que hay más de veinte. Es imposible verificar esas cifras. De todos modos, puede afirmarse que la masa de los condenados no está compuesta por elementos pertenecientes a las antiguas clases (ya desaparecidas), ni a la oposición política. El pueblo soviético –obreros y campesinos– nutre los campos de trabajo.

Lo mismo el capítulo dedicado al sistema penitenciario soviético en la obra *Les Grands systèmes penitentiaires actuels* (París, 1950), que el Código de Trabajo Correctivo (que no debe confundirse con el Código Penal), indican que los condenados pueden gozar de vacaciones anuales, del 75 % de su salario (el resto se les entrega a la extinción de la condena), de premios y menciones honoríficas, etc. Las penas corporales están prohibidas. Los locales y dormitorios deben ser amplios, secos y bien ventilados. Las actividades culturales y la educación política son objeto del capítulo IV del Código. No deja de sorprender el contraste que existe entre estas disposiciones y los terribles relatos de todos aquellos que han escapado de esos «centros de regeneración». En la imposibilidad de verificar esos relatos o de comprobar hasta qué punto se aplican las disposiciones del Código, parece lícita la siguiente reflexión: el nivel de vida de los condenados debe ser inferior al de los grupos menos favorecidos del llamado sector libre del pueblo soviético. Y puede sospecharse hasta qué punto son explotados los condenados y a qué extremos debe llegar su miseria si se recuerdan los sacrificios que se ha impuesto e impone al pueblo la marcha de la revolución industrial. Los campos de trabajo forzado son la otra cara del estajanovismo (que, como es sabido, consiste en elevar gradualmente las normas de trabajo sin aumentar los salarios). El trabajo correctivo y el estajanovismo son las espuelas de la industrialización. Pero esas espuelas se clavan en la carne de los trabajadores soviéticos. La URSS vive bajo un régimen no sin analogías con el descrito por Marx en el «período de acumulación primitiva del capital».

La descripción anterior permite vislumbrar el verdadero carácter del derecho penitenciario soviético en la fase actual del Estado burocrático. Si es cierto que, como todo derecho penal, especialmente en momentos de conflicto interior o exterior, es un instrumento de terror al servicio del Estado, también lo es que constituye uno de los aspectos de la economía planificada. Los campos son algo más que una aberración moral, algo más que el fruto de una necesidad política: son una función económica. Al transformar el sentido de la pena, el condenado se convierte en útil, es decir, en un instrumento de trabajo en manos del Estado. Así se ha creado una nueva categoría social, desconocida en la historia aunque no sin cierto parentesco con la antigua esclavitud. En suma: el trabajo correctivo no es sólo expresión de la política del régimen; también lo es de su estructura social. Y, por lo tanto, de su naturaleza histórica: los condenados constituyen una de las bases de la pirámide burocrática. El problema de los campos soviéticos plantea el de la verdadera significación histórica del Estado ruso y de su incapacidad para resolver en favor de las clases productoras las contradicciones sociales del capitalismo.

Los estalinistas afirman que Rousset cometió un fraude al omitir que el artículo 8 del Código de Trabajo Correccional se refiere al «trabajo correctivo sin privación de libertad». El argumento es puramente formal: los otros textos oficiales soviéticos muestran que en la URSS existen campos de trabajos forzados (llamados de «reeducación por el trabajo»), a los que una persona puede ser enviada por sentencia judicial o por decisión de la NKVD. Por otra parte, la pena de «trabajos correctivos sin privación de libertad», por sentencia o acuerdo administrativo, no es sino una manera de legalizar la explotación por parte del Estado. ¿Se aceptaría que los patrones de una fábrica o los administradores de una finca condenen a sus empleados a «trabajos correctivos» sin privación de libertad? ¿O que lo haga la policía del lugar? La institución del «trabajo correctivo sin privación de libertad» descubre nuevos matices jerárquicos en la sociedad soviética: en la base se encuentran los detenidos en campos; en seguida, los condenados a trabajos sin privación de libertad; después, los obreros y campesinos «libres» (con las restricciones que todo el mundo conoce, privada la clase obrera de sus derechos más elementales de defensa: la libertad sindical y el derecho de huelga). Sobre esta masa viven los obreros especializados, los técnicos, las milicias. Arriba, la burocracia, la policía, la oficialidad y los generales, el partido, sus intelectuales y sus dignatarios. La URSS es una sociedad jerárquica. Lo cual no implica que sea inmóvil, aunque como todas las sociedades aristocráticas tienda a la petrificación. Las purgas, los cambios de «línea», la necesidad de nuevos hombres y talentos para dirigir o vigilar los proyectos gigantescos del régimen (industrialización de Siberia, apertura de canales, mantenimiento del ejército terrestre más numeroso del mundo, etc.), exigen sangre fresca. La URSS es joven y su aristocracia todavía no ha tenido el tiempo histórico necesario para consolidar su poder. De ahí su ferocidad. Esta circunstancia, tanto como las necesidades de la guerra y de la industrialización a todo vapor, explica los campos de trabajos forzados, las purgas, las deportaciones en masa y el estajanovismo. Es inexacto, por lo tanto, decir que la experiencia soviética condena al socialismo. La planificación de la economía y la expropiación de capitalistas y latifundistas no engendran automáticamente el socialismo, pero tampoco producen inexorablemente los campos de trabajos forzados, la esclavitud y la deificación en vida del jefe. Los crímenes del régimen burocrático son suyos y bien suyos, no del socialismo.

París, octubre de 1950

«Los campos de concentración soviéticos» se publicó por primera vez en *Sur*, núm. 197, marzo de 1951, Buenos Aires, y se recogió en *El ogro filantrópico*, Barcelona (Seix Barral) y México (Joaquín Mortiz), 1979.

Las «confesiones» de Heberto Padilla

Decidí incluir este pequeño texto sobre el caso del poeta cubano, Heberto Padilla, por su interés documental. Las odiosas acusaciones y las amenazas de que fue víctima, hace ya más de veinte años, conmovieron a la opinión internacional y contribuyeron poderosamente al renacimiento de los sentimientos democráticos en las élites internacionales de nuestros países, anestesiadas por la ideología. El caso Padilla provocó la publicación de un manifiesto firmado por notables escritores y que fue, a un tiempo, una defensa de la libertad de expresión y una condena de los métodos empleados por el gobierno de Cuba para suprimir a la crítica. Con ese escrito comenzó el divorcio entre el régimen de Castro y los intelectuales europeos e hispanoamericanos que, hasta entonces, habían sido sus más fieles y entusiastas partidarios. Me abstuve de firmarlo porque sentí que era ajeno a la decepción que lo motivaba: yo no había compartido las excesivas esperanzas con que la mayoría de mis colegas vieron el movimiento cubano. Aunque al principio conquistó mis simpatías, procuré guardar mis distancias y, por ejemplo, no asistí al famoso Congreso de 1967, en La Habana, que marcó el apogeo de la ilusión castrista entre los intelectuales. De ahí que prefiriese escribir esta pequeña reflexión individual. Al releerla lamento su parquedad, especialmente en un punto que juzgo capital: el carácter ejemplar de la rebelión solitaria del poeta Heberto Padilla. Actitudes como la suya nos muestran que lo verdaderamente excepcional, sobre todo en nuestros países, consiste en defender al individuo común frente al «hombre excepcional».

Barcelona, 11 de junio de 1993

Las «confesiones» de Bujarin, Rádek y los otros bolcheviques, hace treinta años, produjeron un horror indescriptible. Los *Procesos de Moscú* combinaron a Iván el Terrible con Calígula y a ambos con el Gran Inquisidor: los crímenes de que se acusó a los antiguos compañeros de Lenin eran a un tiempo inmensos, abominables e increíbles. Tránsito de la historia como pesadilla universal a la historia como chisme literario: las autoacusaciones de Heberto Padilla. Pues supongamos que Padilla dice la verdad y que realmente difamó al régimen cubano en sus charlas con escritores y periodistas extranjeros: ¿la suerte de la Revolución cubana se juega en los cafés de Saint-Germain des Prés y en las salas de redacción de las revistas literarias de Londres y Milán? Stalin obligaba a sus enemigos a declararse culpables de insensatas conspiraciones internacionales, dizque para defender la supervivencia de la URSS; el régimen cubano, para limpiar la reputación de su equipo dirigente, dizque manchada por unos cuantos libros y artículos que ponen en duda su eficacia, obliga a uno de sus críticos a declararse cómplice de abyectos y, al final de cuentas, insignificantes enredos político-literarios.

No obstante, advierto dos notas en común: una, esa obsesión que consiste en ver la mano del extranjero en el menor gesto de crítica, una obsesión que nosotros los mexicanos conocemos muy bien (basta con recordar el uso inquisitorial que se ha hecho de la frasecita: partidario de las «ideas exóticas»); otra, el perturbador e inquietante tono religioso de las confesiones. Por lo visto, la autodivinización de los jefes exige, como contrapartida, la autohumillación de los incrédulos.

Todo esto sería únicamente grotesco si no fuese un síntoma más de que en Cuba ya está en marcha el fatal proceso que convierte al partido revolucionario en casta burocrática y al dirigente en césar. Un proceso universal y que nos hace ver con otros ojos la historia del siglo XX. Nuestro tiempo es el de la peste autoritaria: si Marx hizo la crítica del capitalismo, a nosotros nos falta hacer la del Estado y las grandes burocracias contemporáneas, lo mismo las del Este que las del Oeste. Una crítica que los latinoamericanos deberíamos completar con otra de orden histórico y político: la crítica del gobierno de excepción por el hombre excepcional, es decir, la crítica del caudillo, esa herencia hispanoárabe.

México, mayo de 1971

«Las "confesiones" de Heberto Padilla» se publicó por primera vez en *Siempre!*, junio de 1971, y se recogió en *El ogro filantrópico*, Barcelona (Seix Barral) y México (Joaquín Mortiz), 1979.

El parlón y la parleta[1]

Los primeros escritos de Sartre obedecían al modelo germánico de sus maestros Husserl y Heidegger, es decir, a lo que podría llamarse: la filosofía como trabalenguas. Con los años Sartre pasó del ser y/o la nada a los dédalos de la dialéctica marxista y, en su estilo verbal y escrito, del trabalenguas al guirigay. Hoy habla a chorros sobre lo que ocurre, ocurrirá o no ocurrirá en los seis continentes y el porqué de cada acontecimiento. ¿Un Diógenes del VI *arrondissement* de París? El griego vivía desnudo en su tonel; Sartre anda envuelto en una nube de palabras. Uno era un sabio lacónico; el otro es un filósofo deslenguado. Desde el fin de la guerra Sartre no cesa de emitir opiniones políticas y, nueve veces sobre diez, yerra. Sería aburrido y poco misericordioso hacer una lista de sus equivocaciones, desde su defensa (parcial) de Stalin –recuérdese su polémica con David Rousset a propósito de los campos de concentración soviéticos– hasta su reciente prédica a favor de la abstención electoral en Francia y por las acciones violentas y clandestinas. Semejante persistencia en el error debería haberlo obligado a callar desde hace mucho. No ha sido así: Sartre sigue hablando y los intelectuales latinoamericanos de izquierda le siguen creyendo. Un ejemplo de su puntería para no dar jamás en el blanco son las declaraciones que hizo a un grupo de escritores hispanoamericanos en junio pasado (*Libre*, IV, 1972). Al hablar de la ineficacia de los métodos puramente políticos para conquistar el poder y criticar a la «revolución reformista» de Allende, Sartre señaló que la verdadera vía consiste en la acción coordinada entre las guerrillas urbanas y campesinas: «Evidentemente esta táctica fracasó en Brasil porque allí los revolucionarios tuvieron que enfrentarse a grandes dificultades. Pero los tupamaros representan ahora una alternativa; son lo suficientemente fuertes como para que la situación se defina entre ellos y el gobierno». No había

1. No sin vacilaciones reproduzco esta nota. En los últimos años Sartre ha reconocido la razón de las críticas que algunos habíamos hecho a sus opiniones y posiciones políticas, desde la época de su polémica con Camus (1951) y aun antes. Me decidí a incluir este comentario, a pesar de mis dudas, porque el caso de Sartre es ejemplar en más de un sentido. No hubiera sido leal, por mi parte, suprimir mi crítica, sobre todo cuando en otros escritos he puntualizado con mayor amplitud mis diferencias políticas y filosóficas con su pensamiento. (Cf. *Corriente alterna*, tercera parte; estos escritos se incluyen en *Ideas y costumbres II*, volumen décimo de estas obras.)

acabado el filósofo de pronunciar estas palabras cuando, ¡paf!, el ejército uruguayo deshizo a los tupamaros y, ya sin enemigo al frente, asumió la dirección del país.

Su ignorancia de la historia y de la realidad latinoamericanas lo lleva a decir en otro momento: «Cuando fui por primera vez a Cuba, recuerdo que una de las principales preocupaciones de los cubanos era la de *resucitar su antigua cultura, que infortunadamente es la española*, para oponerla a la influencia de los Estados Unidos». Nos gustaría saber por qué es infortunado hablar en español. ¿Qué otra cultura quería Sartre que tuviesen los cubanos? ¿Les habría ido mejor si hablasen francés, inglés, ruso, holandés? La idea de que Castro y sus partidarios querían «resucitar su antigua cultura» es más bien cómica. Es imposible resucitar a la cultura española porque, alicaída y todo, no ha muerto. En Hispanoamérica no sólo sobrevive sino que ha cambiado y se ha renovado. En Cuba la cultura hispanoamericana se llama Martí, Varona, Casal, Ballagas, Lydia Cabrera, Carpentier, Guillén, Lezama Lima, Vitier, Cabrera Infante, Sarduy... Por supuesto, no creemos que una cultura se pueda reducir a unas cuantas obras. Creemos que las obras son el testimonio (y la expresión) de la existencia de una cultura.

IVÁN Y SHIH HUANG-TI

Si de América Latina pasamos a otros continentes, la puntería de Sartre no mejora. La pregunta sobre la verdadera naturaleza social de la Unión Soviética –¿socialista, Estado obrero degenerado, Estado burocrático, capitalismo de Estado, etc.?– comenzó al iniciarse la década de los treinta. Ahora, en 1972, Sartre admite al fin lo que negaba obstinadamente desde 1946: «la URSS ya no es un Estado socialista». Dice esto sin parpadear y sin retirar todas las acusaciones e injurias que lanzó contra todos aquellos que, desde la época de los procesos de Moscú y aun antes, empezaron a dudar de la naturaleza socialista del Estado soviético y sospecharon que se trataba más bien de una dictadura burocrática y/o de un capitalismo de Estado. Sartre añadió: «sobre este punto comparto la opinión de los partidarios de Mao». Pero Mao piensa que bajo el régimen de Stalin la URSS era todavía socialista y atribuye a los «revisionistas» la degeneración del socialismo soviético. ¿Sartre piensa lo mismo? Y si no lo piensa ¿por qué no lo dice abiertamente? Tal vez porque decirlo significaría confesar que durante más de 20 años estuvo en el error y que en nombre de ese error fulminó a todos los que no lo compartían.

A Sartre le parece que la Revolución cultural china tiene un carácter antiburocrático y, por eso, la aprueba en principio. Uno de sus interlocutores le pregunta: «¿No existe una contradicción entre la finalidad aparente de la Revolución cultural –liberar la iniciativa de las masas– y la imposición de un pensamiento único, el pensamiento de Mao?». La respuesta de Sartre es curiosa: «Sí. Pero el pensamiento de Mao es muy general, está expresado en el librito rojo y cada cual lo interpreta a su manera...». Con la misma ligereza con que en 1948 dijo que los campos de concentración estalinianos no afectaban a la naturaleza esencialmente socialista de la URSS, ahora dice que el culto a Mao y a su pensamiento no afecta a la naturaleza esencialmente revolucionaria de China. Sus opiniones sobre la Revolución cultural, a pesar de la gárrula seguridad con que las emite, revelan la misma superficialidad que sus comentarios sobre Chile, Uruguay y Brasil. La intervención del ejército chino para controlar y, después, eliminar a las guardias rojas al mismo tiempo que consumaba la pérdida de Liu-Shao-Ch'i y su facción; la eliminación posterior de Lin Piao y su grupo; la vuelta a la superficie del Partido Comunista Chino después de la gran marejada y la emergencia de un nuevo aparato político-burocrático-militar... ¿todo esto, aunque el contexto sea muy distinto, no le recuerda a Sartre la serie de alianzas y rupturas entre las facciones bolcheviques que precedieron a la consolidación definitiva de Stalin y de su grupo? Tal vez Mao es Lenin y Stalin en una sola persona. En todo caso es evidente que en 1972 y 1973 asistimos en China a una *restauración*: los extremistas, aliados circunstanciales de Mao y Chu En-lai, han sido eliminados. La figura una y dual Mao/Chu representa probablemente lo mismo que representaba Stalin en 1936, una vez que hubo aniquilado a las oposiciones de izquierda y derecha. Apenas si necesitamos aclarar que esta comparación deja de lado diferencias notables, casi todas de orden histórico-cultural tales como el carácter relativamente humanitario de Mao frente al frenesí sanguinario de Stalin. Es muy distinto ser heredero de Iván el Terrible que serlo del Primer Emperador, Shih Huang-ti[1]. Pero estas consideraciones históricas no caben en la perspectiva de Sartre. Su marxismo, como el de muchos otros, es un materialismo histórico sin historia.

1. Todavía ignorábamos los terribles excesos de la Revolución cultural y sus millones de víctimas. (*Nota de 1985.*)

¡ABAJO EL INTELECTUAL!

El grito del general falangista español –¡muera la inteligencia!– ha sido repetido a lo largo del siglo XX en muchos púlpitos negros, blancos, pardos y rojos. Lo sorprendente es que ahora lo profiera un intelectual típico como Sartre. Aunque no tanto: la atrición, la contrición, la maceración y, en fin, el odio a sí mismo, es parte de su herencia protestante. Las palabras *placer, belleza, contemplación, ironía* y *humor* no pertenecen a su vocabulario. Por eso ha condenado a poetas y escritores como Baudelaire y Flaubert, doblemente culpables a sus ojos: por burgueses y por artistas. Hoy extiende la condenación a los intelectuales de izquierda: no basta coincidir con las luchas de la clase obrera, hay que ser obrero: «el obrero no puede devenir un intelectual pero el intelectual puede muy bien convertirse en un obrero». En una entrevista anterior Sartre había sido más explícito: los intelectuales tienen que «reeducarse» y, para esto, «tienen que suprimirse en tanto que intelectuales». Maurice Nadeau comentó en *La Quinzaine Littéraire* (15 de febrero de 1973): «¿Entonces el escritor deberá dejar de escribir? Sartre no ha dicho una sola palabra, tal vez sorprendido de que su análisis lo lleve a esta curiosa conclusión. La nuestra será banal. Se limita a comprobar que los intelectuales existen y que es más fácil para ellos que para los obreros introducir la perturbación en el sistema de valores que sirve de fundamento al edificio de la clase dominante. Es una tarea que no acometen ni los sindicatos ni los partidos... Muchas experiencias han mostrado que el mero cambio del poder económico no basta para *cambiar la vida.* ¿Qué decir, por el contrario, de la contribución a ese cambio necesario que han hecho un Artaud, un Breton o un Bataille? ¿Quién osará pedirle a Solzhenitsyn que se *autosuprima*?».

PROLÉTAIRE DU DIMANCHE

Es significativo que Sartre no aplique su receta de la «autosupresión» a los intelectuales rebeldes de la Unión Soviética: «Las personas que en la URSS denuncian al sistema son los intelectuales y no hay país, incluyendo los Estados Unidos, donde el intelectual se encuentre más desvinculado de las masas que en la URSS... Los obreros, en la medida en que ahora ganan más, no protestan, están satisfechos con el régimen, aprueban sus medidas; muchos aprobaron, por ejemplo, la intervención soviética en Praga». Si la descripción que hace Sartre del estado de ánimo del proletariado ruso es exacta, es claro que la conversión del intelectual en obrero no sólo sería inútil sino contraproducente. El intelectual-convertido-en-obrero sería la oveja negra de su clase de adopción como ahora lo es de su clase de origen. Es extraño que Sartre no se dé cuenta de que la situación rusa no es semejante a la de los países capitalistas. La clase obrera de los Estados Unidos es una clase satisfecha y acaba de darle la victoria electoral a Nixon; la clase obrera francesa no mostró la menor simpatía por la lucha de los argelinos contra el imperialismo francés y rechazó la posibilidad de una acción conjunta con los estudiantes en mayo de 1968; la clase obrera inglesa es profundamente nacionalista y lo mismo sucede con la alemana... No, en los países capitalistas desarrollados –y aun en los subdesarrollados, como lo muestra la CTM de México, ala derecha del PRI– la clase obrera no es más sino menos revolucionaria que en Rusia. En la Unión Soviética los sindicatos todavía tienen que luchar por su independencia y todavía los obreros deben conquistar la libertad de asociación y de reunión. En Rusia la clase obrera está más explotada y oprimida que en los países capitalistas.

Hay cuatro o cinco temas realmente centrales y que desde hace unos cincuenta años desvelan a la conciencia intelectual: la ausencia de revoluciones proletarias en los países más avanzados industrialmente nos obliga a preguntarnos acerca de la función histórica de la clase obrera en el siglo XX: ¿es efectivamente una clase revolucionaria internacional?; las revoluciones en la periferia del sistema capitalista, en naciones atrasadas y/o subdesarrolladas como Rusia y China, con proletariados débiles y burguesías incipientes y embrionarias, ¿no ponen en entredicho las previsiones del marxismo, sin excluir a las de Lenin, Trotski y Rosa Luxemburg, que creían firmemente en la proximidad de la revolución proletaria en los países capitalistas industrializados?; la desigualdad de las relaciones económicas y políticas entre los países llamados socialistas y la lucha de los pequeños (Yugoslavia, Polonia, Checoslovaquia, Hungría, Rumania, Albania, Corea del Norte, Vietnam) para defenderse de los grandes (Rusia y China), ¿no nos está diciendo que debemos revisar nuestras ideas acerca del imperialismo como mera expresión del capitalismo en su última etapa?; la transformación del capitalismo más avanzado en burocracias tecnocráticas transnacionales (el «complejo financiero-militar-industrial» de los Estados Unidos es el ejemplo máximo), ¿no nos exige un nuevo examen de nuestra concepción del Estado?; la rápida transformación de los regímenes revolucionarios en poderosas burocracias políticas (el ejemplo mayor es el Partido Comunista Soviético) ¿no vuelve a indicarnos la insuficiencia de nuestras ideas acerca de la naturaleza del Estado en nuestra época, ya que no sólo es la expresión de la clase dominante sino que se está volviendo por sí mismo una clase: la burocracia? La verdadera misión del intelectual es hacerse con rigor estas preguntas y procurar contestarlas –no en «autosuprimirse» para convertirse en un obrero de gala, un *prolétaire du dimanche*. Con treinta años de retraso intelectual y político, Sartre denuncia al régimen soviético como una dictadura burocrática. Sin embargo, su análisis es superficial y de orden moral, como si estuviésemos ante un *pecado*, un extravío, y no ante un *fenómeno* de raíces y significación universales. Y cuando se le pregunta si es posible «contrarrestar las inevitables tendencias a la burocratización», se alza de hombros y, con una resignación que está lejos de ser ejemplar, exclama: «¡Ah, si yo supiera!». Pero la misión del intelectual es, precisamente, *tratar de saber*.

México, marzo de 1973

«El parlón y la parleta» se publicó por primera vez en *Plural*, núm. 18, marzo de 1973, México, y se recogió en *El ogro filantrópico*, Barcelona (Seix Barral) y México (Joaquín Mortiz), 1979.

Polvos de aquellos lodos

J'ay souvent ouy dire que la couardise est mère de cruauté.

MONTAIGNE

En 1947 leía yo, con frío en el alma, la obra de David Rousset sobre los campos de concentración de Hitler: *Los días de nuestra muerte*. El libro de Rousset me impresionó doblemente: era el relato de una víctima de los nazis pero asimismo era un lúcido análisis social y psicológico de ese universo aparte que son los campos de concentración del siglo XX. Dos años después Rousset publicó en la prensa francesa otra denuncia: la industria homicida prosperaba también en la Unión Soviética. Muchos recibieron las revelaciones de Rousset con el mismo horror e incredulidad de aquel que de pronto descubre una lepra secreta en Venus Afrodita. Los comunistas y sus amigos respondieron airadamente: la denuncia de Rousset era una burda invención de los servicios de propaganda del imperialismo norteamericano. Los intelectuales «progresistas» no se portaron mejor. En la revista *Les Temps Modernes*, Jean-Paul Sartre y Maurice Merleau-Ponty asumieron una curiosa actitud (véanse los números 51 y 57 de esa revista, enero y julio de 1950). Los dos filósofos no trataron de negar los hechos ni de minimizar su gravedad pero se rehusaron a extraer las consecuencias que su existencia imponía a la reflexión: ¿hasta qué punto el totalitarismo estaliniano era el resultado –tanto o más que del atraso económico y social de Rusia y de su pasado autocrático– de la concepción leninista del partido? ¿No eran Stalin y sus campos de trabajos forzados el producto de las prácticas terroristas y antidemocráticas de los bolcheviques desde que conquistaron el poder en 1917?

Años más tarde, Merleau-Ponty trató de responder a esas preguntas en *Las aventuras de la dialéctica*, parcial rectificación de un libro que, al final de su vida, le pesaba mucho haber escrito: *Humanismo y terror*. En cuanto a Sartre: conocemos sus opiniones. Todavía en 1974 afirma simultáneamente, aunque lo deplora, la inevitabilidad de la violencia y de la dictadura. No de una clase sino de un grupo: «la violencia es necesaria para pasar de una sociedad a otra pero ignoro la naturaleza del orden que, quizá, suceda a la actual sociedad. ¿Habrá una dictadura del proletariado? A decir verdad, no lo creo: habrá siempre una dictadura ejercida por los representantes del proletariado, lo cual es algo completamente diferente...» (*Le Monde*, 8 de febrero de 1974). El pesimismo de Sartre ofrece al menos una ventaja: pone las cartas sobre la mesa. Pero en 1950, presos en un dilema que ahora sabemos falso, los dos escritores franceses decidieron condenar a David Rousset: al denunciar el sistema represivo soviético en los grandes órganos periodísticos de la burguesía, su antiguo compañero se había convertido en un instrumento de la guerra fría y daba armas a los enemigos del socialismo.

En aquellos años yo vivía en París. La polémica sobre los campos de concentración rusos me conmovió y me sacudió: ponía en entredicho la validez de un proyecto histórico que había encendido la cabeza y el corazón de los mejores hombres de nuestro tiempo. La Revolución de 1917, como decía André Breton precisamente en esos años, era una bestia fabulosa semejante al Aries zodiacal: «si la violencia había anidado entre sus cuernos, toda la primavera se abría en el fondo de sus ojos». Ahora esos ojos nos miraban con la mirada vacía del homicida. Hice una recopilación y una selección de documentos y testimonios que probaban, sin lugar a dudas, la existencia en la URSS de un vasto sistema represivo, fundado en el trabajo forzado de millones de seres e integrado en la economía soviética. Victoria Ocampo se enteró de mi trabajo y, una vez más, mostró su derechura moral y su entereza: me pidió que le enviase la documentación que había recogido para publicarla en *Sur*, acompañada de una breve nota de presentación. (Véanse pp. 167-170 de este mismo volumen.) La reacción de los intelectuales «progresistas» fue el silencio. Nadie comentó mi estudio pero se recrudeció la campaña de insinuaciones y alusiones torcidas comenzada unos años antes por Neruda y sus amigos mexicanos. Una campaña que todavía hoy se prosigue. Los adjetivos cambian, no el vituperio: he sido sucesivamente cosmopolita, formalista, trotskista, agente de la CIA, «intelectual liberal» y hasta ¡«estructuralista al servicio de la burguesía»!

Mi comentario repetía la explicación usual: los campos de concentración soviéticos eran una tacha que desfiguraba al régimen ruso pero no constituían un rasgo inherente al sistema. Decir eso, en 1950, era un error político; repetirlo ahora, en 1974, sería algo más que un error. Como a la mayoría de los que en esos años se ocuparon del asunto, lo que me impresionó sobre todo fue la función económica de los campos de trabajos forzados. Creía que, a diferencia de los campos nazis –verdaderos campos de exterminación–, los soviéticos eran una forma inicua de explotación no sin analogía con el estajanovismo. Una de «las espuelas de la industrialización». Estaba equivocado: ahora sabemos que la mortalidad de los campos, un poco antes de la segunda guerra mundial, era del 40% de la población internada mientras que el rendimiento de un prisionero era el 50% del de un trabajador libre. (Hannah Arendt, *Le Système totalitaire,* p. 281, París, 1972.) La publicación de la obra de Robert Conquest sobre las grandes purgas (*The Great Terror*, Londres, 1968) completa los relatos y testimonios de los supervivientes –la mayoría comunistas– y cierra el debate. Mejor dicho: lo abre en otro plano. La función de los campos es *otra.*

Si la utilidad económica de los campos es más que dudosa, su función política presenta peculiaridades a un tiempo extrañas y repulsivas. Los campos no son un instrumento de lucha contra los enemigos políticos sino una institución de castigo para los vencidos. El que cae en un campo no es un opositor activo sino un hombre derrotado, indefenso y que ya no es capaz de ofrecer resistencia. La misma lógica rige a las purgas y depuraciones: no son episodios de combates políticos e ideológicos sino inmensas ceremonias de expiación y de castigo. Las confesiones y las autoacusaciones convierten a los vencidos en cómplices de sus verdugos y así la tumba misma se convierte en basurero. Lo más triste es que la mayoría de los internados en los campos no eran (ni son) opositores políticos: son «delincuentes» que pertenecen a todos los estratos de la sociedad soviética. En la época de Stalin la población de los campos llegó a sobrepasar los 15 millones. Ha disminuido desde la reforma liberal de Jruschov y hoy oscila entre 1 millón y 2 millones de personas, de las cuales, según los peritos en esta lúgubre materia, sólo unas 10.000 pueden ser consideradas como presos políticos, en el sentido estricto de la palabra. Es increíble que el resto –un millón de seres humanos– esté constituido por delincuentes, al menos en la acepción que damos en nuestros países al término. La función política y psicológica de los campos se esclarece: se trata de una institución de *terror preventivo*, por decirlo así. La población entera, incluso bajo el dominio relativamente más humano de Jruschov y sus sucesores, vive bajo la amenaza de internación. Asombrosa transposición del dogma del pecado original: todo ciudadano soviético puede ser enviado a un campo de trabajos forzados. La socialización de la culpa entraña la socialización de la pena.

ARCHIPIÉLAGO DE TINTA Y DE BILIS

La publicación de *Archipiélago Gulag* y la campaña de difamación contra Alexandr Solzhenitsyn que culminó en su expulsión de la Unión Soviética pusieron a prueba, una vez más, como en 1950, el temple y la independencia de los escritores del mundo entero. Entre nosotros, algunos protestaron, otros callaron: otros se deshonraron. Un escritor que admiro pero que hoy hace, en la televisión oficial, al mismo tiempo las delicias de la burocracia que nos gobierna y de los intelectuales que la critican, no vaciló en atacar a Solzhenitsyn: en nombre de la «libertad abstracta», el disidente ruso difamaba el «experimento social más importante del siglo XX». Según este escritor, lo que quieren los disidentes rusos es volver al régimen de libre empresa mientras que los defensores de la verdadera libertad son Bréznev y el padre Arrupe, Capitán General de los Jesuitas, ¡que se ha declarado enemigo del sistema capitalista! Un energúmeno lanzó en la página editorial de un periódico un escupitajo en forma de comentario. Cito un párrafo de ese texto como una poco frecuente muestra de desfachatez moral e intelectual: «En el mundo libre, grandes cartas de dolor, de protesta intelectual, por el atentado... y luego, miren ustedes, qué lástima de aparato, cuando lo que se da a luz es un ratón. Un ratón, hijo de los montes parturientos. He aquí que el mártir, el presunto torturado, el conflictivo Alexandr Solzhenitsyn, ni fue a mazmorras de la Siberia ni lo desollaron vivo, ni le han metido por una oreja una jeringa para lavados cerebrales, ni nada. Sencillamente se le ha dicho: ¿tienes nostalgia del mundo capitalista occidental? ¡Pues vete allá, no faltaba más! Entonces, la víctima, convertido en hombre rico y burgués, merced a su premio Nobel y a sus derechos de autor, queda listo para sufrir su castigo en donde mejor le parezca. Puede residir en París donde hasta el boxeador Mantequilla Nápoles goza en el Lido y tiene consideraciones. O bien, puede comprarse un castillo en la campiña, donde se instale con toda su familia, de aquí a la eternidad. O también puede mudarse a Estados Unidos, para disfrutar del *establishment*, y escribir libretos para la televisión... Se ha derrumbado un oportuno teatro montado para tragedia y resuelto en sainete... Solzhenitsyn es casi un desconocido en la Unión Soviética, donde hay más de 20.000 escritores». El autor de estas líneas no es un estalinista empedernido, sino un «católico de izquierda».

La mayoría de los escritores y periodistas mexicanos que se han ocupado de Solzhenitsyn lo han hecho con mayor discreción, dignidad y generosidad[1]. Sin embargo, muy pocos han hablado con la franqueza y la valentía de José Revueltas. El novelista mexicano ha mostrado, otra vez, que las convicciones revolucionarias no están reñidas con el amor a la verdad y que un examen de lo que pasa en los países llamados «socialistas» exige asimismo una revisión de la herencia autoritaria del marxismo. Una revisión que, agrego al margen, debe ir más allá de Lenin e interrogar los orígenes hegelianos del pensamiento de Marx.

En *Inventario*, la aguda y casi siempre atinada crónica de *Diorama de la Cultura*, probablemente con el propósito de defender a Solzhenitsyn de las dentelladas de los rabiosos, se recordó que Lukács lo había considerado, al final de sus días, como un verdadero realista socialista. Reproduzco ese párrafo: «Lukács presenta al autor de *El primer círculo* como el exponente más logrado del realismo socialista que tiene, social e ideológicamente, la posibilidad de descubrir todos los aspectos inmediatos y concretos de la sociedad, y representarla artísticamente a base de las leyes de su propia evolución. En el discurso escrito para agradecer el premio Nobel de 1970, Solzhenitsyn dijo unas palabras capaces de resumir lo que Lukács entendió por realismo socialista, algo enteramente distinto a los textos publicitarios con disfraz novelístico que no son realistas y mucho menos socialistas: la literatura es la memoria de los pueblos; transmite de una a otra generación las irrefutables experiencias de los hombres. Preserva y aviva la llama de la historia ajena a toda deformación, lejos de toda mentira». Ante este curioso texto, se me ocurren dos observaciones. La primera: desde sus orígenes, en 1934, el «realismo socialista» fue un dogma literario-burocrático del estalinismo, mientras que Solzhenitsyn, escritor rebelde, más bien es un heredero del realismo de Tolstói y Dostoyevski, profundamente eslavo y cristiano. La segunda: incluso si Solzhenitsyn fuese un «realista socialista» que se ignora, *Archipiélago Gulag* no es una novela sino una obra de historia. En otro lugar de este número de *Plural* aparece un ensayo de Irving Howe que desvanece toda duda sobre el peregrino «realismo socialista» que Lukács atribuyó a Solzhenitsyn. El segundo punto, el más importante, merece una pequeña ampliación.

Archipiélago Gulag no es únicamente una denuncia de los excesos del régimen estaliniano, por atroces que hayan sido, sino del sistema soviético mismo, tal como fue fundado por Lenin y los bolcheviques. Hay dos fechas que forman parte esencial del título del libro y de su conte-

1. Fui demasiado benévolo. La mayoría no dijo ni pío o se unió a los vituperios contra Solzhenitsyn.

nido: 1918 y 1956. La obra abarca desde los orígenes del sistema represivo soviético (la fundación de la Cheka en 1918) hasta el comienzo del régimen de Jruschov. Sabemos, además, que en otros volúmenes no publicados todavía el escritor ruso se ocupa de la represión en el período contemporáneo, es decir, de Jruschov a Bréznev. Las opiniones de Solzhenitsyn son, claro está, discutibles y en otra parte de *Plural* se publica la crítica que le hace Roy Medvédev desde la perspectiva del marxismo-leninismo. El historiador ruso conviene en que no sería honrado ocultar los graves errores de Lenin pero piensa que esos errores no comprometen en su totalidad el proyecto histórico bolchevique. La posición de Medvédev no está muy alejada de la que adoptaron Merleau-Ponty y Sartre en 1950, aunque no incurre en la beatería de la leyenda piadosa de los bolcheviques («en Lenin y Trotski –decía el editorial del núm. 51 de *Les Temps Modernes*– no hay una sola palabra que no sea sana»). A medio camino entre Solzhenitsyn y Medvédev se encuentra Sájarov, el gran físico y matemático. Su condenación del leninismo es más terminante que la de Medvédev pero en su crítica no hay eslavofilia ni cristianismo como en la de Solzhenitsyn. Sájarov es un intelectual liberal, en el verdadero sentido de la expresión, y está más cerca de Herzen y Turguénev que de Dostoyevski y Tolstói.

Esta sumaria descripción revela la variedad de posiciones de los disidentes soviéticos. Un rasgo realmente notable es la supervivencia –o más exactamente: la vitalidad– de corrientes intelectuales y espirituales anteriores a la Revolución de 1917 y que, después de medio siglo de dictadura del marxismo-leninismo, reaparecen e inspiran a hombres tan distintos como el historiador Andréi Amalrik y el poeta Joseph Brodsky. Los análisis históricos del primero no le deben gran cosa al método marxista y el pensamiento del segundo está profundamente marcado por la filosofía judaico-cristiana de Lev Shestov. En realidad, asistimos a una resurrección de la vieja cultura rusa. Señalé más arriba la filiación liberal y europeísta de Sájarov, en la línea de Herzen. En cambio, el pensamiento de Solzhenitsyn se sitúa en la tradición de esa corriente filosófica cristiana que representó, a fines de siglo, Vladímir Soloviov (1835-1900). La posición de los hermanos Medvédev es también un indicio de que cierto «marxismo a la occidental», un marxismo socialdemócrata, más cerca de los mencheviques que de las ideas de Lenin y Trotski, no pereció en el destierro con Plejánov y Mártov.

El primer signo de la resurrección de la cultura rusa, al menos para nosotros los extranjeros, fue la publicación de la novela de Pasternak. El lector recordará tal vez que en los primeros capítulos se alude a las ideas y aun a las personas de Soloviov y de Viacheslav Ivánov. La figura de Lara, fusión de Rusia y la mujer, recuerda inmediatamente la visión erótico-religioso-patriótica de Soloviov y su culto a Sofía. La fascinación de Pasternak no es única. En su juventud Soloviov había impresionado de tal modo a Dostoyevski que algunos de sus rasgos reaparecen en los de Aliosha Karamázov. Más tarde el filósofo marcaría a Alexandr Blok y hoy influye en Solzhenitsyn. Pero el novelista ruso se asocia más estrechamente a la tradición de exaltada religiosidad y eslavofilia de un Serafín de Sárov y de un Tijón Zadonski, tal como la encarna el patriarca Zósima en la novela de Dostoyevski (Cf. *The Icon and the Axe* de James H. Billington, Nueva York, 1968). En Solzhenitsyn no hay paneslavismo ni imperialismo ruso pero sí una clara repugnancia hacia Occidente, su racionalismo y su democracia materialista de comerciantes sin alma. En cambio Soloviov nunca ocultó sus simpatías por el catolicismo romano y por la civilización europea. Sus dos maestros fueron, por más extraño que parezca, Joseph de Maistre y Auguste Comte. La actualidad de Soloviov es extraordinaria. Sin duda los lectores de *Plural* recordarán el ensayo del gran poeta polaco Czeslaw Milosz sobre una de sus obras: *Tres conversaciones acerca de la guerra, el progreso y el fin del mundo, con una historia breve del Anticristo y suplementos* (*Plural*, núm. 12, septiembre de 1972). En esa obra célebre Soloviov profetiza, entre otras cosas, el conflicto sino-ruso, un conflicto en el cual él veía, no sin razón, el principio del fin.

Explorar las relaciones entre la historia espiritual de Rusia y los disidentes contemporáneos es una tarea que sobrepasa, simultáneamente, los límites de este artículo y mi capacidad. No me he propuesto tampoco exponer las ideas de Solzhenitsyn; menos aún defenderlas o atacarlas. El temple del escritor, la hondura de sus sentimientos y la rectitud y entereza de su carácter despiertan espontáneamente mi admiración pero esa admiración no implica adhesión a su filosofía. Cierto, aparte de la simpatía moral que le profeso, siento también cierta afinidad, espiritual más que intelectual: Solzhenitsyn no sólo es un crítico de Rusia y del bolchevismo sino de la Edad Moderna misma. ¿Qué importa que esa crítica se haga desde supuestos distintos a los míos? Otro disidente ruso, el poeta Brodsky, me decía hace dos meses, en Cambridge, Mass.: «Todo empezó con Descartes». Pude haber alzado los hombros y contestarle: «Todo empezó con Hume... o con Kant». Preferí callarme y pensar en la historia atroz del siglo xx. No sé cuándo empezó todo; me pregunto, ¿cuándo acabará? La crítica de Solzhenitsyn no es más profunda ni verdadera que la crítica de Thoreau, Blake o Nietzsche. Tampoco invalida lo que, en nuestros días, han dicho nuestros grandes poetas y rebeldes. Pienso en los irreductibles e incorruptibles –Breton, Russell, Camus y otros pocos, unos muertos y otros vivos– que no cedieron ni han cedido a la seducción totalitaria del comunismo y el fascismo o al confort de la sociedad de consumo. Solzhenitsyn habla desde otra tradición y esto, a mí, me impresiona: su voz no es moderna sino antigua. Es una antigüedad que se ha templado en el mundo de ahora. Su antigüedad es la del viejo cristianismo ruso pero es un cristianismo que ha pasado por la experiencia central de nuestro siglo –la deshumanización de los campos de concentración totalitarios– y ha salido intacto y fortalecido. Si la historia es el lugar de prueba, el cristiano Solzhenitsyn ha pasado la prueba. Su ejemplo no es intelectual ni político ni siquiera, en el sentido corriente de la palabra, moral. Hay que usar una palabra más antigua y todavía con sabor religioso –con sabor a muerte y sacrificio: testigo. En el siglo de los falsos testimonios, un escritor se vuelve testigo del hombre.

Las ideas de Solzhenitsyn –lo mismo las religiosas que las políticas y literarias– son discutibles pero no seré yo el que, en este artículo, las discuta. Su libro plantea problemas que rebasan, por una parte, su filosofía política y, por la otra, la condenación ritual del estalinismo. Esto último me atañe. El proyecto bolchevique, es decir, el marxismo-leninismo, es un proyecto universal y de ahí el interés del libro de Solzhenitsyn para el lector no-ruso. *Archipiélago Gulag* no es un libro de filosofía política sino una obra de historia; más exactamente: es un *testimonio* –en el antiguo sentido de la palabra: los mártires son los testigos– del sistema represivo fundado en 1918 por los bolcheviques y que permanece intacto hasta nuestros días, aunque haya sido relativamente humanizado por Jruschov y hoy no ostente los rasgos monstruosos y grotescos del período estaliniano.

MARXISMO Y LENINISMO

El terror jacobino fue una medida temporal de emergencia, un recurso extraordinario para hacer frente simultáneamente a la insurrección interior y a la agresión exterior. El terror bolchevique empezó en 1918 y perdura en 1974: medio siglo. En *El Estado y la revolución*, una obra escrita en 1917, un poco antes del asalto al Palacio de Invierno, Lenin se opuso a las ideas de Karl Kautsky y a las tesis de la II Internacional –esas tendencias le parecían autoritarias y burocráticas– e hizo un exaltado elogio de la libertad política y de la autogestión obrera. *El Estado y la revolución* es un libro que contradice muchas de las opiniones anteriores de Lenin y, más decisiva y significativamente, toda su práctica desde que el Partido Bolchevique tomó el poder. Entre la concepción leninista del Partido Bolchevique, «vanguardia del proletariado», y el encendido semianarquismo de *El Estado y la revolución* hay un abismo. La figura de Lenin, como todas las figuras humanas, es contradictoria y dramática: el autor de *El Estado y la revolución* fue asimismo el fundador de la Cheka, los campos de trabajos forzados y el hombre que instauró la dictadura del Comité Central sobre el partido.

¿Lenin habría acometido, de haber vivido más tiempo, la reforma democrática, tanto del partido como del régimen mismo? Es imposible saberlo. En su llamado «testamento», sugirió que, para evitar el peligro de una dictadura burocrática, se ampliase el número de miembros del Comité Central y del Politburó. Algo así como aplicar un sinapismo para curar un cáncer. El mal no estaba (ni está) únicamente en la dictadura del comité sobre el partido sino en la del partido sobre la nación. La proposición de Lenin, por lo demás, no fue recogida: el Politburó de 1974 está compuesto, como el de 1918, por 11 miembros, sobre los que reina un secretario general. Tampoco los otros jefes bolcheviques mostraron comprensión del problema político y todos ellos confundieron en un mismo sentimiento de desprecio a lo que ellos llamaban la «democracia burguesa» y a la libertad humana. Gracias tal vez a la influencia de Bujarin, Lenin adoptó la política llamada NEP, que salvó a Rusia de la gran crisis económica que sucedió a la guerra civil. Pero ni Lenin ni Bujarin pensaron aplicar el liberalismo económico de la NEP a la vida política. Oigamos a Bujarin: «Entre nosotros también pueden existir otros partidos. Pero aquí –y éste es el principio fundamental que nos distingue de Occidente– la única situación imaginable es la siguiente: un partido gobierna, los otros están en prisión» (*Troud*, 13 de noviembre de 1927). Esta declaración no es excepcional. En 1921 Lenin había dicho: «El lugar de los mencheviques y de los socialistas revolucionarios, lo mismo los que confiesan serlo que los que lo disimulan, es la prisión...». Y para disipar todo equívoco entre el liberalismo económico de la NEP y el liberalismo político, Lenin escribe a Kámenev en una carta fechada el 3 de noviembre de 1922: «Es un error muy grande pensar que la NEP ha puesto fin al terror. Vamos a recurrir otra vez al terror y también al terror económico».

La mayor parte de los historiadores piensan que el camino que condujo a la perversión estalinista se inició cuando se pasó de la dictadura de los soviets (consejos de obreros, campesinos y soldados) a la dictadura del partido. Sin embargo, algunos olvidan que la justificación teórica de esa confusión entre los órganos de la clase obrera y el partido constituye el meollo mismo del leninismo. Sin el partido, decía Lenin, no hay revolución proletaria: «la historia de todos los países muestra que, por sus solos esfuerzos, la clase obrera no es capaz de desarrollar sino una conciencia sindical». Lenin convierte a la clase obrera en una menor de edad y hace del partido el verdadero agente de la historia. Trotski comentó proféticamente, en 1904 (en el folleto *Nuestras tareas políticas*): así se pasa de la fase en que el partido substituye al proletariado a la fase en que el Comité Central substituye al partido y después a la fase en que el Politburó substituye al Comité Central hasta llegar a la fase en que un dictador substituye al Politburó.

Más tarde Trotski cayó en la misma aberración que había denunciado. Hizo suyas las ideas leninistas sobre la función de «vanguardia» del partido y dijo, con su claridad y coherencia habituales, en *Terrorismo y comunismo* (1920): «Se nos ha acusado más de una vez de haber substituido la dictadura de los soviets por la del partido. Sin embargo, podemos afirmar sin riesgo de equivocarnos que la dictadura de los soviets no ha sido posible sino gracias a la dictadura del partido... La substitución del poder de la clase obrera por el poder del partido no ha sido algo fortuito o accidental: los comunistas expresan los intereses fundamentales de la clase obrera... Pero, nos dicen algunos ladinos, ¿quién garantiza que sea precisamente el partido de ustedes el que expresa el desarrollo histórico? Al suprimir o reprimir a los otros partidos, ustedes han eliminado la rivalidad política, fuente de la emulación, y así se han privado de la posibilidad de verificar la justeza de la línea política adoptada por ustedes... Esta crítica está inspirada en una idea puramente liberal de la marcha de la Revolución... Nosotros hemos aplastado a los mencheviques y a los socialistas revolucionarios y ese criterio nos basta. En todos los casos, nuestra tarea consiste no en medir a cada minuto, con unas estadísticas, la importancia de los grupos que representan cada tendencia sino en asegurar la victoria de nuestra tendencia, que es la tendencia de la dictadura proletaria...». Para justificar la dictadura del partido sobre los soviets, Trotski substituye el criterio cuantitativo y objetivo –o sea el criterio democrático que consiste en «medir» qué tendencias representan la mayoría y cuáles la minoría– por un criterio cualitativo y subjetivo: la supuesta capacidad del partido para interpretar los «verdaderos» intereses de las masas, incluso contra la opinión y la voluntad de éstas.

En el último gran debate político en el interior del Partido Bolchevique y que terminó con la aniquilación de la llamada Oposición Obrera (X Congreso del Partido, 1921), Trotski dijo: «La Oposición Obrera ha transformado en fetiches los principios democráticos. Ha colocado el derecho de los trabajadores a elegir sus representantes por encima del partido, por decirlo así, como si el partido no tuviese el derecho de imponer su dictadura, incluso si esa dictadura se opusiese temporalmente a las tendencias cambiantes de la democracia obrera... Debemos tener presente la misión histórica revolucionaria del partido. El partido está obligado a mantener su dictadura sin tener en cuenta las fluctuaciones transitorias de las reacciones espontáneas de las masas y aun las vacilaciones momentáneas de la clase obrera... La dictadura no reposa a cada instante sobre el principio formal de la democracia obrera». En su testamento, Lenin reprocha a Trotski su arrogancia («tiene excesiva confianza en sí mismo») y sus tendencias burocráticas («está demasiado inclinado a no considerar sino el lado puramente administrativo de las cosas»). Pero Lenin no reparó que esas tendencias de la personalidad de Trotski habían encontrado una justificación y un alimento en las mismas ideas de Lenin sobre las relaciones entre el partido y la clase obrera. Lo mismo puede decirse de las tendencias personales de Bujarin y de Stalin: el leninismo era su común fundamento teórico y político. No quiero comparar a dos hombres eminentes, aunque trágica y radicalmente equivocados, Bujarin y Trotski, con un monstruo como Stalin. Simplemente apunto su común filiación intelectual.

La noción leninista del poder político es inseparable de la noción de dictadura; esta última, a su vez, conduce al terror. Lenin fue el creador de la Cheka y los bolcheviques del período heroico fueron los primeros en justificar el fusilamiento de los rehenes, las deportaciones en masa y la liquidación de colectividades enteras. Antes de que Stalin asesinase a los bolcheviques, Lenin y Trotski aniquilaron físicamente, con métodos violentos e ilegales, a los otros partidos revolucionarios, de los mencheviques a los anarquistas y de los socialistas revolucionarios a la oposición comunista de izquierda. Años más tarde, ya en el destierro, Trotski se arrepintió, aunque sólo en parte, y concedió, en *La revolución traicionada* (1936), que lo primero que había que hacer en Rusia era restablecer la legalidad de los otros partidos revolucionarios. ¿Por qué únicamente la de los partidos revolucionarios?

En el marxismo había tendencias autoritarias que venían de Hegel. Pero Marx nunca habló de dictadura de un partido único sino de algo muy distinto: dictadura temporal del proletariado en el período siguiente a la toma del poder. El leninismo introdujo un nuevo elemento: la noción de un partido revolucionario, vanguardia del proletariado, que asume en su nombre la dirección de la sociedad y la historia. La esencia del leninismo no está en las generosas ideas de *El Estado y la revolución*, que aparecen también en otros autores socialistas y anarquistas, sino en la concepción de un partido de revolucionarios profesionales que encarna la marcha de la historia. Ese partido tiende a convertirse fatalmente en una casta, apenas conquista el poder. La historia del siglo XX nos ha mostrado una y otra vez la inexorable transformación de los partidos revolucionarios en despiadadas burocracias. El fenómeno se ha repetido en todas partes: dictadura del partido comunista sobre la sociedad, dictadura del Comité Central sobre el partido comunista, dictadura del césar revolucionario sobre el Comité Central. El césar se puede llamar Bréznev, Mao o Fidel: el proceso es el mismo.

El sistema represivo soviético es una imagen invertida del sistema político creado por Lenin. Los campos de trabajos forzados, la burocracia policíaca que los administra, los arrestos sin proceso, los juicios a puerta cerrada, la tortura, la intimidación, las autoacusaciones y confesiones, el espionaje generalizado: todo esto no es sino la consecuencia de la dictadura de un partido único y, dentro del partido, de la dictadura de un grupo y de un hombre. La pirámide política que es la sociedad comunista se reproduce en la pirámide invertida que es su sistema represivo. A su vez, la opresión que ejerce el partido sobre la población se reproduce en el seno del partido; a la destrucción de los opositores políticos en el exterior, sucede necesariamente la destrucción de los rivales y disidentes en su interior: los bolcheviques siguieron el camino de los mencheviques, los anarquistas y los socialistas revolucionarios. Confundidos en el mismo oprobio histórico yacen el presidente Liu-Shao-Ch'i y su antiguo enemigo el mariscal Lin Piao. El recurso a las purgas sangrientas y las revoluciones culturales no es accidental: ¿de qué otra manera pueden renovarse los cuadros intermedios y superiores de los dirigentes del partido y de qué otro modo podrían resolverse las disputas y rivalidades políticas? La supresión de la democracia interna condena al partido a periódicas convulsiones violentas.

CULTURA, TRADICIÓN, PERSONALIDAD

Por más determinantes que nos parezcan las estructuras económicas, es imposible ignorar la función decisiva de las ideologías en la vida histórica. Aunque según Marx y Engels las ideologías son meras superestructuras, la verdad es que esas «superestructuras» sobreviven muchas veces a las «estructuras». El cristianismo sobrevivió al régimen burocrático e imperial de Constantino, al feudalismo medieval, al absolutismo monárquico del siglo XVII y al nacionalismo democrático burgués del XIX. El budismo ha mostrado aún mayor vitalidad. ¿Y qué decir de Confucio? Probablemente sobrevivirá a Mao, como ha sobrevivido a los Han, los Tang y los Ming. Pues bien, más hondo que las ideologías, hay otro dominio que apenas tocan los cambios de la historia: las creencias. La magia y la astrología, para acudir a dos ejemplos muy socorridos, han sobrevivido a Platón y Aristóteles, a Abelardo y Santo Tomás, a Kant y Hegel, a Nietzsche y Freud. Así, para explicar el sistema represivo soviético tenemos que tener en cuenta diversos niveles o estratos de la realidad social e histórica. Para Trotski el estalinismo fue sobre todo la consecuencia del atraso económico y social de Rusia: la estructura económica era lo determinante. Para otros críticos, fue más bien el resultado de la ideología bolchevique. Ambas explicaciones son, simultáneamente, exactas e insuficientes. Me parece que no es menos importante otro factor: la historia misma de Rusia, su tradición religiosa y política, toda esa masa gaseosa y semiconsciente de creencias, sentimientos e imágenes que constituye lo que los historiadores antiguos llamaban el *genio* (el alma) de una sociedad.

Hay una clara continuidad entre el despotismo ilustrado de Pedro y Catalina y el de Lenin y Trotski, entre la paranoia sanguinaria de Iván el Terrible y la de Stalin. El estalinismo y la autocracia zarista nacieron, crecieron y se alimentaron de la realidad rusa. Lo mismo debe decirse de la burocracia y del sistema policíaco. Autocracia y burocracia son rasgos que Rusia probablemente heredó de Bizancio, al mismo tiempo que el cristianismo y el gran arte. Otros rasgos de la sociedad rusa son orientales y otros se remontan al paganismo eslavo. La historia de Rusia es una extraña mezcla de sensualidad y exaltado espiritualismo, brutalidad y heroísmo, santidad y abyecta superstición. El «primitivismo» ruso ha sido descrito y analizado muchas veces, con admiración en ocasiones y otras con horror. Se trata, hay que decirlo, de un primitivismo muy poco primitivo: no sólo es el creador de una de las literaturas más profundas, ricas y complejas del mundo sino que representa una tradición espiritual viva y única en nuestro tiempo. Estoy convencido de que esa tradición está llamada a fertilizar como un manantial al reseco, egoísta y podrido Occidente contemporáneo. Los relatos de los sobrevivientes de los campos de concentración nazis y soviéticos revelan la diferencia entre la «modernidad» occidental y el «primitivismo» ruso: en el caso de los primeros, los adjetivos que se repiten sin cesar son *inhumanidad*, *impersonalidad* y *eficiencia homicida*, mientras que en el de los segundos, al lado del horror y la bestialidad, destellan siempre palabras como *compasión*, *caridad*, *fraternidad*. El pueblo ruso ha conservado, según puede verse por sus escritores actuales y sus intelectuales, un fondo cristiano.

Rusia no es primitiva: es *antigua*. A pesar de la Revolución su modernidad es incompleta: Rusia no tuvo siglo XVIII. Sería inútil buscar en su tradición intelectual, filosófica y moral a un Hume, un Kant o un Diderot. Esto explica, en parte al menos, la coexistencia en la Rusia contemporánea de virtudes precapitalistas y de vicios como la indiferencia frente a las libertades políticas y sociales. Hay una semejanza –poco explorada todavía– entre la tradición hispánica y la rusa: ni ellos ni nosotros tenemos una tradición crítica porque ni ellos ni nosotros tuvimos realmente algo que se pueda comparar a la Ilustración y al movimiento intelectual del siglo XVIII en Europa. Tampoco tuvimos nada parecido a la Reforma protestante, gran semillero de libertades y democracia en el mundo moderno. De ahí el fracaso de las tentativas democráticas en España y en sus antiguas colonias. El Imperio español se desintegró y con él nuestros países. Frente a la anarquía que sucedió a la disgregación del orden español, no nos quedó sino el remedio bárbaro del caudillismo. La triste realidad contemporánea es la consecuencia del fracaso de nuestras guerras de Independencia: no pudimos reconstruir, bajo principios modernos, el orden español. Desmembrados, fuimos víctimas de jefes de mesnadas –nuestros generales y presidentes– y de los imperialismos, especialmente el de los Estados Unidos. Con la Independencia no comenzó una nueva fase de nuestros pueblos sino que se precipitó y se consumó el fin del mundo hispánico. ¿Cuándo resucitaremos? En Rusia no hubo desintegración: la burocracia comunista reemplazó a la autocracia zarista.

Como buen ruso, Solzhenitsyn se resignaría –lo ha dicho recientemente– a ver su país gobernado por un régimen no-democrático, a condición de que corresponda, así sea de lejos, a la imagen que se hizo el pensamiento tradicional del soberano cristiano, temeroso de Dios y amante de sus súbditos. Una idea, diré de paso, que tiene su equivalente en el «soberano universal» del budismo (Asoka es el gran ejemplo) y en la idea confuciana de que el emperador gobierna por mandato del cielo. La idea del novelista ruso puede parecer fantástica. No obstante, corresponde a una visión más bien realista y honda de la historia de su patria. Y nosotros, los hispanoamericanos y los españoles, ¿no es hora ya de que veamos con mayor sobriedad y realismo nuestro presente y nuestro pasado? ¿Cuándo tendremos un pensamiento político propio? Un siglo y medio de caudillos, pronunciamientos y dictaduras militares, ¿no nos ha abierto los ojos? El fracaso de las instituciones democráticas, en sus dos versiones modernas: la anglosajona y la francesa, nos debería impulsar a pensar por nuestra cuenta y sin los anteojos de la ideología a la moda. La contradicción entre nuestras instituciones y lo que somos realmente es escandalosa y sería cómica si no fuese trágica. No siento nostalgia alguna por el Tlatoani o por el Virrey, por la Culebra Hembra o por el Gran Inquisidor; tampoco por su Alteza Serenísima, por el Héroe de la Paz o por el Jefe Máximo de la Revolución. Pero esos nombres grotescos o temibles designan unas realidades y esas realidades son más reales que nuestros códigos y constituciones. Es inútil cerrar los ojos ante ellas y más inútil aún reprimir nuestro pasado y condenarlo a vivir en el subsuelo histórico; la vida subterránea lo fortalece y periódicamente reaparece en forma de explosión y estallido destructor. Así se venga de la ingenuidad, la hipocresía o la estupidez de aquellos que pretendieron enterrarlo en vida. Necesitamos *nombrar* nuestro pasado, encontrar formas políticas y jurídicas que lo integren y lo transformen en una fuerza creadora. Sólo así empezaremos a ser libres.

Las revoluciones no sólo introducen prácticas e instituciones nuevas; también, casi siempre inconscientemente, desentierran creencias, ideas e instituciones del pasado y las actualizan. Un ejemplo inmediato: el ejido en México. Otras veces las revoluciones acentúan y perfeccionan ciertos rasgos del régimen al que han desplazado. La Revolución francesa continuó y extremó el centralismo de la monarquía borbónica. En Rusia los bolcheviques substituyeron a la autocracia y perfeccionaron y extendieron su sistema policíaco y represivo. La deportación de delincuentes del orden común y de presos políticos a Siberia no fue una invención de los comunistas sino del zarismo. Las infames colonias penales rusas eran justamente famosas en todo el mundo y en 1886 un explorador norteamericano, George Kennan, dedicó un libro a este tema sombrío: *Siberia and the Exile System*. Sería ofender al lector recordar a Dostoyevski y a su *Casa de los muertos*. Menos conocida es la obra de Antón Chéjov: *La isla, un viaje a Sajalín*. Pero hay una diferencia esencial: los libros de Dostoyevski y Chéjov aparecieron legalmente en la Rusia zarista mientras que Solzhenitsyn tuvo que publicar su libro en el extranjero, con los riesgos que se sabe. En 1890 Chéjov decidió hacer un viaje a la célebre colonia penal de Sajalín y escribir un libro sobre el sistema penitenciario ruso. Aunque parezca extraño, las autoridades zaristas autorizaron su viaje y el escritor ruso pudo entrevistar con considerable libertad a los prisioneros (salvo a los políticos). Cinco años después, en 1895, publicó su libro: una condenación total del sistema penal ruso. La experiencia de Chéjov bajo el zarismo es inimaginable en cualquier régimen marxista-leninista del siglo XX.

Además de las circunstancias de orden histórico y nacional, hay que mencionar los factores de orden personal. Casi siempre estos factores se entretejen con la realidad internacional y el contexto nacional. Por ejemplo, en el caso de Yugoslavia, además de ser el jefe del Partido Comunista, Tito acaudilló primero la resistencia nacional contra los nazis y después contra las tentativas de intervención de Stalin. El nacionalismo yugoslavo contribuyó a que el régimen se aligerase del peso terrible de la tradición rusa y leninista: Yugoslavia se humanizó. Sería un error ignorar la influencia benéfica de la personalidad de Tito en esa evolución. En cada uno de los países comunistas el césar en turno imprime su estilo al régimen. En la época de Stalin, la coloración del sistema era la amarilla y verdosa de la rabia; hoy es gris como la conciencia de Bréznev. En China el régimen no es menos opresor que en Rusia pero sus modales no son brutales ni glaciales: no Iván el Terrible sino Huang-ti, el Primer Emperador. Hay un parecido impresionante entre Huang y Mao, como lo señalaba Étiemble en estas mismas páginas (*Plural*, núm. 29, febrero de 1974). Ambos rivales de Confucio y ambos poseídos por una misma ambición sobrehumana: hacer del tiempo mismo –pasado, presente y futuro– un enorme monumento que repita sus rasgos. El tiempo se vuelve maleable, la historia es una materia dócil que adopta la forma bonachona y terrible del presidente-emperador. La primera revolución cultural fue la quema de los clásicos chinos, especialmente los libros de Confucio, ordenada por Huang-ti en 213 antes de Cristo. Variedades locales de un arquetipo universal: el césar de La Habana se sirve de la dialéctica como los antiguos latifundistas españoles del látigo.

LA SEDUCCIÓN TOTALITARIA

Las semejanzas entre el régimen estalinista y el nazi autorizan a calificar a los dos sistemas como totalitarios. Ése es el punto de vista de Hannah

Arendt pero también es el de un hombre como Andréi Sájarov, uno de los padres de la bomba de hidrógeno rusa: «El nazismo duró doce años; el estalinismo dos veces más. Al lado de numerosos rasgos comunes, hay diferencias entre ellos. La hipocresía y la demagogia del estalinismo eran de un orden más sutil, se apoyaban no sobre un programa francamente bárbaro como el de Hitler sino sobre una ideología socialista, progresista, científica y popular, ideología que era un biombo cómodo para engañar a la clase obrera, y adormecer la vigilancia de los intelectuales y de los rivales en la lucha por el poder... Gracias a esa "peculiaridad" del estalinismo se asestaron los golpes más terribles al pueblo soviético y a sus representantes más activos, competentes y honrados. Entre diez y quince millones de soviéticos, por lo menos, han perecido en las mazmorras de la NKVD, martirizados o ejecutados, así como en los campos para los *kulaks* y sus familias, campos "sin derecho de correspondencia" (esos campos fueron los prototipos de los campos de exterminación nazis), o muertos de frío y de hambre o agotados por el trabajo inhumano en las minas glaciales de Norilsk y Vorkuta, en las innumerables canteras y explotaciones forestales, en la construcción de canales o, simplemente, al ser transportados en vagones cerrados o ahogados en las calas inundadas de los "barcos de la muerte" sobre el mar de Okhotsk, cuando la deportación de pueblos enteros, tártaros de Crimea, alemanes del Volga, calmucos y otros grupos del Cáucaso» (*La Liberté intellectuelle en URSS et la coexistence*, Gallimard, 1968). El testimonio del célebre economista soviético Yevgueni Varga no es menos impresionante: «Aunque en las mazmorras y campos de concentración de Stalin hubo menos verdugos y sádicos que en los campos hitlerianos, puede afirmarse que no existía ninguna diferencia de principio entre ellos. Muchos de estos verdugos siguen en libertad y reciben jugosas pensiones» (*Testament*, 1964, publicado en París, Grasset, en 1970).

Por más terribles que sean los testimonios de Solzhenitsyn, Sájarov, Varga y otros muchos, me parece que debe hacerse una distinción capital: ni el período anterior a Stalin (1918-1928) ni el que le ha sucedido (1956-1974) pueden equipararse al nazismo. Así pues, hay que distinguir, como lo hace Hannah Arendt, entre sistemas totalitarios propiamente dichos (nazismo y estalinismo) y dictaduras burocráticas comunistas. Sin embargo, es claro que hay una relación causal entre bolchevismo y totalitarismo: sin la dictadura del partido sobre la nación y del Comité Central sobre el partido, no podría haberse desarrollado el estalinismo. Trotski pensaba que la diferencia entre el estalinismo y el nazismo consistía en la distinta organización de la economía: propiedad estatal en el primero y propiedad capitalista en el segundo. La verdad es que, más allá de las diferencias en el régimen de propiedad, los dos sistemas se parecen en ser dictaduras burocráticas de un grupo que está por encima de las clases, la sociedad, la moral. La noción de *grupo aparte* es capital. Ese grupo es un partido político que originalmente asume la forma de una agrupación de conspiradores. Al conquistar el poder, la celda secreta de los conspiradores se transforma en la celda policíaca, igualmente secreta, del interrogatorio y de la tortura. El leninismo no es el estalinismo pero es uno de sus antecedentes. Los otros están en el pasado ruso y, también, en la naturaleza humana.

Más allá del leninismo está el marxismo. Aludo al marxismo original, el elaborado por Marx y Engels en sus años de madurez. Ese marxismo contiene igualmente gérmenes autoritarios –aunque en muchísimo menor grado que en Lenin y Trotski– y muchas de las críticas que le hizo Bakunin son todavía válidas. Pero los gérmenes de libertad que se hallan en los escritos de Marx y Engels no son menos fecundos y poderosos que la dogmática herencia hegeliana. Y todavía puede agregarse algo más: el proyecto socialista es esencialmente un proyecto prometeico de liberación de los hombres y los pueblos. Solamente desde esta perspectiva se puede (y se debe) hacer una crítica de las tendencias autoritarias del marxismo. En 1956 Bertrand Russell resumía admirablemente la posición de una conciencia libre frente a los dogmas terroristas: «Mis objeciones al comunismo moderno son más profundas que mis objeciones a Marx. Lo que encuentro particularmente desastroso es el abandono de la democracia. Una minoría que se apoya sobre las actividades de la policía secreta tiene que convertirse en una minoría cruel, opresora y obscurantista. Los peligros que engendra el poder irresponsable fueron generalmente reconocidos durante los siglos XVIII y XIX pero muchos, cegados por los éxitos exteriores de la Unión Soviética, han olvidado todo aquello que fue penosamente aprendido durante los años de la monarquía absoluta: víctimas de la curiosa ilusión de que forman parte de la vanguardia del progreso, han retrocedido a las peores épocas de la Edad Media» (*Portraits from Memory*, Nueva York, 1956).

El rechazo del cesarismo y de la dictadura comunista no implica en manera alguna justificar al imperialismo norteamericano, al racismo o a la bomba atómica, ni cerrar los ojos ante la injusticia del sistema capitalista. No podemos justificar lo que pasa en Occidente y en América Latina diciendo que es peor lo que pasa en Rusia o en Checoslovaquia: los horrores de allá no justifican los horrores de aquí. La existencia de ciudad Nezahualcóyotl con su millón de seres humanos viviendo una vida subhumana a las puertas mismas de la ciudad de México nos prohíbe toda hipócrita complacencia. Lo que pasa entre nosotros es injustificable, trátese de la prisión de Onetti, los asesinatos de Chile o las torturas de Brasil. Pero tampoco es posible cerrar los ojos ante la suerte de los disidentes rusos, checos, chinos o cubanos. La defensa de las llamadas «libertades formales» es, hoy por hoy, el primer deber político de un escritor, lo mismo en México que en Moscú o en Montevideo. Las «libertades formales» no son, claro está, toda la libertad y la libertad misma no es la única aspiración humana: la fraternidad, la justicia, la igualdad, la seguridad, no son menos deseables. Pero sin esas libertades formales –la de opinión y expresión, la de asociación y movimiento, la de poder decir *no* al poder– no hay ni fraternidad, ni justicia, ni esperanza de igualdad.

Sobre esto deberíamos ser rigurosos y denunciar implacablemente todos los equívocos, las confusiones y las mentiras. Es inadmisible, por ejemplo, que personas que todavía hace unos cuantos meses llamaban a la libertad de prensa una «mistificación burguesa» y excitaban a los estudiantes, en nombre de un radicalismo trasnochado y obscurantista, a violar el principio de libertad de cátedra, ahora formen comités y firmen manifiestos para defender esa misma libertad de prensa en Chile y en Uruguay. Hace poco Günter Grass nos ponía en guardia recordando la frivolidad pseudorradical de los intelectuales alemanes del período de la República de Weimar. Mientras hubo democracia en Alemania, no cesaron de burlarse de ella y denunciarla como una ilusión y una trampa de la burguesía pero cuando, fatalmente, llegó Hitler, huyeron –no hacia Moscú sino hacia Nueva York, sin duda para continuar con mayor ardor su crítica de la sociedad burguesa.

Las semejanzas morales y estructurales entre el estalinismo y el nazismo no nos deben hacer olvidar sus diferentes orígenes ideológicos. El nazismo fue una ideología estrechamente nacionalista y racista mientras que el estalinismo fue la perversión de la gran y hermosa tradición socialista. El leninismo se presenta como una doctrina universal. Es imposible no conmoverse con el Lenin de *El Estado y la revolución*. También es imposible olvidar que fue el fundador de la Cheka y el hombre que desató el terror contra los mencheviques y los socialistas revolucionarios, sus compañeros de armas. Casi todos los escritores de Occidente y de América Latina, en un momento o en otro de nuestras vidas, a veces por un impulso generoso aunque ignorante, otras por debilidad frente a la presión del medio intelectual y otras simplemente por «estar a la moda», hemos sufrido la seducción del leninismo. Cuando pienso en Aragon, Éluard,

Neruda, Alberti y otros famosos poetas y escritores estalinistas, siento el calosfrío que me da la lectura de ciertos pasajes del Infierno. Empezaron de buena fe, sin duda. ¿Cómo cerrar los ojos ante los horrores del capitalismo y ante los desastres del imperialismo en Asia, y África y nuestra América? Experimentaron un impulso generoso de indignación ante el mal y de solidaridad con las víctimas. Pero insensiblemente, de compromiso en compromiso, se vieron envueltos en una malla de mentiras, falsedades, engaños y perjurios hasta que perdieron el alma. Se volvieron, literalmente, unos desalmados. Puedo parecer exagerado: ¿Dante y sus castigos por unas opiniones políticas equivocadas? ¿Y quién cree hoy en el alma? Agregaré que nuestras opiniones en esta materia no han sido meros errores o fallas en nuestra facultad de juzgar. Han sido un pecado, en el antiguo sentido religioso de la palabra: algo que afecta al ser entero. Muy pocos entre nosotros podrían ver frente a frente a un Solzhenitsyn o a una Nadezhda Mandelstam. Ese pecado nos ha manchado y, fatalmente, ha manchado también nuestros escritos. Digo esto con tristeza y con humildad.

México, marzo de 1974

«Polvos de aquellos lodos» se publicó por primera vez en *Plural*, núm. 30, marzo de 1974, México, y se recogió en *El ogro filantrópico*, Barcelona (Seix Barral) y México (Joaquín Mortiz), 1979.

Gulag: entre Isaías y Job

Algunos escritores y periodistas, en México y en otros países de América y de Europa, han criticado con cierta dureza las declaraciones –no siempre acertadas, es verdad– que ha hecho Solzhenitsyn durante los últimos meses. El tono de esas recriminaciones, entre vindicativo y reconfortado, es el de aquel al que se le ha quitado un peso de encima: «Ah, todo se explica, Solzhenitsyn es un reaccionario...». Esta actitud es un indicio más de que las denuncias y revelaciones del escritor ruso acerca del sistema totalitario soviético fueron aceptadas *à contre cœur* por muchos intelectuales de Occidente y de América Latina. No es extraño: el mito bolchevique, la creencia en la pureza y bondad esenciales de la Unión Soviética, por encima o más allá de sus faltas y extravíos, es una superstición difícilmente erradicable. La antigua distinción teológica entre *substancia* y *accidente* opera en los creyentes de nuestro siglo con la misma eficacia que en la Edad Media: la substancia es el marxismo-leninismo y el accidente es el estalinismo. Por eso, cuando se publicaron los primeros libros de Solzhenitsyn, el inteligente y tortuoso Lukács intentó transformarlo en un «realista socialista», es decir, en un disidente *dentro* de la Iglesia. Pero la aparición de Solzhenitsyn –y no sólo la suya sino la de muchos otros escritores e intelectuales rusos independientes– fue y es significativa precisamente por lo contrario: son disidentes *fuera* de la Iglesia. Su repudio del marxismo-leninismo es total. Esto es lo que me parece portentoso: más de medio siglo después de la Revolución de Octubre, numerosos espíritus rusos, tal vez los mejores: científicos, novelistas, historiadores, poetas y filósofos, han dejado de ser marxistas. Incluso algunos como Solzhenitsyn, han regresado al cristianismo. Se trata de un fenómeno incomprensible para muchos intelectuales europeos y latinoamericanos. Incomprensible e inaceptable.

No sé si la historia se repita: sé que los hombres cambian poco. No hay salvación fuera de la Iglesia: si Solzhenitsyn no es un revolucionario disidente, tiene que ser un imperialista reaccionario. Condenar a Solzhenitsyn, que se atrevió a hablar, es absolverse a uno mismo, que calló años y años. La verdad es que Solzhenitsyn no es ni revolucionario ni reaccionario: su tradición es otra. Al repudiar al marxismo-leninismo repudió también a la tradición «ilustrada» y progresista de Occidente. Está tan lejos de Kant y de Robespierre como de Marx y de Lenin. Tampoco siente simpatía por Adam Smith y Jefferson. No es ni liberal ni demócrata ni capitalista. Cree en la libertad, sí, porque cree en la dignidad humana; también cree en la caridad y en la fraternidad, no en la democracia representativa ni en la solidaridad de clase. Aceptaría que Rusia fuese gobernada por un autócrata, si ese autócrata fuese asimismo un cristiano auténtico: alguien que creyese en la santidad de la persona humana, en el misterio cotidiano del *otro* que es nuestro semejante. Aquí debo detenerme, por un instante, y decir que disiento de Solzhenitsyn en esto: los cristianos no aman a sus semejantes. Y no los aman porque nunca han creído *realmente* en el *otro*. La historia nos enseña que, cuando lo han encontrado, lo han convertido o lo han exterminado. En el fondo de los cristianos, como en sus descendientes marxistas, percibo un terrible disgusto de sí mismos que los hace detestar y envidiar a los otros, sobre todo si los otros son paganos. Ésta es la fuente psicológica de su celo proselitista y de las inquisiciones con que unos y otros han ensombrecido el planeta.

El cristianismo de Solzhenitsyn no es dogmático ni inquisitorial. Si su cristianismo lo aleja de las instituciones políticas democráticas creadas por la revolución burguesa, también lo convierte en enemigo de la idolatría al césar y a su momia, así como del culto a la letra de los libros santos, esas dos religiones de los países comunistas. En suma, el mundo de Solzhenitsyn es la sociedad premoderna con su sistema de jurisdicciones especiales, libertades locales y fueros individuales. Ahora bien, por más arcaica que nos parezca su filosofía política, su visión refleja con mayor claridad que las críticas de sus adversarios la encrucijada histórica en que nos hallamos. Confieso que muchas veces sus razones no me convencen y que su estilo intelectual es ajeno y contrario a mis hábitos mentales, a mis gustos estéticos e incluso a mis convicciones morales. Estoy más cerca de Celso que de Orígenes, prefiero Plotino a San Agustín y Hume a Pascal. Pero la mirada directa y simple de Solzhenitsyn atraviesa la actualidad y nos revela lo que está escondido entre los pliegues y repliegues de los días. La pasión moral es pasión por la verdad y provoca la aparición de la verdad. Hay un elemento profético en sus escritos que no encuentro en ningún otro de mis contemporáneos. A veces, como entre los tercetos de Dante –aunque la prosa del ruso es más bien pesada y su argumentación prolija– oigo la voz de Isaías y me estremezco y rebelo; otras, oigo la de Job y entonces me apiado y acepto. Como los profetas y como Dante, el escritor ruso nos habla de la actualidad desde la otra orilla, esa orilla que no me atrevo a llamar eterna porque no creo en la eternidad. Solzhenitsyn nos habla de lo que está pasando, es decir, de lo que nos pasa y nos traspasa. Toca la historia desde la doble perspectiva del ahora mismo y del más allá.

Salvo en ciertas regiones cuya historia se desvía del curso general de la europea hacia fines del siglo XVII (pienso en España, Portugal y las antiguas colonias americanas de ambas naciones), Occidente vive el fin de algo que comenzó en el siglo XVIII: esa *modernidad* que, en la esfera de la política, se expresó en la democracia representativa, el equilibrio de poderes, la igualdad de los ciudadanos ante la ley y el régimen de derechos humanos y de garantías individuales. Como si se tratase de una confirmación irónica y demoníaca de las previsiones de Marx –una confirmación al revés– la democracia burguesa muere a manos de su creación histórica. Así parece cumplirse la negación creadora de Hegel y sus discípulos: digo *parece* porque se cumple de una manera perversa: el hijo matricida, el destructor del viejo orden, no es el proletariado universal, sino el nuevo Leviatán, el Estado burocrático. La revolución destruye a la burguesía pero no para liberar a los hombres sino para encadenarlos más férreamente. La conexión entre el Estado burocrático y el sistema industrial, creado por la democracia burguesa, es de tal modo íntima que la crítica del primero implica necesariamente la del segundo.

El marxismo resulta insuficiente en nuestros días porque su crítica del capitalismo, lejos de incluir la del industrialismo, contiene una apología de sus obras. Cantar a la técnica y pensar en la industria como el agente máximo de liberación de los hombres, creencia común de los capitalistas y los comunistas, fue lógico en 1850, legítimo en 1900, explicable en 1920 pero resulta escandaloso en 1975. Hoy nos damos cuenta de que el mal no reside únicamente en el régimen de propiedad de los medios de producción, sino en el modo mismo de producción. Es imposible, naturalmente, renunciar a la industria; no lo es dejar de endiosarla y tratar de limitar sus destrozos. Aparte de sus nocivas consecuencias ecológicas, quizá irreparables, el sistema industrial entraña peligros sociales que ya nadie ignora. Es inhumano y deshumaniza todo lo que toca, de los «señores de las máquinas» a sus «servidores», como llama el economista Perroux a los que intervienen en el proceso, propietarios, tecnócratas y trabajadores. Cualquiera que sea el régimen político en que se desarrolle, la industria moderna crea automáticamente estructuras impersonales de trabajo y relaciones humanas no menos impersonales, despiadadas y mecánicas. Esas estructuras y esas relaciones contienen ya en potencia, como la célula al futuro organismo, al Estado burocrático con sus administradores, sus moralistas, sus jueces, sus psiquiatras y sus campos de reeducación por el trabajo.

Desde que apareció, el marxismo ha pretendido conocer el secreto de las leyes del desarrollo histórico. Esta pretensión no lo ha abandonado a lo largo de su historia y se encuentra en los escritos de todas las tendencias en que se ha dividido, de Bernstein a Kautsky y de Lenin a Mao. No obstante, entre sus previsiones acerca del futuro no figura la posibilidad que ahora nos parece más amenazadora e inminente: el totalitarismo burocrático como desenlace de la crisis de la sociedad burguesa. Hay una excepción: la de Lev Trotski. La menciono –aunque una golondrina no hace verano– porque el caso es patético. Al final de su vida, en el último artículo que escribió, poco antes de ser asesinado, Trotski evocó –sin creer mucho en ella, de pasada, como quien disipa una pesadilla– la hipótesis de que la visión marxista de la historia moderna como el triunfo final del socialismo pudiese ser un terrible error de perspectiva. Dijo entonces que, en la ausencia de revoluciones proletarias en Occidente, en el curso de la segunda guerra mundial o inmediatamente después de ella, la crisis del capitalismo se resolvería por la aparición de regímenes colectivistas totalitarios, cuyos primeros ejemplares históricos eran, en aquellos días (1939), la Alemania de Hitler y la Rusia de Stalin. Más tarde, algunos grupos trotskistas (aunque disidentes dentro de esa tendencia, como el que publica *Socialisme ou Barbarie*) han orientado sus análisis en la dirección apuntada por Trotski pero no han logrado diseñar una verdadera teoría marxista del totalitarismo colectivista. El obstáculo principal para la recta comprensión del fenómeno es que se niegan a reconocer, como su maestro, el carácter de clase de la burocracia[1].

Lo más extraño es que lo único que se le ocurrió a Trotski para enfrentarse al nuevo Leviatán fue ¡elaborar un programa mínimo de defensa de los trabajadores! Es revelador que, a pesar de su extraordinaria inteligencia, no reparase en dos circunstancias. La primera es que él mismo, con su intolerancia dogmática y su concepción rígida del Partido Bolchevique como el instrumento de la historia, había contribuido poderosamente a la edificación del primer Estado burocrático mundial. La ironía es más hiriente si se recuerda que Lenin, en su «testamento», reprocha a Trotski sus tendencias burocráticas y su inclinación a tratar

1. Fui demasiado tajante. Debemos a los animadores de *Socialisme ou Barbarie*, Cornelius Castoriadis y Claude Lefort, análisis penetrantes sobre la verdadera naturaleza del Estado burocrático ruso, que sobrepasan las limitaciones de la crítica tradicional trotskista y que completan las que, desde otra perspectiva, han hecho en Francia Raymond Aron y Kostas Papaioannou.

los problemas desde el ángulo puramente administrativo. La segunda circunstancia es la desproporción entre la enormidad del mal que percibía Trotski –el totalitarismo colectivista en lugar del socialismo– y la inanidad del remedio: un programa mínimo de acción. Curiosa visión de los revolucionarios profesionales: reducen la historia del mundo a la redacción de un manifiesto y a la constitución de un comité. La burocracia y el apocalipsis.

El Estado burocrático no es una exclusiva de los países llamados socialistas. Se dio en Alemania y podrá darse en otras partes: la sociedad industrial lo lleva en su vientre. Lo prefiguran las grandes empresas transnacionales y otras instituciones que son parte de las democracias de Occidente, como la CIA norteamericana. Por todo esto, si la libertad ha de sobrevivir al Estado burocrático, debe encontrar una alternativa distinta a la que hoy ofrecen las democracias capitalistas. La debilidad de estas últimas no es física sino espiritual: son más ricas y más poderosas que sus adversarios totalitarios pero no saben qué hacer con su poder y con su abundancia. Sin fe en nada que no sea el logro inmediato, han pactado con el crimen una y otra vez. Esto es lo que ha dicho Solzhenitsyn –aunque en el lenguaje religioso de otra edad– y esto es lo que ha provocado el escándalo de los fariseos. Agregaré algo que debería haber dicho y que es lamentable que no haya dicho: las democracias de Occidente han protegido y protegen a todos los tiranos y tiranuelos de los cinco continentes.

Se dice con frecuencia que Solzhenitsyn no ha revelado nada nuevo. Es verdad: todos sabíamos que en la Unión Soviética existían campos de trabajo forzado que eran lugares de exterminio de millones de seres humanos. Lo nuevo es que la mayoría de los «intelectuales de izquierda» por fin ha aceptado que el paraíso era infierno[1]. Esta vuelta a la razón, me temo, se debe no tanto al genio de Solzhenitsyn como al saludable efecto de las revelaciones de Jruschov. Creyeron por consigna y han dejado de creer por consigna. Tal vez por esto muy pocos entre ellos, poquísimos, han tenido el valor humilde de analizar en público su extravío y explicar las razones que los movieron a pensar y obrar como lo hicieron. Es tan grande la resistencia a reconocer que se ha cometido un error, que una de esas almas empedernidas, un gran poeta (Neruda), dijo: «¿Cómo no me iba a equivocar yo, un escritor, si la historia misma se equivocó?». Los griegos y los aztecas sabían que sus dioses pecaban pero los modernos los aventajan: la

1. Me refería a los europeos; los nuestros siguieron creyendo durante muchos años en el paraíso soviético. (*Nota de 1993.*)

historia, esa idea encarnada, se va de picos pardos como una matrona de cascos ligeros, con el primero que llega, llámese Tamerlán o Stalin. En esto ha parado el marxismo, un pensamiento que se presenta como «la crítica del cielo».

En un artículo que consagré a la aparición del primer volumen de *Archipiélago Gulag* («Polvos de aquellos lodos», recogido en este volumen, pp. 179-198), subrayé que el respeto que me inspira Solzhenitsyn no implica adhesión a sus ideas ni a sus posiciones. Apruebo su crítica al régimen soviético y al hedonismo, hipocresía y miope oportunismo de las democracias de Occidente; repudio su idea simplista de la historia como una lucha entre dos imperios y dos tendencias. Solzhenitsyn no ha comprendido que el siglo de la desintegración y liquidación del sistema imperial europeo ha sido también el del renacimiento de viejos países asiáticos, como China, y el del nacimiento de jóvenes naciones en África y en otras partes del mundo. ¿Esos movimientos se resolverán en un gigantesco fracaso histórico como el que ha sido, hasta ahora, el de Brasil y los países hispanoamericanos, nacidos hace un siglo y medio de la desintegración española y portuguesa? Es imposible saberlo pero el caso de China apunta más bien hacia lo contrario.

La ignorancia de Solzhenitsyn es grave porque su verdadero nombre es arrogancia. Es una característica, por lo demás, muy rusa, como lo saben todos los que han tratado con escritores e intelectuales de esa nación, sean disidentes o pertenezcan a la ortodoxia oficial. Éste es otro de los grandes misterios rusos, como lo saben también todos los lectores de Dostoyevski: en ellos la arrogancia va unida a la humildad, la brutalidad a la piedad, el fanatismo a la mayor libertad espiritual. Insensibilidad y ceguera de un gran escritor y de un gran corazón: Solzhenitsyn, el valeroso y el piadoso, ha mostrado cierta indiferencia *imperial*, en el sentido lato de la palabra, ante los sufrimientos de los pueblos humillados y sometidos por Occidente. Lo más extraño es que, siendo como es el amigo y el testigo de la libertad, no haya sentido simpatía por las luchas de liberación de esos pueblos.

El ejemplo de Vietnam ilustra las limitaciones de Solzhenitsyn. Las suyas y las de sus críticos. Los grupos que se opusieron, casi siempre con buenas y legítimas razones, a la intervención norteamericana en Indochina, negaron al mismo tiempo algo innegable: el conflicto era un episodio de la lucha entre Washington y Moscú. No verlo –o tratar de no verlo– fue no ver lo que han visto muy bien Solzhenitsyn y (también) Mao: la derrota norteamericana alienta las aspiraciones de hegemonía soviética en Asia y en Europa occidental. Esos mismos grupos –socialistas, libertarios, demócratas, liberales antimperialistas– denunciaron con razón la inmoralidad y la corrupción del régimen de Vietnam del Sur pero no dijeron una palabra sobre la verdadera naturaleza del que rige Vietnam del Norte. Un testigo insospechable, Jean Lacouture, ha calificado al gobierno de Hanoi como el más estalinista del mundo comunista. Su líder, Ho Chi Minh, dirigió una purga sangrienta contra los trotskistas y otros disidentes de izquierda después de la conquista del poder. Las crueles medidas adoptadas por el triunvirato que rige Camboya han consternado y avergonzado a los partidarios en Occidente de los kmeres rojos. Todo esto comprueba que la izquierda está aprisionada por su propia ideología; por eso no ha encontrado aún la manera de combatir al imperialismo sin ayudar al totalitarismo y a la inversa. Pero Solzhenitsyn es también prisionero de la malla ideológica: dijo que la guerra de Indochina fue un conflicto imperial pero no dijo que fue también y sobre todo una guerra de liberación nacional. Esto último fue lo que le dio legitimidad. Ignorarlo no sólo es ignorar la complejidad de toda realidad histórica sino su dimensión humana y moral. El maniqueísmo es la trampa del moralista.

Las opiniones de Solzhenitsyn no invalidan su testimonio. *Archipiélago Gulag* no es ni un libro de filosofía política ni un tratado de sociología. Su tema es otro: el sufrimiento humano en sus dos notas extremas, la abyección y el heroísmo. No el sufrimiento que inflige al hombre la naturaleza, el destino o los dioses sino otros hombres. El tema es antiguo como la sociedad humana, antiguo como la horda primitiva y como Caín. Es un tema político, biológico, psicológico, filosófico, religioso: el mal. Nadie ha podido decirnos todavía por qué hay mal en el mundo y por qué hay mal en el hombre. La obra de Solzhenitsyn tiene dos méritos, ambos muy grandes: el primero es ser el relato de algo vivido y padecido; el segundo es constituir una completa y abrumadora enciclopedia del horror político en el siglo XX. Los dos volúmenes que hasta ahora han aparecido son una geografía y una anatomía del mal de nuestra época. Ese mal no es la melancolía ni la desesperación ni el *taedium vitae* sino un sadismo sin erotismo: el crimen socializado y sometido a las normas de la producción en masa. Un crimen monótono como una multiplicación infinita. ¿Qué época y qué civilización pueden ofrecer un libro que compita con el de Solzhenitsyn o con los relatos de los sobrevivientes de los campos nazis? Nuestra civilización ha tocado el límite del mal (Hitler y Stalin) y esos libros lo revelan. En esto consiste su grandeza. Las resistencias que han provocado las obras de Solzhenitsyn son explicables: son la descripción de una realidad cuya sola existencia es la refutación más completa, desoladora y convincente de varios siglos de pensamiento utópico, de Campanella a Fourier y de More a Marx. Además, son la pintura verídica de una sociedad abominable pero en la que millones de nuestros contemporáneos –entre ellos innumerables escritores, científicos y artistas– han visto nada menos que los rasgos adorables del Mejor de los Mundos Futuros. ¿Qué se dirán hoy a sí mismos, si es que se atreven a hablar con ellos mismos, los autores de esos exaltados libros de viajes a la URSS (*Regreso del futuro* se llamaba uno de ellos) y de esos poemas entusiastas y encendidos reportajes sobre «la patria del socialismo»?

Archipiélago Gulag asume la doble forma de la historia y del catálogo. Historia del origen, desarrollo y multiplicación de un cáncer que comenzó como una medida *táctica* en un momento difícil de la lucha por el poder y que terminó como una *institución* social en cuyo funcionamiento destructivo participaron millones de seres, unos como víctimas y otros como verdugos, guardianes y cómplices. Catálogo: inventario de los grados –que son también gradas en la escala del ser– entre la bestialidad y la santidad. Al contarnos el nacimiento, los progresos y las metamorfosis del cáncer totalitario, Solzhenitsyn escribe un capítulo, tal vez el más terrible, de la historia general del Caín colectivo; al relatar los casos que ha presenciado y los que le han referido otros testigos oculares –en el sentido evangélico de la expresión– nos entrega una visión del hombre. La historia es social; el catálogo, individual. La historia es limitada: los sistemas sociales nacen, se desarrollan, mueren: son pasajeros. El catálogo no es histórico: no tiene que ver con los sistemas sino con la condición humana. La abyección y su contrapartida: la visión de Job en el muladar, no tienen fin.

Cambridge, Mass., a 30 de octubre de 1975

«Gulag: entre Isaías y Job» se publicó por primera vez en *Plural*, núm. 51, diciembre de 1975, México, y se recogió en *El ogro filantrópico*, Barcelona (Seix Barral) y México (Joaquín Mortiz), 1979.

Crónica de la libertad

Las clases superiores de Europa han contemplado con desvergonzada satisfacción o con fingida piedad o con estúpida indiferencia la conquista por los rusos del reducto montañés del Cáucaso y el asesinato de la heroica Polonia. Las intrusiones enormes, jamás contrarrestadas, de ese bárbaro poder cuya cabeza está en San Petersburgo y las activas manos en todas las cancillerías europeas, han enseñado a los trabajadores que tienen un deber: penetrar en los misterios de la política internacional, vigilar las maniobras de sus gobiernos respectivos, oponerse a ellas si es preciso y por todos los medios a su alcance… denunciarlos y reivindicar las leyes elementales de la moral y de la justicia que deben regir el trato entre particulares como la regla soberana de las relaciones entre los pueblos. La lucha por esta política extranjera es parte de la lucha general por la emancipación de las clases trabajadoras.

KARL MARX
(Discurso inaugural de la
Asociación Internacional de
Trabajadores, Londres, 1864)

SIEMBRA DE VIENTOS

Polonia es un país grande por su historia, no por su tamaño ni por su población. Su territorio es un poco menos de la sexta parte de México y su población es un poco más de la mitad de la nuestra. Situada entre la inmensa llanura rusa y el comienzo de la accidentada península europea, entre el gran frío y el clima templado, la palabra *entre* no sólo define a la geografía de Polonia sino a su historia y a su cultura. Los polacos son eslavos y esto los opone a sus vecinos, los germanos; a su vez, están separados de los rusos, también eslavos, por la cultura, la religión y la historia. Entre los prusianos protestantes y los rusos ortodoxos, Polonia ha logrado preservar su cultura nacional, profundamente católica y que ostenta muchos rasgos que vienen de la civilización latina. Desde el siglo XVIII los polacos han vivido, primero, entre la doble presión del Imperio ruso y la de los Imperios de Austria y Prusia; después, en la época moderna, entre Hitler y Stalin. Su suelo ha sido el corredor de los ejércitos de invasión de Occidente –Napoleón, Guillermo II, Hitler– hacia Rusia; asimismo, ha sido el camino de las tropas zaristas y soviéticas hacia Europa. Esta fatalidad geográfica, tanto o más que las afinidades culturales, ha hecho que Polonia buscase siempre como aliadas a Francia e Inglaterra. Unas aliadas no siempre fieles.

La historia del Estado polaco, desde su fundación en el siglo x, fue la de un guerrear constante contra príncipes rusos, caballeros de la Orden Teutónica, reyes suecos, caudillos mongoles, sultanes turcos. A las amenazas del exterior se unía la inestabilidad interior. Polonia era una monarquía electiva y los grandes electores eran los nobles, una clase turbulenta y celosa de sus prerrogativas. Este régimen, a un tiempo fuente de libertades y de anarquía, fomentaba las discordias, provocaba guerras civiles y abría la puerta a las intromisiones extranjeras. A fines del siglo XVIII la monarquía polaca tuvo que hacer frente a tres poderosos enemigos: Rusia, Prusia y Austria. En 1772 los tres grandes imperios invadieron Polonia y le arrebataron el treinta por ciento de su territorio. Ante la adversidad, un grupo de patriotas, bajo la doble influencia de la Revolución de Independencia de los Estados Unidos y del pensamiento de Montesquieu y de Rousseau, emprendió un movimiento de reforma nacional que culminó con la constitución de 1791. Fue la primera constitución escrita de Europa, desde la Antigüedad grecorromana. Consagraba tres principios: la soberanía popular, la separación de los tres poderes y la responsabilidad de los ministros ante el parlamento. La joven democracia polaca duró poco: Catalina de Rusia encontró subversivo el experimento y las tropas rusas invadieron Polonia en 1792. Las siguieron los ejércitos prusianos y austríacos. A este segundo reparto sucedió otro, definitivo, en 1795. Polonia desapareció como nación soberana. No recobró la independencia sino hasta un siglo después, en 1918.

Durante el siglo XIX los polacos no cesaron de luchar por la preservación de su identidad. Unos aspiraban a la autonomía y otros, los más radicales, a la independencia. En los albores de este siglo dos partidos políticos se pronunciaron abiertamente por la independencia: los nacionalistas demócratas y los socialdemócratas. Estos últimos dirigidos por Josef Pilsudski. El ala izquierda de los socialdemócratas, bajo el influjo intelectual y político de Rosa Luxemburg, propugnaba por la caída de la autocracia rusa y por una revolución socialista internacional; entre sus objetivos no figuraba la reconquista de la soberanía nacional de Polonia. Rosa Luxemburg vio con gran claridad que la supresión de las libertades no tardaría en convertir a la Revolución bolchevique en otra autocracia reaccionaria; sin embargo, no se dio cuenta de la importancia del nacionalismo y de la influencia que tendría en el siglo XX. Extraña ceguera en una mente tan lúcida. En cambio, Pilsudski era nacionalista antes que socialista y demócrata. Con rara penetración dijo en 1914, un poco antes que estallara la guerra: «La independencia de Polonia sólo podrá alcanzarse si, primero, Rusia es derrotada por Alemania y si, después, Alemania es derrotada por Inglaterra, Francia y los Estados Unidos». Estas previsiones se cumplieron. En 1918, al derrumbe de los imperios centrales, Pilsudski fue liberado de una prisión alemana, regresó a Varsovia y se puso al frente del gobierno nacional polaco y de su ejército. Polonia había recobrado su independencia.

El Tratado de Versalles otorgó a Polonia los territorios que habían estado bajo la dominación de Austria y Alemania. Pero en algunos de ellos la población alemana era muy numerosa. La situación de estos territorios envenenó las relaciones entre Polonia y la nueva república de Alemania. Las fronteras con Rusia también fueron causa de graves diferencias. Al retirarse los alemanes de esa zona, avanzaron los ejércitos polacos y rusos, cada uno por su lado. Los bolcheviques se proponían llevar la revolución por las armas a la Europa central, es decir, a Alemania; en palabras de Lenin: «Hay que derribar la muralla (Polonia) que separa a la Rusia soviética de la Alemania revolucionaria». Los polacos buscaban ganancias territoriales. En diciembre de 1919 el ministro de Negocios Extranjeros de la Gran Bretaña, lord Curzon, propuso a Moscú y a Varsovia un armisticio a lo largo de las posiciones ocupadas por el ejército polaco, la llamada línea Curzon. Pero la situación en el frente cambió. Los rusos lanzaron, en febrero de 1920, una ofensiva; después de algunos triunfos iniciales, fueron detenidos y derrotados en agosto y septiembre. El año siguiente se firmó un tratado de paz y Polonia extendió sus fronteras más allá de la línea Curzon. Una línea fatídica, como se vería veinte años después.

COSECHA DE TEMPESTADES

Entre 1918 y 1938 el Estado polaco se afianzó. Sin embargo, ni los sucesivos gobiernos –casi todos bajo la influencia de Pilsudski, gran político y buen general pero incompetente estadista– ni las clases dirigentes lograron resolver los graves problemas sociales y económicos del país. En materia internacional, Polonia continuó su tradicional política de amistad con Francia e Inglaterra. La resurrección del nacionalismo germano y, después, el triunfo de Hitler hicieron imposible todo entendimiento con Alemania. En el este el gobierno polaco tampoco logró tener buenas relaciones con Stalin. No obstante, en 1932 los polacos concluyen un pacto de no agresión con la Unión Soviética y en 1934 otro con la Alemania nazi. Ambos pactos fueron violados por Hitler y Stalin. En 1938, después de unos años de desórdenes internos, agravados por las amenazas del exterior, hubo una resurrección del patriotismo polaco que alcanzó también a los grupos de izquierda. La reacción de Stalin fue la disolución del Partido Comunista Polaco, acusando a los líderes de ser espías capitalistas y agentes provocadores. El secretario general del partido, Lenski, fue llamado a Moscú y ejecutado después. Igual suerte corrieron otros dirigentes, fundadores del partido y compañeros de Lenin: Warski, Waleski, Vera Kostrozewa. La disolución del Partido Comunista Polaco y la exterminación de su dirección fue un anuncio de lo que vendría un poco después. El 23 de agosto de 1939 los ministros de Negocios Extranjeros de Hitler y Stalin, Ribbentrop y Mólotov, firmaron un pacto de no agresión. El pacto contenía un protocolo secreto que preveía el reparto de Polonia entre las dos potencias. El primero de septiembre las tropas nazis invadieron Polonia y en dos semanas deshicieron el ejército polaco. El 17 de septiembre los rusos avanzaron y ocuparon una extensa zona de Polonia, hasta la antigua línea Curzon.

Es difícil encontrar en la historia algo semejante a la dureza y la crueldad de la ocupación alemana de Polonia. Se calcula que murieron, a consecuencia de las operaciones militares, seiscientas mil personas pero la mayoría (medio millón) no fueron combatientes sino civiles. Lo más terrible fue la exterminación colectiva en los campos de concentración; cinco millones fueron asesinados, la mayoría de origen judío. El terror también reinó en la zona ocupada por Rusia. Debe agregarse, además, la política de deportación de poblaciones enteras, practicada por las dos potencias. No obstante, poco a poco, surgió la resistencia polaca. Se formó un gobierno en el exilio, primero establecido en París y, a la caída de Francia, en Londres. Pero la ocupación rusa de una parte de Polonia colocó en una situación equívoca al gobierno británico. Por una parte, había prometido su ayuda a Polonia, que era su aliada; por la otra, no quería malquistarse con Rusia. El ministro de Negocios Extranjeros, lord Halifax, se lavó las manos señalando que las tropas rusas de ocupación sólo habían llegado a la línea Curzon. Ésta fue la base de los acuerdos de Yalta, en el asunto de las fronteras entre Polonia y la Unión Soviética.

El 22 de junio de 1941 se desencadenó el ataque alemán contra Rusia. En seguida cambió la relación del gobierno polaco en el exilio con Moscú. Sin embargo, la mejoría de las relaciones entre ambos gobiernos fue relativa y efímera. Los dividió el problema de las fronteras: Stalin quería reconquistar los territorios perdidos por Rusia durante la primera guerra mundial; además, heredero de la política imperial de los zares, el gobierno soviético deseaba extender su hegemonía sobre Polonia, Checoslovaquia y los Balcanes. Roosevelt y Churchill no quisieron o no pudieron oponerse a los designios de Stalin. En abril de 1943 el gobierno polaco en el exilio declaró que se había descubierto el asesinato de quince mil oficiales polacos prisioneros, ejecutados en mayo de 1940 en el pueblo de Katyn. Los alemanes hacían responsables a los rusos de la matanza y el gobierno polaco pidió una explicación a Moscú. El gobierno soviético contestó diciendo que los alemanes habían sido los autores de la carnicería. Los polacos pidieron pruebas y que se permitiese a la Cruz Roja Internacional examinar las tumbas. La respuesta de Stalin fue romper relaciones con el gobierno polaco de Londres. De nuevo Estados Unidos e Inglaterra se hicieron de la vista gorda y archivaron las protestas de los polacos, que ponían en peligro su amistad con la Unión Soviética.

Ese mismo año de 1943 el *ghetto* de Varsovia, en un acto desesperado, se sublevó; al cabo de tres semanas, los nazis dominaron a los insurrectos y asesinaron a los judíos sobrevivientes. Al año siguiente Varsovia fue teatro de otro sacrificio: el ejército polaco del interior, compuesto por patriotas de la resistencia, se levantó; sin auxilio de Occidente y ante la impasibilidad de las tropas rusas, que no movieron un dedo en su favor, la rebelión también fue aplastada. Stalin dejó que los nazis acabaran con los partidarios del gobierno polaco de Londres; sólo entonces los rusos reanudaron su avance. La actitud de Stalin se aclara –aunque no se justifica– apenas se sabe que en 1942, en territorio ruso, se reconstituye el disuelto Partido Comunista Polaco, y que, bajo sus auspicios y control, se crea el Comité de Liberación Nacional, origen del Gobierno de Unidad Nacional. La derrota de la sublevación de Varsovia dejó el camino libre al nuevo gobierno de inspiración comunista. Uno de sus líderes principales fue Wladyslaw Gomulka.

En Yalta, en 1945, Roosevelt y Churchill decidieron abandonar a su antiguo aliado, el gobierno polaco de Londres, y reconocer al gobierno patrocinado por Moscú. Un poco después, en la Conferencia de Potsdam, Truman y Churchill intentaron rectificar esa política; demasiado tarde: los dados estaban echados. La Unión Soviética recuperó todo lo que había perdido en 1918, es decir, restableció las antiguas fronteras imperiales zaristas; además, obtuvo parte de Prusia oriental con su antigua capital Königsberg, fundada en el siglo XIII por los caballeros de la Orden Teutónica y en cuya universidad había enseñado Kant. Hoy Königsberg se llama Kaliningrado, en honor de Kalinin, el amigo de Stalin. Para resarcir a Polonia, se extendió hacia el oeste su territorio, hasta la línea trazada por los ríos Oder y Neisse. Pero la ganancia mayor fue el establecimiento de un gobierno comunista en Polonia, ligado al de la Unión Soviética por lazos de fidelidad y amistad incondicionales.

Lenin y Trotski habían querido llevar la revolución por las armas a Polonia y Alemania, al corazón de Europa. Tenían la creencia (ingenua) de que a la vista de los ejércitos rojos, los pueblos se levantarían y se unirían a ellos. Más realista y cínico, Stalin impuso por la fuerza un régimen comunista a un pueblo que no era ni es comunista. Fue un acto de fuerza pero también de astucia: la diplomacia soviética supo utilizar el egoísmo o la ceguera de las potencias de Occidente. Todo lo que ha ocurrido después ha sido consecuencia de este hecho primordial, básico: no fue una revolución popular sino una imposición militar extranjera la que estableció el comunismo en Polonia. Ocurrió lo mismo, con pequeñas variantes, en Checoslovaquia, Hungría, Rumania, Bulgaria y Alemania Oriental. Ésta es la gran diferencia entre esos países y Yugoslavia y China, en donde sí existían fuertes movimientos comunistas nacionales. El comunismo polaco no ha sido ni es nacional: ésta es su tara de origen. Desde su nacimiento, ha sido la expresión de la ideología de una potencia extranjera y el instrumento de sus intereses imperialistas. Si resucitase Marx, se indignaría ante esta perversión de sus ideas. No es Marx el que acertó sino Maquiavelo.

EL SOCIALISMO IRREAL

En los meses finales de la guerra, a pesar de sus divisiones internas, los polacos se unieron en el combate contra los nazis. Unos combatieron al lado de los aliados y otros con los rusos. De nada les valió. Aunque el nuevo gobierno incluyó algunas figuras políticas de orientación democrática, desde el principio estuvo dominado por los comunistas. Entre 1945 y 1948 Polonia se transformó en una «democracia popular». En el curso del proceso, como ocurrió en otras partes, los comunistas se apoderaron del Estado, de los medios de producción y de los productores mismos (o sea: de los trabajadores). Los antiguos partidos políticos se refugiaron en la clandestinidad hasta que, perseguidos por la policía política, desaparecieron. Más tarde, con otras ideas y otras tácticas, renacería la oposición. Dos comunistas probados, ambos formados en la Unión Soviética, Wladyslaw Gomulka y Boleslao Bierut, dirigieron al partido y al Estado. Desde los primeros días se manifestó el rasgo característico del sistema de dominación burocrática que, sin exactitud, se llama a sí mismo «socialista»: la fusión entre el partido y el Estado.

En 1948 estalló la primera crisis. Aunque Gomulka fue siempre un amigo y un colaborador de la Unión Soviética, en dos capítulos difirió de la política de Stalin: se opuso a la colectivización de la agricultura y a la condenación de Tito. Acusado de «desviación nacionalista», fue destituido de sus cargos y detenido con otros colegas y partidarios. Su rival Bierut, llamado por su docilidad «el Stalin polaco», asumió el poder. Se colocó a su lado, como ministro de Defensa, a un militar ruso de origen polaco, el mariscal Rokosovski.

El partido no sólo es el Estado: también es una Iglesia y su jurisdicción se extiende a las conciencias. Era fatal el choque del partido con la Iglesia católica. Desde el siglo x la Iglesia católica se ha identificado con la nación polaca: atacar a ésta es atacar a la Iglesia y viceversa. Como en el caso de Gomulka, aunque más acentuadamente, las diferencias de orden doctrinal y político se tiñeron inmediatamente de nacionalismo. Éste es uno de los temas recurrentes de la historia de Polonia y reaparece, más o menos encubierto, en los episodios más salientes de los últimos veinte años. El resultado de la confrontación entre la Iglesia y el Estado-partido fue el mismo que el del conflicto con Gomulka: el cardenal Wyszinsky fue encarcelado.

La muerte de Stalin y la política de liberalización de Jruschov afectaron lo mismo a Polonia que a los otros países de Europa del Este. La denuncia de los crímenes de Stalin durante el XX Congreso del Partido Comunista Ruso, que Bierut no tuvo más remedio que oír y aplaudir un poco antes de su muerte, precipitó la rebelión de Polonia. En junio de 1956 los trabajadores de la zona industrial de Poznan se lanzaron a la calle pidiendo pan, libertad de asociación, elecciones libres y la salida de los rusos. Al día siguiente, el ejército restableció el orden: más de cincuenta muertos, cientos de heridos y un número desconocido de prisioneros. Pero la burocracia estalinista tuvo que ceder y Gomulka regresó al poder. Fue una solución de compromiso: Gomulka no era un enemigo de los rusos pero tampoco un incondicional suyo. Suspendió la colectivización de la agricultura y aligeró un poco la censura. Alarmados, los rusos destacaron varias divisiones en la frontera y, sin previo aviso, se presentaron en Varsovia Jruschov, Mólotov, el mariscal Kónev y otros altos dignatarios. El pueblo apoyó a Gomulka y éste, con habilidad, convenció a sus aliados rusos de su lealtad. El impulsivo pero realista Jruschov se retiró.

Este episodio contiene una doble lección histórica. La primera: las luchas de los obreros por la libertad de asociación y el derecho de huelga son inseparables de las luchas por la democracia y la libertad de los otros sectores de la población, sean intelectuales, estudiantes, campesinos o clérigos. De ahí que toda demanda de libertad en un sector repercuta en todo el cuerpo social. La segunda: en estas luchas sociales –incluso en las intrigas de palacio en el seno de la burocracia comunista– aparece inmediatamente el sentimiento nacional. El pueblo que apoyó a Gomulka en octubre de 1956 no era comunista: era patriota. El tema central de la historia moderna de Polonia ha sido la pasión nacional y las tradiciones culturales y religiosas del pueblo polaco.

Aunque el gobierno de Gomulka fue más liberal que el de sus predecesores, tampoco fue democrático. Se llegó a un *modus vivendi* con la Iglesia, pero el partido –el Comité Central– no cejó en su pretensión de propietario único de la verdad. El régimen siguió siendo una dictadura, sin libertad de expresión, sin libertad sindical y sin elecciones libres. En 1967 y 1968 las medidas restrictivas del gobierno, lo mismo en la esfera vital de la alimentación, el vestido, el transporte y la vivienda que en la de la cultura y el pensamiento, provocaron nuevas protestas. Vale la pena destacar un hecho que muestra la interdependencia del sistema imperial ruso de dominación burocrática: de la misma manera que la rebelión obrera de Poznan en 1956 fue un anuncio de la revolución nacional de Hungría ese año, las protestas de 1967 y 1968 en Polonia coincidieron con la Primavera de Praga congelada por los tanques rusos. El régimen imperial ruso, fundado en el dominio de una nueva clase: la burocracia, es nacional e internacional. El centro está en Moscú pero en cada país se reproduce el sistema; cada burocracia se siente solidaria de las otras y unida a Moscú por una triple dependencia: ideológica, económica y militar. La crisis de una zona repercute en las otras.

En 1970 la penuria, la falta de comida y la ausencia de libertades lanzaron de nuevo a la calle a los obreros del gran puerto industrial de Gdansk. Los trabajadores invadieron los locales del partido en esa ciudad. Gomulka llamó al ejército. Hubo cientos de muertos y heridos, miles de prisioneros. Nueva crisis política. Caída de Gomulka. Lo reemplazó Edward Gierek. Fue otra solución de compromiso. Gierek prometió modernizar la economía, elevar el nivel de vida de la población y volver realidad la «democracia socialista». Su proyecto tendía a convertir a Polonia en una sociedad moderna, capaz de producir bienes de consumo, un poco a la manera de Hungría, pero conservando intacto el sistema de control y dominación burocráticos. Un ideal contradictorio. Todo terminó en un fracaso colosal: en 1980 Polonia se encontró con una deuda de más de veintitrés mil millones de dólares. Gran paradoja: los acreedores son los gobiernos y los bancos de Occidente.

Mal comido, mal vestido y mal tratado, el pueblo volvió a mostrar ruidosamente su descontento. En las universidades y en los círculos intelectuales se había iniciado, desde hacía años, un movimiento de crítica filosófica, moral y política. Muchos de esos intelectuales disidentes venían del marxismo; otros del catolicismo. Entre ellos se distinguió Jacek Kuron, que más tarde sería consejero de Solidaridad. Los intelectuales se asociaron a los obreros y en 1976 se fundó el Comité de Defensa Social (KOR). Como los obreros europeos y norteamericanos desde 1870, los trabajadores polacos comenzaron en 1976 a formar uniones y sindicatos. Aunque ilegales y clandestinos, esos sindicatos se multiplicaron y cobraron fuerza. Uno de los dirigentes de este movimiento fue un obrero que había participado en las protestas de 1970: Lech Walesa. Su figura es emblemática de las fuerzas que mueven al pueblo polaco. Lech Walesa nació en un pueblo cercano a Varsovia. Su madre era campesina y su padre carpintero. Es electricista. Posee dos trajes y cinco pares de calcetines: un verdadero proletario. También un verdadero polaco tradicional: católico, nacionalista, generoso y sin mucho sentido del orden. Su mujer se llama Miroslawa; como llamarse Lupita en México o Carmen en España. La pareja tiene seis hijos. En 1976 Walesa fue despedido de los astilleros, estuvo varios meses sin empleo y vigilado por la policía. Fue uno de los organizadores de los sindicatos libres del Báltico. Walesa no es ni un intelectual ni un teórico. Tiene pocas ideas, mucho sentido común y un antiguo e instintivo sentido de la justicia. Es un hombre salido del pueblo y en su persona se funden dos tradiciones: la inmemorial de los campesinos con su cultura de siglos y la del proletariado industrial moderno. Nadie más alejado del obrero que pintan los manuales marxistas que Lech Walesa. No es una entelequia: es un hombre real.

La elección como papa del cardenal de Cracovia, Karol Wojtila, contribuyó poderosamente al despertar popular. El viaje de Juan Pablo II a Polonia, en 1979, conmovió a millones de polacos. La visita tuvo una doble significación espiritual e histórica. Renovó y revivió la fe del pueblo polaco; al mismo tiempo, hizo visible la verdadera identidad histórica de Polonia. Las multitudes que aclamaron al papa revelaron un secreto a voces: el divorcio entre el pueblo y sus gobernantes, la divergencia radical entre la cultura popular y la cultura oficial de la oligarquía. La influencia que ha ejercido la figura del papa, en la que se enlazan las dos tradiciones de Polonia: la nacional y la religiosa, desmiente de nuevo a las interpretaciones sociológicas e históricas que profesan los intelectuales de Occidente y de la América Latina. Ni el marxismo bizantino a la Althusser ni el desmelenado y romántico a la Sartre ofrecen una explicación coherente de lo que ha ocurrido en Hungría, Checoslovaquia y Polonia, para no hablar de Rusia. Exhiben la misma insuficiencia las interpretaciones de los intelectuales «progresistas» de Occidente, sobre todo las de los llamados «liberales» de los Estados Unidos, con su mezcla de empirismo, positivismo, masoquismo e hipocresía.

¿FIN O COMIENZO?

El 2 de julio de 1980 el gobierno decretó un aumento en el precio de la carne. El pueblo se manifestó en contra, estallaron huelgas en Lublin y Poznan y el movimiento llegó a Gdansk. El astillero Lenin, irónicamente, se convirtió en el centro de la huelga. Sacrilegio simbólico: los obreros colocaron, frente a la imagen de Lenin, un gran retrato de Juan Pablo II, adornado con flores. Los huelguistas eligieron un comité y redactaron un pliego de demandas: libertad de asociación, libertad de expresión, liberación de los presos políticos, elevación de salarios, menos horas de trabajo, etc. El gobierno se negó a discutir, siquiera, estos temas. Las huelgas se extendieron. Se encarceló a Kuron y a otros quince miembros del KOR. Medio millón de trabajadores se unieron al movimiento encabezado por Walesa. El 30 de agosto el gobierno aceptó las demandas de los huelguistas. Entre ellas, algo inaudito: el derecho de los trabajadores a formar sindicatos independientes y el derecho de huelga. Fue un gran triunfo.

Los acontecimientos provocaron la caída de Gierek y el nombramiento de un nuevo dirigente, Stanislaw Kania. Los sindicatos independientes se unieron y fundaron Solidaridad, que llegó a tener diez millones de miembros, la cuarta parte de la población de Polonia. Se liberó a los disidentes del KOR. Los obreros y, a su ejemplo, toda la población, usaron los nuevos derechos democráticos con un ímpetu simultáneamente generoso e imprudente. La libertad es un aprendizaje lento y difícil. Pero en ningún caso los obreros, a pesar de ciertos excesos verbales y retóricos, abusaron realmente. La agitación penetró en las filas del Partido Comunista Polaco. Dos causas explican el contagio: la primera, la abierta contradicción entre la ideología obrerista del régimen y la situación real de los trabajadores; la segunda, el sentimiento nacional siempre vivo. Cerca de un millón abandonó el partido. Otros militantes prefirieron quedarse e intentaron una reforma interior. Fracasaron pero lograron desalojar del Comité Central a la mayoría de los viejos burócratas, con la excepción de Kania y el general Jaruzelski.

Los dirigentes rusos vieron con una mezcla de estupefacción e indignación todos estos cambios. Varias veces Kania y los otros dirigentes polacos fueron llamados a Moscú para dar explicaciones y recibir instrucciones. El Comité Central del Partido Comunista Ruso envió una carta conminatoria al de Polonia: «La ofensiva de las fuerzas enemigas del socialismo amenaza a nuestra comunidad, a nuestras fronteras y a nuestra común seguridad». En diciembre se reunieron en Moscú los dirigentes de los integrantes del Pacto de Varsovia y reiteraron en tono amenazador que «Polonia había sido, era y seguiría siendo socialista». En agosto de 1981 el comandante de las fuerzas del Pacto de Varsovia, el mariscal ruso Kulinov, se presentó en la capital polaca. Ese mismo día Kania y el nuevo primer ministro de Polonia, el general Jaruzelski, se entrevistaron de nuevo en Moscú con Bréznev. En septiembre: nueva conminación pública del Kremlin al gobierno y al partido polacos. Al finalizar octubre –un mes y medio antes del golpe militar– las tropas ruso-polacas realizaron maniobras militares dentro del territorio mismo de Polonia y la televisión mostró imágenes de tanques avanzando por los campos.

Mientras el gobierno ruso y sus aliados multiplicaban las amenazas y acumulaban tropas en las fronteras, el movimiento popular polaco crecía en extensión y profundidad. Comenzaron a editarse, venciendo toda clase de obstáculos, revistas independientes. Solidaridad publicó un semanario en el que se exhibían los privilegios de la oligarquía comunista. Un semanario católico alcanzó una circulación doble –medio millón de ejemplares– al de la publicación oficial del Partido Comunista. El poeta Milosz, desterrado de Polonia desde 1953, visitó a su país. El cineasta Andrezj Wajda filmó *Hombre de hierro*, una película basada en las huelgas de Gdansk. El gobierno no abrió a Solidaridad los canales de la televisión pero permitió la transmisión por radio de los servicios religiosos. Los campesinos se unieron y formaron una agrupación semejante a Solidaridad. Los estudiantes los imitaron y pidieron que dejasen de ser obligatorias las clases de marxismo y de lengua rusa.

La Iglesia fue una fuerza moderadora. En el curso de 1981 Walesa visitó al papa, que bendijo su lucha y lo exhortó a la prudencia. La muerte del cardenal Wyszinsky no entibió las relaciones entre Solidaridad y la Iglesia. Walesa y los otros líderes se reunieron varias veces con el nuevo cardenal, Josef Glemp. La cautela de la Iglesia contrasta con el radicalismo de algunos sectores de Solidaridad. En su reunión de septiembre de 1981, el congreso de Solidaridad exhortó a los trabajadores de los países socialistas a formar, ellos también, sindicatos independientes. Resolución irreprochable pero imprudente. También lo fue la resolución relativa a la gestión de las fábricas por los trabajadores, sin intervención de la burocracia estatal. Aparte de sus dificultades técnicas de aplicación, proponer una medida de este género hería en lo vivo a la clase dominante. El realista Walesa dulcificó esta moción. Sin embargo, no fueron estas resoluciones, más bien declamatorias y utópicas, las que desencadenaron la represión: fue el miedo de la oligarquía, que vio amenazados sus intereses y que no desea compartir con nadie su monopolio político y económico. El miedo de la oligarquía y la presión de Moscú.

El 18 de octubre de 1981 se destituyó a Kania. El general Jaruzelski fue nombrado secretario general del Partido Comunista Polaco. En su persona se reúnen tres jefaturas: la del partido, la del gobierno y la del ejército. Fue la primera vez que en un país comunista, un militar asume la dirección política. Éste es un signo de la gravedad de la crisis y de la descomposición ideológica del sistema comunista. Jaruzelski es un militar político: desde hace diez años es miembro del Comité Central del Partido Polaco. Al principio, pareció propugnar una alianza entre el partido, la Iglesia y Solidaridad. Unión contranatural, tanto por la índole de los tres organismos como porque jamás hubiera podido ser aprobada por Moscú. En realidad se trataba de ganar un poco de tiempo, en espera de un pretexto para dar el golpe. El pretexto lo dieron los extremistas de Solidaridad. Reunidos en Gdansk, el 12 de diciembre, ante la oposición de Walesa, lograron que se aprobase una moción que pedía un referéndum para decidir si el pueblo aprobaba la dominación del Partido Comunista y si debía continuar la alianza militar con la Unión Soviética. Tenían razón pero eran imprudentes: olvidaron las lecciones de Hungría y de Checoslovaquia. El mismo 12 de diciembre la fuerza pública cortó las comunicaciones con el exterior, ocupó los locales de Solidaridad y arrestó a los líderes. El 13 de diciembre se decretó la ley marcial. En dos semanas el ejército sofocó los centros de agitación. Se ignoran las cifras exactas, pero se sabe que murió mucha gente y hubo miles de prisioneros. Como en 1791, la joven democracia polaca murió en 1981 de muerte violenta. Los asesinos fueron los mismos de hace dos siglos: la potencia imperial rusa y sus cómplices polacos.

Aunque es imposible prever lo que ocurrirá en el porvenir inmediato, sí pueden enumerarse algunas de las lecciones históricas y políticas que nos ha dado el movimiento obrero de Polonia. La primera es la siguiente: los sindicatos libres polacos han mostrado una vez más y sin lugar a dudas que la lucha de clases –ese concepto tan usado y manoseado por los profesores de marxismo-leninismo– es una realidad que se manifiesta en su forma más virulenta y desesperada allí precisamente donde se pretendía que había desaparecido, es decir, en los países que se llaman «socialistas». Los obreros polacos pelean por derechos que los trabajadores de casi todo el mundo han conquistado desde hace un siglo. Al mismo tiempo el movimiento sindical de Polonia rebasa el marco de la lucha de clases; sin democracia, los obreros –sea en Checoslovaquia o en Argentina, en Chile o en Bulgaria– no pueden ni organizarse ni defenderse. Ahora bien, la democracia no se limita a un grupo o a una clase: la democracia es un régimen de libertades y deberes políticos para todos. Así, la lucha de los obreros por sus derechos de clase es la lucha de la nación entera por las libertades colectivas. Ésta es la segunda lección. La tercera lección: el pueblo polaco no se enfrenta únicamente al poder de la burocracia local sino a la dominación extranjera: el combate por la democracia es también el combate por la independencia nacional. Por último, los polacos defienden no sólo a la democracia y a la independencia de su país sino a la cultura nacional, que en su caso es inseparable de la tradición popular católica. Uno de los portentos de estos años fue ver cómo los huelguistas que montaban la guardia a las puertas de la fábrica Lenin enarbolaban un estandarte con un retrato del papa. Cuarta lección: la nación no sólo es un concepto político sino cultural. Una nación es una lengua, unas creencias, una historia y una cultura. La lucha de los polacos puede resumirse, como la de todos los pueblos, en una frase: luchan por el derecho a ser lo que son.

El primer gran conflicto entre el régimen bolchevique y la clase obrera coincide casi con el nacimiento del Estado burocrático. En 1917 los bolcheviques toman el poder en Rusia. En 1918 se funda la Cheka, la policía política, y ese mismo año comienza la supresión de las libertades fundamentales. En 1920 se somete a los sindicatos obreros. En 1921 se disuelve el movimiento llamado Oposición Obrera y se aplasta con cañones y ametralladoras a los marineros de Kronstadt. ¿Qué querían esos marineros? Cito algunas de sus peticiones:

1) En virtud de que los sindicatos actuales no expresan la voluntad de los obreros y los campesinos, pedimos que se realicen inmediatamen-

te elecciones en los sindicatos, mediante voto secreto y con libertad de propaganda.

2) Exigimos libertad de palabra y de prensa para los obreros y los campesinos, los anarquistas y los partidos de izquierda.
3) Libertad de reunión y de organización sindical.
4) Liberación de los prisioneros políticos de los partidos socialistas.
5) Elección de una comisión que revise los casos de todos los detenidos en las prisiones y en los campos de concentración.

Las peticiones de los marinos rusos en 1921 no eran muy distintas a las de los obreros polacos en 1980. ¿Por qué son subversivas estas peticiones? En los países «socialistas» los gobiernos no han sido elegidos por el voto secreto y libre del pueblo. Su legitimidad reside en la ficción de la llamada «dictadura del proletariado»: esos gobiernos ejercen el poder como «representantes» del proletariado. De ahí que toda huelga adquiera inmediatamente una coloración subversiva, pues pone en entredicho la legitimidad del régimen al mostrar que la fórmula de la «dictadura del proletariado» no es sino un grosero sofisma: el sindicalismo libre arranca la careta a la burocracia. He llamado *grosero* a ese sofisma a pesar de que –gran escándalo moral e intelectual de nuestro siglo– para varias generaciones de intelectuales de Occidente y de América Latina, Asia y África, esa superchería ha sido vista como la verdad misma.

Hungría 1956, Checoslovaquia 1968, Polonia 1981: con cierta regularidad los estallidos populares conmueven al régimen de dominación burocrática. En todos los casos, más allá de las naturales diferencias, son visibles dos notas comunes. La primera: son revueltas contra un sistema que ha usurpado el nombre del socialismo; la segunda: son revueltas contra un régimen impuesto por una potencia extranjera por medio de la fuerza. Son sublevaciones democráticas y son resurrecciones nacionales. Una y otra vez los países que viven fuera del sistema imperial ruso, sobre todo las ricas y poderosas naciones de Occidente, han condenado a las represiones que han sucedido a los levantamientos populares. Una y otra vez, cada vez con menos convicción, los países de Occidente han enarbolado el espantajo de las sanciones. Una y otra vez, lo han abandonado al poco tiempo y han continuado sus negocios con los tiranos. En esta ocasión los gobiernos europeos se han negado a imponer sanciones al principal responsable del crimen: el gobierno soviético. Por su parte, los norteamericanos le siguen vendiendo trigo. Las naciones ricas de Occidente están corrompidas por el hedonismo y el culto al dinero; durante años se han encogido de hombros ante la suerte de millones en los países pobres y subdesarrollados; hoy están envenenadas por un egoísmo suicida que se disfraza de pacifismo. ¿No hay salida? Sería irreal y falso afirmarlo. El ciclo de las revueltas en el Imperio ruso no se ha cerrado. El movimiento de los obreros aplastado en 1981 ha sido un capítulo –aunque central– en la historia de los combates de los pueblos contra la dominación burocrática. Polacos, checos, húngaros, rumanos, búlgaros, cubanos, vietnamitas, camboyanos, afganos y las distintas naciones dentro del imperio: ucranianos, lituanos, tártaros y tantos otros, sin olvidar a los rusos mismos... La lista es larga. También lo es la historia: tiene el tamaño del tiempo.

México, 1981

«Crónica de la libertad» se publicó en *Tiempo nublado*, Barcelona, Seix Barral, 1983.

Un escritor mexicano ante la Unión Soviética

(Entrevista con Eugenio Umerenkov)

HISTORIA Y LITERATURA: RUSIA Y AMÉRICA LATINA

EUGENIO UMERENKOV: *Muchos consideran que el mundo actual es más racional, que en las relaciones entre las personas el cálculo se impone con firmeza sobre las emociones. Una de las formas en que esto se expresa es en la disminución del interés por la poesía, sobre todo entre la juventud. ¿Está usted de acuerdo?*

OCTAVIO PAZ: Así es, por desgracia. La poesía, que estuvo en el centro de la vida espiritual de Europa y América, ha dejado de ser la fuente de inspiración estética y sentimental de la sociedad. En mi juventud, los grandes héroes de mi generación eran los escritores y, en primer lugar, los poetas. También admirábamos a los hombres de ciencia, a un Einstein o a un Freud, que fueron poetas a su manera. ¿A quién admiran hoy los jóvenes?

La poesía ha acompañado e iluminado a los hombres durante toda su historia, probablemente desde el paleolítico. Su eclipse actual se debe no sólo al carácter de nuestra cultura, predominantemente tecnológica, sino a las fallas de la enseñanza. La memoria histórica de un pueblo se transmite a través de la escuela y la universidad. Y en todo el mundo, incluyendo a México, la literatura y particularmente la poesía tienen hoy un lugar secundario. Esto repercute gravemente en la conciencia del país y en su identidad espiritual, puesto que la poesía es, ante todo, la memoria social, el idioma en su forma más pura y clara. El idioma, cada idioma, no sólo es un medio de comunicación sino una visión del mundo. Y esa visión encarna, por decirlo así, en los grandes poemas. Cuando esto se olvida, la sociedad se olvida de sí misma.

Me sorprende y apena que suceda lo mismo en la Unión Soviética. En Rusia, conozco poco a las otras repúblicas, la literatura y la poesía ocuparon siempre un lugar central. En mi juventud leí con pasión a Turguénev, Dostoyevski, Tolstói, Chéjov y, en fin, a los grandes novelistas del siglo XIX. Todavía los frecuento. También leí a Pushkin aunque, a decir verdad, lo aprecié menos; parece que es dificilísimo traducirlo y queda poco de su poesía en las versiones a otras lenguas. Pero he leído mucho y con fervor a los poetas modernos.

–*¿A cuáles?*

–Creo que a los más importantes. Los leí de un modo desordenado, al azar de mis lecturas y de las traducciones disponibles. El primero fue Mayakovski, muy traducido cuando yo comenzaba a escribir. Unos diez años antes, en 1925 –no sé si usted lo recuerde–, había pasado por México y aquí escribió algunos poemas. Mayakovski fue el segundo poeta ruso que nos visitó; antes, a principios de siglo, el poeta simbolista Constantín Bálmont pasó una larga temporada en México y en Yucatán, atraído por la cultura maya. Pero ¿quién lee hoy a Bálmont? En cambio, la poesía de Mayakovski ha conservado su energía y su pasión. Al menos sus grandes poemas, anteriores a la Revolución, como *La nube en pantalones* y *Flauta de vértebras*, así como *Acerca de esto*, inspirado por sus tempestuosos amores con Lili Brik. Cuando me enteré de su suicidio, sentí que una sombra empañaba mi visión de la Rusia comunista. Pero la sombra se disipó pronto: creí como todos que el suicidio había sido la respuesta a insolubles conflictos íntimos: «la barca del amor /destrozada por la vida cotidiana», como escribió en su poema de despedida. Era verdad... pero no toda la verdad. Años después supe que el fracaso de sus amores con una rusa blanca (Tatiana Yákovleva) exiliada en París y con la que no podía reunirse, había ensombrecido sus años finales. El drama de los amantes separados por la política es un tema de nuestro siglo y reaparece de manera inolvidable en *El doctor Zhivago*. El caso de Mayakovski es muy complejo: sus desdichados amores acentuaron sin duda su predisposición al suicidio pero no es posible ignorar su ambigua situación como poeta y como comunista, rodeado por literatos mediocres y aduladores del poder, oportunistas de baja laya y policías disfrazados de críticos. En un número de *Vuelta* que dedicamos a la literatura soviética, hace unos años, publicamos el relato de la actriz Veronika Polónskaya, su último amor, en el que cuenta los días que precedieron al suicidio. Fueron terribles. ¡Y pensar que fue Stalin el que decretó el culto a Mayakovski!

–*¿Otros poetas?*

–Pasternak fue uno de mis favoritos. Lo comencé a leer por consejo de Victor Serge hacia 1942. Me siguen gustando muchos de sus poemas, sus novelas cortas y sus ensayos autobiográficos. Su novela ha envejecido; sin embargo, contiene páginas que no es fácil olvidar: el sentimiento de la naturaleza y los misteriosos cambios de las estaciones que ritman, por decirlo así, con la pasión de Zhivago y de Larisa.

–*¿Y los simbolistas?*

–Los siento un poco lejos, tal vez por mi cercanía a sus maestros y predecesores: los simbolistas franceses. Pero Blok es, no cabe duda, un poeta considerable.

–*¿Y Bély?*

–Prefiero su gran novela, *Petersburgo*. También leí en esos años a Esenin. Excelente poeta. Otro suicida. Pero mi iniciación en la literatura rusa fue anterior a la lectura de esos poetas. Comenzó cuando yo tendría unos dieciséis o diecisiete años. En la biblioteca de mi abuelo leí a Turguénev (su *Primer amor* me produjo una explicable turbación: ¡un adolescente que se enamora de la querida de su padre!) y, claro, a Tolstói. Una gran conmoción, no sentimental sino intelectual, fue la lectura de una de las novelas históricas de un escritor simbolista, Dmitri Merezhkovski. Hoy es un autor olvidado pero ese libro produjo en mí un sacudimiento hecho de melancolía y entusiasmo.

–*¿Qué libro fue?*

–*La muerte de los dioses*, una biografía novelada del emperador Juliano, mal llamado el Apóstata. Juliano se convirtió *ipso facto* en uno de mis héroes. Lo sigue siendo. Un poco después, al entrar en el bachillerato –en 1930, un año de gran inquietud política entre los estudiantes mexicanos– mis amigos y yo leímos con avidez a Leonid Andréyev.

–*¡Otro simbolista!*

–En aquella época ni conocíamos ni nos importaban las filiaciones literarias. Nos sedujo uno de sus personajes, Sashka Zhegulev, un estudiante que decide unirse a los campesinos y que se convierte en un guerrillero. Mi generación sintió muy profundamente el llamado de la violencia y muchos se reconocieron en el héroe de Andréyev. Nos parecía un precursor romántico de nuestros afanes revolucionarios.

–*Pero Andréyev murió en el destierro, en plena Revolución y peleado a muerte con los comunistas.*

–Nosotros no lo sabíamos. El despotismo burocrático soviético no sólo mató gente sino que saqueó tumbas, manchó reputaciones y borró nombres. Poco a poco redescubrimos a las víctimas de las tiranías del siglo XX. Por ejemplo sólo hasta que aparecieron las memorias de Nadezhda Mandelstam, una mujer heroica y una admirable escritora, pudimos enterarnos en Occidente del calvario de Ósip Mandelstam. En uno de los primeros números de *Plural*, hace veinte años, publicamos algunos fragmentos del libro de Nadezhda y el célebre poema de Ósip dedicado a Stalin y que le costó la vida[1].

–*¿Le gustan los poetas* acmeístas*?*

–Me gusta Mandelstam, un poco menos Ajmátova y casi nada Gumiliov –un parnasiano un poco *daté*, incluso para su tiempo. Mandelstam es un gran poeta pero la doctrina acmeísta era ya anticuada en 1910. ¡Gautier, Leconte de Lisle y Heredia precisamente cuando Apollinaire y otros abrían nuevos horizontes poéticos! Al decir esto, siento remordimientos: no olvido el fin de Gumiliov fusilado por la Cheka en tiempos de Lenin ni las penalidades de Anna Ajmátova y su familia. El régimen comunista fue particularmente cruel con los escritores. Además, reconozco que mi competencia es muy limitada: desconozco el ruso. Pero yo no hablo de las obras poéticas de los acmeístas sino de su doctrina. Confieso que me siento más cerca de los futuristas, Jlébnikov y Mayakovski. En ellos está presente el siglo XX que nace. El Parnaso fue, en Francia, una reacción frente al romanticismo ya en decadencia, duró poco y fue desplazado por el simbolismo, que dio en todas las lenguas europeas grandes poetas. La aparición del acmeísmo, una tendencia derivada del Parnaso y no antes sino *después* del simbolismo ruso, me parece una excentricidad histórica y literaria. No me escandalizo, soy un escritor de lengua española y estoy acostumbrado a esas excentricidades. España y América Latina han danzado siempre a contrapelo de Europa, como ustedes. Los eslavos y los iberos son los dos extremos de Occidente. Y los extremos de esos extremos somos ustedes y nosotros: en los rusos hay un elemento asiático y en los mexicanos uno precolombino. Pero volvamos a la literatura...

–*Volvamos.*

–El año pasado leí la notable autobiografía de Nina Berbérova (*C'est moi qui souligne*), fascinante crónica de la emigración rusa en Berlín y en París en los años que siguieron a la Revolución: Bély, Bunin, Rémizov, Gorki en Sorrento, la poetisa Zinaída Guippus (inteligente diablesa, mujer de Merezhkovski), la hechicera y hechizada Marina Tsvetáyeva (otra suicida), el entonces joven Nabokov y tantos otros. Entre ellos un alto

1. Hace unas semanas el suplemento literario de un diario de México publicó un artículo sobre Mandelstam, acompañado de una traducción del mismo poema. No del ruso: una traducción de una traducción. ¿La traductora no sabía que ese poema había sido traducido directamente del original por uno de nuestros mejores poetas, Gerardo Deniz? ¿En qué país vivimos?

poeta que llevaba escrito en la frente, como Nerval según Baudelaire, la palabra *desdicha*: Jodasévitch.

–*¿Y la prosa?*

–Fui un gran lector de novelas y cuentos: Bábel, Pilniak...

–*¿Y Zamiatin?*

–Lo descubrí un poco tarde. Ya había leído a Orwell y a Huxley cuando llegó a mis manos *Nous autres*, su novela de anticipación política, alucinante retrato del totalitarismo soviético. El caso de Zamiatin es una prueba más de que la crítica al régimen comunista no comenzó con los llamados disidentes: surgió al otro día de la Revolución y en el seno mismo de la Unión Soviética. Desde entonces no cesaron las denuncias y las críticas...

–*Inoídas...*

–Inoídas, sí... El mundo no quería oír, sobre todo los intelectuales. Todo cambió cuando comenzaron a aparecer los libros de Solzhenitsyn, Sájarov y los otros disidentes. Pero para esos años ya era visible la crisis del régimen: Jruschov había conmovido al mundo con sus revelaciones. Antes, sólo una minoría en Occidente y América Latina nos atrevíamos a criticar la realidad soviética. Pretendieron acallarnos por todos los medios, del silencio a la injuria y la calumnia. Todavía muchos, en México, no me perdonan...

–*¿Por qué?*

–Despecho, resabios estalinistas, ¡vaya usted a saber!... En fin, en la polémica contra las imposturas del «socialismo real» hay que distinguir entre la crítica de sus víctimas, los soviéticos, y la de los intelectuales de Occidente. La primera me parece más importante por su carácter testimonial. Puede dividirse en tres grandes corrientes: los poemas, testimonios y obras de ficción de los poetas y novelistas; la crítica de los disidentes revolucionarios, de los anarquistas a los trotskistas; y la crítica de escritores y filósofos tradicionalistas, como Berdiáyev y Solzhenitsyn. En mis escritos y polémicas sobre la realidad del sistema soviético me serví sobre todo de las denuncias del segundo grupo, tanto porque estaba familiarizado con las ideas de anarquistas, socialistas y comunistas como porque ese lenguaje era el único que podían comprender mis adversarios. Me equivoqué en lo segundo: jamás pude sostener un verdadero diálogo con los intelectuales de izquierda de México y de América Latina. Ésta ha sido una de mis grandes decepciones.

–*¿Cuál fue el hecho que lo decidió a separarse del marxismo-leninismo?*

–En realidad, nunca fui un verdadero marxista y menos aún un leninista. La figura de Lenin no me inspira simpatía alguna. En cambio, admiré a Trotski, aunque tampoco fui trotskista. Mis primeras dudas e inconformidades surgieron por lo que vi en España y, después, por mi trato con mis amigos comunistas en México. La cuestión de la libertad del arte –nunca creí en el «realismo socialista»– fue una divergencia fundamental. En seguida se precipitaron distintos acontecimientos que me abrieron los ojos, como el pacto germano-soviético y el asesinato de Trotski. Pero lo decisivo fue descubrir, después de la guerra, que en la Unión Soviética existían campos de concentración como los de la Alemania nazi. En octubre de 1950 escribí un artículo en el que denuncié los campos de trabajos forzados soviéticos. Fue publicado en la revista argentina *Sur*, dirigida por Victoria Ocampo, por mediación del escritor José Bianco. Las revistas mexicanas me habían cerrado de antemano las puertas: nadie quería saber la verdad de lo que ocurría en la URSS. Sin embargo, todavía en esos años no había perdido enteramente las esperanzas: creía que era posible una rectificación revolucionaria que enderezaría los entuertos de Stalin... El proceso de desintoxicación ideológica fue largo y penoso.

–No me ha dicho nada de la crítica de Berdiáyev y los otros.

–Creo que fueron los más certeros y profundos, como lo prueban los acontecimientos que ahora presenciamos. Berdiáyev no partía de una teoría sino de la realidad más honda y concreta: la historia espiritual del pueblo ruso. Al lado de Berdiáyev debo citar a otro filósofo: Lev Shestov. Me iluminó y me ayudó a resistir la seducción del existencialismo a la Sartre, predominante en esos años.

–¿Quiere decirme algo más sobre los poetas?

–Creo que la poesía de Mandelstam, Pasternak y Ajmátova salvaron la continuidad espiritual de Rusia. La tradición poética de ustedes es muy vigorosa; después del «deshielo», como llamó Ehrenburg a ese período (algún otro día le hablaré de mi encuentro con Ehrenburg en España, en 1937), aparecieron otros nombres, como Voznesenki, Yevtushenko y, sobre todo, Joseph Brodsky.

En cierto modo la función de la poesía en Rusia ha sido semejante a la de la poesía en América Latina. En cambio, en Europa occidental esa influencia termina con la segunda guerra mundial; después de la guerra se instaló allá la dictadura de los ideólogos y de los sofistas. En América Latina, por el contrario, al igual que en la Unión Soviética, los poetas no perdieron ni su influencia ni su posición central. Para mí es imposible no recordar a Pablo Neruda. Me separaron de él divergencias políticas y dejamos de hablarnos durante 20 años (él era un estalinista convencido y yo había roto con el estalinismo) pero siempre lo admiré y lo quise. Fue una de las grandes figuras en la vida del continente, como César Vallejo y Jorge Luis Borges. Sin ellos América Latina no sería lo que es ni tendría conciencia de sí misma. Este período está llegando a su fin. A veces me siento un sobreviviente...

–*¿Qué influencia tuvo en usted la literatura rusa?*

–Muy profunda. En mi juventud leí mucho a los novelistas franceses –Stendhal, Balzac, Flaubert, Proust– pero algunas ideas y verdades primordiales que no encontré en ellos, las descubrí en los escritores rusos. Antes que nada, admiro a Dostoyevski. Su Iván Karamázov es, al mismo tiempo, el retrato inolvidable de una persona única y el retrato colectivo de los intelectuales europeos del siglo XX. Aunque Iván no cree en Dios, cree en el diablo; sus sucesores, los Sartre y los Lukács, tampoco creyeron en el diablo; sin embargo, estaban poseídos por él y lo adoraron en una de sus manifestaciones: la ideología. Estos intelectuales fueron cómplices, casi siempre involuntarios aunque no inocentes, de muchos crímenes de nuestro tiempo... En fin, la literatura rusa siempre fue para mí un contrapeso del racionalismo de la literatura de Occidente. En 1958, cuando los escritores mexicanos de izquierda atacaron con saña a Pasternak, escribí un largo ensayo en su defensa y en la de su hermosa novela.

LOS ESCRITORES Y EL TOTALITARISMO

A lo largo de su obra usted ha tratado de determinar el lugar de la poesía en la historia. En una ocasión escribió que la poesía no debía cantar a la historia sino ser ella misma historia. ¿Qué hay detrás de esta fórmula, y cómo puede la poesía «guardar su distancia» ante los cataclismos sociales de nuestra época?

–La poesía siempre ha sido un barómetro muy sensible a los cambios del clima histórico. Pero es un barómetro peculiar. El poeta no es ni un moralista ni un político; su misión es otra, otra su forma de pensar y otra su naturaleza espiritual. Casi siempre de manera cifrada, la poesía refleja –no, no refleja: *muestra*– la verdadera cara de la sociedad. La cara oculta, la parte invisible de la realidad. Por ejemplo, con mayor profundidad y fidelidad que los políticos y que los sociólogos, la literatura moderna ha mostrado el vacío espiritual de nuestro tiempo. No se puede comprender al siglo XX si no se ha leído a los grandes poetas y novelistas que describieron con terrible clarividencia la realidad de nuestra época. No trataron en sus novelas y poemas los problemas políticos, sociales y económicos sino lo que se oculta tras ellos: las almas humanas, los conflictos que escinden nuestra intimidad, las obsesiones que pueblan nuestros insomnios. Escritores como Kafka y Eliot revelaron lo que realmente sucede en lo profundo de cada conciencia moderna.

–¿Qué piensa usted de las uniones de escritores? Hace poco, en la Unión Soviética se anunció la creación de una asociación de escritores independientes, rompiendo con la organización oficial. ¿Vale la pena que los escritores se unan, si su trabajo es, por su naturaleza, intrínsecamente individual?

–Las uniones de escritores son positivas a condición de que sean realmente independientes. Uno de los problemas de la literatura, en todos los tiempos, es la intromisión del poder. A veces las intromisiones fueron de la Iglesia y otras de los gobiernos; ahora las corporaciones económicas se entrometen. La influencia del criterio mercantil ha degradado a la literatura. El servilismo del éxito es tan nocivo como el servilismo ideológico. Así que la idea de crear uniones destinadas a defender la independencia de los escritores y garantizar que no sean corrompidos por el dinero o sometidos por el poder, me simpatiza. Sin embargo, es claro que el trabajo del escritor es fundamentalmente un trabajo solitario. El escritor trabaja solo; su verdadera forma de comunicación con el público es a través de la palabra escrita o hablada... Lo más alejado de la literatura es la prédica de los políticos, los moralistas y los obispos.

–En 1937 usted participó en el II Congreso Internacional de Escritores Antifascistas. Un poco después se inicia su crítica al sistema totalitario, instalado en la Unión Soviética por Stalin. ¿Cómo explicaría usted que, a pesar de las represiones estalinistas y de los «procesos de Moscú», que el mundo conocía bien, muchos eminentes escritores de Occidente expresasen su solidaridad con la dirección comunista?

–Este asunto es muy complejo... En primer lugar, la conciencia de los intelectuales de Occidente había sido sacudida por los horrores de la primera guerra mundial. Fue una carnicería monstruosa. Además, la democracia, como forma de organización sociopolítica de la sociedad, estaba muy desprestigiada en aquellos años. El descrédito se debía, principalmente, a que las dos grandes democracias europeas –la inglesa y la francesa– estaban vinculadas al imperialismo: las dos poseían enormes imperios coloniales. Por último, el mundo acababa de sufrir una terrible crisis económica, la «gran quiebra neoyorkina» de 1929. Aunque el capitalismo había mejorado la condición de los trabajadores en Europa y en los Estados Unidos, la gran crisis económica de la primera postguerra y los disturbios sociales y políticos desvanecieron en muchas conciencias la antigua seguridad optimista que predominó al comenzar el siglo XX. Para mi generación los términos *democracia parlamentaria, injusticia social, imperialismo, capitalismo, crisis económica, desempleo* y *guerra* se convirtieron en sinónimos.

En este período de incertidumbre, dudas y angustia colectiva aparecen los proyectos totalitarios. Por una parte, el proyecto de los bolcheviques, heredero de un gran sueño de la humanidad: el socialismo. No debe negarse la gran fuerza de atracción de la idea socialista. De paso: entre los bolcheviques, aunque desde hace mucho disiento de sus ideas, había personalidades extraordinarias. Y este grupo, con su proyecto, propuso al mundo una esperanza. Un poco después, aparece otro proyecto totalitario, el fascismo, que predicaba abiertamente la violencia pero que reflejaba también los males que aquejaban a la sociedad y que proponía un «nuevo orden» frente al caos de la primera postguerra. Como el comunismo, el fascismo y el nazismo atrajeron a notables intelectuales de esa época: uno de los grandes poetas de este siglo, Ezra Pound, fue un adorador de Mussolini y uno de los filósofos más influyentes de nuestra época, Heidegger, fue nazi.

Las soluciones totales fascinaron a los intelectuales. No es imposible, aunque sea difícil, comprender la «seducción totalitaria», como la llama Revel. Sus raíces son psicológicas y religiosas. En el mundo moderno cada uno se siente aislado, indefenso, perdido en el anonimato de las grandes ciudades. Las democracias contemporáneas hacen de cada individuo, moralmente, un fantasma, un alma en pena: los vínculos familiares y morales se rompen, las viejas creencias se disgregan y la conciencia individual se vuelve conciencia de nuestro vacío e insignificancia. La sociedad moderna nos quita muchas certidumbres y nada nos da en cambio, salvo una libertad negativa. Transformar esa libertad en un puente que nos una a los demás es muy difícil, casi imposible. Si en el horizonte de la libertad no aparecen ni el otro ni los otros, la libertad no nos libera: nos encadena a nosotros mismos. Las democracias contemporáneas multiplican los egoísmos. La gran ausente de nuestro mundo es la palabra *fraternidad*.

Las sociedades democráticas liberales no ofrecen un proyecto de futuro. Carecen de lo que podría llamarse *metahistoria*, es decir, de una visión del hombre que englobe su pasado, su presente y su futuro. Una visión en la que todos se reconozcan. Ésta ha sido siempre la función de las religiones (y, para algunos individuos y grupos aislados, de la filosofía). En el siglo XX esta función fue usurpada por las ideologías totalitarias. La usurpación fue posible por lo siguiente: aunque la democracia liberal es un método, el mejor que conocemos, de convivencia social y de gobierno, no tiene respuestas para las preguntas esenciales que nos hacemos los seres humanos. El *porqué* y el *para qué* de nuestra presencia en la tierra son temas que no toca ni puede tocar la filosofía democrática liberal.

Si se tiene en cuenta todo esto –una situación que puede resumirse en esta frase: el vacío espiritual del mundo moderno– se podrá entender el éxito, en la primera mitad del siglo, de las ideologías totalitarias. Todos esos grandes proyectos históricos –construiremos una sociedad justa, cambiaremos el mundo, instalaremos la fraternidad universal y demás– no son otra cosa que la herencia de los sueños religiosos del Medievo, del Renacimiento y de las utopías sociales de los siglos XVIII y XIX. No es extraño que estas ideas se apoderasen de las mentes de los intelectuales.

En la actitud de los escritores también se reflejaba el miedo a la libertad. Las raíces de ese miedo eran existenciales e históricas. La modernidad, al hacer la crítica de las religiones, despobló las almas; cada hombre moderno, especialmente en la clase de los intelectuales, tuvo que hacer frente a su propio vacío interior: ¿con qué y con quiénes poblarlo? Las catástrofes del siglo XX, sobre todo las consecuencias de la primera guerra mundial, agudizaron y profundizaron la crisis de los intelectuales. La mayoría retrocedió, tuvo miedo de su libertad solitaria y se refugió en ideas y creencias colectivas, vagos remedos de las antiguas comunidades de creyentes.

La conversión de los intelectuales a esas ideas y partidos fue menos excusable que la del hombre de la calle. Abrazar ideologías sumarias y despóticas, después de la gran lección de heroísmo intelectual de Kant y de la Ilustración, fue algo peor que una renuncia: una abdicación. Los intelectuales dejaron de ser lo que habían sido desde el siglo XVIII: la expresión de la conciencia crítica de Occidente. Se convirtieron en apologistas de una fe y se volvieron cruzados. Éste ha sido el gran pecado de los intelectuales del siglo XX. Al aceptar ciegamente conceptos sociales pseudorreligiosos, como lo fueron el comunismo y el fascismo, renunciaron a la visión crítica del escritor frente a la sociedad. De ahí a convertirse en cómplices intelectuales de los verdugos en el poder no había sino un paso… que muchos dieron.

–Su desacuerdo con el «realismo socialista» comenzó a fines de los años treinta, aunque entre sus partidarios se encontraban escritores de fama mundial y a pesar de que usted apenas traspasaba los veinte años. ¿Qué fue lo que determinó su posición?

–El «realismo socialista» no era realista. Encontré un verdadero «realismo» en escritores que no se consideraban realistas, como Franz Kafka o Marcel Proust. Al mismo tiempo, vi que las obras del «realismo socialista» representaban una versión simplista del mundo, una visión en blanco y negro: ellos son malos y nosotros somos buenos. Esto me parecía una estupidez. Yo estudié en un colegio católico y allí conocí ese sistema simplista de dividir al mundo en malos y buenos: ellos y nosotros. Si el «realismo socialista» no era realista, ¿era socialista? Las novelas y poemas de esos autores eran una caricatura o, en los mejores casos, un disfraz optimista, del socialismo. En suma, el «realismo socialista» no era ni socialista ni realista.

Recuerdo que en esos años, hacia 1950, en lo más intenso de la «guerra fría», Pablo Neruda publicó varios poemas en los que ensalzaba a Tito. En cuanto el partido comunista cambió de política, Neruda comenzó a insultar en sus versos a ese mismo Tito... Ahí vi un ejemplo del falso realismo: un héroe no puede convertirse en un canalla por decisión del Comité Central.

–¿Considera usted que el escritor puede justificar la violencia, incluso exhortar a ella, por un «objetivo justo»?

–Me parece terrible. Recordemos el proverbio: «El camino al infierno está empedrado de buenas intenciones». Puede que en Rusia tengan ustedes un refrán parecido. El problema de los fines y los medios es muy antiguo y no es la primera vez que surge ni mucho menos. Cada vez que un grupo –Iglesia, Estado o partido– se cree propietario de la verdad absoluta, no vacila en cometer toda suerte de actos reprobables y aun de crímenes, justificado por sus principios. Los fines llamados buenos, si son absolutos, justifican todas las iniquidades. En México, durante el período virreinal, la ortodoxia eclesiástica tenía a la Inquisición, policía de las almas; la Inquisición desapareció pero no la pretensión a regir las conciencias y las conductas. Muchos años más tarde, los intelectuales revolucionarios de izquierda mostraron la misma intolerancia de los clérigos de la Contrarreforma. En un caso, la verdad revelada; en otro, la verdad revolucionaria: dos absolutos y dos inquisiciones.

–¿Cuál es el lugar del escritor en su relación con los que detentan el poder? ¿Puede tomar parte en la actividad social desde el poder o su destino es otro, el de crear en la sociedad el poder espiritual, moral, el «poder de la conciencia»?

–Es difícil responder categóricamente a su pregunta. Cada caso tiene su propia lógica. En general, creo que el lugar del escritor, como escritor, está en su casa; su tarea consiste en escribir lo mejor que pueda. Por otra parte, el escritor vive en sociedad. El ermitaño existe no fuera sino frente a la sociedad; su soledad lo convierte en la excepción que confirma la existencia de esa sociedad que niega. Lo mismo ocurre con el escritor: es un solitario que escribe para los demás. El escritor no está solo: vive en relación con sus lectores. Y hay algo más: en la Edad Moderna la crítica es una de las dimensiones de la creación literaria. Homero y Virgilio no fueron críticos de su mundo pero Cervantes, Balzac y Tolstói sí lo fueron; Baudelaire fue a un tiempo el cantor y el crítico de la ciudad moderna.

La crítica comienza en Occidente con la aparición de los intelectuales como clase, es decir, hacia el siglo XII. El intelectual medieval era un clérigo que hacía con frecuencia la crítica del poder y de la autoridad, fuese la temporal o la espiritual. Poco a poco el clérigo se transforma en intelectual laico y en el siglo XVIII los intelectuales se constituyen como un poder social hasta cierto punto autónomo. Desde entonces el intelectual ha ejercido una influencia, casi siempre fecunda y liberadora, en la historia. No debemos renunciar a esa influencia pero, para conservarla, tenemos que ser fieles a la misión crítica que la tradición moderna asigna al intelectual desde la época de la Ilustración. Por esto hay que guardar nuestras distancias ante los poderes de este mundo.

Naturalmente, no condeno la colaboración activa de un escritor con un gobierno o con un partido, siempre que no esté inspirada por motivos de bajo interés o de simple ambición. Pero esa colaboración es muy peligrosa y casi siempre termina mal: o el escritor se somete o rompe con el poder. El escritor debe conservar su independencia interior; jamás las consideraciones de eficacia política o de fidelidad a su partido deben sobreponerse a lo que le diga su conciencia. Criticar a nuestros enemigos es fácil; lo difícil es tener el valor de denunciar los crímenes y las faltas de nuestra Iglesia, nuestro partido o nuestro país. Nuestros grandes modelos deberían ser un Bartolomé de Las Casas, un Voltaire, un Zola y en los tiempos modernos un Gide o un Orwell. Con esa vara hay que medir a los intelectuales del siglo XX.

TRADICIÓN Y CAMBIO, IMPERIO Y DEMOCRACIA

En sus obras usted se refiere con frecuencia a la tradición de la ruptura. ¿Romper con el pasado, con la tradición? ¿Qué es más importante para el poeta: ser fiel al pasado o saber cambiar?

–Esto depende de cada poeta. Yo pertenezco a una generación que surgió de la vanguardia. Y los vanguardistas, lo mismo los cubo-futuristas rusos que los surrealistas franceses o los modernistas americanos, todos, rompieron con el pasado. Es cierto que he hablado con frecuencia de la «tradición de la ruptura»; sin embargo, hace ya más de veinte años escribí que nos encontramos al final de esa tradición. Hoy están en entredicho dos ideas que dominaron la vida intelectual de la primera mitad del siglo: la idea de la *revolución* y la idea de la *vanguardia*. También he señalado el renacimiento de la palabra *tradición*; comienza ahora un período que me he atrevido a llamar de «convergencia literaria». (Un libro mío de ensayos que aparecerá en noviembre de este año tiene por título justamente: *Convergencias*.) No se trata de un regreso mecánico al pasado: el pasado es lo pasado. Hemos entrado en una época en la que la tradición va a jugar un papel cada vez más determinante en las artes y las letras. Aclaro: la nueva literatura no será una literatura tradicionalista: eso sería la muerte de la literatura. Tampoco buscará la novedad por la novedad. La nueva literatura, más que nueva será *distinta*; lo será no por negar a la tradición sino gracias a la continuidad con el pasado. ¿Qué es lo que ha quedado de la vanguardia? Un puñado de notables poemas y novelas. Las tendencias pasan, quedan las obras.

–Hablando de otra tradición, la social, ¿cómo valora usted los dramáticos cambios políticos en la Unión Soviética y en los países de Europa Oriental? Los viejos regímenes se derrumbaron de pronto y en todas partes se ha proclamado la libertad y la democracia. ¿Pero puede la democracia surgir y existir sin una tradición democrática?

–Precisamente cuando la prensa anunció que San Petersburgo había recobrado su nombre original, yo leía la admirable novela del mismo nombre de Andréi Bély. Confieso que esta coincidencia me pareció feliz y llena de significado. Como todos los grandes acontecimientos históricos, lo que ahora sucede en la Unión Soviética es un regreso a los orígenes y un nuevo comienzo. Por lo primero, ustedes redescubren su tradición, rota por los bolcheviques; por lo segundo, se proponen cambiar a su país y, en cierto modo, *inventar* otro. Doble tarea, en apariencia contradictoria: hacer *otro* país que sea el *mismo* país. O dicho más simplemente: ustedes se proponen recobrar su pasado, que nunca fue democrático, y establecer una democracia. El ejemplo de América Latina –especialmente el de México– puede ayudarnos a entender el predicamento de ustedes y la inmensidad de la tarea que les espera.

Nosotros nos hicimos independientes a principios del siglo XIX. El Imperio español fue una construcción política imponente, como esos conventos-fortalezas del siglo XVI que aún pueden verse en el campo mexicano. Todavía duran muchos de sus efectos, algunos de ellos benéficos, pese a lo que se ha dicho. Toda la historia moderna de México ha sido un diálogo –a ratos polémica y otros dúo de amor– con los tres siglos del virreinato. Ahora bien, el Imperio español nunca fue democrático y ésta ha sido una de las causas de las dificultades que hemos experimentado para ingresar en la modernidad. Aunque nuestros pueblos no tenían experiencia de la democracia como sistema de gobierno y de convivencia social, los caudillos y dirigentes del movimiento de Independencia, influidos por las ideas de la época, decidieron establecer en nuestras tierras regímenes republicanos y democráticos semejantes a los que admiraban en Europa y los Estados Unidos. Fue un acto de imitación que no fue acompañado de una reforma social y política. Desde hace muchos años he señalado, en varios ensayos, el paradójico resultado de nuestra Independencia: las nuevas repúblicas seguían siendo las viejas colonias. No cambiaron sus condiciones sociales sino que se cubrió la realidad con la retórica legalista de las constituciones liberales y democráticas. Las instituciones republicanas fueron fachadas y nada más. Así comenzó en México y en América Latina el reinado de la mentira y la duplicidad.

Algo semejante ocurrió en su país: del mismo modo que la oligarquía de la época de Porfirio Díaz gobernó a los mexicanos con la máscara del liberalismo republicano, la *nomenklatura* comunista los ha gobernado a ustedes tras la careta del socialismo. En México, la mentira ha durado dos siglos; en la Unión Soviética setenta años. Por esto, la crítica moral y política en nuestros países, en el suyo y en el mío, es una tarea de higiene pública. Hay que acabar con el foco de infección: la mentira. El origen de la mentira está en la contradicción entre la realidad real del país y las instituciones. Hay que cambiar a las instituciones y adaptarlas a la realidad: que Leningrado, nombre usurpado, vuelva a llamarse San Petersburgo, su nombre real. Pero hay que cambiar a esa realidad autocrática y arcaica que designa San Petersburgo y convertirla en una realidad humana y moderna. Hay que trazar un puente entre la realidad real y las instituciones, que son la realidad legal. Ese puente se llama, en términos intelectuales, crítica moral e histórica; en términos políticos, democracia.

Los siglos XIX y XX han sido para los países latinoamericanos un largo y doloroso período de aprendizaje democrático. Todos han pasado por etapas de anarquía seguidas por años y años de dictaduras. El proceso de México hacia la democracia aún no termina; nuestra transición del sistema de partido hegemónico hacia el pluralismo democrático ha sido y es lenta y sinuosa. No es difícil entender por qué: es relativamente fácil liberarse de nuestros opresores; no lo es liberarse de nuestro pasado. En México ni el partido en el poder ni los partidos de oposición han logrado aprender el *abc* de la democracia: saber perder, aceptar la victoria del contrincante. Ojalá que ustedes logren crear y afianzar un sistema democrático más rápidamente que las naciones latinoamericanas. De todos modos, necesitan la acción purificadora de la crítica, iniciada por sus grandes y heroicos disidentes, como Sájarov. El proceso será difícil y complicado: los rusos son herederos de un imperio no menos sino más absolutista que el español y, como nosotros, tampoco han tenido gran experiencia democrática.

La democracia nunca ha surgido espontáneamente. Los ingleses necesitaron más de un siglo para llegar a ella. Una y otra vez los franceses han tenido recaídas en regímenes personalistas. Los alemanes y los italianos comenzaron a ser demócratas después de la segunda guerra mundial. En España y en Portugal la democracia sólo hasta ahora comienza a afianzarse. En Japón sigue siendo muy imperfecta... El único país que comenzó su historia en forma realmente democrática fueron los Estados Unidos. La razón es que los Estados Unidos no tuvieron un pasado feudal ni conocieron el absolutismo monárquico. Sus orígenes nacionales se confunden con los de la Edad Moderna: comenzaron con la Reforma y la Ilustración. En cambio, para el resto del mundo la conversión hacia la democracia ha consistido en un prolongado período de aprendizaje. Ustedes no serán la excepción.

–*¿Qué peligros podrían surgir en el camino que conduce a la elaboración de tradiciones democráticas en los países exsocialistas?*

–Antes que nada, la interrupción violenta de los procesos democráticos[1]. La situación actual –la política y la económica– puede tentar a muchos aventureros y facciones, tanto a los conservadores comunistas como a la extrema derecha. El otro peligro sería el de copiar ciegamente a las democracias occidentales. Aunque admiro su temple y su rectitud, no estoy de acuerdo con muchas de las actitudes de Solzhenitsyn ni con sus nostalgias monárquicas; sin embargo, comparto sus advertencias respecto a la tentación de seguir maquinalmente a Occidente. El culto al éxito, al dinero, a la publicidad y a la técnica es el camino hacia la quiebra moral de las naciones. Los pueblos pierden primero su alma y después sus de-

1. Esto se dijo una semana antes del fracasado golpe de Estado.

rechos. Si algo me hizo amar a la literatura rusa fue que a ella se le podía aplicar una palabra hoy desvalorizada en Occidente: *alma*. La literatura rusa tiene alma. Y la tiene porque en Rusia hay una tradición espiritual. Esto es algo esencial y que ustedes deben conservar a toda costa. Tengo fe: si lograron conservar el alma del pueblo durante los años del comunismo, creo que la preservarán de las tentaciones de la democracia liberal.

Por supuesto, mi condenación no es absoluta. Aunque los Estados Unidos y Occidente no son un ejemplo, no estaría nada mal tomar algo de ellos. Por ejemplo, las tradiciones morales del sistema democrático de Estados Unidos. Ese país es realmente democrático, a pesar de que está dañado por el culto al dinero, la publicidad, el hedonismo epidérmico y el feroz individualismo. En los Estados Unidos todavía están vivos los principios morales de los fundadores de la nación. Es difícil imaginar que en alguna otra parte pudiese ocurrir algo parecido a lo de Watergate: un presidente fuerte y popular tiene que irse obligado por la indignación que causó la amoralidad de uno de sus actos. Es un ejemplo admirable y que, en mi opinión, deberíamos todos imitar. ¡Qué diferencia con Fidel Castro, que no vacila en sacrificar a su pueblo!

A propósito de Castro y de la sobrevivencia de su régimen: algunos intelectuales latinoamericanos de izquierda se mesan las barbas, estremecidos ante la posibilidad de que en Cuba ocurra algo parecido a lo que sucedió en la Rumania de Ceauşescu. Sus temores y sus aspavientos, además de ser extemporáneos –jamás han protestado contra las diarias violaciones y atropellos en contra de los derechos humanos que se cometen en Cuba– están mal dirigidos: no es a los gobiernos ni a la opinión pública a los que deben pedir que impidan un desenlace violento sino al mismo Castro. Él y sólo él puede evitar una convulsión sangrienta: bastaría con que escuchase a la razón y se decidiese a celebrar elecciones libres en su país –como se lo hemos pedido muchos y desde hace muchos años– para que se disipe el peligro de un estallido en Cuba.

–*¿Cree usted que la caída del comunismo es el fin de la utopía?*

–Da un poco de risa –o de vergüenza, según se mire– que algunos confundan el fin de los regímenes marxistas-leninistas con el fin de la utopía. Sobre todo que oigamos esa queja en labios de personas que ayer todavía se llamaban marxistas. Parece que han olvidado que Marx y Engels señalaron siempre y con mucha energía la diferencia entre lo que ellos llamaban «el socialismo utópico» y su sistema, que denominaron con ingenuidad «científico». Lo que se ha derrumbado no es el «socialismo utópico» sino el «socialismo científico». Y se derrumbó, entre otras cosas, porque no era científico: casi ninguna de las predicciones de Marx se realizó. La realidad desmintió a la «ciencia» marxista. Y hay algo más: en el siglo XX el marxismo fue deformado por Lenin (aunque haya sido con las mejores intenciones). Él también creía con fe roqueña que el marxismo era una ciencia y su aportación principal fue convertirlo en una técnica para la toma del poder. La ciencia se transformó en técnica y la técnica, más tarde, en catecismo. Pero lo más grave fue que el marxismo-leninismo se volvió una doctrina cerrada, impermeable a la crítica, al servicio de la dictadura de una casta burocrática. El leninismo, es decir, la concepción del partido comunista como «vanguardia del proletariado», significó realmente la transformación de la generosa aunque equivocada hipótesis de Marx en una escolástica de tiranos y tiranuelos. Consterna oír que el fin de un sistema que ha costado al pueblo soviético millones de muertos se llame «el fin de la utopía».

–*Durante veintitrés años usted desempeñó cargos diplomáticos. Por ello conoce bien conceptos como el de* nuevo orden mundial, internacionalización *y otros parecidos que han entrado a formar parte del léxico político contemporáneo. ¿Se podría hablar de un «nuevo orden cultural mundial»?*

–La palabra *orden* provoca en mí cierto horror. La expresión me recuerda los tiempos de mi juventud: los fascistas hablaban mucho del «orden nuevo». Claro, al desaparecer la confrontación entre la democracia liberal y el comunismo, podemos crear sociedades más libres y prósperas, a condición de que logremos exorcizar a los demonios del nacionalismo. El porvenir me inquieta porque asistimos a una venganza del pasado: los experimentos sociales del siglo XX, tanto los de los fascistas y comunistas como los de las democracias liberales, no lograron resolver las viejas querellas nacionalistas y hoy esas querellas reaparecen y amenazan la paz mundial. Sería horrible que el fin del totalitarismo comunista sea el del recomienzo de las idolatrías nacionalistas y tribales.

En cuanto a la parte final de su pregunta: no veo cómo la expresión *nuevo orden* podría aplicarse a la cultura. Pienso que la cultura contemporánea se enfrenta a peligros muy serios. Uno de ellos es la desmesurada interdependencia entre la ciencia y el Estado, así como entre la ciencia y las grandes corporaciones financieras. La ciencia genera a la técnica y la técnica al poderío militar y al económico. Las investigaciones científicas vinculadas con la producción de armamentos y de bienes de consumo se fortalecen cada vez más, en detrimento de las ciencias interesadas en el conocimiento puro. La renuncia al saber desinteresado podría ser el comienzo del fin de nuestra civilización.

El arte se enfrenta a amenazas semejantes. Por ejemplo la pintura se ha convertido en objeto de especulación y comercio. Todos los días se lee en los periódicos que ha subido o bajado el precio de un Rembrandt o de un Picasso: el precio substituye al gusto. La misma degradación se observa en el dominio de la literatura. A las grandes casas editoriales les interesa cada vez menos la buena literatura, y cada vez más los libros de venta fácil, los *best-sellers*. Nos amenaza una nueva barbarie, diferente a la de la Antigüedad. Los bárbaros del pasado –los hunos o los vándalos– venían de fuera, de la periferia de la civilización; los bárbaros contemporáneos surgen dentro de la sociedad: son los hijos de la técnica. Entre sus aliados están las grandes corporaciones políticas y financieras.

CULTURA Y NACIONALISMO; EL LEGADO IMPERIAL

¿Qué opinión le merece el «nacionalismo cultural», que últimamente se ha manifestado con mucha insistencia? ¿Contribuye esa intensa propaganda de la propia originalidad a la comprensión del lugar que ocupa ésta en la cultura mundial?

–Creo que es contraproducente. Siempre he luchado en contra del nacionalismo literario. Me parece que, más que una idea, es una máscara ideológica; su función no es revelar la realidad sino ocultarla. El nacionalismo cultural es una amalgama de odio hacia lo extranjero, falsa suficiencia nacional y narcisismo. Las grandes literaturas nacionales siempre han estado abiertas a las tendencias mundiales. Esto se ve muy bien, por ejemplo, en la literatura rusa del siglo pasado y del comienzo del siglo XX, ese período espléndido anterior a 1917 y que algunos críticos llaman «edad de plata»[1]. El escritor auténtico asimila las ideas que llegan del extranjero, las hace suyas y las transforma.

–Nuestro país atraviesa por una profunda crisis, que provoca alarma en todo el mundo. En sus ensayos más recientes usted analiza también la situación en la Unión Soviética. ¿Qué problemas señalaría usted como los más importantes?

–En *Pequeña crónica de grandes días* me ocupo de estos temas con cierta amplitud. Creo que la tarea inmediata es el establecimiento de un régimen democrático. Pero el tránsito hacia la democracia se complica

1. E. Etkind, G. Nivat, I. Serman y V. Strada, *Histoire de la littérature russe (L'Âge d'argent)*, París, 1987.

porque está ligado a otro problema extraordinariamente complejo: la herencia del imperio, es decir, la cuestión de las nacionalidades. ¿Cómo convertir a un enorme Estado multinacional, creado y mantenido por la fuerza, en una federación de naciones amigas? Aquí también es útil el ejemplo latinoamericano. El Imperio español fue un gran destructor y un gran creador: aniquiló a las sociedades precolombinas, creó nuevas sociedades y unificó a los pueblos indios, siempre en guerra unos con otros. La unificación se realizó a través de la religión, la lengua, la cultura y comunes instituciones políticas. Pero fuimos incapaces de conservar esa unidad: la Independencia fue el comienzo de la disgregación de Hispanoamérica (los brasileños no se dispersaron). La desunión es el origen de nuestra vulnerabilidad ante el mundo exterior.

¿Por qué nos dividimos? Es un enigma que nuestros historiadores no han sido todavía capaces de descifrar. Hay explicaciones parciales, como la de la lejanía entre una región y otra. Es una explicación insuficiente y que debe completarse añadiendo otros factores de orden político, militar, económico y social. Sin pretender dar una explicación global, voy a apuntar, de modo un poco desordenado, algunas de la causas de nuestra desunión. Naturalmente, no tocaré la que quizá fue determinante: el *carácter* de nuestra gente, es decir, lo que los historiadores antiguos llamaban el «genio de los pueblos». Es un tema abismal. Sobre esto me limitaré a decir que el carácter, lo mismo el de los individuos que el de las colectividades, está marcado –aunque no determinado– por su pasado y por su historia. En el caso de Hispanoamérica las tendencias centrífugas y separatistas de los pueblos (y el ánimo díscolo y peleonero en los individuos) me parece que son una herencia hispanoárabe, aunque también eran belicosas las naciones indias.

El movimiento de Independencia probablemente habría fracasado si no hubiese coincidido con otro fenómeno: la quiebra del Estado español. Más exactamente, la quiebra de su centro político, militar, administrativo y económico: el gobierno monárquico de Madrid. La ocupación de la península por las tropas de Napoleón, la abdicación de Carlos IV y de Fernando VII y la ascensión al trono de José Bonaparte aceleraron el desmembramiento del cuerpo enfermo del imperio. La monarquía perdió, simultáneamente, fuerza militar y legitimidad política. El único Estado que conocían los hispanoamericanos era el de la monarquía borbónica de Madrid; al derrumbarse, comenzó el caos. Aquí aparecen otros dos factores de dispersión. En primer término, las ambiciones de los libertadores y los otros caudillos, muy en la tradición hispanoárabe de «alzarse con las tierras conquistadas». En esta época aparece nuestra enfermedad histórica: el caudillismo. La segunda causa de separación y desunión: los intereses de las oligarquías locales.

La combinación de todos estos factores dio por resultado que cada uno de los antiguos reinos y capitanías generales se dividiese. El continente latinoamericano –de nuevo: con la excepción de Brasil– se disgregó en muchas repúblicas independientes. Algunas fueron creaciones artificiales, como Uruguay; otras fueron inventadas por la acción común de los caudillos, las oligarquías y el imperialismo norteamericano. Me refiero a las naciones de América Central y las Antillas. Ninguna de ellas, aislada, posee viabilidad política y económica; la historia ha mostrado que su soberanía es frágil y no pocas veces ha sido ilusoria. Tampoco ninguna tiene clara fisonomía nacional: ¿qué distingue a un salvadoreño de un hondureño o de un guatemalteco?, ¿qué a un cubano de un portorriqueño o de un dominicano? Esos países, para sobrevivir, tendrán que unirse.

El caso del Imperio ruso –heredado y agrandado por los comunistas pero no redimido de sus rasgos más opresores– es muy distinto al del español. Las viejas nacionalidades sometidas por el zarismo y el comunismo nunca perdieron sus características propias y sus tradiciones culturales, lingüísticas y religiosas. Al comenzar el siglo XX menos de la mitad de la población del Imperio zarista era de lengua rusa y de religión ortodoxa. La situación no varió esencialmente bajo la dominación comunista. De ahí que la quiebra del Estado creado por Lenin y sus compañeros en 1917 haya producido una inmediata rebelión de las naciones sometidas. En la Unión Soviética, a la inversa de lo que sucedió en América Latina, cada pueblo que reclama su independencia posee una fisonomía nacional propia, una lengua y una cultura. Son naciones que lucharon contra los persas y los romanos, los bizantinos y los tártaros, los polacos, los alemanes y los rusos. No hay, en consecuencia, el peligro de que los jefes y las facciones inventen nuevas repúblicas; en cambio, es muy real la amenaza de disturbios y guerras entre las diversas naciones. Los odios nacionales y religiosos son muy antiguos en esos países.

La pasión nacionalista es una pasión sangrienta que nos lleva a matar al enemigo o al suicidio. Aunque no debemos cerrar los ojos ante el poder de esta pasión sombría (lo que pasa en Yugoslavia es una advertencia), no es quimérico pensar que quizá en la Unión Soviética llegue a imponerse el sentido común. Por una parte, es incuestionable y legítima la aspiración de las repúblicas a la independencia; por la otra, es muy difícil garantizar su auténtica soberanía política y su supervivencia económica. La situación de la América Central y de las Antillas es, más que un ejemplo, un aviso. Lo ideal –mejor dicho: lo razonable– sería constituir una federación o confederación entre las repúblicas soviéticas. Sería un arreglo en consonancia con los tiempos; más y más nuestro mundo se orienta hacia la formación de bloques y asociaciones continentales como la Comunidad Europea. Si esta última se extiende, como ocurrirá muy probablemente, va a incluir en primer término, a Checoslovaquia, Hungría, Polonia y las otras naciones del antiguo bloque comunista; en seguida, quizá, a Rusia y a otras repúblicas soviéticas (aunque no a todas). En suma, la asociación es factible. Pero todo en la historia, incluyendo al sentido común, es aleatorio.

La dificultad mayor a que se enfrenta la constitución de una nueva asociación de repúblicas soviéticas –aparte de la supervivencia de los antiguos agravios, resquemores y querellas– consiste en la heterogeneidad de sus componentes. Cada caso es distinto y requiere una solución diferente. Lo más cuerdo sería llegar a un *modus vivendi* de acuerdo con cada situación particular. Por ejemplo, los casos de Ucrania y Bielorrusia no pueden equipararse al de las repúblicas bálticas. A su vez, las repúblicas islámicas (además, cada una distinta) presentan un problema diferente: sus intereses económicos podrían estar del lado de Rusia pero por su historia y su cultura son parte de otra constelación. El futuro de Armenia es inquietante y aún más el de Georgia: han resistido siglos y siglos desde la Antigüedad pero la soledad histórica, más que un anacronismo, es hoy una imposibilidad. Moldavia fue parte de Rumania: ¿volverá a serlo? ¿Qué será de Azerbaiyán y su petróleo? ¿Y Kaliningrado, la antigua ciudad de Königsberg, patria de Kant? Por último: en muchas de las repúblicas habitan importantes minorías, para no hablar de los pueblos y naciones deportados en la época de Stalin: ¿cómo evitar disturbios en esas regiones?

En cuanto al porvenir de Rusia propiamente dicha: soy optimista. No en lo inmediato, a la larga. Por lo pronto, es imperativo realizar la reforma democrática y acelerar el tránsito hacia la economía de mercado. El proceso será doloroso pero es el único camino para realizar la Revolución de febrero de 1917, desnaturalizada y detenida por el golpe de Estado bolchevique de octubre del mismo año. Ni la democracia ni el mercado son panaceas, lo sabemos bien; son instrumentos y deben ir acompañados y completados por un sistema de balanzas y de equilibrios. También es imperativo –y no sólo por razones económicas sino históricas y culturales– establecer una relación especial con las otras dos naciones eslavas, Ucrania y Bielorrusia. En fin, cualesquiera que sean los cambios venideros y su índole (no descuento los tropiezos), es evidente que Rusia cuenta con un *as*, como dicen los jugadores de *póker*: su inmensa potencialidad, sus grandes recursos humanos, naturales y culturales. Desde el siglo XVII Rusia es una gran nación. Lo seguirá siendo. Y quizá, al perder su imperio, gane algo mejor: el dominio de sí misma.

–*Existe la paradójica opinión de que en los tiempos del «estancamiento», la literatura y el cine soviético crearon más obras relevantes que las que aparecen ahora. La explicación, dicen, consiste en que las limitaciones y obstáculos que opuso el régimen anterior a la actividad artística servían de estímulo a los verdaderos creadores.*

–Recuerdo que un escritor francés –creo que fue Genet– declaró en una entrevista que la mejor manera de tener una buena literatura era maltratar a los escritores, sobre todo en su niñez. La infancia desdichada produce buena literatura. Me repugna ese masoquismo, complaciente y gemebundo. La literatura moderna nació en el siglo XVIII en lucha contra la censura del Estado absolutista y las Iglesias. Nació en la libertad y no vive sin ella. El escritor debe defender su libertad pero su lucha verdadera es en su fuero interno: frente a sí mismo.

–*¿Cómo escribe usted? ¿Tiene algún «secreto» y puede divulgarlo?*

–No tengo secretos. Pero si los tuviese no se los diría: dejarían de ser secretos. Antes me encantaba escribir de noche, cuando uno se siente solo ante el mundo. Ahora prefiero trabajar en la mañana y en la tarde. En la mañana, saludo al mundo; en la tarde, le digo adiós. A menudo compongo mentalmente mis poemas; los recito en silencio y los memorizo. Solamente después los anoto... La poesía es una actividad verbal, algo que se dice y se oye. La prosa, en cambio, se escribe.

–*¿Cuáles son sus aficiones en el tiempo libre?*

–Caminar por las calles de la ciudad. Fui un gran *promeneur*, lo mismo en la ciudad de México que en las otras en que he vivido. Tal vez se nota esto en mis poemas. Ahora es más difícil; hay demasiados coches y la contaminación lastima a los ojos y a los pulmones. Me gusta también oír música, clásica y popular, pero no en un concierto sino en casa. Otro gran placer: viajar. Y esa forma inmóvil del viaje que es la lectura. Como el placer de la lectura es solitario, hay que completarlo con el de la conversación. Por desgracia, el arte de la conversación está desapareciendo; es lástima porque es una de las mayores recompensas que nos ofrece el trato humano. Para mí, conversar es una de las formas superiores de la civilización. La decadencia de este arte es otro signo de que nuestra civilización está en peligro...

–*¿Visitó usted alguna vez la Unión Soviética?*

–No. Deseo mucho ir a su país. Quisiera viajar con mi mujer y de manera privada. Sueño con conocer San Petersburgo y Moscú; son ciudades que he recorrido mentalmente muchas veces, leyendo a sus poetas y a sus novelistas. Mi amigo, el poeta Joseph Brodsky, se hace lenguas de Petersburgo, su ciudad natal. Sin embargo, al marqués de Custine le parecía una creación artificial y artificiosa –algo así como un antifaz sobre la cara pura de la estepa. Para él la verdadera Rusia, santa y sangrienta, era Moscú. Tal vez el diálogo entre San Petersburgo y Moscú sea la clave de la historia de Rusia... También quiero visitar Novgorod la venerable, Kiev, Georgia y la lejana Samarcanda, la ciudad de Tamerlán. Cuando vivía en la India, hace ya veinte años, visité varias veces Afganistán. En uno de esos viajes llegamos, mi mujer y yo, a las orillas del Amu-Daria, el viejo río Oxus de que habla Herodoto, atravesado por tantos pueblos de las estepas que descendían al subcontinente indio. Unos pocos kilómetros más allá está Samarcanda pero, por falta de visado, no pudimos pasar la frontera y visitarla... Sí, quiero ir a su país. Lo admiro desde mi adolescencia.

«Un escritor mexicano ante la Unión Soviética» se publicó por primera vez en *Komsomólskaya Pravda* y, posteriormente, se publicó en México, corregida y considerablemente aumentada, en *La Jornada*, los días 9, 10, 11 y 12 de octubre de 1991.

III

LA LIBERTAD CONTRA LA FE

¡Oh libertad preciosa
conocida tan mal de quien la tiene!

LOPE DE VEGA

Tiros por la culata

Malos tiempos los nuestros: las revoluciones se han petrificado en tiranías desalmadas; los alzamientos libertarios han degenerado en terrorismo homicida; Occidente vive en la abundancia pero corroído por el hedonismo, la duda, el egoísmo, la dimisión. El socialismo había sido pensado para Europa y su prolongación ultramarina: los Estados Unidos. Según uno de los principios cardinales del marxismo (el verdadero), la revolución proletaria sería la consecuencia necesaria del desarrollo industrial capitalista. Sin embargo, no sólo no se cumplieron las profecías del «socialismo científico» sino que ocurrió algo peor: se cumplieron al revés. Hoy son «socialistas» dos antiguos imperios, el zarista y el chino –para no hablar de Cuba, Camboya, Albania o Etiopía. La Revolución rusa no tardó en convertirse en una ideocracia totalitaria. Su desarrollo ha sido asombroso, no en dirección hacia el socialismo sino hacia la constitución de un formidable imperio militar.

Aunque Occidente ha sido a su vez teatro de muchas convulsiones, ninguna de ellas ha modificado realmente las estructuras económicas, sociales y políticas. Gran Bretaña, Francia, Holanda y Bélgica han dejado de ser imperios coloniales, Alemania ha sido dividida y los Estados Unidos son ahora la cabeza de Occidente pero el modo de producción sigue siendo el mismo (capitalismo) y los sistemas políticos no han cambiado en lo fundamental. En uno de los países con mayor y más profunda tradición marxista, predestinado por la teoría a ser uno de los primeros en donde estallaría una revolución proletaria, Alemania, se produjo un cambio de signo contrario: Hitler y sus nazis. Otro tiro por la culata del marxismo. Nietzsche y Dostoyevski vieron más claro y más lejos que Marx: la gran novedad del siglo XX no ha sido el socialismo sino la aparición del Estado totalitario, dirigido por un comité de inquisidores.

Vencido el nazismo, los países europeos han regresado poco a poco a la democracia liberal burguesa y las últimas dictaduras –España, Portugal, Grecia– han desaparecido. No obstante, a pesar de la prosperidad económica y de la existencia de instituciones democráticas –cada vez más deterioradas–, todos sabemos que Europa vive un «fin de época». Si en algo no se equivocó Marx, fue en pensar que nuestra sociedad sufría un padecimiento mortal y que sólo un cambio radical en los sistemas y las estructuras podría devolvernos la salud, es decir, asegurar la continuidad de la vida civilizada en Europa y en el mundo. Se equivocó en el remedio: no basta con cambiar el sistema de propiedad de los medios de producción ni es cierto que la estructura económica sea la determinante y el resto –política, religión, ciencia, artes, ideas, pasiones– meras superestructuras y epifenómenos. Marx no fue, por lo demás, el único que en el siglo XIX vio la sociedad civilizada como un organismo gravemente enfermo. El tema de la «decadencia de Occidente» comenzó muy pronto y se extendió y creció a medida que transcurría el siglo XIX. Es significativo que para muchos de esos pensadores –Tocqueville y Henry Adams entre otros– la revolución no fuese un antídoto contra la decadencia sino uno de sus resultados. En fin, cualquiera que sea nuestro diagnóstico sobre la naturaleza de esos males, lo cierto es que después de la segunda guerra los intentos de los europeos por cambiar sus estructuras han sido más y más tímidos. ¿Por qué?

Las causas de la inmovilidad europea son, sin duda, múltiples. Es evidente que el proletariado no ha sido la clase revolucionaria internacional del mesianismo marxista; al contrario: ha sido y es nacionalista y reformista. Pero el descenso del temple revolucionario se debe también, en gran parte, a una suerte de parálisis de los grupos y partidos que podrían haber emprendido esos cambios. Parálisis voluntaria, aunque no del todo consciente y en la que ha sido determinante, sobre todo después de 1945, la influencia del poderío de la Unión Soviética. No hay ningún misterio en esta aparente paradoja: no es fácil que ningún socialista europeo –ni, en su fuero interno, ningún comunista lúcido– desee para su país la suerte de Polonia o Checoslovaquia. Desde el fin de la segunda guerra, Europa occidental vive en un forzado *statu quo*: todo cambio alteraría el equilibrio en favor de la Unión Soviética. Este temor explica también la evolución de los partidos comunistas occidentales hacia esa forma híbrida que se llama «eurocomunismo».

La sombra que arroja sobre el continente europeo la máquina militar de la URSS, la potencia más agresiva y expansionista en esta segunda mitad de siglo, es una sombra venenosa que ha paralizado los movimientos socialistas en los países desarrollados. El «socialismo soviético» no sólo ha sido incapaz de encender la revolución europea, como esperaban Lenin y Trotski, sino que ha impedido toda evolución hacia el verdadero socialismo. Así, ha condenado a Occidente a la inmovilidad en materia social y política. A su vez, la inmovilidad de Occidente ha provocado, no en la clase obrera sino en la clase media intelectual, un estado de espíritu que, del desaliento a la exasperación, ha desembocado en el terrorismo. Otro tiro por la culata: el terrorismo, contra lo que creen sus adeptos, es un proceso circular que, al desencadenar la represión, fortifica al Estado y consolida la inmovilidad social. En la Unión Soviética la evolución ha sido aún más lenta que en Occidente. Por más grandes que hayan sido los cambios después de la muerte de Stalin, la URSS y sus satélites son esencialmente lo que fueron desde su origen: ideocracias totalitarias. *Tels qu'en eux-mêmes enfin le marxisme-leninisme les change...*

El contraste con los países subdesarrollados no puede ser más grande. Esa realidad heterogénea y abigarrada que se designa con la inexacta expresión *Tercer Mundo* (¿qué tienen en común Zaire y Argentina, Brasil y Birmania, Costa Rica y Etiopía?) vive en continuas revueltas, estallidos y trastornos. Casi todos los países asiáticos y africanos han alcanzado la independencia pero muchos han caído bajo dictaduras nativas no menos injustas y con frecuencia más feroces que la antigua dominación imperialista. América Latina, un continente que es una porción excéntrica de Occidente, ha padecido también sacudimientos. Todos ellos, sin excepción alguna, han terminado en dictaduras militares. Este tercio de siglo nos sorprende por la proliferación de tiranías: Vietnam, Uruguay, Indonesia, Chile, Angola, Argentina, Camboya, Libia, Irak, etcétera, etcétera. Tiranías verdes, rojas, negras o blancas pero todas sangrientas.

Un vistazo a la situación contemporánea revela que no es posible discernir un propósito en todas estas agitaciones. El mundo se mueve pero ¿hacia dónde? Esas idas y venidas, ya que no un sentido, ¿tienen una dirección? ¿Cómo saberlo? Si la historia es una pieza de teatro, hay que confesar que no tiene pies ni cabeza. El texto, corrompido por actores infieles, ha sido escrito por un loco cuyo perverso método de composición se reduce a esmaltar sus improvisaciones con crímenes e incoherencias. El siglo XIX entronizó a la historia y la convirtió en filosofía; los hombres, a través de ella, se adoraron a sí mismos. Marx fue más allá: decretó la muerte de la filosofía. Sobrepasada por el materialismo histórico, la filosofía sería «realizada» por la revolución proletaria. Para otros la historia fue la nueva Sibila de Cumas. Los pensadores positivistas, de Comte a Spencer, descorrieron el velo del futuro y nos mostraron su rostro... distinto en cada caso. Ahora la historia, como siempre, ha desmentido las predicciones del liberalismo, del positivismo y del materialismo histórico. La refutación más convincente de todas las filosofías de la historia es la historia misma. Todavía en 1930 Trotski escribe: «La fuerza del marxismo reside en su poder de predicción», frase que revela la enormidad de esas ilusiones –y la magnitud del desengaño.

Kant esperaba la llegada de un Newton de la historia, que descubriría las leyes del movimiento social como el otro había descubierto las que rigen las revoluciones de los cuerpos celestes. El Newton de la historia no ha nacido ni es fácil que aparezca alguna vez sobre esta tierra. Mientras tanto, en los campos de la física y la astronomía otros descubrimientos y otros sistemas han restringido la validez de los de Newton. Pero las decepciones de la historia son más dolorosas que las de la ciencia. Ante el fracaso de tantas predicciones, muchos intelectuales se refugian en el escepticismo y el nihilismo; otros buscan en los antiguos cultos y religiones de Oriente y Occidente un substituto de las ilusiones perdidas. Sin embargo, como procuraré mostrar en los artículos siguientes, nuestro tiempo nos pide a todos y especialmente a los intelectuales no el abandono sino el rigor. Sólo el renacimiento del espíritu crítico puede darnos un poco de luz en la gran obscuridad de la historia presente.

Engañarse engañando

En el llamado Tercer Mundo: dictaduras, luchas intestinas y guerras exteriores, unas y otras con la intervención de las grandes potencias, zarabanda grotesca de disfraces ideológicos, matanzas que dejarían boquiabiertos a los asirios, los tártaros y los aztecas. En el mundo «socialista»: regímenes que, bajo banderas idénticas, se amenazan e injurian sin cesar, cuando no se combaten abiertamente como ocurre ahora con Vietnam y Camboya. Estas disensiones no son el reflejo de diferencias ideológicas profundas sino de intereses contrarios: unos y otros están regidos por burocracias semejantes, con ideologías gemelas y métodos de represión y terror paralelos. Lo más notable de todo esto es la persistencia de los rasgos tradicionales, bajo el maquillaje ideológico. El Zar y el Hijo del Cielo siguen gobernando, invisiblemente, a Rusia y a China. El gran superviviente del siglo XX ha sido el nacionalismo.

Nada de lo que ocurre en el mundo subdesarrollado y en el «socialista» debe hacernos cerrar los ojos ante la abyección de Occidente. Si queremos saber cuál es el estado de la sociedad occidental, lo mejor será preguntarlo no a los economistas y a los politólogos sino a los novelistas y a los poetas, es decir, a los cronistas de la vida de las sociedades, la pública y la oculta. La literatura moderna, desde principios de siglo, es una vasta y alucinante guía del infierno. A diferencia del infierno de Dante, el nuestro tiene puertas de entrada pero no de salida –salvo las de la muerte. Pasajes circulares, galerías, túneles, cárceles de espejos, subterráneos, jaulas suspendidas sobre el vacío, ir y venir sin fin y sin salida: páginas de Joyce, Proust, Céline, Kafka. No es extraño que uno de los grandes poemas del siglo se llame *The Waste Land*. Tampoco lo es que entre las líneas más citadas de Pound se encuentren éstas: «Llevaron putas a Eleusis, / sentaron cadáveres en el banquete / por mandato de Usura». Sí, Diógenes ha dejado su tonel, se volvió *star* de televisión y gana millones en un *show*; sí, en el Foro construyeron una perrera de oro para la perra sarnosa del éxito, la diosa perra que odiaba Lawrence; sí, los íncubos y los súcubos ofician en el Santuario; sí, en el Simposio se picotean los pericos borrachos y los cerdos hozan el cadáver de Diotima.

Los políticos de Occidente han mostrado, con unas cuantas excepciones, una mezcla suicida de miopía y cinismo. Han sido agresivos con los débiles y mansos con los poderosos y los arrogantes. En otros casos, el más notable fue el de Watergate, han revelado, a pesar de su astucia, una corrupción sin grandeza. Tanto o más que una derrota militar, la guerra de Vietnam fue para los Estados Unidos un desastre moral y político. Su intervención fue reprobable, su manera de hacer la guerra ineficaz y cruel, su salida sin honor. La conducta de los Estados Unidos con sus aliados recuerda el discurso del embajador de Atenas ante los notables de Melos para convencerlos de que rompiesen su alianza con los lacedemonios. Harían bien los latinoamericanos en tener siempre presentes estas palabras:

> En cuanto a lo que esperáis de los lacedemonios: si verdaderamente pensáis que su sentido del honor los llevará a defenderos, os felicitamos por vuestra candidez pero no os envidiamos vuestra inconsciencia. En sus relaciones entre ellos y en todo lo que toca a sus instituciones nacionales, los lacedemonios manifiestan altas virtudes morales, pero habría mucho que decir sobre sus tratos con los pueblos extranjeros. Para caracterizar lo mejor posible y en pocas palabras su conducta, os diremos, lo sabemos por experiencia propia, que no hay otro pueblo que tenga como ellos tal invencible propensión a confundir la moral con su conveniencia y la justicia con su interés...

Los ciudadanos de Melos, confiados en las promesas de los lacedemonios, rechazaron el ultimátum ateniense. La ciudad fue sitiada, tomada, saqueada y destruida sin que los lacedemonios interviniesen. Los atenienses mataron a todos los hombres en edad militar y vendieron como esclavos a las mujeres y a los niños.

Durante la guerra de Vietnam los estudiantes, los intelectuales y muchos clérigos multiplicaron sus protestas contra la intervención de los Estados Unidos y denunciaron las atrocidades y excesos del ejército norteamericano. Su protesta era justa y su indignación legítima pero ¿quiénes entre ellos se han manifestado ahora para condenar el genocidio en Camboya o las agresiones de Vietnam contra sus vecinos? Este ejemplo no es único. Aquellos que por vocación y por misión expresan la conciencia crítica de una sociedad, los intelectuales, han revelado durante estos últimos años una frivolidad moral y política no menos escandalosa que la de los gobernantes de Occidente. De nuevo, no niego las excepciones: Breton, Camus, Orwell, Gide, Bernanos, Russell, Aron, Silone y otros menos conocidos como Salvemini o, entre nosotros, Revueltas. Cito sólo a los muertos porque están más allá de las injurias y de las sospechas. Pero este puñado de grandes muertos y el otro puñado de intelectuales todavía vivos que resisten: ¿qué son frente a los millares de profesores, periodistas, científicos, poetas y artistas que, ciegos y sordos, pero no mudos ni mancos, no han cesado de injuriar a los que se han atrevido a disentir y no se han cansado de aplaudir a los inquisidores y a los verdugos?

Durante años y años me ha desvelado saber por qué los intelectuales de Occidente y de América Latina, entre ellos algunos que admiro, se aferran con tal obstinación a una superchería que, además de ser manifiesta, es criminal. Entre esos creyentes hay muchos que, como tantos príncipes de la Iglesia, al perder la fe no pierden el gusto por los honores y las dignidades. La historia está llena de obispos, cardenales y papas ateos. Otros son las víctimas del gran conformismo moral que producen las modas intelectuales que han dominado la vida espiritual de Occidente desde principios de siglo. Esclavos del qué dirán, no tienen miedo de cometer una falta moral sino de desentonar. Pero otros, los más puros y sinceros, a veces los más inteligentes, han creído y creen con una mezcla de ceguera y desesperación que habría complacido a Tertuliano. ¿Cómo explicar las sucesivas declaraciones de fe, seguidas de abjuraciones igualmente apasionadas de un Sartre? Ahora, al final de su vida, en una retractación que es asimismo una última afirmación, rompe no sólo con el «socialismo burocrático» y los comunistas sino que profesa convicciones cercanas a las de Camus. Sí, ese Camus que él y sus amigos habían injuriado cuando, hace años, publicó aquella crítica del marxismo ideológico que fue *L'Homme révolté*. El caso de Sartre no es único pero sí poco frecuente: la mayoría no han tenido el valor de reconocer sus errores y culpas.

Raymond Aron llamó al marxismo, con la crueldad de todo lo que es exacto, «el opio de los intelectuales». Cuando Marx escribió esa frase *–la religión es el opio del pueblo–* esa substancia era empleada como un calmante. Para Marx la religión era un remedio, sólo que un remedio que impedía la cura radical. En el mismo texto dice «la miseria religiosa es, a la vez, la *expresión* de la miseria real y, simultáneamente, la *protesta* contra esa miseria. La religión es el suspiro de la criatura agobiada, el corazón del hombre descorazonado, el espíritu de tiempos sin espíritu...». Si la ideología marxista cumple entre muchos intelectuales de Occidente y de América Latina la doble función religiosa de *expresar* la miseria de nuestro mundo y de *protestar* contra esa miseria, ¿cómo desintoxicarlos? Marx mismo nos enseñó la vía: mediante un examen de conciencia filosófico. Los intelectuales marxistas deberían seguir el consejo del fundador y proponerse como tarea inmediata un examen de conciencia, es decir, una crítica del marxismo como ideología.

Las dos ortodoxias

La veleta es el símbolo del Occidente contemporáneo; la aplanadora es el de Moscú. En Occidente las poblaciones se agitan sin cesar, agitación frenética que se disipa en idas y venidas: los occidentales se mueven pero no avanzan. En el Este europeo las poblaciones callan, se doblan y obedecen a una voluntad que, aunque parece mecánica, no carece de astucia, dirección y determinación. Lo sorprendente es que en una sociedad por tantos años y tan cruelmente oprimida, el espíritu de los hombres no se haya quebrado enteramente. No exagero si digo que los disidentes soviéticos y de los otros países del Este son –como los mártires de la Antigüedad y los de la Inquisición– la nobleza y el honor de nuestro mundo. Es verdad que en Occidente y en América Latina también hemos tenido rebeldes y mártires: no olvido a las víctimas de las tiranías militares sudamericanas y de otros países. Pero ninguna represión, ni siquiera la de Franco, ha durado tanto ni ha sido tan dura como la rusa.

¿Y el gran movimiento de rebelión juvenil de la década pasada, que tantos entusiasmos despertó? Una de sus ramas, los *hippies*, era pararreligiosa; la otra, la de los estudiantes, recogió la gran herencia libertaria. Los *hippies*, en los que algunos vimos algo así como un eco de los antiguos gnósticos, se han evaporado. La revuelta estudiantil, al agotarse, dejó un reguero de pequeños grupos de sectarios fanáticos que, a su vez, han engendrado a las bandas terroristas. Los jóvenes de esa década descubrieron el antiguo manantial de la libertad; sus sucesores lo han cegado. Hay otro movimiento: el femenino. Aunque también ha sufrido el contagio de la ideología, sus reivindicaciones son más concretas y tienen más substancia y realidad que la revuelta juvenil. El movimiento de las mujeres expresa algo más profundo que una ideología –y de más alcance: quiere un cambio pero no tanto de los sistemas como de las relaciones humanas, cualesquiera que sean los sistemas. Sus aspiraciones y reclamaciones son válidas lo mismo en la URSS que en los Estados Unidos, en Cuba que en México. Ojalá que no se pierda en los arenales burocráticos y en las disputas ideológicas.

Digamos la verdad: ninguno de los movimientos de Occidente, durante los últimos años, ha tenido el carácter desesperado y dramático de la disidencia del Este. Pienso no solamente en los rusos sino en los polacos, los checos, los húngaros, los rumanos, los búlgaros, los yugoslavos, los alemanes. Su lucha, precisamente por ser tan desigual, enciende una esperanza. Si ellos pudieron resistir, todo puede cambiar. Y lo que digo de los disidentes del Este europeo debe extenderse a los cubanos, a los chinos y a los de los otros países del Sudeste asiático: allá también hay almas que resisten.

Mi admiración por los disidentes del Este no implica –lo he dicho varias veces– coincidencia con sus ideas. Me refiero a Solzhenitsyn más que a Sájarov o a Kolakowski. Las críticas de Solzhenitsyn a Occidente son, en general, justas; su nostalgia por una nueva Edad Media, eco de Shestov y Berdiáyev, revela entre otras cosas una singular ignorancia de la historia. El triunfo del monoteísmo judeocristiano inició una larga serie de persecuciones que opacaron a las de los emperadores romanos. ¿Ha olvidado Solzhenitsyn a los gnósticos y a los albigenses? La intolerancia contemporánea no es, en su esencia, distinta a la de la antigua Iglesia: consiste en la fusión de ideología y poder político. Entre el comisario y el jesuita hay más de una semejanza. El Estado-Iglesia estaba servido por teólogos; la ideocracia comunista por ideólogos. Si alguna herencia intelectual y moral debemos rescatar, ésa es la del siglo XVIII: el escepticismo de un Hume, la libertad de espíritu de un Voltaire y un Diderot, la templanza y la tolerancia de un Kant. Cuando Solzhenitsyn dice que hay que recobrar el temple heroico, la decisión moral de oponerse a la fuerza, tiene razón; no la tiene cuando suspira por otra ortodoxia. Al escritor ruso le parece escandalosa la facilidad con que tantos religiosos han abrazado el «socialismo» burocrático; a mí no: en su tradición intelectual la pluralidad de opiniones y la tolerancia no ocupó nunca un lugar central. Por eso no me parece raro que el cura Cardenal se declare marxista-leninista: antes fue falangista.

Hace unos años, un 25 de diciembre, el profesor y crítico norteamericano Harry Levin nos invitó a mi mujer y a mí a cenar en su casa de Cambridge (Massachusetts). Había invitado también, entre otras personas, a un disidente ruso, el poeta Joseph Brodsky. Esa noche cayó una nevada terrible y Brodsky, que venía de Nueva York, detenido por la tempestad, llegó ya tarde. Cuando entró, con una amiga y un joven poeta norteamericano, sopló sobre el estudio del profesor Levin una ráfaga blanca y negra, como si hubiese entrado con los visitantes la noche y sus torbellinos de nieve. Todo se calmó después pero durante la cena se levantó otra pequeña tempestad. Eran los días de Watergate y Brodsky hizo algunos comentarios acerbos sobre la sociedad norteamericana, su hedonismo y su vacío interior. Los norteamericanos le respondieron desconcertados. Esperaban oír un comentario en el estilo de moda en Harvard, *dry* pero no sin humor, y en su lugar escuchaban una diatriba, en un lenguaje encendido y religioso, más cerca de Joseph de Maistre que de John K. Galbraith. Aquellos profesores eran intelectuales liberales igualmente versados en las sutilezas de la filosofía analítica y en las simplificaciones del behaviorismo (el profesor Skinner había dejado la reunión unos minutos antes de que llegase el poeta ruso); para ellos la expresión *materialismo dialéctico* resultaba escandalosa no por la primera palabra sino por la segunda: la «dialéctica» les parecía un incongruente rabo metafísico.

Harry Levin manifestó cortésmente su sorpresa ante la frecuencia con que aparecía la palabra *alma* en labios de Brodsky: «Es una palabra que ha desaparecido del vocabulario intelectual norteamericano, un concepto que ya nadie utiliza en psicología o en filosofía, aunque a veces –se corrigió sonriendo– la usamos los críticos literarios... por ejemplo, cuando hablamos de literatura rusa. El *alma rusa*: un concepto vacuo pero mágico, rico en asociaciones verbales». Mientras los oía discutir pensaba: ¿cómo pueden entenderse los hijos de Jeremías Bentham con los hijos del padre Zósima? ¡Y qué lejos estaban unos y otros, los anglosajones y los eslavos, de lo que yo, mexicano, sentía y pensaba!

En el curso de la discusión se habló del autoritarismo marxista. Me atreví a decir algo no muy original pero cierto: «Los orígenes autoritarios del marxismo están en Hegel. Ahí comenzó el mal». Brodsky respondió con vehemencia: «No, viene de mucho antes. El mal empezó con Descartes, que dividió al hombre en dos y que substituyó al *alma* por el *yo*...». Se extendió en esto por un rato. Cuando terminó, comenté: «Todo lo que usted ha dicho me recuerda a Shestov, el filósofo cristiano del absurdo, el maestro de Berdiáyev». Me interrumpió: «¡Y el mío!». Se levantó y me estrechó la mano: «¡Qué alegría encontrar *aquí* a alguien que recuerda a Shestov! Aquí, en el corazón del cientismo, el empirismo y el positivismo lógico... Sólo podía ocurrir esto con un poeta». No quise desengañarlo: haber reconocido un eco de Shestov en sus palabras no significaba que yo estuviese de acuerdo con todo lo que él había dicho. Brodsky, el perseguido por una ortodoxia estatal, no se daba cuenta de que lo que nos proponía, en el fondo, era cambiar el Estado-partido por la Iglesia-Estado. Disiento de los disidentes: el regreso a la antigua sociedad, en caso de que fuese posible, significaría la substitución de una ortodoxia por otra.

Los propietarios de la verdad

En el artículo anterior equiparé al cristianismo y al marxismo. No ignoro que son dos visiones opuestas del hombre y del mundo; tratar de tender un puente entre estas dos doctrinas, como ahora está de moda, es un ejercicio intelectual ilusorio y una depravación moral. No las comparo: señalo apenas que son dos ortodoxias. Una y otra tienden siempre a realizar esa fusión entre la idea y el poder, la doctrina y el Estado, contra la que el hombre moderno se ha levantado desde el siglo XVII. No es inimaginable –todo lo contrario– una sociedad en la que la mayoría de los ciudadanos sea cristiana o marxista; lo intolerable es que el Estado lo sea y que, en nombre de la fe oficial, persiga a los no creyentes. El Estado no debe ser ni Iglesia ni partido: ésta es la primera condición de una sociedad realmente moderna y realmente democrática.

La predisposición del cristianismo –sobre todo en dos de sus formas: la bizantina y la romana– a convertirse en ideología estatal e imperial es un hecho histórico bien establecido. Sucede lo mismo con el marxismo. Hay que decir que, en su origen, el marxismo no fue una ortodoxia: fue un pensamiento crítico abierto. Marx no pudo siquiera terminar su obra central. Fueron sus herederos, de Kautsky a Lenin, los que transformaron su pensamiento en una doctrina completa y cerrada. Así se ha convertido, para emplear las palabras del mismo Marx, en «una teoría general del mundo... y en su *compendium* enciclopédico, su sanción moral, su razón general de consolación y justificación». Es decir, en una ideología y una pseudorreligión.

Entre el marxismo y el cristianismo hay una doble relación de enemistad y de filialidad. No repetiré aquí todo lo que se ha dicho sobre el profetismo de Marx y su «traducción» al lenguaje filosófico y político del siglo XIX de la escatología judeocristiana. Pero hay otra semejanza, poco señalada y que me interesa destacar: una y otra doctrina conciben al hombre como una criatura, un producto, ya sea de la potencia divina o de las fuerzas sociales. La idea de que el hombre y sus creaciones e invenciones, lo que llamamos cultura, son meros reflejos de otra realidad se encuentra ya en Platón, padre común de todo lo que se ha pensado en Occidente. Para Platón nuestras opiniones sobre lo verdadero, lo justo y lo hermoso no son sino un reflejo de las verdaderas ideas, los arquetipos; para Marx la cultura es una superestructura, un reflejo de la estructura económica. Marx invierte el platonismo pero no nos ofrece una interpretación nueva de la cultura. La subversión de Marx no cambia el estatuto de dependencia de la cultura y, con ella, del hombre: somos reflejos de otra realidad, todopoderosa y oculta. La misión del hombre es adivinar la dirección y el sentido de esa realidad, asentir, aceptar la voluntad de Dios o de la Historia.

La idea de que el hombre es una realidad que depende o resulta de otras realidades –sean éstas sobrenaturales, naturales o sociales– no es descabellada. Al contrario: es plausible. Pero una cosa es el valor filosófico o científico de esta opinión y otra sus consecuencias sociales y políticas. Saber que somos el resultado de otras fuerzas y poderes es saludable, puesto que nos hace reflexionar sobre nuestra condición y sus límites; en cambio, es abusivo que un grupo de hombres –secta, Iglesia, partido– se declare intérprete de la voluntad de Dios o de la Historia. La noción de una Iglesia custodia de la palabra divina o de un partido vanguardia del proletariado se convierte fatalmente en justificación de la tiranía de un grupo. No hay despotismo más despiadado que el de los propietarios de la verdad. Los ricos tienen mala conciencia; la de los teólogos y los ideólogos es imperturbable: dictan sentencias de muerte con la misma tranquila objetividad con que encadenan razonamientos en sus discursos. Su lógica ignora los remordimientos y su virtud la piedad. Las Iglesias comienzan predicando la palabra de Dios y terminan quemando herejes y ateos en nombre de esa misma palabra; los partidos revolucionarios actúan primero en nombre del proletariado y después, también en su nombre, lo amordazan y lo oprimen.

Mi desconfianza ante todas las ortodoxias no me hace ignorar la preeminencia y anterioridad de los vínculos sociales: en el principio no fue el individuo sino la sociedad. Todas las sociedades, desde las bandas del paleolítico hasta las naciones de la era industrial, son un tejido de intereses, necesidades, pasiones, instituciones, técnicas, ritos, ideas. El tejido social no está hecho únicamente de relaciones biológicas o económicas: en cada sociedad los miembros comparten ciertos principios básicos. Esos principios son el fundamento de la sociedad y cuando, por esta o aquella causa, se rompen o aflojan, la fábrica social se desintegra.

Tanto los antiguos creyentes como los nuevos, unos en nombre de Dios y otros en el de la Historia, subrayan que una de las debilidades de la democracia consiste en no ofrecer a la sociedad un principio básico común, algo en que todos los hombres se reconozcan. La democracia no es una fuente de valores comunales como el cristianismo y el marxismo. Contesto: por una parte, la democracia no es ni una teoría de la historia ni una doctrina de salvación sino una forma de convivencia social; por la otra, la democracia también es, a su modo, una ortodoxia. Pero es una ortodoxia negativa o, más bien, neutra: el único principio básico de una democracia moderna es la libertad que tienen todos para profesar las ideas y principios que prefieran. El único principio del Estado es no tener principios: la neutralidad frente a todos los principios.

La libertad no es ni una filosofía ni una teoría del mundo; la libertad es una posibilidad que se actualiza cada vez que un hombre dice *No* al poder, cada vez que unos obreros se declaran en huelga, cada vez que un hombre denuncia una injusticia. Pero la libertad no se define: se ejerce. De ahí que sea siempre momentánea y parcial, movimiento frente, contra o hacia esto o aquello. La libertad no es la justicia ni la fraternidad sino la posibilidad de realizarlas, aquí y ahora. No es una idea sino un acto. La libertad se despliega en todas las sociedades y situaciones pero su elemento natural es la democracia. A su vez, la democracia necesita de la libertad para no degenerar en demagogia. La unión entre democracia y libertad ha sido el gran logro de las sociedades modernas de Occidente, desde hace dos siglos. Sin libertad, la democracia es tiranía mayoritaria; sin democracia, la libertad desencadena la guerra universal de los individuos y los grupos. Su unión produce la tolerancia: la vida civilizada.

Se dice que la democracia, justamente por su liberalismo, es incapaz de frenar el juego de los intereses y las pasiones; su neutralidad fomenta el egoísmo individual, afloja los lazos de la solidaridad, enciende luchas intestinas de todos contra todos y termina siempre por premiar el triunfo de los fuertes sobre los débiles. O dicho de otro modo: en los regímenes burgueses la libertad es la alcahueta de la opresión. Sería necio ocultar o disculpar los males y las injusticias de las democracias burguesas de nuestros días. Casi no necesito aclarar que la democracia no es una forma política exclusiva de este o de aquel régimen y de este o aquel modo de propiedad y de producción económica. La democracia no se identifica con ningún sistema, filosofía, organización o institución política. Así, por ejemplo, los primitivos conocieron una democracia directa que, aunque no fuese perfecta, era superior a las democracias representativas modernas, deformadas por la maquinaria burocrática de los partidos y el peso aplastante del Estado. Los clásicos del socialismo pensaban que la democracia total sólo podría realizarse en una sociedad en donde hubiesen desaparecido la sujeción económica y el trabajo asalariado: en una sociedad socialista. Predicción hasta ahora inverificable aunque no necesariamente falsa: ninguno de los «socialismos» del siglo XX es socialista. Pero en el estado actual del mundo y en el de nuestras sociedades dominadas por monopolios económicos y políticos, la democracia es uno de los pocos baluartes que nos quedan. Defenderla es defendernos. No es la salud pero sí es la vía para recobrarla o, al menos, para no sucumbir del todo.

La segunda guerra terminó en 1945 y desde entonces vivimos en una extraña pausa, algo así como las vísperas del fin del mundo. Se trata de un sentimiento con el que estaban familiarizados los aztecas y que conocieron los cristianos del Año Mil pero que el hombre moderno ignoraba. La existencia de las armas nucleares ha hecho añicos todas las doctrinas del progreso y todas las teorías sobre el sentido de la historia. La gran víctima filosófica de la bomba ha sido la idea que se habían hecho los hombres del futuro. Al mismo tiempo, la amenaza atómica ha detenido a las grandes potencias y les ha impedido, hasta ahora, desatar una nueva guerra total. Pero los hombres no han renunciado a la guerra: la han continuado por los medios tradicionales. Mil novecientos cuarenta y cinco no fue el año de la paz universal sino el del principio de otra contienda. Ese conflicto aún no termina y su teatro de operaciones ha sido el planeta entero. Aunque ninguno de los cinco continentes se ha escapado, los focos más constantes e intensos han sido el Medio Oriente y el Sudeste asiático: en las dos regiones se combate desde hace ya medio siglo. Ahora la guerra se ha extendido al África y mañana, quizá, podría encenderse en las montañas y desfiladeros que, simultáneamente, unen y separan a Pakistán de Afganistán. O en cualquier otro lugar: ¿quién podría asegurar, por ejemplo, que el recién descubierto petróleo de México no despertará las ambiciones y no desatará las agresiones de tirios y troyanos? Nuestro tiempo es el de la guerra universal, permanente y transmigrante.

La distinción entre regímenes antidemocráticos y democráticos es inesencial en el caso de una conflagración atómica. Todo lo que los hombres han pensado y han hecho desde hace treinta mil años, inclusive este pobre artículo y sus lectores, se desvanecería en una llamarada. En cambio, si en la contienda se juega no la vida de la especie sino la suerte de la civilización, la distinción sí es esencial. Lo es porque sin la democracia la civilización moderna se extinguiría. Muchas y grandes civilizaciones no conocieron la democracia pero la nuestra es impensable sin ella. Sólo en dos dominios los hombres modernos pueden mirar frente a frente, sin rubor a los del pasado: no en los dominios del arte, la virtud, la sensibilidad, el valor o la cortesía, sino en los de la ciencia y la libertad. Un ciudadano del Nueva York del siglo XX no es un ser más refinado ni mejor que un habitante del Pekín del XVII pero sí es un hombre más libre. Ahora bien, sin democracia no hay libertad y a la larga, tampoco ciencia. El porvenir de la ciencia en las ideocracias totalitarias no será distinto al que tuvo la filosofía pagana en el Medievo: una se convirtió en teología y la otra se transformará en ideología.

La crítica a la democracia ha sido hecha muchas veces, por la izquierda y por la derecha. Una y otra coinciden en señalar que la democracia no es realmente democrática, quiero decir, que es una engañifa. Sin embargo, hay una manera muy simple de verificar si es realmente democrático un país o no lo es: son democráticas aquellas naciones en donde todavía, cualesquiera que sean las injusticias y los abusos, los hombres pueden reunirse con libertad y expresar sin miedo su reprobación y su asco. No es cierto que la postración moral y política de Occidente sea culpa de la democracia. El mal, los males, vienen de otras partes: los grandes consorcios, las burocracias políticas y sindicales, el poder corruptor del Estado, los medios de publicidad y su influencia sobre la sensibilidad y la inteligencia de la gente, la demagogia de los tribunos, la dominación de las oligarquías, las conspiraciones de las camarillas... De ahí la doble y continua batalla de los amigos de la democracia: por una parte, contra los enemigos del exterior, las dictaduras bárbaras y las ideocracias totalitarias; por la otra, frente a los que, en el interior, casi siempre con el pretexto de defenderla, la violan, la deforman y quieren maniatarla.

En las críticas de las ortodoxias a la libertad encuentro no sólo un elogio sino el secreto mismo de sus resurrecciones sucesivas. Es verdad que la libertad no es una fe; es algo mejor: una elección. En esto, en ser algo que escogemos y no algo que nos escoge, radica no su debilidad sino su fuerza. La historia moderna de Occidente, desde la Revolución inglesa, no ha cesado de darnos ejemplos de la vitalidad del espíritu libertario. Ahora mismo la lucha de los disidentes rusos es una prueba de que sigue siendo un imán de almas y voluntades. Sé que no es fácil –no imposible– cumplir lo que nos pide nuestro tiempo: recobrar el temple, luchar contra la opresión de afuera y la de adentro, sin renunciar a la conciencia crítica, a la duda y a la tolerancia. Pero no hay otra opción: no se puede defender a la libertad con las armas de la tiranía ni combatir a la inquisición con otra inquisición. Tenemos que aprender a mirar de frente a la gran noche del siglo xx. Y para mirarla necesitamos tanto a la entereza como a la lucidez: sólo así podremos, quizá, disiparla.

México, a 12 de julio de 1978

Los cuatro artículos que integran «La libertad contra la fe» se publicaron por primera vez en diarios y revistas hispanoamericanos en julio y agosto de 1978, y se recogieron en *El ogro filantrópico*, Barcelona (Seix Barral) y México (Joaquín Mortiz), 1979.

IV

TIEMPO NUBLADO

Advertencia

No sin vacilaciones me decido a recoger en este libro la serie de artículos sobre el pasado reciente: *Tiempo nublado*, que publiqué en algunos diarios de España, Brasil e Hispanoamérica durante los primeros meses de 1980. He eliminado muchas páginas, unas por demasiado circunstanciales y otras porque los acontecimientos las dejaron sin razón de ser. Asimismo, he modificado, rectificado y, a veces, ampliado ciertos pasajes. A pesar de todos esos cambios, no se me ocultan las imperfecciones y limitaciones de este trabajo. No soy historiador. Mi pasión es la poesía y mi ocupación la literatura; ni la una ni la otra me dan autoridad para opinar sobre las convulsiones y agitaciones de nuestra época. Por supuesto, no soy indiferente a lo que pasa –¿quién puede serlo?– y he escrito artículos y ensayos acerca de la actualidad, aunque siempre desde un punto de vista que no sé si llamar excéntrico o simplemente marginal. En todo caso, nunca desde las certidumbres de una ideología con pretensiones enciclopédicas como el marxismo o desde las verdades inmutables de religiones como la cristiana y la islámica. Tampoco desde el centro, real o supuesto, de la historia: Nueva York, Moscú o Pekín. No sé si estos comentarios contienen interpretaciones válidas o hipótesis razonables; sé que expresan las reacciones y los sentimientos de un escritor independiente de América Latina ante el mundo moderno. Si no es una teoría es un testimonio.

A la manera de los antiguos mayas, que tenían dos maneras de medir el tiempo, la «cuenta corta» y la «cuenta larga», los historiadores franceses han introducido la distinción entre la «duración larga» y la «corta» en los procesos históricos. La primera designa a los grandes ritmos que, a través de modificaciones al principio imperceptibles, alteran las viejas estructuras, crean otras y así llevan a cabo las lentas pero irreversibles transformaciones sociales. Ejemplos: los ascensos y descensos de la población, todavía no explicados enteramente; la evolución de las ciencias y las técnicas; el hallazgo de nuevos recursos naturales o su gradual agotamiento; la erosión de las instituciones sociales; las transformaciones de las mentalidades y los sentimientos... La «duración corta» es el dominio por excelencia del acontecimiento: imperios que se derrumban, Estados que nacen, revoluciones, guerras, presidentes que renuncian, dictadores asesinados, profetas crucificados, santones que crucifican, etcétera. Se compara con frecuencia a la historia con un tejido, labor de muchas manos que, sin concertarse y sin saber exactamente lo que hacen, mezclan hilos de todos los colores hasta que aparece sobre la tela una sucesión de figuras a un tiempo familiares y enigmáticas. Desde el punto de vista de la «duración corta», las figuras no se repiten: la historia es creación incesante, novedad, el reino de lo único y singular. Desde la «duración larga» se perciben repeticiones, rupturas, recomienzos: ritmos. Las dos visiones son verdaderas.

La mayoría de los cambios que hemos experimentado pertenecen, claro está, a la «duración corta» pero los más significativos están en relación directa o indirecta con la «duración larga». En los últimos diez años los ritmos históricos, a la obra desde hace más de dos siglos, se han hecho al fin visibles. Casi todos son aterradores: el crecimiento de la población en los países subdesarrollados; la disminución de las fuentes de energía; la contaminación de la atmósfera, los mares y los ríos; las enfermedades crónicas de la economía mundial, que pasa de la inflación a la depresión de una manera cíclica; la expansión y la multiplicación de las ortodoxias ideológicas, cada una con pretensiones de universalidad; en fin, la llaga de nuestras sociedades: el terror del Estado y su contrapartida, el de las bandas de fanáticos. La «duración larga» nos da la sensación de que estamos ante un paisaje histórico, quiero decir, ante una historia que ostenta la inmovilidad de la naturaleza. Impresión engañosa: la naturaleza también se mueve y también cambia. Los cambios de la «duración corta» se inscriben sobre ese fondo en apariencia inmóvil como los fenómenos que alteran la fisonomía de un paraje: el paso de la luz y el de la obscuridad, el mediodía y el crepúsculo, la lluvia y la tormenta, el viento que empuja las nubes y levanta tolvaneras.

Vistazo al Viejo Mundo

DE LA CRÍTICA AL TERRORISMO

Hacia 1960 comenzaron unos trastornos públicos que hicieron temblar a Occidente. Contra las predicciones del marxismo, ni la crisis fue económica ni su protagonista central fue el proletariado. Fue una crisis política y, más que política, moral y espiritual; los actores no fueron los obreros sino un grupo privilegiado: los estudiantes. En los Estados Unidos la rebelión juvenil contribuyó decisivamente al descrédito de la política norteamericana en Indochina; en Europa occidental quebrantó, ya que no el poder de los gobiernos y las instituciones, sí su credibilidad y su prestigio. El movimiento de los jóvenes no fue una revolución, en la recta acepción de la palabra, aunque se haya apropiado del lenguaje revolucionario. Tampoco fue una revuelta sino una rebelión en el sentido que he dado al término en otros escritos[1]. Fue la rebelión de un segmento de la clase media y fue una verdadera «revolución cultural», en el sentido en que *no* lo fue la de China. La extraordinaria libertad de costumbres de Occidente, sobre todo en materia erótica, es una de las consecuencias de la insurgencia moral de los jóvenes en los sesenta. Otra ha sido el progresivo desgaste de la noción de *autoridad*, sea la gubernamental o la paternal. Las generaciones anteriores habían conocido el culto al padre terrible, adorado y temido: Stalin, Hitler, Churchill, De Gaulle. En la década de los 60 una figura ambigua, alternativamente colérica y orgiástica, los Hijos, desplazó a la del Padre saturnino. Pasamos de la glorificación del viejo solitario a la exaltación de la tribu juvenil.

A pesar de que los desórdenes universitarios estremecieron a Occidente, ni la Unión Soviética ni los partidos comunistas los utilizaron o lograron canalizarlos. Al contrario: los denunciaron como movimientos pequeñoburgueses, anárquicos, decadentes y manejados por agentes provocadores de la derecha. Es comprensible la hostilidad de la jerarquía soviética: la rebelión juvenil, tanto como una explosión contra la sociedad de consumo capitalista, fue un movimiento libertario y una crítica pasional y total del Estado y la autoridad.

1. Cf. *Corriente alterna*, 1967, y el capítulo «Inicuas simetrías», en *Hombres en su siglo*, 1984; textos incluidos en el volumen décimo de estas obras, *Ideas y costumbres II*.

La década siguiente fue la de la aparición y el reconocimiento, en Occidente, de los disidentes rusos y de los otros países «socialistas». Se trata de un hecho que ha marcado la conciencia intelectual contemporánea y cuyas consecuencias morales y políticas se dejarán sentir más y más no sólo en Europa sino en América Latina. Por primera vez los disidentes del Imperio ruso lograron ser oídos por los intelectuales europeos; hasta hace unos pocos años, apenas unos cuantos grupos marginales –anarquistas, surrealistas, antiguos marxistas y militantes comunistas que habían colgado los hábitos– se habían atrevido a describir al socialismo burocrático como lo que es realmente: un nuevo, más total y despiadado sistema de explotación y represión. Hoy nadie se atreve a defender como antes al «socialismo real», ni siquiera los miembros de esa especie que llamamos «intelectuales progresistas». Ante las revelaciones de los disidentes, las críticas de Gide en 1936 y las más penetrantes de Camus en 1951 resultan tímidas, insuficientes los análisis de Trotski y pálidas las descripciones del mismo Souvarine, aunque este último haya sido el primero en comprender, hace ya cuarenta años, el verdadero carácter del régimen ruso.

Un contraste notable pero sobre el que, hasta donde sé, nadie ha reflexionado: durante la década de los setenta no se manifestó en Occidente un movimiento de autocrítica moral y política comparable a la de los disidentes de los países «socialistas». Esto es extraño pues desde el siglo XVI la crítica ha acompañado a los europeos en todas sus empresas y aventuras, a veces como confesión y otras como remordimiento. La historia moderna de Occidente comienza con la expansión de España y Portugal en África, Asia y América; al mismo tiempo, brotan las denuncias de los horrores de la conquista y se escriben descripciones, no pocas veces maravilladas, de las sociedades indígenas. Por un lado, Pizarro; por el otro Las Casas y Sahagún. A veces el conquistador también es, a su manera, etnólogo: Cortés. Los remordimientos de Occidente se llaman *antropología*, una ciencia que, como lo recuerda Lévi-Strauss, nació al mismo tiempo que el imperialismo europeo y que lo ha sobrevivido.

En la primera mitad del siglo XX la crítica de Occidente fue la obra de sus poetas, sus novelistas y sus filósofos. Fue una crítica singularmente violenta y lúcida. La rebelión juvenil de los sesenta recogió esos temas y los vivió como una apasionada protesta. El movimiento de los jóvenes, admirable por más de un concepto, osciló entre la religión y la revolución, el erotismo y la utopía. De pronto, con la misma rapidez con que había aparecido, se disipó. La rebelión juvenil surgió cuando nadie la esperaba y desapareció de la misma manera. Fue un fenómeno que nuestros sociólogos aún no han sido capaces de explicar. Negación apasionada de los valores imperantes en Occidente, la revolución cultural de los sesenta fue hija de la crítica pero, en un sentido estricto, no fue un movimiento crítico. Quiero decir: en las protestas, declaraciones y manifiestos de los rebeldes no aparecieron ideas y conceptos que no se encontrasen ya en los filósofos y los poetas de las generaciones inmediatamente anteriores. La novedad de la rebelión no fue intelectual sino moral; los jóvenes no descubrieron otras ideas: vivieron con pasión las que habían heredado. En los setenta la rebelión se apagó y la crítica enmudeció. La excepción fue el feminismo. Pero este movimiento comenzó mucho antes y se prolongará todavía varias décadas. Es un proceso que pertenece al dominio de la «cuenta larga». Aunque su ímpetu ha decrecido en los últimos años, se trata de un fenómeno que está destinado a perdurar y cambiar la historia.

Los herederos de los rebeldes juveniles han sido las bandas terroristas. Occidente dejó de tener críticos y disidentes; las minorías opositoras pasaron a la acción clandestina. Inversión del bolchevismo: incapaces de apoderarse del Estado y establecer el terror ideológico, los activistas se han instalado en la ideología del terror. Un portento de los tiempos: a medida que los grupos terroristas se vuelven más intransigentes y audaces, los gobiernos de Occidente se muestran más indecisos y vacilantes. ¿Los gobiernos no pueden oponer al fanatismo de los terroristas sino su escepticismo? La más franca justificación de la necesidad del Estado la dio Hobbes: «puesto que la condición humana es la de la guerra de todos contra todos», los hombres no tienen más remedio que ceder parte de su libertad a una autoridad soberana que sea capaz de asegurar la paz y la tranquilidad de todos y de cada uno. Sin embargo, el mismo Hobbes admitía que «la condición de súbdito es miserable». Gran contradicción: la erosión de la autoridad gubernamental en los países de Occidente debería regocijar a los amantes de la libertad; el ideal de la democracia puede definirse sucintamente así: un pueblo fuerte y un gobierno débil. Pero la situación nos entristece porque los terroristas parecen empeñados en darle la razón a Hobbes. No sólo sus métodos son reprobables sino que su ideal no es la libertad sino la instauración de un despotismo de sectarios.

Por más nociva que sea la acción de estos grupos, el verdadero mal de las sociedades capitalistas liberales no está en ellos sino en el nihilismo predominante. Es un nihilismo de signo opuesto al de Nietzsche: no estamos ante una negación crítica de los valores establecidos sino ante su disolución en una indiferencia pasiva. Más que de nihilismo habría que hablar de hedonismo. El temple del nihilista es trágico; el del hedonista, resignado. Es un hedonismo muy lejos también del de Epicuro: no se atreve a ver de frente a la muerte, no es una sabiduría sino una dimisión. En uno de sus extremos es una suerte de glotonería, un insaciable pedir más y más; en el otro, es abandono, abdicación, cobardía frente al sufrimiento y la muerte. A pesar del culto al deporte y a la salud, la actitud de las masas occidentales implica una disminución de la tensión vital. Se vive ahora más años pero son años huecos, vacíos. Nuestro hedonismo es un hedonismo para *robots* y espectros. La identificación del cuerpo con un mecanismo conduce a la mecanización del placer; a su vez, el culto por la imagen –cine, televisión, anuncios– provoca una suerte de *voyeurisme* generalizado que convierte a los cuerpos en sombras. Nuestro materialismo no es carnal: es una abstracción. Nuestra pornografía es visual y mental, exacerba la soledad y colinda, en uno de sus extremos, con la masturbación y, en el otro, con el sadomasoquismo. Lucubraciones a un tiempo sangrientas y fantasmales.

El espectáculo del Occidente contemporáneo habría fascinado, aunque por razones distintas, a Maquiavelo y a Diógenes. Los norteamericanos, los europeos y los japoneses lograron vencer la crisis de la postguerra y han creado una sociedad que es la más rica y próspera de la historia humana. Nunca tantos habían tenido tanto. Otro gran logro: la tolerancia. Una tolerancia que no sólo se ejerce frente a las ideas y las opiniones sino ante las costumbres y las inclinaciones. Sólo que a estas ganancias materiales y políticas no han correspondido una sabiduría más alta ni una cultura más profunda. El panorama espiritual de Occidente es desolador: chabacanería, frivolidad, renacimiento de las supersticiones, degradación del erotismo, el placer al servicio del comercio y la libertad convertida en la alcahueta de los medios de comunicación. Pero el terrorismo no es una crítica de esta situación: es uno de sus síntomas. A la actividad sonámbula de la sociedad, girando maquinalmente en torno a la producción incesante de objetos y cosas, el terrorismo opone un frenesí no menos sonámbulo aunque más destructivo.

Es lo contrario de una casualidad que el terrorismo haya prosperado sobre todo en Alemania, Italia y España. En los tres países el proceso histórico de la sociedad moderna –el tránsito del Estado absolutista al democrático– fue interrumpido más de una vez por regímenes despóticos. En los tres la democracia es una institución reciente. El Estado nacional –necesario complemento de la evolución de las sociedades occidentales hacia la democracia– ha sido una realidad tardía en Alemania e Italia. El caso de España ha sido exactamente el contrario pero los resultados han sido semejantes: los distintos pueblos que coexisten en la península ibérica fueron encerrados desde el siglo XVI en la camisa de fuerza de un Estado centralista y autoritario. Esto no quiere decir, por supuesto, que los alemanes, los italianos y los españoles estén condenados, por una suerte de falta histórica, al terrorismo. A medida que la democracia y el federalismo se afirmen (y con ellos el Estado nacional) el terrorismo tenderá a declinar. En realidad, ha desaparecido ya de Alemania. No es aventurado suponer que en España también va a decrecer. No será la represión gubernamental sino el establecimiento de las libertades y autonomías locales y regionales lo que acabará con el terrorismo vasco. ETA está condenada a extinguirse, no de golpe sino a través de un paulatino pero inexorable aislamiento. Como ha dejado de representar una aspiración popular, la soledad la llevará a la peor de las violencias: el suicidio político. El proceso será lento pero irremediable.

Las actividades de los terroristas italianos han sido, más que nada, la consecuencia de la crisis del Estado, resultado a su vez de la doble parálisis de los dos grandes partidos, la democracia cristiana y los comunistas. El gobierno gira sobre sí mismo sin avanzar porque el partido en el poder, la democracia cristiana, no tiene ya más proyecto que mantener el *statu quo*. No gobierna o, más bien, ha reducido el arte de gobernar a un juego de manos: lo que cuenta es la sutileza, la habilidad para el compromiso. Por su parte, el partido comunista no sabe qué camino tomar. Ha renunciado al leninismo pero no se atreve a abrazar plenamente el socialismo democrático. Oscila entre Lenin y Kautsky sin encontrar todavía su rumbo propio. La vida política italiana es agitadísima y, no obstante, en ella nada sucede. Todos se mueven y nadie cambia de sitio. La cólera fría y obtusa de los terroristas y de sus pedantes profesores tampoco es una salida. Por eso han fracasado. Pero el problema de fondo subsiste: Italia sufre la ausencia de un socialismo democrático. Aunque los comunistas italianos –los más flexibles e inteligentes de Europa– se han propuesto llenar ese hueco, no lo han conseguido por razones de genealogía histórica. Su larga asociación con el despotismo burocrático ruso es una suerte de mancha original que no ha podido lavar todavía ningún bautismo democrático.

¿Y el caso de Irlanda del Norte? Se trata, a mi modo de ver, de un fenómeno muy distinto. El terrorismo irlandés nació de la alianza explosiva de dos elementos: un nacionalismo impregnado de religiosidad y la injusta situación de inferioridad a que ha sido sometida la minoría católica. La historia del siglo XX ha confirmado algo que sabían todos los historiadores del pasado y que nuestros ideólogos se han empeñado en ignorar: las pasiones políticas más fuertes, feroces y duraderas son el nacionalismo y la religión. Entre los irlandeses la unión entre religión y nacionalismo es inextricable. A la inversa de los vascos, que no quieren unirse con nadie salvo con ellos mismos, los católicos de Irlanda del Norte se sienten parte de la República de Irlanda. Pero una cosa es el nacionalismo católico irlandés y otra el IRA. Dos circunstancias juegan en contra de esta organización: la primera es que la población católica es la minoritaria; la segunda, que tanto sus métodos como su programa político (un «socialismo» a la moda árabe o africana) le han hecho perder partidarios y amigos lo mismo en la República de Irlanda que en Irlanda del Norte.

El asesinato de lord Mountbatten fue reprobado por muchos que simpatizaron al principio con los terroristas. A medida que el IRA se radicaliza, se aísla. Ahora bien, el problema no puede ser resuelto por las armas sino por una fórmula que satisfaga, al menos en parte, las aspiraciones de la minoría católica. La situación tiene más de una semejanza con la de los palestinos e israelíes: se trata de satisfacer las aspiraciones contradictorias y excluyentes pero igualmente legítimas de dos comunidades. Por desgracia no hay ningún Salomón a la vista.

LA HERENCIA JACOBINA Y LA DEMOCRACIA

Un fenómeno de simetría inversa: la evolución de los grandes partidos comunistas europeos (Italia, Francia y España) se ha realizado en dirección diametralmente opuesta a la de los terroristas. A medida que los grupos extremistas acentúan la violencia, los comunistas se acercan más y más a los métodos y programas de los tradicionales partidos democráticos. Si el deturpado revisionista Bernstein viviese aún, se frotaría las manos de gusto ante algunas de las declaraciones de Berlinguer y de Carrillo. No han faltado críticos que denuncien la política de los eurocomunistas como una añagaza, una maniobra del género de las del Frente Popular y la «mano tendida» de la época de Stalin. Es innegable que en las posiciones del eurocomunismo hay, como en todos los programas y manifiestos políticos, una buena dosis de táctica oportunista. Sin embargo, hay algo más y de más significación. El eurocomunismo ha sido una tentativa de los dirigentes por responder a los cambios sociales e históricos operados en el continente durante los últimos treinta años. Es un momento de un largo y tortuoso proceso de revisión y crítica que comenzó hace mucho y que aún no termina.

Los orígenes de este proceso están en las disputas y polémicas que sucesivamente desgarraron a la I, a la II y a la III Internacional. Lo que hoy se discute ya fue discutido, aunque con otro lenguaje y desde otras perspectivas, por Marx y Bakunin, por Mártov y Lenin, es decir, por todos los protagonistas del movimiento obrero desde hace más de un siglo. En la época contemporánea el proceso de revisión y crítica fue desencadenado por el Informe de Jruschov. Durante años y años los líderes de los partidos comunistas habían ocultado la realidad soviética: el terror institucional, la servidumbre de los obreros y campesinos, el régimen de privilegios, los campos de concentración y, en fin, todas esas prácticas que los comunistas designan púdicamente como «violaciones a la legalidad socialista». Por un mecanismo moral y psicológico que todavía no ha sido descrito, Thorez, Togliatti, la Pasionaria y los otros no sólo aceptaron la mentira sino que colaboraron activamente a su difusión. Lo más terrible fue que lograron preservar el mito de la Unión Soviética como «patria de los trabajadores» no sólo en el espíritu de los militantes sino en el de millones de simpatizantes. No menos escandaloso fue el espectáculo de la fe inconmovible de innumerables «intelectuales progresistas», ¡precisamente aquellos cuya única profesión de fe debería ser la crítica, el examen y la duda! Pero después del Informe de Jruschov no fue posible ya tapar el sol con un dedo.

Al principio la crítica fue más bien de orden moral. A la crítica moral sucedió la crítica histórica, política y económica. La tarea de demolición de un edificio de mentiras que ha durado más de medio siglo aún no termina. Como siempre ocurre, fueron los intelectuales –entre ellos muchos comunistas– los que iniciaron el examen crítico. Es claro que sin la acción de los intelectuales de izquierda la evolución de los partidos comunistas europeos hubiera sido imposible. Gracias a ellos no se pueden hoy repetir impunemente las mentiras de hace diez o quince años. (Contrasta esta actitud con la de tantos intelectuales latinoamericanos, que no abren la boca sino para recitar los catecismos redactados en La Habana.) La crítica de los intelectuales europeos fue eficaz –a la inversa de lo que ocurrió antes con las de Serge, Cilinga, Souvarine, Breton, Camus, Silone, Howe y otros– porque, casi al mismo tiempo, el mundo descubrió la existencia de un movimiento de disidencia en la URSS. Este movimiento ofrece la singularidad de no reducirse a una sola corriente: la pluralidad de tendencias y filosofías de la Rusia prebolchevique reaparece entre los disidentes. Lo más significativo es que los marxistas son una minoría dentro del movimiento.

Otra circunstancia que aceleró la evolución de los partidos comunistas europeos fue la ocupación rusa de Checoslovaquia, la invasión de Afganistán y la humillación de Polonia. Fueron golpes que, después de la sangrienta intervención en Hungría, difícilmente podía soportar la izquierda europea. El conflicto sino-soviético comprobó que el «internacionalismo proletario» es la máscara de las agresiones nacionalistas; la invasión de Checoslovaquia y la represión en Polonia confirman que los intereses del Estado ruso no coinciden con los intereses de la clase obrera ni con el socialismo. La política exterior rusa ha ofendido a la clase obrera europea y a los intelectuales de izquierda por partida doble: en sus sentimientos socialistas y en sus sentimientos nacionalistas.

Los dirigentes han intentado adecuar la ideología y la táctica a las realidades de la nueva Europa. Los que han ido más lejos son los italianos y los españoles. En el partido francés la herencia estaliniana pesa mucho y el prosovietismo sigue siendo de rigor. ¿Por qué los socialistas franceses, que tienen una experiencia amarga de las *volte-faces* comunistas, han decidido gobernar con su concurso? ¿Persistencia del jacobinismo o maquiavelismo para inmovilizarlos? Si lo primero, es lamentable. Si lo segundo, es una trampa inocente que sólo atrapará a los socialistas. Si las circunstancias lo requieren, Marchais y su partido no vacilarán en romper la alianza como otras veces. Los comunistas ven con saña a las tendencias ideológicas afines: socialistas de todos los matices, anarquistas, laboristas. No sólo los han atacado siempre, sino que, cuando han podido, los han perseguido y exterminado. Esta característica, y la propensión a dividirse y subdividirse en sectas y fracciones, son una prueba de que el comunismo no es realmente un partido político sino una orden religiosa animada por una ortodoxia exclusivista. Para los comunistas los otros no existen sino como sujetos que hay que convertir o eliminar. Para ellos la alianza significa anexión y aquel que conserve su independencia se convierte en hereje y enemigo. Cierto, los comunistas italianos hablan de «compromiso histórico», un término que implica la alianza no sólo con los otros partidos obreros sino con la clase media y la burguesía liberal misma. Es lícito, de todos modos, preguntarse si la política de los comunistas italianos sería la misma si en Italia existiese un partido socialista fuerte como el francés o el español.

La reforma más espectacular ha sido la renuncia al dogma de la dictadura del proletariado. Sobre esto, es útil distinguir entre dictadura del proletariado y dictadura del partido comunista. Marx afirmó lo primero, no lo segundo. Según la concepción original de Marx y Engels, durante el período de transición hacia el socialismo el poder estaría en manos de los distintos partidos obreros revolucionarios. Pero en los países «socialistas» la minoría comunista, en nombre del proletariado, ejerce una dictadura total sobre todas las clases y grupos sociales, incluido el proletariado mismo. La renuncia a la noción de «dictadura del proletariado» ha sido un signo, otro más, de que al fin la izquierda europea, sin excluir a los comunistas, comienza a recuperar su *otra tradición*. No la que viene de la «voluntad general» de Rousseau, máscara de la tiranía y origen intelectual del jacobinismo y el marxismo-leninismo, sino la libertaria, pluralista y democrática, fundada en el respeto a las minorías.

A pesar de la importancia de los cambios operados en los partidos comunistas de Italia y España, su evolución ha sido incompleta. Los partidos comunistas europeos –señaladamente el de Francia– siguen siendo grupos cerrados, a un tiempo órdenes religiosas y militares. La verdad es que, si se quiere volver a la verdadera tradición socialista, hay que satisfacer antes una doble exigencia moral y política. La primera es romper con el mito de una URSS socialista; la segunda, establecer la democracia interna en los partidos comunistas. Esto último significa revisar la tradición leninista en su raíz misma. Si los partidos comunistas quieren dejar de ser órdenes religiosas y militares para convertirse en auténticos partidos políticos, deben comenzar por practicar la democracia en casa y denunciar a los tiranos ahí donde los haya, sea en Chile o en Vietnam, en Cuba o en Irán[1].

Mi crítica a los partidos comunistas europeos no debe verse como una tentativa para exculpar a los otros partidos. Todos ellos están más interesados en llegar al poder o en conservarlo que en preparar el futuro. Ninguna idea de cambio los anima ni representan nada nuevo en la historia de este siglo. Su idea del movimiento es el vaivén de los bandos, el quítate tú para ponerme yo. No ignoro que los dirigentes de las democracias liberales han sido hábiles y eficaces; tampoco que han resuelto de manera civilizada muchos problemas y conflictos. Sus países cuentan con grandes recursos materiales, técnicos e intelectuales; han resistido a la vieja

1. La imposibilidad de realizar una reforma profunda y realmente democrática en sus estructuras, explica la progresiva y, a mi juicio, irreversible declinación de los partidos comunistas de España y de Francia. El marxismo-leninismo ha dejado de ser una ideología europea y se ha convertido en un catecismo político-militar de las minorías revolucionarias de los países menos desarrollados, como Etiopía y Nicaragua. (*Nota de 1984.*)

tentación imperial y han hecho un uso prudente de esas capacidades. Pero tampoco han sabido o querido utilizar sus riquezas y su saber técnico en beneficio de los países pobres y con escaso desarrollo económico. Esto ha sido funesto pues esos países, lo mismo en Asia y África que en América, han sido y serán focos de disturbios y conflictos. Pero si no han sido generosamente previsores, los políticos de Occidente tampoco han caído en la desmesura. Ninguno de ellos ha sido un déspota sanguinario y todos han procurado respetar no sólo a la mayoría sino a las minorías. Sus grandes errores y delitos han sido más bien escándalos sexuales o financieros. Han ejercido el poder –o los riesgos de la oposición– con moderación y relativa inteligencia.

Este cuadro sería incompleto si no se agregase que su política ha sido la de la facilidad y la complacencia. Idólatras del *statu quo* y especialistas en la componenda y la transacción, han mostrado idéntica blandura ante el increíble egoísmo de las masas y las élites de sus países que ante las amenazas y chantajes de los extraños. Su visión de la historia es la del comercio y por esto han visto en el islam no un mundo que despierta sino un cliente con el que hay que regatear. Su política con Rusia –pienso no sólo en los socialdemócratas como Brandt y Schmidt sino en los conservadores como Giscard– ha sido y es un gigantesco autoengaño. Lo esencial ha sido salir del paso, asegurar otro año de digestión pacífica y ganar las próximas elecciones. Hay una desproporción que no sé si llamar cómica o trágica entre esta cordura municipal y las decisiones que exige el presente. Sin embargo, no sería honrado ignorar los grandes beneficios que han logrado los trabajadores y la clase media en los últimos cuarenta años. Esas ganancias se deben, sobre todo, a los sindicatos obreros y, asimismo, a la acción de los socialdemócratas y los laboristas. A estas causas hay que agregar, como condición económica básica, la extraordinaria capacidad productiva de las modernas sociedades industriales y, como condición social y política no menos básica, la democracia que ha hecho posible la lucha y la negociación entre capitalistas y trabajadores y entre ambos y los gobiernos. Capacidad productiva, libertad sindical, derecho de huelga, poder para negociar: esto es lo que ha hecho viables y prósperas a las democracias de Occidente.

¿Por cuánto tiempo todavía los gobiernos de Occidente serán capaces de asegurar a los pueblos ese bienestar que, si no la felicidad ni la sabiduría, ha sido y es una suerte de placidez hecha de trabajo y consumo? A medida que la crisis económica se agrave, habrá menos trabajo, menos cosas que comprar y menos dinero para comprarlas. Contrasta la magnitud de los problemas a los que nos enfrentamos los hombres del siglo XX con la modestia de los programas y soluciones que nos proponen los gobiernos y los partidos de Europa occidental. No faltará quien me recuerde, con alguna razón, que la política es un arte (o una técnica) que vive en la relatividad de lo inmediato y lo próximo. Los políticos de la Antigüedad tampoco pudieron, salvo contadísimas excepciones, prever el futuro: acertaron porque supieron responder al reto del presente, no por su visión del porvenir. Es verdad, pero vivimos en una encrucijada de la historia y Europa es la gran ausente de la política mundial.

No se puede atribuir la declinación de la influencia europea únicamente a la falta de imaginación política y de arrojo de sus políticos. Después de la segunda guerra, las naciones del Viejo Mundo se replegaron en sí mismas y han consagrado sus inmensas energías a crear una prosperidad sin grandeza y a cultivar un hedonismo sin pasión y sin riesgos. La última gran tentativa por recobrar la perdida influencia fue la del general De Gaulle. Con él se acabó una tradición que ya en su época, a despecho de su poderosa personalidad, era un arcaísmo. Era imposible que Francia por sí sola, en su nueva condición de potencia mediana, pudiese restablecer el equilibrio internacional y ser el contrapeso de los Estados Unidos y de Rusia. Ésta es una tarea que sólo podrían acometer las fuerzas combinadas de una Europa unida. Pero esta posibilidad no entró nunca realmente en la visión del general De Gaulle y no entró por dos razones: la primera porque era un político profundamente nacionalista; la segunda porque su gran inteligencia no excluía una dosis considerable de realismo. De Gaulle sabía lo que todos sabemos: las naciones europeas quieren vivir juntas y prosperar en paz pero no quieren hacer nada en común. Lo único que las une es la pasividad frente al destino. De ahí la fascinación que ejerce sobre sus multitudes el pacifismo, no como una doctrina revolucionaria sino como una ideología negativa. Es la otra cara del terrorismo: dos expresiones contrarias del mismo nihilismo.

En los últimos años hemos presenciado el triunfo electoral del socialismo democrático en España, Francia y Grecia. Esas victorias encierran enseñanzas que deberían ser meditadas por todos los latinoamericanos y especialmente por los demócratas y los socialistas. El caso de España es particularmente pertinente. Los españoles y los hispanoamericanos nos hemos enfrentado a los mismos obstáculos para implantar en nuestras tierras las instituciones democráticas. No tocaré el tema: es muy conocido y yo mismo lo he tratado en varios escritos. La historia de España y la de Hispanoamérica durante los dos últimos siglos me hicieron dudar más de una vez de la viabilidad de la democracia entre nosotros. Hoy España, después de cuarenta años de dictadura, comienza a vivir una vida democrática que es ejemplar en muchos aspectos. Primera lección, sobre todo para nuestras obtusas y bárbaras oligarquías en busca siempre de un espadón que garantice el orden: si los españoles han logrado la convivencia democrática sin matanzas ni guerra civil, ¿por qué no podemos nosotros hacer lo mismo? La segunda lección atañe especialmente a la izquierda latinoamericana, dogmática y cerril, descendiente no de la Ilustración sino de los teólogos del XVI: el Partido Socialista Obrero Español no sólo ha renunciado al marxismo sino que acepta de buen grado la rotación democrática. Tal vez nuestros grupos dirigentes, los conservadores lo mismo que los radicales, al verse en el ejemplo español, aprendan la práctica de la tolerancia, la crítica y el respeto a las opiniones ajenas.

El pragmatismo de los partidos democráticos, especialmente de la socialdemocracia, tiene aspectos positivos. Esas virtudes se vuelven visibles a la luz de las críticas de los revolucionarios. Si releemos hoy la polémica entre Kautsky y los bolcheviques, probablemente le daremos la razón al primero: su posición frente a la dictadura comunista no es muy distinta a la que hoy tienen Berlinguer y Carrillo. Sin embargo, el nombre del marxista alemán está unido desde hace medio siglo al infamante epíteto de Lenin: Kautsky el Renegado. Su caso es semejante al de Juliano. Fue un emperador en la tradición de Marco Aurelio y fue un soldado valiente pero, por obra de sus enemigos cristianos, hoy es conocido como Juliano el Apóstata. Es cierto que los socialistas y los socialdemócratas han dejado de ser revolucionarios: ¿no han mostrado así mayor sensibilidad histórica que sus críticos dogmáticos? La ausencia de revoluciones proletarias en Europa ha desmentido la profecía central del marxismo. Ahora mismo ¿son acaso revolucionarios los partidos comunistas europeos? Renunciar al verbalismo revolucionario no sólo sería un signo de sobriedad intelectual sino de honradez política.

Desde fines del siglo XVIII hemos vivido el mito de la Revolución, como los hombres de las primeras generaciones cristianas vivieron el mito del Fin del Mundo y la inminente Vuelta de Cristo. Confieso que, a medida que pasan los años, veo con más simpatía a la revuelta que a la revolución. La primera es un espontáneo y casi siempre legítimo levantamiento contra un poder injusto. El culto a la revolución es una de las expresiones de la desmesura moderna. Una desmesura que, en el fondo, es un acto de compensación por una debilidad íntima y una carencia. Le pedimos a la revolución lo que los antiguos pedían a las religiones: salvación, paraíso. Nuestra época despobló el cielo de dioses y ángeles pero heredó del cristianismo la antigua promesa de cambiar al hombre. Desde el siglo XVIII se pensó que ese cambio consistiría en una tarea sobrehumana aunque no sobrenatural: la transformación revolucionaria de la sociedad. Esa transformación haría *otros* a los hombres, como la antigua gracia. El fracaso de las revoluciones del siglo XX ha sido inmenso y está a la vista. Tal vez la Edad Moderna ha cometido una terrible confusión: quiso hacer de la política una ciencia universal. Se creyó que la revolución, convertida en ciencia universal, sería la llave de la historia, el sésamo que abriría las puertas de la cárcel en que los hombres han vivido desde los orígenes. Ahora sabemos que esa llave no ha abierto ninguna prisión: ha cerrado muchas.

La conversión de la política revolucionaria en ciencia universal capaz de cambiar a los hombres fue una operación de índole religiosa. Pero la política no es ni puede ser sino una práctica y, a veces, un arte: su esfera es la realidad inmediata y contingente. Tampoco la ciencia –más exactamente: las ciencias– se propuso nunca cambiar al hombre sino conocerlo y, si era posible, curarlo, mejorarlo. Ni la política ni las ciencias pueden darnos el paraíso o la armonía eterna. Así, convertir a la política revolucionaria en ciencia universal fue pervertir a la política y a la ciencia, hacer de ambas una caricatura de la religión. Pagamos hoy en sangre el precio de esa confusión. El pragmatismo de la socialdemocracia, su paulatina pérdida del radicalismo y de la visión de justicia que la inspiró en sus orígenes, puede verse como una reacción ante los excesos y los crímenes del socialismo autoritario y dogmático. Esa reacción ha sido saludable; al mismo tiempo, la socialdemocracia no ha podido llenar el vacío que ha dejado el fracaso de la gran esperanza comunista. ¿Significa esto, como muchos pronostican, que ha llegado la hora de las Iglesias? Si así fuese, espero que, por lo menos, quede sobre la tierra un pequeño grupo de hombres –como en el fin de la Antigüedad– que resista a la seducción de la omnisciencia divina como otros, en nuestros días, han resistido a la de la omnisciencia revolucionaria.

La democracia imperial[1]

ESTRENAR DECADENCIA

Primero fue un secreto susurrado al oído por unos cuantos enterados; después los expertos comenzaron a escribir doctos ensayos en las revistas especializadas y a dictar conferencias en las facultades; hoy el tema se debate en las mesas redondas de la televisión, en los artículos y encuestas de los periódicos y semanarios populares, en los cocteles, las cenas y los bares. En menos de un año los norteamericanos han descubierto que «están en decadencia». Como la divinidad de los teólogos, la decadencia es indefinible; como la primavera del poema de Antonio Machado, nadie sabe cómo ha llegado; y como ambas, está en todas partes. Unos han acogido la noticia con incredulidad, otros con irritación y otros con indiferencia. Los espíritus religiosos la ven como un castigo del cielo y los inveterados pragmatistas como una falla mecánica reparable. La mayoría la ha recibido con una suerte de ambiguo frenesí, extraña alianza de horror, exaltación y un curioso sentimiento de alivio: ¡al fin!

Desde su nacimiento, los norteamericanos han sido un pueblo lanzado hacia el futuro. Toda su prodigiosa carrera histórica puede verse como un incesante galope hacia una tierra prometida: el reino (mejor dicho: la república) del futuro. Una tierra que no está hecha de tierra sino de una substancia evanescente: tiempo. Apenas tocado, el futuro se disipa, aunque sólo para, un momento después, reaparecer de nuevo, un poco más allá. Siempre más allá. El progreso es fantasmal. Pero ahora, cuando los norteamericanos comenzaban, literalmente, a desalentarse, el porvenir desciende en la forma, a un tiempo abominable e infinitamente seductora, de la decadencia. El futuro al fin tiene cara.

Los prestigios de la decadencia, aunque menos pregonados, son más urbanos, sutiles y filosóficos que los del progreso: la duda, el placer, la melancolía, la desesperación, la memoria, la nostalgia. El progreso es brutal e

1. Aunque estas páginas fueron escritas en 1980 y desde entonces han ocurrido muchos cambios en los Estados Unidos, he decidido no tocarlas. En lo esencial esos cambios no invalidan mis observaciones e incluso, casi todos, las confirman directa o indirectamente. (*Nota de 1992.*)

insensible, desconoce el matiz y la ironía, habla en proclamas y en consignas, anda siempre de prisa y jamás se detiene, salvo cuando se estrella contra un muro. La decadencia mezcla al suspiro con la sonrisa, al ay de placer con el dolor, pesa cada instante y se demora hasta en los cataclismos: es un arte de morir o, más bien, de vivir muriendo. Creo, sin embargo, que la fascinación de los norteamericanos se debe no tanto a los encantos filosóficos y estéticos de la decadencia como al hecho de ser la puerta de entrada de la historia. La decadencia les da aquello que han buscado siempre: legitimidad histórica. Las religiones guardan celosamente las llaves de la eternidad, que es la negación –o, más bien, la disolución– de la historia; en cambio, la decadencia abre a los pueblos advenedizos –sean romanos o aztecas, asirios o mongoles– ese modesto sucedáneo de la gloria eterna que es la fama terrestre. Los norteamericanos sentían como un pecado original histórico su radical modernidad. La decadencia los lava de esa mancha.

Para todas las civilizaciones los bárbaros han sido, invariablemente, hombres «fuera de la historia». Ese estar «fuera de la historia» designó siempre al pasado: la barbarie es la anterioridad pura, el estado original de los hombres antes de la historia. Por una singular inversión de la perspectiva habitual, la modernidad norteamericana, consecuencia de cuatro mil años de historia europea y mundial, ha sido vista como una nueva barbarie. El civilizado ve en la exageración del pasado o en la exageración del futuro, dos formas paralelas, aunque antagónicas, de la excentricidad de los bárbaros. Para la conciencia europea el futuro de los norteamericanos no era menos inhabitable que el pasado de los primitivos. Este sentimiento fue compartido por algunos norteamericanos notables, a los que podría llamarse los «fugitivos del futuro»: Henry James, George Santayana, T. S. Eliot y otros.

Del mismo modo que los europeos no podían reconocerse en las sociedades nómadas –eran el pasado irrevocable– tampoco podían ni querían reconocerse en la modernidad norteamericana. Los Estados Unidos eran un país sin iglesias románicas ni catedrales góticas, sin pintura renacentista ni fuentes barrocas, sin nobleza hereditaria ni monarquía absoluta. Un país sin ruinas. Lo más sorprendente fue que los norteamericanos, con unas cuantas excepciones, aceptaron el veredicto: un pueblo «fuera de la historia» era un pueblo bárbaro. De ahí que hayan tratado por todos los medios de justificar su anomalía. La justificación adoptó muchas formas. En literatura se llamó Melville, Emerson, Whitman, Twain. Hoy, gracias a la inesperada aparición de la decadencia, la anomalía histórica ha cesado y los Estados Unidos ingresan a la normalidad. Pueden reconocerse sin rubor en los grandes imperios del pasado. Han recobrado la mortalidad: ya tienen historia.

Los norteamericanos no están solos en su exultación ante su recién descubierta decadencia. Los acompañan la envidia de los europeos, el resentimiento de los latinoamericanos y el rencor de los otros pueblos. Estos sentimientos también son históricos; quiero decir: desempeñan la misma función que la idea de decadencia. No sólo son una compensación sino un testimonio de la existencia de un gran imperio. Son una forma invertida de la admiración. Así, dan fe de una historia única, singular. Quevedo, que vivió una decadencia y que era por lo tanto un gran perito en envidias y rencores, pone en boca de Escipión el Africano, vencedor de los cartagineses pero vencido por sus compatriotas, estas palabras arrogantes:

> Nadie llore mi ruina ni mi estrago,
> pues será a mis cenizas, cuando muera,
> epitafio Anibal[1], urna Cartago.

El soneto de Quevedo nos da una pista sobre otro posible sentido de la boga actual del tema de la decadencia. Escipión se confiesa vencido no por los enemigos de Roma sino por sus rivales políticos. Su suerte fue la de tantos héroes sacrificados en las repúblicas democráticas, grandes criaderos de envidia y demagogia. Me pregunto si la boga del tema de la decadencia norteamericana no está ligada a la actual lucha electoral[2]. Es un argumento para ganar votos, un proyectil que se arroja contra el rival. Aunque esta contienda ha sido hasta ahora una pelea sin grandeza –o tal vez por eso mismo– es un buen ejemplo de la enfermedad endémica de las democracias: las disensiones intestinas, la lucha de las facciones. Una y otra vez hemos visto a los norteamericanos –sobre todo a los intelectuales y a los periodistas pero también a antiguos funcionarios– criticar la política exterior de su país, casi siempre por venir de una administración contraria a su partido. No necesito decir que aplaudo la actitud de los norteamericanos: es el fundamento de la libertad auténtica; al mismo tiempo, deploro que no sean más cuidadosos en la expresión de sus críticas, no para atenuarlas sino para impedir que esos ejercicios de libertad sean utilizados precisamente por los enemigos de la libertad. Casi siempre esas críticas son recogidas y ampliadas por los propagandistas de Rusia en los cinco continentes. Esta actitud de los norteamericanos, por lo

1. *Aníbal* era palabra aguda.
2. Estas líneas fueron escritas durante la pasada contienda electoral entre Reagan y Carter.

demás, es otro ejemplo de su insensibilidad frente al exterior: están, realmente, fuera de la historia.

Naturalmente, las discusiones internas y la lucha electoral no explican enteramente la aparición del tema de la decadencia. Es evidente que no estamos ante una invención de la propaganda sino ante una realidad. Pero una realidad que ha sido exagerada o, mejor dicho, desfigurada. Desconfío de la palabra *decadencia*. Verlaine y Moctezuma, Luis XV y Góngora, Boabdil y Gustave Moreau han sido llamados decadentes por distintas y opuestas razones. Montesquieu y Gibbon, Vico y Nietzsche han escrito páginas admirables sobre las decadencias de los imperios y las civilizaciones, Marx profetizó el fin del sistema capitalista, Spengler diagnosticó el crepúsculo de la cultura del Oeste, Benda el de «la Francia bizantina»... y así sucesivamente. ¿A cuáles de todas estas decadencias aludimos al hablar de los Estados Unidos en 1980?

A pesar de estas incertidumbres y vaguedades, casi todos compartimos la idea –más bien: el sentimiento– de que vivimos en una época crepuscular. Pero el término *decadencia* no describe sino muy aproximadamente nuestra situación. No estamos ante el fin de un imperio, una civilización o un sistema de producción: el mal es universal, corroe a todos los sistemas e infesta a los cinco continentes. El tema de la crisis general de la civilización no es nuevo: desde hace más de cien años filósofos e historiadores han escrito libros y ensayos acerca de la declinación de nuestro mundo. En cambio, el tema gemelo –el del fin de este mundo– fue siempre el dominio del pensamiento religioso. Es una creencia que han compartido muchas épocas y pueblos: los hindúes, los sumerios, los aztecas, los primeros cristianos y los del Año Mil. Ahora los dos temas –el de la decadencia histórica y el del fin del mundo– se han fundido en uno solo que tiene, alternativamente, resonancias científicas y políticas, escatológicas y biológicas. No sólo vivimos una crisis de la civilización mundial sino que esa crisis puede culminar en la destrucción física de la especie humana.

La destrucción del planeta Tierra es un suceso sobre el que no escribieron ni Marx ni Nietzsche ni ningún otro de los filósofos que se han ocupado del tema de la decadencia. En cuanto al pensamiento religioso: aunque su especialidad son la muerte y el nacimiento de los hombres y las sociedades, las tradiciones religiosas habían afirmado siempre que el mundo sería destruido por seres sobrenaturales o por fuerzas cósmicas, no por la acción de los hombres empleando medios técnicos. Por su parte, la ciencia moderna ha especulado mucho sobre el fin final, quiero decir, el del universo entero y no únicamente el de nuestro planeta; la segunda ley de la termodinámica –el enfriamiento progresivo y la caída sin fin en un inerte desorden– ha sido y es nuestra Trompeta del Juicio Final. Pero la degradación última de la energía no será obra de los hombres sino de la economía misma de la naturaleza. Los antiguos filósofos se preguntaron si el universo estaba destinado a la extinción. Algunos se inclinaron por la hipótesis de un universo autosuficiente y eterno; otros por la visión cíclica: la conflagración *(ekpyrosis)* que, según los estoicos, pone fin a un período cósmico, enciende al mismo tiempo el fuego de la resurrección universal. La filosofía moderna no ha recogido el tema del fin del mundo ni las otras especulaciones cosmológicas de la Antigüedad. Ha reflexionado, sí, sobre la muerte individual y sobre la decadencia de las sociedades y civilizaciones pero la extinción de nuestro planeta ha sido el tema de la física y las otras ciencias naturales.

En la segunda mitad del siglo XX el fin del mundo se ha convertido en un asunto público y de la exclusiva competencia de los hombres y sus actos. Ni demiurgos ni fuerzas naturales: los hombres serán los responsables de la extinción o de la supervivencia de su especie. Ésta es la gran novedad histórica de nuestro siglo. Una novedad absoluta y que puede significar el fin de todas las novedades. Si fuese así, el destino habría curado a los hombres, de manera terrible y también absoluta, de la enfermedad que padecen desde su origen y que, recrudecida desde hace más de dos siglos, ahora los corrompe: la avidez de novedades, el insensato culto al futuro. Como las almas de Dante, estaríamos condenados a la *abolición del futuro* sólo que, a diferencia de ellas, no podríamos siquiera ver ese impensable acontecimiento. En verdad, nuestra suerte sería –siniestra simetría– exactamente la contraria a la suya: muerte eterna. Así, nuestra época realizaría hasta el fin su destino: ser la negación del cristianismo.

Los Estados Unidos son parte –y parte esencial– de la crisis general de la civilización; asimismo, comparten con los rusos la responsabilidad atroz de acabar con la especie humana y quizá con la vida misma sobre este planeta. Pero es claro que cuando hablamos de la decadencia de la república imperial de los Estados Unidos nos referimos a algo muy distinto. Desde la perspectiva de la crisis mundial de la civilización, los Estados Unidos han sufrido menos que casi todas las otras naciones los horrores y los estragos de nuestra época. Aunque han atravesado por muchas vicisitudes y han experimentado cambios enormes, sus fundamentos políticos, sociales y económicos están todavía intactos. La democracia norteamericana ha logrado corregir, aunque no totalmente, sus graves imperfecciones en el dominio de los derechos de las minorías étnicas. También es visible la mejoría en la esfera de las libertades individuales y el respeto a la moral y la vida privadas. Por último, los norteamericanos no han conocido el totalitarismo, como los alemanes, los rusos y las naciones que viven bajo la dominación soviética. Ni han sido ocupados, ni han visto destruidas sus ciudades; tampoco han padecido las dictaduras, guerras civiles, hambres, oprobios y exacciones de tantos otros pueblos.

Ante los Estados Unidos la reacción natural y primera de cualquier visitante es el asombro. Pocos han ido más allá de la sorpresa inicial –admiración a veces mezclada a la repulsa– y se han dado cuenta de la inmensa originalidad de ese país. Uno de esos pocos, y el primero entre ellos, fue Tocqueville. Sus reflexiones no han envejecido. Previó la futura grandeza de la Unión Americana y la índole del conflicto que, desde su nacimiento, la habita. Un conflicto al que debe, simultáneamente, sus grandes logros y sus tropiezos: la oposición entre libertad e igualdad, el individuo y la democracia, las libertades locales y el centralismo gubernamental. La mirada de Henry Adams, aunque menos amplia, quizá fue más honda: vio en el interior de la sociedad norteamericana la oposición entre la Dinamo, que transforma al mundo pero lo reduce a series uniformes, y la Virgen, energía natural y espiritual que irriga e ilumina el alma de los hombres y produce así la variedad y la variación de nuestras obras. Tocqueville y Adams previeron, con lucidez, lo que iba a ocurrir; nosotros, ahora, vemos lo que está ocurriendo. Desde esta perspectiva quizá estas reflexiones no sean del todo ociosas.

Cuando hablo de originalidad, no me refiero a los contrastes que todos conocemos –la gran riqueza y la privación extrema, la chillona vulgaridad y la más pura belleza, la codicia y el desinterés, la perseverante energía y la pasividad del drogado o el frenesí del borracho, la altiva libertad y la docilidad del rebaño, la precisión intelectual y los delirios del chiflado, la gazmoñería y el desenfreno– sino a la *novedad histórica* que son los Estados Unidos. Nada ha existido, en el pasado de los hombres, que sea comparable a esta realidad abigarrada y, por decirlo así, repleta de sí misma. Repleta y vacía: ¿qué hay detrás de esa enorme variedad de productos y bienes que se ofrece a nuestra vista con una suerte de generosa impudicia? Riqueza fascinante, es decir, engañosa. Al decirlo, no pienso en las injusticias y desigualdades de la sociedad norteamericana: aunque son muchas, son menos y menos graves que las nuestras y que las de la mayoría de las naciones. Digo riqueza engañosa no porque sea irreal sino porque me pregunto si una sociedad puede vivir encerrada en el círculo de la producción y el consumo, el trabajo y el placer. Se dirá que esa situación no es única sino común a todos los países industriales. Es verdad, pero en los Estados Unidos, por ser la nación que ha ido más lejos en ese camino y ser así la más perfecta expresión de la modernidad, la situación ha llegado a su límite extremo. Además, en esa situación hay una nota única y que no aparece en las otras naciones.

Repito mi pregunta: ¿qué hay detrás de esa riqueza? No puedo responder: no encuentro nada, no hay nada. Me explico: todas las instituciones norteamericanas, su técnica, su ciencia, su energía, su educación son un medio, un *para*... La libertad, la democracia, el trabajo, el ingenio inventivo, la perseverancia, el respeto a la palabra empeñada, todo *sirve*, todo es un medio para obtener ¿qué? ¿La felicidad en esta vida, la salvación en la otra, el bien, la verdad, la sabiduría, el amor? Los fines últimos, que son los que de verdad cuentan porque son los que dan sentido a nuestra vida, no aparecen en el horizonte de los Estados Unidos. Existen, sí, pero son del dominio privado. Las preguntas y las respuestas sobre la vida y su sentido, la muerte y la otra vida, confiscadas tradicionalmente por las Iglesias y los Estados, habían sido asuntos del dominio público. La gran novedad histórica de los Estados Unidos consiste en intentar devolverlas a la vida íntima de cada uno. Lo que hizo la Reforma protestante en la esfera de las creencias y los sentimientos religiosos, lo ha hecho la Unión Americana en la esfera secular. Inmensa novedad, cambio sin precedentes en el pasado: ¿qué le queda a la acción del Estado, es decir, a la historia?

La sociedad norteamericana, a la inversa de todas las otras sociedades conocidas, fue fundada para que sus ciudadanos pudiesen realizar pacífica y libremente sus fines privados. El bien común no consiste en una finalidad colectiva o metahistórica sino en la coexistencia armoniosa de los fines individuales. ¿Pueden vivir las naciones sin creencias comunes y sin una ideología metahistórica? Antes, los hechos y las gestas de cada pueblo se alimentaban y se justificaban en una metahistoria; o sea: en un fin común que estaba por encima de los individuos y que se refería a valores que eran, o pretendían ser, transcendentes. Cierto, los norteamericanos comparten creencias, valores e ideas: libertad, democracia, justicia, trabajo... Pero todas ellas son medios, un *para* esto o *para* aquello. Los fines últimos de sus actos y pensamientos no son del dominio público sino del privado. La Unión Americana ha sido la primera tentativa histórica por devolverle al individuo aquello que el Estado, desde el origen, le arrebató.

No quiero decir que el Estado norteamericano sea el único Estado liberal: su fundación fue inspirada por los ejemplos de Holanda, Inglaterra y la filosofía del siglo XVIII. Pero la nación norteamericana, y no sólo el Estado, se distingue de las otras precisamente por el hecho de haber sido fundada con esas ideas y principios. A diferencia de lo que ocurrió en otras partes, la Constitución norteamericana no modifica o cambia una situación anterior –esto es: el régimen monárquico con sus clases hereditarias, sus estamentos y jurisdicciones especiales– sino que establece una nueva sociedad. Es un comienzo absoluto. Con frecuencia se ha dicho que en las sociedades democráticas liberales, especialmente en la norteamericana, los grupos y los individuos, sobre todo las empresas capitalistas pero también las burocracias obreras y los otros sectores, al crecer sin freno han substituido la dominación del Estado por la de los intereses particulares. La crítica es justa; sin embargo, debe añadirse que se trata de una realidad que desfigura gravemente al proyecto original pero que no lo anula. El principio fundador está vivo todavía. La prueba es que sigue inspirando a los movimientos de autocrítica y reforma que periódicamente conmueven a los Estados Unidos. Todos ellos se han presentado como una vuelta a los orígenes.

La gran originalidad histórica de la nación norteamericana y, asimismo, la raíz de su contradicción, está inscrita en el acto mismo de su fundación. Los Estados Unidos fueron fundados para que sus ciudadanos viviesen entre ellos y consigo mismos, libres al fin del peso de la historia y de los fines metahistóricos que el Estado ha asignado a las sociedades del pasado. Fue una construcción contra la historia y sus desastres, cara al futuro, esa *terra incognita* con la cual ellos se han identificado. El culto al futuro se inserta con naturalidad en el proyecto norteamericano y es, por decirlo así, su condición y su resultado. La sociedad norteamericana se fundó por un acto de abolición del pasado. Sus ciudadanos, a la inversa de ingleses o japoneses, alemanes o chinos, mexicanos o portugueses, no son los hijos sino el comienzo de una tradición. No continúan un pasado: inauguran un tiempo nuevo. El acto (y el acta) de fundación –anulación del pasado y comienzo de algo distinto– se repite sin cesar en toda su historia: cada uno de sus episodios se define no frente al pasado sino ante el futuro. Es un paso más hacia allá. ¿Hacia dónde? Hacia un *nowhere* que está en todas partes menos aquí y ahora. El futuro no tiene rostro y es mera posibilidad... Pero los Estados Unidos no están en el futuro, región inexistente: están aquí y ahora, entre nosotros, los pueblos extraños de la historia. Son un imperio y sus más ligeros movimientos estremecen al mundo entero. Quisieron estar fuera del mundo y están en el mundo, son el mundo. Así, la contradicción de la sociedad norteamericana contemporánea: ser un imperio y ser una democracia, es el resultado de otra más honda: haber sido fundada contra la historia y ser ella misma historia.

En un viaje reciente a los Estados Unidos me sorprendió la abundancia –en las vitrinas y los estantes de las librerías de Nueva York y de Cambridge– de libros y revistas que tratan el tema de la decadencia. Estas publicaciones satisfacen, por una parte, la tendencia norteamericana a la autocrítica y la autoflagelación; por la otra, son fabricaciones de la industria de la publicidad. En una sociedad regida por el culto a la moda –un culto que es también un comercio– hasta el tema de la decadencia se convierte en novedad y en negocio. Muchos de estos libros y artículos sobre el ocaso de los Estados Unidos son, en el doble sentido de la palabra, especulaciones. Al mismo tiempo, mal que bien, cumplen una función psicológica y moral que no sé si llamar de compensación o de purificación. Hoy los norteamericanos se entregan con una suerte de avidez sombría a los arduos placeres del examen de conciencia. ¿Signo de inclinaciones mórbidas o búsqueda de la salud?

Debe distinguirse entre los libros, ensayos y artículos sobre la declinación de los Estados Unidos. Muchos son lucubraciones, variaciones más o menos inteligentes de una de esas fantasías colectivas que periódicamente secreta nuestro mundo sediento siempre de novedades y cataclismos. Otros, los más serios, son análisis concretos sobre problemas determinados y áreas delimitadas: cuestiones militares, relaciones internacionales, asuntos económicos. Casi todos son convincentes y, después de leerlos, es difícil no convenir en que desde hace años asistimos a una gradual disminución del poderío económico, militar y político de los Estados Unidos. La república imperial, según nos avisan muchos signos, alcanzó ya su mediodía y probablemente ha iniciado su descenso. Es un proceso lento y que puede durar un siglo, como el de España, o cuatro o cinco, como el de Roma. Sólo que, a diferencia de lo que ha ocurrido en el pasado, no se ve todavía en el horizonte histórico apuntar un nuevo astro. Las dolencias y contradicciones de su gran rival son más graves y tal vez incurables. La Unión Soviética es una sociedad de castas y es un imperio multinacional bajo la dominación de la Gran Rusia. Vive así entre la amenaza de la petrificación y la de la explosión.

¿EPICURO O CALVINO?

Los Estados Unidos atraviesan por un período de duda y desorientación. Si no han perdido la fe en sus instituciones –Watergate fue un ejemplo admirable– no creen ya como antes en el destino de su nación. Es imposible, dentro de los límites de este trabajo, examinar las razones y las causas: son del dominio de la «cuenta larga». Baste con decir que, probablemente, el actual estado de espíritu del pueblo norteamericano es la consecuencia de dos fenómenos contrarios pero que, como sucede a menudo en la historia, se han conjugado. El primero es el sentimiento de culpabilidad que despertó en muchos espíritus la guerra de Vietnam; el segundo es el desgaste de la ética puritana y el auge del hedonismo de la abundancia. El sentimiento de culpabilidad, unido a la humillación de la derrota, ha reforzado el aislacionismo tradicional, que ha visto siempre a la democracia norteamericana como una isla de virtud en el mar de perversidades de la historia universal. El hedonismo, por su parte, ignora el mundo exterior y, con él, a la historia. Aislacionismo y hedonismo coinciden en un punto: los dos son antihistóricos. Ambos son expresiones de un conflicto que está presente en la sociedad norteamericana desde la guerra con México, en 1847, pero que sólo hasta este siglo se ha hecho plenamente visible: los Estados Unidos son una democracia y al mismo tiempo son un imperio. Agrego: un imperio peculiar, pues no se ajusta completamente a la definición clásica. Es algo muy distinto a lo que fueron el Imperio romano, el español, el portugués y el inglés.

Perplejos ante su doble naturaleza histórica, hoy no saben qué camino tomar. La disyuntiva es mortal: si escogen el destino imperial, perderán su razón de ser como nación. Pero ¿cómo renunciar al poder sin ser inmediatamente destruidos por su rival, el Imperio ruso? Se dirá que Gran Bretaña fue una democracia y un imperio. La situación contemporánea es muy distinta: el Imperio británico fue exclusivamente colonial y ultramarino; asimismo, en su política europea y americana no buscó la hegemonía sino el equilibrio de poderes. Ahora bien, la política del equilibrio de poderes correspondía a otra etapa de la historia mundial; ni la Gran Bretaña ni las otras grandes potencias europeas tuvieron que enfrentarse a un Estado como la URSS, cuya expansión imperialista está inextricablemente aliada a una ortodoxia universal. El Estado burocrático ruso no sólo aspira a la dominación mundial, sino que es una ortodoxia militante que no tolera otras ideologías ni otros sistemas de gobierno.

Si en lugar de contraponer la situación internacional a que se enfrentan hoy los Estados Unidos con la que prevalecía en Europa durante la segunda mitad del siglo pasado, pensamos en la Roma del final de la República, la comparación resulta aún más desfavorable para la democracia norteamericana. Las dificultades de los romanos del siglo I a.C. eran sobre todo de orden interno y esto explica en parte la ferocidad de las luchas entre las distintas facciones: Roma había logrado ya la dominación del mundo conocido y su único rival –los partos– era un imperio a la defensiva. Además y sobre todo: ninguna de las potencias que habían combatido a los romanos se identificaba con una ideología universalista. En cambio, la contradictoria política exterior norteamericana –consecuencia de las disputas entre los grupos y partidos tanto como de la incapacidad de los dirigentes para trazar un plan general de largo alcance– coincide con la existencia de un imperio agresivo y que encarna una ideología universalista. Para colmo de males, la alianza occidental es un conjunto de países cuyos intereses y políticas no siempre son los de los Estados Unidos.

La expansión de la república norteamericana ha sido la consecuencia natural y en cierto modo fatal, por decirlo así, de su desarrollo económico y social; la expansión romana fue el resultado de la acción deliberada de la oligarquía senatorial y de sus generales durante más de dos siglos. La política exterior de Roma es un ejemplo notable de coherencia, unidad de propósito, perseverancia, habilidad, tenacidad y atingencia –justamente todas las virtudes que echamos de menos en los norteamericanos. Tocqueville fue el primero que vio en dónde estaba la falla y en qué consistía: «En lo que toca a la dirección de los asuntos externos de la sociedad, los gobiernos democráticos me parecen decididamente inferiores a los otros... La política exterior no exige el uso de casi ninguna de las cualidades que son propias a la democracia y, al contrario, reclama el desarrollo de casi todas las que le faltan... Difícilmente la democracia sabría coordinar los detalles de una gran empresa, trazar previamente un plan y seguirlo obstinadamente a través de todos los obstáculos. Tiene poca aptitud para combinar en secreto las medidas y para esperar pacientemente sus resultados. Éstas son cualidades que pertenecen a un hombre o a una aristocracia; y estas cualidades, precisamente, son las que hacen que, a la larga, los pueblos, como individuo, terminen por dominar».

El origen de la democracia norteamericana es religioso y se encuentra en las comunidades de disidentes protestantes que se establecieron en el país durante los siglos XVI y XVII. Las preocupaciones religiosas se convirtieron después en ideas políticas teñidas de republicanismo, democracia e individualismo pero la tonalidad original jamás desapareció de la conciencia pública. Religión, moral y política han sido inseparables en los Estados Unidos. Ésta es la gran diferencia entre el liberalismo europeo, casi siempre laico y anticlerical, y el norteamericano. Las ideas democráticas tienen entre los norteamericanos un fundamento religioso a veces implícito y otras, las más, explícito. Estas ideas justificaron la tentativa, única en la historia, de constituir una nación como un *covenant* frente e incluso contra la necesidad o fatalidad histórica. En los Estados Unidos el pacto social no fue una ficción sino una realidad y se realizó para *no* repetir a la historia europea. Éste es el origen del aislacionismo norteamericano: la tentativa por fundar una sociedad que estuviese al abrigo de las vicisitudes que habían sufrido los pueblos europeos. Fue y es, como ya he dicho, una construcción contra o, más bien, fuera de la historia. De ahí que la expansión norteamericana, hasta la guerra con México, haya sido dirigida a colonizar los espacios vacíos –los indios fueron considerados siempre como *naturaleza*– y ese espacio aún más vacío que es el futuro.

Si pudiesen, los norteamericanos se encerrarían en su país y le darían la espalda al mundo, salvo para comerciar con él y visitarlo. La utopía norteamericana –en la que abundan, como en todas las utopías, muchos rasgos monstruosos– es la mezcla de tres sueños: el del asceta, el del mercader y el del explorador. Tres individualistas. De ahí el desgano que muestran cuando tienen que enfrentarse al mundo exterior, su incapacidad para comprenderlo y su impericia para manejarlo. Son un imperio, están rodeados de naciones que son sus aliadas y de otras que quieren destruirlos, pero ellos quisieran estar solos: el mundo exterior es el mal, la historia es la perdición. Son lo contrario de Rusia, otro país religioso pero que identifica a la religión con el Estado y que encuentra legítima la confusión entre ideología y partido. El Estado comunista –como se vio muy claramente durante la guerra pasada– es el continuador y no sólo el sucesor del Estado zarista. La noción de pacto o *covenant* no ha figurado nunca en la historia política de Rusia, ni en la tradición zarista ni en la bolchevique. Tampoco la idea de la religión como algo del dominio del fuero íntimo; para los rusos ni la religión ni la política pertenecen a la esfera de la conciencia privada sino a la pública. Los norteamericanos han querido y quieren construir un mundo propio, el suyo, fuera de este mundo; los rusos han querido y quieren dominar al mundo para convertirlo.

La contradicción de los Estados Unidos afecta a los fundamentos mismos de la nación. Así, la reflexión sobre los Estados Unidos y sus actuales predicamentos desemboca en una pregunta: ¿serán capaces de resolver la contradicción entre imperio y democracia? Les va en ello la vida y la identidad. Aunque es imposible responder a esta pregunta, no lo es arriesgar un comentario.

El sentimiento de culpa puede transformarse, rectamente utilizado, en el comienzo de la salud política; en cambio, el hedonismo no lleva sino a la dimisión, la ruina y la derrota. Es verdad que después de Vietnam y de Watergate hemos asistido a una suerte de orgía de masoquismo y hemos visto a muchos intelectuales, clérigos y periodistas rasgarse las vestiduras y golpearse el pecho en signo de contrición. Las autoacusaciones, en general, no eran ni son falsas pero el tono era y es con frecuencia delirante, como cuando un periodista, en *The New York Times*, hizo culpable a la política norteamericana en Indochina de las atrocidades que después han cometido los kmeres rojos y los vietnamitas. No obstante, el sentimiento de culpa, además de ser una compensación que mantiene el equilibrio psíquico, posee un valor moral: nace del examen de conciencia y del reconocimiento de que se ha obrado mal. Así, puede convertirse en sentimiento de responsabilidad, único antídoto contra la ebriedad de la *hybris* lo mismo para los individuos que para los imperios. En cambio, es más difícil convertir al hedonismo epidérmico de las masas modernas en una fuerza moral. Pero no es ilusorio confiar en el fondo ético y religioso del pueblo norteamericano: es un manantial obstruido, no cegado.

La política exterior de los Estados Unidos ha sido zigzagueante y errática, con frecuencia contradictoria y, a veces, incoherente. El principal defecto de esta conducta, su inconsistencia básica, no reside únicamente en las fallas de los dirigentes, con ser muchas, sino en ser una política más sensible a las reacciones del interior que a las del exterior. Sus objetivos son contener a la Unión Soviética y a sus tropas de choque (Cuba, Vietnam), consolidar su alianza con el Japón y las democracias europeas, estrechar sus lazos con China, lograr un arreglo en el Medio Oriente que preserve la independencia de Israel y afirme la amistad con Egipto, ganar amigos entre los países árabes y los de América Latina, África y Asia, impedir que los movimientos y rebeliones populares de América Central sean confiscados por minorías de revolucionarios profesionales que instauren en esa región, como sucedió en Cuba, regímenes dependientes de Moscú. Ésos son los fines declarados pero los reales son obtener votos y satisfacer las aspiraciones o las ambiciones de este o de aquel grupo, sean los judíos o los negros, los obreros o los agricultores, el *establishment* del este o los texanos. Es claro que la política de una gran potencia no puede estar supeditada a los cambiantes y divergentes intereses de los distintos grupos. Las luchas entre los partidos, más que las armas espartanas, causaron la pérdida de Atenas.

Toda enumeración de los errores de la política norteamericana debe terminar con esta salvedad: esos errores, magnificados por los medios de publicidad y por las pasiones políticas, revelan vicios y fallas inherentes a las democracias plutocráticas pero no indican una debilidad intrínseca. Aunque Estados Unidos ha sufrido derrotas y descalabros, su poderío económico, científico y técnico es todavía superior al de la Unión Soviética. También lo es su sistema político y social. Las instituciones norteamericanas fueron diseñadas para una sociedad en perpetuo movimiento mientras que las soviéticas corresponden a una sociedad estática de castas. Por eso cualquier cambio en la Unión Soviética pone en peligro los fundamentos mismos del régimen. Las instituciones rusas no resistirían la prueba que es, cada cuatro años, la elección del presidente de los Estados Unidos. Un fenómeno como el de Watergate habría desencadenado, en Rusia, una revolución. Se habla mucho de la inferioridad de los norteamericanos en el dominio militar, especialmente en el de las armas tradicionales. Es una inferioridad transitoria. Los Estados Unidos tienen los recursos materiales y humanos para restablecer el equilibrio militar. ¿Y la voluntad política? Es difícil dar una respuesta inequívoca a esta pregunta.

Los norteamericanos han padecido, en los últimos años, una inestabilidad psíquica que los ha llevado de un extremo a otro. No sólo han perdido el rumbo sino que han perdido el dominio de sí mismos. A los Estados Unidos no les ha faltado poder sino sabiduría. Más allá de las exageraciones de la publicidad, la palabra *decadencia* es aplicable a los Estados Unidos en un sentido moral y político. Entre su poderío y su política exterior, entre sus virtudes internas y sus acciones internacionales, hay una notable disparidad. Al pueblo norteamericano y a sus dirigentes les falta ese sexto sentido que han tenido casi todas las grandes naciones: la *prudencia*. Esta palabra, desde Aristóteles, designa a la más alta virtud política. La prudencia está hecha de sabiduría y entereza, arrojo y moderación, discernimiento y persistencia en la actuación. La mejor y más sucinta definición de *prudentia* la ha dado recientemente Castoriadis: «facultad de orientarse en la historia». Es la facultad que muchos echamos de menos en los Estados Unidos.

Con frecuencia se comparan los Estados Unidos a Roma. El paralelo no es del todo exacto –en Roma no aparece el ingrediente utópico, central en los Estados Unidos– pero sí es útil. Para Montesquieu la decadencia de los romanos tuvo una causa doble: el poder del ejército y la corrupción del lujo. El primero fue el origen del imperio, la segunda su ruina. El ejército les dio el dominio sobre el mundo pero, con él, la molicie irresponsable y el derroche. ¿Serán los norteamericanos más sabios y sobrios que los romanos, mostrarán mayor fortaleza de ánimo? Parece dificilísimo. Sin embargo, hay una nota que habría animado a Montesquieu: los norteamericanos han sabido defender sus instituciones democráticas y aun las han ampliado y perfeccionado. En Roma, el ejército instauró el despotismo cesáreo; los Estados Unidos padecen los males y los vicios de la libertad, no los de la tiranía. Todavía está viva, aunque deformada, la tradición moral de la crítica que los ha acompañado a lo largo de la historia. Precisamente los accesos de masoquismo son expresiones enfermizas de esa exigencia moral.

Los Estados Unidos, en el pasado, a través de la autocrítica, supieron resolver otros conflictos. Ahora mismo han mostrado sus capacidades de renovación. Durante los últimos veinte años han dado grandes pasos para resolver la otra gran contradicción que los desgarra, la cuestión racial. No es imposible que, al finalizar el siglo, los Estados Unidos se conviertan en la primera democracia multirracial de la historia. El sistema democrático norteamericano, a pesar de sus graves imperfecciones y sus vicios, corrobora la antigua opinión: si la democracia no es el gobierno ideal, sí es el menos malo. Uno de los grandes logros del pueblo norteamericano ha sido preservar la democracia frente a las dos grandes amenazas contemporáneas: las poderosas oligarquías capitalistas y el Estado burocrático del siglo XX. Otro signo positivo: los norteamericanos han hecho grandes avances en el arte de la convivencia humana, no sólo entre los distintos grupos étnicos sino en dominios tradicionalmente prohibidos por la moral tradicional, como el de la sexualidad. Algunos críticos lamentan la *permissiveness* y la relajación de las costumbres de la sociedad norteamericana; confieso que me parece peor el otro extremo: el cruel puritanismo comunista y la sangrienta gazmoñería de Jomeini. Por último: el desarrollo de las ciencias y la tecnología es una consecuencia directa de la libertad de investigación y de crítica predominante en las universidades e instituciones de cultura de los Estados Unidos. No es accidental la superioridad norteamericana en estos dominios.

¿Cómo y por qué, en una democracia que sin cesar se revela fértil y creadora en la ciencia, la técnica y las artes, es tan abrumadora la mediocridad de sus políticos? ¿Tendrán razón los críticos de la democracia? Debemos aceptar que la voluntad mayoritaria no es sinónimo de sabiduría: los alemanes votaron por Hitler y Chamberlain fue elegido democráticamente. El sistema democrático está expuesto al mismo riesgo que la monarquía hereditaria: los errores de la voluntad popular son tantos como los de las leyes de la herencia y las malas elecciones son imprevisibles como el nacimiento de herederos tarados. El remedio está en el sistema de balanzas y controles: la independencia del poder judicial y la del legislativo, el peso de la opinión pública en las decisiones gubernamentales a través del sano y cuerdo ejercicio de la crítica por los medios de comunicación. Por desgracia, ni el Senado ni los medios ni la opinión pública han dado, en los últimos años, signos de *prudencia* política. Así pues, las inconsistencias de la política exterior de los norteamericanos no son imputables únicamente a sus gobernantes y políticos sino a la nación entera. No sólo los intereses de los grupos y partidos se anteponen a los fines colectivos sino que la opinión norteamericana se ha mostrado incapaz de comprender lo que ocurre más allá de sus fronteras. Esta crítica es aplicable lo mismo a los liberales que a los conservadores, a los clérigos que a los líderes de los sindicatos. No hay país mejor informado que los Estados Unidos; sus periodistas son excelentes y están en todas partes, sus expertos y especialistas cuentan con todos los datos y antecedentes pertinentes en cada caso –y el resultado de esta gigantesca montaña de informaciones y noticias es, casi siempre, el ratón de la fábula. ¿Falla intelectual? No: falla de visión histórica. Por la índole misma del proyecto que fundó a la nación –ponerla al abrigo de la historia y sus horrores– los norteamericanos padecen una congénita dificultad para entender al mundo exterior y orientarse en sus laberintos.

Otra falla de la democracia norteamericana, ya advertida por Tocqueville: las tendencias igualitarias, que no suprimen el egoísmo individual pero lo deforman. Aunque esas tendencias no han evitado el nacimiento y la proliferación de las desigualdades sociales y económicas, han cohibido a los mejores y han entorpecido su participación en la vida pública. Un ejemplo mayor es la situación de la clase intelectual: contrasta la excelencia de sus logros en las ciencias, la técnica, las artes y la educación con su escasa influencia en la política. Es verdad que muchos intelectuales sirven y han servido a los gobiernos pero casi siempre como técnicos y expertos, es decir, *para hacer* esto o aquello, no para señalar metas y fines. Algunos intelectuales han sido consejeros de los presidentes y así han contribuido a diseñar y a ejecutar la política exterior norteamericana. Se trata de casos aislados. La clase intelectual norteamericana, como cuerpo social, no tiene la influencia de sus congéneres en Europa y América Latina. No la tiene, en primer término, porque la sociedad no está dispuesta a concedérsela. Apenas si es necesario recordar los términos despectivos con que se designa al intelectual: *egghead, highbrow*. Estos adjetivos dañaron la carrera política de Adlai Stevenson, para citar sólo un ejemplo.

A su vez, los intelectuales norteamericanos han mostrado poco interés en las grandes abstracciones filosóficas y políticas que han apasionado a nuestra época. Esta indiferencia ha tenido un aspecto positivo: los ha preservado de los extravíos de muchos intelectuales europeos y latinoamericanos. También de las caídas y recaídas en la abyección de tantos escritores que han combinado, sin pestañear, los honores públicos y los premios internacionales con las lisonjas a los Stalin, los Mao y los Castro. Entre los grandes poetas norteamericanos sólo uno, Ezra Pound, sucumbió a la fascinación totalitaria y es revelador que haya escogido ser panegirista del menos brutal de los brutales dictadores de este siglo: Mussolini. A diferencia de otros escritores europeos y latinoamericanos, Pound no obtuvo por su apostasía ni condecoraciones ni honras fúnebres nacionales sino el encierro por muchos años en un manicomio. Fue terrible pero quizá mejor que el feliz chapotear en el lodo de un Aragon. La indiferencia de los norteamericanos no es reprobable en sí; lo es cuando se transforma en la paranoia de los conservadores o en la ingenuidad rayana en la complicidad de los liberales. Son dos maneras de ignorar la existencia de los otros: convertirlos en diablos o en héroes de cuento. Es comprensible la desconfianza de los intelectuales norteamericanos ante las pasiones ideológicas; no lo es ignorar que esas pasiones han conmovido a varias generaciones de intelectuales europeos y latinoamericanos, entre ellos a algunos de los mejores y más generosos. Para entenderlos y entender la historia contemporánea, hay que entender esas pasiones.

Cuando se habla del carácter de los norteamericanos, casi siempre aparece la palabra *ingenuidad*. Ellos mismos atribuyen un valor especial al término *inocencia*. La ingenuidad no es una característica en consonancia con la introspección pesimista del puritano. Sin embargo, las dos conviven en ellos. Tal vez la introspección les sirve para verse a sí mismos y descubrir, en su intimidad, las huellas de Dios o las del demonio; la ingenuidad, a su vez, es su modo de presentación ante los otros y de relacionarse con ellos. La ingenuidad es una apariencia de inocencia. Mejor dicho, es una vestidura. La ingenuidad colinda con la hipocresía, el gran vicio del puritano. Así, la indefensión del ingenuo es un arma psicológica que lo preserva de la contaminación del otro y que, al aislarlo, le permite escapar y contraatacar. La ingenuidad de los intelectuales norteamericanos ante los grandes debates ideológicos de nuestro siglo ha cumplido esa doble función. En primer término, los ha preservado de caer en los extravíos y perversiones en que han caído los europeos y latinoamericanos; en seguida, les ha permitido juzgarlos y condenarlos –sin comprenderlos. Unos y otros, los conservadores y los liberales norteamericanos, han substituido la visión histórica por el juicio moral. Cierto, no puede haber visión del otro, es decir: visión de la historia, sin una moral pero ésta no puede reemplazar a la auténtica visión histórica. Sobre todo si esa moral es un puritanismo provinciano, mezclado a dosis variables pero fuertes de pragmatismo, empirismo y positivismo.

Para comprender mejor en qué consiste la substitución de la visión histórica por la moral, debo referirme nuevamente al origen de los Estados Unidos. En la Antigüedad, la moral privada era inseparable de la pública. En los clásicos de la filosofía griega, Platón y Aristóteles, la unión entre metafísica, política y moral era íntima: los fines individuales más altos –el amor, la amistad, el conocimiento y la contemplación– eran inseparables de la *polis*. Lo mismo ocurre entre los grandes romanos; apenas si es necesario recordar a Cicerón, a Séneca y, sobre todo, a Marco Aurelio. Sin embargo, ya en la Antigüedad comenzó la separación entre moral y política (o como decimos ahora: entre moral e historia). Para muchas escuelas filosóficas, especialmente para los epicúreos y los escépticos, la moral se convirtió más y más en un asunto privado. Pero esta indiferencia ante la vida pública no se transformó en esas formas negativas de la acción política que son la desobediencia civil y la rebeldía pasiva. La moral epicúrea no desembocó en una política. Tampoco el escepticismo: aunque Pirrón no afirmaba nada, ni siquiera su propia existencia, sus dudas no le impedían obedecer a las leyes y a las autoridades de la ciudad. Con el cristianismo se consuma el rompimiento entre la moral privada y la política pero para que la primera se convierta en un dominio también colectivo: el de la Iglesia. Con la Reforma, la experiencia moral más honda, la religiosa, se vuelve íntima: diálogo de la criatura consigo misma y con su Dios. La gran novedad histórica de los Estados Unidos consiste, como ya dije más arriba, en haber secularizado y generalizado la relación íntima del cristiano con Dios y con su conciencia; en seguida, y esto es quizá lo esencial, en haber invertido la relación: supeditar lo público a lo privado.

Los antecedentes de este gran cambio están ya en los siglos XVII y XVIII, en pensadores como Locke y Rousseau, que ven en el pacto social de los orígenes el fundamento de la sociedad y del Estado[1]. Pero en ellos

1. Es revelador que, en el pensamiento político español e hispanoamericano de la época moderna, sea apenas perceptible la presencia de los neotomistas hispanos, que fueron los primeros en ver en el consenso social el fundamento de la monarquía misma. Esta insensibilidad es un ejemplo más de un hecho bien conocido: la adopción de la modernidad coincidió con el abandono de nuestra tradición, incluso de aquellas ideas que, como las de Suárez y Vitoria, estaban más cerca del moderno constitucionalismo que las especulaciones de los calvinistas.

la idea del contrato social aparece *frente* a una sociedad ya constituida y así se presenta como una crítica a un estado de cosas existente. Locke, por ejemplo, se propone refutar la doctrina del derecho divino de los reyes; Rousseau, por su parte, concibe el pacto social como un acto anterior a la historia y desfigurado por ésta a través de la propiedad privada y la desigualdad. En la fundación de los Estados Unidos estas ideas sufren un cambio radical. La posición de los términos se invierte: el contrato social no está antes de la historia sino que se transforma en un proyecto. O sea: no es ya sólo el pasado sino un programa cuyo campo de realización es el futuro. Asimismo, el espacio en que se realiza el contrato no es una tierra con historia sino un continente virgen. El nacimiento de los Estados Unidos fue el triunfo del contrato voluntario sobre la fatalidad histórica, el de los fines privados frente a los fines colectivos y el del futuro sobre el pasado.

En el pasado se concebía a la historia como una acción colectiva –una gesta– destinada a realizar un fin que transcendía a los individuos y a la sociedad misma. La sociedad refería sus actos a un fin exterior a ella y su historia encontraba sentido y justificación en una metahistoria. Los depositarios de esos fines eran el Estado y la Iglesia. En la Edad Moderna la acción de la sociedad cambia de naturaleza y de sentido. Los Estados Unidos son la expresión más completa y pura de ese cambio y de ahí que no sea exagerado decir que son el arquetipo de la modernidad. Los fines de la sociedad norteamericana no están más allá de ella ni son una metahistoria: están en ella misma y no se pueden definir sino en los términos de la conciencia individual. ¿En qué consisten esos términos? Ya lo dije: esencial y primordialmente, en la relación del individuo con Dios y consigo mismo; de una manera subsidiaria: con los otros, sus conciudadanos. En la sociedad primitiva el yo no existe sino como fragmento del gran todo social; en la sociedad norteamericana el todo social es una proyección de las conciencias y voluntades individuales. Esa proyección nunca es geométrica: la imagen que nos ofrece es la de una realidad contradictoria y en perpetuo movimiento. Las dos notas, contradicción y movimiento, expresan la vitalidad extraordinaria de la democracia norteamericana y su inmenso dinamismo. Asimismo, nos revelan sus peligros: la contradicción, si es excesiva, puede paralizarla frente al exterior; el dinamismo puede degenerar en carrera sin sentido. Los dos peligros son visibles en la actual coyuntura.

Desde la perspectiva de esta evolución es más fácil comprender la tendencia de los intelectuales norteamericanos a substituir la visión histórica por el juicio moral o, peor aún, por consideraciones pragmáticas y circunstanciales. Moralismo y empirismo son dos formas gemelas de incomprensión de la historia. Una y otra corresponden al básico aislacionismo de la mentalidad norteamericana, que a su vez es la consecuencia natural del proyecto de fundación del país: construir una sociedad a salvo de los horrores y accidentes de la historia universal. El aislacionismo no contiene elementos –salvo negativos– para elaborar una política internacional. Esta observación es aplicable lo mismo a los liberales que a los conservadores. Como es sabido, la significación de estos dos términos no es la misma en los Estados Unidos que en Europa y América Latina. El liberal norteamericano es partidario de la intervención del Estado en la economía y esto lo acerca, más que a los liberales europeos y latinoamericanos, a la socialdemocracia; el conservador norteamericano es un enemigo de la intervención estatal lo mismo en la economía que en la educación, actitudes que no están muy alejadas de las de nuestros liberales. Ahora bien, en materia internacional, las posiciones de los liberales y los conservadores son intercambiables: unos y otros pasan rápidamente del más pasivo aislacionismo al más decidido intervencionismo, sin que estos cambios modifiquen substancialmente su visión del mundo exterior. Así, no es extraño que, a pesar de sus diferencias, los liberales y los conservadores hayan sido alternativamente intervencionistas y aislacionistas.

Mi descripción de las actitudes de los intelectuales norteamericanos es, no lo niego, muy incompleta. No ignoro la existencia de corrientes más afines a la tradición de la Europa continental y menos tocadas por lo que no es exagerado llamar la excentricidad anglosajona. Por ejemplo, en el pasado reciente algunos escritores marcados por T. S. Eliot –los llamados Fugitivos– buscaron en un mítico Sur un orden de civilización que, en el fondo, no era sino un trasplante de la sociedad europea preindustrial. Un sueño más que una realidad pero un sueño que rompía la soledad histórica de los Estados Unidos y reunía a estos escritores nostálgicos con la historia europea. Movidos por un impulso semejante, aunque en dirección contraria, un grupo de intelectuales neoyorquinos fundó *Partisan Review* (1934). Esta revista pasó del comunismo al trotskismo y de éste a una visión más amplia, viva y moderna de la realidad contemporánea. A través de estos cambios *Partisan Review* no olvidó la relación primordial entre historia y literatura, política y moral. Los editores y colaboradores de *Partisan Review* estaban más cerca, por sus preocupaciones y por su estilo intelectual, de los escritores europeos de ese período –pienso sobre todo en Camus y en Sartre y Merleau-Ponty– que de sus contemporáneos norteamericanos. Lo mismo puede decirse, ya en nuestros días, de otros escritores y personalidades aisladas. Sin embargo, ninguno de ellos, por más notables que hayan sido o sean sus contribuciones, pertenece a la tradición central.

El filósofo John Rawls publicó hace unos años un libro, *A Theory of Justice* (1971), que los entendidos juzgan sobresaliente. El libro, en efecto, sorprende por su rigor y por su elevación moral, en la mejor tradición de Kant: claridad racional y pureza de corazón. Cito esta obra porque, precisamente por su eminencia, es el mejor ejemplo del despego de los norteamericanos por la historia. Rawls se propuso «generalizar y llevar a un orden más alto de abstracción la teoría tradicional del contrato social, tal como la expresaron Locke, Rousseau y Kant». El libro contiene algunos capítulos apasionantes sobre temas como la legitimidad de la desobediencia civil, la envidia y la igualdad, la justicia y la equidad; concluye con una afirmación dual de la libertad y la justicia: son inseparables. Rawls ha elaborado una filosofía moral fundada en la libre asociación de los hombres pero admite que la virtud de la justicia sólo puede desplegarse en una *sociedad bien organizada*. No nos dice cómo se puede llegar a ella ni en qué consiste. Ahora bien, una sociedad bien organizada sólo puede ser una sociedad justa. Aparte de la circularidad del argumento, me inquieta la indiferencia del autor, tan riguroso con los conceptos y los significados, ante la realidad terrible de cinco mil años de historia.

Una teoría de la justicia es un libro de filosofía moral que omite la política y no examina la relación entre moral e historia. Así está en el polo opuesto del pensamiento político europeo. Para comprobarlo basta con recordar a escritores tan diversos como Max Weber, Aron, Croce, Ortega y Gasset, Hannah Arendt, Camus, Sartre, Cioran. Todos ellos vivieron (Cioran todavía la vive) la escisión entre moral e historia; algunos intentaron insertar la moral en la historia o deducir de esta última los fundamentos de una posible moral. Los mismos marxistas –Trotski, Gramsci, Serge– tuvieron conciencia de la ruptura y trataron de justificarla o de transcenderla de esta o de aquella manera. La lección de uno de estos pensadores, Simone Weil, fue particularmente preciosa pues mostró que la necesidad histórica no puede substituir a la moral y que ésta se funda en la libertad de conciencia; al mismo tiempo, por su vida y por su obra, Simone Weil nos enseñó que la moral no puede disociarse de la historia. La herida de Occidente ha sido la separación entre moral e historia; en los Estados Unidos esa división ha adoptado dos expresiones paralelas: empirismo por un lado y, por el otro, abstracciones morales. Ni una ni otra

Lev Trotski (1879-1940)

Victor Serge (1890-1947)

Albert Camus (1913-1960)

Arthur Koestler (1905-1983)

pueden oponerse con eficacia a la lepra moderna: la confiscación, en los países comunistas y en muchas otras naciones, de la moral por una pseudonecesidad histórica. El secreto de la resurrección de las democracias –y así de la verdadera civilización– reside en restablecer el diálogo entre moral e historia. Ésta es la tarea de nuestra generación y de la siguiente.

Los Estados Unidos fueron los primeros, entre todas las naciones de la tierra, en llegar a la plena modernidad. Los intelectuales norteamericanos se encuentran en la punta extrema de ese movimiento. La tradición que he descrito, muy breve y sumariamente, ha sido en buena parte obra suya; a su vez, ellos son uno de los resultados de esa tradición. Las dos misiones del intelectual moderno son, en primer término, investigar, crear y transmitir conocimientos, valores y experiencias; en seguida: la crítica de la sociedad y de sus usos, instituciones y política. Esta segunda función, heredada de los clérigos medievales, ha sido más y más importante desde el siglo XVIII. Todos conocemos la obra de los norteamericanos en los campos de las ciencias, la literatura, las artes y la educación; también han sido probos y valerosos en la crítica de su sociedad y de sus fallas. La libertad de crítica y de autocrítica ha sido determinante en la historia de los Estados Unidos y en su presente grandeza. Los intelectuales han sido fieles a la tradición que fundó a su país y en la que el examen de conciencia ocupa un lugar central. Ahora bien, esa tradición puritana, al acentuar la separación, es antihistórica y aislacionista. Cuando los Estados Unidos abandonan su aislamiento y participan en los negocios de este mundo lo hacen como el creyente en tierra de infieles.

Los escritores y periodistas norteamericanos tienen una insaciable curiosidad y están muy enterados de la actualidad pero, en lugar de comprender, juzgan. En honor a la verdad, los juicios más acerbos los reservan para sus compatriotas y gobernantes. Es admirable y, sin embargo, insuficiente. En la época de la intervención de su país en Indochina denunciaron, con razón, la política de Washington, sólo que esa crítica, casi exclusivamente de orden moral, omitía generalmente el examen de la naturaleza del conflicto. Los críticos estaban más interesados en condenar a Johnson que en comprender cómo y por qué había tropas norteamericanas en Indochina. Muchos dijeron que ese conflicto «no era suyo», como si los Estados Unidos no fuesen una potencia mundial y como si la guerra de Indochina fuese un episodio local. El aislacionismo ha sido, alternativamente, un arma ideológica de los conservadores y de los liberales. En tiempos del segundo Roosevelt fue utilizado por los primeros y ahora por los segundos. La moral no substituye a la comprensión histórica y por esto muchos liberales se sorprendieron ante el desenlace del conflicto: la instalación de la dictadura burocrático-militar de Vietnam, las matanzas de Pol Pot, la ocupación de Camboya y Laos por las tropas vietnamitas, la expedición punitiva de los chinos y, en estos días, las hostilidades entre Vietnam y Tailandia. Ahora, en la América Central, los liberales repiten las mismas simplezas... La actitud moralizante, aparte de no ser siempre sincera –con frecuencia es una máscara–, no nos ayuda a comprender la realidad ajena. Tampoco el empirismo ni el cinismo de la fuerza. La moral, en la esfera de la política, debe estar acompañada de otras virtudes. Entre ellas la central es la imaginación histórica. Fue la facultad de Vico y Maquiavelo, de Montesquieu y de Tocqueville. Esta facultad intelectual tiene una contrapartida en la sensibilidad: la simpatía por el otro y los otros.

La imagen de los Estados Unidos no es tranquilizadora. El país está desunido, desgarrado por polémicas sin grandeza, corroído por la duda, minado por un hedonismo suicida y aturdido por la gritería de los demagogos. Sociedad dividida, no tanto vertical como horizontalmente, por el choque de enormes y egoístas intereses: las grandes compañías, los sindicatos, los *farmers*, los banqueros, los grupos étnicos, la poderosa industria de la información. La imagen de Hobbes se vuelve palpable: todos contra todos. El remedio es recobrar la unidad de propósito, sin la cual no hay posibilidad de acción, pero ¿cómo? La enfermedad de las democracias es la desunión, madre de la demagogia. El otro camino, el de la salud política, pasa por el examen de conciencia y la autocrítica: vuelta a los orígenes, a los fundamentos de la nación. En el caso de los Estados Unidos: a la visión de los fundadores. No para repetirlos: para recomenzar. Quiero decir: no para hacer lo mismo que ellos sino para, como ellos, comenzar de nuevo. Esos comienzos son, a un tiempo, purificaciones y mutaciones: con ellos comienza siempre algo distinto. Los Estados Unidos nacieron con la modernidad y ahora, para sobrevivir, deben enfrentarse a los desastres de la modernidad. Nuestra época es atroz pero los pueblos de las democracias de Occidente, a su cabeza los norteamericanos, anestesiados por cerca de medio siglo de prosperidad, se empeñan en no ver la gran mancha que se extiende sobre el planeta. Bajo la máscara de ideologías pseudomodernas, regresan a nuestro siglo viejas y terribles realidades que el culto al progreso y el optimismo imbécil de la abundancia creía enterradas para siempre. Vivimos una verdadera *vuelta* de los tiempos. Hace más de un siglo, ante una situación menos amenazante que la contemporánea, Melville escribió unas líneas que los norteamericanos, hoy, deberían leer y meditar:

When ocean-clouds over inland hills
Sweep storming in late autumn brown,
And horror the sodden valley fills,
And the spire falls crashing in the town,
I muse upon my country's ills–
The tempest bursting from the waste of Time
On the world's fairest hope linked with man's foulest crime.
Nature's dark side is heeded now...

El imperio totalitario

POLIFEMO Y SUS REBAÑOS

Desde su nacimiento en 1917 se discute sobre la verdadera naturaleza histórica de la Unión Soviética. Los primeros en poner en duda que el nuevo régimen fuese realmente una «dictadura del proletariado», en el sentido que Marx y Engels daban a esta expresión, fueron los mencheviques y los marxistas europeos, sobre todo los alemanes y los austríacos. Los anarquistas, por su parte, inmediatamente denunciaron al régimen como una dictadura capitalista estatal. Ni Lenin ni Trotski dijeron nunca, como más tarde lo afirmaría Stalin, que la Unión Soviética era un país socialista. Según Lenin se trataba de un régimen de transición: el proletariado había tomado el poder y preparaba las bases del socialismo. Lenin, Trotski y los otros bolcheviques esperaban que la revolución obrera europea, sobre todo en Alemania, cumpliría al fin la profecía de Marx y Engels: el socialismo nacería en los países industriales de Occidente, los más avanzados y con una clase obrera dueña de una tradición de luchas democráticas. Sin embargo, en 1920, en un discurso en el que critica a Trotski con acerba vehemencia, Lenin dijo: «El camarada Trotski habla de un Estado obrero. ¡Eso es una abstracción! Era normal que, en 1917, hablásemos de un Estado obrero... pero hoy nuestro Estado es más bien un Estado con una deformación burocrática. Ésta es la triste etiqueta que debemos pegarle... El proletariado, ante un Estado así, debe defenderse...». Palabras pronunciadas en 1920 y que hoy, en 1980, después de las huelgas y represiones de Hungría, Checoslovaquia y Polonia, poseen una lúgubre resonancia.

Años más tarde Trotski recogió la crítica que le había hecho Lenin y la hizo suya. En 1936, en plena lucha contra Stalin y su teoría del «socialismo en un solo país» –una incongruencia desde la perspectiva del marxismo auténtico pero una incongruencia que ha sido repetida por miles de intelectuales que se dicen marxistas– publicó *La revolución traicionada*. Fue la primera tentativa seria por descifrar la verdadera naturaleza del nuevo animal histórico: el Estado soviético. Para Trotski era una «sociedad intermedia entre el capitalismo y el socialismo» y en la que «la burocracia se ha convertido en una casta incontrolada, ajena al socialismo». Trotski pensaba que las luchas sociales resolverían en un sentido o en otro la ambigüedad del Estado obrero degenerado: o restauración del capitalismo por la burocracia o derrocamiento de la burocracia por el proletariado e instauración del socialismo. Así, se resistía a admitir la prolongación de la dominación burocrática *sin* recaída en el capitalismo. Sin embargo, un poco después, en su polémica con Max Schachtman y James Burham (1937-1940), llegó a admitir, a regañadientes, la posibilidad de que la situación se prolongase; en ese caso, la burocracia podría constituirse en una nueva clase opresora e instituir un nuevo régimen de explotación. Comparaba esta eventualidad, no sin razón, al advenimiento de los siglos obscuros después de la caída de la Antigüedad[1].

En 1939 un marxista italiano, Bruno Rizzi, publicó *La Bureaucratisation du monde*, un libro poco citado pero muy plagiado. En forma embrionaria, más intuitiva que científica, Rizzi postula por primera vez, no ya como una posibilidad remota sino como una realidad visible en la Rusia de Stalin y en la Alemania de Hitler, la idea de un nuevo régimen que sucedería al capitalismo y a la democracia burguesa: el colectivismo burocrático. Hipótesis que ha corrido con buena fortuna: James Burham la adoptó y después, de una manera independiente, la descubrió y la desarrolló Milovan Djilas (*The New Class*, 1957). Los ensayos de Kostas Papaioannou publicados en *Le Contrat Social* y en otras revistas, menos empíricos que los de Rizzi y Djilas, fueron escritos dentro de la gran tradición de la historiografía moderna y son una contribución notable al estudio de la génesis de la nueva clase. En su libro sobre la sociedad post-industrial, Daniel Bell ha dedicado al tema páginas penetrantes y esclarecedoras. También son notables los estudios históricos de François Fejto. En el campo de la reflexión filosófica sobre la naturaleza del comunismo son capitales los trabajos de Leszek Kolakowski; en el de la sociología histórica y política los análisis de Raymond Aron han despejado el camino y nos han iluminado a todos. Otros autores –Wittfogel, Naville, Bettelheim– se han detenido en las peculiaridades de las estructuras económicas soviéticas: ¿capitalismo de Estado o monopolio burocrático o modo de producción asiático?

Para Hannah Arendt y, más recientemente, para Claude Lefort, la verdadera novedad es de orden político: la historia no había conocido nada semejante al sistema totalitario moderno. En efecto, los únicos ejemplos son sociedades remotas como el Egipto faraónico y, sobre todo, el Impe-

1. Cf. Lev Trotski, *In Defense of Marxism*, 1942. La edición francesa es más completa: *Défense du marxisme*, 1976.

rio chino. Los estudios de Étienne Balazs (*La Bureaucratie céleste*, 1968) nos iluminan doblemente: por una parte, la prolongada dominación de los mandarines muestra que el régimen burocrático, contra lo que Trotski pensaba, no es transitorio y que puede durar no decenios sino siglos y milenios; por otra, las diferencias entre el Imperio chino y la Unión Soviética son enormes y casi todas favorables al primero. Alain Besançon destaca la función privilegiada de la ideología dentro del sistema –es una realidad ilusoria pero más real que la humilde realidad real– y propone que se llame al sistema: *ideocracia*. Cornelius Castoriadis subraya la naturaleza dual del capitalismo burocrático: es una sociedad de castas dominada por una burocracia ideológica y es una sociedad militar. Rusia ha pasado insensiblemente, dice Castoriadis, del régimen de dominación del Partido Comunista a otro en el que las realidades y consideraciones militares son las primordiales y de ahí que la llame *estratocracia*[1].

La lista de las interpretaciones y las denominaciones puede prolongarse pero la verdad es que la querella taxonómica reposa sobre un acuerdo. Ningún autor serio sostiene hoy, en 1980, que la Unión Soviética es un país socialista. Tampoco que sea, como creían Lenin y Trotski, un Estado obrero deformado por la excrecencia burocrática. Si pensamos en las instituciones y realidades políticas, es un despotismo totalitario; si nos detenemos en las estructuras económicas, es un vasto monopolio estatal con formas peculiares en la transmisión del uso, el goce y el disfrute de las riquezas y los productos (no el título de propiedad sino ese equivalente de las acciones de las sociedades anónimas capitalistas que es figurar en las listas de la *nomenklatura* [Voslensky] o poseer un carnet del Partido Comunista Ruso); si reparamos en las divisiones sociales, es una sociedad jerárquica con muy escasa movilidad, en la que las clases tienden a petrificarse en castas y dominada en la cúspide por una nueva categoría a un

1. El tema, como se ve por esta incompleta recapitulación, es inmenso y provoca sin cesar nuevas reflexiones. Precisamente cuando me disponía a enviar estas páginas a la imprenta, recibí el libro de Edgar Morin: *De la nature de l'URSS* (1983). Morin ve el totalitarismo ruso como un sistema de dominaciones superpuestas, una englobando a la otra a la manera de las «cajas chinas»: el Estado confisca a la sociedad civil, el Partido al Estado, el Comité Político al Partido y el Aparato (Secretariado) al Comité. En la cúspide la dominación es dual: la Policía vigila al Aparato y el Aparato controla a la Policía. El Aparato no es exactamente la burocracia: no es una clase *dentro* sino *sobre* el Estado. Ahora bien, al confiscar a la nación, el Aparato se apropió del nacionalismo y el imperialismo ruso. Así, por una parte, la URSS es un totalitarismo y, por otra, sin contradicción, un imperialismo.

tiempo ideológica y militar: *ideocracia* y *estratocracia*, todo junto. Esta última descripción es particularmente justa: la Unión Soviética es una sociedad hecha a imagen y semejanza del Partido Comunista. Ahora bien, el modelo dual del Partido Bolchevique ha sido la Iglesia y el ejército: sus miembros son clérigos y soldados; su ideal de comunidad, el convento y el cuartel. El cemento de la fusión entre el orden religioso y el orden militar es la ideología.

A pesar de su apariencia de gran mole de hielo y hierro, la Unión Soviética se enfrenta a contradicciones no menos sino más profundas que la Unión Americana. La primera es básica y está inscrita en su naturaleza misma: Rusia es una sociedad jerárquica de castas y es una sociedad industrial. Por lo primero está condenada al inmovilismo; por lo segundo, al cambio. La movilidad social es casi nula pero las transformaciones industriales, sobre todo en el dominio de la industria pesada y la tecnología militar, son notables. En Rusia las cosas cambian, no los hombres. De ahí el costo inmenso, en vidas y en trabajo humano, de la industrialización. La inhumanidad de la industria, rasgo presente en todas las sociedades modernas, se acentúa en la URSS porque primordialmente la producción no está orientada a satisfacer las necesidades de la población sino la política del Estado. Lo más real, los hombres, está al servicio de una abstracción ideológica. Ésta es una forma de enajenación que Marx no previó.

Por una parte, fosilización social y política; por la otra, continua renovación técnica e industrial. Esta contradicción, fuente de injusticia y desigualdad, provoca tensiones que el Estado sofoca con los métodos de todas las dictaduras: el reforzamiento del aparato represivo y una política de expansión exterior. Imperio y policía: estas dos palabras revelan que, a pesar de las diferencias considerables que los separan, hay una clara continuidad histórica entre el Estado burocrático y el zarista. Poseído por una ideología no menos expansionista que el antiguo mesianismo paneslavo, el Estado ruso ha creado una poderosa máquina de guerra alimentada por una gigantesca industria militar. Entre todas las desigualdades de esa sociedad, quizá la más impresionante es la desproporción entre el nivel de vida de la población –bastante bajo, incluso comparado con el de checos, húngaros y polacos– y la enorme potencia militar del Estado. Así son verdaderas, sin contradicción, dos definiciones de la Rusia soviética en apariencia opuestas: la del poeta Hans Magnus Enzensberger que ve en el «socialismo real» la más alta etapa del subdesarrollo y la de Castoriadis que la define como una estratocracia. Con notable ignorancia del pasado reciente, se ha vuelto a discutir en los cafés y en las universidades de México si Rusia es o no socialista. Engels resolvió de antemano la cuestión cuando llamó al capitalismo de Estado de Bismarck: «socialismo de cuartel».

Aunque desde 1920 abundan los libros y las informaciones sobre la realidad real de Rusia, muchos en Occidente y en la América Latina –especialmente los intelectuales pero también no pocos políticos liberales y conservadores, burgueses progresistas, clérigos y católicos de izquierda– prefirieron durante años y años no enterarse. El informe de Jruschov destapó la olla. Un poco después aparecieron los primeros textos de los disidentes. Desde entonces ya no es posible afectar ignorancia. Más afortunado que Pascal en su polémica contra los jesuitas, Solzhenitsyn logró conmover al mundo. Su influencia ha sido tal que incluso convirtió a los cenáculos literario-filosóficos de París; en menos de cinco años hemos sido testigos del abandono de las variedades de la escolástica marxista que dominaban a las universidades europeas. Hasta *les précieuses ridicules* han dejado de citar a los *Grundrisse* y a *Das Kapital*. Sin embargo, por más grande que haya sido en el exterior la influencia de los disidentes –rusos, polacos, checos, rumanos, húngaros, cubanos– sus posibilidades de acción en el interior de sus países son extremadamente limitadas. Los disidentes han mostrado que hay un abismo entre la realidad real y la realidad ideológica; sus descripciones han sido exactas pero sus diagnósticos lo han sido menos y sus remedios resultan inoperantes.

No es fácil saber cuál será la evolución de la sociedad rusa. Sí lo es prever que la contradicción que he descrito sumariamente va a acentuarse más y más en el futuro inmediato y que se agravará apenas desaparezca la generación de septuagenarios que hoy dirige la URSS. Los disidentes intelectuales conocidos en Occidente son sólo una manifestación política y religiosa de la contradicción básica. Cualquiera que haya tenido acceso a la vida intelectual rusa en las universidades y centros científicos –lo mismo puede decirse de los países satélites– descubre inmediatamente que la ideología oficial, el marxismo-leninismo, se ha convertido en un catecismo que todos recitan pero en el que nadie cree. La erosión de la ortodoxia estatal es un aspecto del divorcio entre la realidad y la ideología; otras manifestaciones de esta contradicción son la inquietante reaparición del paneslavismo, la nostalgia por la autocracia zarista, el antisemitismo y el nacionalismo granruso. El pasado de Rusia está vivo y regresa.

Más profundamente aún que esas tendencias ideológicas, se agitan otras aspiraciones que aún no aciertan a expresarse pero cuyas demandas son más amplias y más concretas que las de los intelectuales. Por ejemplo, todos los viajeros han observado la avidez de la población urbana por adoptar las formas de vida de Occidente, especialmente las norteamericanas. No es exagerado hablar de la «americanización» de la juventud de las grandes ciudades. La fascinación ante la sociedad de Occidente no se detiene en la imitación de sus manifestaciones más lamentables como el «consumismo». Apenas si es necesario recordar que los trabajadores rusos carecen de los derechos sindicales básicos, tales como los de huelga, asociación, reunión y libre afiliación. ¿Es posible crear un poderoso Estado industrial con un proletariado pasivo y desmoralizado, cuya única forma de lucha es el alcoholismo, la pereza y el sabotaje? ¿Cómo hará frente el fosilizado régimen ruso a la doble exigencia de los que piden más libertad (los intelectuales) y de los que piden más y mejores bienes de consumo (el pueblo)?

La revuelta de los obreros polacos está destinada a tener una influencia inmensa lo mismo en Rusia que en los países satélites. No importa que el ejército polaco haya aplastado la revuelta de Polonia: desde la revuelta de Kronstadt, reprimida por Lenin y Trotski en 1921, hasta las huelgas de Polonia en 1981, no se ha interrumpido la cadena de sublevaciones y motines populares en contra de las burocracias comunistas. No tenemos noticias de los trastornos en la Unión Soviética –aunque los relatos de Solzhenitsyn y los otros disidentes han disipado un poco nuestra ignorancia– pero los sucesos de Hungría, Checoslovaquia y Polonia están en la mente de todos, como lo está la fuga de los cien mil cubanos por Puerto Mariel.

Además de esta contradicción interna, el sistema burocrático ruso se enfrenta a otra que, aunque se manifiesta dentro de sus fronteras, hay que llamar exterior. Como los Estados Unidos, la Unión Soviética es un conglomerado de grupos de distintos orígenes. Pero ahí termina la semejanza. La población de los Estados Unidos está compuesta por inmigrantes (salvo los pieles rojas y una parte pequeña de la población de origen mexicano) que fueron sometidos a ese sistema de integración y asimilación que se llama *melting pot*. El experimento dio resultado: los Estados Unidos son un país con rasgos propios y acentuada originalidad. Es verdad que el *melting pot* dejó afuera a negros, chicanos y otros; además, no ha disuelto las características nacionales de cada grupo. No obstante, es claro que el proceso de unificación e integración está muy avanzado y es irreversible. Todos los ciudadanos norteamericanos, sin excluir a los más discriminados, sienten que pertenecen al mismo país, hablan la misma lengua y, en su abrumadora mayoría, profesan la misma religión.

La expansión imperial zarista ocupó militarmente muchos territorios y sometió a las poblaciones. Aunque la situación ha cambiado, las naciones no han desaparecido; la URSS es un conjunto de pueblos distintos cada uno con su lengua, su cultura y su religión. Dentro de ese conglomerado, Rusia propiamente dicha (República Socialista Federativa Soviética Rusa) domina a las demás. Así, dos rasgos caracterizan, desde el punto de vista de las nacionalidades, a la URSS: la heterogeneidad y la dominación. La URSS es un imperio en la acepción clásica de la palabra: un conjunto de naciones dispersas sin relación entre ellas –cada una con lengua, cultura y tradición propias– sometidas a un poder central.

Las tensiones nacionales dentro del Imperio ruso, como es sabido, son frecuentes y permanentes. El nacionalismo de los ucranianos sigue vivo todavía, a pesar de las persecuciones; lo mismo puede decirse de los bálticos, los tártaros y las otras naciones. Las contradicciones nacionales, según la escritora francesa Hélène Carrere d'Encausse (*L'Empire éclaté*, 1979), están destinadas a jugar en la URSS un papel aún más determinante que las contradicciones sociales e ideológicas. Es posible que tenga razón: la historia del siglo XX no ha sido la historia de la lucha de clases sino la de los nacionalismos combatientes. El caso de las naciones soviéticas que profesan la fe mahometana posee una significación particular. Son pueblos que han conservado su identidad nacional y cultural; su crecimiento demográfico ha sido extraordinario y en unos cuantos años serán las dos quintas partes de la población soviética. Ahora bien, el renacimiento del islam, religión beligerante, es un hecho que ha marcado a nuestra época; es imposible que se detenga a las puertas de la URSS. El Estado burocrático ruso no ha logrado resolver ni la cuestión nacional ni la cuestión religiosa, dos cuestiones que son una y la misma para la tradición islámica. En un futuro no demasiado lejano el gobierno de Moscú tendrá que enfrentarse, dentro de sus fronteras, al triple reto del islam: el religioso, el nacional y el cultural.

En el interior de estas dos grandes contradicciones –la social y económica, la étnica y religiosa– proliferan otras de orden lingüístico, cultural, político. Su acumulación es, a un tiempo, compleja y explosiva. El Estado ruso ha evitado hasta ahora el estallido por los dos medios usuales en todas las dictaduras: la represión y la desviación hacia el exterior de los conflictos internos. El terror de la época de Stalin ha sido único en la historia y sólo puede compararse al de su contemporáneo y rival Hitler. Los grandes exterminadores del pasado –Gengis Khan, Atila, Tamerlán, los monarcas asirios que asolaron el Asia Menor con el *Terror assyriacus*– son figuras modestas al lado de estos dos azotes del siglo XX. Es imposible soslayar la influencia que ha tenido el terror en la domesticación del espíritu público ruso. Después de Stalin hubo un período de alivio: la política de reformas de Jruschov. Se quedó a medias y duró poco; Bréznev la congeló y el régimen de Rusia –sin los excesos de Stalin– sigue siendo un régimen policíaco y despótico. No es fácil, por otra parte, liberalizarlo sin poner en peligro a la casta dominante y a sus privilegios. En Rusia no existe ese espacio político libre –arena donde las clases y los grupos se afrontan, avanzan, retroceden y pactan– que ha hecho posible las conquistas obreras desde hace más de un siglo. A la creciente presión social, la *nomenklatura* –como se llama en Rusia a la clase privilegiada– opone una rigidez también creciente. Así, la sociedad vive bajo una doble amenaza: la petrificación o el estallido.

Desde hace más de diez años el gobierno soviético persigue una franca política de expansión. Este movimiento, por una parte, es la consecuencia de los errores y las vacilaciones de la política exterior norteamericana; por la otra, es la válvula de escape a las tensiones y conflictos internos. En los años próximos, ante el carácter indomable de las contradicciones sociales y nacionales, el gobierno ruso buscará como salida la expansión hacia el exterior. Hasta ahora la expansión política ha sido acompañada por la ocupación militar o, en casos como los de Polonia, Checoslovaquia, Cuba y Vietnam, ha hecho depender de la ayuda militar rusa la supervivencia de los gobiernos de esos países. La Unión Soviética ha vuelto a la antigua concepción del imperialismo, que identificaba la dominación con el poder directo sobre los territorios, los gobiernos y las poblaciones. La paradoja es que la URSS no tiene necesidad ni de los territorios ni de las riquezas naturales de los otros países (necesita su tecnología pero ésta la obtiene fácilmente a través de los créditos y del comercio con Europa, Japón y los Estados Unidos). Así, la función primordial de la expansión soviética es trasladar al exterior las contradicciones internas. Además, la ideología imperial –o como dicen los chinos: el «chovinismo» de gran potencia– heredada del zarismo y combinada con el mesianismo marxista-leninista.

A estas circunstancias hay que agregar otra señalada por Cornelius Castoriadis en un luminoso ensayo (*Devant la guerre*, 1981). Como ya indiqué más arriba, para Castoriadis la URSS se ha convertido en una *estratocracia* (*stratos* = ejército); la burocracia comunista, con el arma de la ideología, impuso el terror a la sociedad civil; ahora la ideología, como todos sabemos, se ha evaporado, dejando como residuos en la conciencia social y en la práctica el cinismo, la venalidad y la hipocresía. El vacío ideológico ha sido ocupado, dice Castoriadis, por las consideraciones de orden militar y, consecuentemente, el ejército tiende más y más a substituir al partido. La sociedad militar es una sociedad *dentro* de la sociedad rusa. En el sentido amplio de la palabra –o sea: en el de complejo técnico, científico, económico e industrial– «el ejército es el único sector verdaderamente moderno de la sociedad rusa y el único que funciona efectivamente». El Estado militar ruso, como todos los Estados militares, sólo sabe –sólo puede– hacer bien una cosa: la guerra. La diferencia con el pasado es que los antiguos Estados militares no disponían de armas nucleares.

ALIADOS, SATÉLITES Y RIVALES

La relación de los Estados Unidos con sus amigos y sus clientes se ha vuelto crítica. Es una consecuencia tanto de sus fracasos últimos como de la índole de su dominación. Para calificar a esta última se usa el término *imperialismo*; la verdad es que le conviene más el de *hegemonía*. Los diccionarios definen a la hegemonía como la *supremacía* de un Estado sobre otros, entendiendo esa supremacía como «influencia predominante». El imperio, en cambio, implica soberanía no sólo sobre los pueblos sometidos sino sobre los territorios. La dominación norteamericana sobre la América Latina ha sido hegemónica: casi nunca se ha ejercido directamente, como en el caso de los imperios, sino a través de la influencia sobre los gobiernos. Esa influencia, como es sabido, es distinta en cada caso y deja un margen más o menos amplio para la negociación. Aunque en muchas ocasiones los Estados Unidos no han vacilado en intervenir militarmente, esas intervenciones han sido vistas siempre como violaciones al derecho. Al principio de su carrera, los Estados Unidos sí acudieron a la expansión militar típicamente imperialista y se apropiaron de territorios que eran mexicanos o que eran todavía dominios españoles. Pero desde principios de siglo la hegemonía norteamericana tuvo objetivos primordialmente económicos y subsidiariamente políticos y militares. Durante los últimos años la situación se ha alterado: una y otra vez los Estados Unidos han tenido que aceptar en la América Latina gobiernos que no son de su agrado. En un extremo, Cuba; en el otro, Guatemala. Entre ambos, una gama que va de Nicaragua a Chile.

En los otros continentes, la situación no es distinta. Europa occidental y Japón han mostrado que son socios y no criados de Washington. La política internacional de Francia ha sido tradicionalmente nacionalista y su independencia frente a los Estados Unidos incluso puntillosa. La República Federal de Alemania, desde Brandt, ha buscado una vía independiente. Puede discutirse si ha sido prudente la política de los gobiernos de Alemania y Francia o si ha sido inspirada, al menos en parte, por el antiamericanismo que prospera lo mismo entre los nacionalistas franceses que entre los socialistas y socialdemócratas de los dos países. Algunos, en la derecha, han invocado el precedente del general De Gaulle que, hace años, emprendió una política semejante. Sin embargo sus objetivos eran distintos: se proponía, hasta donde fuese posible, restablecer el equilibrio de poderes. Eran los años de la superioridad norteamericana, mientras que hoy la relación de fuerzas ha cambiado. Pero lo que sí es indiscutible es que la política exterior de París y de Bonn está fundada en la libre consideración, justa o equivocada, de los intereses nacionales de la República Federal y de Francia.

En el Medio Oriente y en Asia las condiciones son análogas. La relación entre los Estados Unidos e Israel es *sui generis* y no puede reducirse al simplismo de la dependencia. Los israelíes tienen tanta necesidad de las armas norteamericanas como los presidentes de Estados Unidos del voto y de la influencia de los judíos norteamericanos. Otro tanto sucede con Egipto y Arabia Saudí: las necesidades de unos y otros son mutuas y recíprocas. La India, entre Pakistán y China, cultiva una política independiente, con frecuencia más cerca de Moscú que de Washington. Pakistán no depende enteramente de los Estados Unidos y, desde hace mucho, tiene una relación especial con China. En cuanto al núcleo del sistema, es decir, los Estados Unidos, Europa occidental, Japón, Australia y Canadá: es una alianza de intereses y un consenso sobre el valor de ciertas instituciones y principios, como la democracia representativa, el respeto a las minorías y los derechos humanos. Ese consenso no es una ortodoxia. Por todo esto, el problema de la política internacional de Estados Unidos es el mismo que el de su política interior: ¿cómo encontrar, dentro de la pluralidad y diversidad de voluntades e intereses, unidad de propósito y de acción?

La relación de la Unión Soviética con los países que pertenecen a su órbita es muy distinta. La relación es política, militar e ideológica, todo junto y fundido en una sola realidad. Todos esos países están unidos por una misma doctrina. La versión canónica de la doctrina es la de Moscú, el poder central. Es verdad que el Estado ruso se ha vuelto un poco más tolerante que en la época de Stalin y que permite los desplantes de Rumania y levantó la excomunión contra Tito; sin embargo, los márgenes de interpretación de la doctrina siguen siendo muy estrechos y cada diferencia política se transforma inmediatamente en herejía. Como en las teocracias de la Antigüedad, el sistema comunista realiza la fusión entre el poder y la idea. Así, toda crítica a la idea se vuelve conspiración contra el poder; toda diferencia con el poder, sacrilegio. El comunismo está condenado a engendrar cismas, a multiplicarlos y a reprimirlos.

Las ortodoxias con pretensiones universalistas y exclusivistas tienden sucesivamente a la escisión y a su persecución. El precedente del cristianismo es aleccionador. El Estado-Iglesia de Constantino y sus sucesores impidió que la doctrina se dispersase en cientos de sectas, pero el costo fue enorme: el Estado teólogo fue también Estado inquisidor. Con mayor furia que los obispos y los monjes, el Estado soviético ha perseguido a todas las desviaciones. Sus relaciones con los gobiernos satélites reproducen esta concepción teocrática de la política. A su vez cada uno de los gobiernos satélites postula una versión de la doctrina que es igualmente canónica y universal... dentro de sus fronteras. La doctrina, como la imagen en un espejo roto, se multiplica y cada fragmento se ostenta como la versión original, única y auténtica. La universalidad está siempre en peligro de identificarse con esta o aquella versión nacional. Moscú ha logrado impedir, hasta cierto punto, la proliferación de las versiones herejes mediante el uso combinado del halago, la intimidación y, cuando ha sido necesario, la fuerza. Si el Estado comunista depende substancialmente de su ayuda militar y económica, como Cuba y Vietnam, el problema de la ortodoxia no se presenta siquiera. Lo mismo ocurre cuando los gobiernos, para sostenerse en el poder, necesitan los tanques soviéticos: Hungría, Checoslovaquia, Polonia.

El caso de Afganistán revela la tendencia del Estado ruso a hacer de la ideología la substancia misma de la política. (Curiosa perversión del idealismo: sólo es real la ideología.) La aventura rusa en Afganistán es el reverso simétrico de lo que fue la política del Imperio británico. A lo largo del siglo pasado, los ingleses intentaron dominar a los afganos; aunque nunca lo lograron del todo, al menos impidieron que el país cayese en manos de la Rusia zarista. El único gobierno que tenía derecho a tener una misión diplomática en Kabul era la Gran Bretaña. Pero a los ingleses jamás se les ocurrió convertir a los afganos ni a la religión anglicana ni a la monarquía constitucional. En 1919 Afganistán recobró su independencia y se abrió al mundo. La liquidación del Imperio británico, después de la segunda guerra mundial, precipitó los acontecimientos. Los norteamericanos substituyeron a los ingleses. No pudieron contener por mucho tiempo a los rusos. Las circunstancias históricas habían cambiado radicalmente y, además, Washington defendió con desgana esa posición: nunca consideró a Afganistán como un punto estratégico clave. Grave error: desde Alejandro ese país ha sido la puerta del subcontinente indio.

El gobierno soviético, más afortunado que el zarista, se infiltró más y más en el país, sobre todo entre los jóvenes oficiales del ejército. La política interna de Afganistán favoreció a los rusos. Mohamed Zahir Sha, el rey de Afganistán, ocupó el trono en 1933, después del asesinato de su padre. Era muy joven y el gobierno lo ejercieron sus parientes cercanos, sobre todo su cuñado, Daud Khan, que no tardó en convertirse en primer ministro y en el hombre fuerte del régimen. Deseoso de librarse de la tutela de Daud, el rey encabezó una revuelta pacífica de notables. Afganistán se convirtió en una monarquía constitucional y por ley se excluyó del gobierno a los parientes del monarca. Se confió el gobierno a los representantes de la facción ilustrada, decidida a convertir al país en una sociedad moderna. En materia internacional el régimen de Zahir Sha, bajo la dirección del primer ministro Hashein Maiwandwal y después bajo la del no menos inteligente Ahmad Etemadi, ambos liberales, fue estrictamente neutralista. Era la época en que el movimiento no alineado todavía no se convertía en una agencia de propaganda soviética.

Daud era un hombre del pasado. Astuto, brutal y decidido, buscó la amistad con la Unión Soviética. Se alió con los oficiales prosoviéticos (casi todos ellos habían estudiado en las academias militares rusas) y en un incruento golpe de Estado fue destronado Zahir Sha. Se proclamó la república y Daud fue nombrado presidente. El golpe de Daud consolidó la presencia predominante de Rusia sobre Afganistán y acabó con los restos de influencia norteamericana y occidental en el país: Afganistán se convirtió en una Finlandia oriental. Pero al gobierno soviético no le bastó esta victoria estratégica y política. Una vez más apareció la ideología: para consumar la dominación rusa había que transformar a Afganistán –un país profundamente religioso, dividido en etnias, tribus y feudos rivales– en una república popular. Otro golpe de Estado acabó con el poder de Daud –y con su vida. Lo que ocurrió después es conocido: la lucha entre las facciones ideológicas, el terror y sus miles de víctimas, dos nuevos y sangrientos golpes de Estado, la rebelión generalizada contra la dictadura comunista y la intervención armada.

Algunos han comparado la acción rusa con la de los Estados Unidos en Vietnam. Comparación engañosa: las diferencias son enormes. Los norteamericanos sostuvieron una guerra profundamente impopular en todo el mundo, inclusive en su propio país; combatieron en un territorio situado a miles de millas del suyo y contra un enemigo pertrechado y ayudado por dos grandes potencias, Rusia y China; la causa vietnamita, además, fue apoyada por una poderosa opinión mundial. En cambio, los rusos operan en un país fronterizo ante un enemigo aislado, carente de organización y mal armado; el gobierno ruso no tiene en casa una opinión independiente a la que deba rendir cuentas; tampoco se enfrenta a una reprobación internacional: ¿dónde están los intelectuales, los clérigos y los estudiantes que se manifiestan en favor de los desdichados afganos como lo hicieron antes por los vietnamitas?

La intervención rusa en Afganistán es un ejemplo más de un hecho bien conocido: el Estado soviético sigue, en sus grandes líneas, la política exterior del régimen zarista. Es una política, como siempre ocurre, dictada por la geografía, madre de la historia; asimismo, responde a una tradición imperial expansionista. En el pasado, la ideología que nutrió a ese expansionismo fue la idea paneslava; hoy es el marxismo-leninismo. A este cambio de ideología corresponde otro material e histórico: de potencia europea Rusia ha pasado a ser potencia mundial. Es un destino al que estaba destinada desde su origen, como pudieron adivinarlo algunas mentes lúcidas del siglo XIX, entre ellas la de un español: Donoso Cortés. En 1904 Henry Adams preveía que pronto se enfrentarían dos fuerzas opuestas: la *inercia* rusa y la *intensidad* norteamericana. No se equivocó aunque ¿podría hoy, al referirse a Rusia, hablar de inercia? Los adjetivos que le convienen a su política son, más bien, tenacidad y paciencia. El mismo Adams, en otro pasaje de su autobiografía, acierta al decir: *Russia must fatally roll –must, by her irresistible inertia, crush whatever stood in her way*. Sí, una aplanadora... El cambio de ideología no ha modificado ni el carácter profundo de esa gran nación ni tampoco los métodos de dominación de su gobierno. Desde el siglo XIX el imperialismo dejó de ser ideológico: fue una expansión política, militar y, sobre todo, económica. Ni los ingleses ni los franceses ni los holandeses intentaron seriamente convertir a los súbditos coloniales, como antes lo habían hecho los musulmanes y los católicos españoles y portugueses. Moscú regresa a la antigua fusión entre el poder y la idea, como los imperios premodernos. El despotismo burocrático ruso es una ideocracia imperialista.

Milan Kundera se escandaliza ante el uso generalizado de la expresión «Europa del Este» para designar a los países europeos gobernados por regímenes satélites de los rusos; esos países, dice el novelista checo, son una parte de Europa occidental y viven una situación que, en el fondo, no es muy distinta a la que experimentaron durante la guerra bajo gobiernos peleles impuestos por los nazis. Tiene razón. Debe agregarse que la dominación rusa sobre esos pueblos ha detenido su marcha histórica. Por ejemplo, Checoslovaquia era un país ya plenamente moderno, no sólo por su notable desarrollo científico, técnico y económico sino por la bondad de sus instituciones democráticas y por la riqueza y vitalidad de su cultura.

En esas cuatro naciones (Checoslovaquia, Rumania, Hungría y Polonia: el caso de Bulgaria es distinto y el del régimen comunista alemán es simplemente el resultado de la ocupación rusa), la liberación de los nazis se hizo con la participación de las tropas soviéticas. En Rumania y en Hungría el comunismo se implantó bajo la dirección de los militares rusos; en Checoslovaquia y en Polonia, donde había movimientos populares antinazis y democráticos, el proceso fue más complejo pero la influencia de Moscú fue el factor decisivo que orientó esas naciones hacia el comunismo. Desde entonces la sombra de la Unión Soviética cubre el territorio de todos esos países; sus dirigentes son responsables, primordialmente, ante la autoridad central, Moscú; subsidiariamente, ante sus pueblos.

Los gobiernos de Alemania Oriental, Rumania, Checoslovaquia, Polonia, Hungría y Bulgaria reproducen el modelo totalitario de la metrópoli aunque, claro, hay diferencias entre ellos: el de Rumania es menos dependiente de Moscú que los de Alemania y Checoslovaquia, el de Hungría es más liberal que los otros y así sucesivamente. Pero en todos aparecen los rasgos que definen a las ideocracias comunistas: fusión del Estado y del partido o, mejor dicho, confiscación del Estado por el partido; monopolio político y económico de la oligarquía burocrática; función preponderante de la ideología; transformación de la burocracia en una estratocracia, en el sentido que Castoriadis ha dado a este término. La nota determinante, común a todos esos regímenes, es su dependencia del exterior. La casta burocrático-militar se mantiene en el poder gracias a las tropas rusas.

La lucha que los pueblos europeos sostienen desde hace años contra la dominación rusa y los gobiernos impuestos por Moscú, posee características especiales. En primer término, son países con un pasado nacional muy rico y antiguo; todos ellos, con la excepción de Bulgaria, habían logrado alcanzar la modernidad económica y cultural. Algunos, especialmente Checoslovaquia, vivían bajo avanzadas instituciones democráticas y esto precisamente cuando en otras naciones europeas, como Italia y Alemania, imperaban regímenes fascistas. No es menos notable que la lucha contra la oligarquía comunista haya sido iniciada por la clase obrera. Si es escandaloso el recrudecimiento de la lucha de clases en regímenes que se llaman socialistas, ¿qué decir de la represión que en todos ellos ha desatado la oligarquía comunista, con el apoyo de la Unión Soviética? También es impresionante pensar que los obreros húngaros, checos y polacos luchan por derechos que se les reconocen en el resto del mundo, incluso en los países de América Latina bajo dictaduras militares reaccionarias. Y hay algo más: las luchas por la libertad de asociación y por el derecho de huelga son apenas un aspecto de un movimiento más vasto y que engloba a la población entera. Se trata de una lucha por la conquista de las libertades básicas. A su vez, la batalla por la democracia es inseparable del movimiento por la independencia nacional. Las revueltas contra las oligarquías comunistas buscan no la restauración del capitalismo sino restablecer la democracia y recobrar la independencia. Las sublevaciones de Hungría, Checoslovaquia y Polonia han sido tentativas de resurrección nacional.

No pocos intelectuales europeos y latinoamericanos pretenden equiparar la política de los Estados Unidos con la de la Unión Soviética, como si se tratase de dos monstruos gemelos. ¿Hipocresía, ingenuidad o cinismo? Me parece que lo monstruoso reside en la comparación misma. Los errores, las fallas y los pecados de los norteamericanos son enormes y no pretendo exculparlos. Tampoco disculpo a las otras democracias capitalistas de Occidente y al Japón. La política de todos esos gobiernos frente a Rusia ha sido incoherente y casi siempre débil, aunque interrumpida por desplantes de agresividad retórica; su ceguera frente a los problemas sociales y económicos de las naciones de África, Asia y América Latina, ha sido tan grande como su egoísmo; con frecuencia han sido cómplices de horribles dictaduras militares y, al mismo tiempo, han sido indiferentes ante auténticos movimientos populares (el último ejemplo ha sido su actitud frente al dirigente revolucionario y demócrata nicaragüense Edén Pastora, conocido como el *Comandante Cero*)... Dicho todo esto, hay que agregar que las democracias capitalistas han preservado dentro de sus fronteras las libertades fundamentales. En cambio, la guerra ideológica en el exterior y el despotismo totalitario en el interior son las dos notas *constitutivas* del régimen soviético y de sus países vasallos. No hay traza de ninguna de estas dos plagas en los países democráticos de Occidente. Así, no se trata de defender ni al capitalismo ni al imperialismo sino a unas formas políticas de libertad y democracia que subsisten todavía en Occidente. También existen gérmenes de libertad, a pesar de adversidades sin cuento, en otros países de Asia y América Latina, como India, Ceilán, Venezuela, Costa Rica, Perú, Colombia y otros pocos más. En el Líbano hubo una democracia: ¿será restaurada un día?

Los gobiernos de Occidente respondieron a las intervenciones rusas en Hungría, Checoslovaquia y Polonia con protestas retóricas y con vagas amenazas de sanciones. Para la Unión Soviética los peligros de su política de fuerza no están en las reacciones interesadas y timoratas de los gobiernos de Occidente sino en la reacción de los pueblos sometidos a su dominación. Moscú fortifica los vínculos entre las élites comunistas que ejercen el poder pero limita la capacidad de maniobra y de movimientos de las dos partes. La hegemonía norteamericana está amenazada por la dispersión, la rusa por la rigidez: de allí la frecuencia de los estallidos. En unas pocas ocasiones el Estado soviético se ha mostrado impotente para suprimir las versiones heréticas de la doctrina. La razón: esas versiones se habían convertido en el credo de Estados independientes y capaces de hacerle frente. El primer ejemplo fue Yugoslavia. El caso de Albania es semejante. El cisma más grave y decisivo ha sido el de Pekín. El conflicto con China no tardó en degenerar en escaramuzas fronterizas; más tarde, se extendió a Indochina. Primero las dos potencias combatieron a través de sus aliados, Vietnam y Camboya; después de la agresión vietnamita y la derrota de Pol Pot, los chinos lanzaron una expedición punitiva contra Vietnam para darle una «lección». El marxismo se presentó como una doctrina que aboliría la clase asalariada e implantaría la paz universal; la realidad del comunismo contemporáneo nos ofrece una imagen diametralmente opuesta: servidumbre de la clase obrera y querellas entre los Estados «socialistas».

Cualquiera que sea la evolución de China, no es previsible que desaparezcan sus diferencias con la URSS. Al contrario, lo más probable es que se agudicen. Aunque los contendientes pretendan lo contrario, la querella sino-rusa no es ideológica: es una lucha entre dos poderes, no entre dos filosofías. Extraordinaria y reveladora evaporación de la ideología: los fantasmas de Maquiavelo y Clausewitz deben sonreír. China se sabe amenazada por Rusia: éste es el meollo de la cuestión. Sus temores están justificados: no sólo tiene una inmensa frontera con la Unión Soviética sino que entre sus vecinos se encuentra un país enemigo, Vietnam, y otro con el que tradicionalmente ha tenido malas relaciones: India. La rivalidad entre China y Rusia comenzó en el siglo XVII. Los rusos se instalaron en las márgenes del Amur en 1650 y el año siguiente levantaron un fuerte en Albazin. En China, al cabo de una serie de trastornos, la dinastía Ming había sido derrocada y en su lugar los invasores manchúes habían entronizado a una nueva dinastía (Ch'ing). Ocupados en pacificar el país y en consolidar su dominio, los manchúes no pudieron al principio hacer frente a los rusos. Un cuarto de siglo después las cosas cambiaron.

En 1661 subió al trono K'ang-hsi. Fue contemporáneo de tres soberanos famosos: Aurangzeb, el gran Mogol de la India, Pedro el Grande de Rusia y Luis XIV de Francia. Según los historiadores, K'ang-hsi no sólo fue el más poderoso entre ellos sino el mejor gobernante, el más justo y humano. Fue un buen militar y un monarca ilustrado; también un poeta distinguido y un verdadero letrado en la tradición confuciana. Esto último no le impidió interesarse en las nuevas ciencias europeas. Tuvo conocimiento de ellas a través de los sabios misioneros jesuitas que en aquellos años vivían en Pekín bajo su patronazgo. En un libro a un tiempo erudito y chispeante, Étiemble relata la intervención de los jesuitas en el conflicto entre los chinos y los moscovitas, como llamaban a los rusos los cronistas de la época[1]. La primera medida de K'ang-hsi fue enviar tropas al Amur, tomar la fortaleza y arrasarla. Pero los moscovitas regresaron con refuerzos, desalojaron a los chinos y reconstruyeron el fuerte. Entonces K'ang-hsi llamó al padre Verbiest. Este jesuita había fabricado los instrumentos del observatorio astronómico imperial. El soberano le pidió que hiciera fundir trescientos cañones; al principio, el sacerdote se negó pero más tarde tuvo que ceder ante el real pedido y en un año fabricó las piezas de artillería. Con la ayuda de los cañones los rusos fueron desalojados y a los pocos meses, en 1689, se firmó el Tratado de Paz de Nerchinsk entre el emperador de China y el de Moscovia. Fue negociado por otros dos jesuitas, el padre Gerbillon, francés, y el padre Pereira, portugués. Fue redactado en latín y, dice Étiemble, en ese documento se fundan en gran parte las reclamaciones chinas contra la Unión Soviética en materia de fronteras. El presidente Mao consideraba que el Tratado de Nerchinsk había sido «el último firmado en posición de igualdad entre China y Rusia».

Estados Unidos y Rusia son los centros de dos sistemas de alianzas. Una comparación entre ellos revela, nuevamente, una oposición simétrica. El sistema que une a los norteamericanos con los países de Occidente y con Japón, Canadá y Australia, es fluido y en continuo movimiento. Lo es, en primer término, por la autonomía y la libertad relativa de acción de cada uno de los miembros de la alianza; en segundo lugar, porque todos los Estados que la componen son democracias en las que rige el principio de rotación en el poder de hombres, partidos e ideas: cada cambio de gobierno, en cada país, resulta en un cambio más o menos grande en su política exterior. El sistema ruso no es fluido sino fijo y no se funda en la autonomía de los Estados sino en la sujeción. Primero: cada uno de los gobiernos aliados depende del centro y, puesto que está en el poder gracias al apoyo militar ruso, no está en libertad de desviarse de la línea impuesta desde Moscú (aunque, claro, hay grados de sujeción: Rumania goza de mayor libertad de movimiento que Bulgaria y Hungría que Checoslovaquia); segundo, ni Rusia ni los otros miembros del bloque conocen la rotación periódica de hombres y partidos, de modo que los cambios son muchísimo menos frecuentes. Fluidez y fijeza son consecuencia

1. Étiemble, *Les Jésuites en Chine*, Gallimard, 1966.

de la naturaleza de la relación política que une a los miembros de los dos sistemas con sus centros respectivos. El dominio que ejercen los norteamericanos puede definirse, en el sentido recto de la palabra, como hegemonía; el de los rusos, también en sentido lato, como imperio. Los Estados Unidos tienen aliados; la Unión Soviética, satélites.

La situación cambia apenas fijamos la vista en la periferia de los dos sistemas. Los Estados Unidos experimentan grandes dificultades en sus tratos con las naciones de Asia y África. Es cierto que hay países en esos continentes que dependen de la amistad y ayuda de los norteamericanos, pero esa relación no es de sujeción. No se puede decir que sean satélites de Washington los gobiernos de Egipto, Marruecos, Arabia Saudí, Indonesia, Tailandia, Turquía –para no hablar de Israel o de Nueva Zelanda. Las dificultades de los Estados Unidos provienen en buena parte de que son vistos como los herederos de los poderes coloniales europeos. El ejemplo más notable –y el más justificado– de esta identificación fue la guerra de Vietnam. La situación en la América Latina es aún menos favorable para los norteamericanos, tanto por sus intervenciones e intromisiones en nuestros países como por su apoyo a las dictaduras militares reaccionarias. Sin embargo, sus relaciones con estas últimas no siempre han sido armoniosas y muchos de esos generales han salido respondones, descomedidos y levantiscos. Por último, aunque están presentes en todo el mundo por su riqueza y por su fuerza militar, los Estados Unidos no proponen una ortodoxia universal ni cuentan en cada país con un partido que vea en ellos la encarnación de esa ideología. Toda su política ha consistido en detener los avances del comunismo ruso y esto los ha convertido en defensores del estado de cosas reinante. Un estado de cosas injusto. Ni los Estados Unidos ni Europa occidental han sido capaces de diseñar una política viable en los países de la periferia. Les ha faltado no sólo imaginación política sino sensibilidad y generosidad.

La Unión Soviética se enfrenta a una situación muy distinta. No es vista como heredera del imperialismo europeo en Asia y África; tampoco ha intervenido en América Latina, salvo en los últimos tiempos y no directamente sino a través de Cuba. Me refiero a Nicaragua y El Salvador. (Rusos y cubanos niegan esa intervención. Es natural. Es menos natural que varios gobiernos, entre ellos los de Francia y México, así como muchos intelectuales y periodistas liberales –norteamericanos, franceses, alemanes, suecos, italianos– crean esa mentira y la divulguen.) Otra ventaja de Rusia: parte de la opinión de los países latinoamericanos, sobre todo los intelectuales de la clase media, no la ven como un imperio en expansión sino como un aliado contra el imperialismo yanqui. Es verdad que el gobierno soviético hace todo lo posible por disipar esas ilusiones pero sus actos en Hungría, Checoslovaquia, Polonia y Afganistán no han logrado quebrantar la fe de esos creyentes. Apunto, en fin, lo realmente esencial: Moscú es la capital ideológica y política de una creencia que combina el mesianismo religioso con la organización militar. En cada país los fieles, reunidos en partidos que son iglesias militantes, practican la misma política.

Las naciones democráticas profesan una veneración supersticiosa al cambio, que para ellas es sinónimo de progreso. Así, cada nuevo gobierno se propone llevar a cabo una política internacional distinta a la de su antecesor inmediato. A esta periódica inestabilidad debe añadirse la recurrente aparición de una quimera: llegar a un entendimiento definitivo con la Unión Soviética. Una y otra vez los occidentales han creído no en lo posible –un *modus vivendi* que evite la guerra– sino en lo imposible: una división definitiva de esferas y de influencias que asegure, ya que no la justicia, al menos la paz universal; una y otra vez Rusia ha destruido esos arreglos con un acto de fuerza. Los rusos no conocen esos cambios ni son víctimas de esas ilusiones; su política ha sido la misma desde 1920 y las modificaciones que ha experimentado han sido no de fondo ni dirección sino de orden táctico transitorio. Castoriadis observa con penetración: los rusos no quieren la guerra pero tampoco quieren la paz –quieren la victoria. La política rusa es congruente, perseverante, dúctil e inflexible; además, combina dos elementos que aparecen en la creación de los grandes imperios: una voluntad nacional y una idea universal. Contrasta este proceder, hecho de firmeza y de astucia, paciencia y obstinación, con las oscilaciones e incoherencias de la política norteamericana y con la dejadez y el cansancio de las grandes naciones europeas.

Si en lugar de examinar el *temple* de los Estados en pugna, nos detenemos en la naturaleza de sus instituciones y en la índole de los conflictos internos que los habitan, la visión se aclara. En Estados Unidos y en Occidente las instituciones fueron concebidas para afrontar los cambios, guiarlos y asimilarlos; en Rusia y sus satélites, para impedirlos. La distancia entre las instituciones y la realidad es muy grande en Occidente; en Rusia esa distancia se transforma en contradicción: no hay relación entre los principios que inspiran al sistema ruso y la realidad social. La contradicción se encona aún más si se pasa de la metrópoli a los satélites. La solidez de la Unión Soviética es engañosa: el verdadero nombre de esa solidez es inmovilidad. Rusia no se puede mover; mejor dicho, si se mueve aplasta al vecino –o se derrumba sobre sí misma, desmoronada.

Revuelta y resurrección

QUERELLAS EN LAS AFUERAS

Tercer Mundo es una expresión que convendría abolir. El rótulo no es sólo inexacto: es una trampa semántica. El Tercer Mundo es muchos mundos, todos ellos distintos. El mejor ejemplo es la Organización de Países No Alineados, conjunto heterogéneo de naciones unidas por una negación. El principio que inspiró a sus fundadores –Nehru, Tito y otros– era acertado; su función, dentro de la asamblea de las naciones y frente a los abusos de las grandes potencias, debería haber sido crítica y moral. No lo ha sido porque se ha dejado arrastrar por las pasiones ideológicas y porque ninguno de esos gobiernos puede dar lecciones de moralidad política a las demás naciones. En realidad, sólo los ha unido la animadversión que sienten muchos de sus miembros contra Occidente. Sentimiento explicable: casi todos esos países han sido víctimas de los imperialismos europeos, ya sea porque fueron sus colonias o porque padecieron sus intrusiones y exacciones. También es natural que no vean con buenos ojos al aliado y cabeza de sus antiguos dominadores, los Estados Unidos. La Unión Soviética ha utilizado con sagacidad estos sentimientos y ha procurado, cada vez con mayor éxito, que la organización se convierta en tribuna de ataques a los Estados Unidos y Europa occidental. El error más grave fue haber admitido a países abiertamente alineados, como Cuba. Si la organización no recobra su antigua independencia, no sólo perderá su razón de ser sino que, como aquel Consejo Mundial de la Paz de la época de Stalin, acabará por volverse una simple oficina de propaganda.

El fin de los imperios coloniales europeos y la transformación de las antiguas colonias en nuevos Estados pueden verse como una gran victoria de la libertad humana. Por desgracia, muchas de las naciones que han alcanzado la independencia han caído bajo el dominio de tiranos y déspotas que se han hecho célebres por sus excentricidades y su ferocidad más que por su genio de gobernantes. El ocaso del colonialismo no fue el alba de la democracia. Tampoco el comienzo de la prosperidad. Allí donde la democracia subsiste todavía, como en la India, persiste también la miseria. La pobreza es uno de los azotes de los países subdesarrollados. Muchos piensan que es el obstáculo principal que impide el acceso de esos pueblos a la democracia. Verdad a medias: precisamente la India es un ejemplo de cómo no son enteramente incompatibles el subdesarrollo y la democracia. Sin embargo, es claro que las instituciones democráticas sobreviven con dificultad ahí donde el proceso de modernización no se ha completado, impera la pobreza y son embrionarios los grupos que constituyen la base de las democracias modernas: la clase media y el proletariado industrial. Pero la democracia no es la consecuencia del desarrollo económico sino de la educación política. Las tradiciones democráticas –la gran contribución inglesa al mundo moderno– han sido mejor y más profundamente asimiladas por la India que por Alemania, Italia y España, para no hablar de América Latina.

Las perversiones que ha sufrido el marxismo durante los últimos años me obligan a recordar que Marx y Engels concibieron siempre al socialismo como una consecuencia del desarrollo y no como un método para alcanzarlo. Una de las lagunas del marxismo –me refiero al verdadero, no a las lucubraciones delirantes que circulan por nuestros países– es la pobreza y la insuficiencia de sus conceptos sobre el subdesarrollo económico. Los grandes autores han dicho poco sobre el tema. Todos ellos, comenzando por Marx y Engels, tuvieron los ojos puestos en los países capitalistas más avanzados. En todo caso, algo es indudable: los fundadores y sus discípulos –sin excluir a Lenin, Trotski y Rosa Luxemburg, para no citar a Kautsky y a los mencheviques– pensaron siempre que el socialismo no está *antes* sino *después* del desarrollo. Sin embargo, muchos intelectuales de los países subdesarrollados han creído y creen que el socialismo es el medio más rápido y eficaz –tal vez el único– para salir del subdesarrollo. Creencia nefasta que ha originado la aparición de esos híbridos históricos que habrían consternado a Marx y cuyo nombre mismo es un contrasentido: «socialismos subdesarrollados».

La idea de utilizar al socialismo como agente del desarrollo económico se inspiró en el ejemplo de Rusia. Es verdad que ese país se ha convertido en una potencia industrial, aunque los métodos que usó Stalin para lograrlo fueron la negación del socialismo. Pero no hay nada misterioso en este cambio. Mañana China tal vez será también una gran potencia industrial. Lo mismo ocurrirá con Brasil y probablemente con Australia. La transformación económica de esos países no tiene mucho que ver con el socialismo: todas cuentan con los recursos físicos y humanos que necesita una nación para convertirse en un poder mundial. Lo asombroso es que otros países, con menos recursos y habitantes, hayan logrado, en menos tiempo y con menos sangre y sufrimientos, un desarrollo impresionante: Japón, Israel, Taiwan, Singapur, etc. Lo mismo puede decirse de las diferencias en el desarrollo entre los países europeos bajo la dominación rusa: Alemania del Este, Checoslovaquia, Hungría, Polonia, Rumania; no son atribuibles a diferentes clases de socialismo sino a distintas circunstancias económicas, técnicas, culturales y naturales. En realidad, la historia moderna de todos los países demuestra que el único medio eficaz de desarrollo es la economía de mercado. El capitalismo ha sido la palanca universal del desarrollo económico. Una palanca a veces cruel y no pocas veces injusta pero dueña de una doble superioridad que la ha hecho, hasta ahora, vencer a todas las pruebas y crisis que la han afligido. Por una parte, está abierta a la acción del ingenio humano y sus incesantes invenciones; por la otra, tiene la aptitud de modificarse y de autocorregirse. La economía estatal es estática; la industrialización estaliniana creó una gigantesca industria pesada pero esos enormes dinosaurios, aparte de moverse con dificultad, no fueron capaces ni de producir bienes de consumo para el pueblo ni de transformarse y competir con la dinámica económica de Occidente.

Cuba es la prueba de que el socialismo no es una panacea universal contra el subdesarrollo económico. Cito su caso porque reúne varias condiciones que lo hacen ejemplar. En primer término: una población más o menos homogénea, a pesar de la pluralidad racial, distribuida en un territorio reducido y bien comunicado, con un nivel de vida y, asimismo, de educación pública que, antes de que Castro tomase el poder, era uno de los más altos de América Latina (semejante o inferior apenas a Uruguay y Argentina). En segundo lugar, a diferencia de Vietnam y Camboya, Cuba no fue devastada por una guerra. El bloqueo norteamericano ha provocado dificultades a la economía cubana, pero han sido compensadas en parte por el comercio con el resto del mundo y, sobre todo, por la ayuda soviética. Por último: el régimen de Castro ha cumplido un cuarto de siglo, de modo que es posible ya apreciar, con alguna distancia, sus logros y sus fracasos. Se dijo muchas veces y durante muchos años –especialmente por los marxistas– que la razón básica del subdesarrollo cubano y de su dependencia de los Estados Unidos era el monocultivo del azúcar, que ataba la economía de la isla a las oscilaciones y especulaciones del mercado mundial. Creo que esta opinión era justa. Pues bien, bajo el régimen de Castro el monocultivo no ha desaparecido sino que sigue siendo el eje de la economía del país. El «socialismo» no ha logrado que Cuba cambie su economía: lo que ha cambiado es la dependencia.

Otra fatalidad: Asia y África se han convertido en campos de batalla.

Como la guerra moderna es transmigrante, no sería imposible que mañana se trasladase a América Central. Todas las guerras de este período han sido periféricas y en todas ellas puede percibirse la combinación de tres elementos: los intereses de las grandes potencias, las rivalidades entre los Estados de la región y las luchas intestinas. Se repite así el modelo tradicional. Basta con dar una ojeada a la historia de las grandes conquistas –sean las de César o las de Cortés, las de Alejandro o las de Clive– para encontrar los mismos elementos: el conquistador invariablemente aprovecha las rivalidades entre los Estados y las divisiones internas. A veces el poder imperial se vale de un Estado satélite para llevar a cabo sus propósitos: Vietnam en el Sudeste asiático, Cuba en África y la América Central. Los Estados Unidos también se han servido de los regímenes militares de América Latina y otros lugares como instrumentos de su política. Pero les ha faltado contar con aliados activos e inteligentes como las élites revolucionarias que, en muchos países, se han apoderado de los movimientos de independencia y resurrección nacional. En otros casos, los imperios utilizan las querellas intestinas de los países para intervenir militarmente, como en Afganistán.

En el conflicto entre Israel y los países árabes, aunque la madeja con que se teje la historia sea más enmarañada, están a la obra los mismos elementos: los intereses y ambiciones de las grandes potencias; las rivalidades entre los Estados de la región, una situación particularmente complicada porque del lado árabe no hay una ni dos sino varias tendencias; las divisiones internas de cada uno de los protagonistas, como judíos y palestinos en Israel, cristianos y musulmanes en el Líbano, beduinos y palestinos en Jordania, chiítas y sunitas en otros lados, para no mencionar a minorías étnicas y religiosas como los kurdos. El conflicto es un nudo de intereses económicos y políticos, aspiraciones nacionales, pasiones religiosas y ambiciones individuales. Los arreglos entre Egipto e Israel fueron una victoria de la realidad tanto como de la lucidez y el valor de Sadat. Pero fue una victoria incompleta. No habrá paz en esa región mientras, por una parte, Israel no reconozca sin ambages que los palestinos tienen derecho a un hogar nacional y, por otra, mientras los Estados árabes y especialmente los dirigentes palestinos no acepten de buen grado y para siempre la existencia de Israel.

ADDENDA

Después de publicadas las páginas anteriores, en enero de 1980, los hilos se enredaron en una maraña de sangre. El inicuo asesinato de Sadat no logró el propósito de los fanáticos: continuaron las negociaciones entre Egipto e Israel y las tropas judías evacuaron Sinaí. Pero la muerte del presidente egipcio ha hecho aún más visible la desolación contemporánea: ninguno de los dirigentes actuales –árabes, judíos y palestinos– ha tenido los tamaños de Sadat, es decir, arrojo, visión y generosidad para repetir su gesto y tenderle la mano al adversario. Judíos y árabes son ramas del mismo tronco no sólo por el origen sino por la lengua, la religión y la historia; si en el pasado pudieron convivir, ¿por qué se matan ahora? En esa terrible lucha la obstinación se ha convertido en ceguera suicida. Ninguno de los contendientes podrá alcanzar la victoria definitiva ni exterminar al adversario. Judíos y palestinos están condenados a convivir.

El pueblo del Holocausto no ha sido generoso con los palestinos y éstos huyeron para refugiarse en Jordania (un Estado inventado por la diplomacia británica). Allá provocaron una guerra civil hasta que fueron aplastados por los beduinos, sus hermanos de sangre y religión. De nuevo fugitivos, se asilaron en el Líbano, un país célebre por la dulzura de sus costumbres y por la pacífica y civilizada convivencia entre musulmanes y cristianos. Los palestinos rehicieron sus guerrillas y convirtieron al Líbano en una base de operaciones contra Israel. Al mismo tiempo, contribuyeron decisivamente, con las tropas de ocupación de Siria, al desmembramiento del país que los había acogido y sostuvieron una guerra feroz con los libaneses cristianos, que habían buscado el apoyo de Israel. Después del arreglo con Egipto, los israelíes pudieron ocuparse del otro frente. Decididos a acabar con las guerrillas, invadieron el Líbano, neutralizaron a las tropas sirias y, con la ayuda de las milicias libanesas cristianas, derrotaron a los guerrilleros palestinos. En el curso de las operaciones, las milicias cristianas asaltaron, con la complicidad del mando israelí, un campo de refugiados palestinos y asesinaron a más de un millar de gente inerme. Fue una venganza cruel que convirtió a los cristianos libaneses, que habían sido las víctimas de los palestinos, en sus victimarios y a los israelíes en copartícipes de un crimen. Así se cerró el círculo: los mártires se volvieron verdugos y convirtieron en mártires a sus verdugos.

El éxito de la operación israelí en el Líbano no se debió únicamente a su superioridad militar. Los judíos contaron con el apoyo de los cristianos y de gran parte de los musulmanes, cansados de la ocupación siria y de los excesos de los palestinos, que habían hecho de Beirut su cuartel general. Se ha constituido un nuevo gobierno libanés y es previsible que las tropas extranjeras –sirias y judías– se retiren del Líbano en los próximos meses. Se abre así la posibilidad de que la paz vuelva a la región, siempre que todos –judíos, jordanos y palestinos– se decidan a entablar negociaciones. Los directamente interesados deben rechazar la injerencia de naciones que, animadas por Moscú, no quieren sino atizar el fuego. Pienso en Siria y, sobre todo, en Libia, dominada por un tirano demagogo, a un tiempo fanático religioso y patrón de terroristas. Por otra parte, el triunfo de Israel puede transformarse en una victoria pírrica si sus gobernantes ceden a la tentación de considerarlo como una solución definitiva del conflicto. La solución no puede ser militar sino política y debe fundarse en el único principio que, simultáneamente, garantiza la paz y la justicia: los palestinos tienen derecho, como los judíos, a una patria.

Es verdad que los métodos de lucha de los palestinos han sido, casi siempre, abominables; que su política ha sido fanática e intransigente; que sus amigos y valedores han sido y son gobiernos agresivos y criminales como el de Libia y las ideocracias totalitarias. Nada de esto, por más grave que haya sido y sea, borra la legitimidad de su aspiración. Cierto, los palestinos han seguido a líderes fanáticos y a demagogos que los han llevado al desastre: si quieren la independencia y la paz, deben buscar otros conductores. Pero hay que aceptar, asimismo, que los cómplices de la demagogia y el fanatismo de los dirigentes palestinos han sido la intransigencia israelí, el egoísmo jordano y la tortuosa política de varios Estados árabes, principalmente Siria y Libia. Durante la segunda guerra mundial, André Breton escribió: «El mundo le debe una reparación al pueblo judío». Desde que las leí, hice mías esas palabras. Cuarenta años después digo: Israel debe una reparación a los palestinos[1].

1. Apenas escritas estas líneas, el desarrollo de los acontecimientos demostró su insuficiencia: los sirios se negaron a retirarse de sus posiciones y su poderío militar se convirtió en un factor decisivo en la región. ¿Por cuánto tiempo? La superioridad siria depende no sólo del exterior sino de los cambios en la situación interna del Líbano, es decir, de las distintas fuerzas y sectas que luchan por la supremacía en ese dividido país. Por ahora, el régimen sirio cuenta con la ayuda militar y política de la URSS. En el interior, el presidente Asad se apoya en una subsecta chiíta: los alauíes. Son una minoría en un país sunita. Si desapareciese el presidente Asad o si se viese obligado a ceder el poder, casi seguramente se iniciaría un nuevo período de luchas intestinas. El caos del Líbano se extendería a Siria... En fin, cualquiera que sea la suerte que el porvenir reserve a los desdichados sirios, es claro que la política de Israel sufrió un grave tropiezo. No ha sido menor el de los Estados Unidos. Las potencias occidentales no tuvieron más remedio que retirar sus fuerzas de Beirut y convertirse en espectadoras de las luchas intestinas entre las facciones libanesas. Estos fracasos corroboran la esterilidad de una política exclusiva o predominantemente inspirada en consideraciones militares. Pero esta observación no sólo es aplicable a los norteamericanos y a los israelíes sino al otro bando, es decir, a Siria, Libia y los palestinos. (*Nota de 1984.*)

Las peleas y desastres del Medio Oriente se repiten y multiplican en Asia y África. Además de la guerra insensata entre Irán e Irak, hemos sido testigos impotentes de una sucesión de conflictos entre Etiopía y Eritrea, Libia y Sudán, China y Vietnam, para citar sólo a los más conocidos. Esos conflictos han ido de la escaramuza fronteriza a la guerra abierta y de la matanza de inocentes al genocidio. En todos ellos se presentan, enlazados de distinta manera, los factores que mencioné más arriba: las antiguas rivalidades tribales, nacionales y religiosas; la aparición de nuevas castas dominantes con ideologías autoritarias y agresivas, organizadas según un modelo militar; y la intervención armada de las grandes potencias. En todos esos países las luchas contra la dominación de los poderes coloniales se llevó a cabo bajo la dirección de una élite de revolucionarios profesionales. En muchos casos los dirigentes adquirieron las ideologías revolucionarias en las universidades de las metrópolis. Las escuelas superiores del Viejo Mundo han sido semilleros de revolucionarios como, durante el siglo pasado, los colegios de los jesuitas fueron los criaderos de ateos y librepensadores. Europa transmitió a las clases dirigentes de sus colonias las ideas revolucionarias y, con ellas, la enfermedad que desde el siglo pasado la corroe: el nacionalismo. A la mezcla de estos dos explosivos –las utopías revolucionarias y el nacionalismo– hay que añadir otro elemento aún más activo: la aparición de una nueva élite. Tanto sus ideas como su organización y sus métodos de lucha duplican el modelo comunista del partido-milicia. Son minorías adiestradas y constituidas para guerrear, impregnadas de ideologías agresivas y nada respetuosas de las opiniones y aun de la existencia de los otros.

Encaramadas en la ola de auténticas revueltas populares, las élites de revolucionarios profesionales han confiscado y pervertido las legítimas aspiraciones de sus pueblos. Ya en el poder, han instituido como único *modus fasciendi* la guerra ideológica. Marx creía que el socialismo acabaría con la guerra entre las naciones; los que han usurpado su nombre y su herencia han hecho de la guerra la condición permanente de las naciones. Su acción, en el interior, es despótica; en el exterior, invariablemente belicosa. El caso más triste y terrible ha sido el de Indochina: la derrota de los Estados Unidos y de sus aliados se transformó inmediatamente en la instauración de un régimen burocrático-militar en Vietnam. El gobierno comunista, violentamente nacionalista, resucitó las antiguas pretensiones hegemónicas de Vietnam y, apoyado y armado por la Unión Soviética, ha impuesto su dominación, por las armas, en Laos y Camboya. Los chinos, siguiendo a su vez la política tradicional de su país en esa región, se han opuesto a la expansión de Vietnam y han logrado detenerlo pero no desalojarlo de Laos y Camboya. En la desdichada Camboya las tropas vietnamitas y sus cómplices locales han sucedido a la tiranía criminal de Pol Pot, el protegido de los chinos. Pol Pot y su grupo fueron los autores de una de las grandes operaciones criminales de nuestro siglo, comparable a las de Hitler y Stalin. Pero su caída no fue una liberación sino la substitución de una tiranía de asesinos pedantes –Pol Pot estudió en París– por un régimen despótico sostenido por tropas extranjeras. El ejemplo de Indochina es impresionante porque nos muestra, con temible claridad, la suerte de las sublevaciones populares confiscadas por las élites de revolucionarios profesionales organizados militarmente. El mismo proceso se ha repetido en Cuba, Etiopía y, ahora, en Nicaragua.

LA SUBLEVACIÓN DE LOS PARTICULARISMOS

Desde hace un siglo se habla de la revolución de la ciencia y la técnica; otros grupos, con la misma insistencia, han hablado de la revolución del proletariado internacional. Estas dos revoluciones representan, para los ideólogos y sus creyentes, las dos caras contradictorias aunque complementarias de la misma deidad: el Progreso. Desde esta perspectiva los regresos y resurrecciones históricas son impensables o reprobables. No niego que la ciencia y la técnica han alterado radicalmente los modos de vivir de los hombres, aunque no su naturaleza profunda ni sus pasiones; tampoco niego que hemos sido testigos de muchos trastornos y cambios sociales, aunque su teatro no ha sido los países señalados por la doctrina (los desarrollados) ni su actor el proletariado industrial sino otros grupos y sectores. Sin embargo, lo que caracteriza a este fin de siglo es el regreso de creencias, ideas y movimientos que se suponía desaparecidos de la superficie histórica. Muchos fantasmas han encarnado, muchas realidades enterradas han reaparecido.

Si una palabra define a estos años, esa palabra no es *revolución* sino *revuelta*. Pero *revuelta* no sólo en el sentido de disturbio o mudanza violenta de un estado a otro sino también en el de un cambio que es regreso a los orígenes. Revuelta como resurrección. Casi todas las grandes conmociones sociales de los últimos años han sido resurrecciones. Entre ellas la más notable ha sido la del sentimiento religioso, generalmente asociado a movimientos nacionalistas: el despertar del islam; el fervor religioso en Rusia después de más de medio siglo de propaganda antirreligiosa y la vuelta, entre las élites intelectuales de ese país, a modos de pensar y a filosofías que se creía desaparecidos con el zarismo; la vivificación del catolicismo tradicional frente y contra la conversión de parte del clero a un mesianismo revolucionario secular (México, Polonia, Irlanda); el oleaje de regreso al cristianismo entre la juventud norteamericana; la boga de los cultos orientales; etc. Ambiguo portento, pues las religiones son lo que las lenguas eran para Esopo: lo mejor y lo peor que han inventado los hombres. Nos han dado al Buda y a San Francisco de Asís; también a Torquemada y a los sacerdotes de Huitzilopochtli.

Los sucesos de Irán encajan perfectamente dentro de esta concepción de la revuelta como resurrección. El derrocamiento del Sha no se tradujo en una victoria de la clase media liberal; tampoco de los comunistas: ganó el chiísmo. Fue un hecho que desconcertó a todo el mundo y en primer lugar, como ya es costumbre, a los expertos. El chiísmo es más que una secta musulmana y menos que una religión separada. Sus adeptos se consideran como los verdaderos ortodoxos y juzgan que las prácticas y creencias de la mayoría sunita, al borde de la herejía, están infectadas de paganismo. El chiísmo se define por su puritanismo, su intolerancia y por la institución del guía espiritual, el imán (entre los sunitas el imán es simplemente el encargado de dirigir los rezos en las mezquitas). El imán chiíta es una dignidad espiritual distinta a la del califa de los sunitas. El califato participó del pontificado electivo y de la monarquía hereditaria, mientras que el imanato fue un linaje espiritual. Los imanes, por una parte, fueron descendientes en línea directa de Alí, el yerno del Profeta, y de su nieto Husein, el mártir asesinado en Kerbala; por otra, eran elegidos por Dios. La conjunción de estas dos circunstancias, la elección divina y la herencia, acentúa el carácter teocrático del chiísmo. Los imanes fueron doce y el último fue el Imán oculto, el desaparecido, que un día volverá: Mahdi. Este acontecimiento, semejante al del descenso de Cristo al fin de los tiempos, dota al chiísmo de una metahistoria.

Otro rasgo notable: todos los imanes murieron de muerte violenta, aunque no a manos de cristianos o paganos sino de musulmanes sunitas. Fueron víctimas de guerras civiles que eran también guerras religiosas. Si algo distingue al chiísmo del resto del islam es el culto al martirio: los once imanes de la tradición fueron sacrificados, como Jesús. Pero hay una gran y significativa diferencia: todos ellos murieron con las armas en la mano o envenenados por sus enemigos. El islam es una religión combatiente y de combatientes. Lo que caracteriza al chiísmo es que, a la inversa de la mayoría sunita, es una fe de vencidos y de mártires. En todas las religiones, como en todas las manifestaciones eróticas, hay una vertiente sádica y otra inclinada hacia la autoflagelación y el martirio. En el chiísmo triunfa la segunda tendencia. Sin embargo, como ocurre también en el dominio del erotismo, el tránsito del masoquismo al sadismo es súbito y fulminante. Esto es lo que ha ocurrido ahora en Irán.

Una diferencia mayor entre el chiísmo y los demás musulmanes: la existencia de un clero organizado, guardián de las tradiciones no sólo religiosas sino nacionales. El chiísmo se ha identificado con la tradición persa y en algunas de sus sectas –pienso en la ismaelita– son perceptibles las huellas de las antiguas religiones iranias, como el maniqueísmo. Aquí es oportuno recordar que el genio iranio ha creado grandes sistemas religiosos. En el período islámico ha ilustrado al sufismo, que es la contrapartida espiritual del chiísmo, con grandes místicos. Es un pueblo de filósofos, de visionarios y de poetas pero asimismo de profetas sanguinarios, como aquel Hasan Sabbah, el fundador de la secta de los *hashshasin* (origen de la palabra *asesinos*), guerreros fumadores de *hashís* que aterrorizaron a cristianos y sunitas en el siglo XII. Resumo: el chiísmo es una teocracia militante que se resuelve en una metahistoria: el culto al Mahdi, el Imán oculto. A su vez, la metahistoria chiíta desemboca en un milenarismo a un tiempo nacionalista, religioso y combatiente, fascinado por el culto al martirio.

La revuelta que acabó con el Sha y su régimen es una traducción a términos más o menos modernos de todos los elementos que he mencionado más arriba. Subrayo, otra vez, que no somos testigos de una revolución en el sentido moderno de esta palabra, sea liberal o marxista, sino de una *revuelta*: un volver a la entraña del pueblo, un sacar afuera la tradición escondida, un regreso a la fuente original. Irán ha rechazado la modernización desde arriba que el Sha y su régimen autoritario, con la amistad y la ayuda de los Estados Unidos, quisieron imponerle. A la caída de Mohamed Reza muchos nos preguntamos: ¿serán capaces los nuevos dirigentes de concebir otro proyecto de modernización, más congruente con la tradición propia, y podrán realizarlo de abajo para arriba? Al principio la duda fue lícita. La presencia en el gobierno de Teherán de personalidades como Bani Sadr, abría un espacio a la esperanza. Este joven político pareció representar, por un corto período, un puente entre los reformistas de la clase media y los partidarios del ayatolá Jomeini, poseídos por una furia político-religiosa. Bani Sadr es descendiente de una familia religiosa, su padre fue ayatolá y nada menos que Jomeini presidió los ritos de su entierro. Teólogo y economista, se propuso llevar a cabo una síntesis entre la tradición islámica y el pensamiento político y económico moderno. No tuvo tiempo siquiera de dar forma a sus ideas: fue barrido por las huestes de su antiguo amigo y padre espiritual, Jomeini. Episodio lamentable: en la revuelta persa había gérmenes de un renacimiento histórico[1]. Tal vez todavía existen, aunque ahogados por la pareja que amenaza a todos los alzamientos populares: el demagogo y el tirano. El demagogo provoca el caos; entonces el tirano se presenta con su horca y sus verdugos.

¿Por qué la revuelta irania, en lugar de abrir puertas, como la Revolución mexicana, las ha cerrado? En el movimiento contra el régimen de Mohamed Reza fue decisiva la intervención de la clase media ilustrada. Fenómeno que se repite en la historia una y otra vez: la oposición contra el Sha fue iniciada por un grupo social surgido de la política de modernización económica e intelectual emprendida por el mismo soberano. La tendencia de esos intelectuales, abiertos a la cultura moderna y muchos de ellos educados en el extranjero, era un nacionalismo democrático teñido de reformismo socialista. Algunos, como Bani Sadr, trataban de conciliar el pensamiento moderno con la tradición islámica (como lo han hecho, entre nosotros, algunos movimientos cristianos). Pero esta clase media, tras de oponer una ineficaz resistencia a las bandas de Jomeini, tuvo que retirarse y ceder el poder a los extremistas. Muchos de ellos fueron fusilados y otros viven en el destierro.

Los partidarios de Jomeini están unidos por una ideología tradicional, simple y poderosa, que se ha identificado, como el catolicismo en Polonia y en México, con la nación misma. Fieles a la tradición del islam –religión de combatientes– desde el principio se organizaron militarmente. Así, en las bandas chiitas que siguen a Jomeini y sus ayatolás figuran los mismos elementos básicos que definen a los partidos comunistas: la fusión entre lo militar y lo ideológico. El contenido es opuesto pero son idénticos los elementos y su fusión. El clero chiíta, herido en sus enormes intereses económicos por la reforma agraria del Sha y en su ideología por su política de modernización, hizo causa común con los reformistas de la clase media pero no tardó en apoderarse del movimiento, que poco a poco se transformó en una insurrección. En términos políticos, fue una revuelta; en términos históricos y religiosos, una resurrección. El chiísmo pasó, de creencia pasiva de la mayoría, a fuerza activa en la vida política de Irán. Pero tanto

1. Irán, nombre oficial, tiende a subrayar el origen ario de la nación. Pero Persia es una palabra que, para nosotros, evoca tres mil años de historia.

por su ideología y su visión del mundo como por su estructura y organización, el clero chiíta no puede convertirse en la palanca que abra las puertas de la auténtica modernidad al pueblo iranio. Su movimiento es únicamente regresivo. Cruel decepción: la revuelta terminó en espasmódica dominación clerical, la resurrección en recaída.

Las tiranías y despotismos necesitan, para justificar su dominio, la amenaza de un enemigo exterior. Cuando ese enemigo no existe, lo inventan. El enemigo es el diablo. No un diablo cualquiera sino una figura, mitad real y mitad mítica, en la que se unen el enemigo de afuera y el de adentro. La identificación del enemigo interior con el poder extranjero posee un valor a un tiempo práctico y simbólico. El diablo ya no está en nosotros sino fuera del cuerpo social: es el extraño y todos debemos unirnos en torno al jefe revolucionario para defendernos. En el caso de Irán, el diablo Carter fue el agente de la unidad revolucionaria. Para Jomeini era imperativo lograr esa unidad. Sin el diablo, sin el enemigo exterior, no le hubiera sido fácil justificar la lucha contra las minorías étnicas y religiosas –turcos, kurdos, baluchistanos, sunitas– y contra los inconformes y los disidentes. Para la conciencia musulmana, los norteamericanos representan la continuidad de la dominación de Occidente; son los herederos no sólo de los imperialismos europeos del siglo pasado sino de los aventureros y guerreros de otros siglos. Además de estas obsesiones históricas, hay una realidad contemporánea: los gobiernos de Washington, más que amigos del Sha, fueron sus cómplices y sus valedores. Así, todo designaba a los Estados Unidos como el diablo de los iranios. No se puede decir que no hayan merecido esa equívoca dignidad. La presencia del Sha en Nueva York realizó la fusión entre imaginación y realidad: el diablo dejó de ser un concepto y se convirtió, para los creyentes, en una presencia palpable. La respuesta fue el asalto a la Embajada norteamericana y la captura de los diplomáticos norteamericanos.

El episodio parece una pieza teatral tejida por la Casualidad, un autor más indiferente que malévolo. Es el mismo que, en las obras de Shakespeare y Marlowe, substituye al Destino griego y a la Providencia cristiana. La diferencia entre esos antiguos poderes y la moderna Casualidad consiste en lo siguiente: se presume que los actos de la Providencia y del Hado tienen un sentido, así sea recóndito, mientras que los de la Casualidad no tienen lógica, designio o significación. Cada uno de los elementos de la crisis se enlazó al siguiente con una suerte de rigurosa incoherencia e impremeditación: la enfermedad del Sha, su imprudente decisión de no curarse en México sino en Nueva York, la no menos imprudente decisión del gobierno norteamericano de aceptarlo. Para los líderes iranios la presencia del Sha en Nueva York fue una dádiva caída no del cielo sino de las manos de sus mismos adversarios.

El asalto a la embajada y la prisión de los diplomáticos fueron una suerte de sacrilegio. En los movimientos revolucionarios la noción de sacrificio se une casi siempre a la de sacrilegio. La víctima simboliza el orden que muere y su sangre alimenta al tiempo que nace: Carlos I muere decapitado y Luis XVI en la guillotina. La función del sacrilegio es similar a la del diablo extranjero: une a los revolucionarios en la fraternidad de la sangre derramada. Balzac fue uno de los primeros en mostrar cómo el crimen compartido es una suerte de comunión (*Historia de los Trece*). Pero el sacrilegio, además, desacraliza a la persona o a la institución profanada; quiero decir, es realmente una profanación: vuelve profano lo que era sagrado. Allanar y ocupar la Embajada de los Estados Unidos fue profanar un lugar tradicionalmente considerado inviolable por los tratados, el derecho y el uso internacional. Profanación que, simultáneamente, afirma que hay un derecho más alto: el revolucionario. Este razonamiento no es jurídico sino religioso: las revueltas y revoluciones son mitos encarnados.

En Irán los sacrificios han sido y son numerosos, aunque no han tenido el carácter impersonal de las matanzas de Hitler, Stalin y Pol Pot, que aplicaron al exterminio de sus semejantes los eficaces métodos de la producción industrial en serie. La crueldad de Jomeini y sus clérigos es arcaica. En el sacrificio, como en el rito del diablo extranjero, la utilidad política se alía al simbolismo ritual. Todos los movimientos revolucionarios se proponen fundar un orden nuevo o restaurar un orden inmemorial. En ambos casos, las revoluciones, fieles al sentido original de la palabra, son vueltas al comienzo, verdaderas revueltas. El recomienzo, como nos enseña la antropología, se actualiza o realiza a través de un sacrificio. Entre el tiempo que acaba y el que comienza hay una pausa; el sacrificio es el acto por el cual el tiempo se echa a andar de nuevo. Se trata de un fenómeno universal, presente en todas las sociedades y épocas, aunque en cada una asume una forma diversa. Por ejemplo, en ciertas regiones apartadas de la India todavía se comienza la construcción de una casa con un rito que consiste en humedecer los cimientos con la sangre de un cabrito, que substituye a la antigua víctima humana. Curiosa transposición de este viejo rito a términos políticos modernos: hace años, en el curso de una visita diplomática que hice a la señora Bandaranaike, en aquel entonces primera ministra de Ceilán (Sri Lanka), comentando las experiencias de uno de sus viajes a Pekín, me dijo: «La superioridad de los chinos sobre nosotros es que ellos tuvieron que combatir realmente. Fue un infortunio para Ceilán que obtuviésemos nuestra independencia sin lucha armada y casi sin derramamiento de sangre. Para construir, en la historia, hay que humedecer con sangre los ladrillos...».

En el incidente de los rehenes la liturgia no se cumplió sino simbólicamente. Aunque hubo profanación y sacrilegio, no se consumó el sacrificio. Tampoco hubo juicio público: el gobierno iranio no cumplió su amenaza de juzgar a los diplomáticos y castigar a aquellos que resultasen culpables. Se trataba, de nuevo, de un acto litúrgico. Puesto que las revoluciones pretenden restaurar el orden justo del comienzo, necesitan apelar a procedimientos que conviertan a la persona inviolable (rey, sacerdote, diplomático) en individuo común y a la víctima en delincuente. En las sociedades primitivas se recurre a la magia para cambiar la naturaleza de la víctima; en las modernas, al juicio criminal. Ésa fue la razón de los procesos de Carlos I, Luis XVI y, en nuestro tiempo, de los juicios contra Bujarin, Rádek, Zinóviev y los otros bolcheviques.

El régimen de Jomeini ha transformado los conflictos con sus vecinos en guerra ideológica y en cruzada religiosa. Así ha cumplido la némesis de todas las revoluciones y ha sido fiel a la tradición chiíta de guerra santa contra sus hermanos sunitas. En 1980, en la primera versión de este ensayo, escribí: «El chiísmo es beligerante y del mismo modo que ha provocado la repulsa violenta de las minorías étnicas y religiosas de Irán, tenderá fatalmente a enfrentarse con los otros países musulmanes de la región. Para el clero chiíta, como para los imanes del pasado, religión, política y guerra son una sola y misma cosa. Así, tanto por fidelidad a su tradición como por las necesidades del presente, tratará de recomenzar el estado endémico de guerra que caracterizó durante siglos al mundo islámico. Esto lo saben, mejor que Washington y Moscú, los gobiernos de Irak, Siria y Arabia Saudí». La guerra con Irak confirmó mis previsiones. Irak es un país en el que las dictaduras militares, armadas por la Unión Soviética, se suceden desde hace años disfrazadas de socialismo panárabe. Al comenzar las hostilidades, los «expertos» confiaron en un rápido triunfo de Irak ante una nación dividida y desangrada. Sin embargo, hasta ahora Irán ha sido el vencedor. La razón de la fortuna de las armas iranias no es tanto militar como política y religiosa: esos ejércitos están poseídos por una fe. La abnegación, de nuevo, al servicio de una perversión.

Lo más notable del conflicto entre los Estados Unidos e Irán, el rasgo que lo hace ejemplar, es la incapacidad de ambos para comprender lo que el otro decía. Era imposible que Jomeini comprendiese los razonamientos jurídicos y diplomáticos de los norteamericanos. Estaba poseído por un furor religioso y revolucionario –los dos adjetivos no son contradictorios– y el lenguaje de Carter debía parecerle secular y profano, es decir, satánico, inspirado por el diablo, padre de la mentira. Tampoco los norteamericanos podían comprender lo que decían Jomeini y sus secuaces: les parecía el lenguaje de la locura. Una y otra vez calificaron las expresiones del ayatolá como delirios incoherentes. Ahora bien, la irracionalidad y el delirio son, para la conciencia moderna, lo que fue para los antiguos la posesión demoníaca. Así, había cierta simetría entre las actitudes de los norteamericanos y los iranios. Carter estaba poseído por el diablo, es decir, estaba loco; Jomeini deliraba, es decir, estaba poseído por el Maligno.

El lenguaje de Jomeini es el lenguaje de otros siglos y el de los norteamericanos es moderno. Es el lenguaje optimista y racionalista del liberalismo y el pragmatismo, el lenguaje de las democracias burguesas, orgullosas de las conquistas de las ciencias físicas y naturales que les han dado el dominio sobre la naturaleza y sobre las otras civilizaciones. Pero ni la ciencia ni la técnica nos salvan de las catástrofes naturales ni de las históricas. Los norteamericanos y los europeos tienen que aprender a oír el *otro* lenguaje, el lenguaje enterrado. El lenguaje de Jomeini es arcaico y, al mismo tiempo, es profundamente moderno: es el lenguaje de una resurrección. El aprendizaje de ese lenguaje significa redescubrir aquella sabiduría que han olvidado las democracias modernas pero que los griegos nunca olvidaron sino cuando, cansados, se olvidaron de sí mismos: la dimensión trágica del hombre. Las resurrecciones son terribles; si hoy lo ignoran los políticos y los gobernantes, los poetas lo han sabido siempre. Yeats lo supo:

> ... allá, en los arenales del desierto,
> una forma –cuerpo de león, testa de hombre–
> la mirada vacía y como el sol despiadada,
> avanza, con miembros pesados; arriba giran
> sombras furiosas de pájaros...

Mutaciones

INJERTOS Y RENACIMIENTOS

Me detuve tan largamente en el caso de Irán porque me parece que es un aviso de los tiempos. La resurrección de las tradiciones nacionales y religiosas no es sino una manifestación más de lo que hay que llamar la venganza histórica de los particularismos. Éste ha sido el verdadero tema de estos años y lo será de los venideros. Negros, chicanos, mujeres, vascos, bretones, irlandeses, valones, ucranianos, letones, lituanos, estonios, tártaros, armenios, checos, croatas, católicos mexicanos y polacos, budistas, tibetanos, chiítas de Irán e Irak, judíos, palestinos, kurdos una y otra vez asesinados, cristianos del Líbano, maharatas, tamiles, kmeres... Cada uno de estos nombres designa una particularidad étnica, religiosa, cultural, lingüística, sexual. Todas ellas son realidades irreductibles y que ninguna abstracción puede disolver. Vivimos la rebelión de las excepciones, ya no sufridas como anomalías o infracciones a una supuesta regla universal, sino asumidas como una verdad propia, como un destino. El marxismo había postulado una categoría universal, las clases, y con ella no sólo quiso explicar la historia pasada sino hacer la futura: la burguesía había hecho el mundo moderno y el proletariado internacional haría el de mañana. Por su parte, el positivismo y el pensamiento liberal redujeron la historia plural de los hombres a un proceso unilineal e impersonal: el progreso, hijo de la ciencia y la técnica. Todas estas concepciones están teñidas de etnocentrismo y contra ellas se han levantado los antiguos y los nuevos particularismos. La pretendida universalidad de los sistemas elaborados en Occidente durante el siglo XIX se ha roto. Otro universalismo, plural, amanece.

La resurrección de los antiguos pueblos y sus culturas y religiones hubiese sido imposible sin la presencia de Occidente y la influencia de sus ideas e instituciones. La modernidad europea fue el reactivo que provocó los sacudimientos de las sociedades de Asia y África. El fenómeno no es nuevo: la historia está hecha de las imposiciones, préstamos, adopciones y transformaciones de religiones, técnicas y filosofías ajenas. En los cambios sociales son decisivos los contactos con los extraños. Esto ha sido particularmente cierto en Asia y el norte de África, sedes de viejas culturas: en China ya no gobierna el Hijo del Cielo sino el Secretario General del Partido Comunista, Japón es una monarquía democrática, India es una república, Egipto es otra. Ahora bien, los regímenes, las ideologías y las banderas han cambiado, pero ¿las realidades profundas? Si nos detenemos, por ejemplo, en el dominio de las relaciones entre las naciones y los Estados, ¿qué encontramos? Basta con releer una obra de ficción como *Kim*, la novela de Kipling, publicada en 1901, para advertir que el fondo histórico que sirve de telón a la intriga novelesca no es muy distinto al de ahora: las luchas, en una vasta región que va desde Afganistán a los Himalayas, entre las ambiciones imperiales rusas y las de Occidente. La rivalidad entre los chinos y los rusos comenzó en el siglo XVII. Las relaciones entre China y Tíbet han sido, desde el siglo XIII, inestables y tormentosas; pugnas, ocupaciones, rebeliones. La enemistad entre chinos y vietnamitas empezó en el siglo primero antes de Cristo. La historia de Camboya ha sido una lucha continua, desde el siglo XIV, con sus dos vecinos: Tailandia y Vietnam. Y así sucesivamente. ¿No hay entonces nada nuevo? Al contrario: la diferencia entre el Asia de 1880 y la de 1980 es enorme. Hace un siglo los países asiáticos eran el teatro de las luchas y las ambiciones de las potencias europeas; ahora esos viejos pueblos han despertado, han dejado de ser objetos y se han convertido en sujetos de la historia.

El primer aviso del cambio fue en 1904: en ese año los japoneses derrotaron a los rusos. Desde entonces el fenómeno se ha manifestado en diversas formas políticas e ideológicas, de la no violencia de Gandhi al comunismo de Mao, de la democracia japonesa a la república islámica de Jomeini. La gran mutación del siglo XX no fue la revolución del proletariado de los países industriales de Occidente sino la resurrección de civilizaciones que parecían petrificadas: Japón, China, India, Irán, el mundo árabe. Al contacto brutal pero vivificador del imperialismo europeo, abrieron los ojos, resurgieron del polvo y se echaron a andar. Ahora esas naciones se enfrentan a un problema semejante y que cada una trata de resolver a su manera: la modernización. El primero que lo ha resuelto es el Japón. Lo más notable es que su versión de la modernidad no destruyó su cultura tradicional. En cambio, el error del Sha fue intentar modernizar desde arriba, aplastando los usos y los sentimientos populares. Modernización no significa copiar mecánicamente a los Estados Unidos y a Europa: modernizar es adoptar y adaptar. También es recrear.

El logro de los japoneses ha sido en verdad excepcional: en 1868, al iniciar el período Meiji, decidieron modernizarse y medio siglo después ya eran una potencia económica y militar. La modernización más difícil, la política, la realizaron más lentamente y no sin retrocesos. En el curso de ese proceso –cerca de un siglo– el Japón conoció las tres enfermedades de las sociedades modernas de Occidente: el nacionalismo, el militarismo y el imperialismo. Después de su derrota en la segunda guerra mundial y de haber sido víctimas del criminal ataque norteamericano contra Hiroshima y Nagasaki, los japoneses rehicieron a su país y, al mismo tiempo, lo convirtieron en una democracia moderna. La experiencia japonesa es única tanto por la rapidez con que asimilaron e hicieron suyas las ciencias, las técnicas y las instituciones de Occidente como por la manera original e ingeniosa con que las adaptaron al genio del país. El tránsito de una era a otra provocó, naturalmente, conflictos y desgarraduras lo mismo en el tejido social que en las almas individuales. Abundan las novelas, los ensayos y los estudios sociales y psicológicos que tratan este tema; sin embargo, por más profundos que hayan sido los cambios sociales y los trastornos psíquicos, el Japón no ha perdido su cohesión ni los japoneses su identidad. Por lo demás, en la tradición japonesa hay otros ejemplos de préstamos del extranjero asimilados y recreados con felicidad por el genio nativo. Mejor dicho, la tradición japonesa, desde el siglo VII, es un conjunto de ideas, técnicas e instituciones extranjeras, primordialmente chinas –la escritura, el budismo, el pensamiento moral y político de Confucio y sus continuadores– rehechas y convertidas en creaciones originales y genuinamente japonesas. La historia del Japón confirma a Aristóteles: toda verdadera creación comienza por ser una imitación.

En el otro extremo está la India. A la inversa del Japón, que es una nación perfectamente constituida, la India es un conjunto de pueblos, cada uno con su lengua, su cultura y su tradición propia. Hasta la dominación inglesa la India no conoció un verdadero Estado nacional; los grandes imperios del pasado –los Maurya, los Gupta, los Mongoles– ni gobernaron sobre todo el subcontinente ni fueron realmente nacionales. En los idiomas del norte de la India no aparece una palabra que tenga la significación de la realidad histórica que, en las lenguas de Occidente, denota el concepto de *nación*. La unidad de los pueblos de la India no fue política sino religiosa y social: el hinduismo y el sistema de castas. De ahí que se haya dicho que la India no es una nación sino una civilización. El fundamento de la sociedad india es indoeuropeo. Éste es el hecho esencial y definitivo: el hinduismo, ese conjunto de creencias y prácticas que desde hace más de tres mil años ha impregnado a los indios y les ha dado unidad y conciencia de pertenecer a una comunidad más vasta que sus naciones particulares, es de origen indoario. La lengua sagrada y filosófica es asimismo indoeuropea: el sánscrito. También lo es el sistema de castas; es una modificación de la división tripartita de la religión, el pensamiento, la cultura y la sociedad de los antiguos indoeuropeos, como lo ha mostrado con brillo, profundidad e inmenso saber, Georges Dumézil. Subrayo que la división cuatripartita de las castas indias no es un cambio sino una modificación por adición del sistema original ario. Por todo esto puede decirse que la India, entre el Extremo Oriente y el Asia occidental, es «el otro polo de Occidente, la *otra* versión del mundo indoeuropeo» o, más exactamente, su imagen invertida[1].

La originalidad de la India frente a las otras dos grandes comunidades indoeuropeas –la irania y la europea propiamente dicha– es doble. Por una parte, en ella aparecen casi intactas muchas de las instituciones e ideas originales de los indoeuropeos con una suerte de inmovilidad que, si no es la de la muerte, tampoco es la de la verdadera vida. Por otra, a diferencia de europeos e iranios, la India politeísta ha vivido desde hace ocho siglos en difícil coexistencia con un severo e intransigente monoteísmo. En Europa el cristianismo logró una síntesis entre el antiguo paganismo indoeuropeo –con sus dioses, su visión del ser y del universo como realidades suficientes– y el monoteísmo judío y su idea de un Dios creador. Sin la síntesis del catolicismo cristiano y sin la consecuente crítica de esa síntesis, iniciada en el Renacimiento y la Reforma y continuada hasta el siglo XVIII, no hubiera sido posible la prodigiosa carrera de Occidente. Debemos al pensamiento crítico europeo la paulatina introducción de las nociones de historia como cambio sucesivo y como progreso, supuestos ideológicos de la acción de Occidente en la Edad Moderna. En Irán tam-

1. He tocado el tema de la oposición simétrica entre Occidente y la civilización de la India en *Corriente alterna* (1967) y en *Conjunciones y disyunciones* (1969). En esos dos libros también he explorado un poco las semejanzas y antagonismos entre el pensamiento tradicional indio y el de Occidente (las nociones de *ser, substancia, tiempo, identidad, cambio*, etc.). Me he ocupado del sistema de castas en *Claude Lévi-Strauss o el nuevo festín de Esopo* (1967), así como en los dos libros citados y en una nota de alguna extensión de *Los hijos del limo* (1974). En cuanto al hinduismo: aunque desciende, directa y esencialmente, de la antigua religión védica, que fue indoeuropea, no desconozco las trazas de creencias dravidias, como el culto a la Gran Diosa y a un proto-Shiva. Señalo asimismo la insuficiencia de la fórmula que define a la India no como una nación sino como una civilización. En realidad, dos civilizaciones coexisten (y se querellan) en el subcontinente: la hindú y la islámica, sin contar los restos todavía vivos de las culturas primitivas y la presencia de las culturas intermedias como el sikhismo, deudora tanto de la tradición hindú como de la islámica.

bién triunfó el monoteísmo semítico pero en su versión islámica. La síntesis irania fue menos fecunda que la cristiana, tanto por el carácter exclusivista del islam como porque la tradición irania era menos rica y compleja que la grecorromana. El antiguo fondo iranio fue recogido sólo en parte por el islam y el resto fue más bien ocultado y reprimido. En Irán no hubo un movimiento comparable al Renacimiento europeo que fue, simultáneamente, un regreso a la Antigüedad pagana y el comienzo de la modernidad.

A diferencia de Europa, la India no conoció ni la idea de historia ni la de cambio; quiero decir: hubo cambios pero la India no los pensó ni los interiorizó; su vocación fue la religión y la metafísica, no la acción histórica ni el dominio de las fuerzas naturales. Asimismo, a diferencia de Irán, el hinduismo ha coexistido con el monoteísmo islámico pero sin convivir realmente con él: ni se ha convertido a su fe ni ha podido digerirlo. Ésta es la raíz, a mi juicio, de la diferente evolución de la India y de las otras dos grandes zonas indoeuropeas.

El resultado está a la vista: en 1974 la India tenía quinientos cincuenta millones de habitantes, de los cuales por lo menos el doce por ciento eran musulmanes. O sea: un poco más de sesenta y cinco millones. Pero la proporción es engañosa, pues habría que contar la población de los dos países que se han separado de la India y que por la lengua, la cultura y la historia son indios también: los setenta y cinco millones de Bangladesh y los sesenta y cinco millones de Pakistán, es decir, más de doscientos millones de musulmanes –una cifra enorme[1]. La independencia del subcontinente indio coincidió con la sangrienta separación de Pakistán; la división obedeció, fundamentalmente, a la imposibilidad de vivir juntos los hindúes y los musulmanes. Hubo matanzas horribles y poblaciones enteras fueron transportadas de un territorio a otro. La causa histórica de este desastre –llaga todavía abierta– es la apuntada más arriba: no hubo en la India una síntesis como la del catolicismo cristiano en Europa ni absorción de una religión por otra, como en Irán.

Desde 1947 la política exterior de la India obedece a la obsesión político-religiosa de su pugna con Pakistán. Otro tanto sucede con los paquistanos. Pero ¿se trata realmente de *política exterior*? La rivalidad nació cuando no existían ni el Estado indio ni el Estado paquistano; fue una lucha religiosa y política entre dos comunidades en el interior de la misma

1. Estos números son aproximados y aparecen en la *Encyclopaedia Britannica*, edición de 1974.

sociedad y que hablaban el mismo lenguaje, compartían la misma tierra y la misma cultura. No es exagerado decir que el conflicto entre la India y Pakistán ha sido y es una guerra civil que comenzó como una guerra religiosa. La ocupación de parte de Cachemira por la India, la amistad de Pakistán primero con los Estados Unidos y después con China, los gestos amistosos de la India hacia Rusia y las desviaciones de su política de neutralidad y su adhesión a varias deplorables resoluciones de la Organización de Países No Alineados así como su hipócrita cerrar los ojos ante la ocupación de Camboya por las tropas vietnamitas –todo eso no es más que la lucha entre dos facciones político-religiosas. Sin duda, ya es demasiado tarde para unir lo que fue separado; no lo es para crear una suerte de federación entre los tres Estados que garantice la convivencia de las dos comunidades. La lucha entre los indios y los paquistanos desmiente una vez más, como la de los árabes y los judíos, la supuesta racionalidad de la historia.

A pesar de su tradicionalismo la India también ha sido capaz de asimilar y transformar las ideas e instituciones de fuera. El movimiento de Gandhi, que fue a un tiempo espiritual y político, ha sido una de las grandes novedades históricas del siglo XX. Sus orígenes se confunden con la historia del Partido del Congreso de la India, una agrupación que nació como una consecuencia de las ideas democráticas llevadas por Inglaterra al subcontinente y en cuya fundación, en 1885, participó decisivamente un teósofo escocés (A. O. Hume). Pero la acción política de Gandhi es inseparable de sus ideas religiosas. En ellas encontramos una impresionante combinación de elementos hindúes y europeos. El fundamento fue el espiritualismo hindú, sobre todo el Bhagavad Gita; a su lado el visnuismo de su infancia, legado por su madre e impregnado de jainismo (de donde procede la no violencia contra cualquier ser vivo: *ahimasa*); el cristianismo tolstoiano; y el socialismo fabiano. Lo esencial fue el hinduismo aunque es significativo que Gandhi haya leído por primera vez el Gita en la traducción al inglés de Arnold. También lo es que el asesino de Gandhi haya sido miembro de un grupo fanático inspirado precisamente en el Gita. Lecturas diferentes del mismo texto...[1]. Otro rasgo que define la relación peculiar de Gandhi con la tradición hindú: por sus ideas y sus prácticas ascéticas fue un verdadero *sanyasi* y en su autobiografía dice: «lo que

1. El discurso de Krisna para disipar las dudas y temores de Arjuna antes de la batalla es una visión de la guerra como el cumplimiento del *dharma* (ley, principio) del guerrero.

he buscado y busco es ver a Dios cara a cara»; sin embargo, buscó a Dios no en la soledad de la cueva del ermitaño escondido del mundo sino entre las multitudes y en las discusiones políticas. Buscó a lo absoluto en lo relativo, a Dios entre los hombres. Unió así la tradición hindú con la cristiana.

Frente a las tácticas y las técnicas de los políticos de Occidente, fundadas casi siempre en las astucias de la propaganda, así como frente a la política de los violentos –todo lo que ayuda a la revolución, dijo Trotski, es bueno y moral– Gandhi opuso un nuevo tipo de acción: *satyagraha*, firmeza en la verdad y no violencia. Esta política ha sido tachada, a veces, de quimérica; otros la han llamado hipócrita. Todos a una, tanto los marxistas como los realistas y los cínicos de la derecha, han acumulado los sarcasmos y las invectivas contra Gandhi y sus discípulos. Sin embargo, es innegable que Gandhi pudo mover a multitudes inmensas y que, para citar un caso reciente y conocido, el movimiento de Luther King contra la discriminación racial, inspirado en los métodos gandhianos, sacudió y conmovió a los Estados Unidos. Nadie menos que Einstein pensaba que sólo un movimiento universal que recogiese la lección de no violencia de Gandhi podría obligar a las grandes potencias a renunciar al uso de las armas nucleares. Se dirá, no sin razón, que el movimiento de Gandhi pudo desplegarse y prosperar porque el gobierno inglés respetaba las libertades y los derechos humanos. ¿Habría sido posible un Gandhi en la Alemania de Hitler? Ahora mismo, ¿podría surgir un Gandhi en China, en Rusia, en África del Sur o en Paraguay? Todo esto es verdad pero también lo es que el gandhismo es el único movimiento que ha sido capaz de oponer una respuesta civilizada y *eficaz* a la violencia universal desatada en nuestro siglo por los dictadores y las ideologías. Es una semilla de salvación, como la tradición libertaria. La suerte final de ambas está ligada a la de la democracia.

Otros dos grandes logros políticos de la India moderna: uno, la preservación del Estado nacional; otro, el mantenimiento de la democracia. Uno y otra son instituciones trasplantadas por los ingleses al subcontinente y que los indios han adaptado al genio del país. Por el primero, India ya es una nación; por la segunda, ha desmentido a todos aquellos que ven al sistema democrático como una mera excrecencia del capitalismo liberal. Yo he visto votar a la multitud india, pobre y analfabeta: es un espectáculo que devuelve la esperanza en los hombres. Lo contrario del espectáculo de las multitudes que gritan y vociferan en los estadios de Occidente y América Latina... Cierto, contrasta la democracia política de la India con la pobreza de su gente y las terribles desigualdades sociales. Muchos se preguntan si no es ya tarde para abolir la miseria: el crecimiento demográfico parece haber inclinado definitivamente la balanza del otro lado. Me resisto a creerlo; el pueblo que nos ha dado al Buda, que ha descubierto la noción del cero en las matemáticas y la no violencia en la política, puede encontrar vías propias de desarrollo económico y de justicia social. Pero si fracasase, su derrota sería el anuncio de las de otros países, como el nuestro, que no han sabido equilibrar el crecimiento económico con el demográfico.

La dominación británica dotó a la India, por primera vez, de instituciones que engloban las distintas naciones y culturas: el ejército, la administración pública y un régimen de justicia para todos (hasta entonces cada comunidad y cada grupo estaba regido por leyes y estatutos particulares). A estas instituciones debe agregarse el nacimiento de una clase intelectual supranacional, educada en Inglaterra o que asimiló la cultura europea en las universidades y colegios de la India. Esta clase fue el guía y la inspiración de la lucha por la Independencia. El Estado indio ha sido el sucesor de *British Raj* y el heredero de esas instituciones, aunque el fundamento de su legitimidad no puede ser más distinto al del régimen inglés: el consenso democrático de los pueblos de la India. Ahora bien, ¿puede hablarse con propiedad de un Estado *nacional* indio? Esta pregunta se vuelve angustiosa ante el desarrollo sangriento del movimiento de los sikhs: el terrorismo de los extremistas, la ocupación violenta del santuario de Amritsar y sus millares de muertos, el asesinato de Indira Gandhi y las matanzas de sikhs en Delhi y otras ciudades por una plebe demente azuzada por demagogos. El Estado indio tiene que ser, como el *British Raj*, un Estado secular y supranacional pero, a diferencia de aquél, fundado no en la dominación sino en el consenso de las distintas comunidades. El legado de Nehru –también el de Indira Gandhi, más allá de las polémicas que encendió su política– consiste primordialmente en preservar ese consenso. Si se acentúa el proceso de división y escisión, la India volvería a la situación anterior al *British Raj*, es decir, a la fragmentación y a la atomización.

Los antiguos chinos llamaron a su país el Imperio del Centro. Tenían razón. Aunque China no está ni geográfica ni políticamente en el centro del mundo, sí es lo que se llama un país central. Su influencia es ya decisiva en nuestro tiempo y lo será más y más. China es China desde hace más de tres mil años. Continuidad territorial, étnica, cultural y política. China ha sufrido invasiones y ocupaciones –mongoles, manchúes, japoneses–, ha conocido períodos de esplendor y otros de decadencia, ha experimentado violentos cambios sociales y, sin embargo, a la inversa de la India, jamás ha dejado de ser un Estado. Daré unos ejemplos que ilustran esta admirable continuidad. El primero es lingüístico. En el vocabulario filosófico y político de China no figuraba el concepto que designa la palabra *revolución*, en el sentido que en Occidente se ha dado a ese término desde la Revolución francesa: cambio violento de un sistema por otro. Lo más parecido a la revolución, en chino, era *Kuo Ming*. Pero *Kuo Ming* significa realmente cambio de nombre o sea cambio de mandato, que por extensión quería decir cambio de dinastía o casa reinante (Cambio de Mandato del Cielo). A principios de siglo el gran líder republicano Sun Yat-sen decidió usar *Kuo Ming* como sinónimo de revolución y de este modo nació el Kuo Ming Tang, el partido que después sería desplazado por los comunistas. Así, la expresión misma que designa el concepto de cambio revolucionario está impregnada de tradicionalismo.

Otro ejemplo: Mao Tse-tung. No se parece a ninguna de las figuras revolucionarias de Occidente: ni a Oliver Cromwell ni a Robespierre, ni a Lenin ni a Trotski; se parece a Shih Huang-ti, llamado el Primer Emperador porque con él, al finalizar el siglo II antes de Cristo, termina una época y comienza otra. También con Mao, siglos después, acaba un período y principia otro. La obra del Primer Emperador fue continuada por sus sucesores pero despojada de su radicalismo, adaptada a la realidad, humanizada. Al mismo tiempo, la memoria de Shih Huang-ti fue execrada. La figura y la obra de Mao, por lo que hemos visto en los últimos años, sufren ya el mismo destino. Tercer ejemplo: el grupo social que rigió al imperio durante dos mil años, los mandarines, tiene más de un parecido con el grupo que dirige ahora a China: el Partido Comunista. Los mandarines no constituían una burocracia de tecnócratas, especializados en la economía, la industria, el comercio o la agricultura: eran expertos en el arte de la política y trataban de poner en práctica la filosofía política de Confucio. Los comunistas chinos son también expertos en los asuntos políticos. El contenido cambia pero la forma y la función perduran. Curiosa contradicción: al atacar a Confucio, los comunistas afirmaron la continuidad de la tradición.

La Revolución cultural es otro ejemplo de la alianza entre cambio y continuidad. La crítica desencadenada por Mao contra la burocracia comunista durante la Revolución cultural no tiene antecedentes en la historia de los partidos marxistas de Occidente. En cambio, recuerda poderosamente el anarquismo filosófico y político de la corriente intelectual rival del confucianismo: el taoísmo. Periódicamente China ha sido sacudida por revueltas populares, casi siempre inspiradas por el espíritu libertario del taoísmo y dirigidas contra la casta de los mandarines y la tradición de Confucio. La Revolución cultural, por su violento ataque a la cultura formalista y a la burocracia así como por su elogio de la espontaneidad popular, puede verse como una reaparición del temperamento taoísta en la China moderna. Los guardias rojos recuerdan extrañamente a los Turbantes Amarillos del siglo II o a los Turbantes Rojos del XIV.

Es difícil conocer, con entera certeza, los motivos que impulsaron a Mao a desencadenar la Revolución cultural. Probablemente fue determinante su lucha con el presidente Liu Sao-ch'i y los otros dirigentes comunistas que, después del fracaso de su política económica, lo alejaron del poder. Mao replicó abriendo las compuertas de la reprimida cólera popular. Extraño espectáculo que, de nuevo, desmintió tanto al marxismo-leninismo como a las especulaciones de los expertos occidentales: un viejo acaudillando una revuelta juvenil, un marxista-leninista lanzando un ataque contra la expresión más perfecta de la doctrina del partido como «vanguardia del proletariado»: el Comité Central y sus funcionarios.

La Revolución cultural sacudió a China porque correspondía, simultáneamente, a las aspiraciones contemporáneas de la sociedad china y a su tradición libertaria. No fue una revolución en el sentido occidental y moderno sino, de nuevo, una revuelta. El movimiento desbordó las previsiones de Mao y estuvo a punto de arrasar al régimen en oleadas sucesivas y anárquicas. Para contener a los guardias rojos, Mao tuvo que dar marcha atrás y apoyarse en Lin Piao y en el ejército. Después, para deshacerse de Lin Piao, tuvo que pactar con el ala moderada y llamar a Chu En-lai. Esta política zigzagueante revela que Mao, más que un Gran Timonel, fue un político hábil y tortuoso. Consiguió conservar el poder, pero el costo fue enorme y todos esos sacudimientos no sólo fueron estériles sino nocivos. El culto a Mao degradó la vida intelectual y política de China; la obra de sus últimos años tiene la irrealidad de una pesadilla paranoica. En vida lo cubrieron de alabanzas delirantes y fue comparado a los más grandes de la historia. Ahora sabemos que no fue Alejandro; menos aún Marco Aurelio y ni siquiera Augusto. Su figura es ya parte de la galería de los monstruos de la historia.

Bajo la dirección de Deng Xiao-ping, el gobierno chino ha emprendido la demolición del ídolo. Como los sucesores de Shih Huang-ti, el grupo en el poder debe hacer frente a una tarea doble: cambiar al régimen y conservarlo. El programa de modernización de Mao era una fantasía cruel; Deng, más sensato, se propone llevar a cabo las cuatro modernizaciones de Chu En-lai: la agricultura, la industria, la defensa y la ciencia y la tecnología. China cuenta con recursos naturales, población y voluntad política para transformarse en una nación moderna. Los chinos han mostrado a lo largo de su historia una gran capacidad científica y técnica: fueron los descubridores de la pólvora, la brújula y la imprenta. Aunque esta tradición se paralizó durante varios siglos, debido a circunstancias históricas adversas, el genio creador chino no se extinguió. Los chinos son un pueblo industrioso, tenaz, sobrio, trabajador.

Modernización quiere decir adopción y adaptación de la civilización de Occidente, sobre todo de su ciencia y su técnica. Los chinos construyeron una civilización original, fundada en principios muy distintos a los europeos. Sin embargo, la civilización tradicional china no será un obstáculo para la modernización. Hace unos meses la revista inglesa *The Economist* señalaba que todos los países influidos por China, es decir, formados por el pensamiento político y moral de Confucio, se han modernizado más rápidamente que los países islámicos y que muchos católicos: Japón, Taiwan, Singapur, Corea del Sur y Hong Kong. Y agrega *The Economist*: «Si las cuatro modernizaciones tienen éxito, los milagros de Corea del Sur y Singapur parecerán manchas solares frente al sol de China»[1]. En la modernización de ese inmenso país la contribución norteamericana y la de Europa occidental serán determinantes. Además, hay un hecho destinado a cambiar no sólo la historia de Asia sino la del mundo: la colaboración entre japoneses y chinos. Al comenzar este siglo, en una obra de ficción que era una anticipación política y filosófica, Soloviov preveía una colaboración entre la técnica japonesa y la mano de obra china. La fantasía del filósofo ruso probablemente se convertirá en realidad al finalizar este siglo.

El pasado chino, estoy seguro, no será un obstáculo para la modernización, como no lo fue el del Japón ni el de los otros países marcados por la influencia china. ¿Y el comunismo? En Rusia sus efectos han sido contradictorios: llevó a cabo la industrialización del país pero, en otros aspectos, lo ha hecho retroceder. El sinólogo Simon Leys, autor de perspicaces ensayos sobre Mao y su régimen, piensa que los chinos serán capaces de hacer con el marxismo lo que antes hicieron con el budismo: asimilarlo, cambiarlo y convertirlo en una creación propia. ¿Por qué no? El genio

1. A la luz de estas experiencias hay que releer –y rectificar– el ensayo que Max Weber dedicó al confucianismo y al taoísmo en relación con la modernidad.

chino es pragmático, imaginativo, flexible y nada dogmático; en el pasado logró una síntesis entre el puritanismo de Confucio y el anarquismo poético de Lao-tsé y Chuang-tsé: ¿dará mañana al mundo una versión menos inhumana del comunismo? En tal caso el gobierno de Pekín tendrá que emprender ahora mismo la *quinta modernización* que pide el disidente Wei Jin-sheng: la democrática.

Lo que llamamos «modernidad» nació con la democracia. Sin la democracia no habría ciencia, ni tecnología, ni industria, ni capitalismo, ni clase obrera, ni clase media, es decir, no habría modernidad. Claro, sin democracia puede construirse una gran máquina política y militar como la de Rusia. Aparte de que el costo social que ha tenido que pagar el pueblo ruso ha sido altísimo y doloroso, la modernización sin democracia tecnifica a las sociedades pero no las cambia. Mejor dicho: las convierte en sociedades estratificadas, en sociedades jerárquicas de castas. El caso de China es particularmente difícil porque en su historia no hay nada parecido a la democracia. Durante milenios estuvo gobernada por un sistema dual: por una parte, el emperador, con la corte y el ejército; por otra, la casta de los mandarines. La alianza entre el trono y los mandarines fue una alianza inestable, rota una y otra vez pero una y otra vez reanudada. Aunque la revolución comunista cambió muchas cosas, el sistema dual continuó: por un lado, Mao, es decir, el emperador y su gente; por el otro, el Partido Comunista, reencarnación de los antiguos mandarines. Alianza no menos inestable que la antigua, como lo probó la Revolución cultural. ¿Estos antecedentes significan que China no está hecha para la democracia? No, yo creo que la democracia es una forma política universal que puede ser adoptada por todos, a condición de que cada pueblo la adapte a su genio. Si China se orientase hacia la libertad, inauguraría una nueva era en la historia moderna. Es verdad que ni la ideología ni los intereses de los grupos dominantes permiten esperar que el régimen emprenda la modernización más ardua pero la única que vale la pena: la moral y política. Sin embargo, yo la espero: mi amor y mi admiración por el pensamiento, la poesía y el arte de ese país, son más fuertes que mi escepticismo[1].

1. Mi escepticismo fue más lúcido que mi esperanza. La represión que siguió al breve período de liberalismo que culminó en las manifestaciones de estudiantes y con la matanza de la plaza Tiananmen (1989) congeló el proceso de cambio. ¿Por cuánto tiempo? No lo sabemos pero sí sabemos que el cambio es inevitable y no muy lejano. La liquidación del socialismo autoritario en todas sus versiones es un fenómeno universal, sin excluir al pequeño caimán cubano y al inmenso dragón chino. (*Nota de 1990.*)

PERSPECTIVA LATINOAMERICANA

Ningún latinoamericano puede ser insensible al proceso de modernización en Asia y África. La historia de nuestros países, desde la Independencia, es la historia de distintas tentativas de modernización. A la inversa de los japoneses, que han dado el salto hacia la modernidad desde tradiciones no occidentales, nosotros somos, por la cultura y por la historia, aunque no siempre por la raza, descendientes de una rama de la civilización donde se originó ese conjunto de actitudes, técnicas e instituciones que llamamos modernidad. Sólo que descendemos de la cultura española y portuguesa, que se apartaron de la corriente general europea precisamente cuando la modernidad se iniciaba. Durante el siglo XIX y el XX el continente latinoamericano ha adoptado sucesivos proyectos de modernización, todos ellos inspirados en el ejemplo norteamericano y europeo, sin que hasta la fecha ninguno de nuestros países pueda llamarse con entera propiedad *moderno*. Esto es cierto no sólo para naciones donde el pasado indio todavía está vivo –México, Guatemala, Perú, Ecuador, Bolivia– sino para aquellas que son casi enteramente de origen europeo, como Argentina, Uruguay y Chile. Por lo demás, tampoco España y Portugal son plenamente modernos. En nuestros países coexisten el burro y el avión, los analfabetos y los poetas de vanguardia, las chozas y las fábricas de acero. Todas estas contradicciones culminan en una: nuestras constituciones son democráticas pero la realidad real y ubicua es la dictadura. Nuestra realidad política resume la contradictoria modernidad latinoamericana.

Nuestros pueblos escogieron la democracia porque les pareció que era la vía hacia la modernidad. La verdad es lo contrario: la democracia es el resultado de la modernidad, no el camino hacia ella. Las dificultades que hemos experimentado para implantar el régimen democrático es uno de los efectos, el más grave quizá, de nuestra incompleta y defectuosa modernización. Pero no nos equivocamos al escoger ese sistema de gobierno: con todos sus enormes defectos, es el mejor entre todos los que hemos inventado los hombres. Nos hemos equivocado, eso sí, en el método para llegar a ella, pues nos hemos limitado a imitar los modelos extranjeros. La tarea que espera a los latinoamericanos y que requiere una imaginación que sea, a un tiempo, osada y realista, es encontrar en nuestras tradiciones aquellos gérmenes y raíces –los hay– para afincar y nutrir una democracia genuina. Es una tarea urgente y apenas si tenemos tiempo. Mi advertencia se justifica por lo siguiente: la disyuntiva tradicional de América Latina –democracia o dictadura militar– empieza a no tener vigencia. En los últimos años ha aparecido un tercer término: la dictadura burocrático-militar que, por un colosal equívoco histórico, llamamos «socialismo».

Para comprender más cabalmente los términos de la disyuntiva histórica a que se enfrentan nuestros pueblos, no tengo más remedio que repetir, brevemente, algunos de los conceptos de otro ensayo, «América Latina y la democracia», que se incluye en el presente volumen. La inestabilidad política de nuestros países comenzó al otro día de la Independencia. Por desgracia, los historiadores no han explorado las causas de esta inestabilidad o han dado explicaciones sumarias. Es claro, de todos modos, que las agitaciones y cuartelazos de América Latina corresponden a las violencias y perturbaciones de España y Portugal desde el siglo XIX. Son parte constitutiva de un pasado que no quiere irse: modernización significa abolición de ese pasado. Aunque los Estados Unidos no crearon la inestabilidad, sí la aprovecharon desde el principio. La aprovecharon y la fomentaron: sin esa inestabilidad quizá no habría sido posible su dominación. Otra consecuencia de la hegemonía norteamericana fue la de substraernos, por decirlo así, de la historia universal. Durante la dominación hispano-portuguesa nuestros países vivieron al margen del mundo, en un aislamiento que, como ha apuntado el historiador O'Gorman, fue fatal para nuestra educación política. Desde entonces somos pueblos de ensimismados, como los mexicanos, o ávidos de novedades de fuera, como los argentinos. La hegemonía norteamericana volvió a aislarnos: el problema central de nuestras cancillerías consistía en hallar la mejor manera de obtener la amistad de Washington o de evitar sus intrusiones. La cortina entre América Latina y el mundo se llamó doctrina Monroe.

A pesar de los cuartelazos y las dictaduras, la democracia había sido considerada, desde la Independencia, como la única legalidad constitucional de las naciones latinoamericanas, esto es, como la legitimidad histórica. Las dictaduras, incluso por boca de los dictadores mismos, eran interrupciones de la legitimidad democrática. Las dictaduras representaban lo transitorio y la democracia constituía la realidad permanente, aunque fuese una realidad ideal o realizada imperfecta y parcialmente. El régimen cubano no tardó en perfilarse como algo distinto de las dictaduras tradicionales. Aunque Castro es un caudillo dentro de la más pura tradición del caudillismo latinoamericano, es también un jefe comunista. Su régimen se presenta como la nueva legitimidad revolucionaria. Esta legitimidad no sólo substituye a la dictadura militar *de facto* sino a la antigua legitimidad histórica: la democracia representativa con su sistema de garantías individuales y derechos humanos.

Para que se entienda bien en qué consiste esta novedad debo insistir en aquello que señalé más arriba: las dictaduras militares latinoamericanas jamás han pretendido substituir al régimen democrático y siempre han sido vistas como gobiernos transitorios de excepción. No pretendo absolver a las dictaduras. Más de una vez las he condenado: trato de mostrar su peculiaridad histórica. El régimen cubano se presenta como una nueva legitimidad que substituye de manera permanente a la legitimidad democrática. Esta novedad no es menos importante que la presencia rusa en Cuba: trastorna las perspectivas tradicionales del pensamiento político latinoamericano y lo enfrenta a realidades que parecían, hace una generación, impensables.

Como es sabido, gracias a la instauración del régimen de Castro en Cuba y por una serie de azares, entre los cuales el decisivo fue la arrogancia y la ceguera del gobierno de los Estados Unidos, el poder soviético, sin haberlo buscado siquiera, como una dádiva de la historia, obtuvo una base política y militar en América. Sin embargo, antes del ingreso de Cuba en el bloque soviético, la política independiente del régimen revolucionario frente a Washington suscitó la admiración y el fervor casi unánime de los pueblos de América Latina y la amistad de muchos otros. Los revolucionarios cubanos –éste es un hecho que con frecuencia se olvida– también lograron conquistar la simpatía de buena parte de la opinión pública norteamericana, a pesar de que el gobierno de Estados Unidos había apoyado durante mucho tiempo a la mediocre y cruel dictadura de Batista. Pero Washington –recordando sin duda sus intervenciones en Guatemala, Santo Domingo y Nicaragua– adoptó una política a un tiempo desdeñosa y hostil. Castro entonces buscó la amistad de Moscú. Naturalmente las faltas y errores de los gobiernos norteamericanos no otorgan un carácter socialista a la victoria de Castro sobre Batista. Los clásicos del marxismo tenían una idea muy distinta de lo que debía ser una revolución socialista.

Más allá de la índole del movimiento de Castro y de la naturaleza histórica de su régimen, los norteamericanos recogen hoy los resultados de su inhabilidad –la verdadera palabra es insensibilidad– para comprender la nueva y cambiada realidad de América Latina. No sólo han tenido que aceptar la existencia, a unos cuantos kilómetros de sus costas, de un régimen abiertamente aliado a Moscú, sino que han sido impotentes para impedir que las tropas cubanas, armadas por la Unión Soviética, intervengan en África y que Fidel Castro emprenda frecuentes ofensivas diplomáticas en su contra. ¿La instauración del régimen castrista en Cuba es un signo del comienzo del ocaso de la hegemonía norteamericana? No sabría decir si efectivamente es un ocaso o un nublado pasajero. Lo que sí es seguro es que estamos ante una situación absolutamente nueva en América Latina. Por primera vez, después de cerca de dos siglos, una potencia no americana tiene una base política y estratégica en el continente. Para darse cuenta de la significación histórica de la presencia rusa en una nación de América Latina, hay que recordar su antecedente más conocido: la fracasada intervención de Napoleón III en México, a mediados del siglo pasado.

Las dictaduras militares de América Latina han recurrido siempre, para justificarse, a un pretexto: son un remedio excepcional y provisional contra el desorden y los excesos de la demagogia o contra las amenazas del exterior o, en fin, contra el «comunismo». Esta palabra designaba a todos los inconformes, los disidentes y los críticos. Pero ahora se ve que el comunismo –el verdadero: el sistema totalitario que ha usurpado el nombre y la tradición del socialismo– amenaza sobre todo y ante todo a la democracia. La pretendida justificación histórica de las dictaduras se deshace: al acabar con la democracia, abren el camino al asalto totalitario. No sé si se haya meditado en esto: Fidel Castro no derrocó a un gobierno democrático sino a un dictador corrompido. Ahora mismo, en América Central, no ha sido la pequeña democracia de Costa Rica sino el nuevo régimen que en Nicaragua ha substituido al dictador Somoza, el que, ante nuestros ojos y día a día, se transforma en una dictadura comunista. La única defensa eficaz contra el totalitarismo es la legitimidad democrática.

En «América Latina y la democracia» me he referido a los rasgos que caracterizan a la situación centroamericana: la fragmentación en pequeñas repúblicas que no son viables ni económica ni políticamente y que tampoco poseen clara identidad nacional (son fragmentos de un cuerpo despedazado); las oligarquías y el militarismo, aliados al imperialismo norteamericano y fomentados por éste; la ausencia de tradiciones democráticas y la debilidad de la clase media y del proletariado urbano; la aparición de minorías de revolucionarios profesionales procedentes de la alta burguesía y de la clase media, muchos de ellos educados en las escuelas católicas de la burguesía (generalmente de jesuitas), radicalizados por una serie de circunstancias que Freud podría explicar pero no Marx; la intervención de Cuba y de la Unión Soviética, que han armado a Nicaragua y han adiestrado a grupos guerrilleros de El Salvador y de otros países... En el momento de escribir estas líneas[1] es imposible prever cuál será el desenlace del

1. Marzo de 1983.

conflicto centroamericano: ¿los norteamericanos serán capaces de resistir a la tentación de emplear la fuerza y de apoyarse en las dictaduras militares y en la extrema derecha?, ¿los grupos democráticos, que cuentan con el apoyo de las mayorías pero que están desorganizados, podrán rehacerse y vencer a los extremistas de izquierda y derecha? Aunque casi siempre fracasan esta clase de gestiones, quizá una acción decidida de Venezuela, México y Colombia, en conjunción –¿por qué no?– con la España socialista, podría prevenir una catástrofe y abrir un camino hacia una solución pacífica y democrática. Ojalá que no sea demasiado tarde. La implantación de dictaduras comunistas en América Central –posibilidad que nuestros gobiernos, hasta ahora, han desestimado con incomprensible ligereza– tendría efectos terribles para la paz interior de México y para su seguridad exterior. Esos regímenes están consubstancialmente destinados, por razón misma de su naturaleza, a ser milicias inspiradas por una ideología belicosa y expansionista, a buscar la dominación por medios violentos.

En los últimos años se multiplicaron las dictaduras militares en América del Sur y se fortalecieron las que ya existían. Sin embargo, al final de este período han aparecido signos e indicios de un regreso hacia formas más democráticas. El movimiento es particularmente perceptible en Brasil. Se trata de un hecho de inmensas consecuencias, a condición, claro, de que la tendencia continúe y se afirme. Brasil está destinado a ser una gran potencia y ha alcanzado ya un grado considerable de desarrollo. Su conversión a la democracia contribuiría poderosamente a cambiar la historia de nuestro continente y la del mundo. Hay, además, otros síntomas que devuelven el ánimo. La democracia venezolana se presenta ya como un régimen estable, sano y viable. Venezuela ha logrado crear una verdadera legitimidad democrática como Costa Rica. En México, sacudido por los sucesos de 1968, el régimen hizo reformas sensatas y se han hecho avances apreciables. La mayoría de los mexicanos ve en la democracia, ya que no el remedio a sus inmensos problemas, sí el mejor método para discutirlos y elaborar soluciones. Pero el caso de México es singular y de ahí que no sea ocioso detenerse un momento sobre su situación.

El 4 de julio de 1982 los mexicanos eligieron a un presidente y a nuevos senadores y diputados. Las elecciones fueron notables tanto por el gran número de votantes como por la libertad y tranquilidad en que se realizaron. El pueblo mexicano mostró, otra vez, que su moral política es mejor y más sana que la de sus clases dirigentes: la burguesía, los políticos profesionales y los intelectuales. Dos meses después, el 1 de septiembre, esas mismas clases volvieron a manifestar su escasa vocación democrática. El país se enfrentaba (y se enfrenta) a una desastrosa situación económica. Las causas son bien conocidas: el deterioro de la economía mundial (inflación, desempleo, baja de los precios del petróleo y las materias primas, altas tasas de interés bancario, etc.); la imprevisora y aventurada gestión del gobierno mexicano, que una vez más se reveló incapaz de oír a todos aquellos que expresamos nuestra inquietud ante la forma desenvuelta en que se administraba la recién descubierta riqueza petrolera[1]; y la enfermedad endémica de los regímenes patrimonialistas como el mexicano: la corrupción y la venalidad de los funcionarios. La fuga de divisas –consecuencia pero no causa de la dolencia– precipitó la quiebra financiera. Aunque al presidente saliente no le quedaban sino tres meses de gobierno, su respuesta fue fulmínea: nacionalizar la banca. Mejor dicho: estatificarla, pues ya era mexicana. La medida fue adoptada sin consulta ni previa discusión. Decidida en secreto, cuando fue hecha pública, el 1 de septiembre, sorprendió a todo el mundo, incluyendo a la mayoría de los secretarios de Estado y, entre ellos, al mismísimo ministro de Finanzas.

La opinión popular, apenas recobrada de su sorpresa, no tuvo oportunidad de manifestarse. El gobierno y su órgano político, el Partido Revolucionario Institucional, pusieron en movimiento todos sus inmensos recursos de propaganda en apoyo de la medida. Los medios de comunicación, unos por convicción y otros por temor a ser también estatificados, se unieron al coro oficial o guardaron un discreto silencio. Los dirigentes de la burocracia sindical movilizaron también a los trabajadores. Pero lo verdaderamente indicativo del estado de la moral pública fue la reacción de los grupos independientes: los banqueros y los empresarios protestaron con timidez; los partidos de izquierda y sus intelectuales aplaudieron con entusiasmo. Sólo unos cuantos se atrevieron a criticar la decisión presidencial: algunos periodistas, tres o cuatro intelectuales y el partido de oposición Acción Nacional[2]. Se pueden tener opiniones contrarias, favorables o desfavorables, sobre la estatización de la banca; lo reprobable fue la forma en que se decretó, mezcla de albazo y sentencia sumarísima. Más bochornoso aún fue el silencio de unos y los ditirambos de otros.

¿Por qué los banqueros y los empresarios se quejaron *sotto-voce* y no

1. Véase «Literatura política», en este volumen, pp. 425-432.
2. El examen más completo y penetrante de este suceso se encuentra en dos ensayos publicados en la revista *Vuelta*, uno de Enrique Krauze: «El timón y la tormenta» (núm. 71, octubre de 1982), y otro de Gabriel Zaid: «Un presidente apostador» (núm. 73, diciembre de 1982).

fueron escuchados por la opinión popular? Pues porque muchos habían sido fieles puntales del régimen y, sobre todo, porque ninguno de ellos se preocupó jamás por mejorar la cultura política de México ni ayudó nunca en una tarea que no es de una clase sino de todos los mexicanos: crear un espacio político de veras libre y abierto a todas las tendencias. Fueron y son grupos de presión, no de opinión. ¿Cómo hubieran podido ampararse en los principios democráticos si antes no habían movido un dedo para defenderlos y arraigarlos en nuestra vida pública? No menos triste fue la actitud de la izquierda y de sus intelectuales, sobre todo si se recuerdan sus recientes y ruidosas profesiones de fe democrática y pluralista. A la manera de los hebreos fascinados por el becerro de oro, el decreto presidencial los hizo volver a su estadolatría. En lugar de reprobar la forma en que se había decidido la estatización, se apresuraron a saludarla como si fuese un acto realmente revolucionario. No se hicieron la pregunta básica que todos sus maestros se habrían hecho: ¿a qué grupo social beneficia la medida? Es claro que los favorecidos no han sido los trabajadores ni el pueblo en general sino la nueva clase, es decir, la burocracia estatal[1]. Se redobló así el poder del gobierno, que en México ya es excesivo.

Las elecciones de julio de 1982 mostraron que la mayoría de los mexicanos se inclina por las soluciones democráticas; los sucesos de septiembre confirmaron que ni la burguesía conservadora ni los partidos de izquierda y sus intelectuales ni la clase política gubernamental tienen ver-

1. Me parece que he sido el primero en ocuparme del carácter de la burocracia política mexicana. Mi primera tentativa de descripción se encuentra en *El laberinto de la soledad* (1951) y en unas pocas páginas de *Corriente alterna* (1967). Hay un examen más extenso en *Postdata* (1970) y después en varios ensayos de *El ogro filantrópico* (1979). Todos estos textos, excepto las páginas de *Corriente alterna*, se recogen en el octavo volumen de estas obras. La burocracia política mexicana es una expresión de un fenómeno general del siglo XX pero tiene características únicas. En realidad, la componen tres grupos distintos: la clase política propiamente dicha, asociada estrechamente al Partido Revolucionario Institucional; la tecnocracia gubernamental; y un grupo que no hay más remedio que llamar: *los cortesanos*. Estos últimos son una expresión del patrimonialismo mexicano, supervivencia histórica del absolutismo europeo de los siglos XVI, XVII y XVIII, trasplantado a México por los Austria primero y después por la Casa de Borbón. Es un grupo formado por los amigos y los parientes de los presidentes y de sus ministros. La burocracia política mexicana, en sentido estricto, es una casta todavía no hereditaria –aunque tiende a serlo– de profesionales en el manejo político de los grupos, los individuos y las situaciones. Es un grupo inteligente, pragmático, activo y en el que las consideraciones ideológicas son secundarias. Recuerda un poco a los mandarines de la antigua China, aunque la mayoría de sus miembros no son letrados ni están formados en una tradición intelectual comparable a la de Confucio.

dadera vocación democrática. Son grupos prisioneros, unos de sus intereses y otros de su ideología. Para comprender la escasa independencia de los empresarios capitalistas y de los dirigentes de los sindicatos obreros, debo recordar que unos y otros han nacido y prosperado a la sombra del Estado mexicano, que ha sido el agente de la modernización del país. (Me he ocupado del tema en *El ogro filantrópico*, 1979.) La clase intelectual, por su parte, ha vivido insertada en la administración pública y sólo hasta hace unos pocos años los intelectuales han encontrado acomodo en las universidades, que han crecido y se han multiplicado. La función de la Iglesia y de las órdenes religiosas la cumplen ahora las universidades. El parecido se acentúa si se advierte que estas últimas son instituciones públicas estrechamente asociadas, como lo estaba la Iglesia de Nueva España, al Estado. Incluso puede decirse que su dependencia es mayor: la Iglesia fue inmensamente rica hasta la mitad del siglo XIX mientras que las universidades mexicanas viven de las subvenciones y donativos gubernamentales. La relación de los intelectuales mexicanos con el Estado no es menos ambigua que la de los clérigos novohispanos con el poder temporal: no es inexacto definirla como *independencia condicional.*

La incomunicación entre el país real y sus clases dirigentes, sin excluir a los intelectuales, es un hecho característico y persistente de la historia moderna de México. El pueblo no ha logrado articular sus quejas y sus necesidades en un pensamiento político coherente y en programas realistas porque las minorías intelectuales y políticas que, en otras partes, interpretan y dan forma a las confusas aspiraciones populares, entre nosotros están hipnotizadas por ideologías simplistas. Aquellos intelectuales que no son catequistas de las iglesias y sectas de izquierda, defienden el *statu quo*, donde están sus intereses. Otros, que son una minoría, prosiguen sus actividades específicas –la investigación, la enseñanza, la creación artística y literaria– y así preservan la frágil continuidad de nuestra cultura, hoy más amenazada que nunca. Pero son unos cuantos –un verdadero puñado– los intelectuales independientes que han asumido la función crítica y que se atreven a pensar por su cuenta. Otro obstáculo: los medios de comunicación están controlados, directa o indirectamente, por el gobierno. Además, la influencia de los ideólogos en la prensa diaria y semanal es preponderante. De ahí que las formas de expresión popular más socorridas sean el rumor y el chiste. Aclaro: no hay dictadura gubernamental sobre la opinión; hay incomunicación entre el México real y los que, normalmente, deberían ser sus voceros e intérpretes. A pesar de todas estas adversas circunstancias, la opinión pública rechaza más y más el patrimonialismo y paternalismo del régimen y aspira a una vida pública libre y democrática. Es un clamor general y sería muy peligroso que nuestros gobernantes lo desdeñasen.

La misma evolución se advierte en el resto del continente. En Colombia la democracia no sólo se defiende: al persistir, avanza. Perú y Ecuador regresan a las formas democráticas y lo mismo ocurre en Bolivia. En Uruguay hubo elecciones adversas a los militares. Los desterrados comienzan a regresar a Chile, signo de que quizá no está demasiado lejos un cambio. En Argentina hay indicios de que se prepara una vuelta a la democracia. En suma, no parece arriesgado presumir que asistimos a un viraje histórico[1]. Si la tendencia que he descrito sumariamente se fortificase y se extendiese, los latinoamericanos podríamos comenzar a pensar en acciones democráticas conjuntas y que respondan a los intereses reales de nuestros pueblos. Hasta ahora hemos jugado el juego de las grandes potencias. El momento es propicio para intentar una política continental que sea nueva y nuestra. Tal vez no sea del todo ilusorio pensar que podrían contribuir a este renacimiento dos nuevas democracias europeas a las que nos unen la historia y la cultura: España y Portugal. Creo que se abren coyunturas para una acción democrática continental que no venga de fuera sino de nuestros países mismos. Una alianza de naciones democráticas latinoamericanas no sólo haría reflexionar a Washington sino que podría cambiar a nuestro continente. Pienso en dos contribuciones esenciales: la primera sería ayudar a la verdadera modernización de nuestros pueblos, es decir, a la instauración de auténticas democracias; la segunda consistiría en fundar de nuevo y sobre bases más sólidas la independencia latinoamericana. En el mundo moderno *democracia* e *independencia* son términos afines: una democracia que no es independiente no es verdadera democracia. Pero no tenemos mucho tiempo: ya comienza a ser tarde y el cielo sigue nublado.

1. Brasil, Argentina y Uruguay han regresado ya a la democracia y, lo que es aún más alentador, de manera pacífica. El régimen militar chileno da muestras crecientes de su incapacidad para reprimir a la oposición democrática. Este regreso a la democracia, ¿resistirá la terrible prueba de la crisis económica? Es imposible saberlo, aunque soy optimista. Se olvida con frecuencia que una de las causas del endeudamiento de América Latina ha sido de orden político interno. La megalomanía de los planes gubernamentales, la corrupción de los funcionarios y la incapacidad de la administración han sido las consecuencias de la ausencia de controles democráticos en la marcha de nuestros países. El fracaso económico de América Latina ha sido, en buena parte, consecuencia de nuestro fracaso político: la endeblez de nuestras democracias. (*Nota de diciembre de 1985.*)

Una mancha de tinta

Bajo un sol sin violencia fluían las horas sosegadas. La tarde se acababa y yo, distraído, seguía con mente indecisa un hilo de luz cayendo sobre los papeles de mi mesa. Atrás de la ventana unas vagas azaleas, quietas en la luz tardía. De pronto vi una sombra levantarse de la página escrita, avanzar en dirección de la lámpara y extenderse sobre la cubierta rojiza del diccionario. La sombra creció y se convirtió en una figura que no sé si llamar humana o titánica. Tampoco podría decir su tamaño: era diminuta y era inmensa, caminaba entre mis libros y su sombra cubría el universo. Me miró y habló. Mejor dicho: oí lo que me decían sus ojos –aunque no sé si tenía ojos y si esos ojos me miraban:

ÉL: ¿Ya terminaste *Tiempo nublado*?

YO (*Asentí con la cabeza*): ¿Quién eres o qué eres?

ÉL: Mi nombre es Legión. Sin cesar cambio de nombre y de forma, soy muchos y soy ninguno; siempre estoy preso en mí mismo y no logro asirme. Un bizantino me llamó Lucífugo: una obscuridad errante y enemiga de la luz. Pero mi sombra es luz, como la de Aciel, el sol negro. Soy luz vertida hacia dentro, luz al revés. Llámame Eçul.

YO: Ya sé quién eres y de dónde vienes.

ÉL: Sí, vengo del Canto Primero de ese libro (*y señaló un volumen encuadernado a la holandesa*). Pero no se menciona mi nombre. Soy uno del séquito.

YO: ¿De quién?

ÉL: De un príncipe. Su nombre no te diría nada.

YO: ¿A qué vienes?

ÉL: A disuadirte. Andas perdido en el tiempo o, como ustedes dicen, en la historia. Buscas rumbo: ¿lo encontraste?

YO: No. Pero ahora sé que las revueltas se petrifican en revoluciones o se transfiguran en resurrecciones.

ÉL: No es nuevo. Es tan viejo como la presencia de ustedes sobre este planeta.

YO: Es nuevo para mí. Nuevo para nosotros, los que vivimos ahora.

ÉL: ¿También te parece nuevo el pleito de los dos poderes? Acuérdate de Roma y Cartago...

YO: No, no es nuevo. Sin embargo, no es lo mismo. Parecido no es identidad.

ÉL: ¡Qué ilusión! ¿No has notado otro parecido más impresionante?

YO: ¿Cuál?

ÉL: ¿Te acuerdas, en este libro (*y volvió a señalar el volumen*), de la asamblea en Pandemónium?

YO: No te entiendo.

ÉL (*Impaciente*): La tierra se ha vuelto un infernáculo en el que los diablos jugamos a la guerra con los hombres.

YO: Te digo que no entiendo.

ÉL: No has leído bien a tus poetas. (*Didáctico.*) Allá en Pandemónium hay dos grandes príncipes, inferiores en poder sólo a Luzbel. El primero (*empezó a declamar*) «es un Rey horrible embadurnado de la sangre de los sacrificados y de las lágrimas de los padres que no logran oír, ahogados por el ruido de los címbalos y los crótalos, los gritos de sus hijos en los brazos de fuego del torvo ídolo».

YO: ¡Ah, Moloc, el dios de los amonitas!

ÉL: Y de los hebreos. ¿No sabes (*bajó la voz*) que la deidad a la que sacrificaban niños era Yahweh? Esto pasaba en tiempos de Achaz y Manasses. Tus estudios bíblicos son muy deficientes. Tal vez lo conozcas por otro de sus nombres: Ares.

YO: Marte...

ÉL: Huitzilopochtli, Tezcatlipoca, Odín, Thor...

YO: Y Kali que lame con su lengua inmensa los campos de batalla y escarba con las uñas los camposantos.

ÉL: El otro príncipe no anda con la cabeza en alto como el gran Moloc sino mirando hacia abajo. ¿Humildad? No: escudriña, busca riquezas escondidas. Él les enseñó a ustedes a explorar –el poeta dice: saquear pero exagera– las entrañas de la tierra. Cuando vivíamos en las alturas (*volvió a declamar*) «levantó torres altivas, moradas de luz para los serafines... hasta que, despeñado desde las almenas cristalinas, cayó sin fin del alba al mediodía y del mediodía a la noche, todo un largo día de verano... cayó con todas sus máquinas, sus ingeniosos aparatos y sus industriosos discípulos... condenado a construir el infierno». (*Pausa.*) Desde entonces cojea un poco...

YO: Hefestos, Vulcano...

ÉL: Mammón es su verdadero nombre. Patrón de los herreros, los comerciantes, los ingenieros, los mecánicos, los banqueros, los mineros... Un dios sagaz, emprendedor, industrioso. Un dios exigente. Mateo dijo: «No puedes servir a Dios y a Mammón». Ergo: sirve a Mammón.

YO: ¡Un diablo versado en las Escrituras!

ÉL (*Sin hacerme caso*): En Pandemónium se discutió una vez –y lo que allá se discute una vez se discute siempre porque sucesión y repetición, cambio e identidad son lo mismo para nosotros– cómo podríamos recobrar el bien perdido. Fue al otro día de la Caída. Se levantó «el más fuerte y fiero de los espíritus que combatieron en las batallas del Empíreo», Moloc, y dijo: «¿Cómo, fugitivos del cielo, podemos demorarnos sentados aquí y aceptar como albergue este cubil oprobioso mientras millones armados esperan la señal para asaltar las alturas? El tirano reina allá sólo por nuestra tardanza...». Moloc incitó a la insurrección y a la guerra. Después habló Belial, que aconsejó prudencia. Pero el discurso que nos sorprendió a todos, y que todavía nos sorprende, fue el de Mammón... aunque el Maligno frunce el ceño cada vez que lo cito.

YO: ¿Por qué?

ÉL: Mammón no propuso ni el levantamiento del soberbio Moloc ni la sumisión del hipócrita Belial: «puesto que no podemos derrocar al Altísimo ni obtener su perdón (y aun si esto último fuese posible: ¿a quién no le humillaría pasarse el día celebrándolo con forzadas aleluyas? Qué monótona eternidad sería la nuestra si la pasásemos en adorar al que odiamos...). No, no nos empeñemos en lo imposible ni nos resignemos a lo inaceptable: hay que buscar el bien propio en nosotros mismos y vivir libres en esta vasta guarida, sin dar cuenta a nadie de lo que hacemos. La dura libertad es preferible al yugo y a la pompa servil... ¿La obscuridad de este hoyo nos amedrenta? La traspasaremos con luces imitadas de la suya. ¿Nos espanta esta desolación? Tenemos ingenio y perseverancia para levantar magnificencias... Nuestras mismas torturas, por obra del tiempo y la costumbre, se convertirán en una segunda naturaleza y los fuegos que nos martirizan serán caricias...». La arenga de Mammón levantó en el Averno un clamor de aplausos semejante al de la tormenta cuando sacude al mar y hace resonar las rocas y oquedades del promontorio. Entonces Belcebú...

YO: Ahora entiendo la inquietud de Satán. El discurso de Mammón era desviacionista. Con su astuto programa de reformas pretendía distraer al pueblo infernal de su tarea más urgente y, por decirlo así, de su misión histórica: la insurrección y la toma del cielo... Lo que todavía no entiendo es lo del parecido.

ÉL: Eres duro de cabeza. Piensa en Moloc y en su llamamiento: unirnos todos para asaltar al cielo con millones y millones de fanáticos rebeldes. ¿Qué te recuerda todo eso?

YO: Claro, Rusia. ¡Es un feudo de Moloc!

ÉL: Exacto. Ahora piensa en Mammón y en su idea de hacer habitable el infierno por el trabajo, la industria, el comercio y la «dura libertad»...

YO: ¡Los Estados Unidos y las democracias capitalistas! Son colonias de Mammón.

ÉL: La historia de los hombres es la representación...

YO: ... de la disputa de los diablos.

ÉL: *Ecco!* Aprendiste la lección.

YO: Tate, tate... Aun si fuese cierto que la historia no es sino una pieza de teatro escrita por ustedes –habría que escoger el mal menor.

ÉL (*Escandalizado*): El mal no es mayor ni menor. El mal es el mal.

YO: ¡Y tú lo dices, tú que inventaste la negación y con ella dividiste a la eternidad y la hiciste tiempo sucesivo, historia! Hablas como Gabriel y Miguel, soldados del Absoluto.

ÉL (*Conciliador*): Nosotros estamos condenados a vivir en el tiempo. Somos eternos y caímos para siempre, sí, para siempre, en lo relativo: ése es nuestro castigo. Pero ustedes no... ustedes pueden, con un salto, escapar del tiempo y sus querellas demoníacas. ¿No llaman a eso libertad?

YO: ¿Qué pretendes? Moloc proclama absoluto a su combate, Mammón decreta que la riqueza es el bien supremo; ustedes han hecho siempre de lo relativo un absoluto, de la criatura un Dios y del instante una falsa eternidad. Y ahora tú me dices lo contrario: lo relativo es relativo sin remisión y es demoníaco. Me pides que abandone las disputas terrestres y mire hacia arriba... Otro engaño, otra trampa.

ÉL: Sigues preso en el tiempo. Acuérdate: «Nada me desengaña / el mundo me ha hechizado». Hay que desprenderse, dar el salto, ser libre. La palabra es *desprendimiento.*

YO: ¡Tramposo! Vivimos en el tiempo y debemos hacer frente al tiempo. Sólo así, quizá, un día podremos vislumbrar el no tiempo. Política y contemplación: eso fue lo que dijo Platón y lo que han repetido, a su modo cada uno, Aristóteles y Marco Aurelio, Santo Tomás y Kant. En lo relativo hay huellas, reflejos de lo absoluto; en el tiempo cada minuto es semilla de eternidad. Y si no fuese así, no importa: cada acto relativo apunta hacia un significado que lo transciende.

ÉL: ¡Filosofastro!

YO: Tal para cual... Vivimos en el tiempo, estamos hechos de tiempo y nuestras obras son tiempo: pasan y pasamos. Pero podemos ver, a veces, en el cielo nublado, una claridad. Quizá no hay nada atrás y lo que ella nos muestra es su propia transparencia.

ÉL (*Con avidez*): ¿Y es bastante? ¿Te basta con ese reflejo de un reflejo?

YO: Me basta, nos basta. Somos lo contrario de ustedes: no podemos renunciar ni al acto ni a la contemplación.

ÉL (*Con otra voz*): Para nosotros ver y hacer es lo mismo –y se resuelve en nada. Todos nuestros discursos elocuentes terminan en silbidos de víbora... Somos espíritus caídos en el tiempo pero no somos tiempo: somos inmortales. Ésa es nuestra condena: eternidad sin esperanza.

YO: Somos hijos del tiempo y el tiempo es esperanza.

Tras la ventana, las azaleas se habían fundido con la noche. Sobre la hoja de papel, en un hueco entre dos párrafos, advertí una pequeña mancha de tinta. Pensé: un agujero de luz negra.

México, a 22 de marzo de 1983

Tiempo nublado se publicó en Barcelona, Seix Barral, 1983.

V

PEQUEÑA CRÓNICA DE GRANDES DÍAS

Apunte justificativo

El título de esta serie de artículos, *Pequeña crónica de grandes días*, es un eco (y una respuesta) a otro de Quevedo, el fundador de la literatura política en nuestra lengua. En 1621 muere Felipe III y su hijo, Felipe IV, sube al trono. El cambio sorprende al gran escritor en la torre de Juan Abad, su casa campestre, que le servía de prisión en esos días (lo habían recluido allí por su amistad con Pedro Téllez de Girón, duque de Osuna, su patrono, acusado de turbios manejos en Italia). Ante los sucesos de esos días –caída de antiguos ministros, ejecución de otro, ascenso del conde-duque de Olivares y perspectiva de tiempos mejores– escribe *Grandes anales de quince días*. A cada quien lo suyo: mi crónica es pequeña y sus anales son grandes por el lenguaje y el pensamiento; sin embargo, los acontecimientos que comenta Quevedo, vistos ahora, resultan pequeños, mientras que los de mis artículos son inmensos y serán recordados por varias generaciones. Quevedo esperaba un cambio que no se realizó, nosotros somos testigos de un cambio que no esperábamos; Quevedo pensaba en su patria, nosotros vivimos una coyuntura universal.

Me decidí a escribir estas páginas por fidelidad a mí mismo. He dedicado a estos temas muchos ensayos y artículos, recogidos en varios libros. Los más recientes son *El ogro filantrópico* (1979) y *Tiempo nublado* (1983). Esos libros provocaron en ciertos medios de México reacciones hostiles. A unos les pareció que cometía un sacrilegio; otros me llamaron «ideólogo de la reacción» y «vocero del imperialismo»; los doctos especialistas castigaron mi atrevimiento –¡escribir sobre asuntos que son de su dominio!– con un silencio desdeñoso; y no faltaron buenos amigos que, al deplorar mi imprudencia, se sintiesen obligados a declarar, una y otra vez, que me estimaban «a pesar de no compartir mis opiniones». Ahora algunos lectores me escriben para decirme: «debe usted estar muy contento: después de haber sido tan censurado, los hechos le dan la razón». No estoy muy seguro: la historia es una caja de sorpresas.

Nací en 1914, abrí los ojos en un mundo regido por ideas de violencia y empecé a pensar en términos políticos a la luz convulsa de la guerra de España, el ascenso de Hitler, la dimisión de las democracias europeas, Cárdenas, Roosevelt y el New Deal, Manchuria y la guerra sino-japonesa, Gandhi, los procesos de Moscú y la apoteosis de Stalin, adorado por incontables intelectuales europeos y latinoamericanos. Comencé iluminado por unas ideas que poco a poco se enturbiaron; me convertí entonces en el teatro de muchos debates interiores que no tardaron en volverse discusiones públicas. No me alegro pero tampoco me arrepiento de esas contiendas. Ese medio siglo de afirmaciones y negaciones, dudas e hipótesis, esperanzas y decepciones se resuelve hoy en una respuesta. Me pregunto si es la respuesta esperada. Sí y no. Me explicaré.

Siempre creí que el sistema totalitario burocrático que llamamos «socialismo real» estaba condenado a desaparecer. Pero en una conflagración; y temí que en su derrumbe arrastrase a la civilización entera. La política de las democracias liberales de Occidente, errática y con frecuencia egoísta, no podía inspirarme confianza. No pensé que el cambio pudiera hacerse en la forma relativamente pacífica en que, hasta ahora, se ha realizado. Aunque sabía que el Imperio soviético estaba minado por las aspiraciones a la independencia de las naciones sometidas, no me imaginé que la crisis se manifestase tan pronto y con tal pujanza. Hoy todos nos preguntamos: ¿el renacimiento del nacionalismo es el preludio de un regreso a la situación de 1914 o es el comienzo de una auténtica comunidad europea? A pesar del testimonio de los disidentes y de otros indicios, creí que la sociedad civil y las tradiciones rusas, lo mismo las religiosas que las culturales, habían sido mortalmente dañadas por setenta años de dictadura comunista; hoy me maravilla su vitalidad: los regímenes políticos pasan, las sociedades y sus tradiciones permanecen. Preví el desgaste progresivo del sistema comunista, debido a su inferioridad económica, política y cultural, aunque compensada por su gigantesco poderío militar y por los errores de sus adversarios; no preví que un hombre y un grupo, colocados precisamente en lo alto de la pirámide burocrática, ante la descomposición del sistema, se atreverían a emprender una transformación de la magnitud de esta que presenciamos. Es verdad que lo han hecho obligados por las circunstancias; también lo es que han aceptado con entereza e inteligencia el reto de la historia. Gorbachov y su gente se han mostrado más sabios y valerosos que los reformadores de otras épocas y de otros países. Pienso en la suerte de Necker y de tantos otros. Ojalá que la diosa ciega de la historia, la Fortuna, no los abandone[1].

1. Los cuatro párrafos siguientes se refieren exclusivamente a la situación mexicana; lo mismo ocurre con los dos capítulos finales de *Pequeña crónica de grandes días*. Todos estos textos podrían figurar en el volumen anterior, *El peregrino en su patria*, dedicado a temas mexicanos. Pero me pareció que era necesario respetar la unidad de esta crónica: además, lo que sucede en México es parte de lo que pasa en el mundo. (*Nota de 1993.*)

El gran cambio comprende a México. Algunos lo anunciamos desde 1968. El sistema político mexicano empezó a dar muestras de esclerosis en esos años. Nunca fui partidario de la vía revolucionaria, predicada por tantos ideólogos, sino de la transformación gradual y pacífica hacia una democracia plural y moderna. A esta idea, expuesta primero en *Postdata* (1969), obedeció la fundación de la revista *Plural* en 1971, que fue tan combatida en su momento. Nos parecía que la alternativa no era el socialismo, como proponían los ideólogos (con los ojos puestos en Cuba), sino la democracia. Hemos avanzado, no sin tropiezos y recaídas, en esa dirección. El proceso es irreversible. Incluso nuestros adversarios se proclaman demócratas y procuran hacer olvidar su reciente pasado autoritario. Creo que seguiremos por ese camino: la reforma de nuestra economía es inseparable de la reforma política democrática. Si perseveramos, podremos ver con cierta confianza al futuro.

Nuestros problemas no tienen ni la complejidad ni las dimensiones enormes de los de la URSS y las naciones de Europa central. No nos amenazan conflictos étnicos y religiosos. El régimen del PRI que algún profesor insensato ha comparado con los de China y Albania, jamás ha sido totalitario. Siempre hemos gozado de un margen considerable de libertades; nunca conocimos, ni en los períodos de mayor autoritarismo, la opresión que han sufrido los pueblos bajo los regímenes militares latinoamericanos y menos aún la de los cubanos sometidos al duro despotismo de Fidel Castro. En el caso de la deuda, hemos llegado a un acuerdo honorable y ventajoso con nuestros acreedores, a pesar de las predicciones de los ideólogos. Todavía hace unos meses otro profesor (¿o fue el mismo?) pronosticaba el fracaso de las negociaciones: ni los bancos ni los gobiernos estaban dispuestos a condonar un solo centavo. Y terminaba afirmando que, si el arreglo llegaba a concluirse, sería a costa de nuestra soberanía. Esos agüeros resultaron falsos y la economía comienza a recobrarse.

No todo es halagüeño. Nuestros recursos humanos, sociales y culturales son menores que los de los países de Europa central. Allá medio siglo de poder comunista no logró destruir a la sociedad civil; aquí la sociedad civil está en formación. Allá la modernidad comenzó hace más de dos siglos; aquí apenas tiene cincuenta años. Allá existen las bases económicas, sociales y culturales para crear democracias modernas; aquí esas bases son recientes y endebles. Allá disfrutarán de la ayuda de Europa occidental y, tal vez en menor medida, de Estados Unidos y Japón; aquí tenemos que dialogar con un vecino rico y poderoso pero duro de oído. Allá la clase intelectual ha sido una de las palancas del cambio pacífico y democrático; aquí los intelectuales han hecho el elogio de la violencia revolucionaria y han apoyado a regímenes como el de Fidel Castro (muchos todavía lo respaldan). Aunque después han aceptado las vías democráticas, nunca han hecho un examen público, serio y sincero de sus actitudes y de su ideología: ¿cómo pueden cumplir la función crítica que les corresponde si no han sido capaces de criticarse a sí mismos? Por último: allá los partidos comunistas renuncian al monopolio político y procuran reformarse; aquí hay fuerzas y grupos en el partido gubernamental y en el gobierno mismo que se oponen al cambio. El corporativismo del PRI y su simbiosis con el gobierno son obstáculos a la modernización tan poderosos o más que el arcaísmo político e ideológico de la oposición de izquierda.

La lista de nuestras carencias y limitaciones es larga. Sin embargo ninguna de ellas nos condena. Asistimos a un cambio profundo y que abarca a casi todo el país: a la provincia y a la capital, a los empresarios y a los obreros, a la familia y a los individuos, a los hombres y a las mujeres. Algunos libertarios indomables lamentan que el proyecto de modernización venga del gobierno. Olvidan que, a diferencia de otros intentos de reforma, por ejemplo, el de Carlos III en España o el de los liberales de 1857 en México, no es el programa de una élite sino la respuesta a una demanda popular. Expresa la convicción general de que un período de nuestra historia moderna se cierra y otro se abre. La crisis del sistema de partido hegemónico coincidió con la crisis de la política económica, es decir, con el estatismo, el populismo y los subsidios[1]. Todos los mexicanos sabemos que es necesario cambiar muchas cosas en nuestro país si queremos sobrevivir en el mundo que viene. La gran debilidad de la oposición llamada de izquierda es que, hasta ahora, no tiene ni ofrece un proyecto de modernización y transición que sea una alternativa del que propone el régimen actual. En suma, si el siglo se acaba, México comienza.

Además de *Pequeña crónica de grandes días*, este libro recoge otros escritos: un discurso pronunciado en Francfort en 1984 y otro en Valencia en 1987[2], así como unos cuantos textos ocasionales. Son piezas justificativas o, más exactamente, piezas de convicción, como se llama en los tribunales a las pruebas que demuestran un hecho o una afirmación. Un párrafo

1. Para no hablar del desastre de la educación popular y el no menos grave de la alta cultura. Sin un pensamiento y una ciencia que estén efectivamente al día será imposible convertirnos en una nación realmente moderna.

2. Estos dos discursos se incluyen en la sección «Piezas de convicción» de este volumen.

del discurso de Francfort, dedicado al conflicto centroamericano, provocó un alboroto. Durante una semana, como si se tratase de una tempestad de teatro, los diarios y las revistas semanales publicaron artículos, caricaturas, encuestas y hasta un manifiesto firmado por doscientos veintiocho profesores «en todos los ramos científicos y culturales de trece países y de cinco instituciones». La condenación del discurso, que muy pocos habían leído, fue general. Los más suaves dijeron que yo era un mal mexicano. En la Cámara de Diputados hubo discursos encrespados y en el Festival Cervantino se eliminó mi nombre en un concierto de música con textos de mis poemas (el actor contratado para declamarlos se negó airadamente a hacerlo, con la aprobación del alto funcionario que presidía el acto). La culminación fue un mitin frente a la Embajada de los Estados Unidos en el que se me quemó en efigie mientras los fieles coreaban: «Reagan rapaz, tu amigo es Octavio Paz». Unos pocos escritores y periodistas tuvieron el valor y la generosidad de defenderme. Aunque el discurso de Valencia no fue recibido como «una traición a México», según calificó al de Francfort un crítico literario, sí fue comentado con acritud y reprobación. Lo juzgaron no una traición a mi patria sino a mi pasado... Olvidemos esas trápalas. Los otros textos se explican por sí solos.

Los antiguos veían a la historia con desconfianza filosófica. Les parecía un movimiento sin clara finalidad, un fenómeno nativo de este mundo sublunar regido por la contingencia y su cortejo de accidentes: el azar, las pasiones, la locura y el mayor de todos, la muerte. Por esto, quizá, ante los desastres de la historia, los hombres han construido sistemas metahistóricos, como las religiones y las filosofías. No es necesario compartir enteramente esta visión pesimista para reconocer que debemos ver con prudente reserva los acontecimientos de este fin de siglo. Nos inspiran admiración y nos infunden unas esperanzas que, hasta hace poco, no habría sido razonable sustentar. Pero cada hecho histórico, por su naturaleza misma, es un enigma. La historia siempre está encinta de accidentes, infortunios y catástrofes. Ante ella el espíritu crítico no debe flaquear: Marco Aurelio el Bueno instaló en el trono al cruel tirano Cómodo. La historia no es un absoluto que se realiza sino un proceso que sin cesar se afirma y se niega. La historia es tiempo; nada en ella es durable y permanente. Aceptarlo es el comienzo de la sabiduría.

México, a 31 de enero de 1990

Apostilla

Después de escritas estas reflexiones, los cambios en la antigua Unión Soviética y en Europa central han sido vastos y profundos. Pude prever algunos, otros me han sorprendido. Los acontecimientos de los últimos años han contestado algunas de las preguntas que, desde hace más de medio siglo, muchos nos hacíamos; al mismo tiempo, han dibujado nuevas y no menos terribles interrogaciones acerca del porvenir de nuestras sociedades[1]. Los cambios aún no terminan: la historia es la madre de lo desconocido. De ahí que haya resistido la tentación de poner al día estas páginas. Como todo lo que hacemos y pensamos los hombres, son ya parte de la historia. Mi crónica es también y sobre todo un testimonio, uno más, de esos años que a todos nos sacudieron.

México, 1992

1. Sobre esto véase asimismo «Itinerario», prólogo del presente volumen.

Fin de un sistema

La historia es lenta. Las naciones y los imperios requieren siglos para formarse, crecer y madurar; después, con la misma lentitud, se disgregan hasta que no queda de esas grandiosas construcciones sino montones de escombros, estatuas descalabradas y libros despedazados. El proceso histórico es tan lento que muy pocas veces sus cambios son perceptibles para aquellos que los viven. Pero el trabajo subterráneo del tiempo se manifiesta con repentina violencia y desencadena series de mutaciones que, a la vista de todos, se suceden con impresionante rapidez. Para la Antigüedad fue una terrible sorpresa la noticia del saqueo de Roma por las tropas de Alarico en 410; hasta entonces sólo unos cuantos se habían dado cuenta de la decadencia del imperio, iniciada mucho antes. La aceleración de la historia se debe, probablemente, a la concatenación de fuerzas silenciosamente a la obra durante años y años; una circunstancia fortuita las combina y su mezcla provoca cambios y explosiones. Colaboración entre la necesidad y el accidente: el azar, más que la violencia, es el partero de la historia. Vivimos ahora uno de esos momentos. Los cambios que nos asombran son parte de un proceso que comenzó hace mucho y que no sabemos cuándo ni cómo terminará. Sería presuntuoso tratar de descubrir su verdadero sentido; no lo es arriesgar algunas conjeturas sobre sus causas inmediatas y su probable dirección.

En febrero de 1917 estalló una revolución democrática en Rusia y el zar Nicolás II fue depuesto. En octubre de ese mismo año un grupo de revolucionarios asaltó el poder y estableció un nuevo gobierno. Su acción estaba inspirada por una versión del marxismo que, ellos decían, les daba las llaves de la historia. Era la solución definitiva al desorden económico y social, consecuencia de la dominación de las democracias burguesas y de los rapaces imperialismos. Al mismo tiempo, denunciaron a la democracia política como una máscara que ocultaba la realidad del capitalismo, creador de la miseria, el desempleo y la guerra. Por ejemplo, según ellos las diferencias entre la democracia inglesa y el régimen del káiser alemán eran «formales» y encubrían la verdadera naturaleza del sistema imperante en una y otra sociedad: el capitalismo imperialista. El resto es archiconocido: el gobierno comunista expropió no sólo a los dueños de los medios de producción sino a los productores mismos: los trabajadores; a su vez, el partido expropió al gobierno, el Comité Central al partido y el secretario general al Comité Central. Clases enteras desaparecieron y otras sufrieron lesiones de las que todavía no sanan, como la de los campesinos, víctima de una terrible sangría durante el período de colectivización forzada de la agricultura (1929-1935). El lugar de las antiguas clases dirigentes fue ocupado por un nuevo grupo: la burocracia comunista.

El sistema ha sido descrito muchas veces y no es necesario repetir lo que todos sabemos. La política de represión, iniciada por Lenin en 1918 con la fundación de la Cheka, se convirtió en institucional y la Unión Soviética se transformó en un Estado policíaco. El terror jacobino de Francia duró un poco menos de dos años (agosto de 1792 a julio de 1794) mientras que el comunista se prolongó más de medio siglo. Hasta hace unos pocos años, los campos de concentración fueron un rasgo característico de la sociedad comunista. En ellos murieron millones. No todo fue negativo: el país se industrializó, a un costo enorme, se terminó la colonización de Siberia, se creó una numerosa clase de técnicos y de especialistas, se edificó una poderosa máquina militar. El régimen se enfrentó a varias crisis sangrientas y sobrevivió a todas. También sobrevivió a la guerra y su participación fue decisiva en la derrota de Hitler. Entre las ruinas de 1945 surgió como uno de los vencedores de la contienda. En el interior consolidó su poder; en el exterior se extendió, tuvo partidarios en todo el mundo y logró rodearse en Europa de un cinturón de Estados vasallos. En Asia, en África y en Cuba se establecieron gobiernos prosoviéticos. Ni la disputa con China, ni los descalabros económicos, ni las denuncias de los disidentes lograron quebrantar la solidez del enorme iceberg histórico. De pronto, como si fuese una construcción de arena, la gran mole comenzó a desintegrarse con gran rapidez. ¿Qué ocurrió –o más bien, qué ocurre?

Los cambios en la Unión Soviética y en la Europa del Este (esa región se llamó siempre Europa central), sorprenden por varios motivos: han sido hasta ahora pacíficos (con la excepción de las matanzas de Rumania) y dentro de un sistema que parecía incapaz de transformarse, salvo por la violencia. Lo esencial es que estos cambios afectan al fundamento mismo de esas sociedades. Presenciamos el fin de un sistema y de la ideología que, simultáneamente, lo justificaba y lo inspiraba. No pocos empecinados intelectuales de la izquierda mexicana interpretan estas mutaciones como un regreso a los orígenes de la revolución comunista, traicionada por Stalin y Bréznev, chivos expiatorios de estos creyentes despechados. Olvidemos sus delirios. Lo que hoy está en liquidación es la herencia de 1917, es decir, los principios básicos del sistema: el marxismo-leninismo. Basta un pequeño repaso a estos principios para comprobarlo. En el dominio de la política: fin de la hegemonía del Partido Comunista, supuesta vanguardia del proletariado; en el de la economía: fin del dogma de la propiedad estatal y de la planificación de la producción y distribución de los bienes; en el de la política exterior: fin de la meta histórica de la Unión Soviética, la revolución y el establecimiento de regímenes comunistas en todo el mundo. ¿Y quién habla hoy de la dictadura del proletariado? Todo esto ha sido barrido por la única crítica de verdad irrefutable: la de los hechos.

Las causas de esta enorme mutación son numerosas y complejas. Unas son antiguas como la historia de Rusia; otras se remontan al período revolucionario, o a la época de Stalin y a la expansión que sucedió a la segunda guerra y a los acuerdos de Yalta; otras, más recientes, al descontento de muchos intelectuales, que conocen mejor a Occidente y desean modernizar a su país... La lista es larga y a la cabeza se encuentra la rebelión de las naciones que comprende el vasto Imperio ruso. No menos determinante ha sido la persistencia de la fe religiosa en los pueblos soviéticos, la cristiana tanto como la musulmana, a pesar de setenta años de marxismo-leninismo y de prédica atea. Además, el descontento de muchos trabajadores; el ansia de mayor libertad en la juventud; el cansancio por años y años de carestía, colas y mercado negro; la sorprendente vitalidad de ciertas tradiciones espirituales e intelectuales que vienen de la gran tradición rusa y que se creían desaparecidas entre los cadáveres dejados por Stalin. Me refiero a la herencia de los Dostoyevski y los Turguénev, que hoy representan personalidades tan opuestas como el cristiano Solzhenitsyn y Sájarov, el gran liberal que acaba de morir. Sin embargo, la causa más inmediata y decisiva ha sido la situación económica y social de la Unión Soviética y de los países que giran en su órbita.

Al cabo de más de setenta años de esfuerzos inmensos, el régimen soviético se encontró en un atolladero. No podía ya hacer frente, simultáneamente, a sus dos grandes retos históricos: competir con los Estados Unidos en la producción de armas y asegurar un mínimo bienestar a su población. Desde la época de Lenin, los pueblos soviéticos han sido sacrificados por objetivos políticos y militares. Como todos sabemos, es enorme la desproporción entre el notable desarrollo de la industria militar y la mediocridad de la producción económica destinada a satisfacer las necesidades normales de la población. El retraso es particularmente grave en el dominio de la agricultura, herida de muerte en los años de Stalin. El marasmo y el caos de la economía civil alcanzó finalmente al ramo militar. No sólo fue imposible sobrepasar o siquiera igualar a los norteamericanos, especialmente en el programa de armas espaciales lanzado por Reagan, sino que la producción, en su conjunto, se vio y se ve todavía amenazada de parálisis. La planificación y el monopolio estatal son dos grilletes que no dejan andar a la economía. La Unión Soviética es una gran potencia militar construida sobre un país subdesarrollado. Algo así como un rascacielos edificado en un pantano. Un día el rascacielos comenzó a hundirse.

El acceso al poder de una nueva generación ha sido el «feliz accidente» que ha puesto en marcha la serie de transformaciones que hoy conmueven al mundo. Este grupo ha llegado al poder no por los votos de sus conciudadanos sino por la vía usual en las grandes burocracias: el escalafón, la habilidad, los méritos. Un hombre excepcionalmente inteligente, hábil e intrépido, ha asumido la dirección de la reforma: Mijaíl Gorbachov. Un verdadero político, en el mejor sentido de la palabra; si lo hubiesen conocido, habría merecido los encontrados elogios de un Polibio y de un Gracián. Dos notas distinguen a los reformadores. La primera es que se trata de una escisión de la *nomenklatura*, el sector dirigente; en consecuencia, estamos ante un proyecto ideado y ejecutado desde el interior del sistema y desde la cúpula. La segunda es que el grupo está formado por jóvenes políticos, intelectuales y técnicos que han introducido un estilo nuevo, absolutamente desconocido en Rusia, de gobernar. La gran incógnita es saber si contarán con el apoyo de una masa enorme y pasiva, carente de tradiciones democráticas e instintivamente hostil a las novedades, sobre todo si se las tacha de extranjerizantes. La historia de Pedro el Grande puede repetirse. A Pedro lo salvó su gran victoria en Poltava contra Carlos XII de Suecia. A Gorbachov lo han salvado sus grandes éxitos en Occidente. Pero la situación económica –la carestía y la escasez de artículos de primera necesidad– sigue siendo el punto flaco de la situación. Demagogos nostálgicos de Bréznev o nacionalistas rabiosos podrían aprovecharse de la exasperación popular para echar por tierra la reforma. Sería un verdadero desastre[1].

1. No fue así. La liquidación del régimen comunista y el fin de la Unión Soviética, que arrastró en su caída a Gorbachov, no se tradujo en la instauración de nuevos despotismos. Al contrario, en casi todas las naciones que componían el Imperio soviético se han instalado gobiernos democráticos libremente elegidos. Es verdad que se trata de una democracia embrionaria y que algunos de esos regímenes como el de Georgia, apenas si merecen ser llamados democráticos, pero ¿no ocurría lo mismo, hasta hace poco, entre nosotros? En la América hispana la desintegración del Imperio español fue el comienzo de un siglo y medio de anarquía, luchas civiles, golpes de Estado y dictaduras. ¿La desmembración del Imperio ruso tendrá las mismas consecuencias? (*Nota de 1991.*)

A pesar de todas estas dificultades, es lícito tener esperanzas. Gorbachov ha comprendido con gran claridad que para llevar a buen término su reforma, se requiere ante todo una tregua. Es indispensable detener la carrera de los armamentos y aprovechar ese respiro para desecar el pantano de la economía y transformarlo en una tierra fértil. Sin embargo, la modernización no depende únicamente de la suspensión de la guerra fría sino, también, de inyectar mayor libertad a la vida política de la Unión Soviética. Sólo a través del ejercicio de la democracia podrá Gorbachov movilizar a la opinión pública y lograr el apoyo de una población cuyo estado de ánimo, tras años de penurias y sacrificios, oscila entre el escepticismo y la exasperación. La libertad es un duro aprendizaje pero únicamente ella puede cerrar el paso a una intentona de la burocracia conservadora o de un demagogo nacionalista. En conclusión: para sacar al país del atolladero histórico en que ha caído, la reforma tiene que pasar por una transformación radical de los principios en que se funda el régimen. Para salvar al país real es necesario abandonar el irreal «socialismo real».

Gorbachov y su grupo no podían ignorar que la reforma política y económica de la URSS tendría inmediatas repercusiones en los Estados vasallos de Europa central. Corrieron esos riesgos porque no había otro camino. Agrego que lo han hecho con valentía y habilidad. Los cambios en Europa central se iniciaron, como los de la Unión Soviética, desde arriba. La excepción fue Polonia, que ya poseía un fuerte movimiento popular, nutrido por varias décadas de lucha y fortalecido por la alianza entre los obreros e intelectuales de Solidaridad, el patriotismo polaco y el potente catolicismo popular. En los otros países el cambio consistió, al principio, en desalojar de los puestos de mando a los líderes comunistas demasiado ligados con la política represiva de la era de Bréznev y substituirlos por gente nueva. Pero la opinión popular rechazó a estos equipos de recambio y en su lugar ascendieron personalidades independientes, casi todas sin lazos con las jerarquías comunistas, partidarias del pluralismo político, la economía de mercado y el restablecimiento de los derechos humanos. En todos esos países pronto habrá elecciones libres.

La evolución de Rumania fue distinta. Allá el dictador en turno, Nicolae Ceaușescu, había sido capaz de llevar a cabo una política internacional independiente de la Unión Soviética. Se apoyaba en el tradicional sentimiento antirruso de los rumanos y en una fuerte milicia fiel a su persona. Los estilos de gobernar, sin excluir a las tiranías, corresponden a la historia y al carácter de cada pueblo; Ceaușescu fue un tirano en la tradición latina de los césares megalómanos como Fidel Castro es fiel a la de los caudillos latinoamericanos. Confiado en sus éxitos anteriores, pretendió resistir al movimiento democrático que recorre Europa central y acudió a una sangrienta represión que dejó muchos muertos. Fue derrocado y terminó en el paredón, con su mujer. Su fin recuerda al de Mussolini. La ejecución de Ceaușescu fue anunciada por la televisión rumana de esta manera: «Ha muerto el Anticristo». Es una frase impresionante y que revela la profundidad de las emociones religiosas del pueblo. Una emoción en la que la justicia es indistinguible de la venganza. Al día siguiente, en la misma televisión y en la radio de Bucarest, se cantaron villancicos de Navidad.

Al lado del nacionalismo, la pasión religiosa es uno de los componentes de los levantamientos populares en Europa central. Ya se había visto esto en Polonia y no tardará en verse en la Unión Soviética. Asistimos al renacimiento de ideas, creencias y costumbres humilladas durante más de medio siglo. Es una verdadera resurrección de las culturas tradicionales. Pero no debemos cerrar los ojos ante la significación ambivalente de esta reaparición de los sentimientos religiosos y nacionalistas; su violencia puede desbordarse y, libres de freno, ahogar a los movimientos democráticos en un mar de agitaciones y, quizá, de sangre. Lo de Rumania es una señal de lo que podría ocurrir. Estamos apenas en el comienzo de una gran revolución y no sabemos qué puede pasar mañana. Las primeras jornadas de la Revolución francesa fueron relativamente pacíficas y lo mismo sucedió en Rusia hasta que los bolcheviques no dieron el golpe de Estado que liquidó al gobierno legalmente constituido. Muy pocas veces la historia es racional; todo aquel que la haya frecuentado sabe que siempre hay que contar con un elemento imprevisible y destructor: las pasiones de los hombres, su ambición y su locura.

Todavía es temprano para saber cuál será la suerte final de la reforma de Gorbachov en la Unión Soviética y en los demás países del Pacto de Varsovia. Puede ser el principio de una era de tumultos, trastornos, violencias y, quizá, de guerras y tiranías. También puede ser el comienzo de un período de paz y libertad en Europa y en todo el mundo. Hay muchos signos que apuntan hacia esta hipótesis. En situaciones como ésta, las circunstancias adversas pueden convertirse en favorables si una voluntad, a un tiempo dúctil y decidida, es capaz de moldearlas e insuflarles vida. La política es un arte que colinda con la alfarería: me parece que Gorbachov es un gran alfarero. En fin, lo único que se puede afirmar con cierta seguridad es que, como ya dije, somos testigos del fin de un sistema y de una ideología nacidos en 1917. Pero no sabemos cuáles serán las instituciones políticas y económicas que van a substituir a las actuales. Es presumible que, de no ser ahogadas por movimientos conservadores o nacionalistas, las reformas se orientarán hacia la creación de democracias representativas a la occidental y de economías mixtas de distintos matices. En todas ellas el mercado libre y la empresa privada tendrán un lugar importante. Sobre esto último, la gama de modelos es muy extensa, de la Gran Bretaña de la señora Thatcher a la socialdemocracia de Suecia.

La evolución será distinta en cada país, aunque la orientación general del cambio será semejante. También el ritmo de las transformaciones será más o menos rápido, según las condiciones de cada caso. Por ejemplo, en ninguno de esos países, salvo en la Unión Soviética, los partidos comunistas han conservado el poder hegemónico: son un partido entre los otros y con frecuencia minoritario. Algo semejante sucede en el campo de la economía y en el de las autonomías nacionales y regionales. Las dificultades que experimenta la Unión Soviética para realizar el tránsito son mayores que las de los otros países; no sólo es la menos europea de esas sociedades sino que es la más vasta y compleja: un verdadero imperio. Vivimos el fin de un sistema, pero ¿somos testigos del fin de un gran imperio?

¿Fin de un imperio?

La lista de los reformadores de Rusia es corta pero brillante: comenzó con Pedro el Grande, al que siguió una autócrata ilustrada, Catalina II; después, con menos relieve, Alejandro II y un primer ministro de Nicolás II, el conservador Stolypin, asesinado por un terrorista. A diferencia de otros países, ninguno de estos reformadores venía de abajo: todos pertenecían a la cúspide. Reforma desde arriba: el prototipo se repite en la época moderna. Lenin emprendió la primera tentativa de reforma en 1921, casi al otro día de la Revolución, después del fracaso del llamado «comunismo de guerra». La Nueva Política Económica (NEP) se limitó, como su nombre lo dice, a la esfera de la economía. Lenin aflojó los controles estatales, dio cierto margen de libertad a los empresarios privados y a los campesinos, pero dejó intacto el aparato represivo. Liberalismo económico y terror político. (Algo parecido han intentado ahora los dirigentes comunistas en China.) La contradicción entre la reforma económica y la política facilitó la abolición de la NEP en 1927 y el comienzo de la colectivización de la industria y de la agricultura. Fue una operación costosa en vidas y pobre en resultados.

La segunda tentativa fue la de Jruschov. Más amplia y generosa que la de Lenin, su reforma abarcó, además de la economía, a la política y a la cultura. Sus objetivos fueron más confusos; en realidad no fue un plan premeditado sino un incontenible anhelo de respirar con un poco más de desahogo después de los años terribles del paranoico Stalin. La contradicción a que se enfrentó Jruschov fue distinta a la de la NEP: no en el interior sino en el exterior, no entre la política y la economía, sino entre la Unión Soviética y los países de su periferia. Los movimientos de protesta en Polonia (Poznan) y, ante todo, la gran y heroica revuelta de Hungría en 1956, mostraron que cualquier tentativa de liberalización en la Unión Soviética repercutía inmediata y fatalmente en los pueblos vasallos de Europa central. Los tanques soviéticos liquidaron al régimen de Imre Nagy (hoy rehabilitado) pero detuvieron las reformas de Jruschov. El imperio volvió a congelarse. Es imposible que Gorbachov no haya tenido en cuenta estos antecedentes: cada uno de sus movimientos indica que busca evitar los yerros de sus predecesores.

La sociedad soviética goza hoy de libertades desconocidas en la historia de ese país. Con gran rapidez, pero no sin tropiezos y altibajos, se encamina hacia formas de vida más democráticas y modernas. Aunque aún no hay un verdadero pluralismo político –ningún partido comparte o disputa el poder a los comunistas– han surgido grupos y corrientes independientes. Abundan las controversias y las discusiones, el pasado revolucionario ha sido sometido a una revisión implacable, se han derribado ídolos sanguinarios, se han limpiado nombres y reputaciones manchadas por la calumnia y, en fin, la vida pública es una realidad y no un postulado. Los círculos intelectuales han sido teatro de vivas polémicas y los sindicatos han recobrado vitalidad y autonomía. Sin embargo, la gran oleada de rebeldía e independencia, a veces violenta, viene de las nacionalidades que componen el increíble mosaico étnico, lingüístico y religioso que es el Imperio soviético. La segunda mitad del siglo XX ha sido el período de la insurrección de los particularismos étnicos y culturales. (He tratado el tema en el tercer apartado de la primera parte[1] de *Tiempo nublado*, 1983.) Es un fenómeno universal al que la Unión Soviética no podía substraerse. Hace más de cincuenta años Ortega y Gasset habló de la rebelión de las masas; hoy vivimos la rebelión de las naciones sometidas. Con loable cordura, Gorbachov se ha abstenido de recurrir a la fuerza, salvo en dos o tres ocasiones. Es honrado decir que no tuvo más remedio que usarla: eran casos de choques sangrientos entre minorías étnicas rivales.

También el movimiento de reforma en la Europa central está impregnado de aspiraciones nacionalistas. Hay un declarado deseo de liberarse de la tutela soviética. Los centroeuropeos, hasta ahora por lo menos, no buscan romper con la Unión Soviética; Walesa, por ejemplo, es partidario de la colaboración ruso-polaca. En este asunto Gorbachov ha obrado de nuevo con sagacidad. Ha resistido a la tentación de intervenir y, en lugar de oponerse a los cambios, los aplaude e, incluso, los alienta. Su actitud ante la rebelión rumana fue prudente, oportuna y enérgica: virtudes del político según los clásicos. Prudencia, por otra parte, explicable: una intervención militar, como las de sus predecesores en Hungría y Checoslovaquia, habría echado a pique su entendimiento con Occidente, que es su objetivo central. Además, es preferible contar con vecinos más o menos independientes, pero no hostiles, como Finlandia, que con pueblos sometidos en espera de la primera ocasión para rebelarse. Esta política ha dado ya frutos: las muchedumbres en Leipzig, Berlín, Praga y Budapest lo han vitoreado. Una gran potencia como la URSS no necesita países vasallos sino aliados seguros.

Ante el estallido de tantos y tan vehementes nacionalismos es lícito

1. Este apartado, «La democracia imperial», se recoge en el presente volumen.

preguntarse: ¿estamos ante el fin de un imperio? Ya sé que el uso de la palabra *imperio* para designar a la Unión Soviética todavía escandaliza (en México) a algunos fieles impenitentes. Pero no hay otra. La Unión Soviética es un imperio por partida doble: por herencia del régimen zarista y por la voluntad y el esfuerzo del régimen comunista. La expansión comenzó con la formación del Estado ruso propiamente dicho, en el siglo XV. Desde entonces y de una manera continua, generalmente belicosa, con avances y retrocesos, Moscú se extendió hacia los cuatro puntos del horizonte. Fue un proceso que duró cinco siglos. Guerras, tratados y más guerras con los suecos, los polacos, los turcos, los persas, los chinos, los japoneses, para no hablar de la participación de Rusia en los conflictos europeos modernos, de las guerras napoleónicas a las del siglo XX.

Los rusos llegaron primero al mar Báltico y al océano Ártico, después al mar Negro y al Caspio, finalmente al Pacífico. Anexiones sucesivas de Ucrania, Finlandia, los países bálticos, la mitad de Polonia, Georgia, Armenia, Azerbaiyán, Turquestán, los pueblos del Cáucaso y de las estepas, las naciones y tribus de Siberia, etcétera. A la inversa de España, Portugal y Gran Bretaña, potencias ultramarinas, el imperio fue la extensión territorial del núcleo primitivo: Rusia en sentido estricto (Gran Rusia), Bielorrusia y una parte de Ucrania. Fue una sociedad heterogénea, compuesta por pueblos muy distintos, con diferentes religiones, lenguas y culturas, regida por un autócrata, el zar, que era asimismo el soberano de la nación dominante: Rusia. La potencia espiritual fue la Iglesia ortodoxa rusa. A la inversa de los españoles en América, Moscú sometió pero no convirtió: al comenzar el siglo XX menos de la mitad de la población era de lengua rusa y de religión ortodoxa.

El régimen bolchevique heredó el Imperio zarista y su pluralidad de naciones. Uno de los primeros decretos del nuevo gobierno proclamó la igualdad y soberanía de los pueblos de Rusia y su derecho a disponer de ellos mismos. Fue letra muerta. El primer conflicto estalló en Ucrania, en 1917, el mismo año de la Revolución. Los nacionalistas mencheviques fundaron en Kiev una república independiente; los bolcheviques respondieron con la creación de otra república en Jarkov. Ese mismo año de 1917 Stalin fue nombrado comisario de las Nacionalidades, un puesto que no dejó sino hasta 1922 y en el que se distinguió por «su brutalidad» (Lenin *dixit*). Había una contradicción básica entre el centralismo autoritario de los bolcheviques y el principio de autodeterminación de los pueblos. (De paso: la contradicción entre las tendencias autoritarias y las aspiraciones libertarias está ya en la obra de Marx.) La política centralista de Lenin fue continuada, fortalecida y pervertida por Stalin; durante su régimen poblaciones enteras fueron arrancadas de sus tierras y deportadas a otros territorios. En Siberia y en otras regiones se exterminó literalmente a varios grupos étnicos.

La política de rusificación, heredada del zarismo, continuó hasta el gobierno de Bréznev. La discriminación favoreció a la población rusa frente a las otras. No obstante, como ocurre con frecuencia, las minorías han logrado preservar su memoria histórica y su identidad. Hoy algunas de estas minorías, sobre todo los tres países bálticos, aspiran a una independencia casi total. Mañana, muy probablemente, los ucranianos harán demandas parecidas. En Moldavia, Armenia, Georgia y otras partes, los sentimientos nacionalistas son intensos y, a veces, violentos. El gran problema, la gran incógnita, son las naciones musulmanas, recorridas por inquietos y contradictorios oleajes y aspiraciones. Pertenecen a un universo cultural e histórico muy alejado de la civilización eslava, profesan una religión proclive a la guerra santa, crecen más rápidamente que los demás y colindan con varios países de su misma fe.

La historiadora francesa Hélène Carrere d'Encausse, en un libro notable (*L'Empire éclaté*, 1979), previó que las contradicciones nacionales de la Unión Soviética estaban destinadas a tener una importancia determinante y superior a las otras contradicciones sociales y económicas. En efecto, la cuestión de las nacionalidades es el hilo –un hilo muy delgado– del que penden el futuro y la vida misma de la Unión Soviética. Cierto, el problema de Gorbachov no es esencialmente distinto al que hoy desvela a otros gobernantes europeos, como Felipe González y Margaret Thatcher: la rebelión de las minorías nacionales es un fenómeno ubicuo. Pero ni el español con sus vascos ni la inglesa con sus irlandeses se enfrentan a un reto de esta magnitud y complejidad: un país del tamaño de un continente y habitado por más de cien pueblos (rusos, ucranianos, lituanos, estonios, letones, uzbekos, tártaros, mongoles, cosacos, armenios, georgianos, turcomanos, etcétera, etcétera). Hasta ahora, el gobernante soviético ha logrado sortear los obstáculos gracias a una hábil mezcla de flexibilidad y dureza. (Maquiavelo habría sonreído con aprobación.) Pero nada puede afirmarse aún: la partida apenas ha comenzado. Estamos ante un proceso en movimiento y que se agravará a medida que pase el tiempo y avancen las reformas democráticas.

De todos modos, confío en que Gorbachov podrá resolver estos conflictos si, como lo ha hecho hasta ahora, trata cada caso por separado y sin pretender imponer soluciones globales. El principio rector de una política de esta índole no puede ser sino la preservación de la unidad del Estado soviético; la estrategia, en cambio, debe ser extraordinariamente flexible y capaz de tolerar una gran variedad de matices. Cada caso es distinto e intentar aplicar la misma regla a todos sería suicida. Hay que inventar un sistema hecho no de regularidades sino de excepciones. Ésta fue la solución medieval y más tarde el secreto de la política de España en México y de Inglaterra en la India. Sólo así la Unión Soviética podrá convertirse en una auténtica asociación de Estados y naciones. Es dificilísimo pero la otra alternativa es el desmembramiento o el regreso a las formas autoritarias del pasado. Sería una gran desgracia, no sólo para los soviéticos sino para todos nosotros. No creo en ese infortunado desenlace; la tendencia, en todas partes, es hacia la constitución de comunidades y federaciones multinacionales. Para construir una nueva sociedad internacional, en Europa y en el mundo entero, es esencial la presencia de una Unión Soviética democrática, unida y próspera[1].

La Unión Soviética perdió muchos territorios y posesiones después de la primera guerra pero los recobró y adquirió otros más al fin de la segunda. La ganancia principal fue la construcción, frente a Occidente, de una muralla viva de pueblos dominados: Polonia, Checoslovaquia, Hungría, Rumania y Bulgaria. (El caso de la diminuta Albania, estalinista y maoísta, es una curiosidad que interesa más al entomólogo que al historiador.) En esos países se establecieron gobiernos prosoviéticos, a la sombra del Ejército Rojo y formados por comunistas fieles a Moscú. En todos ellos se reprodujo el modelo soviético y en todos la policía política tuvo una función cardinal. Alemania fue dividida y en la del Este se impuso un régimen semejante. En Yugoslavia los comunistas conquistaron el poder sin el auxilio del ejército soviético y esta circunstancia explica la

1. Estas páginas fueron escritas en diciembre de 1989 y, apenas dos años después, necesitan ser rectificadas: la Unión Soviética ha desaparecido y Gorbachov, acompañado de su inteligente equipo, ha dejado el poder. Es imposible saber si la recién nacida Comunidad de Estados Independientes resistirá a las tendencias centrífugas de los distintos nacionalismos o si continuará el proceso de fragmentación del Imperio soviético. En el segundo caso es lícito preguntarse si las diferencias políticas no desembocarán en enfrentamientos militares. Asimismo, es indudable que la República de Rusia, hoy dirigida por un reformador enérgico (Borís Yeltsin), tenderá a convertirse en el centro de la nueva constelación histórica. Tanto su considerable peso económico, militar y demográfico como su tradición nacional la impulsarán a convertirse en la cabeza de la nueva Comunidad. Pero ¿el nuevo Estado ruso podrá vencer la desconfianza de sus antiguos vasallos y podrá ganarse su amistad? Pienso, sobre todo, en el más rico y poderoso entre ellos: Ucrania. (*Nota de diciembre de 1991.*)

política independiente de Tito. Hace poco Fidel Castro dijo que la diferencia entre su régimen y el de los países de Europa central, es que en Cuba el «socialismo» había triunfado sin el auxilio del Ejército Rojo. Es cierto, pero ¿cuánto tiempo podría durar el gobierno de Castro sin la ayuda soviética?

La influencia de la URSS se extiende a países de los otros continentes para no hablar de los partidos comunistas, hasta hace poco sujetos a Moscú. En Oriente, Mongolia Exterior es otro Estado tapón entre la Unión Soviética y China. En Asia, América y África también dependen de la URSS, en distintos grados, Vietnam, Cuba, Angola, Etiopía. El primer gran tropiezo del expansionismo soviético ocurrió en Afganistán, tradicional objetivo ruso desde la época de Alejandro I. El fracaso de su intervención en Afganistán fue el comienzo de la gran mutación del sistema de Estados vasallos forjado por Stalin después de la segunda guerra. En Europa el sistema fue sacudido desde el principio por repetidos levantamientos populares. Ahora, después de cerca de medio siglo de luchas y sacudimientos, el sistema se ha desmoronado. ¿Qué nueva Europa nacerá de sus escombros?

El fin de las burocracias comunistas en Europa central ha comprobado, una vez más, la fragilidad de los regímenes satélites. Apenas el poder central les retiró su apoyo, cayeron uno tras otro los sátrapas de Polonia, Alemania del Este, Hungría, Checoslovaquia, Bulgaria y Rumania. El desmoronamiento de los gobiernos comunistas centroeuropeos acarreó el del sistema de Estados vasallos. Sería un error ignorar la fuerte coloración nacionalista de los levantamientos populares; son movimientos democráticos, sí, pero sobre todo están movidos por una ardiente aspiración hacia la independencia nacional. La evolución en la zona exterior del Imperio soviético ha sido mucho más rápida que la del interior y, seguramente, será irreversible. La situación está preñada de peligros no menos inmediatos y graves que las demandas de los lituanos o las convulsiones en Kazajstán. Europa central ha sido un campo de batalla constante, salvo cuando alguna gran potencia ha impuesto, por la fuerza, la paz. En el pasado fueron tres imperios: el alemán, el ruso y el austrohúngaro. Fue una paz férrea, inseparable de la dominación y asentada sobre la abolición de Polonia y otras enormidades. Paz inestable, rota una y otra vez por las querellas de las grandes potencias y las disputas de las pequeñas. ¿Serán capaces esos pueblos de crear una comunidad pacífica de Estados democráticos o volverán a ser poseídos por los viejos demonios?

La memoria histórica es cruel: los polacos tienen cuentas que saldar con los rusos y los alemanes, los croatas con los serbios, los húngaros con los rumanos, los rumanos con los rusos y así sucesivamente. Los Balcanes fueron el polvorín de Europa; el polvorín estalló en 1914 y provocó la primera guerra. Finalmente, la terrible interrogación: Alemania. La unificación de este gran pueblo es justa, histórica y moralmente; además, es inevitable. Pero una Alemania reunida puede cambiar radicalmente el equilibrio europeo, echar abajo la Comunidad o transformarla peligrosamente. Así, la liberación de Europa central abre una perspectiva inquietante: la posibilidad de volver al viejo y resbaladizo juego de las alianzas contra éstos o aquéllos. Sería el primer acto de una lucha por la hegemonía del continente, como las que precedieron a las guerras de 1914 y 1939. ¿El gran cambio terminará en el regreso a la vieja y sanguinaria historia? No es ni creíble ni factible. La historia va por otro camino, diametralmente opuesto. Los signos apuntan hacia otra dirección: la construcción de una Europa más grande.

Hay que repetirlo: es imposible que Gorbachov no haya previsto que la crisis de los Estados vasallos abriría el avispero. Fue un riesgo calculado. Es cierto que el renacimiento de los nacionalismos y la unificación de Alemania podrían provocar conflictos y males sin cuento. El elemento imprevisible y destructor que he mencionado varias veces –el elemento demoníaco, para llamarlo con su antiguo y exacto nombre religioso– aguarda en un rincón del tiempo. Pero hay otros elementos más poderosos y racionales que se oponen a un regreso al pasado. Ni la Unión Soviética ni Europa occidental experimentan la menor tentación de reavivar fuegos que fácilmente se convertirían en incendios. Tampoco en las dos Alemanias existen fuerzas y grupos de significación que estén poseídos por el viejo sueño hegemónico. Ni Europa ni la Unión Soviética tienen nada que ganar –y sí mucho que perder– con la resurrección de las mortíferas pasiones nacionalistas. Aunque los impulsos desintegradores, todavía informes, laten en el subsuelo histórico, las tendencias a la integración son más fuertes y lúcidas. El interés de los pueblos no está en la destrucción sino en la construcción de una Europa unida. Abandonar la edificación de la Comunidad Europea, una tarea aún por terminar, sería peor que una abdicación: un suicidio histórico. Europa puede y debe extenderse, como dijo proféticamente el general De Gaulle, de Lisboa a los Urales.

De una manera que parece una insólita confirmación de la idea que atribuye a la historia un sentido, aparecen Gorbachov y su apuesta: la disolución del sistema de Estados vasallos, lejos de convertirlos en enemigos de la Unión Soviética, puede ser un gran paso hacia la constitución de una Europa más vasta. El líder soviético ve a esas naciones como puentes entre su país y Europa occidental. Éste es un cambio inmenso pues rompe la política tradicional de los gobiernos comunistas, que buscaron siempre levantar barreras entre el Occidente y la Unión Soviética. El gran designio dc Gorbachov es la creación de la Casa de Europa, como la ha llamado en varios discursos. Una casa en la que él incluye, naturalmente, a la URSS. Designio formidable y que nos enfrenta, a los de los otros continentes, con varias preguntas.

América: ¿comunidad o coto redondo?

La historia es el campo de juego de la Fortuna, como llamaban los antiguos al accidente y a la contingencia. Por esto es imprevisible. Con esta salvedad, resignado de antemano a que el porvenir me desmienta, me atrevo a decir que sólo hay dos posibles desenlaces de la crisis que hoy viven los países liberados del centro de Europa: el regreso a los estrechos nacionalismos, repetición a un tiempo sangrienta y monótona de los antiguos desastres, o la constitución de una Comunidad Europea ampliada, en la que participen todas las naciones del continente.

Ambas posibilidades implican que de una manera u otra los cambios del Este y del centro de Europa afectarán de manera decisiva a los miembros del Pacto del Atlántico. El renacimiento de los nacionalismos y sus querellas fatalmente arrastraría a las naciones de Europa occidental. Todas, por esta o aquella razón, se sentirían obligadas a participar en luchas y rivalidades no muy distintas a las que, en el pasado, ensombrecieron la historia europea. Volverían los antiguos agravios; la ambición y el interés inventarían otros. La otra posibilidad, a mi juicio, es más viable: Europa acaba de descubrir su unidad y ha dado un primer paso para realizarla, la Comunidad Europea. La dispersión sería el principio del fin. Esto lo saben ya los europeos o, al menos, los mejores y más lúcidos. La conciencia de la unidad ha sido un gran cambio. Un cambio invisible pero profundo pues ha transformado las mentalidades y será determinante en la configuración política de la Europa que amanece[1].

Para apreciar debidamente la significación de este gran cambio, debo

1. Tal vez fui demasiado optimista. El caso de Serbia, Croacia, Eslovenia y las otras naciones que formaron Yugoslavia (un Estado creado por el Tratado de Versalles, como Checoslovaquia) revela el vigor, mejor dicho, la virulencia, de los viejos nacionalismos. A un tiempo son legítimos y peligrosos; sus querellas provocan inevitablemente la intromisión de las grandes potencias. Tradicionalmente Austria y Alemania ejercieron una influencia determinante en esa región del mundo, especialmente en Croacia, y la creación de Yugoslavia tuvo, entre otros propósitos, neutralizar esa influencia. ¿Alemania resistirá a la tentación de intervenir de nuevo? Algo semejante sucede en los países bálticos. Allá, hasta el siglo XVIII, la influencia sueca fue primordial y, después, la de Alemania. Ambas fueron un dique frente al expansionismo ruso. Estos ejemplos pueden extenderse a Checoslovaquia y, claro está, a Polonia. La Comunidad Europea tendrá que absorber y resolver estos conflictos, so pena de perecer. Regresaríamos entonces a la situación de 1914. (*Nota de diciembre de 1991.*)

señalar algo que con frecuencia se olvida: la evolución de los países europeos bajo la tutela de Moscú ha sido un proceso independiente. La influencia de Occidente fue más bien indirecta. Las naciones democráticas fueron capaces de resistir durante cerca de medio siglo a la presión política y militar del bloque soviético y a las acometidas de los partidos comunistas europeos, apoyados muchas veces por escritores e intelectuales poseídos por los coléricos demonios de la abstracción. Resistieron, hay que repetirlo, sin sacrificar los derechos humanos y las instituciones democráticas. Al mismo tiempo sus economías progresaron y han creado una abundancia sin precedentes en la historia de los hombres. Pero su política no fue activa sino esencialmente defensiva. Por sí sola, y en el mejor de los casos, esa política habría podido *contener* –para emplear la conocida expresión de George Kennan– a la Unión Soviética... y nada más. Varias veces he subrayado la debilidad orgánica, por decirlo así, de las democracias en materia de política internacional. No me vanaglorio: no he hecho sino repetir a los clásicos y, sobre todo, al perspicaz Tocqueville. Hace más de un siglo, en su libro sobre la democracia norteamericana, señaló que una política internacional, para que sea fructífera, debe ser a largo plazo y ejecutada lejos del tumulto de las asambleas dominadas por las disputas de los partidos. Exactamente lo contrario de lo que ocurre en Occidente y especialmente en los Estados Unidos.

El éxito de las democracias se debe a una razón extrínseca a su política, aunque fundamental: la inferioridad del sistema soviético lo mismo en el dominio de la economía que en el de la política interior. En una y otra esfera el Estado burocrático aplastó los impulsos creadores y la iniciativa de los individuos y de los grupos. Pero la política internacional de la Unión Soviética ha sido hábil, inteligente y tenaz. Es una característica rusa, desde el zarismo. Debido a su debilidad interna, desgastada y sofocada, la Unión Soviética no pudo hacer frente, simultáneamente, a la carrera de las armas, a la progresiva parálisis de su economía, al cansancio de los trabajadores hartos de colas y escaseces, al descontento de los intelectuales, a las agitaciones de las nacionalidades y a las continuas perturbaciones en los Estados vasallos. Hoy la situación es radicalmente distinta: la construcción de la nueva Europa es una tarea conjunta, en la que deben participar todos los pueblos del continente. Esa participación, sin el cambio de mentalidad a que he aludido, sería imposible e impensable.

La aparición de una nueva Europa va a presentar formidables dificultades a los Estados Unidos y a la Unión Soviética. Son los ejes, respectivamente, del Pacto del Atlántico y del Pacto de Varsovia. Es presumible que el segundo se disgregue apenas sus miembros recobren la plena autonomía. Tampoco se ve la utilidad del Pacto del Atlántico en la nueva coyuntura. Si subsistiese, tendría que incluir a los otros países de Europa central. No veo, en ese caso, cómo sería posible excluir a la Unión Soviética. Pero una alianza que incluya a los dos rivales, los Estados Unidos y la URSS, ¿para qué serviría? Lo más probable es que los pactos militares desaparezcan por superfluos y se forme una nueva organización de Estados europeos. ¿Excluiría a los dos gigantes? No parece factible ni ellos lo permitirían.

La presencia de la Unión Soviética y de los Estados Unidos en una asociación de Estados europeos presenta dificultades suplementarias y no menos complejas, lo mismo en el orden de la historia que de la política. Ninguna de las dos superpotencias es una nación estrictamente europea. Para muchos intelectuales y escritores centroeuropeos Rusia no es ni ha sido nunca parte de Europa. (Sobre este asunto, véase la discusión entre el checo Milan Kundera y el ruso Joseph Brodsky, a propósito de Dostoyevski.) Tal vez sea más justo decir que Rusia es otra versión de nuestra común herencia griega y cristiana: Bizancio. Convengo, de todos modos, en que se trata de una cuestión peliaguda: ¿qué es lo europeo? En cambio, es indudable que más de la mitad de la Unión Soviética es asiática y no sólo por la geografía sino por la cultura y la historia. El caso de los Estados Unidos es aún más claro: es un retoño de la civilización europea trasplantado a nuestro continente; aquí arraigó y se convirtió en una planta distinta.

Ignoro cómo podrán resolverse estas dificultades. Es presumible que las dos superpotencias no renunciarán voluntariamente a ser parte de la nueva organización europea. Las negociaciones serán arduas y complicadas. Uno de los ejes de los debates políticos en el futuro inmediato será precisamente esta cuestión: la desaparición de los dos bloques, la creación de una Comunidad Europea ampliada y la situación de los Estados Unidos y de la Unión Soviética en el nuevo organismo. De todos modos, tendrá que llegarse a un acuerdo. Algo es seguro: aumentarán considerablemente los poderes y las atribuciones de la colectividad europea y disminuirá proporcionalmente la influencia de los dos gigantes. Cualquiera que sea su futura posición en Europa, es evidente que ambas potencias habrán perdido parte de su supremacía y tendrán que modificar tanto la dirección como la substancia de su política[1].

La Unión Soviética puede estrechar sus lazos con el continente y con-

1. De nuevo: me asombra mi optimismo. La realidad ha desmentido todas esas previsiones. (*Nota de 1993.*)

vertirse en un inmenso mercado para los europeos. El desarrollo de sus vastos territorios asiáticos es tarea de una o dos generaciones. Confieso, sin embargo, que me interesa más el sesgo que podrían dar a su política los Estados Unidos. Es natural: soy mexicano. Antes de entrar en materia, se impone una advertencia: los Estados Unidos son una potencia mundial y lo seguirán siendo por bastante tiempo. Así pues, los previsibles cambios de la política internacional norteamericana obedecen a esta realidad evidente. Para comprobarlo, hago en seguida una muy breve enumeración de los puntos sensibles donde se manifiestan la influencia y el interés nacional de los Estados Unidos.

Desde que se transformaron en una gran potencia, no han cesado de orientarse hacia el Pacífico; sus relaciones con esa región y con el continente asiático han sido, simultáneamente, continuas y tempestuosas: Japón, China, Filipinas, Hawai. Hoy compiten con un viejo rival, el Japón. Mañana, quizá, con China. En otras partes del mundo no habrá tampoco variaciones fundamentales. Por ejemplo, no se interrumpirán sus lazos con Israel ni Washington dejará de seguir activamente la evolución del movedizo Cercano Oriente y de África del Norte. Allá las cosas pueden cambiar si, como parece, la Unión Soviética modifica su política en esa región y normaliza sus relaciones con Israel. Los Estados Unidos son una potencia mundial y nada de lo que ocurra en Irán, Afganistán o Pakistán puede serles ajeno[1]. Ahora bien, a pesar de todo esto, los cambios en Europa y la aparición de nuevos centros de poder económico y político (Japón y la cuenca del Pacífico) los obligarán a volverse más y más hacia el continente americano. La geografía es la madre de la historia. Esta parte del mundo fue la primera que los atrajo cuando iniciaron su carrera imperial; ahora, al alterarse el equilibrio que siguió a la segunda guerra, su interés primordial vuelve a ser nuestro continente. Es un regreso al principio.

Al hablar del continente americano, hay que dividirlo en varias zonas geográficas e históricas. Una está compuesta por los Estados Unidos y Canadá; otra por América Latina, aunque en el Caribe hay algunas naciones que no son latinoamericanas. A su vez, América Latina puede dividirse en dos grandes zonas: la primera es México, América Central y las Antillas; la otra es América del Sur. Tal vez habría que hablar de tres regiones pues el inmenso Brasil constituye una por sí solo. Algunos de esos países –Argentina, Uruguay y, en menor medida, Chile– mantuvieron hasta hace

1. Esto fue escrito un poco antes de la guerra del golfo Pérsico, que confirmó mis previsiones. (*Nota de 1992.*)

poco relaciones privilegiadas con Europa; su orientación cultural es todavía, en buena parte, europea. Aunque América del Sur es vital para los Estados Unidos, es una zona que, tanto por su situación geográfica como por sus problemas políticos y económicos, es claramente distinta a la formada por México, América del Centro y las Antillas. Esta subdivisión no sólo es geográfica sino económica e histórica.

México, América Central y las Antillas Mayores (Cuba, República Dominicana y Puerto Rico) han tenido una historia común desde el siglo XVI. Su actual desunión es una de las consecuencias desdichadas de la disgregación del Imperio español al comenzar el siglo pasado. El militarismo, consecuencia a su vez de las guerras de Independencia, consumó y aceleró el desmembramiento. Aquí es útil hacer una nueva distinción: las Antillas son un mundo afín pero claramente diverso del que forman la América Central y México. En realidad, la América Central es una prolongación de México y no sólo por la geografía sino por la cultura y la historia. Las dos regiones, con el Canadá, constituyen las comarcas naturalmente asociadas a los Estados Unidos por la geografía, aunque a veces separadas por divergentes intereses económicos y políticos.

La asociación de Estados Unidos con el Canadá es íntima y antigua; las relaciones con México y los otros países han sido y son con frecuencia tormentosas. Las querellas se han sucedido desde la primera mitad del siglo pasado. En general, los Estados Unidos se han impuesto más por la fuerza que por la razón y la justicia. El tema de nuestras relaciones con los Estados Unidos es de gravedad; hay que tratarlo con extremo rigor y, en lo posible, con la máxima objetividad. No sin pasión: sin rencor ni xenofobia. Es una regla que procuraré seguir en estos artículos.

Los Estados Unidos han salido fortalecidos de la crisis que transforma a la Unión Soviética. No porque haya aumentado su fuerza sino porque ha disminuido la de su gran rival. Su triunfo ha sido ideológico y político. Su sistema de gobierno y de vida no ha necesitado ninguna reforma que entrañe, como en la URSS, una revisión radical de los principios en que se funda su sociedad. También los favorece la evolución internacional: al mismo tiempo que en Europa central se vuelve a la democracia y a esta o aquella forma de la economía de mercado, en América Latina las dictaduras militares han sido desplazadas por gobiernos democráticos. Es cierto que todavía quedan algunos islotes, sobrevivientes del hundido continente autoritario que ha sido América Latina: me ocuparé de ellos en mi próximo artículo. Por ahora, basta con señalar que aun en un país cuyos líderes todavía hace unos cuantos meses se decían marxista-leninistas (ejemplo mayor: el comandante Daniel Ortega), hoy se acepta la posibilidad de una salida democrática a la contienda que por tantos años ha ensangrentado a Nicaragua.

Al final del siglo hemos presenciado dos grandes transformaciones que han cambiado la economía mundial y no tardarán en modificar la política. Una ha sido la aparición de una nueva constelación en el Pacífico: Japón, Corea del Sur y Taiwan. Su influencia hasta ahora ha sido en el dominio de la economía pero, verosímil y necesariamente, mañana también será política. Es casi seguro que, tarde o temprano, surgirá en la misma región otro astro de primera magnitud: China. La experiencia de nuestro tiempo ha mostrado que el camino de la modernización pasa obligadamente por la democracia política; si China quiere ser moderna, tendrá que ser demócrata. El otro gran cambio ha sido la creación de la Comunidad Europea destinada a ampliarse si, como parece, el Imperio soviético se transforma en un conjunto de naciones democráticas. La otra alternativa sería el caos internacional. Ante este panorama, dos vías se abren a la acción de los Estados Unidos en el continente americano. La primera consiste en ejercer solos y a solas la influencia que su poderío les otorga. La segunda, más en consonancia con lo que sucede en otras partes del mundo, es buscar con los otros países de América una asociación o comunidad de Estados. Esta organización tendría que ser más activa y moderna que la OEA[1].

La primera opción política colinda, en uno de sus extremos, con el paternalismo y, en el otro, con el garrote. Sería una vuelta a los tiempos del primer Roosevelt, el Alejandro Nabucodonosor de Darío. Una política de esta índole no sólo sería una recaída en un pasado que todos quisiéramos olvidar sino que está en contra de las corrientes políticas contemporáneas. El movimiento general de la historia nos lleva a formas de asociación política y económica regionales y continentales. Esta tendencia es independiente de nuestra voluntad o de la de Washington: es una consecuencia de la evolución de la sociedad internacional y de los últimos cambios en Europa. Aclaro: no hablo de fatalidad histórica sino de tendencias y corrientes poderosas. No podemos cerrar los ojos ante ellas; hay que examinarlas, pesarlas y, en la medida de lo posible, tratar de influir sobre ellas, en esta o aquella dirección. Nos hacen una pregunta que debemos contestar.

1. Organización de Estados Americanos.

Panamá y otros palenques

> Istmo de Panamá: *Lengua de tierra que une a las dos Américas.*
>
> PEQUEÑO LAROUSSE ILUSTRADO

En mi artículo anterior señalé que la evolución del mundo presentaba a las naciones de nuestro continente dos opciones: constituir una comunidad de Estados americanos o proseguir su camino como hasta ahora. Los acontecimientos últimos en Panamá son una viva ilustración de los peligros de la segunda opción. No es fácil comprender la política de los Estados Unidos en nuestro continente. El presidente Bush y el secretario Baker, así como otros altos funcionarios del gobierno de Washington, han expresado reiteradamente su deseo de afianzar, estrechar y diversificar sus lazos con México y con los otros países de la zona. Han dicho, con franqueza, que ellos necesitan nuestra colaboración tanto o más que nosotros la suya. Al mismo tiempo, desmienten esa voluntad de colaboración con actos unilaterales como el envío de tropas a Panamá.

No podían ignorar que esta acción, realizada sin consultar a ninguno de los Estados americanos, abriría heridas todavía frescas y daría armas a sus enemigos. La furia antiamericana que desató la invasión de Panamá en varios periodistas e intelectuales de nuestro país recuerda la histeria anticomunista en los Estados Unidos durante el período maccarthista. Sin embargo, aunque muchas de esas críticas son desmesuradas y desfiguran los hechos, no carecen de razón en el fondo: la invasión fue condenable. Ahora bien, si se quiere substituir la gritería por la discusión racional, deben puntualizarse ciertas cosas. Confundir a Noriega con un patriota antimperialista es grotesco: colaboró con la CIA y recibió sumas importantes por sus servicios. Estuvo y está complicado con el tráfico de drogas. Fue un cruel dictador militar. Se negó a reconocer la legítima victoria del candidato independiente Endara e impuso por la fuerza un gobierno espurio. No es aventurado prever que sus revelaciones en el proceso que se le sigue destaparán una verdadera cloaca. Es difícil defender a un personaje con estos antecedentes.

Los gobiernos latinoamericanos deberían haber sido más enérgicos con Noriega. Quizá así habrían evitado la invasión. Como lo recordó hace unos días el presidente de Venezuela, Carlos Andrés Pérez, los paralizó el tabú del principio de no intervención. Un principio se convierte en tabú cuando se aplica mecánicamente. El principio de no intervención se deriva de otro, básico y que es su fundamento: el principio de soberanía, el derecho de los pueblos a disponer de ellos mismos. En el caso de Panamá, al aplicar indiscriminadamente el principio de no intervención, los gobiernos latinoamericanos pasaron por alto la violación de la soberanía del pueblo panameño cometida por Noriega al imponer por la fuerza a un gobierno ilegítimo. Así, el principio de no intervención, al ignorar la violación de la soberanía, se negó a sí mismo. Cuando hay un conflicto entre dos principios, debe escogerse aquel que es el fundamento del otro. En este caso es el de autodeterminación, expresado en unas elecciones legítimas. El ejemplo de Panamá muestra, una vez más, que es necesario repensar los principios que rigen nuestra política exterior y ordenarlos conforme a una jerarquía que tome en cuenta tanto el interés de la nación como las normas del derecho internacional.

Nada de esto justifica la conducta de Washington. La invasión de Panamá fue una acción unilateral y anacrónica. Aunque Noriega es autor de graves delitos, los Estados Unidos no tenían derecho de aprehenderlo en un territorio que no es el suyo. Sobre esto, hay que puntualizar que el Vaticano no le concedió asilo político, como había hecho antes con Endara y con otros líderes de la oposición; se le concedió asilo porque así «se ponía fin al conflicto armado y sin prejuzgar sobre las acusaciones en su contra por delitos de orden común». Los países a los que Noriega pidió asilo, se lo negaron. Se quedó solo y por esto, según parece, decidió entregarse. Ahora lo juzga la justicia norteamericana. Se discute, con razón, la legalidad del juicio. Personalmente, no soy jurista, dudo de su licitud; debería juzgarlo la justicia panameña. Al mismo tiempo, es innegable que, hasta ahora, Noriega ha hecho uso de las garantías que le concede la ley y se ha defendido de sus acusadores con libertad e independencia. Su primer acto ha sido recusar la jurisdicción de la autoridad que lo juzga y, por lo tanto, ha negado la legalidad del proceso. ¿Gozaron de garantías semejantes el general Ochoa y los otros oficiales cubanos, acusados de delitos parecidos (tráfico de drogas), fusilados en La Habana hace unos meses?

Lo más asombroso de la intervención norteamericana en Panamá fue la enormidad de los medios empleados y la pequeñez del objetivo. Una operación de policía transformada en una acción de guerra en la que participaron más de veinte mil hombres con aviones, tanques y armas modernas. El costo de la invasión ha sido alto en vidas y en riqueza. Su costo político ha sido aún más elevado: un oleaje de reprobación en América Latina. No en Panamá: si se ha de dar crédito a los noticieros de televisión, la población celebró la caída del dictador con alegres manifestaciones. Tampoco en el resto del mundo ha causado demasiadas lamentaciones este episodio. Pero América Latina es una región de primordial interés para la diplomacia norteamericana. ¿Por qué herirla y despertar viejos sentimientos? Y todo esto en los momentos en que el mundo entero, salvo un puñado de incurables, se regocijaba por la caída de Ceauşescu y elogiaba la inteligente prudencia de Gorbachov. Un capítulo más en el arte de ser impopular, cultivado con tenacidad por los gobiernos de Washington.

¿Cómo explicar todo esto? Ya Tocqueville señalaba, hace un siglo y medio, que el punto flaco de la gran democracia norteamericana era la política internacional, sometida a las querellas de los partidos y a la cambiante voluntad de los presidentes en turno. Por mi parte encuentro, además, una contradicción que aparece en los fundamentos mismos de la sociedad estadounidense: es una democracia y es un imperio. (Véase *Tiempo nublado*, 1983.) Esta contradicción se manifiesta, por ejemplo, en la oposición entre la Presidencia y el Poder Legislativo, hoy reforzada por la influencia desmesurada de los medios de comunicación. Durante el gobierno de Reagan la oposición de los senadores paralizó su política en Nicaragua y se dio el caso, único en la historia diplomática, de que mientras el presidente de la nación se negaba a recibir a Daniel Ortega, jefe del gobierno de Nicaragua, el presidente del Senado lo recibía y lo escuchaba. Hoy la situación ha cambiado: el Senado, la prensa, la televisión y la opinión pública han apoyado la decisión del presidente Bush. Raro caso de acuerdo. ¿Por qué? Tal vez han visto en la invasión de Panamá, más que una operación militar y política, una misión policíaca. Cualquiera que sea la razón, ha sido un lamentable eclipse del espíritu crítico de la democracia norteamericana.

Me falta por examinar la otra posibilidad: la asociación de Estados de América. El tema es impopular en este momento por la acción de los Estados Unidos en Panamá. Pero debo arriesgarme: trato de pensar con alguna independencia y rectitud. El tema está inscrito en el movimiento general de la historia contemporánea; es parte, por decirlo así, de su lógica: hacia allá nos conducen los cambios actuales. Podemos rechazar esa posibilidad, no ignorarla ni cerrar los ojos ante ella. Para desecharla o aceptarla tenemos antes que examinarla.

La asociación económica entre México, Canadá y Estados Unidos ha sido un asunto ya explorado con tacto y realismo por varios economistas, sobre todo en un notable ensayo de Josué Sáenz. (Véase el número 157 de *Vuelta*, de diciembre pasado.) A diferencia del aspecto económico de esta cuestión, apenas si se ha hablado de la eventualidad de crear en América instituciones análogas, aunque no idénticas, a las de la Comunidad Europea. Esta idea corresponde a una nueva realidad que emerge cada día con mayor claridad en el horizonte de la historia. Una comunidad de Estados americanos debería comprender, en círculos concéntricos, a dos zonas: la nuestra y la América del Sur. Sería una organización diferente a la OEA que corresponde a otro momento y a otras circunstancias. La OEA ha sido un foro político, diplomático y jurídico; una verdadera Comunidad tendría funciones más amplias y concretas, como las de elaborar políticas comunes en materia económica y cultural, así como velar por su ejecución.

A la luz de la experiencia de este siglo y de este continente, la Comunidad Americana debería de estar compuesta por regímenes aceptablemente democráticos. Por fortuna, las dictaduras militares han desaparecido casi completamente del continente. Hay el caso de Nicaragua y la guerra civil de El Salvador. Todos esperamos que los líderes sandinistas hayan aprendido al fin la espléndida lección democrática que les han dado los pueblos de Europa central y que en su país se celebren elecciones libres. En El Salvador la oposición tendrá que cambiar las ametralladoras por la lucha política pacífica. Pudo haberlo hecho antes y en mejores condiciones si sus jefes hubiesen aceptado las proposiciones de Duarte. En general, todos estos movimientos, casi siempre inspirados por versiones simplistas de un leninismo a la latinoamericana, tendrán que cambiar de orientación y de tácticas. El impulso inicial que los llevó a la lucha era generoso; sus ideologías sumarias y sus procedimientos violentos han sido desastrosos.

Queda Cuba. Allá la Unión Soviética tiene una base militar y política. Tal vez sea más exacto decir: tenía. Moscú ayuda al régimen de Castro con creciente y no oculta mala gana. Esa ayuda, además de onerosa, ha resultado inútil: el régimen no sólo ha sido incapaz de resolver los problemas de la economía cubana sino que se ha convertido en un anacronismo político. La obstinación es fatal y el caso de Rumania es un aviso. En diciembre pasado un grupo de escritores y de representantes de varios grupos defensores de los derechos humanos, encabezados por personalidades como Lech Walesa y Milovan Djilas, le pedimos a Castro que abandonase el poder para hacer posible la transición pacífica hacia la democracia. Ojalá que escuche este llamado. Hace dos años el mismo grupo de escritores le pedimos que convocase a un plebiscito como el celebrado en Chile por Pinochet. No se equivocó Terencio: *veritas odium parit* (la verdad engendra odio). La respuesta fue una salva de injurias de la prensa cubana, coreada por varios y distinguidos escritores mexicanos, escandalizados por nuestra osadía. Espero que algunos entre ellos sientan ahora un poco de vergüenza, aunque quizá no se atrevan a confesarlo en público. No están enamorados de sus errores sino de su reputación.

La idea de una comunidad de naciones de América del Norte provoca rechazo en muchos mexicanos y, en otros, escepticismo. Es natural y explicable: no es fácil olvidar el pasado. Tampoco es sano tenerlo siempre presente. Es indispensable remover estas obstrucciones psicológicas, si se quiere examinar con razonable imparcialidad el tema. Me parece que hay cuatro objeciones principales en contra de esta idea. La primera, ya mencionada, es la de los agravios históricos. Es respetable pero no podemos ser prisioneros de nuestro pasado. Los franceses y los alemanes se mataron durante dos siglos; una de las guerras entre Gran Bretaña y Francia duró cien años; Polonia ha sido invadida y ocupada varias veces por los alemanes, los rusos y los austríacos; los españoles dominaron a Italia y oprimieron a los Países Bajos; Francia ha ocupado dos veces a España... Hoy todas esas naciones buscan, no el olvido, sino la superación de esas derrotas, humillaciones y crímenes. La anormal persistencia de ciertas lesiones históricas –la Conquista, la guerra del 47 y otras– no es signo de vigor sino de incertidumbre e inseguridad. Es una dolencia psíquica no menos perniciosa que la pérdida de la memoria histórica. Asimilar el pasado, inclusive las derrotas, no es olvidarlo: es transcenderlo.

La segunda objeción se funda en la enorme desigualdad económica y militar entre los Estados Unidos y México. El argumento brota de una confusión: la desigualdad es un hecho anterior e independiente de la posible asociación. No desaparecería automáticamente con ella y tampoco sin ella. Depende de otras condiciones y causas sobre las que puede discutirse largamente pero que no tienen relación directa con este tema. Subrayo, en cambio, que la desigualdad entre Alemania y Grecia o entre Francia y Portugal no es un obstáculo para que esos cuatro países sean parte de la Comunidad Europea. Aunque la asociación no hace desaparecer la desigualdad, es ventajosa por varias razones. Mencionaré a las dos más importantes. La primera: permite una distribución más equitativa (o menos injusta) de la riqueza y del poder; la segunda: el poderoso está sujeto a reglas, convenios y deliberaciones colectivas que limitan su voluntad y la hacen menos arbitraria. Esto último es axiomático: no hay nada más peligroso que un lobo suelto. Incluso en un organismo con tan pocas facultades como la OEA los países latinoamericanos han sido capaces, en varias ocasiones, de oponer un *hasta aquí* a la voluntad de Washington. En los organismos colectivos los débiles tienen una tribuna y, a veces, un tribunal.

Más arriba señalé que en la naturaleza histórica de los Estados Unidos está inscrita una contradicción básica: son una democracia y son un imperio. Uno de los términos de esa contradicción, el democrático, ha jugado en nuestro favor más de una vez. Dentro de una institución como la que entreveo, encontraríamos en esa vocación democrática un aliado muy eficaz y que podría neutralizar su otra vocación, la imperial. Tampoco es posible olvidar que tenemos muchos amigos en esa nación y no sólo entre los norteamericanos de origen mexicano, que son nuestros hermanos. Los ciudadanos de los Estados Unidos son sensibles como los de muy pocos países al imperio de la ley y a las normas de la moral. Es una de las herencias positivas de su puritanismo. Los ejemplos abundan en su historia; para citar sólo a los más recientes, recordaré las manifestaciones en contra de la guerra de Vietnam y el caso de Watergate. Entre los defensores más apasionados (y obcecados) de Castro hay no pocos norteamericanos. Otro ejemplo, de escasa importancia pero significativo, es el de los intelectuales mexicanos que por hábito llamamos de izquierda (a estas alturas los términos *derecha* e *izquierda* se han vuelto flotantes y nadie sabe ya su significado real). A pesar de su beligerante antimperialismo, invariablemente encuentran acomodo en las universidades de Estados Unidos y gozan de las becas de sus fundaciones culturales.

La tercera objeción parece de más peso: no es prudente asociarse a una gran potencia que ha seguido, precisamente en los años del apogeo de su poderío, una política errática. Ganaron la guerra pero comprometieron mortalmente su victoria en Yalta; ignoraron la rivalidad entre Rusia y China, que no es únicamente ideológica: nació en el siglo XVII del encuentro, en las inmensidades asiáticas, de dos grandes imperios, el manchú y el zarista; desdeñaron a Castro cuando, quizá, hubieran podido impedir que se echase en brazos de Moscú; intervinieron a destiempo en Vietnam, abandonaron a Ngo Dinh Diem y se enajenaron la voluntad del príncipe Sihanuk, que por razones históricas era y es enemigo de Vietnam... La lista es larga. Sería mezquino callar otra lista, no menos larga: la de sus grandes aciertos. Comienza por el mayor y que cambió el destino de Europa occidental y del mundo: el Plan Marshall. Fue la primera gran derrota del comunismo y el origen de todo lo que ha ocurrido después.

¿Tenemos derecho de reprochar a los otros sus inconsecuencias si nosotros no confesamos las nuestras? Nuestra política, la exterior y la interior, no ha sido un impecable modelo de coherencia. La adversidad nos ha obligado a replegarnos en nosotros mismos y esta introversión nos aísla y empaña nuestra visión. En las alianzas, como en los amores y las amistades, se corre siempre un riesgo; sin embargo, hay ocasiones en que aceptar ese riesgo es menos peligroso que rechazarlo. Ésta es una de ellas. Las alianzas son materia de conveniencia, necesidad y contigüidad. La geografía nos ha unido; la historia nos ha dividido; el mutuo interés puede reunirnos.

He dejado para lo último nuestras ideas y sentimientos democráticos. Estas aspiraciones nos unen. Los profesionales del antiamericanismo, que en México son legión, olvidan tercamente que los Estados Unidos son una gran democracia. Es verdad que han abusado y abusan de su fuerza; también han mostrado que saben restringirse y que son capaces de plegarse a la razón y a la moral pública. Es un pueblo con remordimientos y que conoce el arrepentimiento. Son tornadizos y poco fiables: como nosotros. Con la materia frágil e impura que somos los hombres y las naciones, se construyen las grandes sociedades y se acometen las empresas memorables. Algunos piensan que asistimos al ocaso de los Estados nacionales. Es posible, aunque no lo sé a ciencia cierta. Sé que las sociedades modernas se orientan hacia la formación de comunidades en cada región y en cada continente.

La cuarta objeción se funda en las grandes diferencias de orden histórico y cultural. Varias veces he dicho y escrito que somos dos versiones opuestas de la civilización de Occidente. En los dos países son visibles, además, la herencia y la influencia de otras civilizaciones, la precolombina en el nuestro y en el de ellos la de las culturas que forman el *melting pot*. Estas diferencias, por fortuna, no desaparecerán, como no es fácil que desaparezcan las distintas culturas nacionales de los españoles, los franceses, los alemanes, los chinos o los árabes. Las culturas y las tradiciones cambian más lentamente que las ideas y las técnicas. En cuanto al pseudoproblema de la identidad nacional: si algo tenemos los mexicanos, a veces en exceso, es lo que se llama carácter o genio. La famosa búsqueda de la identidad es un pasatiempo intelectual, a veces también un negocio, de sociólogos desocupados. El verdadero problema consiste en expresar en términos modernos y universales nuestro vigoroso carácter nacional. Es lo que han intentado (y logrado a veces) unos cuantos artistas y escritores de México. Las diferencias culturales entre nosotros y ellos no son el obstáculo sino el fundamento del diálogo. Toda relación dinámica está hecha de la confrontación de elementos distintos y aun opuestos.

No faltará quien se pregunte si la desigualdad entre México y los Estados Unidos no aconseja más bien, para equilibrar la balanza, buscar aliados y amigos en Europa y en el Pacífico. En el siglo XIX los conservadores buscaron la unión, primero con España, después y sobre todo con la Francia de Napoleón III. En nuestro siglo, durante la primera guerra mundial, el presidente Carranza vio con simpatía, como muchos otros nacionalistas, la posibilidad de una alianza con Alemania. Otros han pensado en el Japón (el primero de ellos fue Porfirio Díaz). Nuestros intelectuales de izquierda siempre vieron como aliados naturales de México a la Unión Soviética y a los otros países «socialistas». En ellos pesaron más las afinidades de ideología que las consideraciones geográficas, históricas y políticas. Ni la disputa entre la URSS y China ni la persistencia de los sentimientos antirrusos en Polonia, Checoslovaquia y Rumania, ni la rivalidad entre China, Vietnam y Camboya les abrieron los ojos. La ceguera ideológica es más poderosa que la física. La historia ha mostrado que esas alianzas no son, ahora, viables. La coyuntura histórica es otra: Europa se orienta hacia una comunidad ampliada y los países de la cuenca del Pacífico no tardarán en buscar este o aquel tipo de asociación económica y política. El mismo fenómeno aparece en el sur de nuestro continente: Brasil, Argentina, Uruguay y Paraguay se han unido ya en una asociación económica que muy pronto comprenderá a Chile y quizá a otros países. ¿Y los lazos de cultura, lengua e historia? Estos lazos, aunque impalpables, son más resistentes y perdurables que los políticos y económicos. Sin embargo, no son un obstáculo para otro género de alianzas. Si España tiene una doble vocación, europea y americana, México también la tiene. Nuestro país, desde la época precolombina, ha sido cruce de caminos y culturas.

No he mencionado otro factor, el más poderoso: la voluntad de los pueblos. Es imponderable. En el caso de los Estados Unidos se inscribe en contra de toda asociación con nosotros su tradicional indiferencia y su desdén ignorante frente al mundo latinoamericano. La realidad disipará muy pronto esa indiferencia y esos prejuicios: penetramos en un mundo del que poco sabemos, salvo que estará hecho de la interdependencia de los pueblos y los Estados. No tengo una idea idílica del porvenir pero la era de los gigantes solitarios toca a su fin. Por otra parte, ya indiqué que la cuestión de una posible y todavía nebulosa Comunidad Americana no depende únicamente de las naciones y de los gobiernos: es la expresión de una tendencia general y profunda de la historia contemporánea. Una posibilidad que podemos aceptar o rechazar. Se trata, literalmente, de una contraposición, es decir, de escoger entre dos cosas distintas y contradictorias. Una es la asociación; la otra es la soledad histórica.

México: modernidad y tradición

Toda reflexión sobre la historia contemporánea termina en una interrogación. Esta serie de artículos no escapa a la regla: no sabemos si las naciones americanas escogerán o no la vía comunitaria. Ahora bien, la condición *sine qua non* para llevar a cabo esta o aquella política reside en la independencia. Por supuesto, relativa –aunque no tanto que se confunda con la dependencia. La independencia es una noción filosófica, un concepto jurídico, un principio de derecho público y un tema de discursos pero, ante todo, es una realidad política. Para conservar su independencia y afirmarla, cualquiera que sea su opción, dentro o fuera de un organismo internacional, México tiene que fortalecerse. La fuerza no se adquiere de la noche a la mañana: pide tiempo y muchas otras cosas. No sueño, claro, en saltos imposibles; tampoco es necesario que la fuerza sea mucha, con tal de que se use con prudencia y, si hace falta, con arrojo. «Hay que ser prudentes –decía Diderot–, con un gran desprecio hacia la prudencia.» Para fortalecerse, nuestro país tiene que aprender muchas cosas y rectificar otras que se han convertido en fórmulas e inercias. Para entrar en el mundo moderno, tenemos que aprender a ser modernos.

No sé si la modernidad es una bendición, una maldición o las dos cosas. Sé que es un destino: si México quiere ser, tendrá que ser moderno. Nunca he creído que la modernidad consista en renegar de la tradición sino en usarla de un modo creador. La historia de México está llena de modernizadores entusiastas, desde la época de los virreyes ilustrados de Carlos III. La falla de muchos de ellos consistió en que echaron por la borda las tradiciones y copiaron sin discernimiento las novedades de fuera. Perdieron el pasado y también el futuro. Modernizar no es copiar sino adaptar; injertar y no trasplantar. Es una operación creadora, hecha de conservación, imitación e invención.

La relación entre modernidad y tradición ha sido y es capital en la historia de México. La mayoría de nuestros grandes conflictos históricos son variaciones de este tema medular. Lo mismo la Independencia que las luchas entre liberales y conservadores, la disputa entre el Estado y la Iglesia, el contraste entre los proyectos de modernización de los «científicos» de Porfirio Díaz y la realidad tradicional del México agrario o, en el siglo XX, las luchas entre las distintas facciones revolucionarias, pueden comprenderse mejor si las vemos como episodios de esa relación contradictoria entre modernidad y tradición. Es el *leitmotiv* de nuestra historia, del siglo XVIII a nuestros días. Hoy es el centro del debate político.

El presidente Salinas de Gortari ha declarado muchas veces que uno de los propósitos esenciales de su gobierno es la modernización del país. Tal vez habría que decir que es su propósito central. El proyecto modernizador se dio a conocer desde los días de su campaña electoral: reforma de la economía, la política y el Estado. En materia económica el cambio se inició durante el régimen anterior; sin embargo, como el presidente Miguel de la Madrid recibió un país arruinado, su labor consistió esencialmente en impedir el desplome total, imponer un límite al gasto público, sanear las finanzas, y en fin, comenzar por los cimientos. Sobre estas bases el presidente Salinas ha podido emprender una acción más radical y dinámica. La política sobria y prudente de Miguel de la Madrid no se limitó a la esfera de la economía y la administración pública; si aplazó la reforma política, su estilo civilizado y sereno de gobernar fue un saludable cambio en nuestra tradición, en la que abundan las violencias de hecho y los excesos verbales.

No es necesario detenerse mucho en los distintos aspectos de la reforma económica. No son el tema de estas reflexiones y, además, son la comidilla diaria que alimenta las discusiones públicas. Me limito a señalar que se procura devolver a la sociedad la iniciativa económica, limitar el estatismo y, en consecuencia, la proliferación burocrática. Renuncia al populismo, a la ineficacia y al despilfarro, no vuelta a un capitalismo salvaje como se ha dicho. Ha disminuido la carga de las onerosas empresas estatales –aunque todavía quedan algunos paquidermos–, el gasto público se ha reducido, se ha limitado el abusivo poder burocrático, se ha combatido la corrupción y se ha llegado a un acuerdo con nuestros acreedores.

Queda muchísimo por hacer. Años de incurias y derroches nos presentan hoy una cuenta terrible: las desigualdades, la quiebra de la educación, el excesivo crecimiento demográfico y su doble consecuencia, la emigración hacia los Estados Unidos y el hacinamiento en la ciudad de México –castigo de nuestro secular centralismo–, la salud, la contaminación del aire y el agua. La agricultura sigue siendo el punto débil de nuestra economía; nuestros campesinos se libraron del peonaje, no de la penuria. Sin una agricultura sana el país no se podrá enderezar. Pero la economía comienza a recobrarse. Se dice que el costo social de la reforma económica ha sido alto y doloroso. Es cierto, pero era irremediable y, creo, será transitorio. Si crece la producción, aumentan las exportaciones y se aminora el servicio de la deuda, se elevará el nivel de vida del pueblo. Es lo que ha sucedido en otras partes del mundo. A los que utilizan las penalidades actuales como un arma en contra de la política del gobierno, hay que preguntarles: ¿conocen otros remedios? ¿Quieren una imposible vuelta a la imposible situación anterior? ¿Qué proponen?

La reforma abarca también, primordialmente, a la política y al Estado. La necesidad de una reforma democrática –primera e incumplida finalidad de la Revolución mexicana– se ha convertido desde hace años en una exigencia popular. Fui uno de los primeros en decirlo (*Postdata*, 1969); ahora que todos, incluso mis críticos de ayer, se han vuelto demócratas, me atrevo a recordarlo con un poco de (¿perdonable?) vanidad. El tema del Estado se refiere, sobre todo, a su finalidad y dirección: ¿qué clase de Estado y con qué fines y propósitos? Pero antes de tocar estos temas debe repetirse que la obra del actual gobierno se ha iniciado apenas: juzgarla es prematuro. Sin embargo, no sería honrado callar que se ha hecho mucho. El país comienza a cambiar, no solamente por la acción del gobierno sino porque la sociedad mexicana recobra más y más la iniciativa. Esto es alentador, sobre todo si se piensa en nuestra historia, dominada sucesivamente por el tlatoani, el virrey, el caudillo, el señor general y el señor presidente, todos ellos encarnaciones del Padre, alternativamente terrible o bienhechor.

Varios comentaristas (ahora los llaman «politólogos») han comparado la reforma de Gorbachov con la de Salinas. Comparación osada: las diferencias entre la Unión Soviética y México son inmensas. Sin embargo, hay algunos parecidos. Ambas son respuestas a situaciones de inmovilidad y estancamiento debidas, primordialmente, al crecimiento del Estado, total en la URSS y excesivo en México, con la consecuente dominación de una burocracia compuesta de políticos, administradores y tecnócratas. Allá la burocracia ha sido opresora y aquí abusona. Los orígenes de los dos estatismos, uno totalitario y el otro paternalista, no sólo son ideológicos sino históricos: el patrimonialismo zarista y el virreinal (trasplante del absolutismo europeo). Otro parecido es que son reformas desde arriba, aunque respondan a una profunda necesidad de cambio que viene de abajo. Los dos grupos de reformistas son el resultado de escisiones de la jerarquía política dominante: uno de la *nomenklatura* comunista y el otro del partido que es el brazo político del gobierno, el PRI. Hay otros parecidos pero de menor cuantía.

En cuanto a las diferencias: la mayor es que la Unión Soviética es una potencia mundial (Rusia lo es desde la época de Pedro el Grande) en tanto que México ha tenido que luchar y lucha todavía por afirmar su soberanía. No menos importante es la distinta naturaleza histórica de las dos sociedades: México no ha sido nunca una ideocracia totalitaria ni una dictadura burocrática y policíaca. Tampoco nos enfrentamos a la rebelión de las nacionalidades, como en la URSS. Otra diferencia es la distinta actitud de los grupos conservadores de las dos clases políticas ante la acción de los reformistas. En la Unión Soviética practican una oposición solapada; en ningún momento los conservadores se han atrevido a formar partidos que pidan abiertamente un regreso a los buenos tiempos de Bréznev. En cambio, aquí han formado un partido político de oposición. Su ideología es una curiosa amalgama: han conservado su estatismo y su populismo pero, al mismo tiempo, han abrazado con entusiasmo los principios del pluralismo y la democracia. En la Unión Soviética los miembros de la *nomenklatura* son conservadores; en México, los separatistas del PRI se llaman revolucionarios.

El Partido de la Revolución Democrática (PRD) está dirigido por antiguos líderes del PRI aliados a otros que vienen del disuelto Partido Comunista y de varios grupos afines. El nuevo partido está amenazado de división por su misma heterogeneidad. Sin embargo, cuenta con numerosos partidarios en el Distrito Federal y en las zonas cercanas. Su clientela se extiende a algunos estados, especialmente a Michoacán, en donde priva el patriotismo provinciano (es la tierra del general Cárdenas). En cuanto a su ideología: aún no ha presentado un verdadero programa. Sus líderes han dicho que se oponen al «desmantelamiento de la propiedad estatal», a las privatizaciones y al pacto contra la inflación; piden que continúe el reparto de tierras pues aún hay muchos campesinos sin ellas; fueron partidarios de la moratoria, después se arrepintieron y ahora denuncian el acuerdo con los acreedores y piden una confrontación con ellos (¿quieren seguir el ejemplo de Alan García?); defienden con estrépito a los sandinistas y a los guerrilleros de El Salvador pero callan ante Castro, del que apenas hace unos meses eran ruidosos partidarios. Estas declaraciones no constituyen un programa de gobierno ni expresan una ideología precisa. Son un catálogo de sentimientos, gustos, disgustos y obsesiones.

Proclaman ardientes convicciones democráticas. Lo menos que se puede decir de ellas es que, si son sinceras, son muy recientes. Si alguien tiene la paciencia de recorrer la prensa de los últimos diez años, encontrará en los artículos y declaraciones de estos líderes y de los intelectuales e ideólogos de su bando, insultos a los disidentes soviéticos y a los que nos atrevimos a criticar las dictaduras comunistas, elogios a Castro, críticas a Walesa y a Solidaridad. No sería caritativo recordarles todo lo que han callado y ocultado durante muchos años: de los campos de concentración de Stalin al envío de tropas cubanas al África (sólo que eso no se llama intervención sino, por lo visto, «internacionalismo»), del montón de improperios que acumularon sobre Solzhenitsyn a sus denuncias contra varios escritores mexicanos, a los que acusaron de ser voceros del Departamento de Estado en el conflicto centroamericano. ¿Y su amor a la democracia? Nunca hablaron de ella, salvo para denunciarla como una mistificación. De pronto, tocados por una súbita luz, comenzaron a escribir loas a los derechos humanos y a las despreciadas «libertades formales». ¿Cómo y por qué? Nunca nos han explicado las razones de su cambio. Pero no es difícil saberlo: descubrieron a la democracia cuando Gorbachov inició su reforma democrática como, treinta años antes, habían descubierto los crímenes de Stalin cuando Jruschov los hizo públicos.

El otro partido de la oposición, el PAN, es claramente democrático. Sus fundadores estuvieron influidos por movimientos e ideologías europeas no democráticas pero acabaron por desechar esas tendencias. Al principio el Partido de Acción Nacional estuvo dirigido por intelectuales católicos; sus líderes actuales, menos brillantes, vienen de la clase media y del sector empresarial. Es un partido predominantemente urbano, de la clase media y la obrera. Se ha modernizado y así ha perdido en parte los lazos que lo unían a la herencia, enterrada pero viva, del antiguo Partido Conservador. Por esto ha penetrado más profundamente en el norte que en el centro y el sur, donde las tradiciones son más fuertes. Sus dirigentes son modernos; todos tienen reputación de honradez y eficacia: tuvieron éxito en sus actividades privadas antes de lanzarse a la vida pública. Sin embargo, con dos o tres excepciones, dan la impresión de ser bisoños en el arte de la política. Por fortuna y por desgracia, la ideología no es su fuerte. Por fortuna, porque esto les permite un sano pragmatismo: la ideología es enemiga del sentido común; por desgracia, porque para combatir los estragos de las ideologías hay que conocerlas. El mayor elogio que podría hacer del PAN es también una crítica: es un partido provinciano. La crítica: es provinciano por el simplismo y el pragmatismo de corto alcance de algunas de sus posiciones y actitudes. El elogio: es un partido auténticamente provinciano porque hunde sus raíces en el norte, una tierra que ha sido y será decisiva en la historia de México. En la tradición centralista que ahoga a nuestro país, el provincialismo del PAN es una bocanada de aire fresco.

Sobre el PRI he escrito mucho. No repetiré lo que puede leerse en varios libros míos. (Todos esos ensayos y notas han sido recogidos en *El peregrino en su patria.*) Me limitaré a reiterar que, sin una reforma democrática, la de la economía será imposible. Para que sea viable la reforma política se requiere como condición indispensable la radical transformación del PRI. Ante todo, hay que introducir la democracia en ese partido. La mayoría no sólo debe decir la última palabra en las cuestiones importantes sino que no debe ser manipulada o, menos aún, fabricada artificialmente como ocurre a menudo. No menos urgente que la reforma democrática en el interior del partido, es el cambio de su relación con el gobierno. Hace muchos años escribí que una de las diferencias entre el PRI y los partidos totalitarios europeos era la siguiente: mientras en Rusia, Italia y Alemania esos partidos tomaron el poder y después se convirtieron en gobierno, en México el partido fue creado por el gobierno. La democracia plena sólo será posible si el vínculo entre el gobierno y el partido se invierte; quiero decir: cuando el PRI deje de ser el partido *del* poder y se convierta en un partido *en* el poder. Claro, un poder conquistado en las urnas.

La posición de los partidos de la oposición frente al debate entre modernidad y tradición, es peculiar: están tironeados entre los dos términos. En el caso del PAN ya señalé que se ha alejado de sus orígenes, el tradicionalismo de sus fundadores. Para transformarse en un gran partido nacional, debe penetrar más hondamente en el centro y el sur del país. Y para esto debe recobrar su herencia, su linaje histórico: el Partido Conservador. Ya es hora de reconocerlo: ese calumniado partido dio a México personalidades no menos notables que las del Partido Liberal. La guerra ideológica ha dividido nuestras conciencias por más de un siglo. Debe cesar. Lo digo por haberla vivido: vengo de una familia liberal. El PAN, sin perder su modernidad, puede ser la voz de esa tradición y así convertirse en un verdadero *interlocutor nacional.* Necesitamos esa voz. Fue una desventura histórica que la suerte de las armas y el trágico equívoco del imperio la hayan acallado por tanto tiempo. Recobrarla será recobrar una parte ocultada, pero no muerta, de nuestra historia.

La posición del PRD es más difícil. Tal vez por ser un partido joven o, más probablemente, por su carácter heterogéneo, no acierta aún a definir cuál es realmente su tradición. Por esto mismo, su visión de la modernidad también es ambigua. De ahí que haya sido incapaz hasta ahora de elaborar un programa de gobierno. Por una parte, se declara heredero de la tradición revolucionaria de Lázaro Cárdenas; por la otra, afirma su vocación democrática y rechaza al PRI como un partido corporativo. Pero una parte esencial –incluso puede decirse: orgánica– de la doctrina y de la acción de Cárdenas fue su decidido corporativismo. El partido fundado por Calles, el PNR (Partido Nacional Revolucionario), no era corporatista, aunque tendía a serlo. Al transformarlo en PRM (Partido de la Revolución Mexicana), el general Cárdenas recogió, desarrolló y sistematizó ese corporativismo embrionario. El PRI actual heredó ese carácter. Si el PRD es el heredero del cardenismo, debería abrazar, con el culto a la intervención del Estado, el «corporativismo revolucionario». Ambos son rasgos esenciales del cardenismo.

Escribí «corporativismo revolucionario» entre comillas porque hay una diferencia entre el partido de Cárdenas, el PRM, y el verdadero corporativismo. Este último comprendía a todas las clases sociales, inclusive a los empresarios, integrados y sometidos al Estado. Se suponía que era el «cuerpo social» del régimen y por esto se llamó Estado corporativo al de los fascistas italianos. El PRM fue más bien un partido hegemónico que excluía a una parte de la nación. Los excluidos fueron vastas capas de la clase media, los empresarios, los propietarios y otros sectores. El PRM fue un partido clasista como ha habido y hay muchos: partidos campesinos, obreros, de la clase media, de esta o de aquella región, etc. La pretensión de identificar una clase –o alianza de clases– con el Estado, tiene un claro parecido con la concepción bolchevique. En el partido revolucionario no caben ciertas clases; ahora bien, esta legítima exclusión se vuelve ilegítima y antidemocrática cuando el partido se transforma en gobierno y éste se identifica con la nación. A partir de ese momento son excluidas colectividades enteras y millones de seres pierden su identidad: son los parias de la nueva sociedad. Esto es, en su esencia, el totalitarismo: aquellos que no caben en la supuesta totalidad que encarna el partido-Estado, no existen realmente.

El gobierno de Cárdenas no fue, claro está, totalitario. En su tiempo se gozó de una considerable libertad de prensa y de opinión, así como de las otras garantías individuales. Fue un gobierno respetuoso –gran virtud– de la vida de sus adversarios. Pero es innegable que en el PRM había gérmenes totalitarios, como se ha visto. ¿Ésta es la herencia que reivindica el PRD? Si es así, no es una herencia democrática... Y hay algo más y más decisivo: la tradición que los líderes del PRD dicen representar, ¿es realmente la tradición de la Revolución mexicana? Todo el debate político actual se condensa en esta pregunta. Contestarla será también iluminar la relación, a un tiempo contradictoria y complementaria, entre modernidad y tradición.

México: modernidad y patrimonialismo

Tout ce qui se fait d'accord avec l'opinion est maintenu par elle, mais dès qu'on la précède ou qu'on la combat, il faut avoir recours au despotisme.

MADAME DE STAËL

El informe del presidente Salinas de Gortari al Poder Legislativo, el primero de diciembre pasado, rompió con la liturgia oficial. Los que lo vimos en la pantalla de la televisión no presenciamos una ceremonia: asistimos a un acto político. Toda reforma debe comenzar por el lenguaje. El de nuestros políticos ha tenido la sequedad de un tratado de estadística o ha sido una retórica de yeso, molduras, dorados y volutas: rodeos. Salinas fue simple, directo y conciso. Pero el informe fue notable, sobre todo, por su contenido. Fue una exposición de principios. El presidente no apeló a nuestros sentimientos sino a nuestra razón. Nos dijo con claridad qué es lo que se propone y qué entiende por modernización. Su tema fue la reforma del Estado y la tradición de la Revolución mexicana. Así pues, entró de lleno en el debate contemporáneo: ¿los principios de la Revolución mexicana son compatibles con el proyecto modernizador?

Salinas distinguió entre el Estado propietario y el Estado justo. Su crítica del primero fue teórica e histórica. Nació de las necesidades de la época y fue una respuesta a la gran crisis económica de 1929. El Estado intervino en el proceso económico para remediar muchas y graves injusticias sociales. En parte, logró su objeto pero creció demasiado, usurpó funciones que no le correspondían, creó una burocracia numerosa e incompetente y terminó por ser un aparato gigantesco que paralizó el proceso económico. Añado, por mi cuenta, algunas notas suplementarias: su política proteccionista, lejos de fortalecer a la industria mexicana, le quitó competitividad; utilizó el crédito público para impulsar grandiosos proyectos: la mayoría fracasaron; expropió o adquirió numerosas empresas deficitarias por razones de utilidad social: en muy pocos casos se consiguió enderezar su economía y convertirlas en negocios rentables; apostó el patrimonio nacional y perdió en ese juego; nacionalizó la banca sin justificación razonable y sin que esa medida lograse detener la caída vertical de nuestra moneda; se convirtió en el principal propietario del país y las enormes riquezas que acumuló se deslizaron entre sus manos como agua. Sucesivas transformaciones del Estado: se convirtió en benefactor, después en gran propietario y al fin en providencia. Como propietario fue inhábil: los subsidios y las nacionalizaciones crearon una inmensa burocracia no pocas veces corrupta. Como filántropo fue caprichoso y manirroto: gastó mucho y ayudó a pocos y mal. No sería misericordioso continuar.

El Estado justo no pretende suplantar a los verdaderos protagonistas del proceso económico: empresarios y trabajadores, comerciantes y consumidores. Una lógica rige a la actividad económica y otra a la política. Respetarlas es el comienzo del arte de gobernar. El Estado justo no es productor pero vela porque los productores –empresarios y trabajadores– realicen sus funciones en las mejores condiciones posibles y, dentro de los límites legales, con la mayor libertad. Tampoco es distribuidor: garantiza la libertad de comercio, protege a los consumidores y se esfuerza porque los distribuidores no engañen, abusen, roben o cometan otros excesos. El Estado justo no es omnipotente y muchas veces falla; lo reconoce y no castiga a sus críticos. No es omnisciente y se equivoca; sabe que el remedio está en el libre juego de las fuerzas sociales. Confía en el doble control del mercado y de la democracia. El mercado acaba por expulsar del circuito comercial a los productos caros y malos; la democracia no consiente por mucho tiempo los abusos y los fraudes. El Estado justo combate a los monopolios y entre ellos al más injusto y menos productivo: el estatal. Al mismo tiempo, conserva el control de los bienes de la nación y de las materias estratégicas. ¿Es liberal por lo primero y socialista por lo segundo? Las etiquetas son engañosas. ¿Es liberal o populista la conservadora Margaret Thatcher? ¿Son socialistas o liberales Felipe González y François Mitterrand? ¿Y los nuevos dirigentes polacos, checos, húngaros?

Se ha dicho que el Estado justo es infiel a la tradición revolucionaria mexicana. Como todos los fenómenos históricos, nuestra Revolución es doble y triple. Alguna vez me pregunté: ¿hubo una o muchas revoluciones y, en el segundo caso, cuál es la verdadera? Se hizo esta misma pregunta, a propósito de la Revolución francesa, el notable historiador François Furet, que ha renovado nuestra visión de ese gran hecho histórico. Furet encontró que hubo varias revoluciones francesas: la de la Asamblea Legislativa y la de la Constituyente, la de los girondinos y la de los jacobinos, la de Thermidor, el Directorio y el Consulado, para no hablar de la revuelta de la Vendée. Lo mismo sucede con nuestra Revolución: una fue la de Madero, política y democrática; otra la de Zapata, agraria y milenarista; otra la de Carranza, nacionalista; otra la de Obregón y Calles, más dedicados a construir que a derribar. La Revolución tuvo muchos rostros.

Reconocer la variedad contradictoria de la Revolución no significa ignorar su unidad. No la unidad de una doctrina sino la de la historia. Como el hombre, su creador, la historia es una y varia. Todas las versiones de la Revolución fueron verdaderas y legítimas en su momento y, en cierto modo, aún lo son. Las relaciones entre esas distintas verdades revolucionarias, a veces choques y otras alianzas, forman el tejido de la historia. Ese tejido todavía nos envuelve: es la vida, su materia dúctil y ondeante. Incluso puede decirse que la vigencia de la Revolución depende de su variedad misma. Las aspiraciones democráticas de Madero tienen hoy una actualidad que no tenían hace cincuenta años; el afán de Calles por modernizar nuestra economía parece ser de hoy. La Revolución no es un bloque, ni un catálogo de recetas; es un conjunto de ideas y actitudes, unas vivas, otras muertas y otras dormidas. El despertar de las últimas depende del momento y también de nosotros: unas son viables en esta circunstancia y otras en aquélla. Reducir esta pluralidad a una sola interpretación y a una doctrina exclusiva, es atentar contra la verdad histórica. Es una mutilación. Esto es lo que ha ocurrido en nuestro país.

Durante el período de las luchas entre las facciones, cada una de ellas se ostentó como la propietaria de la única y legítima verdad revolucionaria. En nombre de su verdad, cada jefe excomulgó a los otros: Zapata a Madero, Carranza a Zapata, Obregón a Carranza y así sucesivamente. Con la paz, las facciones cambiaron las ametralladoras por las polémicas: ¿quién no recuerda los escritos de José Vasconcelos, Luis Cabrera, Antonio Díaz Soto y Gama, Gómez Morín, Lombardo Toledano, Jorge Cuesta? Al fin, la muerte los calló a todos. Surgió entonces una nueva interpretación. Fue obra de ideólogos universitarios influidos por el marxismo. Mejor dicho: por la vulgata marxista que ha circulado en nuestras universidades. Los profesores aplicaron a la Revolución mexicana los esquemas con los que se ha pretendido explicar la historia revolucionaria rusa (esquemas hoy desacreditados en la misma URSS). Un ejemplo entre muchos: Trotski caracterizó al régimen de Stalin como un proceso «thermidoriano» que había desembocado en una dictadura bonapartista. (Su modelo histórico era la Revolución francesa.) Este esquema fue utilizado por varios trotskistas mexicanos para explicar la situación de México: la Revolución se había detenido porque atravesaba por una fase de reacción bonapartista. Uno de ellos escribió un libro en el que desarrollaba esta idea y que tuvo cierta resonancia.

La interpretación que he mencionado y otras de la misma índole han sido curiosidades intelectuales del marxismo bizantino. La mayoría de los ideólogos prefirió interpretaciones menos sutiles pero, por su misma vaguedad, más eficaces. Por obvias razones se escogió la figura de Cárdenas como la expresión final y más acabada de la Revolución mexicana: bajo su gobierno se había celebrado una efímera alianza entre el régimen revolucionario y el marxismo-leninismo. Todo aquello que no se ajustaba a la versión cardenista fue juzgado, condenado y excluido de la tradición revolucionaria. Pero Cárdenas no fue un intelectual ni un teórico: fue un hábil político, un idealista y, al mismo tiempo, un realista. Para transformar la no muy precisa y a menudo gaseosa ideología de Cárdenas en un cuerpo de doctrina coherente fue necesaria una operación de cirugía política. Los profesores cortaron y recortaron los dichos y los hechos del general michoacano hasta convertirlos, ya que no en las máximas de un tratado, sí en las fórmulas de un catecismo. Esta mistificación de una figura histórica –respetable y aun admirable por más de un motivo– se realizó con la complicidad y el patrocinio de los gobiernos y del PRI, grandes especialistas en el arte de la beatificación y momificación de nuestros prohombres.

En la polémica entre el Estado justo y el Estado propietario no es difícil decidir: las dos concepciones pertenecen a distintos momentos de la Revolución. La original, más antigua y, me atrevo a decirlo, permanente, es la del Estado justo. Desde el principio apareció como un compromiso entre el intervencionismo estatal y la neutralidad del liberalismo clásico. Fue la doctrina –o más exactamente: la tendencia– de los primeros revolucionarios y, entre ellos, de uno de los fundadores del México moderno, Plutarco Elías Calles. El grave quebranto económico de 1929 y otras circunstancias históricas (fundamentalmente el crecimiento de las ideologías totalitarias) favorecieron más y más la intervención estatal en la economía. Fue vista como un remedio a la depresión y al desempleo; muchos países adoptaron esta política. Su versión más conocida fue el New Deal de Franklin D. Roosevelt. En México la nueva política económica fue adoptada por Lázaro Cárdenas, al principio con resultados positivos. Después, fue inoperante y, al final, nociva. Por esto ha sido desechada en casi todo el mundo. Allí donde la conservan, ha sufrido modificaciones substanciales.

La versión más radical del Estado propietario fue la de la Unión Soviética. Probablemente Marx se habría escandalizado ante esta interpretación de sus ideas: concebía al socialismo como el control de los medios de producción por los productores mismos (los trabajadores), no por el Estado. No sé si la idea de Marx sea realizable; creo, en cambio, que entre el verdadero socialismo y el Estado propietario hay un abismo. En otros países se justificó la intervención estatal con distintas teorías. Entre ellas la más influyente fue la de John Maynard Keynes. En realidad, más que una teoría fue un diagnóstico; para este gran economista la intervención del Estado era un remedio extraordinario en circunstancias también extraordinarias. No fue una doctrina destinada a cambiar un sistema por otro, como el marxismo, sino una medicina, una inyección para reanimar a un organismo postrado y hacerlo salir del terrible letargo de la depresión y el desempleo. Keynes no quiso cambiar el mercado: quiso curarlo. Hoy nuestros males son otros y piden otros remedios.

La crítica del Estado propietario es aún más amplia y actual en los países de Europa central y en la Unión Soviética. Con gran realismo e intrepidez, todas esas naciones emprenden reformas radicales destinadas a reducir el poder y la influencia estatal en la economía. Ante este panorama mundial es incomprensible la obstinación de la izquierda mexicana y de sus intelectuales, aferrados al ídolo del Estado providencia. Tal vez Freud, mejor que Marx, podría explicar esta fascinación por la imagen del Padre.

En México los orígenes del Estado propietario son más antiguos que el marxismo, la crisis de 1929, Roosevelt y Keynes. El Estado propietario nace en Nueva España y es un trasplante del absolutismo español. La monarquía absoluta representa, en Europa, el tránsito de la Edad Media a la Edad Moderna. Frente a los señores feudales –sus iguales por la sangre, dice Maquiavelo– el monarca funda su potestad en el derecho divino. El Estado es la casa real y el patrimonio de esa casa es la tierra con sus súbditos y sus riquezas. El patrimonialismo ha desaparecido en España; sigue vivo en México. Ha cambiado de rostro y de traje ideológico –fue positivista con Porfirio Díaz, socialista con Cárdenas, tercermundista con Echeverría, etcétera– pero no ha cambiado de identidad profunda. Al patrimonialismo le debemos muchas cosas, unas abominables y otras admirables. Entre las primeras están la corrupción, el nepotismo, el espíritu cortesano, las camarillas, el compadrazgo y otros vicios de nuestra vida pública. Entre las segundas, buena parte de la espléndida arquitectura novohispana, los mecenazgos en favor de muchos artistas, la preocupación por los desvalidos y, en fin, esa mezcla de espíritu justiciero, demagogia e ineficacia que hoy llamamos populismo. El Estado providencia nos ampara o nos apalea, según el humor del príncipe y el capricho de la hora.

Así pasan los años y el Estado, la casa real, se puebla de escribanos, leguleyos, astrólogos y expertos en todas las ciencias y las artes. Su ocupación es hacer planes y planes que el viento arrastra hasta confundirlos con el polvo grisáceo del altiplano.

El patrimonialismo ha sido una constante de la historia de México. Dos ejemplos modernos bastarán para mostrar su ubicuidad y sus metamorfosis. El primero viene del agro. El movimiento de Zapata y, después, el Partido Agrarista pidieron no sólo el reparto sino la *devolución* de las tierras arrebatadas a los pueblos. Fundaron esa demanda en los títulos de propiedad otorgados por la Corona española a las comunidades. Asimismo, en los preceptos de las Leyes de Indias. En efecto, la monarquía protegió a la propiedad ejidal para limitar el poder de los grandes latifundistas, en la que veía la amenaza de un latente y levantisco feudalismo. Durante el período virreinal los indios fueron substraídos a las leyes generales y vivieron bajo la tutela de jurisdicciones especiales. La Constitución liberal de 1857 los liberó de la tutela pero así los entregó, *ipso facto*, a la voracidad de los neolatifundistas. Aunque los gobiernos revolucionarios devolvieron la tierra a los campesinos, sometieron a los ejidatarios a una nueva tutela. Hoy son los menores de edad de nuestra sociedad. Conviene recordar esto ahora que el gobierno se ha decidido a revivir nuestra agricultura: los ejidatarios deben recobrar su mayoría de edad y, simultáneamente, debe impedirse cualquier regreso al latifundismo. El segundo ejemplo se refiere a la educación. El Estado propietario también es misionero y propaga su fe en las escuelas y los colegios. El gobierno de Cárdenas quiso adoctrinar al pueblo mexicano con la educación socialista, basada en una concepción «racional y exacta del universo». Fue un desdichado intento de apostolado. Ávila Camacho y Torres Bodet tuvieron el buen sentido de abolir ese caprichoso y despótico experimento de pedagogía revolucionaria.

La crítica del Estado propietario se enlaza con la del patrimonialismo, es decir, con la historia de México. El patrimonialismo está íntimamente ligado con la familia, que es la depositaria y transmisora de nuestras actitudes, valores y creencias. La familia es un centro de irradiación: es la sociedad. A su vez, la concepción del Estado como patrimonio del gobernante, la «casa real», es una proyección de la familia. Es su dimensión política, por decirlo así. A reserva de volver algún día sobre este tema, capital para entender mejor nuestra historia, por ahora me limito a apuntar que la modernización de nuestro país tiene que comenzar por la familia. No se trata de combatirla o de cambiarla sino de adaptarla al mundo moderno. No es imposible: la familia, como la sociedad entera, vive un período de cambios. Todos los observadores coinciden, por lo menos, en esto: somos testigos de una mutación en las actitudes vitales de los mexicanos. No es un cambio de ideas, creencias o mentalidad sino de algo más profundo: la voluntad. Nadie quiere ser otro; todos quieren, simplemente, ser. La gente reclama la iniciativa y afirma su manera propia de ser. Es una actitud que tiene distintas manifestaciones, de las costumbres y la moda a la política y las conductas individuales.

Tener ilusiones a mi edad es una debilidad; no lo es, ante este gran cambio, tener esperanzas. Las tengo a pesar de las penurias y las desigualdades, el desastre de la educación y nuestras graves limitaciones en la ciencia y la cultura. A pesar, asimismo, de las actitudes públicas de muchos de nuestros intelectuales. Al hablar de los intelectuales no me refiero a sus trabajos, siempre respetables y a veces excelentes, sino a la participación de muchos de ellos en nuestra vida colectiva. Hace años abrazaron causas que ya entonces eran dudosas y en las que hoy nadie cree. A diferencia de sus colegas europeos, que rectificaron hace mucho tiempo, los de nuestro país se han aferrado a ellas con una terquedad que no cesa de intrigarme. Ahora, esas creencias y los regímenes que las representaban son barridos por la cólera de los pueblos. Ha caído el muro de Berlín pero el muro de prejuicios de nuestros intelectuales resiste, intacto. Unos callan y otros, desaforados, incurren en interpretaciones grotescas de lo que ocurre.

La clase intelectual es la conciencia crítica de las sociedades pero para que esa crítica posea consistencia y autoridad debe comenzar con una autocrítica. Ya es hora de que los miembros de ese grupo tan influyente –catedráticos, ideólogos y otros predicadores– hagan un examen de conciencia. Aunque tenían que haberlo hecho antes, mucho antes, todavía es tiempo, a no ser que quieran convertirse en estatuas de sal. Es tarde para la historia, no para la salud de sus conciencias. Una «limpia» intelectual y psicológica les daría credibilidad ante los demás y confianza en sí mismos. La necesitan: van a la zaga. Los tiempos que vienen nos enfrentan a grandes tareas. El derrumbe del socialismo burocrático vuelve imperativa la crítica de la sociedad de consumo, aunque sobre bases distintas a las conocidas. No es menos esencial la construcción de un pensamiento político que recoja la tradición liberal y lo que está vivo aún de las aspiraciones socialistas. Tal vez la conciencia ecológica –el redescubrimiento de nuestra fraternidad con el universo– podría ser el punto de partida de una nueva filosofía política.

Termino estas reflexiones: los cambios de México corresponden, aproximadamente, a los del mundo. Aunque el proyecto de modernización viene del gobierno, ha sido la respuesta a una demanda colectiva de cambio, muchas veces implícita, como todo lo que brota del fondo social. La participación popular no tiene por qué traducirse en asentimiento mecánico; puede manifestarse como diálogo, crítica o divergencia. La modernización no busca sólo partidarios: también busca interlocutores.

México, del 23 de diciembre de 1989 al 5 de enero de 1990

«Pequeña crónica de grandes días» es la primera parte del libro del mismo título que se publicó en México, Fondo de Cultura Económica, 1990.

VI

PIEZAS DE CONVICCIÓN

Literatura política[1]

Es tirano fuero injusto
Dar a la razón de Estado
Jurisdicción sobre el gusto.

JUAN RUIZ DE ALARCÓN,
Los favores del mundo

En varios libros he expuesto las razones que me hacen sospechoso cualquier intento de poner la literatura y el arte al servicio de una causa, un partido, una Iglesia o un gobierno. Todas esas doctrinas –por más opuestos que sean sus ideales: convertir a los paganos o consumar la revolución mundial– se proponen un fin parecido: someter al arte y a los artistas. Cierto, muchos y muy grandes poetas han escrito para la mayor gloria de una fe, un imperio o una idea. No hay que confundir, sin embargo, las intenciones del artista con el significado de su obra; una cosa es lo que quiere decir el escritor y otra lo que dicen realmente sus escritos. Es difícil compartir las opiniones de Dante sobre la querella entre los güelfos y los gibelinos; no lo es conmoverse con el relato de Francesca y su pasión desdichada. Pero lo que me prohíbe adherirme a la dudosa y confusa doctrina del «arte comprometido» no es tanto una reserva de orden estético como una repugnancia moral: en el siglo XX la expresión «arte comprometido» ha designado con frecuencia a un arte oficial y a una literatura de propaganda.

Desde su nacimiento en el siglo XVIII, la literatura moderna ha sido una literatura crítica, en lucha constante contra la moral, los poderes y las

1. Este texto –prólogo de *El ogro filantrópico*– alude a varios ensayos y artículos sobre temas mexicanos, recogidos en el octavo volumen de estas obras (*El peregrino en su patria*), así como otros acerca de asuntos iberoamericanos e internacionales, incluidos en este volumen. Dediqué *El ogro filantrópico* a varios amigos: Kostas Papaioannou, Gabriel Zaid, Enrique Krauze, Eduardo Lizalde y Mario Vargas Llosa. No me une a ellos ninguna creencia o doctrina; ni profesamos las mismas ideas ni formamos un grupo. Encuentro en sus actos y en sus escritos, a pesar de la diversidad de sus opiniones, ciertos rasgos comunes: independencia moral y entereza, rigor crítico y tolerancia, pasión e ironía. Son escritores que prefieren los hombres de carne y hueso a las abstracciones, los sistemas y las ortodoxias. Los definen, doblemente, la conciencia y el corazón.

instituciones sociales. De Swift a Joyce y de Laclos a Proust: literatura contra la corriente y, a menudo, marginal. Por eso no es extraño que nuestros poemas y novelas hayan sido más intensa y plenamente subversivos cuanto menos ideológicos. La literatura moderna no demuestra ni predica ni razona; sus métodos son otros: describe, expresa, revela, descubre, expone, es decir, pone a la vista las realidades reales y las no menos reales irrealidades de que están hechos el mundo y los hombres. Los escritores modernos, casi siempre sin proponérselo, al mismo tiempo que edificaban sus obras, han realizado una inmensa tarea de demolición crítica; al enfrentar la realidad real –el interés, la pasión, el deseo, la muerte– a las normas y al descubrir en el sentido al sinsentido, han hecho de la literatura una suerte de *reducción al absurdo* de las ideologías con que sucesivamente se han justificado y enmascarado los poderes sociales. En cambio, la «literatura comprometida» –pienso sobre todo en el mal llamado «realismo socialista»– al ponerse al servicio de partidos y Estados ideológicos, ha oscilado continuamente entre dos extremos igualmente nefastos: el maniqueísmo del propagandista y el servilismo del funcionario. La «literatura comprometida» ha sido doctrinaria, confesional y clerical. No ha servido para liberar sino para difundir el nuevo conformismo que ha cubierto el planeta de monumentos a la revolución y de campos de trabajo forzado.

Movidos por un impulso generoso, muchos escritores y artistas han querido ser los evangelistas de la pasión revolucionaria y los cantores de su Iglesia militante (el Partido). Casi todos, tarde o temprano, al descubrir que se han convertido en propagandistas y apologistas de sinuosas prácticas políticas, terminan por abjurar. Sin embargo, unos cuantos, decididos a ir hasta el fin, acaban sentados en el palco de la tribuna donde los tiranos y los verdugos contemplan los desfiles y procesiones del ritual revolucionario. Hay que decirlo una vez y otra vez: el Estado burocrático totalitario ha perseguido, castigado y asesinado a los escritores, los poetas y los artistas con un rigor y una saña que habría escandalizado a los mismos inquisidores. Entre las víctimas de las tiranías del siglo XX, a la derecha como a la izquierda, se encuentran muchos escritores y artistas pero, salvo conocidas excepciones, la mayoría no pertenece al campo de los «comprometidos» sino al de los sin partido y sin ideología. El arte rebelde del siglo XX no ha sido el arte oficialmente «revolucionario» sino el arte libre y marginal de aquellos que no han querido *demostrar* sino *mostrar*.

La *literatura política* es lo contrario de la literatura al servicio de una causa. Brota casi siempre del libre examen de las realidades políticas de una sociedad y de una época: el poder y sus mecanismos de dominación, las clases y los intereses, los grupos y los jefes, las ideas y las creencias. A veces la literatura política se limita a la crítica del presente; otras, nos ofrece un proyecto de futuro. Va del panfleto al tratado, del *cahier de doléances* al manifiesto, de la apología al libelo, de *La República* al *Français encore en effort si vous voulez être republicains*, de *La Città del Sole* a *El 18 brumario de Luis Napoleón Bonaparte*. A esa tradición pertenece *El ogro filantrópico*. Está compuesto por una selección de los artículos y ensayos que he escrito durante los últimos años, casi todos ellos publicados en *Plural* (1971-1976) y en *Vuelta*. El título viene de un ensayo sobre la peculiar fisonomía del Estado mexicano.

Mis reflexiones sobre el Estado no son sistemáticas y deben verse más bien como una invitación a los especialistas para que estudien el tema. Ese estudio es urgente. Por una parte, el Estado mexicano es un caso, una variedad de un fenómeno universal y amenazante: el cáncer del estatismo; por la otra, será el administrador de nuestra inminente e inesperada riqueza petrolera: ¿está preparado para ello? Sus antecedentes son negativos: el Estado mexicano padece, como enfermedades crónicas, la rapacidad y la venalidad de los funcionarios. El mal viene desde el siglo XVI y es de origen hispánico. En España se llamaba a la plata de los cohechos y sobornos «unto de México». Pero lo más peligroso no es la corrupción sino las tentaciones faraónicas de la alta burocracia, contagiada de la manía planificadora de nuestro siglo. El peligro es mayor por la inexistencia de ese sistema de controles y balanzas que permite a la opinión pública, en otros países, fiscalizar la acción del Estado. En México, desde el siglo XVI, los funcionarios han visto con desdén a los particulares y han sido insensibles lo mismo a sus críticas que a sus necesidades. ¿Cómo podremos los mexicanos supervisar y vigilar a un Estado cada vez más fuerte y rico? ¿Cómo evitaremos la proliferación de proyectos gigantescos y ruinosos, hijos de la megalomanía de tecnócratas borrachos de cifras y de estadísticas? Los caprichos de los antiguos príncipes arruinaban a las naciones pero al menos dejaban palacios y jardines: ¿qué nos ha dejado la triste fantasía de la nueva tecnocracia? En los últimos cincuenta años hemos asistido con rabia impotente a la destrucción de nuestra ciudad y de nada nos han valido ni las críticas ni las quejas: ¿tendremos más suerte con nuestro petróleo que con nuestras calles y monumentos?

La gran realidad del siglo XX es el Estado. Su sombra cubre todo el planeta. Si un fantasma recorre al mundo, ese fantasma no es el del comunismo sino el de la nueva clase universal: la burocracia. Aunque quizá el término *burocracia* no sea enteramente aplicable a este grupo social. La antigua burocracia no era una clase sino una casta de funcionarios unidos por el secreto de Estado mientras que la burocracia contemporánea es realmente una clase, caracterizada por el monopolio no sólo del saber administrativo, como la antigua, sino del saber técnico. Y hay algo más y más decisivo: tiene el control de las armas y, en los países comunistas, el de la economía y el de los medios de comunicación y publicidad. Por todo esto, cualquiera que sea nuestra definición de la burocracia moderna, la pregunta sobre la naturaleza del Estado es la pregunta central de nuestra época. Por desgracia, sólo hasta hace poco ha renacido entre los estudiosos el interés por este tema. Para colmo de males, ninguna de las dos ideologías dominantes –la liberal y la marxista– contiene elementos suficientes que permitan articular una respuesta coherente. La tradición anarquista es un precedente valioso pero hay que renovarla y extender sus análisis: el Estado que conocieron Proudhon y Bakunin no es el Estado totalitario de Hitler, Stalin y Mao. Así, la pregunta acerca de la naturaleza del Estado del siglo XX sigue sin respuesta. Autor de los prodigios, crímenes, maravillas y calamidades de los últimos 70 años, el Estado –no el proletariado ni la burguesía– ha sido y es el personaje central de nuestro siglo. Su realidad es enorme. Lo es tanto que parece irreal: está en todas partes y no tiene rostro. No sabemos qué es ni quién es. Como los budistas de los primeros siglos, que sólo podían representar al Iluminado por sus atributos, nosotros conocemos al Estado sólo por la inmensidad de sus devastaciones. Es el Desencarnado: no una presencia sino una dominación. Es la Impersona.

Estos ensayos y artículos, escritos durante cerca de diez años, ¿representan todavía lo que pienso y siento? Es natural que algunos de estos textos no coincidan enteramente con mi pensamiento actual, en particular los más alejados en el tiempo o los comentarios sobre la cambiante actualidad. Pero las diferencias no son esenciales sino de matiz y de énfasis: hoy subrayaría algunas cosas, aludiría apenas a otras y omitiría unas cuantas. Otro defecto que procede de la naturaleza misma de esta clase de misceláneas: es imposible evitar ciertas repeticiones. Dicho esto, agrego: mis opiniones de ayer son substancialmente las mismas de ahora; si tuviese que escribir de nuevo estos artículos, diría las mismas cosas aunque de manera ligeramente distinta.

La primera parte de este libro está compuesta por diversas reflexiones sobre la historia de México. Estos ensayos son alcances y prolongaciones de temas que he tocado en *El laberinto de la soledad* y en *Postdata*. Los estudios históricos son descripciones e interpretaciones del pasado de una sociedad; mejor dicho, de sus pasados pues en todas las sociedades y singularmente en la mexicana el pasado es plural: confluencia de pueblos, civilizaciones, historias. Pero también son una terapéutica de sus males presentes. No fue otra la función de la historia en Tucídides, en Maquiavelo y en Michelet. La terapéutica no se limita a ofrecer al paciente remedios sino que comienza por ser un diagnóstico de su mal. En el caso de las sociedades, el diagnóstico es particularmente difícil porque –aparte de la relatividad de todo saber histórico, siempre aproximativo– muchas fuerzas y grupos tienen interés en escamotear y ocultar esta o aquella parte del pasado. Por ejemplo, sólo hasta principios del siglo XIX (y por influencia inglesa) se empezó a recordar en la India que durante más de mil años el budismo había sido el interlocutor contradictorio del hinduismo. Este «olvido» no fue accidental y para entenderlo hay que acudir a las enseñanzas de Nietzsche y del psicoanálisis. La ocultación del budismo facilitó la tarea de absorción sincretista de credos extraños que caracteriza al hinduismo. Favoreció especialmente a la casta de los bramines y fue en parte obra suya. El hinduismo es la boa de las religiones y se ha tragado vivas a muchas de ellas. Otro ejemplo igualmente dramático de ocultación y falsificación de la historia es la quema de los libros clásicos chinos en 213 a.C., ordenada por el Primer Emperador, Shih Huang-ti. Hay dos casos que nos tocan de cerca: uno es la destrucción, por la Iglesia y los descendientes de Constantino, de los libros paganos de polémica anticristiana, especialmente las obras de Celso, Porfirio y el emperador Juliano; otro, en el siglo XX, es la fraudulenta versión de la historia de la Revolución rusa elaborada durante la época estaliniana y que todavía circula en la URSS.

El primer ejemplo mexicano de falsificación histórica es el de Itzcóatl que, aconsejado por Tlacaélel, consejero del tlatoani, ordenó la destrucción de los códices y las antigüedades toltecas, con el objeto de «rectificar la historia» en favor de las pretensiones aztecas. Sobre esta mentira se edificó la teología política de los mexicas. A esta mentira inicial han sucedido otras y todas animadas por el mismo propósito: la justificación del dominio político de este o aquel grupo. Nueva España comienza con dos quemas célebres, ambas obra de dos obispos que eran, significativamente, dos intelectuales, dos ideólogos: Juan de Zumárraga y Diego de Landa. Uno ordenó la destrucción de los códices y antigüedades de los mexicanos y otro la de los mayas. Así se quiso extirpar (y en parte se logró) la memoria de la civilización prehispánica en la mente de los vencidos. Fue un verdadero asesinato espiritual. Otra mixtificación que me maravilla: a finales del siglo XVII los jesuitas descubrieron que Quetzalcóatl había sido el apóstol Santo Tomás; fue el comienzo de la carrera de Quetzalcóatl, continuada bajo distintos nombres y máscaras, entre ellos y sobre todo el de José Vasconcelos. Al lado de los mitos: los silencios y las lagunas. La historia que aprendemos los mexicanos en la escuela está llena de blancos y pasajes tachados: el canibalismo de los aztecas; el guadalupanismo de Hidalgo, Morelos y Zapata; el proamericanismo de Juárez; el patriotismo de Miramón; el liberalismo de Maximiliano... *omnis homo mendax*.

La segunda parte de este libro es una prolongación de la primera y comprende un conjunto de ensayos y artículos sobre diversos aspectos de la situación mexicana después de la crisis de 1968. En *Postdata* indiqué que los acontecimientos de 1968 revelaron una grieta en el sector desarrollado de la sociedad mexicana. Asimismo, un deseo de cambio. Ni la grieta se ha cerrado ni el deseo de cambio ha logrado articularse en un programa concreto y realista capaz de encender la voluntad de la gente. Hay un vacío en la vida política mexicana: el gobierno y los partidos de oposición no han podido decirnos qué México quieren y con qué medios piensan alcanzar sus fines.

Entre los ensayos y artículos de la tercera parte de *El ogro filantrópico* figuran dos textos acerca de Fourier y la rebelión erótica de Occidente. También reproduzco mi discurso en Jerusalén. Sobre esto último repetiré lo que he manifestado varias veces: mi defensa de Israel no implica insensibilidad ante los sufrimientos de los palestinos ni ceguera ante sus derechos. Pienso, como Martin Buber, que «si es irrenunciable la reivindicación judía de Palestina... también debe encontrarse un compromiso entre las reivindicaciones israelíes y las de los otros». Soy partidario del derecho de autodeterminación de los palestinos, incluida la posibilidad de establecer un hogar nacional.

En esa misma sección se publican dos textos antiguos. Uno es un discurso de 1951 («Aniversario español») pronunciado en una reunión de desterrados españoles en París. Fue recogido en la primera edición de *Las peras del olmo* pero la censura española lo suprimió en una nueva edición de ese libro. Como esa edición es la que circula todavía, lo incluyo ahora en *El ogro filantrópico*. Lo publico, además, porque contribuye a aclarar y precisar la posición política que he mantenido desde hace treinta años.

El otro texto es una nota de ese mismo año sobre los campos de concentración soviéticos. Recojo ese documento porque, como «Aniversario español», fija mi posición en el tiempo. La fecha de esa nota (1951) revela la lentitud con que los intelectuales de izquierda han aceptado al fin la existencia de un sistema de campos de trabajo forzado en la URSS y en los países bajo su dominación. ¡Veinticinco años para admitir la realidad de Gulag y lo que significa: la irrealidad del socialismo soviético! Pero hago mal en decir que se ha aceptado la significación de Gulag: todavía hay muchos intelectuales latinoamericanos para los que ese sistema de opresión y explotación no es un rasgo inherente y esencial del «socialismo» totalitario sino apenas un accidente que no afecta a su naturaleza profunda. Un accidente y un incidente que tienen ya más de medio siglo... La resistencia a ver la realidad real de la URSS –y a deducir la consecuencia necesaria: ese régimen es la negación del socialismo– es un síntoma más de la degeneración del marxismo, en su origen pensamiento crítico y hoy superstición pseudorreligiosa. La contribución de Marx (hablo del filósofo, el historiador y el economista, no del autor de profecías que la realidad ha hecho añicos) ha sido inmensa pero su suerte ha sido semejante a la de Aristóteles con la escolástica tardía: la grey de los sectarios y los fanáticos ha hecho de su obra –viva, abierta y felizmente inacabada– un sistema cerrado y autosuficiente, un pensamiento muerto y que mata.

La sección final es una colección de textos sobre las relaciones entre el escritor y el poder. Se abre con la presentación del número que dedicó *Plural* a este tema y se cierra con una conversación que sostuve con Julio Scherer publicada en la revista *Proceso*, y que es una recapitulación y una reafirmación de lo que pienso y creo. Aunque quizá la palabra *creo* no sea la más a propósito; en uno de los textos de este libro («La libertad contra la fe») ya dije mi convicción: la libertad no es un concepto ni una creencia. «La libertad no se define: se ejerce.» Es una apuesta. La prueba de la libertad no es filosófica sino existencial: hay libertad cada vez que hay un hombre libre, cada vez que un hombre se atreve a decir *No* al poder. No nacemos libres: la libertad es una conquista –y más: una invención. Recordaré dos líneas de *Ifigenia cruel*, el poema dramático del olvidado y negado Alfonso Reyes. Arrebatada por Artemisa y transportada a Táuride, donde oficia ritos sangrientos como sacerdotisa de la diosa, Ifigenia pierde la memoria y se convierte en un ser sin historia. Un día, al encontrarse con su hermano Orestes, recuerda; al recordar, recobra su historia, su destino. Pero justamente en ese momento se rebela y se niega a seguir a su hermano, que le impone la voluntad de la sangre. Ifigenia se escoge a sí misma, inventa su libertad:

> Llévate entre las manos, cogida por tu ingenio,
> estas dos conchas huecas de palabras: *No quiero.*

México, D. F., a 1 de agosto de 1978

«Literatura política» es el prólogo a *El ogro filantrópico*, Barcelona (Seix Barral) y México (Joaquín Mortiz), 1979.

Aniversario español[1]

La fecha que hoy reúne a los amigos de los pueblos hispánicos preside, como un astro fijo, la vida de mi generación. Luz y sangre. Así, permitidme que recuerde lo que fue para mí, y para muchos hombres de mi edad, el 19 de julio de 1936. Nada más distinto de tener veinte años en 1951 que haberlos tenido en 1936. Yo era estudiante y vivía en México. En aquella época todo nos parecía claro y neto. No era difícil escoger. Bastaba con abrir los ojos: de un lado, el viejo mundo de la violencia y la mentira con sus símbolos: el Casco, la Cruz, el Paraguas; del otro, un rostro de hombre, alucinante a fuerza de esculpida verdad, un pecho desnudo y sin insignias. Un rostro, miles de rostros y pechos y puños. El 19 de julio de 1936 el pueblo español apareció en la historia como una milagrosa explosión de salud. La imagen no podía ser más pura: el pueblo en armas y todavía sin uniforme. Algo tan increíble e inaudito y, al mismo tiempo, tan evidente como la súbita irrupción de la primavera en un desierto. Como la marcha triunfal del incendio. El pueblo –vulnerable y mortal, pero seguro de sí y de la vida. La muerte había sido vencida. Se podía morir porque morir era dar vida. Cuerpo mortal: cuerpo inmortal. Durante unos meses vertiginosos las palabras, gangrenadas desde hacía siglos, volvieron a brillar, intactas, duras, sin dobleces. Los viejos vocablos –bien y mal, justo e injusto, traición y lealtad– habían arrojado al fin sus disfraces históricos. Sabíamos cuál era el significado de cada uno. Tanta era nuestra certidumbre que casi podíamos palpar el contenido, hoy inasible, de palabras como *libertad* y *pueblo*, *esperanza* y *revolución*. El 19 de julio de 1936 los obreros y campesinos españoles devolvieron al mundo el sabor solar de la palabra *fraternidad*. Desde México veíamos arder la inmensa hoguera. Y las llamas nos parecían un signo: el hombre tomaba posesión de su herencia. El hombre empezaba a reconquistar al hombre.

El rasgo original del 19 de julio reside en la espontaneidad fulminante con que se produjo la respuesta popular. La sublevación militar había dislocado toda la estructura del Estado español. Despojado de sus medios

1. Palabras pronunciadas en un acto organizado por un grupo de republicanos españoles en París, el 19 de julio de 1951. El otro orador fue Albert Camus. María Casares dijo poemas de Antonio Machado. (Cf. *Solidaridad Obrera*, órgano de la CNT de España, París, 29 de julio de 1951.)

naturales de defensa –el ejército y la policía– el gobierno se convirtió en un simple fantasma: el del orden jurídico frente a la rebelión de una realidad que la República se había obstinado en ignorar. El gobierno no tenía nada que oponer a sus enemigos. Y en este momento aparece un personaje que nadie había invitado: el pueblo. La violencia de su irrupción y la rapidez con que se apoderó de la escena no sólo sorprendieron a sus adversarios sino también a sus dirigentes. Las organizaciones populares, los sindicatos, los partidos y eso que la jerga política llama el «aparato» fueron desbordados por la marea. En lugar de que otros, en su nombre y con su sangre, hicieran la historia, el pueblo español se puso a hacerla, directamente, con sus manos y su instinto creador. Desapareció el coro: todos habían conquistado el rango de héroes. En unas cuantas horas volaron en añicos muchos esquemas intelectuales y mostraron su verdadera faz todas esas teorías, más o menos maquiavélicas y jesuíticas, acerca «de la técnica del golpe de Estado» y la «ciencia de la Revolución». De nuevo la historia reveló que poseía más imaginación y recursos que las filosofías que pretenden encerrarla en sus prisiones dialécticas. Lo que ocurrió en España el 19 de julio de 1936 fue algo que después no se ha visto en Europa: el pueblo, sin jefes, representantes e intermediarios, asumió el poder. No es éste el momento de relatar cómo lo perdió, en doble batalla.

La espontaneidad de la acción revolucionaria, la naturalidad con que el pueblo asumió su papel director durante esas jornadas y la eficacia de su lucha, muestran las lagunas de esas ideologías que pretenden dirigir y conducir una revolución. Pero la insuficiencia no es el único peligro de esas construcciones. Ellas engendran escuelas. Los doctores y los intérpretes forman inmediatamente una clerecía y una aristocracia, que asumen la dirección de la historia. Ahora bien, toda dirección tiende fatalmente a corromperse. Los «estados mayores» de la Revolución se transforman con facilidad en orgullosas, cerradas burocracias. Los actuales regímenes policíacos hunden sus raíces en la prehistoria de partidos que ayer fueron revolucionarios. Basta una simple vuelta de la historia para que el antiguo conspirador se convierta en policía, como lo enseña la experiencia soviética. La nueva casta de los jefes es tan funesta como la de los príncipes. Ellos prefiguran la nueva sociedad totalitaria, que espera en un recodo del tiempo el derrumbe final del mundo burgués. Contra esos peligros sólo hay un remedio: la intervención directa y diaria del pueblo. Informe y fragmentaria, la experiencia del 19 de julio nos enseña que esto no es imposible. El pueblo puede luchar y vencer a sus enemigos sin necesidad de someterse a esas castas que, como una excrecencia, engendra todo organismo colectivo. El pueblo puede salvarse, eliminando en primer término a los salvadores de profesión.

No es ésta la única lección del combate de los pueblos hispánicos. Quisiera destacar otro rasgo, precioso y original entre todos, capital para un hispanoamericano: la defensa de las culturas y nacionalidades hispánicas. La lucha por la autonomía de Cataluña y Vasconia posee en nuestro tiempo un valor ejemplar y polémico. Contra lo que predican las modernas supersticiones políticas, la verdadera cultura se alimenta de la fatal y necesaria diversidad de pueblos y regiones. Suprimir esas diferencias es cegar la fuente misma de la cultura. Nada más estéril que el «orden» que postulan las ideologías; se trata de una visión parcial del hombre, de una camisa de fuerza que ahoga o degrada la libre espontaneidad de las naciones. Frente a la abstracta «unidad» de los imperios, los pueblos españoles rescataron la noción de anfictionía. Ésta es la única solución fecunda al problema de las nacionalidades hispánicas, dentro del cuadro de una nueva sociedad. No fue otro el sueño de Bolívar en América. No fue otro el sueño griego. Las grandes épocas son épocas de diálogo. Grecia fue coloquio. El Renacimiento coincide con el esplendor de las repúblicas. Cuando desaparecen las autonomías regionales y nacionales, la cultura se degrada. El arte imperial es siempre arte oficial. Ilustrado o bárbaro, burocrático o financiero, todo imperio tiende a erigir como modelo universal una sola y exclusiva imagen del hombre. El jefe o la casta dominante aspira a repetirse en esa imagen. Una sola lengua, un solo señor, una sola verdad, una sola ley. La unidad es el primer paso en el camino de la repetición mecánica: una misma muerte para todos. Pero la vida es diversidad.

Ante las propagandas que luchan por la «supremacía cultural» de éstos o de aquéllos, nosotros proclamamos que cultura quiere decir espontaneidad creadora, diversidad nacional, libre invención. Afirmamos el genio individual de cada pueblo y el valor irreemplazable de cada creador. No creemos en una lengua mundial sino en la universalidad de las lenguas vivas. No se puede cantar en esperanto. La poesía moderna nace al mismo tiempo que los idiomas modernos. No nos oponemos a que la ciencia, la técnica y las otras formas de la cultura inventen su lenguaje. En realidad así ha ocurrido. Hace muchos siglos que las matemáticas constituyen un lenguaje que entienden todos los especialistas. Y otro tanto sucede con la mayoría de las ciencias. Pero no son los sabios los que quieren borrar las lenguas nacionales, ni son ellos los que desean acabar con las culturas locales. Son los comerciantes y los políticos. Y los servidores de las nuevas abstracciones: los profesionales de la propaganda, los expertos en la llamada «educación de las masas». Sólo que no hay masas. Hay pueblos.

Afirmar que las diferencias nacionales o regionales deben desaparecer, en provecho de una idea universal del hombre o de las necesidades de la técnica moderna, es uno de los lugares comunes de nuestro tiempo. Muchos de los partidarios de esta idea ignoran que postulan una abstracción. Al imponer a pueblos y naciones un esquema unilateral del hombre, mutilan al hombre mismo. Porque no hay una sola idea del hombre. Uno de los rasgos específicos de la humanidad consiste, precisamente, en la diversidad de imágenes del hombre que cada pueblo nos entrega. Sólo las sociedades animales son idénticas entre sí. Y en esa pluralidad de concepciones el hombre se reconoce. Gracias a ella es posible afirmar nuestra unidad. El hombre es *los hombres.*

La abstracción que los poderes modernos nos proponen no es sino una nueva máscara de una vieja soberbia. El primer gesto del hombre ante su semejante es reducirlo, suprimir las diferencias, abolir esa radical *otredad.* Pero el otro resiste. No se resigna a ser espejo. Reconocer la existencia irreductible del otro es el principio de la cultura, del diálogo y del amor. Reducirlo a nuestra subjetividad es iniciar la árida, infinita dialéctica del esclavo y del señor. Porque el esclavo jamás se resigna a ser objeto. La realidad humillada acaba por hacer saltar esas prisiones. Aun en la esfera del pensamiento puro se manifiesta esa tenaz resistencia de la realidad. Machado nos enseña que el principio de identidad, sobre el cual se ha edificado nuestra cultura, se rompe los dientes frente a la *otredad* del ser. Acaso en esto radique la insuficiencia de nuestra cultura. Todo imperialismo filosófico o político se funda en esta fatal y empobrecedora soberbia. No en vano Nietzsche llamó a Parménides «araña que chupa la sangre del devenir». Y algo semejante ocurre en el mundo de la historia: los imperios chupan la sangre de los pueblos. La unidad que imponen oculta un horror vacío. No nos dejemos engañar por la grandeza de sus monumentos: la vida ha huido de esas inmensas piedras. Esos monumentos son tumbas.

Resulta escandaloso recordar estas verdades. Vivimos en la época de la «planificación» y del paternalismo estatal. En ciertas bocas y en ciertos sitios estas frases encubren apenas otros designios. En nombre de la abstracción se pretende reducir al hombre a la pasividad del objeto. Unos utilizan el mito de la historia, otros el de la libertad; pero nosotros nos rehusamos a ser mercancías tanto como a convertirnos en instrumentos o herramientas. Sabemos a dónde conducen esos programas: al campo de concentración. Toda concepción mecanicista y utilitaria –así se ampare en la llamada «edificación socialista»– tiende a degradar al hombre. Frente a esos poderes nosotros afirmamos la espontaneidad creadora y revolucionaria de los pueblos y el valor de cada cultura nacional. Y volvemos los ojos hacia el 19 de julio de 1936. Allí empezó algo que no morirá.

París, a 18 de julio de 1951

«Aniversario español» se publicó en *El ogro filantrópico*, Barcelona (Seix Barral) y México (Joaquín Mortiz), 1979.

El lugar de la prueba[1] (Valencia 1937-1987)

Hace cincuenta años, el 4 de julio de 1937, en esta ciudad de Valencia –para la que parece haber sido escrita la línea de Apollinaire: *bello fruto de la luz*– inició sus trabajos el Segundo Congreso Internacional de Escritores Antifascistas. La guerra civil que desgarraba a los campos y las ciudades de España se había convertido en guerra mundial de las conciencias. En el congreso que hoy recordamos participaron escritores venidos de los cuatro puntos cardinales. Muchos eran notables y algunos verdaderamente grandes; dos fueron mis maestros en el arte de la poesía, otros fueron mis amigos y todos, en esos días encendidos, mis camaradas. Compartí con ellos esperanzas y convicciones, engaños y quimeras. Estábamos unidos por el sentimiento de la justicia ultrajada y la adhesión a los oprimidos. Fraternidad de la indignación pero también fraternidad de los enamorados de la violencia. La mayoría ha muerto. Al evocarlos, trazo el gesto que aparece en las estatuas de Harpócrates, en el que los antiguos veían el signo del silencio. Callar ante sus nombres no es olvido sino recogimiento: momento de concentración interior durante el cual, sin palabras, conversamos con los desaparecidos y comulgamos con su memoria.

Casi todos los sobrevivientes, dispersos en el mundo, a veces separados por ideas diferentes, hemos acudido al llamado que nos ha hecho el grupo de escritores españoles que ha organizado este congreso. No se nos ha invitado a una celebración; este acto perdería su sentido más vivo y hondo si no logramos que sea también un acto de reflexión y un examen de conciencia. La fecha que nos convoca es, simultáneamente, luminosa y sombría. Esos días del verano de 1937 dibujan en nuestras memorias una sucesión de figuras intensas, apasionadas y contradictorias, afirmaciones que se convierten en negaciones, heroísmo y crueldad, lucidez y obcecación, lealtad y perfidia, ansia de libertad y culto a un déspota, independencia de espíritu y clericalismo –todo resuelto en una interrogación. Sería presuntuoso pensar que podemos responder a esa pregunta. Es la

1. Discurso inaugural del Congreso Internacional de Escritores (Valencia, 15 de junio de 1987), celebrado en conmemoración del Segundo Congreso Internacional de Escritores Antifascistas (Valencia, Madrid, Barcelona, París, julio de 1937).

misma que se hacen los hombres desde el comienzo de la historia, sin que nunca nadie haya podido contestarla del todo. Sin embargo, tenemos el deber de formularla con claridad y tratar de contestarla con valentía. No buscamos una respuesta total, definitiva: buscamos luces, vislumbres, indicios, sugerencias. Queremos comprender y para comprender se requieren intrepidez y claridad de espíritu. Además y esencialmente: piedad e ironía. Son las formas gemelas y supremas de la comprensión. La sonrisa no aprueba ni condena: simpatiza, participa; la piedad no es lástima ni conmiseración: es fraternidad.

La pregunta a que nos enfrentamos puede formularse de varias maneras. Una de ellas es la siguiente: ¿conmemoramos una victoria o una derrota? En otros términos: ¿quién ganó realmente la guerra? No es fácil que la respuesta que demos, cualquiera que sea, conquiste el asentimiento general. Sin embargo, algo podemos y debemos decir. En primer lugar: no ganaron la guerra los agentes activos externos, es decir, Hitler, Mussolini, Stalin. Tampoco los pasivos: las democracias de Occidente que abandonaron a la República española y así precipitaron la segunda guerra y su propia pérdida. ¿Ganaron la guerra Franco y sus partidarios? Aunque triunfaron en los campos de batalla, conquistaron el poder y rigieron a España durante muchos años, su victoria se ha transformado en derrota. La España de hoy no se reconoce en la que intentaron edificar Franco y sus partidarios; incluso puede decirse que es su negación. El Frente Popular, por su parte, no sólo perdió la guerra sino que muchas de sus ideas, concepciones y proyectos tienen hoy poca vigencia histórica. Entonces, ¿nadie ganó? La respuesta es sorprendente: los verdaderos vencedores fueron otros. En 1937 dos instituciones parecían heridas de muerte, aniquiladas primero por la violencia ideológica de unos y otros, después por la fuerza bruta: las dos resucitaron y son hoy el fundamento de la vida política y social de los pueblos de España. Me refiero a la democracia y a la monarquía constitucional.

¿Quiénes entre nosotros, los escritores que nos reunimos en Valencia hace medio siglo, habrían podido adivinar cuál sería el régimen constitucional de España en 1987 y cuál sería su gobierno? No debe extrañarnos esta ceguera: el porvenir es impenetrable para los hombres. Pero en todas las épocas hay unos cuantos clarividentes. Después de la segunda guerra mundial viví en París por una larga temporada. En 1946 conocí al líder socialista español Indalecio Prieto. Aunque lo había oído varias veces en España y en México, sólo hasta entonces tuve ocasión de hablar con él, a solas, en dos ocasiones. Prieto estaba en París, como muchos otros dirigentes desterrados, en espera de un cambio en la política internacional de las potencias democráticas que favoreciese a su causa. Yo trabajaba en la Embajada de México. Se me ocurrió que esa extraordinaria concentración de personalidades, pertenecientes a los distintos partidos políticos enemigos de Franco, era propicia para tener una idea más clara de los proyectos de la oposición y de las distintas fuerzas que, en su interior, buscaban la supremacía. Conversé con varios dirigentes pero en sus palabras –cautas o apasionadas, inteligentes o retóricas– no encontré nada nuevo: sus ideas y posiciones eran las que todos conocíamos. No así Prieto. Durante dos horas –era prolijo y le gustaba remachar sus ideas– me expuso sus puntos de vista: el único régimen viable y civilizado para España era una monarquía constitucional con un primer ministro socialista. Las otras soluciones desembocaban, unas, en el caos civil y, otras, en la prolongación de la dictadura reaccionaria. Su solución, en cambio, no sólo aseguraba el tránsito hacia un régimen democrático estable sino que abría las puertas a la reconciliación nacional.

En aquellos años la «democracia formal», como se decía entonces, me parecía una trampa; en cuanto a la monarquía: era una reliquia o una excentricidad británica. Las palabras de Prieto me abrieron los ojos y vislumbré realidades que me habían ocultado las anteojeras ideológicas. Hice un resumen de mi conversación con el líder socialista, agregué una imprudente sugerencia personal: tal vez el gobierno de México debería orientar su política española en la dirección apuntada por Prieto y presenté mi escrito a uno de mis superiores. Era un hombre inteligente aunque demasiado seguro de sus opiniones. Leyó mis páginas entre asombrado y divertido. Tras un momento de silencio me las devolvió murmurando: curioso pero superfluo ejercicio literario.

La historia es un teatro fantástico: las derrotas se vuelven victorias, las victorias derrotas, los fantasmas ganan batallas, los decretos del filósofo coronado son más despóticos y crueles que los caprichos del príncipe disoluto. En el caso de la guerra civil española, la victoria de nuestros enemigos se volvió ceniza pero muchas de nuestras ideas y proyectos se convirtieron en humo. Nuestra visión de la historia universal, quiero decir: la idea de una revolución de los oprimidos destinada a instaurar un régimen mundial de concordia entre los pueblos y de libertad e igualdad entre los hombres, fue quebrantada gravemente. La idea revolucionaria ha sufrido golpes mortales; los más duros y devastadores no han sido los de sus adversarios sino los de los revolucionarios mismos: allí donde han conquistado el poder han amordazado a los pueblos. No me extenderé sobre este tema: se ha convertido en un tópico de predicadores, evangelistas y nigromantes. En cambio, sí deseo subrayar que el predicamento del congreso de 1937 no es esencialmente distinto al nuestro. Sobre esto vale la pena detenerse un momento.

Hoy como ayer las circunstancias son cambiantes, las ideas relativas, impura la realidad. Pero no podemos cerrar los ojos ante lo que ocurre: la amenaza de la llamarada atómica, las devastaciones del ámbito natural, el galope suicida de la demografía, las convulsiones de los pueblos empobrecidos de la periferia del mundo industrial, la guerra transhumante en los cinco continentes, las resurrecciones aquí y allá del despotismo, la proliferación de la violencia de los de arriba y los de abajo... Además, los estragos en las almas, la sequía de las fuentes de la solidaridad, la degradación del erotismo, la esterilidad de la imaginación. Nuestras conciencias son también el teatro de los conflictos y desastres de este fin de siglo. La realidad que vemos no está afuera sino adentro: estamos en ella y ella está en nosotros. Somos ella. Por esto no es posible desoír su llamado y por esto la historia no es sólo el dominio de la contingencia y el accidente: es el lugar de la prueba. Es la piedra de toque.

La historia no es otra cosa que nuestro diario vivir con, frente y entre nuestros semejantes. Vivir con nosotros mismos es convivir con los otros. Los poderes despóticos mutilan nuestro ser cada vez que suprimen nuestra dimensión política. No somos plenamente sino en los otros y con los otros: en la historia. Al mismo tiempo, vivir nada más en y para la historia no es vivir realmente. Aparte de nuestra vida íntima –que es intransferible y, me atrevo a decir, sagrada– para que la historia se cumpla debe desplegarse en un dominio más allá de ella misma. La historia es sed de totalidad, hambre de más allá. Llamad como queráis a ese más allá: la historia acepta todos los nombres pero no retiene ninguno. Ésta es su paradoja mayor: sus absolutos son cambiantes, sus eternidades duran un parpadeo. No importa: sin ese más allá, el instante no es instante ni la historia es historia. Desde el principio vivimos en dos órdenes paralelos y separados por un precipicio: el aquí y el allá, la contingencia y la necesidad. O como decían los escolásticos: el accidente y la substancia.

En el pasado los dos órdenes estaban en perpetua comunicación. Las decisiones que pedía el ahora relativo se inspiraban en los principios y los preceptos de un más allá invulnerable a la erosión de la historia. El río del tiempo reflejaba la escritura del cielo. Una escritura de signos eternos, legibles para todos a pesar de la turbulencia de la corriente. La Edad Moderna sometió los signos a una operación radical. Los signos se desangraron y el sentido se dispersó: dejó de ser uno y se volvió plural. Ambigüedad, ambivalencia, multiplicidad de sentidos, todos válidos y contradictorios, todos temporales. El hombre descubrió que la eternidad era la máscara de la nada. Pero el descrédito del más allá no anuló su necesidad. El hueco fue ocupado por otros sucedáneos y cada nuevo sistema se convirtió, transitoriamente, en un principio suficiente, un fundamento. Las doctrinas más disímbolas –incluso aquellas que explícitamente declararon ser no una filosofía sino un método– inspiraron y justificaron toda suerte de actos y decisiones temporales como si fuesen verdades intemporales.

Los dos órdenes subsisten, aunque uno de ellos, el principio rector, periódicamente es destronado por un principio rival. Los puentes entre los dos órdenes se han vuelto apenas transitables; no sólo son demasiado frágiles sino que con frecuencia se derrumban. Ante la situación contemporánea podríamos exclamar como Baudelaire en *Rêve parisien*: «¡terrible novedad!». Él lo dijo ante un paisaje geométrico en el que se habían desvanecido todas las formas vivas, incluso las del «vegetal irregular», mientras que para nosotros la novedad es terrible porque el paisaje histórico, el teatro de nuestros actos y pensamientos, se desmorona continuamente: no tiene fondo, no tiene fundamento. Estamos condenados a saltar de un orden a otro y ese salto es siempre mortal. Estamos condenados a equivocarnos. Quisimos ser los hermanos de las víctimas y nos descubrimos cómplices de los verdugos, nuestras victorias se volvieron derrotas y nuestra gran derrota quizá es la semilla de una victoria que no verán nuestros ojos. Nuestra condenación es la marca de la modernidad. Y más: es el estigma del intelectual moderno. Estigma en el doble sentido de la palabra: marca de santidad y marca de infamia.

Mientras reflexionaba sobre este enigma, que habría apasionado a Calderón y a Tirso de Molina pues no es otro que el misterio de la libertad, recordé las páginas indignadas que dedica Schopenhauer a Dante y al Canto XXXIII del Infierno. Es el canto que describe el Cocito, el círculo noveno, donde penan los traidores. Es la parte más profunda del Averno, la región del hielo. Los traidores a la hospitalidad sufren un tormento atroz: el frío cristaliza sus lágrimas y así su pena misma les impide dar rienda suelta a su sufrimiento. Llorar es un alivio y no poder llorar es una pena doble. Uno de los condenados le pide a Dante que limpie sus ojos; el poeta consiente, a cambio de conocer su nombre y su historia. Una vez terminado su relato, el desdichado le dice: «y ahora tiéndeme la mano y abre mis ojos». Pero Dante se niega: la moral –o como él dice: la *cortesía*– le exige ser villano con el pecador. Schopenhauer no se contiene: «Dante no cumple con la palabra que ha dado porque le parece inadmisible aliviar, así sea levemente, una pena impuesta por Dios... Ignoro si esas acciones son frecuentes en el cielo y si allá son consideradas meritorias; aquí en la tierra a cualquiera que se porte así lo llamamos un truhán». Y agrega: «Esto demuestra qué difícil es fundar una ética en la voluntad de Dios: el bien se vuelve mal y el mal se vuelve bien en un cerrar de ojos». No se equivocaba Schopenhauer pero una ética fundada en otros principios, por ejemplo: en los suyos, está expuesta a las mismas dificultades. La incongruencia nos acompaña como el gusano al fruto enfermo.

Una y otra vez los filósofos han intentado descubrir un principio inmune al cambio. Creo que ninguno lo ha logrado. De otro modo lo sabríamos: sería incomprensible que un descubrimiento de esta magnitud no hubiese sido compartido por el resto de los hombres. Si las construcciones de la metafísica han probado ser no más sino menos sólidas que las revelaciones religiosas, ¿qué nos queda? Tal vez ese principio que es el origen de la Edad Moderna: la duda, la crítica, el examen. No sé si los filósofos encuentren pertinente mi respuesta pero sospecho que, por lo menos, Montaigne no la desaprobaría enteramente. No pretendo convertir a la crítica en un principio inmutable y autosuficiente; al contrario, el primer objeto de la crítica debe ser la crítica misma. Añado, además, que el ejercicio de la crítica nos incluye a nosotros mismos. Aunque la crítica no es un principio autosuficiente como pretendían serlo los de la metafísica tradicional, su práctica tiene dos ventajas. La primera: restablece la circulación entre los dos órdenes pues examina cada uno de nuestros actos y los limpia de su fatal propensión a convertirse en absolutos o en deducciones de un principio absoluto. Una propensión casi siempre inadvertida por nosotros y que es la fuente principal de la iniquidad. La segunda: la crítica crea una distancia entre nosotros y nuestros actos; quiero decir: nos hace *vernos* y así nos convierte en otros –en *los otros*. Insertar a los otros en nuestra perspectiva es trastornar radicalmente la relación tradicional: lo que cuenta ya no es la voluntad de Dios, sea justa o injusta, sino la súplica del condenado que nos pide abrir sus ojos. Dejamos de ser los servidores de un principio absoluto sin convertirnos en los cómplices de un cínico relativismo.

El congreso de 1937 fue un acto de solidaridad con unos hombres empeñados en una lucha mortal contra un enemigo mejor armado y sostenido por poderes injustos y malignos. Unos hombres abandonados por aquellos que deberían haber sido sus aliados y defensores: las democracias de Occidente. El congreso estaba movido por una ola inmensa de generosidad y de auténtica fraternidad; entre los escritores participantes muchos eran combatientes, algunos habían sido heridos y otros morirían con las armas en la mano. Todo esto –el amor, la lealtad, el valor, el sacrificio– es inolvidable y en esto reside la grandeza moral del congreso. ¿Y su flaqueza? En la perversión del espíritu revolucionario. Olvidamos que la revolución había nacido del pensamiento crítico; no vimos o no quisimos ver que ese pensamiento se había degradado en dogma y que, por una transposición moral y política que fue también una regresión histórica, al amparo de las ideas revolucionarias se amordazaba a los opositores, se asesinaba a los revolucionarios y a los disidentes, se restauraba el culto supersticioso a la letra de la doctrina y se lisonjeaba de manera extravagante a un autócrata. Olvidamos a nuestros maestros, ignoramos a nuestros predecesores. Otras generaciones y otros hombres habían sostenido que el derecho a la crítica es el fundamento del espíritu revolucionario. En 1865, para defenderse de los ataques que había desatado su historia de la Revolución francesa, Edgard Quinet escribía estas palabras que pueden aplicarse a nuestra actitud en 1937: «Se ha hecho la crítica del entendimiento y de la razón, ¿diréis que la hicieron los enemigos de la razón humana? Del mismo modo, si yo hago la crítica de la Revolución, señalando sus errores y sus limitaciones, ¿me acusaréis de ser un enemigo de la Revolución? Si el espíritu crítico hoy examina sin tapujos los dogmas religiosos y los Evangelios, ¿no es sorprendente que se pretenda suprimir el examen de los dogmas revolucionarios y el del gran libro del terrorismo? En nombre de la Revolución se quiere extirpar el espíritu crítico. Tened cuidado: así acabaréis también con la Revolución».

Unos días antes de la apertura del congreso apareció en París un pequeño libro de André Gide: *Retoques a mi regreso de la URSS*. Era una reiteración y una justificación de un libro anterior, en el que expresaba su sobresalto ante lo que había visto y oído en Rusia. Las críticas de Gide eran moderadas; más que críticas eran reconvenciones de un amigo. Pero Gide fue maltratado y vilipendiado en el congreso; incluso se le llamó «enemigo del pueblo español». Aunque muchos estábamos convencidos de la injusticia de aquellos ataques y admirábamos a Gide, callamos. Justificamos nuestro silencio con los mismos especiosos argumentos que denunciaba Quinet en 1865. Así contribuimos a la petrificación de la revolución. El caso de Gide no fue el único. Hubo otros ejemplos de independencia moral. En la memoria de todos ustedes están, sin duda, los nombres de George Orwell y de Simone Weil, que se atrevieron a denunciar, sin mengua de su lealtad, los horrores y los crímenes cometidos en la zona republicana. En el otro lado también fue admirable la reacción del católico Georges Bernanos, autor de un libro estremecedor: *Los grandes cementerios bajo la luna* y, más tarde, la del poeta falangista Dionisio Ridruejo.

En el congreso apenas si se discutieron los temas propiamente literarios. Era natural: la guerra estaba en todas partes. Pero hubo excepciones. Algunos creíamos en la libertad del arte y nuestras opiniones nos enfrentaban a los partidarios del «realismo socialista». Hace unos días, al hojear el número que *Hora de España* dedicó al congreso, volví a leer la ponencia que presentó Arturo Serrano Plaja, su autor principal, en nombre de un grupo de jóvenes escritores españoles. Ese texto fue para nosotros el punto de partida de una larga campaña en defensa de la libre imaginación. Lo recuerdo ahora porque la libertad de expresión está en peligro siempre. La amenazan no sólo los gobiernos totalitarios y las dictaduras militares, sino también, en las democracias capitalistas, las fuerzas impersonales de la publicidad y el mercado. Someter las artes y la literatura a las leyes que rigen la circulación de mercancías es una forma de censura no menos nociva y bárbara que la censura ideológica. La tradición de nuestra literatura ha sido, desde el siglo XVIII, la tradición de la crítica, la disidencia y la ruptura; no necesito enumerar las sucesivas rebeliones artísticas, filosóficas y morales de los poetas y los escritores, del romanticismo a nuestros días. El arte que ha sufrido más por el mercantilismo actual ha sido la poesía, obligada a refugiarse en las catacumbas de la sociedad de consumo. Pero las otras formas literarias también han sido dañadas, especialmente la novela, objeto de una degradante especulación publicitaria. Ante esta situación es saludable recordar que nuestra literatura comenzó con un *No* a los poderes sociales. La negación y la crítica fundaron a la Edad Moderna.

Mis impresiones más profundas y duraderas de aquel verano de 1937 no nacieron del trato con los escritores ni de las discusiones con mis compañeros acerca de los temas literarios y políticos que nos desvelaban. Me conmovió el encuentro con España y con su pueblo: ver con mis ojos y tocar con mis manos los paisajes, los monumentos y las piedras que yo, desde la niñez, conocía por mis lecturas y por los relatos de mis abuelos; trabar amistad con los poetas españoles, sobre todo con aquellos que estaban cerca de la revista *Hora de España* –una amistad que no ha envejecido, aunque más de una vez haya sido rota por la muerte–; en fin y ante todo, el trato con los soldados, los campesinos, los obreros, los maestros de escuela, los periodistas, los muchachos y las muchachas, los viejos y las viejas. Con ellos y por ellos aprendí que la palabra *fraternidad* no es menos preciosa que la palabra *libertad*: es el pan de los hombres, el pan compartido. Esto que digo no es una figura literaria. Una noche tuve que refugiarme con unos amigos en una aldea vecina a Valencia mientras la aviación enemiga, detenida por las baterías antiaéreas, descargaba sus bombas en la carretera. El campesino que nos dio albergue, al enterarse de que yo venía de México, un país que ayudaba a los republicanos, salió a su huerta a pesar del bombardeo, corto un melón y, con un pedazo de pan y un jarro de vino, lo compartió con nosotros.

Podría relatar otros episodios pero prefiero, para terminar, evocar un incidente que me marcó hondamente. En una ocasión visité con un pequeño grupo –Stephen Spender, aquí presente, lo recordará pues era uno de nosotros– la Ciudad Universitaria de Madrid, que era parte del frente de guerra. Guiados por un oficial recorrimos aquellos edificios y salones que habían sido aulas y bibliotecas, transformados en trincheras y puestos militares. Al llegar a un amplio recinto, cubierto de sacos de arena, el oficial nos pidió, con un gesto, que guardásemos silencio. Oímos del otro lado del muro, claras y distintas, voces y risas. Pregunté en voz baja: ¿quiénes son? Son los *otros*, me dijo el oficial. Sus palabras me causaron estupor y, después, una pena inmensa. Había descubierto de pronto –y para siempre– que los enemigos también tienen voz humana.

Valencia, 1987

«El lugar de la prueba (Valencia 1937-1987)» se publicó en *Pequeña crónica de grandes días*, México, Fondo de Cultura Económica, 1990.

La verdad frente al compromiso[1]

El ensayo es un género difícil. Por esto, sin duda, en todos los tiempos escasean los buenos ensayistas. En uno de sus extremos colinda con el tratado; en el otro, con el aforismo, la sentencia y la máxima. Además, exige cualidades contrarias: debe ser breve pero no lacónico, ligero y no superficial, hondo sin pesadez, apasionado sin patetismo, completo sin ser exhaustivo, a un tiempo leve y penetrante, risueño sin mover un músculo de la cara, melancólico sin lágrimas y, en fin, debe convencer sin argumentar y, sin decirlo todo, decir todo lo que hay que decir... Esto fue lo que se me ocurrió después de leer este notable ensayo de Alberto Ruy Sánchez. Su libro pertenece simultáneamente a la historia moderna, a la literatura y a la más viva actualidad: la conversión de André Gide al comunismo, sus años de creyente devoto, sus dudas y su final, valerosa apostasía. Con este libro Ruy Sánchez se ha revelado como uno de nuestros mejores ensayistas. Su escritura es nerviosa y ágil, su inteligencia aguda sin ser cruel, su ánimo compasivo sin condescendencia ni complicidad. El asunto de su ensayo requería todo esto: el episodio de Gide es uno de los capítulos más impresionantes de la historia, casi siempre lamentable, de las relaciones entre los intelectuales del siglo XX y el comunismo. Fue una admirable lección de moral que, como es sabido, muy pocos se atrevieron a imitar.

En una prosa nítida y rápida Alberto Ruy Sánchez nos relata una historia compleja en la que la psicología individual se mezcla a la política colectiva, la literatura a la pasión por la justicia, la introspección del solitario a la sed de fraternidad, la duda a la creencia. Duelo entre la fe, que es amor a nuestros ídolos y a nuestros correligionarios, y el difícil amor a la verdad. La primera une pero nos separa de la verdad y de nosotros mismos; la segunda desune pero sólo para unirnos a la verdad y a lo que de veras somos. Así, el tema de este libro es histórico pero también psicológico y filosófico: una conciencia entre la verdad y su fe. Ruy Sánchez no se limita a relatar: examina y desentraña. Sin pesadez pero con penetrante perspicacia, nos muestra los orígenes psicológicos, morales e intelectuales de la adhesión de Gide al comunismo (precisamente en los años en

1. Prólogo del libro de Alberto Ruy Sánchez, *Tristeza de la verdad: André Gide regresa de Rusia.*

que Stalin consolida su poder), el fervor de su conversión, sus debates íntimos, sus conversaciones con Valéry, Paulhan y Malraux, las escaramuzas con Aragon y Ehrenburg, su viaje a la Unión Soviética y la dolorosa decisión final que lo llevó a escribir *Regreso de la URSS*, a sabiendas de que se quedaría solo.

Cada una de las estaciones de la pasión de Gide –para emplear, sin intención blasfema, una útil comparación religiosa– fue acompañada de ruidosas controversias en la opinión ilustrada de aquellos años. Su conversión al comunismo provocó la reprobación indignada de los escritores conservadores (aunque ya estaban acostumbrados a los desplantes del «inmoralista»), el comprensible júbilo de los comunistas y sus amigos (muy numerosos en esos días) y la sonrisa de los escépticos. Su retractación fue acogida con un hipócrita encogerse de hombros de la derecha (ya en plena colusión con el fascismo), las dentelladas rabiosas de los estalinistas y, de nuevo, la sonrisa de los pocos amigos de verdad... y de la verdad. Más tarde, en su *Journal*, al referirse veladamente a esta terrible experiencia, Gide comenta: «Desde hacía mucho tiempo ya no osaba pensar sino en voz baja, que era una manera de mentir». Añado que no necesitó alzar la voz: la verdad no requiere trompetas ni altavoces.

La polémica no sólo apasionó a Francia y a Europa sino que llegó a nuestras tierras. En Argentina conmovió a los círculos cercanos a la revista *Sur* y muy particularmente a su secretario, José Bianco, gran lector –pero lector lúcido– de Gide. En México la influencia del escritor francés también fue muy profunda entre los escritores de la revista *Contemporáneos*; había sido su maestro y todavía recuerdo los comentarios sucesivamente cáusticos y entusiastas de Jorge Cuesta y Xavier Villaurrutia. En España la resonancia fue aún mayor y más prolongada. La adhesión de Gide al comunismo fue saludada con gran simpatía por un gran número de intelectuales liberales, seducidos por el mito revolucionario soviético. Se unieron al coro algunos católicos, entre ellos un escritor notable, José Bergamín, director de la influyente revista *Cruz y Raya*. España estaba dividida en dos mitades irreconciliables y cada mitad en sectas, grupos y personas de ánimo beligerante. Así, la polémica en torno a Gide puede verse como uno de los episodios intelectuales que anunciaron la guerra civil. Hacia 1934 la gran novedad en España fue el viraje hacia la izquierda de muchos escritores que, hasta entonces, no habían mostrado gran pasión o interés por los asuntos públicos. Uno de los cambios más sonados fue precisamente el de Bergamín. Su caso refleja, en sus contradicciones mismas, el temple de esa época.

En 1935 José Bergamín publicó en *Cruz y Raya* un entusiasta comentario del discurso de Gide ante el Primer Congreso Internacional de Escritores Antifascistas en Defensa de la Cultura (junio de 1935)[1]. Bergamín comienza declarando que André Gide «representa en Francia el más alto y puro prestigio estético y moral de la inteligencia». Agrega que el gran escritor ha dado pruebas de clarividencia al ver «en el comunismo y más concretamente en la URSS el limo o levadura esperanzada de la que surge el hombre nuevo... un hecho que en definitiva pudiera llamarse religioso». De ahí que él, católico, y por serlo, contemple con esperanza «el laboratorio revolucionario» donde se fabrica ese hombre nuevo. Y remacha: «en el fondo de esas actitudes religiosamente comunistas late un mismo afán de comuniones evangélicas». Bergamín intituló su comentario: «Hablar en cristiano». Los marxistas rechazaron siempre que se calificase su actividad revolucionaria como religiosa y más aún como evangélica. Sin embargo, Bergamín no se equivocaba enteramente. El comunismo desciende, en cierto modo, del cristianismo; sólo en una tradición como la cristiana podían nacer esas esperanzas escatológicas que son el horizonte del marxismo. Pero Bergamín no pudo o no quiso ver que el comunismo no sólo era una falsa religión, una superstición, sino que, además, era una corrupción religiosa del marxismo. Si la política ha corrompido con frecuencia a las grandes religiones, también las filosofías revolucionarias han sido corrompidas por el fanatismo religioso: Marat, Lenin y tantos otros.

La pasión religiosa puede iluminar y fecundar a las almas pero también puede obscurecerlas y secarlas. El comunismo del católico Bergamín lo convirtió en Procurador del Tribunal del Infierno. En el Segundo Congreso de Escritores Antifascistas en Defensa de la Cultura, en España, en 1937, me tocó ser testigo de la reacción religiosa –o más exactamente: inquisitorial– de los escritores comunistas y de sus aliados ante las críticas más bien suaves que había hecho Gide de la realidad soviética. Confieso que a mí, como a otros amigos de esos días –Gil-Albert, Altolaguirre, Cernuda, Pellicer, María Zambrano y el mismo Serrano Plaja– nos indignó y entristeció la saña de los acusadores de Gide pero ninguno de nosotros se atrevió a contradecirlos en público. Malraux lo defendió, oblicuamente y con razones tan complicadas que nadie comprendió su abstruso alegato. El poe-

1. En abril de 1936, un poco antes de que se iniciase la guerra civil, Bergamín recogió en un pequeño volumen el discurso de Gide, acompañado de su comentario y de dos cartas, una de Arturo Serrano Plaja y otra suya. Fue publicado como edición del mismo Bergamín y no, como hubiera sido natural, por *Cruz y Raya*.

ta holandés Jef Last, si la memoria no me traiciona, también hizo una defensa, mesurada y sentimental.

Entre todos los discursos destacó el de José Bergamín, leído con voz apagada pero claramente audible. Habló con la doble autoridad de escritor español y católico. Sus palabras fueron una condenación total. La fría violencia de su escrito y la perversidad de sus razonamientos ofrecían una curiosa correspondencia con las exaltadas alabanzas que había dedicado a Gide dos años antes. En una y otra ocasión por su boca se manifestó la pasión religiosa, que es alternativamente humo de incienso ante el santo y llama de la hoguera que consume al hereje. Llamo religiosa a esa pasión porque el afán de perdición no es menos religioso que el de salvación; bendecir y maldecir son actos religiosos y el temor que nos inspiran el diablo y su infierno son el complemento de la veneración que sentimos ante el paraíso y sus bienaventurados. La ambigüedad del sentimiento religioso –en verdad, de todos los sentimientos– explica un poco las actitudes de Bergamín. Su personalidad era seductora; aparte de ser inteligente, tenía gracia –no exenta de melancolía– y era buen escritor. Pero su fondo era tétrico, insondable. Esto último, quizá, fue el secreto de la fascinación que ejerció sobre ciertos espíritus. Era un endemoniado, en el sentido que daba Dostoyevski a esta palabra cuando se refería a Stavroguin y a Iván Karamázov. No Fausto que busca el poder y pierde el alma sino la araña sutil enredada en sus hilos finísimos. Castigo del intelectual atrapado por sus propias negaciones.

El ensayo de Ruy Sánchez tiene la riqueza de detalles de una crónica histórica y la penetración psicológica de una novela. Es el retrato de una personalidad extraordinaria en un momento también extraordinario de la historia política e intelectual del siglo XX: los años que precedieron a la segunda guerra mundial. La figura de Gide es atrayente y enigmática; esteta y moralista, puritano que exalta el placer, crítico del colonialismo europeo en África y del comunismo en Rusia, lo distinguió siempre la pasión por la verdad. O para ser exacto: por su verdad. Cierto, nuestra verdad no es toda la verdad pero es imposible oír siquiera la de los otros si no somos fieles a la nuestra. Muy pronto Gide se dijo: *tengo que decir la verdad.* Nunca se apartó de esta regla, aunque muchas de sus grandes decisiones le costaron largos y agonizantes debates interiores. Él atribuía su entereza a sus orígenes protestantes. Haya sido ésta o no la causa, el amor sin compromisos a la verdad pronto asumió, para él, la forma de un destino libremente aceptado y que lo llevó varias veces a romper con su medio. Rupturas dolorosas con él mismo y con los otros, con el católico

Maritain y con el comunista Aragon. Todos le pedían callar; unos, en nombre de la religión y las buenas costumbres, le suplicaron que no publicase *Corydon*, defensa del homosexualismo; otros, los patriotas, lo instaron a que no manchase la honra de su país revelando las iniquidades que se cometían en el Congo y en el Chad; otros más, sus camaradas comunistas, lo exhortaron a que callase lo que había visto en la URSS para «no dar armas a los enemigos del proletariado y la revolución». Gide no cedió, se venció a sí mismo antes de vencer a los otros y dijo lo que tenía que decir.

No es menos fascinante el tiempo que describe Ruy Sánchez. Fue el otoño de una gran época de la cultura europea, excepcionalmente rica en obras y personalidades en las artes, la literatura y el pensamiento. Años finales de un mundo que fue, a la vez, heredero de las grandes creaciones del XIX y comienzo de nuevas maneras de pensar, ver y vivir: las nuestras. Otoño henchido de frutos y ya desgarrado por los rayos y centellas que anunciaban la guerra y los desastres que la acompañaron. ¿Cómo no ver en ese período de encendidas polémicas, esperanzas, obsesiones y desengaños, la profecía de nuestras vicisitudes, ilusiones y tribulaciones? Estoy seguro de que muchos escritores de México y América Latina, aunque no hayan vivido aquellos años, se reconocerán en esos debates y luchas. Algunos leerán este pequeño y admirable libro con despecho: los enfrenta a sus recientes decepciones, que todavía se resisten a aceptar y, más que nada, a pensar. Ojalá que los mejores lo lean con lucidez y con remordimientos. Aceptar nuestros errores con la entereza con que Gide aceptó los suyos y los *confesó*, es el regreso a la salud y el principio de la sabiduría. El libro de Alberto Ruy Sánchez es un libro escrito con letras claras sobre una superficie obscura. Entristece pero también ilumina.

«La verdad frente al compromiso» es el prólogo al libro de Alberto Ruy Sánchez, *Tristeza de la verdad: André Gide regresa de Rusia*, México, Joaquín Mortiz, 1991, y se recogió en *Al paso*, Barcelona, Seix Barral, 1992.

Los centuriones de Santiago

El cuartelazo del ejército chileno y la muerte violenta de Salvador Allende han sido acontecimientos que, una vez más, han ensombrecido a nuestras tierras. Ayer apenas Brasil, Bolivia, Uruguay –ahora Chile. El continente se vuelve irrespirable. Sombras sobre las sombras, sangre sobre la sangre, cadáveres sobre cadáveres: la América Latina se convierte en un enorme y bárbaro monumento hecho de las ruinas de las ideas y de los huesos de las víctimas. Espectáculo grotesco y feroz: en la cumbre del monumento un tribunal de pigmeos uniformados y condecorados gesticula, delibera, legisla, excomulga y fusila a los incrédulos. Mientras Nixon se lava las manos sucias de Watergate en el lavamanos ensangrentado que le tiende Kissinger, mientras Bréznev inaugura nuevos hospitales psiquiátricos para disidentes incurables, mientras Chu En-lai agasaja a Pompidou en Pekín y alerta a los europeos occidentales sobre «el peligro ruso» –los generalitos latinoamericanos hacen otra de las suyas. La paz que construyen las superpotencias se edifica sobre la humillación de los pueblos, el sacrificio de los disidentes y los despojos de las democracias destruidas: Grecia, Checoslovaquia, Uruguay, Chile. En Praga los tanques rusos y en Santiago los generales entrenados y armados por el Pentágono, unos en nombre del marxismo y los otros en el del antimarxismo, han consumado la misma «demostración»: la democracia y el socialismo son incompatibles.

Condenar la acción de los militares chilenos y denunciar las complicidades internacionales que la hicieron posible, unas activas y otras pasivas, puede calmar nuestra legítima indignación. No es bastante. Entre los intelectuales la protesta se ha convertido en un rito y una retórica. Aunque el rito desahoga al que lo ejecuta, ha perdido sus poderes de contagio y convencimiento. La retórica se gasta y nos gasta. No protesto contra las protestas. Al contrario: las quisiera más generalizadas, enérgicas y eficaces. Pido, sobre todo, que sean acompañadas o seguidas por un análisis de los hechos. La indignación puede ser una moral pero es una moral a corto plazo. No es ni ha sido nunca el substituto de una política. Renunciar al pensamiento crítico es renunciar a la tradición que fundó el pensamiento revolucionario y abrazar, ya que no las ideas, los métodos intelectuales del adversario: la invectiva, la excomunión, el exorcismo, la recitación de las autoridades canónicas. Lo ocurrido en Chile ha sido una gran tragedia. También ha sido, digámoslo sin miedo, una gran derrota. Una más en una larga serie de derrotas. ¿Por qué y cómo? Hay que hacer un examen de la situación nacional e internacional, valorar las fuerzas sociales en juego, reflexionar sobre los métodos empleados y reconocer –aunque sea humillante para los dirigentes y los teóricos, engreídos con sus frágiles esquemas– que los resultados han sido desastrosos. Y hay que completar esta reflexión histórica y política con un examen de conciencia.

La izquierda latinoamericana lucha contra formidables enemigos: el imperialismo norteamericano –hoy más o menos tranquilo en sus flancos internacionales gracias a su doble entendimiento con Rusia y con China–, las grandes oligarquías, la casta militar y los restos de los antiguos partidos conservadores. En algunos casos, como sucedió en Chile, ha convertido a su aliada natural en este período histórico, la clase media, en su adversario. Pero la izquierda también está en lucha con ella misma. No sólo está dividida en muchas tendencias sino que, más grave y decisivamente, está desgarrada entre la relativa debilidad de sus fuerzas y el carácter geométrico y absoluto de sus programas. Su predicamento es el de aquel que pretende perforar rocas con alfileres. En Europa occidental contrasta la fuerza de los movimientos de izquierda franceses e italianos con la prudente modestia de sus programas; en América Latina sucede exactamente lo contrario. Apenas si es necesario añadir que el radicalismo de los grupos extremistas –el último ejemplo es el del MIR chileno– opera invariablemente como una provocación. Los extremistas pertenecen a la clase media y en sus actos e ideologías son determinantes, como lo fueron en los de los jóvenes fascistas de la década anterior a la segunda guerra, la desesperación, la inseguridad psicológica y las tendencias inconscientes al suicidio.

La tarea más urgente de los movimientos *realmente* democráticos y socialistas de la América Latina es elaborar programas viables y diseñar una nueva estrategia y una nueva táctica. Subrayo la palabra *realmente* porque estoy convencido de que el socialismo sin democracia no es socialismo. La derrota de Chile expone a la izquierda latinoamericana a graves tentaciones morales y políticas. La primera es pensar que la trágica experiencia de Salvador Allende ha cerrado la vía democrática hacia el socialismo. Es un sofisma simplista pero por su mismo simplismo, atractivo. Para refutarlo basta con recordar los recientes fracasos de la violencia revolucionaria: ¿las derrotas de Guevara y los «tupamaros» significan que la vía violenta hacia el socialismo se ha clausurado? La verdad es que violencia y legalidad son variables que dependen tanto de las circunstancias nacionales como de la situación internacional. Las condiciones de Chile no fueron propicias, eso es todo. El dirigente socialista francés François Mitterrand piensa que en Francia las cosas habrían ocurrido de otra manera: «Es absurdo querer comparar un país subdesarrollado con un país industrializado. Nuestro socialismo será un socialismo de la abundancia».

En un artículo reciente («El tránsito hacia el socialismo pacífico», en *Le Monde* del 24 de septiembre), Maurice Duverger comenta el caso de Chile y hace algunas observaciones dignas de meditarse: «La primera condición del paso democrático hacia el socialismo, en un país de Europa occidental como Francia, es que el gobierno de izquierda tranquilice a las clases medias sobre su suerte en el régimen futuro, para así disociarlas del núcleo de los grandes capitalistas, condenados a desaparecer o a sufrir un estrecho control. Esto significa que la evolución hacia el socialismo debe ser progresiva y muy lenta, de modo que en cada etapa el régimen pueda contar con el apoyo de una buena parte de aquellos que al principio lo temían. La suerte de los pequeños negocios debe precisarse con la mayor claridad, mostrando que será mejor que bajo el capitalismo de los grandes monopolios y oligopolios. La nacionalización de las grandes industrias no debe acompañarse de ocupaciones violentas y desordenadas, algo que hizo mucho daño al régimen de Allende. Debe mantenerse con firmeza el orden público, incluso si esto implica restringir la espontaneidad de los movimientos populares. Estas condiciones son draconianas y es comprensible que los extremistas las rechacen. Hay que recordarles la frase de Lenin: *los hechos son testarudos*. La realidad es la realidad, por más desagradable que sea. Por otra parte, la vía revolucionaria hacia el socialismo es aún más difícil que la vía democrática, en los países de Occidente». Agrego: y todavía más en los países subdesarrollados y dependientes.

La pregunta sobre la pretendida incompatibilidad entre el socialismo y la democracia debería cambiarse por otra: ¿es posible el socialismo en un país subdesarrollado, dependiente, apenas o insuficientemente industrializado y que, colmo de males, vive esencialmente de la exportación de un producto único? La respuesta de Marx y Engels habría sido un categórico: No. Ambos concebían al socialismo primordialmente como un instrumento de transformación social y secundariamente de transformación económica; quiero decir, para ellos el socialismo sería la consecuencia de la industria y no un método para la industrialización. Engels subrayó muchas veces que una revolución no podía ir más allá de sus estructuras económicas y que era imposible saltar las etapas históricas. Para los fundadores, el socialismo multiplica y hace más racional la producción y la distribución en la sociedad industrial pero no tiene por misión crear a la industria. El proletariado, la clase revolucionaria *per se*, no es el padre sino el hijo de la era industrial. Nada más extraño al marxismo original que el «voluntarismo» económico de un Mao –para no hablar del ascetismo socialista que Guevara pretendía imponer a los trabajadores. A pesar de los cambios que ha sufrido la doctrina, ninguno de los sucesores, de Kautsky a Trotski y de Rosa Luxemburg a Lenin, afirmó nunca la posibilidad de establecer auténticos regímenes socialistas en países no-industrializados, y, además, monoproductores.

Tampoco Stalin. El ideólogo del «socialismo en un solo país» puso siempre, como condición determinante, que el país tuviese las dimensiones y los recursos de un continente –la URSS. Es verdad que después hemos visto a países como Cuba y Albania llamarse a sí mismos socialistas. ¿Lo son realmente? Engels llamaba al estatismo de Bismarck: «socialismo de cuartel». Si el socialismo, en el sentido recto del término, no puede ser en esta etapa histórica mundial el remedio para los inmensos males de las naciones latinoamericanas, ¿cuál puede ser el programa mínimo de la izquierda? Ésta es la pregunta que deberíamos hacernos todos. El porvenir de nuestros desdichados países depende, en buena parte, de la respuesta que logremos darle. ¿O es ya demasiado tarde?

Para combatir con eficacia al adversario hay que conocerlo. El cuartelazo de Chile presenta los rasgos tradicionales de los «pronunciamientos» latinoamericanos. A los mexicanos nos recuerda la sublevación del general Huerta y el asesinato del presidente Madero. Sin embargo, en el movimiento chileno aparecen ciertas notas distintas y distintivas. Conviene destacarlas porque, probablemente, se acentuarán en el futuro. Me refiero a la movilización y la manipulación de la clase media y de la pequeña burguesía pobre, a la xenofobia, al puritanismo sexual (las dictaduras son púdicas) y, sobre todo, al proyecto de crear un Estado corporativo en el que el ejército tendrá el lugar privilegiado que tenía el partido en la Italia de Mussolini. Aunque no se trata de una verdadera ideología sino de una «cobertura ideológica» hecha de retazos, todos estos síntomas evocan la imagen del fascismo[1]. La comisión de actos abyectos como el saqueo de la casa de Pablo Neruda y la destrucción de sus libros y sus pa-

1. El régimen chileno no evolucionó hacia el fascismo, ni siquiera en la forma híbrida que han inventado los ideólogos: fascismo de la dependencia. Aunque sus métodos represivos son análogos a los de los sistemas totalitarios, los rasgos característicos del régimen chileno no evocan tanto la imagen del fascismo –dirigismo económico, corporatismo, populismo y, sobre todo, un partido único y un jefe– como el rostro sombrío y bien conocido en nuestros países de la dictadura militar reaccionaria. (*Nota de 1975.*)

peles, acentúa el parecido. Apenas nacido, el régimen chileno se distingue ya del brasileño. Este último es una dictadura militar tecnocrática, apoyada en el gran capital nacional e internacional, no-ideológica y que, hasta ahora, no ha pretendido servirse políticamente de las clases medias. El recurso a la ideología y la explotación de la xenofobia indican que la situación chilena es mucho más crítica que la brasileña. En Chile no podrá operar la movilidad social, resultado del desarrollo económico brasileño, como válvula de escape a las tensiones sociales. El régimen militar de Santiago se enfrentará a las mismas severas limitaciones económicas a que se enfrentó Allende.

Extraño triángulo: frente al régimen militar chileno, el brasileño; ante ellos, la ambigüedad extraordinaria del peronismo. El fracaso de las ideologías políticas tradicionales –los más sonados han sido el de los radicales argentinos y el de la democracia cristiana chilena– es la causa inmediata de la aparición de todos esos regímenes *bizarros* en el sentido que daba Baudelaire a esa palabra: singularidad en el horror. Escribí: «la causa inmediata» porque las mediatas son más profundas y se remontan al gran fracaso de nuestras guerras de Independencia, gran semillero de caudillos. El militarismo latinoamericano nació con la Independencia, aunque sus raíces son más antiguas y se hunden en el pasado hispano-árabe. Estamos ante verdaderos híbridos históricos. Para comprobarlo basta con echar una ojeada al mapa político: en un extremo el populismo nacionalista de los militares peruanos y en el otro la dictadura tecnocrático-militar brasileña. El panorama es desolador: nuestras tierras son todavía la tierra de *Tirano Banderas*. El personaje de Valle-Inclán es monstruoso y, al mismo tiempo, es intensamente real. Es una realidad sin ideas, lo que no quiere decir que sea una realidad estúpida. *Tirano Banderas* es la respuesta bárbara de la realidad latinoamericana a la miopía y a la ceguera de los ideólogos.

El examen del pasado inmediato y del presente nos cura de la peor intoxicación: la ideológica. Hay que acercarse a la realidad con humildad. Necesitamos elaborar programas que correspondan a nuestra historia y a nuestro presente. A la luz de la terrible experiencia del siglo XX, esos programas tendrán que ser democráticos –aunque no tienen por qué ser copias de las democracias burguesas occidentales. También deberán contener los gérmenes de un futuro socialismo y, ante todo, deberán proponer modelos de desarrollo económico y de organización social que sean menos inhumanos e injustos que los de los regímenes capitalistas y los del «socialismo burocrático». No se trata de fundar paraísos sino de dar respuestas reales a la realidad de nuestros problemas. Nos hacen falta, en dosis iguales, la imaginación política y la sobriedad intelectual. América Latina es un continente de retóricos y de violentos –dos formas de la soberbia y dos maneras de ignorar la realidad. Debemos oponer a la originalidad monstruosa pero real de *Tirano Banderas* la originalidad humana de una política a un tiempo realista y racional. Tenemos una literatura y un arte, ¿cuándo tendremos un pensamiento político?

Estas apresuradas observaciones no tienen nada de categórico o definitivo. Son opiniones personales y no editoriales. No se proponen tanto sostener una tesis como iniciar un diálogo. Más que nada son una invitación a estudiar en serio y con ojos nuevos los problemas históricos, sociales y políticos de nuestra América. Una vez más: *Plural* está abierta a la discusión. Pero no solamente a la discusión: *Plural* afirma su solidaridad con las víctimas de la represión y especialmente con los escritores y artistas chilenos.

Cambridge, Mass., a 28 de septiembre de 1973

«Los centuriones de Santiago» se publicó por primera vez en *Plural*, núm. 25, octubre de 1973, y se recogió en *El ogro filantrópico*, Barcelona (Seix Barral) y México (Joaquín Mortiz), 1979.

El diálogo y el ruido[1] (Francfort, 1984)

Cuando mi amigo Siegfried Unseld me anunció que se me concedería el premio de la Paz que cada año otorga la Asociación de Editores y Libreros durante la Feria del Libro de Francfort, mi primera reacción fue de incrédulo agradecimiento: ¿por qué habrían pensado en mí? No por los méritos de mis escritos sino, tal vez, por mi obstinado amor a la literatura. Para todos los escritores de mi generación –nací en 1914, el año fatídico– la guerra ha sido una presencia constante y terrible. Comencé a escribir, operación silenciosa entre todas, frente y contra el ruido de las disputas y peleas de nuestro siglo. Escribí y escribo porque concibo a la literatura como un diálogo con el mundo, con el lector y conmigo mismo –y el diálogo es lo contrario del ruido que nos niega y del silencio que nos ignora. Siempre he pensado que el poeta no sólo es el que habla sino el que oye.

El primer relato propiamente histórico de nuestra tradición religiosa es el episodio del asesinato de Abel por Caín. Con este terrible acontecimiento comienza nuestra experiencia terrestre; lo que ocurrió en el Edén, ocurrió antes de la historia. Con la Caída aparecieron los dos hijos del pecado y la muerte: el trabajo y la guerra. Comenzó entonces la condena, comenzó la historia. En las otras tradiciones religiosas figuran relatos de significado semejante. La guerra, especialmente, ha sido siempre vista con horror, incluso entre aquellos pueblos que la juzgan una expresión de la contienda entre poderes sobrenaturales o entre principios cósmicos. Escapar de ella es escapar de nuestra condición, ir más allá de nosotros mismos o, mejor dicho, regresar a lo que fuimos antes de la Caída. Por esto la tradición nos presenta otra imagen, reverso radiante de esta visión negra del hombre y de su destino: en el seno de la naturaleza reconciliada, bajo un sol benévolo y unas constelaciones compasivas, hombres y mujeres viven en el ocio, la paz y la concordia. La armonía natural entre todos los seres vivos –plantas, animales, hombres– es la imagen visible de la armonía espiritual. El verdadero nombre de esta concordia cósmica es amor; su mani-

1. Discurso al recibir de manos del presidente de la República Federal de Alemania, doctor Richard von Weizsäcker, el Premio Internacional de la Paz de la Asociación de Editores y Libreros Alemanes, en Francfort, el 7 de octubre de 1984.

festación más inmediata es la inocencia: los hombres y las mujeres andan desnudos. Nada tienen que ocultar, no son enemigos ni se temen: la concordia es la transparencia universal. La paz fue una dimensión de la inocencia del principio, antes de la historia. El fin de la historia será el comienzo de la paz: el reino de la inocencia recobrada.

Muchas utopías filosóficas y políticas se han inspirado en esta visión religiosa. Si antes de la historia los hombres eran iguales, libres y pacíficos: ¿cuándo y cómo comenzó el mal? Aunque es imposible saberlo, no lo es presumir que un acto de violencia desencadenó el ciego movimiento que llamamos historia. Los hombres dejaron de ser libres e iguales cuando se sometieron a un jefe. Si el comienzo de la desigualdad, la opresión y la guerra fue la dominación de los pocos sobre los muchos, ¿cómo no ver en la autoridad al origen y la causa de las iniquidades de la historia? No en la autoridad de este o aquel príncipe, uno piadoso y otro tiránico, sino en el principio mismo y en la institución que lo encarna: el Estado. Sólo su abolición podría acabar con la servidumbre de los hombres y con la guerra entre las naciones. La revolución sería la gran revuelta de la historia o, en términos religiosos, la vuelta de los tiempos del origen: el regreso a la inocencia del comienzo, en cuyo seno las libertades individuales se resuelven en concordia social.

El poder de seducción de esta idea –alianza de la moral más pura y de los sueños más generosos– ha sido inmenso. Dos razones, sin embargo, me prohíben compartir esta hipótesis optimista. La primera: estamos ante una suposición inverificada y, me temo, inverificable. La segunda: el nacimiento del Estado, muy probablemente, no significó el comienzo sino el fin de la guerra perpetua que afligía a las comunidades primitivas. Para Marshall Sahlins, Pierre Clastres y otros antropólogos contemporáneos, en el comienzo los hombres vivían libres y relativamente iguales. El fundamento de esa libertad era la fuerza de su brazo y la abundancia de bienes: la sociedad de los salvajes era una sociedad de guerreros libres y autosuficientes. También era una sociedad igualitaria: la naturaleza perecedera de los bienes impedía su acumulación. En aquellas comunidades simples y aisladas los lazos sociales eran extremadamente frágiles y la realidad permanente era la discordia: la guerra de todos contra todos. Ya en los albores de la Edad Moderna los teólogos neotomistas españoles habían sostenido que, en el principio, los hombres eran libres e iguales –*status naturae*– pero que, como carecían de organización política (Estado), vivían aislados, indefensos y expuestos a la violencia, la injusticia y la dispersión. El *status naturae* no era sinónimo de inocencia: los hombres del comienzo eran, como nosotros, *naturaleza caída*. Hobbes fue más allá y vio en el estado de naturaleza no a la imagen de la concordia y la libertad sino a la de la injusticia y la violencia. El Estado nació para defender a los hombres de los hombres.

Si la abolición del Estado nos haría regresar a la discordia civil perpetua, ¿cómo evitar la guerra? Desde su aparición sobre la tierra, los Estados combaten entre ellos. No es extraño, así, que la aspiración hacia la paz universal se haya confundido a veces con el sueño de un Estado universal y sin rivales. El remedio no es menos irrealizable que el de la supresión del Estado y quizá sea más peligroso. La paz que resultaría de la imposición de la misma voluntad sobre todas las naciones, incluso si esa voluntad fuese la de la ley impersonal, no tardaría en degenerar en uniformidad y repetición, máscaras de la esterilidad. Mientras la abolición del Estado nos condenaría a la guerra perpetua entre las facciones y los individuos, la fundación de un Estado único se traduciría en la servidumbre universal y en la muerte del espíritu. Por fortuna, la experiencia histórica ha disipado una y otra vez esta quimera. No hay ejemplos de una sociedad histórica sin Estado; sí hay, y muchos, de grandes imperios que han perseguido la dominación universal. La suerte de todos los grandes imperios nos avisa que ese sueño no sólo es irrealizable sino, sobre todo, funesto. El comienzo de los imperios es semejante: la conquista y la expoliación; su fin también lo es: la disgregación, la desmembración. Los imperios están condenados a la dispersión como las ortodoxias y las ideologías a los cismas y a las escisiones.

La función del Estado es doble y contradictoria: preserva la paz y desata la guerra. Esta ambigüedad es la de los seres humanos. Individuos, grupos, clases, naciones y gobiernos, todos, estamos condenados a la divergencia, la disputa y la querella; también estamos condenados al diálogo y a la negociación. Hay una diferencia, sin embargo, entre la sociedad civil compuesta por individuos y grupos y la sociedad internacional de los Estados. En la primera, las controversias se resuelven por la voluntad mutua de los querellantes o por la autoridad de la ley y del gobierno; en la segunda, lo único que cuenta realmente es la voluntad de los gobiernos. La naturaleza misma de la sociedad internacional impide la existencia de una autoridad superestatal efectiva. Ni las Naciones Unidas ni los otros órganos internacionales disponen de la fuerza necesaria para preservar la paz o para castigar a los agresores; son asambleas deliberativas, útiles para negociar pero que tienen el defecto de convertirse fácilmente en teatro de propagandistas y demagogos.

El poder de hacer la guerra o la paz compete esencialmente a los gobiernos. Cierto, no es un poder absoluto: aun las tiranías, antes de lanzarse a una guerra, deben contar en mayor o menor grado con la opinión y el sentimiento popular. En las sociedades abiertas y democráticas, en las que los gobiernos deben dar cuenta periódicamente de sus actos y en las que existe una oposición legal, es más difícil llevar a cabo una política guerrera. Kant dijo que las monarquías son más propensas a la guerra que las repúblicas pues en las primeras el soberano considera al Estado como su propiedad. Naturalmente, por sí solo el régimen democrático no es una garantía de paz, según lo prueban, entre otros, la Atenas de Pericles y la Francia de la Revolución. La democracia está expuesta como los otros sistemas políticos a la influencia nefasta de los nacionalismos y las otras ideologías violentas. Sin embargo, la superioridad de la democracia en esta materia, como en tantas otras, para mí es irrefutable: la guerra y la paz son asuntos sobre los que todos tenemos no sólo el derecho sino el deber de opinar.

He mencionado la influencia adversa de las ideologías nacionalistas, intolerantes y exclusivistas sobre la paz. Su malignidad se multiplica cuando dejan de ser la creencia de una secta o de un partido y se instituyen en la doctrina de una Iglesia o de un Estado. La aspiración hacia lo absoluto –siempre inalcanzable– es una pasión sublime pero creernos dueños de la verdad absoluta nos degrada: vemos en cada ser que piensa de una manera distinta a la nuestra un monstruo y una amenaza y así nos convertimos, nosotros mismos, en monstruos y en amenazas de nuestros semejantes. Si nuestra creencia se convierte en el dogma de una Iglesia o de un Estado, los extraños se vuelven excepciones abominables: son los *otros*, los heterodoxos, a los que hay que convertir o exterminar. Por último, si hay fusión entre la Iglesia y el Estado, como ocurrió en otras épocas, o si un Estado se autoproclama el propietario de la ciencia y la historia, como sucede en el siglo XX, aparecen inmediatamente las nociones de *cruzada, guerra santa* y sus equivalentes modernos, como la *guerra revolucionaria*. Los Estados ideológicos son por naturaleza belicosos. Lo son por partida doble: por la intolerancia de sus doctrinas y por la disciplina militar de sus élites y grupos dirigentes. Nupcias contranaturales del convento y el cuartel.

El proselitismo, casi siempre aunado a la conquista militar, ha caracterizado a los Estados ideológicos desde la Antigüedad hasta nuestros días. Después de la segunda guerra, por medios conjuntamente políticos y militares, se consumó la incorporación al sistema comunista totalitario de los pueblos de la llamada (impropiamente) Europa del Este. Las naciones de Occidente parecían destinadas a sufrir la misma suerte. No ha sido así: han resistido. Pero, al mismo tiempo, se han inmovilizado: a su prosperidad material sin paralelo no ha seguido ni un renacimiento moral y cultural ni una acción política a la vez imaginativa y enérgica, generosa y eficaz. Hay que decirlo: las grandes naciones democráticas de Occidente han dejado de ser el modelo y la inspiración de las élites y las minorías de los otros pueblos. La pérdida ha sido enorme para todo el mundo y muy especialmente para las naciones de América Latina: nada en el horizonte histórico de este fin de siglo ha podido substituir a la influencia fecunda que, desde el siglo XVIII, ha ejercido la cultura europea sobre el pensamiento, la sensibilidad y la imaginación de nuestros mejores escritores, artistas y reformadores sociales y políticos.

La inmovilidad es un síntoma inquietante que se vuelve angustioso apenas se advierte que no es sino el resultado del equilibrio nuclear. La paz no refleja el acuerdo entre las potencias sino su mutuo temor. Los países del Oeste y del Este parecen estar condenados a la inmovilidad o al aniquilamiento. El terror nos ha preservado hasta ahora del gran desastre. Pero hemos escapado de Armagedón, no de la guerra: desde 1945 no ha pasado un solo día sin combates en Asia o en África, en América Latina o en el Cercano y el Medio Oriente. La guerra se ha vuelto trashumante. Aunque no es mi propósito referirme a ninguno de estos conflictos, debo hacer una excepción y ocuparme del caso de la América Central. Me toca muy de cerca y me duele; además, es urgente disipar las simplificaciones de tirios y troyanos. La primera es la tendencia a ver el problema únicamente como un episodio de la rivalidad entre las dos superpotencias; la segunda es reducirlo a una contienda local sin ramificaciones internacionales. Es claro que los Estados Unidos ayudan a grupos armados enemigos del régimen de Managua; es claro que la Unión Soviética y Cuba envían armas y consejeros militares a los sandinistas; es claro también que las raíces del conflicto se hunden en el pasado de América Central.

La Independencia de la América hispana (el caso de Brasil es distinto) desencadenó la fragmentación del antiguo Imperio español. Fue un fenómeno de significación distinta a la Independencia norteamericana. Todavía pagamos las consecuencias de esta dispersión: en el interior, democracias caóticas seguidas de dictaduras y, en el exterior, debilidad. Estos males se enconaron en la América Central: varios pequeños países sin clara identidad nacional (¿qué distingue a un salvadoreño de un hondureño o de un nicaragüense?), sin gran viabilidad económica y expuestos a las ambiciones de fuera. Aunque los cinco países –Panamá fue inventado más tarde– escogieron el régimen republicano, ninguno de ellos, salvo la ejemplar Costa Rica, logró establecer una democracia auténtica y duradera. Los pueblos de la América Central padecieron muy pronto el mal endémico de nuestras tierras: el caudillismo militar. La influencia de los Estados Unidos comenzó a mediados del siglo pasado y pronto se convirtió en hegemónica. Los Estados Unidos no inventaron ni la fragmentación ni las oligarquías ni los dictadores bufos y sanguinarios pero se aprovecharon de esta situación, fortificaron a las tiranías y contribuyeron decisivamente a la corrupción de la vida política centroamericana. Su responsabilidad histórica es innegable y sus actuales dificultades en esa región son la consecuencia de su política.

A la sombra de Washington nació y creció en Nicaragua una dictadura hereditaria. Después de muchos años, la conjunción de diversas circunstancias –la exasperación general, el nacimiento de una nueva clase media ilustrada, la influencia de una Iglesia católica renovada, las disensiones internas de la oligarquía y, al final, el retiro de la ayuda norteamericana– culminó en una sublevación popular. El levantamiento fue nacional y derrocó a la dictadura. Poco después del triunfo, se repitió el caso de Cuba: la revolución fue confiscada por una élite de dirigentes revolucionarios. Casi todos ellos proceden de la oligarquía nativa y la mayoría ha pasado del catolicismo al marxismo-leninismo o ha hecho una curiosa mescolanza de ambas doctrinas. Desde el principio los dirigentes sandinistas buscaron inspiración en Cuba y han recibido ayuda militar y técnica de la Unión Soviética y sus aliados. Los actos del régimen sandinista muestran su voluntad de instalar en Nicaragua una dictadura burocrático-militar según el modelo de La Habana. Así se ha desnaturalizado el sentido original del movimiento revolucionario.

La oposición no es homogénea. En el interior es muy numerosa pero no tiene medios para expresarse (en Nicaragua sólo existe un diario independiente: *La Prensa*). Otro segmento importante de la oposición vive aislado en regiones inhóspitas: la minoría indígena, que no habla español, que ve amenazada su cultura y sus formas de vida y que ha sufrido despojos y atropellos bajo el régimen sandinista. Tampoco es homogénea la oposición armada: unos son conservadores (entre ellos hay antiguos partidarios de Somoza), otros son disidentes demócratas del sandinismo y otros más pertenecen a la minoría indígena. Ninguno de estos grupos busca la restauración de la dictadura. El gobierno de los Estados Unidos les proporciona ayuda militar y técnica aunque, como es sabido, esa ayuda encuentra crecientes críticas en el Senado y en muchos círculos de la opinión pública norteamericana.

Debo mencionar, en fin, la acción diplomática de los cuatro países que forman el grupo llamado Contadora: México, Venezuela, Colombia y Panamá. Es el único que propone una política racional y realmente orientada hacia la paz. Los esfuerzos de los cuatro países se dirigen a crear las condiciones para que cesen las intervenciones extranjeras y los contendientes depongan las armas e inicien negociaciones pacíficas. Es el primer paso y el más difícil. También es imprescindible: la otra solución –la victoria militar de un bando o del otro– sólo sería la semilla, explosiva, de un nuevo y más terrible conflicto. Señalo, por último, que la pacificación de la zona no podrá consumarse efectivamente sino hasta que le sea posible al pueblo de Nicaragua expresar su opinión en elecciones de verdad libres y en las que participen todos los partidos. Esas elecciones permitirían la constitución de un gobierno nacional. Cierto, con ser esenciales, las elecciones no son todo. Aunque en nuestros días la legitimidad de los gobiernos se funda en el sufragio libre, universal y secreto, deben satisfacerse otras condiciones para que un régimen merezca ser llamado democrático: vigencia de las libertades y derechos individuales y colectivos, pluralismo y, en fin, respeto a las personas y a las minorías. Esto último es vital en un país como Nicaragua, que ha padecido prolongados períodos de despotismo y en cuyo interior conviven distintas minorías raciales, religiosas, culturales y lingüísticas.

Muchos encontrarán irrealizable este programa. No lo es: El Salvador, en plena guerra civil, ha celebrado elecciones. A pesar de los métodos terroristas de los guerrilleros, que pretendieron atemorizar a la gente para que no concurriese a los comicios, la población en su inmensa mayoría votó pacíficamente. Es la segunda vez que El Salvador vota (la primera fue en 1982) y en ambas ocasiones la copiosa votación ha sido un ejemplo admirable de la vocación democrática de ese pueblo y de su valor civil. Las elecciones de El Salvador han sido una condenación de la doble violencia que aflige a esas naciones: la de las bandas de la ultraderecha y la de los guerrilleros de extrema izquierda. Ya no es posible decir que ese país no está preparado para la democracia. Si la libertad política no es un lujo para los salvadoreños sino una cuestión vital, ¿por qué no ha de serlo para el pueblo de Nicaragua? Los escritores que publican manifiestos en favor del régimen sandinista, ¿se han hecho esta pregunta? ¿Por qué aprueban la implantación en Nicaragua de un sistema que les parecería intolerable en su propio país? ¿Por qué lo que sería odioso aquí resulta admirable allá?

Esta digresión centroamericana –tal vez demasiado larga: les pido perdón– confirma que la defensa de la paz está asociada a la preservación de la democracia. Aclaro nuevamente que no veo una relación de causa a efecto entre democracia y paz: más de una vez las democracias han sido belicosas. Pero creo que el régimen democrático despliega un espacio abierto favorable a la discusión de los asuntos públicos y, en consecuencia, a los temas de la guerra y la paz. Los grandes movimientos no violentos del pasado inmediato –los ejemplos máximos son Gandhi y Luther King– nacieron y se desarrollaron en el seno de sociedades democráticas. Las manifestaciones pacifistas en Europa occidental y en los Estados Unidos serían impensables e imposibles en los países totalitarios. De ahí que sea un error lógico y político tanto como una falta moral disociar a la paz de la democracia.

Todas estas reflexiones pueden condensarse así: en su expresión más simple y esencial, la democracia es diálogo y el diálogo abre las puertas de la paz. Sólo si defendemos a la democracia estaremos en posibilidad de preservar a la paz. De este principio se derivan, a mi juicio, otros tres. El primero es buscar sin cesar el diálogo con el adversario. Ese diálogo exige, simultáneamente, firmeza y ductilidad, flexibilidad y solidez. El segundo es no ceder ni a la tentación del nihilismo ni a la intimidación del terror. La libertad no está antes de la paz pero tampoco está después: son indisolubles. Separarlas es ceder al chantaje totalitario y, al fin, perder una y otra. El tercero es reconocer que la defensa de la democracia en nuestro propio país es inseparable de la solidaridad con aquellos que luchan por ella en los países totalitarios o bajo las tiranías y dictaduras militares de América Latina y otros continentes. Al luchar por la democracia, los disidentes luchan por la paz –luchan por nosotros. En uno de los borradores de un himno de Hölderlin dedicado precisamente a celebrar la paz y sobre el que Heidegger ha escrito un célebre comentario, dice el poeta que los hombres hemos aprendido a nombrar lo divino y los poderes secretos del universo

> desde que somos un diálogo
> y podemos oírnos los unos a los otros.

Hölderlin ve a la historia como diálogo. Sin embargo, una y otra vez ese diálogo ha sido roto por el ruido de la violencia o por el monólogo de los jefes. La violencia exacerba las diferencias e impide que unos y otros hablen y oigan; el monólogo anula al otro; el diálogo mantiene las diferencias pero crea una zona en la que las alteridades coexisten y se entretejen. El diálogo excluye al ultimátum y así es una renuncia a los absolutos y a sus despóticas pretensiones de totalidad: somos relativos y es relativo lo que decimos y lo que oímos. Pero este relativismo no es una dimisión: para que el diálogo se realice debemos afirmar lo que somos y, simultáneamente, reconocer al otro en su irreductible diferencia. El diálogo nos prohíbe negarnos y negar la humanidad de nuestro adversario. Marco Aurelio pasó gran parte de su vida a caballo, guerreando contra los enemigos de Roma. Conoció la lucha, no el odio, y nos dejó estas palabras que deberíamos meditar continuamente: «Desde que rompe el alba, hay que decirse a uno mismo: me encontraré con un indiscreto, con un ingrato, con un pérfido, con un violento... Conozco su naturaleza: es de mi raza, no por la sangre ni la familia, sino porque los dos participamos de la razón y los dos somos parcelas de la divinidad. Hemos nacido para colaborar como los pies y las manos, los ojos y los párpados, la hilera de dientes de abajo y la de arriba». El diálogo no es sino una de las formas, quizá la más alta, de la simpatía cósmica.

Francfort, 1984

«El diálogo y el ruido (Francfort, 1984)» se publicó en *Pequeña crónica de grandes días*, México, Fondo de Cultura Económica, 1990.

Alba de la libertad[1]

Las raíces de nuestros pueblos son antiguas y profundas. Antes del descubrimiento de nuestro continente, ya existían complejas civilizaciones en Perú, Bolivia, América Central y México. Estas civilizaciones vivieron aisladas durante milenios; sólo hasta el siglo XVI nuestro continente rompió su inmensa soledad histórica y los pueblos americanos penetraron por primera vez en el río tumultuoso de la historia universal. Un río hecho de la confluencia de muchas y distintas culturas, religiones y tradiciones. Confluencia pero también contienda. Sin embargo, el aislamiento no desapareció completamente; durante los siglos en que fuimos parte del Imperio de España y, en el caso de Brasil, de Portugal, nuestra relación con el mundo estuvo limitada por la peculiar posición de esas dos grandes naciones frente al movimiento general de las ideas y las nuevas instituciones de los otros pueblos europeos. Somos los hijos de la Contrarreforma. Esta circunstancia, así como la influencia de las culturas prehispánicas, ha sido determinante en nuestra historia y explica las dificultades que hemos experimentado para penetrar en la modernidad. Creo que esto ha sido particularmente cierto en los casos de los dos grandes virreinatos, Perú y México.

El régimen colonial nos aisló de los grandes movimientos que crearon al mundo moderno; la Independencia fue nuestra primera tentativa por unirnos a ese mundo. Doble ruptura: con España pero, asimismo, con nuestro pasado. La ruptura fue dolorosa y la herida ha tardado más de un siglo en cicatrizar. Desde la Independencia la América Latina ha sido el teatro de incontables experimentos políticos. Todos nuestros países han ensayado distintas formas de gobierno, muchas veces efímeras. El gran número de constituciones que se han dado en nuestras naciones revela, por una parte, nuestra fe en las abstracciones jurídicas y políticas, herencia secularizada de la teología virreinal; por otra, la inestabilidad de nuestras sociedades. La inestabilidad, dolencia endémica de América Latina, ha sido el resultado de un hecho poco examinado: la Independencia cambió nuestro régimen político pero no cambió a nuestras sociedades.

A través de todas las convulsiones de nuestra historia no es difícil per-

1. Intervención en el encuentro internacional La Revolución de la Libertad, celebrado en Lima el 7 y el 8 de marzo de 1990.

cibir, como tema o motivo central, la búsqueda de la legitimidad. La sociedad colonial estaba fundada en un principio a un tiempo intemporal y sagrado: la monarquía por derecho divino. La nueva legitimidad histórica fue temporal: el pacto social. Los súbditos se convirtieron en ciudadanos. Pero la nueva legitimidad democrática y republicana fue la obra de las élites ilustradas; no tenía raíces en nuestro pasado y no correspondía a la realidad de nuestras sociedades. Hubo una hendedura entre las ideas y las costumbres, es decir, entre los códigos constitucionales y el sistema de creencias y valores heredados. Las instituciones políticas y jurídicas eran modernas; la economía, las jerarquías sociales y la moral pública eran tradicionales y premodernas. Las leyes eran nuevas; viejas las sociedades. La contradicción entre los dos órdenes, el ideal y el real, el abstracto de las constituciones y el concreto e irregular de la historia, provocó una y otra vez conflictos intestinos, anarquía y, fatalmente, el surgimiento de regímenes de excepción. El caudillismo, herencia hispanoárabe, se convirtió en un rasgo distintivo de nuestra vida política. Así se frustró una de las finalidades del movimiento de Independencia, quizá la central: nuestro ingreso al mundo moderno.

No faltaron, sin embargo, distintas tentativas dirigidas a cambiar las estructuras sociales, las costumbres y las mentalidades. A la modernización por las leyes sucedió la modernización por decreto gubernamental. A lo largo del siglo XIX surgieron dictadores y caudillos que reprodujeron en nuestras tierras un fenómeno político que Europa había conocido un siglo antes: el despotismo ilustrado. Los caudillos eran a veces liberales y otras conservadores –las dos grandes facciones ideológicas que se disputaron las conciencias y el poder en el siglo pasado– pero todos ellos creían firmemente que era posible cambiar a las sociedades e incluso a los individuos desde arriba, por la combinación de disposiciones administrativas y medidas de coerción. El catecismo y el látigo. Fue la traducción a la política y al gobierno del viejo y bárbaro precepto: la letra con sangre entra. Todas esas tentativas de reforma terminaron, natural y fatalmente, en fracasos. La razón es clara: el caudillismo latinoamericano ha sido el resultado, primordialmente, de la contradicción entre el arcaísmo de la realidad social y la modernidad meramente formal de las constituciones; así pues, los caudillos y los jefes revolucionarios, por razón de la naturaleza de su poder, excepcional y *de facto*, están orgánicamente incapacitados para transformar de manera durable a una sociedad. Para cambiar a la sociedad, tendrían antes que cambiar ellos mismos: desaparecer como dictadores, transformar el régimen de excepción en legitimidad democrática.

Aunque los métodos autoritarios han fracasado en sus propósitos de reforma, han prolongado en nuestras naciones la tradición del Estado patrimonialista. El patrimonialismo es tan antiguo, probablemente, como el poder político. Se caracteriza por la fusión de lo privado y lo público: el príncipe o el presidente manejan los asuntos colectivos como si fuesen los de su casa. El Estado se convierte en una proyección de la familia. El patrimonialismo es paternalista, a ratos dadivoso e indulgente, otros despótico y siempre arbitrario. En Europa se identificó y confundió con la monarquía absoluta; trasplantado a América durante el período virreinal, ha sobrevivido después de la Independencia porque logró incrustarse en el presidencialismo y el caudillismo. No podía ser de otro modo: los gobiernos autoritarios y personalistas tienden a adoptar espontáneamente la ética y las prácticas del régimen patrimonial. La modernidad comienza, precisamente, con la abolición de los privilegios, las prerrogativas y las franquicias del sistema feudal, heredados y codificados por la monarquía absoluta. Pero no basta con declarar la desaparición de los privilegios; para que no renazcan es indispensable romper la conexión entre absolutismo y patrimonialismo. Por esto, uno de los primeros actos de la Asamblea Constituyente de 1789, durante la Revolución francesa, fue instituir un régimen que salvaguardase los derechos humanos e impidiese la concentración excesiva del poder en una persona o en un grupo. Ese régimen es la democracia y su complemento, la división de poderes. Es el único medio conocido para evitar los abusos y la arbitrariedad del poder personal.

En nuestros países el absolutismo desapareció con la Independencia y con la instauración del sistema republicano y la democracia representativa. Desapareció como institución, no como realidad, oculta bajo distintas máscaras ideológicas. Realidad oculta y, no obstante, poderosa, activa, siempre presente. Con el absolutismo, ahora republicano y personalista, se ha prolongado entre nosotros el patrimonialismo. Ha sido y es la plaga de los gobiernos latinoamericanos del siglo XX. A él le debemos, en buena parte, el desastroso estado de nuestras finanzas y el peso enorme de la deuda, piedra atada al cuello de nuestros pueblos. Una y otra vez se ha denunciado la corrupción, la venalidad, el enjuague, el chanchullo y el estraperlo (¡cuántos nombres!) como males endémicos de la administración pública en América Latina. Incluso algunos críticos atribuyen estos vicios a una suerte de inmoralidad consubstancial a la condición de latinoamericano. Muy pocos han reparado que estas prácticas –corrientes en las cortes europeas en los siglos XVI, XVII y XVIII– son supervivencias, rasgos premodernos que todavía desfiguran a nuestras sociedades. Son una excrecencia de los regímenes personalistas, cualquiera que sea su filiación ideológica, trátese del monarca por derecho divino, del presidente populista o del líder revolucionario que gobierna en nombre de un partido que se ostenta como vanguardia del proletariado.

Los vicios tradicionales del patrimonialismo –la corrupción, los favoritismos, la arbitrariedad– se han combinado, en la segunda mitad del siglo XX, con dos supersticiones pseudomodernas: el estatismo y el populismo. El estatismo pretende corregir los excesos y fallas del mercado pero no ha logrado sino paralizar a nuestras economías, hundidas bajo el peso de enormes, incompetentes y ávidas burocracias. El populismo ha derrochado el tesoro público y ha empobrecido a aquellos que intentaba beneficiar y proteger: los desposeídos. El estatismo latinoamericano ha sido el resultado de una mecánica y casi siempre infiel interpretación de algunas ideas económicas en boga antes de la segunda guerra mundial. Por ejemplo, las de Keynes, que fueron diseñadas como remedios de urgencia y que tenían por propósito no dirigir al mercado sino justamente lo contrario: devolverle su dinamismo. En realidad, a pesar de sus afeites modernos, el estatismo latinoamericano no ha sido sino la resurrección del viejo patrimonialismo colonial. Desenmascararlo es parte de esa gran tarea de higiene política que han emprendido algunos latinoamericanos, como Mario Vargas Llosa.

Las dictaduras latinoamericanas han sido siempre regímenes de excepción. Quiero decir: se han presentado como sistemas transitorios de gobierno, frente a una situación de emergencia y destinados a desaparecer apenas se restablezca la normalidad. Esta actitud de los dictadores, a veces explícita y otras implícita, confirma que la legitimidad histórica de nuestros sistemas de gobierno, desaparecida la monarquía española, ha sido la democracia representativa republicana. Este sistema ha tenido variantes que registra la historia pero, fundamentalmente, ha sido el mismo desde la Independencia. Por supuesto, las desviaciones, las violaciones y las deformaciones han sido, como ya dije, frecuentes y numerosas. Pero han sido eso: infracciones y, en consecuencia, confirmaciones de la regla general.

La verdadera excepción ha sido el régimen cubano. No se presenta como un régimen transitorio de excepción, como las dictaduras militares de nuestro continente. Frente a los regímenes fundados en la democracia, la división de poderes y un sistema de garantías individuales, afirma una legitimidad de orden distinto: no la que consagra una elección popular sino la de un movimiento revolucionario que toma el poder en nombre del proletariado. Fidel Castro gobierna en nombre del partido que es la vanguardia de la clase universal que encarna en nuestro tiempo el movimiento histórico. Castro gobierna en nombre de la historia. Fantasía ideológica que, a pesar de su crudo simplismo, sedujo a muchos y, entre ellos, a no pocos intelectuales latinoamericanos. Fantasía que hoy la historia barre y deshace como el viento a un poco de niebla que obstruye el horizonte.

Para un hombre de mi generación, nuestro siglo ha sido un largo combate intelectual y político en defensa de la libertad. Primero en favor de la República española, abandonada por las democracias de Occidente; después, en contra del nazismo y el fascismo; más tarde, frente al estalinismo. La crítica de este último me llevó a un examen más radical y riguroso de la ideología bolchevique. Desde hace más de treinta años rompí con el marxismo-leninismo. Al mismo tiempo, empecé a descubrir –mejor dicho: a redescubrir– la tradición liberal y democrática. En algún momento sentí atracción hacia el pensamiento libertario; aún lo respeto pero mis afinidades más ciertas y profundas están con la herencia liberal. Con todos sus innegables defectos, la democracia representativa es el único régimen capaz de asegurar una convivencia civilizada, a condición de que esté acompañado por un sistema de garantías individuales y sociales y fundado en una clara división de poderes. Pienso, finalmente, que las nuevas generaciones tendrán que elaborar, pronto, una filosofía política que recoja la doble herencia del socialismo y el liberalismo.

Asistimos ahora a la quiebra de la última ideología con pretensiones absolutistas. En 1917 los líderes bolcheviques prometieron enterrar a la democracia representativa, que les parecía una fachada de la opresión capitalista y de la agresión imperialista. Ahora presenciamos el entierro de su ideología. Los enterradores no son sus rivales de Occidente sino sus descendientes y sus víctimas: los pueblos soviéticos y de la Europa central. En América Latina vivimos también el ocaso de las dictaduras militares. Primero fue en Argentina, Brasil y Uruguay. Más tarde, el general Pinochet se ha visto obligado a dejar el poder después de unas elecciones democráticas libres. En la pequeña Nicaragua un grupo de revolucionarios había confiscado la revolución popular que derrocó al tirano Somoza y se propuso establecer un régimen afín al de Cuba. Ahora, otra vez en elecciones libres, el pueblo ha elegido a un candidato de la oposición democrática, Violeta Chamorro. En México se han dado avances hacia el pluralismo democrático; debemos insistir para que la transición pacífica hacia una democracia moderna prosiga y se acelere. En suma, con algunas excepciones –la más notable y flagrante es la de Cuba– nuestra América comienza a ser un continente de pueblos libres. Es verdad que la pobreza nos ahoga pero ahora sabemos que la libertad –aunque no es una panacea universal, como el bálsamo de Fierabrás para don Quijote– es un camino hacia la prosperidad. El desarrollo económico no se realiza por decreto de un césar revolucionario ayudado por una policía poderosa y un tribunal de inquisidores; la economía es un campo, como la política y la cultura, en donde se despliegan libremente la inteligencia, el esfuerzo y la voluntad de los hombres.

Al hablar de la libertad pienso, como todos ustedes, en un hombre que desde hace años la encarna con dignidad, coherencia y valentía: Mario Vargas Llosa. Lo conozco y admiro desde hace muchos años. Primero me interesó el escritor, autor de admirables novelas; después, el pensador político y el combatiente por la libertad. Cuando, hace dos años, me confió su decisión de aceptar su candidatura a la Presidencia del Perú, confieso que mi primer impulso fue disuadirlo. Pensé que perderíamos un gran escritor en una lucha dudosa e incierta como todas las luchas políticas. Estaba equivocado: un hombre se debe a sus convicciones. El poeta Heine dijo alguna vez que prefería ser recordado no por su pluma y sus poemas sino por sus combates en defensa de la libertad. Estoy seguro de que mañana, nuestros hijos y nietos recordarán a Mario Vargas Llosa, al novelista, al creador de mundos tan reales y fantásticos como la realidad misma, pero igualmente al combatiente civil y al demócrata. Saludo en él a la rara síntesis de la imaginación literaria y la moral pública.

México, 1990

«Alba de la libertad» se publicó en *Pequeña crónica de grandes días*, México, Fondo de Cultura Económica, 1990.

La democracia: lo absoluto y lo relativo[1]

Cuando se me invitó a inaugurar esta serie de conferencias sobre el porvenir de la democracia al finalizar el siglo, acepté con entusiasmo... tras un momento de indecisión. Acepté, movido por mis convicciones; dudé, porque no estaba ni estoy muy seguro de ser la persona idónea para tratar un asunto de tal complejidad. No soy historiador ni sociólogo ni politólogo: soy un poeta. Mis escritos en prosa están estrechamente asociados a mi vocación literaria y a mis aficiones artísticas. Prefiero hablar de Marcel Duchamp o de Juan Ramón Jiménez que de Locke o de Montesquieu. La filosofía política me ha interesado siempre pero nunca he intentado ni intentaré escribir un libro sobre la justicia, la libertad o el arte de gobernar. Sin embargo, he publicado muchos ensayos y artículos sobre la situación de la democracia en nuestra época: los peligros externos e internos que la han amenazado y amenazan, las interrogaciones y pruebas a que se enfrenta. Ninguna de esas páginas posee pretensiones teóricas; escritas frente al acontecimiento, son los momentos de un combate, los testimonios de una pasión. Su mismo carácter circunstancial y episódico me da, ya que no autoridad, sí legitimidad para hablar ante ustedes de la democracia. No van a oír a un pensador político sino a un testigo.

Confieso que me sorprende el hecho de que estas conferencias sobre la democracia se den en Sevilla y precisamente durante el año de la celebración del Quinto Centenario del Descubrimiento de América. ¿Los tiempos que vivimos se parecen a los del final del siglo XV? Aunque las diferencias son enormes, hay algunas semejanzas impresionantes y que nos obligan a reflexionar. Así pues, el tema del Descubrimiento y la Conquista será uno de mis puntos de referencia. He hablado de semejanzas. La primera es la siguiente: son dos épocas de frontera, en las que algo se acaba y algo nace. En 1492, salto de un espacio a otro; cinco siglos después, salto de un tiempo a otro. Y en ambos casos: caída en lo desconocido. Otro parecido: lo imprevisto, lo inesperado. Se buscaba un camino más corto hacia Cathay y brotaron en medio del mar tierras y gente desconocidas; se buscaba contener al imperio comunista y ese imperio de pronto se desvaneció. En su lugar descubrimos una realidad que no habíamos querido o

1. Conferencia pronunciada en Sevilla, el 29 de noviembre de 1991.

podido ver. En 1492, ignorancia de la realidad geográfica; en nuestros días, ignorancia de la realidad histórica.

El Descubrimiento cambió la figura física del mundo: cuatro continentes en lugar de tres. El número cuatro desmintió la vieja ideología tripartita que Europa había heredado de sus antepasados indoeuropeos. Asimismo, introdujo un enigma teológico que fue una herida profunda en la conciencia religiosa de Occidente: a pesar del mandamiento expreso de los Evangelios, durante mil quinientos años millones de almas habían sido substraídas a la prédica de los apóstoles y de sus sucesores. La caída repentina del comunismo también ha sido un desafío que nos ha dejado intelectualmente inermes frente al porvenir. Para los contemporáneos de Colón, cambió la figura del mundo y se preguntaron: ¿dónde estamos?; para nosotros, ha cambiado su configuración histórica y nos decimos: ¿hacia dónde vamos?

Las polémicas en torno al Descubrimiento de América no se han apagado. No voy a examinarlas; me limito a señalar que casi siempre las críticas olvidan lo esencial: sin esas exploraciones, conquistas, acciones admirables y abominables, heroísmos, destrucciones y creaciones, el mundo no sería mundo. En 1492 el mundo comenzó a tener forma y figura de mundo. Algunos dicen que sería mejor llamar Encuentro al Descubrimiento. Observo que no hay descubrimiento sin encuentro ni encuentro sin descubrimiento. Otros alegan que la Conquista fue un genocidio y la evangelización una violación espiritual de los indios. Idealizar a los vencidos no es menos falaz que idolatrar a los vencedores: unos y otros esperan de nosotros comprensión, simpatía y, digamos la palabra, piedad.

Imaginemos por un instante que no son los españoles los que desembarcan en la playa de Veracruz una mañana de 1519 sino que son los aztecas los que llegan a la bahía de Cádiz. Axayácatl, el capitán tenochca, rápidamente se da cuenta de las disensiones que dividen a los andaluces; se entrevista en secreto con el conde don Julián y se alía con él; seduce a su hija, Florinda la Cava, la convierte en su barragana y en su agente diplomático; tras una serie de maniobras audaces y de combates, conquista Jerez, Sevilla y otras ciudades; los jefes aztecas ordenan la demolición de las catedrales y levantan sobre ellas majestuosas pirámides; se sacrifica a los guerreros españoles vencidos (así se les diviniza) y se distribuyen sus mujeres entre los conquistadores; sobre las ruinas de Sevilla se funda Aztlán, la nueva capital de la Bética; los sacerdotes aztecas convierten a la población indígena al culto de Huitzilopochtli y de su madre, la Virgen Coatlicue; se pacifica al país y se establece una dominación que dura varios siglos; finalmente, a través de la acción combinada del tiempo, el mestizaje y la indoctrinación, nace una nueva sociedad «azteca y bética, rayada de morisca», como diría siglos después, en el más puro náhuatl, uno de sus poetas. Hoy, quinientos años más tarde, la denuncia del genocidio azteca se ha convertido en un lugar común de los oradores e ideólogos de Aztlán, nostálgicos de la Bética preazteca y descendientes de Axayácatl y sus hombres.

La crítica de Rousseau y sus descendientes es más fundada. Es una crítica de orden moral más que histórico; es la consecuencia de su condena de la civilización –madre de la desigualdad, la opresión, la mentira, el crimen– y su exaltación del buen salvaje, el hombre natural e inocente. Pero ¿en dónde encontrar al hombre inocente? Las sociedades indígenas de América, de los nómadas a las poblaciones de México y de Perú, con la excepción quizá de los indios de Amazonia, no eran realmente primitivas. Algunas de ellas eran plena y altamente civilizadas; los mayas, por ejemplo, habían descubierto al cero. Así pues, esas sociedades estaban también manchadas por las lacras de la civilización. La crítica de Montaigne es más convincente. Sus razones son una deducción inteligente del escepticismo grecolatino; a su vez, son el origen del moderno relativismo cultural. Es una tendencia predominante en nuestros días y que ha sido ilustrada recientemente, con brillo y coherencia, por Lévi-Strauss. La idea de que cada cultura y cada civilización es una creación única y, por tanto, incomparable, parece irrefutable. Sin embargo, tiene una falla: por una parte nos abre (o entreabre) las puertas de la comprensión de culturas y sociedades extrañas, ajenas a la nuestra; por otra, nos impide juzgar, escoger y valorar. O dicho de otro modo: nos prohíbe la comprensión global, que implica la comparación y la confrontación de cada cultura con las otras y sus creaciones. En fin, sea cual sea su valor, el relativismo cultural no tiene sino una relación lateral con nuestro tema: las semejanzas y diferencias *pertinentes* –subrayo el adjetivo– entre nuestra situación y la de 1492. He señalado algunas semejanzas; ahora procuraré mostrar una diferencia que es, a mi juicio, capital.

El Descubrimiento y la Conquista de América son acontecimientos que, como la Reforma y el Renacimiento, abren la era moderna. Sin la ciencia ni la técnica de esa época no hubiese sido factible la navegación en pleno océano; tampoco habría sido posible la Conquista sin las armas de fuego. Apenas si necesito recordar que esa ciencia y esa técnica eran el resultado de dos mil años de continua especulación y experimentación. Lo mismo debo decir de las concepciones políticas, ya claramente modernas, de algunas de las figuras centrales de ese momento, como Cortés. Ciencias, técnicas, utensilios, ideas, instituciones: gérmenes y embriones que anuncian la modernidad naciente. Además, una experiencia histórica invaluable: mientras que las sociedades indígenas, incluso las más complejas y desarrolladas, como las de México, no tenían noción de la existencia de otras tierras y de otras civilizaciones, los españoles conocían sociedades distintas a la suya, con otras lenguas y otras religiones. Al ver a los invasores, los indios se preguntaron: ¿quiénes son y de dónde vienen? Una pregunta, por decirlo así, ahistórica y, en el fondo, religiosa: para ellos los españoles eran lo desconocido. El conquistador, en cambio, inmediatamente intenta insertar la extrañeza india en una categoría histórica conocida: sus ciudades le recuerdan a Constantinopla, sus santuarios a las mezquitas. Lo maravilloso, para ellos, no era lo sobrenatural sino lo legendario: el mundo de los romances, las leyendas y las novelas de caballería.

El impulso también era moderno: era una exploración y una conquista. Las grandes aventuras colectivas de Occidente habían sido las Cruzadas, el rescate del Santo Sepulcro y, para los españoles, la Reconquista. En las empresas de portugueses y españoles aparece algo nuevo y contrario a la tradición medieval: penetrar en lo desconocido, conocerlo y dominarlo. No un rescate sino un descubrimiento. Todos los conquistadores tenían plena conciencia de la novedad que encarnaban ellos y sus acciones: hacían algo nunca visto. No se equivocaban: con ellos se inicia la gran expansión de Occidente, uno de los signos (gloria y estigma) de la modernidad.

La otra cara de la Conquista no es moderna sino tradicional, medieval. En esta dualidad reside su fascinante ambigüedad. Se ha hablado mucho de los pillajes y de la sed de oro de los conquistadores. Pero la rapacidad, la violencia, la lujuria y la sangre han acompañado siempre a los hombres. En la España de la Reconquista, para no salir del ámbito hispánico, encontramos los mismos excesos entre los guerreros musulmanes. Sin embargo, sería absurdo reducir la Reconquista a una serie de *raids* de bandas cristianas y musulmanas. Tampoco es posible comprender a la Conquista de América si se le amputa de su dimensión metahistórica: la evangelización. Al lado del saco de oro, la pila bautismal. Aunque parezca contradictorio, era perfectamente natural que en muchas almas coexistiese la sed de oro con el ideal de la conversión. Al contrario de la codicia, que es inmemorial y ubicua, el afán de conversión no aparece en todas las épocas ni en todas las civilizaciones. Y ese afán es el que da fisonomía a esa época y sentido a las vidas de aquellos aventureros turbulentos: el tiempo de aquí estaba orientado hacia un allá fuera del tiempo.

El gran debate convocado por Carlos V en Valladolid, en 1550, y que opuso a grandes teólogos y juristas, giró en torno del tema de la legitimidad de la Conquista: ¿era o no lícita? Las opiniones fueron encontradas pero para todos los participantes la razón de ser de aquel acontecimiento no era meramente histórica sino que estaba referida a un valor sobrenatural: cumplir los Evangelios, cristianizar a los nativos. En esto coincidieron los dos grandes adversarios, Las Casas y Sepúlveda. El primero lo dijo de un modo tajante: «los indios fueron descubiertos para ser salvados». La fe en Cristo y en sus mandamientos es fe en un valor absoluto que trasciende la historia temporal. Es la encarnación de la palabra divina en la acción de unos hombres y en la política de un Estado. Nada menos moderno. Pues bien, el eclipse de los valores absolutos y metahistóricos y su substitución por valores relativos es un capítulo central en la historia de la democracia moderna.

A diferencia de lo que ocurrió en los dominios americanos de España y de Portugal, en la colonización de la mitad angloamericana de nuestro continente la prédica del cristianismo no figura como motivo dominante. La evangelización no fue parte de la política de la Corona inglesa ni figuró entre las preocupaciones religiosas de los colonos. Tampoco fue un principio de legitimación. Los primeros establecimientos fueron pequeñas comunidades de fieles de esta o de aquella denominación, a veces compuestas por disidentes. Cada una de ellas, aparte de los trabajos de la agricultura, el comercio y las otras ocupaciones mundanas, practicaba con gran fervor su versión particular del cristianismo. El modelo de casi todas ellas eran las comunidades cristianas primitivas o, mejor dicho, lo que se suponía que habían sido aquellas hermandades antes de la corrupción romana. Sin embargo, a pesar de su devoción y su piedad exigente, ninguna de ellas se propuso seriamente cristianizar a los indios. Cada grupo se veía como una isla de fe rodeada por una naturaleza salvaje y unas tribus igualmente salvajes. Los indios eran parte de la naturaleza –naturaleza caída– y, como a ella, había que dominarlos y, en caso necesario, segregarlos o destruirlos. El fenómeno se repite, más acusadamente y en escala mucho mayor, durante la expansión del siglo XIX hacia el oeste. El modelo religioso de esta gran emigración fue la peregrinación de Israel en el desierto y la ocupación de Palestina. Aparte de la búsqueda de tierras y de otras ganancias materiales, el ánimo que movía a esos miles de familias y de aventureros no era cristianizar salvajes sino fundar ciudades y pueblos prósperos, regidos por la moral de la Biblia. Una Biblia en inglés, interpretada por cada secta y por cada conciencia.

En la expansión europea en África y Asia también es visible la desaparición paulatina de la dimensión metahistórica, ese absoluto que santifica o, al menos, justifica la acción histórica y sus violencias. Las grandes potencias encontraron un sucedáneo en una frase-talismán: la «misión civilizadora de Europa». Pero es muy distinto fundar la dominación sobre un pueblo extraño en un código de valores temporales que fundarla en un valor absoluto más allá de la historia. El eminente historiador Macaulay ocupó una alta posición, a mediados del siglo pasado, en el gobierno de la India. Fue liberal y humano, defendió la libertad de prensa y la igualdad de los indios y los europeos ante la ley; sin embargo, cuando se le encargó organizar el sistema educativo, se inclinó sin reserva por una educación occidental. Aunque Macaulay no ignoraba el valor de la civilización de la India, justificó su reforma porque abría al pueblo indio las puertas de la cultura moderna, la democracia y el progreso. Al cambiar los Vedas por los principios del liberalismo inglés, la élite india penetró en un mundo radicalmente nuevo, hecho de valores relativos y cambiantes. Pero lo que perdió en certidumbres metafísicas lo ganó en otro sentido: gracias a la reforma educativa, la aristocracia intelectual india pudo hacer la crítica de la dominación inglesa precisamente en los términos de la cultura política inglesa. Para Las Casas había que salvar las almas; para Macaulay, había que cambiar a las sociedades.

Los orígenes de este cambio, a un tiempo inmenso e invisible, están en la Reforma protestante, que interioriza la experiencia religiosa. La dimensión metahistórica cambia de lugar: la religión se recluye en el templo y, sobre todo, en la conciencia de cada uno. Así, abandona la plaza pública, el Consejo de Estado y el campo de batalla. El Estado no tiene jurisdicción sobre las creencias de los ciudadanos y la fe se convierte en un asunto privado: es el diálogo entre la conciencia de cada hombre y la divinidad. El absoluto se retira de la historia. En los Estados Unidos el Estado profesa una vaga moralidad, herencia del cristianismo reformista y de esa versión del deísmo de la Ilustración que legaron los Padres Fundadores. El poder es tolerante y neutral ante todas las Iglesias y las sectas. El fenómeno, con variantes, se repitió en Europa y ahora en más de la mitad del mundo. El cambio consistió en la inversión de la posición de las dos esferas que componen a la sociedad: la pública y la privada. La democracia griega había conquistado para el ciudadano el derecho de participar en la vida pública. La democracia moderna invierte la relación: el Estado pierde el derecho de intervenir en la vida privada de los ciudadanos. El valor central, el eje de la vida social, ya no es la gloria de la *polis*, la justicia o cualquier otro valor metahistórico sino la vida privada, el bienestar de los ciudadanos y sus familias. Los valores absolutos, imbricados en la esfera pública, se desvanecen y emigran hacia la vida privada; a su vez, los individuos y los grupos postulan sus ideas, sus intereses o sus valores como públicos. Todos ellos, por su naturaleza misma, son temporales y relativos: la sociedad los adopta por una temporada y después los desecha.

La pluralidad de valores y su carácter temporal y relativo nos someten a tensiones contradictorias difícilmente soportables. Hay una pregunta que todos nos hacemos al nacer y que no cesamos de repetirnos a lo largo de nuestras vidas: ¿por qué y para qué vine al mundo, cuál es el sentido de mi presencia en la tierra? La democracia moderna no puede responder a esta pregunta, que es la central. O lo que es igual: ofrece muchas respuestas. Dos principios complementarios rigen a nuestras sociedades: la neutralidad del Estado en materia de religión y de filosofía, su respeto a todas las opiniones; y en el otro extremo, la libertad de cada uno para escoger este o aquel código moral, religioso o filosófico. La democracia moderna resuelve la contradicción entre la libertad individual y la voluntad de la mayoría mediante el recurso al relativismo de los valores y el respeto al pluralismo de las opiniones. La democracia ateniense resolvió la misma contradicción en términos radical y simétricamente opuestos. Sócrates fue víctima de esa contradicción pero hoy Sócrates no sería procesado: lo invitarían a participar en un debate de televisión. Nuestro relativismo es racional o, más bien, razonable. Asegura la coexistencia de los dos principios, el del gobierno de los representantes de la mayoría y el de la libertad de los individuos y de los grupos; al mismo tiempo, le retira al hombre algo que, desde su aparición sobre la tierra, desde las primeras bandas del paleolítico, ha sido consubstancial con su ser: el sentirse y saberse parte de un grupo con creencias, tradiciones y esperanzas comunes. El hombre se ha sentido siempre inmerso en una realidad más vasta que es, simultáneamente, su cuna y su tumba. El anacoreta solitario es una ficción filosófica o novelesca.

Cada hombre es sed de totalidad y hambre de comunión. Por lo primero, busca el sentido de su existencia, es decir, ese eslabón que lo enlaza al mundo y lo hace participar en el tiempo y su movimiento; por lo segundo, busca reunirse con esa realidad entrañable de la que fue arrancado al nacer. Estamos suspendidos entre soledad y fraternidad. Cada uno de nuestros actos es una tentativa por romper nuestra orfandad original y restaurar, así sea precariamente, nuestra unión con el mundo y con los otros. La democracia moderna nos defiende de las exigencias exorbitantes y crueles del antiguo Estado, mitad Providencia y mitad Moloc. Nos da libertad y, con ella, responsabilidad. Pero esa libertad, si no se resuelve en el reconocimiento de los otros, si no los incluye, es una libertad negativa: nos encierra en nosotros mismos. Cruel dilema: la libertad sin fraternidad es petrificación; la democracia sin libertad es tiranía. Contradicción fatal, en el doble sentido de la palabra: es necesaria y es funesta. Sin ella, no seríamos libres ni alcanzaríamos la única dignidad a que podemos aspirar: la de ser responsables de nuestros actos; con ella, caemos en un abismo sin fin: el de nosotros mismos. Esto último es lo que ocurre en las modernas sociedades liberales: la comunidad se fractura y la totalidad se vuelve dispersión. A su vez, la escisión de la sociedad se repite en los individuos: cada uno está dividido, cada uno es un fragmento y cada fragmento gira sin dirección y choca con los otros fragmentos. Al multiplicarse, la escisión engendra la uniformidad: el individualismo moderno es gregario. Extraña unanimidad hecha de la exasperación del yo y de la negación de los otros.

El ocaso de los antiguos absolutos religiosos no hizo desaparecer las necesidades psíquicas que satisfacían. Además, en momentos de crisis, disensiones internas y amenazas del exterior, las sociedades y sus dirigentes buscan la unanimidad. Tal era la situación de Francia durante el período revolucionario. Al fin del Antiguo Régimen había sucedido la gran y mortífera querella entre las facciones y el peligro de la intervención extranjera. La dictadura jacobina surgió como un recurso severo contra estos peligros. Las medidas de los revolucionarios jacobinos estaban dictadas, en parte, por las necesidades estratégicas del momento pero, sobre todo, expresaban las obsesiones ideológicas de los dirigentes y correspondían a esa sed de totalidad y unanimidad a que he aludido. Las viejas certidumbres monárquicas y religiosas habían dejado un hueco que había que llenar con nuevas mitologías: el culto a la Razón, al Ser Supremo o a la Patria. Abstracciones pero abstracciones sedientas de sangre.

La fuente de la política jacobina fue, muy probablemente, el pensamiento de Rousseau. En primer término, su idea de «la voluntad general», que no es la simple mayoría, suma de las voluntades e intereses particulares, sino la expresión de los intereses generales de la sociedad. Concepto nebuloso y que tal vez no resiste a la crítica racional pero concepto que enciende la imaginación y satisface nuestra sed de totalidad. La voluntad general es la sociedad, ya purificada de sus vicios actuales y en el seno de la cual los hombres han superado la contradicción entre sus aspiraciones individuales y sus deberes colectivos. La voluntad general es la ley y esa ley, absoluta e infalible, es la expresión de la única soberanía verdadera: la del pueblo. El pueblo es rey y, como verdadero rey, no tolera opiniones contrarias a las suyas. Para fortificar la cohesión de la voluntad general, el Estado debe tener una religión. No una religión conocida sino la religión civil, hecha de pocos y claros mandamientos. La religión civil está fundada en la virtud de los ciudadanos, en un sentido de la palabra *virtud* que recuerda, por una parte, a Maquiavelo y, por otra, a la antigua *piedad* grecorromana. El Estado tiene el derecho –y más: el deber– de castigar con el ostracismo e incluso con la muerte a los impíos que violen esos mandamientos. No es todavía el totalitarismo moderno pero es su anuncio, aunque envuelto en profundas iluminaciones y en vagos, generosos sentimientos. Estas ideas, resumidas *grosso modo*, fueron el germen de la religión revolucionaria.

En la Edad Moderna cambia la vieja relación entre religión y política: en la Conquista de América, la política vive en función de la religión, es un instrumento de la idea religiosa; en la Revolución francesa la política se transforma en religión. Más exactamente: la Revolución confisca el sentimiento de lo sagrado. La religión revolucionaria no fue sino la religión civil de Rousseau, convertida en pasión y cuerpo político. Su Cristo fue un ente mitad abstracto y mitad real: el Pueblo. (Más tarde sería el Proletariado.) El pueblo fue la humanidad pero también fue la nación. Ahora bien, como religión, a la Revolución le faltan muchas cosas y, entre ellas, la principal: la transcendencia. O sea: la flecha del sentido sobrenatural que atraviesa el aquí y se clava en el allá. Aun así, la Revolución satisface, al menos temporalmente, la sed de totalidad y el hambre de fraternidad que padecemos. Nos une al todo que es el pueblo, la clase o el partido.

Una y otra vez, con apasionada insistencia, Robespierre y Saint-Just aluden a la *virtud* como a la fuerza que une a las conciencias dispersas. Para ellos virtud era: abnegación, don de cada uno a la causa común. Subrayo que la causa, para serlo realmente, debe ser *común*. La causa es una emanación de la voluntad general: la soberanía popular encarnada en una milicia. Los jefes revolucionarios son los guardianes de la voluntad general, sus intérpretes y sus ejecutores. Como la virtud corre siempre el riesgo de pervertirse, es decir, de separarse del cuerpo común, el complemento natural y necesario de la religión revolucionaria es el Terror. La Fiesta del Ser Supremo y la Guillotina son las dos caras de la Revolución y ambas tienen funciones ideológicas semejantes. François Furet ha mostrado que la instauración del Terror no obedeció predominantemente a razones de orden estratégico; los períodos de mayor represión fueron inmediatamente posteriores a las victorias de la República jacobina contra sus enemigos externos e internos. El Terror no fue solamente una medida política de represión sino una ceremonia religiosa de expiación. Fue parte, dice el mismo historiador, de un proyecto de regeneración: «por el Terror, la Revolución creará un hombre nuevo»[1]: El soberano, el pueblo rey, a través de sus jefes e intérpretes, volvió a ejercer sus poderes de vida y de muerte.

Los movimientos revolucionarios del siglo XIX y del XX heredaron la tonalidad y las ambiciones religiosas de la gran Revolución. Entre todos ellos, el marxismo alcanzó una dimensión internacional y logró fundar Estados poderosos en dos grandes países: Rusia y China. La gran paradoja es que en las dos revoluciones la intervención del proletariado fue más bien marginal. La realidad irregular violó abiertamente la geometría del sistema: para el marxismo el sujeto de la historia en este período mundial era el proletariado. Como antes el «pueblo» de 1793, la palabra *proletario* ha designado en nuestro siglo no tanto a una categoría social como a un mito: Cristo y Prometeo, el mártir y el héroe filantrópico fundidos en una sola figura redentora. Sin embargo, no en todas las corrientes nacidas del marxismo aparece la aspiración metahistórica. Una de ellas, a través de la Segunda Internacional, pudo insertarse en las sociedades democráticas europeas y debemos a su acción buena parte de las conquistas obreras. Pero, al abandonar el mito revolucionario, perdió su poder de seducción, especialmente entre los intelectuales. Una rama de la socialdemocracia rusa, la bolchevique, recogió la otra mitad de la herencia. A la caída del zarismo asaltó el poder, aniquiló a los otros partidos, consolidó su dominación en el Imperio ruso, la extendió a otros países y se convirtió en una opción revolucionaria mundial.

En Rusia la teoría de la voluntad general volvió a ser el fundamento de la dictadura de los jefes, aunque en una forma menos abstrusa y convertida en una regla procesal: el «centralismo democrático» de Lenin. Fue el descenso de una discutible idea filosófica a un recurso para acallar a los disidentes. Ni el pueblo ni el proletariado ni el partido encarnan a la voluntad general sino el Comité Central. En la versión marxista-leninista de la Revolución aparece, además, un elemento que no previó Rousseau y

1. François Furet y Mona Ozouf, *Dictionnaire critique de la Révolution française*, París, 1988.

Raymond Aron (1905-1983)

Hannah Arendt (1906-1975)

Kostas Papaioannou (1925-1981) y Octavio Paz

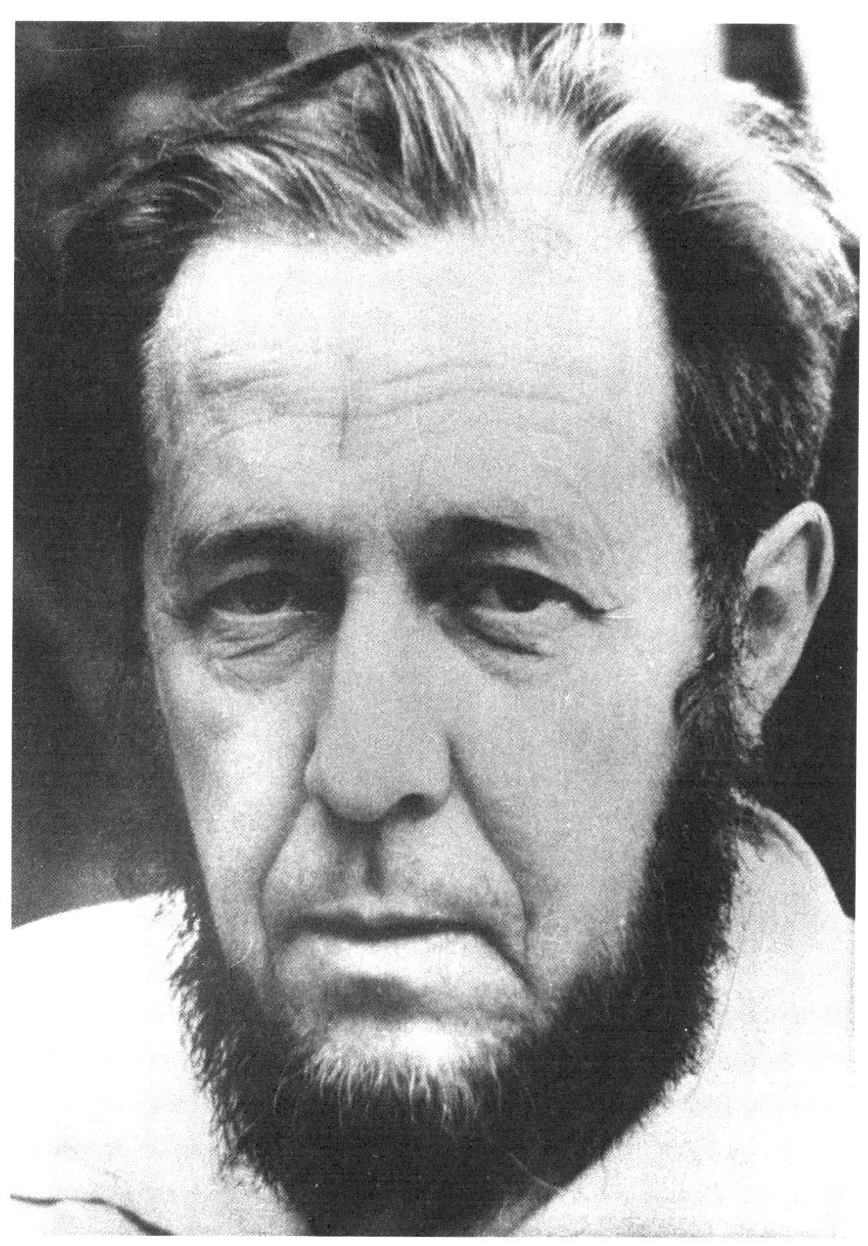

Alexandr Solzhenitsyn (1918)

que fue la gran aportación de Hegel interpretado por Marx: la historia tiene una dirección predeterminada. Así, en el bolchevismo se unieron los dos extremos de los antiguos absolutismos religiosos: la creación de un hombre nuevo y el sentido de la historia, la Redención y la Providencia. Nuestro siglo ha presenciado, con una mezcla de admiración y de impotencia, el impetuoso nacimiento del mito revolucionario, la desecación de la doctrina vuelta catecismo, la congelación del terror convertido en rutinaria administración de la muerte y, en fin, la petrificación del sistema hasta su final pulverización. La dictadura jacobina duró dos años; la dictadura comunista más de setenta y causó no miles sino millones de muertos. Sí, la historia se repite pero la segunda vez no como farsa sino como pesadilla inmensa y abrumadoramente real.

No puedo ocuparme de las causas del desmoronamiento del comunismo. Me limitaré a observar que lo determinante no fue la presión externa sino las contradicciones internas; no hubo ninguna gran derrota diplomática, ningún Waterloo que provocase la caída del régimen. Durante su larga y costosa rivalidad con la Unión Soviética, las democracias liberales capitalistas prefirieron siempre, en lugar de la franca confrontación, la política llamada de contención. ¿Sabiduría política o imposibilidad de movilizar a una opinión pública semiadormecida por la abundancia y la prosperidad? Tal vez ambas cosas: sentido común y realismo de corto alcance. El hecho es que no fue la acción del exterior sino la situación interna la que precipitó el derrumbe.

Si la caída fue asombrosa, los efectos no lo fueron[1]. Era natural la carrera hacia la democracia y el mercado libre; era natural también la resurrección de los nacionalismos y el renacimiento del fervor religioso. La desaparición del comunismo enfrenta a Europa no con sus fantasmas sino con el despertar de realidades dormidas. Pero hay despertares terribles. La recrudescencia de las querellas nacionalistas, como en Yugoslavia, sería el preludio de la guerra civil, la anarquía y, tal vez, la desintegración. Esos trastornos romperían el precario equilibrio mundial. No menos grave es la contradicción insalvable entre el sistema democrático, la economía de mercado y las formas arcaicas del nacionalismo y del sentimiento religioso. La democracia moderna está fundada en la pluralidad y el relativismo mientras que el nacionalismo y el fanatismo religioso son fraternidades cerradas, unidas por el odio a lo extranjero y el culto a un absoluto tribal. La modernidad es, a un tiempo, indulgente y rigurosa: tolera toda clase de

1. Me refiero a los inmediatos, no a los lejanos, que son imprevisibles.

ideas, temperamentos y aun vicios pero exige tolerancia. Es lo contrario de una fraternidad. En esto reside su inmensa novedad histórica y su enorme falta, en el doble sentido de imperfección y de carencia.

A las democracias modernas les falta el otro, los otros. No es necesario hacer, otra vez, la descripción de la división de las sociedades contemporáneas, unas ricas y otras pobres y aun miserables. En el interior de cada sociedad se repite la desigualdad. Y en cada individuo aparece la escisión psíquica. Estamos separados de los otros y de nosotros mismos por invisibles paredes de egoísmo, miedo e indiferencia. Aludí antes a la uniformidad y al gregarismo de nuestras sociedades. A medida que se eleva el nivel material de la vida, desciende el nivel de la verdadera vida. La gente vive más años pero sus vidas son más vacías, sus pasiones más débiles y sus vicios más fuertes. La marca del conformismo es la sonrisa impersonal que sella todos los rostros. La publicidad y los medios de comunicación crean por temporadas este o aquel consenso en torno a esta o aquella idea, persona o producto. Pero la publicidad no postula valor alguno; es una función comercial y reduce todos los valores a número y utilidad. Ante cada cosa, idea o persona, se pregunta: ¿sirve?, ¿cuánto vale? El hedonismo fue, en la Antigüedad, una filosofía; hoy es una técnica comercial. Ninguna civilización había utilizado la belleza de unos senos de mujer o la flexibilidad de los músculos de un atleta para anunciar una bebida o unos trapos. El sexo convertido en agente de ventas: doble corrupción del cuerpo y del espíritu.

El mercado libre tiene dos enemigos: el monopolio estatal y el privado. Este último tiende a crecer y a reproducirse en nuestras sociedades. Aunque su influencia se extiende a todos los dominios de la vida contemporánea, de la economía a la política, sus efectos son particularmente perversos en las conciencias. La democracia está fundada en la pluralidad de opiniones; a su vez, esa pluralidad depende de la pluralidad de valores. La publicidad destruye la pluralidad no sólo porque hace intercambiables a los valores sino porque les aplica a todos el común denominador del precio. En esta desvalorización universal consiste, esencialmente, el complaciente nihilismo de las sociedades contemporáneas. Banal nihilismo de la publicidad: exactamente lo contrario de lo que temía Dostoyevski. Decir que todo está permitido porque Dios no existe, es una afirmación trágica, desesperada; reducir todos los valores a un signo de compra-venta es una degradación. Los medios tratan a las ideas, a las opiniones y a las personas como noticias y a éstas como productos comerciales. Nada menos democrático y nada más infiel al proyecto original del liberalismo que la ovejuna igualdad de gustos, aficiones, antipatías, ideas y prejuicios de las masas contemporáneas. Nuestras abuelas repetían interminables avemarías; nuestras hijas, *slogans* comerciales. El mundo moderno comenzó cuando el individuo se separó de su casa, su familia y su fe para lanzarse a la aventura, en busca de otras tierras o de sí mismo; hoy se acaba en un conformismo universal.

La democracia moderna no está amenazada por ningún enemigo externo sino por sus males íntimos. Venció al comunismo pero no ha podido vencerse a sí misma. Sus males son el resultado de la contradicción que la habita desde su nacimiento: la oposición entre la libertad y la fraternidad. A esta dualidad en el dominio social corresponde, en la esfera de las ideas y las creencias, la oposición entre lo relativo y lo absoluto. Desde el comienzo de la modernidad esta cuestión ha desvelado a nuestros filósofos y pensadores; también a nuestros poetas y novelistas. La literatura moderna no es sino la inmensa crónica de la historia de la escisión de los hombres: su caída en el espejo de la identidad o en el despeñadero de la pluralidad. ¿Qué nos pueden ofrecer hoy el arte y la literatura? No un remedio ni una receta sino una herencia por rescatar, un camino abandonado que debemos volver a caminar. El arte y la literatura del pasado inmediato fueron rebeldes; debemos recobrar la capacidad de decir *no*, reanudar la crítica de nuestras sociedades satisfechas y adormecidas, despertar a las conciencias anestesiadas por la publicidad. Los poetas, los novelistas y los pensadores no son profetas ni conocen la figura del porvenir pero muchos de ellos han descendido al fondo del hombre. Allí, en ese fondo, está el secreto de la resurrección. Hay que desenterrarlo.

México, a 16 de octubre de 1991

«La democracia: lo absoluto y lo relativo» se publicó en *Revista de Occidente*, número 131, abril de 1992.

Respuestas nuevas a preguntas viejas

(Entrevista con Juan Cruz)

NACIONALISMOS EUROPEOS Y AMERICANOS

JUAN CRUZ: *¿Cuáles han sido los resultados de la experiencia humana de este siglo?*

OCTAVIO PAZ: Los hombres, como especie, cambiamos poco. Desde el paleolítico nuestras actitudes básicas –instintos, emociones, pasiones– son las mismas. Cambian las sociedades: las ideas, las técnicas, las instituciones. La historia es cambio y la sociedad es el sujeto y el objeto de los cambios. Nuestro siglo ha sido un período de grandes transformaciones y trastornos. Un siglo terrible, uno de los más crueles de la cruel historia de los hombres. Nací en 1914, el año en que estalló la primera gran guerra; en mi niñez oí los tiros de las facciones revolucionarias cuando entraban en mi pueblo. He sido testigo de la guerra de España y de la agresión japonesa en Corea, Manchuria y China; del ascenso de Hitler y de las purgas de Stalin; de la segunda guerra mundial y de las bombas atómicas; de los campos de concentración y de las tiranías y despotismos en Asia, África y América Latina... Entre tantas desdichas, tuve la fortuna de ver el derrumbe del comunismo totalitario y la victoria de la democracia. Pero la historia es una caja de sorpresas y hoy asistimos al regreso de una antigua causa de discordia: los nacionalismos beligerantes.

–*El nacionalismo ¿es un bien o es un mal?*

–Las dos cosas. Es una realidad histórica muy antigua y que ha resistido a todos los cambios de nuestras sociedades. El nacionalismo puede ser destructor o creador. Ha sido el origen de muchas tiranías y el responsable de las guerras de la Edad Moderna. También le debemos casi todas nuestras instituciones, entre ellas la mayor de todas: el Estado-nación. La lengua, la literatura, las artes, las costumbres y, en fin, todo lo que llamamos cultura, sin excluir a la misma ciencia, es la consecuencia de un hecho básico, primordial: las comunidades humanas, las naciones. Newton y Shakespeare son impensables sin Inglaterra, como Petrarca y Galileo sin Italia o Racine y Descartes sin Francia. Este fin de siglo ha sido el de la desaparición de una ideología internacionalista, el comunismo, y el de la reaparición de las pequeñas nacionalidades. Es el regreso de realidades que parecían enterradas desde el nacimiento de la Edad Moderna. La resurrección de las pequeñas naciones es un hecho admirable por más de un motivo; casi todas ellas nacieron en la Edad Media y han logrado preservar su identidad a pesar de más de cinco siglos de dominación de los grandes Estados nacionales. A su vez, el Estado-nación, gran creación de la modernidad, revela hoy sus límites y sus insuficiencias. Para perdurar, tendrá que modificarse substancialmente. En el interior, tiene que hacer frente a una vieja realidad: el regreso de las pequeñas naciones; en el exterior debe enfrentarse a una nueva realidad: la emergencia de la Comunidad Europea. Ambas exigen una limitación de las soberanías nacionales.

–*¿Es viable el proyecto comunitario?*

–Si fracasase, la situación de la antigua Yugoslavia podría repetirse en todo el continente. En cambio, un organismo supraestatal y supranacional podría garantizar la coexistencia pacífica y democrática de todas las naciones europeas... Ahora comenzamos a darnos cuenta de lo que significó realmente el Imperio austro-húngaro.

–*¿Nostalgia de los imperios?*

–De ninguna manera... aunque después de tantos años de retórica antimperialista es bueno recordar la misión civilizadora de los grandes imperios. Les debemos largos períodos de paz, seguridad y estabilidad. Pienso sobre todo en el Imperio romano y en el chino. Esos dos grandes imperios impusieron en sus inmensos dominios la uniformidad, el conformismo y la obediencia; crearon así sociedades homogéneas y relativamente pacíficas pero incapaces de cambiar y que terminaron por petrificarse. El pluralismo, la diversidad y aun la heterogeneidad, por el contrario, son creadores. El pluralismo estimula la competencia y la diversidad favorece la hibridación, es decir, la fecundación. Sin la presencia del extraño, simultáneamente reto y fascinación, las sociedades se repiten, languidecen y mueren. En las grandes épocas creadoras predomina la diversidad. Ejemplos mayores: la Grecia clásica y la Italia del Renacimiento. La resurrección de la civilización europea –hoy aletargada por el confort y anestesiada por la publicidad– depende en gran medida de la coexistencia de las naciones que la componen. Entre los dos grandes peligros –la petrificación burocrático-imperial y la anarquía de los nacionalismos– la vía de salud está en la solución comunitaria.

–*¿Y en América?*

–América comenzó en el siglo XVI. Fue un nacimiento muy largo y que duró varios siglos. América es la proyección de dos excentricidades: una isla (Inglaterra) y una península (España y Portugal). Las naciones indias anteriores al Descubrimiento desaparecieron; unas fueron exterminadas, otras asimiladas por la evangelización y el mestizaje (racial y cultural). Cierto, hay todavía islas de naciones y culturas indígenas esparcidas en todo el continente. Debemos defenderlas y preservarlas pero no podemos cerrar los ojos ante lo evidente: el predominio de las formas culturales europeas, de la lengua y la religión a las instituciones políticas (democracias republicanas), las ciencias, las artes, las literaturas, las ideas. Desde este punto de vista, que es el único razonable, la polémica sobre el Descubrimiento y la Conquista de América es vana y anacrónica. Es un resabio de las ideologías del siglo XIX. Sin el Descubrimiento, el mundo no sería mundo; sin la Conquista y la evangelización, América no existiría. Apenas si necesito subrayar, por otra parte, que América, en sus dos vertientes, la de habla inglesa y la de habla española y portuguesa, no es una mera prolongación europea: es una réplica. Una respuesta original y que ha sido y es, simultáneamente, afirmación y negación del pasado europeo. Bastará, para convencerse de la originalidad americana, con dos ejemplos en la poesía, que es el arte supremo del lenguaje: Whitman y Darío.

–En cuanto al tema de las nacionalidades que hoy nos preocupa tanto a los europeos, ¿cuál es la situación en Iberoamérica?

–Nuestros problemas son muy distintos a los de ustedes. El nacionalismo iberoamericano es reciente: nació en el siglo XIX. Antes de ser una realidad histórica, fue una ideología. A diferencia del europeo, no es el resultado de una larga evolución histórica sino de la desmembración del Imperio español y de una serie de accidentes históricos. Se olvida con frecuencia mencionar, entre ellos, las ambiciones desmesuradas de los caudillos de la Independencia. Fueron los agentes activos del desmembramiento. Al otro día de la Independencia, los hispanoamericanos se encontraron sin una ideología que substituyese a la del exhausto Imperio español y adoptaron apresuradamente las vigentes en Europa: la democracia republicana y el nacionalismo. Fueron ideologías de repuesto. Los catalanes, los ucranianos, los vascos, los lituanos, los croatas, son pueblos con lenguas y tradiciones muy antiguas; nada distingue a un cubano de un dominicano, a un nicaragüense de un hondureño, a un uruguayo de un argentino. En la pequeña Suiza coexisten varias lenguas dentro de un solo Estado; en la inmensa América hispana hay muchos Estados y una sola lengua. Nuestra geografía política es irracional. Es la hija de nuestra historia desventurada y del fracaso de la Independencia.

Es imposible –tampoco deseable– regresar a la unidad imperial; no lo es buscar formas de organización política que simplifiquen un poco el absurdo mapa político de Hispanoamérica. Es un cambio que exige, previamente, la instauración en nuestras tierras de regímenes democráticos estables. Por el momento, ese proyecto no es ni puede ser sino un proyecto. La supervivencia de dictaduras en Cuba y en Haití, así como el eclipse de la democracia en Perú y las convulsiones de Venezuela, prohíbe que se pueda hablar con seriedad de integración iberoamericana. Por otra parte, hay modelos distintos de asociación. Por ejemplo, la Comunidad Europea está fundada no en las semejanzas sino en las diferencias culturales, lingüísticas e históricas de sus miembros. Creo que en América deberíamos explorar ese camino. El futuro Tratado de Libre Comercio entre Estados Unidos, Canadá y México puede ser un buen comienzo. Si tiene éxito, como espero, podría completarse y coronarse con una asociación política y cultural de los tres Estados. Expongo y defiendo esta idea en un libro publicado hace dos años: *Pequeña crónica de grandes días*. Una asociación de naciones de América del Norte sería muy benéfica para todos, sin excluir a los Estados Unidos, que se enfrentan hoy a graves dificultades.

–*¿En qué consisten esas dificultades?*

–Son de orden económico, político y moral. Incluso la mirada más distraída advierte signos y síntomas de ese «cansancio imperial» descrito tantas veces por los historiadores y sobre el que Montesquieu se detiene largamente al hablar de la decadencia de Roma. Los recientes disturbios raciales revelan que hoy está en entredicho uno de los fundamentos históricos de los Estados Unidos: el *melting pot*, es decir, el principio que ha permitido la asimilación de las minorías. Vastas colectividades –los negros, los hispanos y diversos grupos orientales– han sido excluidas del *melting pot*. Ahora bien, fuera del *melting pot* no queda abierta sino una vía: la transformación de los Estados Unidos en una democracia multirracial y multicultural. La otra solución, adoptada a veces en otras partes: la división territorial, es imposible por muchas razones. La más obvia: las divisiones y conflictos étnicos no se producen en territorios distintos sino en los mismos lugares y ciudades. La solución no está en la división territorial sino en la convivencia y la coexistencia. Sin la transformación de los Estados Unidos en una democracia multicultural y multirracial, la nación tendrá que enfrentarse a continuas luchas civiles que podrían llevarla a la destrucción o a la dictadura.

A diferencia del Imperio ruso, los Estados Unidos, la «República imperial», como los llamó Raymond Aron, no han ejercido nunca una dominación directa sobre pueblos extraños. En este sentido no han sido ni son un imperio. Son una nación singular, hecha de inmigrantes de todo el mundo, especialmente europeos. En esto consiste su inmensa originalidad histórica. De ahí la función cardinal del principio del *melting pot*, un principio radicalmente distinto al que hoy inspira a la Comunidad Europea. En un caso, el del *melting pot*: homogeneización por la base; en el otro, el de la Comunidad Europea: preservación en la base de las diferencias y acuerdo en la cúspide. Hoy las luchas y conflictos de las minorías étnicas y culturales de los Estados Unidos revelan el fracaso del *melting pot*: en la base de la sociedad norteamericana no reina la homogeneidad sino la heterogeneidad. Así pues, los conflictos raciales y culturales obligarán a los norteamericanos a reformar substancialmente su federalismo; quiero decir: el federalismo político de los Estados Unidos tendrá que transformarse en otro tipo de asociación, fundada no en la división territorial sino en los particularismos étnicos y culturales. Se trata de un cambio radical y que afecta a los supuestos mismos del proyecto histórico de los Estados Unidos, tal como fue concebido por los «padres fundadores». ¿Podrá el pueblo norteamericano llevar a cabo esta reforma? No lo sé. El estado de la conciencia pública norteamericana me hace dudar de su capacidad para intentar, hoy, una empresa de semejante envergadura. Sin embargo, en el pasado los Estados Unidos lograron dar respuestas originales a crisis y problemas que parecían insolubles... En fin, la historia es el dominio de lo imprevisible.

GUERRA, SEXUALIDAD, ECOLOGÍA

¿Por qué los hombres son reacios a la convivencia con los extraños? ¿Por qué sigue viva la pasión atávica por destruir al otro?

–La guerra acompaña al hombre desde que es hombre. Es uno de los componentes del ser humano y de ahí que no sea exagerado hablar de un instinto guerrero. Las religiones, las filosofías y las ciencias han tratado de explicarlo. La teología acude al pecado original y a Caín; el marxismo a la división en clases sociales; Freud a Eros, Tanathos y al sadomasoquismo; Nietzsche a la voluntad de poder; la sociobiología a nuestro pasado animal. Lo cierto es que la guerra aparece en todas las sociedades y en todas las épocas. Es una plaga, hija de la discordia, y es una maldición; es violencia y traición, crimen. También es heroísmo y madre de virtudes como la fraternidad, el valor, la entereza, la paciencia ante el infortunio, la fidelidad. La guerra es ambigua, es creadora y es destructora, es barbarie y es civilización. La conquista de México acabó con los aztecas y su cultura pero sin ella los mexicanos no serían mexicanos. Tampoco los franceses serían franceses sin Julio César. El poeta Heine cuenta que en su niñez, mientras las tropas de Napoleón ocupaban su nativa Düsseldorf, él oía el redoble del tambor Legrand como un himno de libertad. El ejército extranjero era, al mismo tiempo, una fuerza de ocupación y de liberación.

Es verdad que las armas modernas han despojado a la guerra de su aspecto heroico y la han convertido en una operación impersonal de exterminio colectivo; también es verdad que si no hubiera sido por los ejércitos aliados, hoy seríamos súbditos de Hitler y sus nazis... Vuelvo al punto de partida de esta reflexión: es imposible acabar con el instinto guerrero. Los instintos no mueren: se transforman. Y esto es lo único que podemos hacer con el instinto de lucha. En primer término, controlarlo a través de una organización política internacional más sabia y justa que las anteriores. En seguida, y sobre todo, canalizarlo y sublimarlo, transformar su furia destructiva en pasión creadora. Tenemos que hacer con el instinto guerrero lo que hemos hecho con los poderes de la sexualidad. Los animales viven con plenitud su sexualidad pero no la modifican ni la cambian: obedecen a su instinto. Los hombres hemos cambiado y sublimado nuestra sexualidad; la hemos convertido en rito, pasión, imagen, teatro, ceremonia y así hemos creado un dominio distinto y puramente humano: el erotismo. Transformar el instinto de lucha exige un cambio muy profundo en la conciencia de los hombres. Es algo dificilísimo, no imposible. No soy enteramente pesimista: el hombre es el único animal que cambia.

–Al lado del regreso de los nacionalismos y de la amenaza permanente de la guerra, ¿no le parece que el otro gran peligro, quizá el mayor, es el ecológico?

–Sí... pero antes de contestarle, déjeme decirle que la palabra *ecología* cubre distintos temas que es indispensable distinguir con un poco de precisión. Por ejemplo, el excesivo crecimiento demográfico en las naciones subdesarrolladas (el ejemplo más claro es mi país, México) obedece a causas distintas a las de la contaminación en la atmósfera de las grandes ciudades modernas. La aglomeración humana es uno de los factores de la contaminación pero no es el único: a su lado hay que citar esos focos de infección que son los automóviles y los desechos industriales. Las variaciones en el clima y el «efecto de invernadero», para citar otro ejemplo, no son consecuencia del subdesarrollo sino más bien del superdesarrollo. Podría mencionar otros casos, pero creo que sería ocioso. Es claro que al hablar de ecología debemos ser precisos y no caer en las facilidades del lugar común.

El discurso ecológico, por razones fáciles de comprender, puede degenerar en demagogia y en manipulación política. Las ideologías vencidas regresan a nuestras mesas de debates bajo la máscara de la ecología. Muchos de los discursos pronunciados en Río de Janeiro me parecieron abusos de lenguaje y me recordaron, unos, la retórica populista tercermundista y, otros, las diatribas y las jeremiadas de los reaccionarios. En busca de chivos expiatorios, unos culpan al imperialismo y otros a la ciencia. Hay que defender a la justa causa ecológica de la demagogia política de algunos de sus voceros. También de la beatería de otros. Por ejemplo, leí hace poco que un grupo francés se opone a los trabajos de restauración de los jardines de Le Nôtre porque esas obras requerirán talar algunos árboles. ¡Qué ridiculez!... Dicho esto, agrego que la gran novedad histórica de este fin de siglo es la aparición de la conciencia ecológica. Es un movimiento que tendrá una importancia análoga a la que tuvo el feminismo hace veinticinco años. El feminismo cambió muchas de nuestras actitudes tradicionales y lo mismo ocurrirá con el ecologismo.

–*¿En qué sentido le parece importante el movimiento ecologista?*

–Su importancia reside en que se propone cambiar nuestra actitud ante la naturaleza y restablecer lo que podríamos llamar «la fraternidad cósmica», rota con el advenimiento de la era moderna. Ése fue el sentido de mi pequeño discurso en Estocolmo, hace dos años.

–*Y el sentido de su poema,* Hermandad, *dicho la otra noche, en Madrid, en la Residencia de Estudiantes:*

Soy hombre: duro poco
y es enorme la noche.
Pero miro hacia arriba:
las estrellas escriben.
Sin entender, comprendo:
también soy escritura
y en este mismo instante
alguien me deletrea.

–Muchas de las amenazas en contra del mundo natural, aunque no en el caso de la explosión demográfica ni en el de la destrucción de los bosques por los campesinos, provienen del uso inmoderado de la tecnología moderna. Generalmente se culpa al espíritu de lucro, es decir, al mercado, de esta depredación tecnológica. Es verdad, aunque no podemos ignorar que los mayores desastres ecológicos han sido obra de los gobiernos comunistas en la Europa central y en la antigua Unión Soviética. Debemos encontrar (y pronto) métodos democráticos para impedir estos y otros males. No propongo, claro, abolir al mercado ni someterlo al Estado. Sería suicida. Es un mecanismo eficaz y sin él la vida económica se estancaría. Pero hay que decir, asimismo, que el mercado provoca graves desigualdades y muchas injusticias. Además, es el responsable de una lacra moral y psicológica que degrada a nuestras sociedades: la substitución de los valores –éticos, afectivos, estéticos, políticos– por el precio. Las cosas y los hombres no tienen ya valor: tienen precio. Mejor dicho: la valía se mide por el precio: ¿cuánto cuesta un Rembrandt y cuánto una campaña política? ¿Cuánto le pagan al director de orquesta?

–*¿El mercado es responsable de la destrucción del medio ambiente?*

–Sí, pero no es el único responsable, como no lo son la explosión demográfica o la sed de tierras de los agricultores. La causa original, la raíz, es más antigua: nuestra actitud ante la naturaleza. La modernidad no comenzó con el mercado sino con un gran cambio espiritual que se inicia en las conciencias con el nacimiento de la ciencia y la técnica. Para la Antigüedad pagana la naturaleza estaba poblada por dioses y semidioses; más exactamente, las fuentes, las colinas, los bosques y las rocas, eran dioses: un río era un tritón; un lago, una náyade; un árbol, una dríada. El cristianismo le retiró al mundo su aureola divina: la naturaleza fue naturaleza caída, como el hombre. Sin embargo, era obra de Dios, su creación. Además, siguió siendo el teatro de lo sobrenatural y de lo prodigioso: la roca, golpeada por la vara de un santo, arroja un chorro de agua; el rosal florece en el desierto; el agua de la fuente devuelve o quita la memoria; la gruta es la casa del dragón y la montaña es la del ogro. La Edad Moderna desacralizó a la naturaleza: los alquimistas y después sus herederos, los científicos, comenzaron a manipular las propiedades de los elementos. La naturaleza dejó de ser un teatro de prodigios para transformarse en un campo de experimentaciones. O sea: en un laboratorio. Al mediar el siglo XIX el poeta Nerval, ante el espectáculo de un cielo deshabitado, sin los dioses ni los ángeles de antaño, no encontró otro adjetivo para calificarlo que llamarlo *desierto*. Lo que no sabía es que ese cielo vacío no tardaría en poblarse con máquinas... Fin del primer episodio.

–*¿Y el segundo?*

–Se pensó que el conocimiento de las leyes de la naturaleza nos daría la llave para dominarla, explotarla y ponerla a nuestro servicio. Esta creencia fue inmensamente popular durante más de dos siglos. Fue compartida lo mismo por Adam Smith que por Karl Marx, por Henry Ford que por Lenin. La creencia en el progreso se funda, justamente, en la idea de la dominación de la naturaleza por la ciencia y la técnica. Creencia no enteramente equivocada a juzgar por sus frutos, a un tiempo admirables y abominables. Sin embargo, los hombres olvidaron algo esencial: dominar a su propia naturaleza. Ahora bien, ¿cómo se atreve el hombre a dominar a las fuerzas naturales si no se puede dominar a sí mismo? Al tocar este tema debo decirle que me aparto en dos puntos de la filosofía de algunos ecologistas. El primero se refiere a su concepción de la naturaleza como una potencia creadora únicamente benéfica. También es terriblemente destructiva y maléfica: temblores de tierra, huracanes, inundaciones, incendios, sequías, virus, epidemias. La naturaleza es a un tiempo creadora y destructora; mejor dicho, para ella creación y destrucción son lo mismo. Los antiguos, al divinizarla, no ignoraron nunca su faz terrible, su inmenso poder de destrucción. La temían y, para apaciguarla, le ofrecían sacrificios. El otro punto de desacuerdo se desprende del primero: el hombre es un producto, un hijo de la naturaleza; de ahí que sea, simultáneamente, creador y destructor. Ni las grandes religiones –el cristianismo, el budismo, el islamismo– ni las filosofías clásicas ocultaron nunca los aspectos terribles de la naturaleza humana; al contrario, los resaltaron y previeron los desastres que pueden causar al desencadenarse. Nosotros, sin embargo, nos negamos a reconocer que la fuente de las iniquidades está en el hombre mismo y no únicamente, como se alega con frecuencia, en las circunstancias sociales e históricas. El hombre no sólo es hijo de las circunstancias: es su cómplice. La modernidad se propuso someter a la naturaleza; en parte lo consiguió (aunque su victoria, como ahora vemos, fue pírrica); en cambio, no sometió al hombre ni a sus pasiones.

Una y otra vez, a lo largo de la historia, el pecado de desmesura, la *hybris*, se paga con un castigo proporcional a la falta. Hoy el castigo es terrible, como corresponde a la enormidad de nuestra falta. Después de apenas dos siglos de insensata «dominación» de la naturaleza, descubrimos que los recursos del planeta son finitos, es decir, que el «progreso» tiene un límite; en seguida que hemos puesto en peligro el equilibrio natural y que amenazamos en su centro mismo a la vida. La conciencia ecológica, con su apasionada defensa de la naturaleza y su afirmación de la fraternidad universal, de los infusorios a los astros (vieja creencia de todos los poetas), implica en su dimensión más profunda una gran *mea culpa* y una crítica radical de la modernidad y de sus supuestos básicos. El movimiento ecologista confirma lo que algunos nos habíamos atrevido a sostener desde hace más de un cuarto de siglo: el fin de la modernidad y de su visión del tiempo como un proceso unilineal, identificado con el movimiento ascendente de la historia. Asistimos al crepúsculo de la religión del futuro, sol del progreso. Vivimos el fin de la modernidad y el comienzo de otro tiempo.

UN TIEMPO TODAVÍA SIN NOMBRE

¿Cómo llamaría usted a nuestro tiempo?

–La época que comienza no tiene nombre todavía. Ninguna lo ha tenido antes de convertirse en pasado. El Cid no sabía que vivía en la Edad Media ni Cervantes en el Siglo de Oro. Llamar «postmoderno» a nuestro tiempo es una simpleza, una inepcia intelectual. ¿Cómo llamarán al tiempo que venga después: post-postmoderno? Aunque sin nombre, el nuevo tiempo empieza a tener cara. En sus comienzos, el siglo XX fue juvenil, rebelde, irreverente, amante de la novedad; hoy se confía menos en los valores de la juventud, la novedad se ha convertido en un rito mundano y la vanguardia es una especulación mercantil. Nuestro tiempo no es irreverente sino indiferente. Narciso ha reaparecido, se mira en el espejo... y no se ama. En nuestro mundo la conformidad y la pasividad conviven con el egoísmo más despiadado y el individualismo más obtuso. La técnica ha uniformado los gustos y las costumbres pero no ha extirpado a las pasiones que dividen a los hombres: la envidia, las rivalidades, el horror o el desprecio a los extraños. Claro, no todo ha sido negativo. La amenaza totalitaria ha sido vencida, somos más tolerantes que hace treinta años, las mujeres han aparecido en la vida pública –signo de verdadera civilización, según Fourier– y, en fin, hemos aprendido a convivir más libremente con nuestros cuerpos y los de los otros... Aunque podría continuar, prefiero subrayar que hay un rasgo que distingue a nuestro tiempo, más exactamente, al tiempo que comienza: su crítica de la modernidad y del tiempo lineal. Vivimos el ocaso del culto al futuro. Mi convicción, lo he dicho muchas veces, es que la figura central de esta nueva visión del tiempo es el ahora, el presente. No en un sentido vulgarmente hedonista; veo al presente, al hoy, como el punto de convergencia de los tres tiempos y de las dos vertientes de la existencia: la sombría y la luminosa, la vida y la muerte. Todo pasa y ese *hoy* es un *siempre*. El ahora es lo que está pasando y lo que nunca acaba de pasar enteramente. La física moderna ha hecho del espacio una dimensión del tiempo; yo me atrevo a pensar –o, más bien, a imaginar– que el presente es también presencia. Como este tema requiere otra conversación, me detengo y vuelvo a mi afirmación inicial: vivimos una vuelta de los tiempos.

–No es la primera vez que usted, a propósito de temas más bien de orden histórico y filosófico, cita a la física moderna. Es curioso.

–Más que curioso es natural. Los físicos son los únicos, en la época moderna, que se hacen las preguntas que la filosofía ha dejado de hacerse. Me refiero a las preguntas sobre el origen del mundo, sobre el tiempo y el espacio, sobre la armonía o el caos del universo. Los físicos se hacen las mismas preguntas que se hicieron los filósofos presocráticos, fundadores del pensamiento occidental. Vuelven así a los grandes temas de la cosmología. No sabemos, a ciencia cierta, de qué hablan los filósofos contemporáneos; en cambio, sí sabemos con claridad de qué hablan los físicos, aunque a veces no logremos entender del todo sus respuestas. Es admirable y estimulante.

–¿Cómo se refleja, en el dominio de la política, este cambio en nuestra visión del tiempo?

–La política, como juego y lucha entre personas y partidos, no ha sido tocada aún por esta mutación, aunque sí es perceptible el desgaste tanto de las ideas como de las personas. Para nadie es un secreto que la clase política, lo mismo en Europa que en los Estados Unidos, vive días difíciles. Se ha empañado la imagen de los políticos y de los partidos. En la esfera de las ideas y las creencias, son ya muy claros los efectos del cambio. El derrumbe del marxismo, última doctrina política metahistórica, significa el desvanecimiento de todas esas ideas y doctrinas que atribuían un designio a la historia. El verdadero cadáver intelectual de nuestro tiempo no es el del marxismo sino el de la idea de la historia como depositaria de una mítica transcendencia. Una transcendencia orientada no hacia la vida ultraterrena sino hacia el futuro. La caída del comunismo burocrático no sólo fue la derrota de un sistema inicuo de dominación sino de una doctrina que se presentó como la herencia y la superación de la filosofía de la historia de Hegel. Con el materialismo histórico se han esfumado las otras filosofías de la historia. Ha ocurrido algo semejante, aunque en escala mucho mayor, a lo que sucedió en el siglo pasado con la «filosofía de la naturaleza», que fue demolida precisamente por las ciencias de la naturaleza. Todo esto ha dejado un gran vacío.

–¿Cómo llenarlo?

–No lo sé. Los fundadores de la filosofía política moderna se hicieron preguntas esenciales sobre la justicia, la libertad, la naturaleza del Estado, la legitimidad de la propiedad, la democracia, la fraternidad, la paz y la guerra, los derechos de los individuos, la igualdad... Algunas de las respuestas que dieron a esas preguntas son ya parte de nuestra cultura política e incluso de nuestras instituciones. Otras fueron funestas, delirantes o irrealizables. Hoy nadie cree que el secreto de la construcción de la sociedad perfecta esté en Adam Smith o en Karl Marx, en Locke o en Rousseau. Sin embargo, las preguntas que ellos se hicieron no han envejecido. Necesitamos nuevas respuestas a las viejas preguntas. Las jóvenes generaciones tendrán que construir una nueva filosofía política. Los fundamentos de ese pensamiento serán, sin duda, los de nuestra tradición moderna. Pienso en la tradición liberal y en la socialista, pienso en las visiones de Fourier y en la lucidez de Tocqueville. Por último, creo que el pensamiento político de mañana no podrá ignorar ciertas realidades olvidadas o desdeñadas por casi todos los pensadores políticos de la modernidad. Hablo del inmenso y poderoso dominio de la afectividad: el amor, el odio, la envidia, el interés, la amistad, la fidelidad. Es bueno volver a los clásicos para apreciar la importancia del influjo de las pasiones en las sociedades. Éste fue, precisamente, el título de un pequeño y admirable libro de madame de Staël, escrito después de los años terribles de la Convención y el Directorio. Si se quiere saber lo que significan la ambición, la envidia o los celos, nuestros sociólogos deberían leer o releer *Macbeth, Otelo, Hamlet*. Y lo que digo de Shakespeare puede extenderse a Balzac, Stendhal, Tolstói, Galdós. Y, claro está, a los poetas, a Dante y a Milton, a Quevedo y a Machado, a Hugo que profetizó los Estados Unidos de Europa. El nuevo pensamiento político no podrá renunciar a lo que he llamado «la otra voz», la voz de la imaginación poética. La vuelta de los tiempos será el tiempo de la reconquista de aquello que es irreductible a los sistemas y las burocracias: el hombre, sus pasiones, sus visiones.

Beaulieu-sur-Mer, a 9 de julio de 1992

«Respuestas nuevas a preguntas viejas» se publicó por primera vez en *Claves* y, simultáneamente, en *Vuelta*.

Índice alfabético

Este índice incluye nombres de autores y personajes reales (EN VERSAL); de divinidades, personajes míticos y literarios (en redonda); de obras artísticas y literarias, poemas, películas y revistas (*en cursiva*) y de artículos y partes de obras literarias («en redonda y entre comillas»). Tras las obras se citan los nombres de los autores (entre paréntesis).

A

B

C

CH

D

E

F

G

H

L

M

P

Q

T

U

V

Índice y créditos de ilustraciones

Pliego I (entre pp. 102-103)

André Malraux (1901-1976). II Congreso Internacional de Escritores Antifascistas celebrado en Valencia, en 1937. EFE.

André Gide (1869-1951). Zardoya Press.

George Orwell (1903-1950). Photo Sygma/Contifoto.

Simone Weil (1909-1943). FACL.

Pliego II (entre pp. 304-305)

Lev Trotski (1879-1940). Europa Press.

Victor Serge (1890-1947). HARLINGUE-VIOLLET.

Albert Camus (1913-1960). Interfoto.

Arthur Koestler (1905-1983). Interfoto.

Pliego III (entre pp. 482-483)

Raymond Aron (1905-1983). EFE.

Hannah Arendt (1906-1975). UPI/BETTMANN.

Kostas Papaioannou (1925-1981) y Octavio Paz, en Nueva Delhi, 1966. Foto: Marie José Paz.

Alexandr Solzhenitsyn (1918). The Nobel Foundation.

ÍNDICE

II. EL SOCIALISMO AUTORITARIO

III. LA LIBERTAD CONTRA LA FE

IV. TIEMPO NUBLADO

V. PEQUEÑA CRÓNICA DE GRANDES DÍAS

VI. PIEZAS DE CONVICCIÓN

Esta edición de

Ideas y costumbres I

—noveno volumen de las
Obras Completas de Octavio Paz,
dirigidas y prologadas por él mismo—
se terminó de imprimir
el 21 de agosto de 1995.

La obra fue diseñada por Norbert Denkel,
asistido por Susanne Werthwein.
El cuidado de la primera edición estuvo a cargo
de Nicanor Vélez.

La presente edición, revisada, ha estado al cuidado
de Lorenzo Ávila, Adolfo Castañón,
Ana Clavel y Miriam Grunstein.
El diseño de la cubierta fue realizado por
Argelia Ayala y Teresa Guzmán.

La tipografía
es de punt groc & associats, s. a.,
la formación de negativos
de Marjan Fotolito,
y la impresión y encuadernación de
IEPSA.

La edición consta de 4 000 ejemplares numerados.

Ejemplar número

1033